HEYNE BÜCHER

SCIENCE FICTION

Herausgegeben
von Wolfgang Jeschke

W0211520

Von Sheri S. Tepper erschienen in der Reihe
HEYNE SCIENCE FICTION & FANTASY:

Erbe des Blutes · 06/4692
Nach langem Schweigen · 06/4934

SHERI S. TEPPER

NACH LANGEM SCHWEIGEN

Roman

Mit einem Nachwort über die
Möglichkeit kristalliner Intelligenz
von
Mark E. Eberhart,
Massachusetts Institute of Technology

Aus dem Amerikanischen übersetzt
von
Horst Pukallus

Deutsche Erstausgabe

WILHELM HEYNE VERLAG
MÜNCHEN

HEYNE SCIENCE FICTION & FANTASY
Band 06/4934

Titel der amerikanischen Originalausgabe
AFTER LONG SILENCE
Deutsche Übersetzung von Horst Pukallus
Das Umschlagbild malte Dieter Rottermund

Redaktion: Wolfgang Jeschke
Copyright © 1987 by Sheri S. Tepper
Copyright © 1992 der deutschen Ausgabe und der Übersetzung
by Wilhelm Heyne Verlag GmbH & Co. KG, München
Printed in Germany 1992
Umschlaggestaltung: Atelier Ingrid Schütz, München
Technische Betreuung: Manfred Spinola
Satz: Rudolf Schaber, Satz- und Datentechnik, Wels
Druck und Bindung: Elsnerdruck, Berlin

ISBN 3-453-05853-4

1

Als Tasmin nach dem Blattgold griff, langte er in eine leere Schachtel. Er hatte den Klebstoff schon säuberlich auf den ornamentierten Anfangsbuchstaben der Rätselstein-Partitur gestrichen, und der Kleber müßte nun innerhalb weniger Minuten nutzlos trocknen. Im ersten, flüchtigen Moment verspürte er nur den Wunsch zu schimpfen, gab sich jedoch damit zufrieden, in einem Ton, der unmißverständlich Verwünschung ausdrückte, »Jamieson!« zu schnauzen.

»Meister Ferrence?« Das Jungengesicht, das sich zur Tür hereinschob, hatte die glubschäugigste Unschuldsmiene aufgesetzt, und das dunkelblonde Haar fiel ganz geschickt in eine Stirn, deren leichtes Runzeln zu fragen schien: Ich bin schwer beschäftigt, was will er denn schon wieder?

Tasmin, der sich davon nicht täuschen ließ, schwenkte die leere Schachtel. »Du hast eine Minute Zeit, Jamieson. Vielleicht weniger.«

Schließlich verstand der Akoluth Tasmins Miene richtig, denn er machte mit einer gut abgeschätzten Vorspiegelung von mit Eifer vermischter Panik kehrt. Der Aufbewahrungsort des Blattgolds befand sich eine Treppe höher, und wenn der Junge nicht bummelte, schaffte er es möglicherweise noch rechtzeitig, es zu holen.

Er keuchte, als er zurückkam, und hielt ausnahmsweise einmal den Mund. Aus Dankbarkeit verschob Tasmin die Standpauke, die ihm auf der Zunge lag. »Mach mit deiner Arbeit weiter.«

»Es war nichts Wichtiges, Meister.«

»Wenn es nichts Wichtiges war, hättest du den Inhalt der Schachtel überprüfen können. Nur der Druck dringender Arbeit könnte so ein Versäumnis entschuldigen.«

»Ich glaube, dann war's doch wichtig«, antwortete

Jamieson, bei dem lediglich ein Zucken seines Mundwinkels verriet, daß er sich in Wirklichkeit durchaus ertappt fühlte. Leise schloß er die Tür von der anderen Seite, und Tasmin lächelte versonnen. Man rief den Burschen nicht ohne Grund Reb. Er rebellierte gegen alles, auch die Akoluthendisziplin, fast als wäre Auflehnung für ihn eine Überzeugungssache. Hätte er nicht in nahezu jedem Fall recht, hätte er nicht eine Stimme wie ein Engel …

Tasmin unterbrach den Gedankengang, als er den Filz auf das aufgetragene Blattgold legte; er rieb und preßte die Vergoldung in den Klebstoff, streifte dann das unverbrauchte Gold in den Restetopf. Er hatte die Marotte, den Anfangsbuchstaben eines Originals nie fertigzustellen, bevor Partitur und Libretto komplett waren; nun konnte er die ein, zwei roten Akzente nachziehen, deren Farbe kräftiger sein mußte, und anschließend den Kittel weghängen, Zivilkleidung anlegen und für seine Privatstudien daheim eine Fotokopie der Partitur machen, zwar nicht so ganz in Übereinstimmung mit den Vorschriften, doch duldete man es, solange die Kopie seinen Besitz nicht verließ. Das vollständige Originalmanuskript mußte er in eine Schmuckmappe legen und bei Jaconi abliefern. Eine Zeitlang würden sie sich über das ständige Hobby des Bibliotheksleiters unterhalten, seine Sprachtheorie, und danach würde Tasmin bei der Zitadellengarage ein Silentio-Auto leihen und durch die kleine Siedlung Tiefkrume Fünf heim zu Ċelcy fahren.

Die ihn bestimmt, wie gewohnt, beim Nachhausekommen erst einmal mit Schmollen empfing und es für ein Weilchen dabei beließ.

»Dieser ganze Zölibatsquatsch ist nichts als Aberglaube«, murrte sie, genau wie er es vorausgesehen hatte. »Ein Überbleibsel alter religiöser Vorstellungen aus Ericksons Zeit. Über so was sind wir doch längst hinaus. Es gibt überhaupt keinen Grund, weshalb du abends nicht nach Hause dürftest, während du eine Partitur ins reine schreibst.«

Die Formulierungen stammten nicht von ihr; das Argument war nicht neu, ebensowenig wie Tasmins Entgegnung. »Kann sein, das ist wahr. Vielleicht sind alle Rituale abergläubischer Humbug, liebe Celcy. Vielleicht beruhen sie bloß auf Tradition und haben kaum noch einen Sinn, aber ich habe nun mal einen Eid geleistet, sie völlig korrekt zu beachten, und einen Schwur zu halten, ist Ehrensache.«

»Dein blöder Schwur ist dir wichtiger als ich.«

Tasmin entsann sich an ein Wort eines Dichters aus der Vordispersion, das besagte, man könnte nicht halb so stark lieben, liebte man die Ehre nicht mehr, aber er zitierte es nicht. Celcy mochte es nicht, wenn man ihr Zitate entgegenhielt. »Nein, meine Liebe, nicht wichtiger als du. Ich habe auch einige Schwüre abgelegt, die dich betreffen, und ich bin genauso entschlossen, sie einzuhalten. Dabei geht es um Dinge wie Liebe und Wertschätzung und dergleichen.« Er bog ihren Kopf nach hinten, entlockte ihr ein Lächeln, sich mißmutig der Implikationen dessen bewußt, was er eben geäußert hatte, hoffte aber, daß die Beschäftigung mit den eigenen Gefühlen sie daran hinderten, sie gleichfalls zu erkennen. Manchmal hatte er, so wie jetzt, den Eindruck, daß er mehr aus Hingabe als aus Verlangen bei ihr blieb, doch wenn ihm dieser Gedanke kam, erinnerte er sich an die andere Celcy, die wie durch Magie an die Stelle dieser Celcy zu treten schien, sobald ihr Verhältnis gelungen und sicher wirkte. Sie betrug sich nicht immer so wie momentan. Anscheinend lösten einfach gewisse Dinge solche Stimmungen bei ihr aus.

»Ich weiß eben nicht«, sagte sie trotzig, »ob ich mich geliebt fühlen kann.« Halb erleichtert seufzte Tasmin. Es war möglich, daß es nicht weniger als einen vollen Tag dauerte, bis sie ihm verzieh, für die siebzehn Tage fortgeblieben zu sein, die es beansprucht hatte, die neue Rätselstein-Partitur zu instrumentieren und in Reinschrift zu fassen — beziehungsweise, um genau zu sein, die mutmaßliche Rätselstein-Partitur, denn sie war noch nicht am Rätselstein erprobt worden, und unter Umständen erprobte man sie nie —, aber es stand zu erwarten, daß sie sich zu guter Letzt besann. Er konnte nichts tun, um die Wiederherstellung ihres Wohlwollens zu beschleunigen. Mißachtete er sie, dauerte es nur um so länger, darum verlegte er sich darauf, freundlich zu sein, rief sich ihren Zustand in Erinnerung, versuchte sich Kleinigkeiten auszudenken, die ihr eine Freude machen könnten.

»Was ist im Zentrum los? Gibt's irgend was, das du gerne sehen möchtest? Irgendwelche guten Holos?«

»Keine guten. Ich bin in 'n neues gegangen, von dem mir Jeanne Gentrack erzählt hatte, aber es war gräßlich.« Es schauderte ihr. »Alles bloß über die Leute auf der Landzunge, wie sie hungerten und durch die Zermalmer zu gelangen versuchten, nachdem der verrückte Fanatiker ihre Fahrtensänger ermordet hatte.«

»Du weißt doch, daß du derartige Sachen nicht magst, Celcy. Warum hast du dir das angeguckt?«

»Ach, ich mußte ja irgend was anfangen.« Natürlich war sie allein gegangen. Celcy hatte keine Freundinnen und war zu konservativ, um mit einem anderen Mann auszugehen, obwohl Tasmin keine Einwände gehabt hätte. »Ich hatte gehört, es wäre was mit Fahrtensängern, und da dachte ich, es gefiele dir, wenn ich's mir ansehe.« Jetzt flirtete sie mit ihm, benahm sich, die Unterlippe vorgeschoben, auf putzige Weise gereizt, wollte gehätschelt und getätschelt werden, als wäre er ihr Vater. Falls er sie zu küssen versuchte, wich sie ihm aus. Dies Spiel zog sich jedesmal eine ganze Weile lang hin. Heute abend würde sie zur Strafe für die erlittene Vernachlässigung ›zu müde‹ sein, aber ungefähr morgen mittag wohl wieder Anzeichen des fröhlichen, spritzigen Mädchens zeigen, in das er sich damals verliebt, in die Celcy zurückverwandeln, die er geheiratet hatte.

Er setzte ein Lächeln des Mitgefühls auf. »Ich finde es großartig, daß du mehr über meine Arbeit wissen möchtest, Liebling, aber dafür ist es vielleicht nicht das günstigste Herangehen, sich einen tragischen Film über die Landzungen-Hungersnot anzuschauen.« Natürlich empfand sie überhaupt kein Interesse an seiner Tätigkeit, doch das hatte Tasmin erst ein oder zwei Jahre nach ihrer Hochzeit gemerkt. Vor fünf Jahren, als Celcy achtzehn gewesen war, hatte ihr Freundeskreis nur Kinder von Arbeitern und Angestellten umfaßt, und sie hatte es für eine glänzende Partie gehalten, einen Fahrtensänger zu heiraten. Früher hatte sie aus leuchtenden Augen zu ihm aufgeblickt, ihm gelauscht, wenn er ihr von seinen Erfolgen oder Schlappen erzählte. Heute waren alle ihre ehemaligen Bekannten Zitadellenbewohner, Tasmin dagegen war ein Mensch der Masse geblieben, nichts besonderes, nichts zum Angeben, lediglich ein mit uninteressanten Aufgaben beschäftigter Mann, die ihn zwangen, sie viel allein zu lassen. Er hegte durchaus Verständnis für ihren Widerwillen. Einiges an seiner Arbeit langweilte auch ihn.

»Es ist nicht einfach bloß so, daß sie sich langweilte, Tas«, hatte seine Mutter einmal zu ihm gesagt, durch den ewigen Nebel, zu dem ihre Blindheit die Welt für sie machte, nach seiner Hand getastet. »Ihre Eltern sind auf einer Reise umgekommen. Danach hat ihr Onkel sie aufgenommen, er hatte aber selbst Kinder, und sie wären nicht normal gewesen, hätten sie ihr nicht eine gewisse Abneigung entgegengebracht. Dann kam es auf dem Weg nach Tiefkrume Fünf zu einem Unglück, ein Fahrzeug ist völlig zerstört, mehrere Personen sind schwer verstümmelt worden. Die arme, kleine Celcy war damals erst acht oder neun, nachdem sie wieder bei Besinnung war, hat sie wochenlang kaum geschlafen. Sie hatte schreckliche Furcht vorm Verlassenwerden und vor den Präsenzen.«

Tasmin war entgeistert gewesen. »Das wußte ich nicht. Woher ist das dir bekannt?«

Seine Mutter hatte die Stirn gefurcht, mit den blinden Augen in ihrem Gedächtnis geforscht. »Ich glaube, das meiste davon hat mir Celcys Onkel erzählt, Tas. Bei eurer Hochzeit.«

»Ich frage mich, warum sie zu mir nie was davon erwähnt hat?« hatte er laut überlegt.

»Weil sie sich weder daran erinnern will, noch es zugeben mag«, hatte seine Mutter in dem etwas schärferen Tonfall geantwortet, den sie bei Anlässen anschlug, bei denen er — oder vor ihm sein Vater — sich als außergewöhnlich begriffsstutzig erwiesen hatte. Tasmin hatte seinen Vater, Miles Ferrence, als grimmigen, frommen Mann in Erinnerung, der wenig sprach und viel verlangte, zu unerwarteten, gegen die Welt und seine Familie gerichteten Wutausbrüchen neigte, zu denen ebenso unberechenbare Anwandlungen tiefster Deprimiertheit den Gegensatz bildeten. Miles hatte sich in Gefahr gewagt und am Fuß des Schwarzen Turms das Leben verloren, und zwar in dem Jahr nach ... Ja, in dem Jahr, nachdem Tasmins älterer Bruder ... Egal. Es hatte Tasmin überrascht, wie schwer es ihm fiel, um seinen Vater zu trauern, und danach hatte die eigene Verwunderung ihm Sorgen bereitet.

Celcy redete noch über das Holodrama, ihre Stimme klang immer mehr nach Erregung, nahm einen Nörgelton an. »Ich habe nicht verstanden, wieso sie nicht Schiffe bauten und einfach an der Tiefkrumeküste entlangfuhren ... Warum sie unbedingt durch die Zermalmer mußten.«

Tasmin schloß die Lider, verdrängte alle sonstigen Gedanken und Erinnerungen aus seinem Bewußtsein, stellte sich die Karte der Landzunge vor. Sie lag im entfernten Nordwesten Jubals, einer Gegend mit Namen

Neu-Pazifika. Eine Tiefkrume-Halbinsel erstreckte sich in eine flache Bucht. Am landwärtigen Ende dieser Landzunge befanden sich zwei große Vorgebirgsfelsen aus Kristall, die Zermalmer, keine bloßen Felsen, sondern Präsenzen. Zwischen ihnen verlief ein schmaler, steiler Paß, der die Landzunge mit der Landmasse Neu-Pazifikas und dem Rest Jubals verband, und die kleineren Brüder der Zermalmer — obwohl auch sie beträchtliche Ausmaße besaßen —, die Malmerlinge, standen gedrängt draußen in der Bucht, aus der sie wie Zähne eines gewaltigen Raubtiers aufragten.

»Wegen der Malmerlinge«, sagte Tasmin. »Sie sind überall im Wasser verstreut. Ich bezweifle, daß dort irgendwo ein Zwischenraum von bloß hundert Metern ist. Die Landzungenbürger hätten zum Durchqueren einen Fahrtensänger benötigt, genau wie auf dem Weg durch die Zermalmer.«

»Ach so. Na ja, das hat von den Charakteren im Holo keiner erwähnt. Sie sind nur immer ausgehungerter geworden, bis die Verzweiflung sie packte.« Celcys Gesicht war sehr blaß, man sah winzige Tröpfchen Feuchtigkeit auf ihrer Stirn. »Dann haben sie versucht, durch die Zer... die Zermalmer... die Präsenzen zu gelangen, jemand versuchte sie durchzusingen, aber es hat nicht geklappt, alle sind zerquetscht und zerfetzt worden, und... Na, du weißt schon. Widerlich blutige Scheußlichkeiten...« Sie sprach in ersticktem Brabbeln.

Ja natürlich, schien eine innere Stimme Tasmin zu sagen. Das hättest du dir doch denken können, albernes Mädchen. Er zog Celcy an sich, unterdrückte streng diese Stimme, ärgerte sich über sich selbst. Celcys Hysterie war echt. Das Holodrama hatte sie wirklich aufgewühlt. Mitgefühl war angebracht, nicht seine zunehmend habituelle Ungeduld. »Komm, laß 's einfach gut sein. Das alles ist Vergangenheit, längst vorbei und Geschichte geworden. Du bist jetzt schwanger und brauchst positivere Eindrücke.« Mit einer schwungvoll angedeuteten Verbeugung präsentierte er seine Überraschung. »Hier, ich habe etwas für dich entdeckt.«

»O Tasmin ...!« Sie schob das Geschenkband beiseite und riß das Papier auf, nahm das Kuscheltier aus der Verpackung, drückte den graugrünen Plüsch des glotzäugigen kleinen Wesens an die Brust. »Wie süß! Schau nur, ein Viggyjunges. Das gefällt mir. Vielen Dank.« Sie streichelte den fedrigen Fühler, schmatzte einen Kuß auf die grüne Velournase.

Tasmin enthielt sich der lustigen Kommentare, die ihm dazu einfielen. Das Spielzeug war eigentlich für das Kind bestimmt, bis zu seiner Geburt lediglich als Symbol der Erwartung gedacht gewesen. Er hätte irgendwie darauf hinweisen sollen, bevor sie es auspackte. Oder vielleicht nicht. Sie freute sich mehr darüber, als es ein Kleinkind getan hätte.

Er versuchte es mit noch einem Geschenk. »Abgesehen davon, daß ich nächsten Monat eine Präzeptorexkursion durchführen muß, habe ich beim Generalmeister klargestellt, daß ich bis nach der Geburt unseres Kindes nicht mehr für längeren Dienst zur Verfügung stehe. Wie findest du das?«

»Ich wollte, 's wäre schon nächsten Monat«, sagte sie, allerdings in eigene Gedanken vertieft, sie beachtete ihn nur halb.

»Wieso? Was ist nächsten Monat?«

»Lim Terri kommt und gibt ein Konzert. In nicht mal drei Wochen. Ich würde ihn wirklich gerne hören ...«

Lim Terri.

Tasmin hörte den Namen, zog es dann vor, ihn nicht zu hören; nicht gehört zu haben.

Er merkte, wie er statt dessen Celcys glattes, faltenfreies Gesicht musterte, ihre vollen Lippen betrachtete, ihre weiten, hellen Augen; alles war durch ihre fünf Ehejahre unbeeinträchtigt geblieben. Sie war so klein, sagte er sich immer wieder, als wäre das ein privates Ritual, klein wie eine Puppe. Ihre Haut war weich wie

Samt. Wenn sie sich liebten, konnte er jede ihrer Gesäßbacken in eine Hand nehmen, sie fühlten sich an wie Seidenballen. Beim Lieben verschwamm seine Welt zu wundervoller Glut. Sie war seine süße Geliebte.

Lim Terri.

Jetzt war sie schwanger. Durch Zufall. Der Arzt hatte behauptet, sie könnte unmöglich schwanger werden, schluckte sie nicht die von ihm verordneten Hormone, aber sie hatte das Medikament nicht genommen. Es wäre ausgeschlossen, hatte sie gesagt. Ihr würde davon übel. Sie hätte auf keinen Fall schwanger werden dürfen, trotzdem war eine Schwangerschaft eingetreten. »Manchmal irrt sich unsereins«, hatte der Arzt eingeräumt. »So was kommt bisweilen vor.« Es grenzte an ein Wunder.

Das Maß der eigenen Freude erstaunte sogar Tasmin, die Überredungskraft, dank der es ihm gelungen war, Celcy davon zu überzeugen, wie schön es wäre, ein Kind zu haben, verdutzte ihn selbst. Für einen Test war es noch zu früh, aber er hoffte auf einen Sohn. Sicherlich hatte Celcy nichts dagegen, wenn er einen Jungen bevorzugte, wahrscheinlich wäre es ihr eher unrecht, ihn mit einem kleinen Mädchen zu teilen. Nein, berichtigte er sich, indem er sich an die Worte seiner Mutter erinnerte, sie hätte davor Furcht. Sie würde mit Furcht, nicht Haß reagieren.

Er hustete, verschluckte sich fast. Er konnte nicht länger seine Frau anstarren, ohne auf ihre Äußerung einzugehen. Er mußte eine Antwort geben. »Wann hast du erfahren, daß er kommt?«

»Unten im Zentrum kleben große Plakate. *Lime Terri, Jubals Unterhaltungsidol,* steht drauf. *Triumphale Tiefkrumeküste-Tournee.* Ich habe seinen neuen Holo-Kubus gesehen, er ist wundervoll. Ich verstehe nicht, weshalb du nicht auch Konzertversionen machst, Tasmin. Deine Stimme ist so gut wie seine. Weißt du, er hat doch auch als Fahrtensänger angefangen.«

Er nahm den Inhalt ihrer Bemerkungen wortlos zur Kenntnis. Sie spielte nicht zum erstenmal darauf an, daß er keinen sonderlich wichtigen Beruf ausübte, lediglich etwas, das jeder leisten konnte, wenn er dumm genug war, es zu wollen. *Bloß* Fahrtensänger, sagte ihr Tonfall, auch wenn sie das Wörtchen nie hinzusetzte, sie bezeugte damit eine Ignoranz, die sie mit einem Großteil der Laienbevölkerung Jubals gemeinsam hatte. Sie täuschte sich jedoch, was Lim betraf. Fahrtensänger war er nicht gewesen, weder ›bloß‹ noch sonst irgendwie.

Lim Terri.

»Ich kenne ihn«, sagte er; seine Stimme klang unnatürlich und gepreßt. »Er ist mein Bruder.«

»Ach, mach keine Witze«, entgegnete Celcy, schnitt wieder ihre Schmollmiene. Sie hatte die durchgestandene Vernachlässigung nur vorübergehend vergessen. »Du hast komische Einfälle, Tasmin.«

»Ich habe gesagt, er ist mein Bruder, und es ist schlichtweg wahr. Mein älterer Bruder. Sein richtiger Name lautet Lim Ferrence. Er ist vor rund fünfzehn Jahren aus Tiefkrume Fünf fortgegangen.«

»Damals bin ich gerade zugezogen. Ist er *hier* Fahrtensänger gewesen?«

Eigentlich nicht, hätte Tasmin am liebsten geantwortet. »Als er fortging, warst du noch 'n Schulmädchen. Nun ja, er hat von hier aus ein paar Fahrten mitgemacht.«

»Hat er wirklich den Rätselstein geschafft? Jeder sagt, er hätte den Rätselstein geschafft.« Man konnte Celcy jetzt lebhafte Anteilnahme anmerken.

Tasmin hatte Mühe, die Abneigung aus seiner Stimme fernzuhalten. »Wer ›jeder‹ ist, habe ich keine Ahnung, Celcy. Selbstverständlich hat Lim den Rätselstein nicht freigesungen. Niemand ist je lebend am Rätselstein vorübergelangt.«

Celcy neigte den Kopf seitwärts, dachte über die Antwort nach. »Ach, die Leute sagen nicht immer die

Wahrheit. Fahrtensänger sind aufeinander neidisch. Vielleicht ist er nur mit einer kleinen Gruppe unterwegs gewesen und durchgekommen, aber es ist nie aufgezeichnet worden, oder so was.«

Er machte eine abgehackte Wegwerfgeste, die ihm erst zu Bewußtsein kam, als er Celcys Miene sah. »Lim Terri hat nie eine Fahrt zum Rätselstein unternommen. Soweit ich mich entsinne, hat er zwei Karawanen nach Osten geführt, durch die Kleinen Mysterien, außerdem eine hinaus nach Halber Mond und zurück, und zuletzt eine durch die Wanderwüste nach Punkt Eins, und das war's. Nach dem letzten Mal ist er nicht zurückgekommen.«

»Vier Fahrten?« Celcy warf ihm einen Blick voller Skepsis zu, um den Mund einen Ausdruck gelinden Spotts. »Vier Fahrten? Komm, Tasmin. Ich wette, hier haben wir's mit'm Fall von Geschwisterneid zu tun. Du bist mißgünstig ihm gegenüber eingestellt.« Dann versuchte sie hastig einzulenken, den Ärger zu beschwichtigen, den sie seinem Gesicht ansah. »Nicht daß ich's dir übelnähme. Er sieht ja sehr gut aus. Bestimmt haben die Mädchen ihn nur so umschwärmt.«

Eigentlich nicht, hätte Tasmin auch diesmal gern erwidert. Die Mädchen — jedenfalls die meisten im gleichen Alter wie er — hatten gewußt, um was es sich bei ihm handelte, nämlich jemanden, der ... Es war besser, gar nicht daran zu denken. Heute wußte er nicht einmal noch genau, ob es stimmte. Ihr Vater hatte getobt und die Faust geschüttelt, Lim ein verdorbenes Stück Dreck genannt. Verdorben? Hatte er sich so ausgedrückt? Wenigstens so ähnlich. Aber da war Lim schon fort gewesen. Tasmin hatte erst sechzehn oder siebzehn Jahre gezählt, als Lim wegging. Lim war fünf Jahre älter als er. Das Gedächtnis hielt sich, vor allem nach jemandes Abgang, nicht ausschließlich an die Tatsachen. Vielleicht hatte nichts von dem, an das er sich zu erinnern glaubte, sich wirklich ereignet.

»Ich kann mich nicht entsinnen«, gab er eine ausweichende Antwort. »Damals bin ich noch Schüler gewesen, ich hatte gerade die Grundschule hinter mich gebracht. Aber wenn du in sein Konzert gehen möchtest ... Na, ich könnte mir denken, daß er für seine Verwandten ein paar Eintrittskarten übrig hat.« Anscheinend bedeutete diese Aussicht für Celcy eine Verheißung, denn sie stellte das Schmollen ein und unterhielt sich ganz normal mit Tasmin, und am Abend erklärte sie zwar, sie sei zu müde, blieb jedoch nicht dabei, nachdem er sie geküßt hatte.

Doch das Liebesspiel erwies sich diesmal als unbefriedigend. Er hatte den Eindruck, daß Celcy an irgend etwas anderes dachte, als gäbe es etwas, das sie ihm sagen oder das sie mit ihm reden müßte, fühlte sich aber dazu außerstande. So verhielt sie sich, wenn sie Geld ausgegeben hatte, über das sie eigentlich nicht verfügten — oder es beabsichtigte —, oder wenn sie sich durch einen Flirt in eine Klemme gebracht hatte, der sie sich ohne seine Hilfe nicht entwinden konnte. Er wußte, weshalb sie dergleichen machte, es geschah, um ihn auf die Probe zu stellen, ihm Beweise seiner Liebe zu entlocken. Fragte er, was sie beschäftigte, bevor sie die Bereitschaft hegte, es ihm zu offenbaren, führte das nur zu Vorwürfen, er hätte zu ihr kein Vertrauen. Irgendwann demnächst mußte er ein für allemal Klarheit schaffen. Irgendwann in nächster Zeit mußte er ihr die Hilfe eines Experten besorgen, statt endlos, in der vergeblichen Hoffnung, sie würde davon doch noch erwachsen, für sie die Vaterfigur abzugeben. Diesen Vorsatz hatte er schon oft gefaßt. Aber irgendwie hatte er nie das Gefühl, die Zeit sei da, um das Vorhaben wahrzumachen; entweder lag es am Ausbleiben des passenden Zeitpunkts, oder es fehlte ihm ganz einfach an der Kraft, um sich mit ihrem absehbaren Sträuben auseinanderzusetzen. Er betrachtete aufmerksam Celcys Gesicht, während sie schlief, war sich dessen bewußt, daß sie in einem solchen Ansinnen einen Verrat sähe.

Er seufzte, zog sich, weil er nicht schlafen konnte, mit seiner Niedergeschlagenheit und seinen halb feindseligen Empfindungen auf das Dach zurück. Das war der Ort, an dem er böse Geister austrieb.

Buchstäblich jedes Haus in Tiefkrume Fünf hatte einen Balkon oder ein Türmchen, von dem aus die Bewohner die Möglichkeit hatten, durch Fernrohre die Annäherung von Karawanen zu beobachten oder die Präsenzen zu betrachten. Vor drei Jahren hatte er Celcy ein ausgezeichnetes Fernrohr zum Geburtstag geschenkt, aber sie hatte es nie benutzt. Es machte ihr keinen Spaß, die Präsenzen anzuschauen, ein Umstand, der ihm hätte auffallen müssen, ehe er das Geschenk aussuchte. Damals hatte er noch gemeint, was ihn interessierte, müßte auch sie interessieren.

»Ein typisch männlicher Irrtum.« Seine Mutter hatte leise gelacht, als er seinen Fehler nachdenklich eingestand. »Dein Vater war genauso.« Dann war sie in eine fast wehmütige Gemütsverfassung geraten. »Schenk ihr das nächste Mal etwas«, hatte sie hinzugefügt, »das ihr das Gefühl gibt, dir etwas wert zu sein. Das nächste Mal schenk ihr Schmuck, Tas.«

Seitdem hatte er ihr jedesmal Schmuck geschenkt, aber das Fernrohr behalten. Jetzt richtete er es in den Süden. Keine dreißig Kilometer entfernt zitterten vor der Silhouette des Altmonds dunkel die monströsen Umrisse des Rätselsteins; er glich einer gewaltigen, gespaltenen Felssäule, die wie ein Wachturm auf dem Höhenzug stand, der das Inland von der Südküste trennte. Taugte die neue Partitur tatsächlich als Losung zum Passieren der Präsenz? Oder mündete sie erneut in ein Scheitern mit Blut und Tod? Der Rätselstein schwieg, er zitterte nur fortgesetzt vor sich hin, verzerrte an seinen Rändern sichtbar die Sterne zu ununterbrochenem, unruhigem Flimmern.

Durch einen weiten Bogen schwenkte er das Fernrohr nach Westen, sah sich der Reihe nach die Präsenzen am Horizont an: Rätselstein, Himmelshammer, Bernsteinaxt, Tödliches Dutzend, Wolkendräu, Schwarzer Turm, Äußere Wächterlinge und zum Schluß die westliche, dichte Kette kleinerer, überwiegend namenloser Präsenzen. Etwas südwestlich befanden sich die Zwillingswächter. Die Wächter-Partitur hatte er als eine der ersten Losungen überhaupt gelernt, ein ziemlich schlichtes Gesangsstück mit Phonemen, die jeder mühelos über die Lippen bringen konnte. »Arndaff du-romawa«, sang er halblaut, »sindir dassalam awo ...« Gelegentlich befaßte er sich mit der Frage, ob diese Laute eine regelrechte Bedeutung haben mochten. Die offizielle Doktrin verneinte es, sie postulierte, daß die Töne, richtig gesungen und mit den geeigneten Instrumenten untermalt, lediglich die Vibrationen in den kristallenen Präsenzen dämpfte, es dadurch Karawanen erlaubte, an ihnen vorbeizuziehen, ohne zermalmt oder verstümmelt zu werden, oder von einem Hagel Kristallsplitter zerfetzt.

Aber seit Erickson hatte es stets Leute gegeben, die implizit an die Sprachtheorie glaubten. Heute noch blieben einige ausgesprochene Starrköpfe dabei, beispielsweise Chad Jaconi, der Bibliotheksleiter, der die Ansicht vertrat, die Töne der Libretti seien tatsächliche Worte, und diese Auffassung auch öffentlich verteidigte. Die letzten vierzig Jahre hatte Jaconi damit zugebracht, ein Wörterbuch der Fahrtensänger-Phoneme auszuarbeiten, hatte außerhalb des Sonnensystems neue Translatoren erworben, nachzuweisen versucht, daß die Losungspartituren in der Tat eine Sprache konstituierten. Doch jedesmal, wenn Jaconi etwas bewiesen zu haben meinte, kam irgendwer mit einem neuen Libretto an, das dem völlig widersprach. Noch immer betätigten sich Forschungssänger mit Recordern, Synthesizern und Computern knapp außerhalb der Reichweite von Präsenzen, erprobten endlos Kombinationen, um herauszufinden, was womöglich effektiv sein könnte, gelangten selbst nach so vielen Jahren der Sängerpraxis noch zu neuen Erkenntnissen. Einmal hatte Tasmin sich den Kubus mit der Originalaufnahme Ben Ericksons angehört, dank der es ihm als erstem Forscher gelungen war, durch die Äußeren Wächterlinge ins Tiefkrume-Landesinnere vorzudringen, eine erstaunliche, völlig rätselhafte, wenn nicht gar mystische Errungenschaft. Wie könnte jemand durch reines Ausprobieren auf die genau richtige Kombination von Phonemen und Instrumentalbegleitung stoßen? So etwas wirkte vollständig ausgeschlossen.

»Es muß Hellsehen gewesen sein«, sann Tasmin nicht zum erstenmal. »Er muß außer seiner wunderbaren Stimme eine Kristallkugel gehabt haben.«

Beinahe fünfzig Jahre lang hatte Erickson den Weg durch Präsenzen freigesungen, bis auch er, wie so viele Sänger, dem Rätselstein zum Opfer fiel. Während dieser Jahre hatte er seinen Namen unsterblich gemacht und sowohl den Fahrtensänger-Orden wie auch den Foschungssänger-Orden gegründet. Für einen Mann allein waren das gar keine üblen Verdienste. Tasmin wäre damit zufrieden gewesen, davon ein Viertel leisten zu können.

»Tassi?« Von der Treppe hörte er ein leises, trauriges Raunen. »Ich bin aufgewacht, und du warst nicht da.«

»Ich schnappe bloß ein bißchen Frischluft, Liebling.« Tasmin ging zum Treppenabsatz und schloß Celcy in die Arme. Sie schmiegte sich an ihn, hob eine Hand und streichelte sein Gesicht, flüsterte ihm intime Worte ins Ohr, die bewirkten, daß sein Herz wummerte, er die Arme so fest um sie schlang, als wollte er sie nie wieder von ihr lösen. Als er sie hochhob, um sie hinunterzutragen, drehte sie den Kopf und schaute hinüber zu den Aufreihungen der Präsenzen, die sich zerklüftet gegen die Sterne abzeichneten.

»Du hast dir diese Dinger angesehen. Ich hasse sie, Tasmin. Ich hasse sie wirklich.«

Das war das erste Mal, daß sie ihren Haß auf die Präsenzen aussprach, und von der starken Aufwallung des Mitleids und Verständnis, die sie damit bei ihm verursachte, fühlte er sich selbst überrascht. Zärtlich liebten sie sich noch einmal, und danach hielt er sie an sich gedrückt, bis sie, indem sie nochmals über das Konzert murmelte, wieder einschlief.

»Ist er wahrhaftig dein Bruder? Meinst du, er gibt uns Karten?«

»Bestimmt.«

Am Morgen fragte sich Tasmin allerdings, ob Lim tatsächlich bereit wäre, ihnen Plätze zu reservieren, wie er es Celcy so leichtsinnig versprochen hatte. Sicherheitshalber kaufte er zwei Eintrittskarten; dabei entgeisterte und verdroß ihn der nahezu sittenwidrig hohe Preis.

In den Straßen von Punkt Eins wimmelten Mittagspäusler und Bauarbeiter, Militärangehörige und Grüppchen streitsüchtiger Kristalliten umher, dazu Haufen ratloser Pilger, und jeder beziehungsweise jede kümmerte sich nur um die eigenen Bedürfnisse, niemand machte irgendwem Platz. Gretl Mechas bahnte sich grimmig einen Weg durchs Gedränge, fragte sich, welche Unvernunft sie wohl zu dem Entschluß bewogen haben mochte, persönlich nach Punkt Eins zu fahren, um das Darlehen zurückzuzahlen. Sie hätte aus der Priorei in Nordweststadt einen Boten mit einem Gutschein über die entsprechende Kreditsumme schicken, ihn als Postsendung dem Passagierbus mitgeben oder die Begleichung per Kommfax vornehmen können. Warum bloß hatte sie beschlossen, die Einzahlung selbst zu erledigen?

»Furcht«, sagte in ihrer Erinnerung eine Stimme zur Antwort. »Schulden sind etwas Schreckliches, Gretl.

Lade dir nie Schulden auf.« Die Stimme ihres Vaters, auf Lebenszeit in Gretls Gedächtnis bewahrt.

»Leicht gesagt«, schnaubte sie. So konnte jeder leicht daherreden. Aber für jemanden, dessen einzige Schwester einen Hilferuf von Herons Welt übermittelte und wissen ließ, daß sie bei einem Unfall einen Arm verloren und keine Möglichkeit zum Bezahlen der Regeneration hatte, war es schwer, sich danach zu richten. Natürlich mußte die Bezahlung im voraus erfolgen. Heutzutage fanden Regenerationstherapien nur noch gegen Vorkasse statt. Und ebenso lieh niemand jemandem Geld, der eine Regeneration nötig hatte, außer zu Wucherkonditionen, die manchmal in unfreiwillige Knechtschaft führten. Die dumme, kleine Nuß hatte nie damit gerechnet, sie könnte einmal eine Regenerationsversicherung gebrauchen. Wozu auch, solange sie Gretl hatte, auf die sie sich verlassen konnte?

»Mist«, sagte Gretl aus vollem Herzen, zwängte sich durchs Gewühl der Menschen zum Eingang des BDF-Gebäudes, ohne auf die Blicke zu achten, die man ihr zuwarf. Leute schauten Gretl seit ihrem fünften Lebensjahr nach, vor allem Männer. Vielleicht lag es an ihrer Haut, die die Färbung dunklen, fast lohgelben Elfenbeins hatte. Unter Umständen gab die üppige Mahagonipracht ihres Haars, das ein Eigenleben zu haben schien, den Grund ab. Möglicherweise war ihre Figur die Ursache, ihr Gesicht, oder schlichtweg ein Ausdruck lebhafter, ununterdrückbarer Neugier in ihren großen, dunklen Augen. Jedenfalls sahen Männer ihr unweigerlich nach. Aber Gretl ließ sie immer unbeachtet. Ihr Herz gehörte einem bestimmten Mann auf Herons Welt, wohin sie heimzukehren beabsichtigte, sobald sie hier ihren Arbeitsvertrag erfüllt hatte.

»Wie lautet der Name?« fragte die Sachbearbeiterin am Kreditschalter verwundert. »Zeigen Sie mir doch bitte mal Ihr Codebuch.«

Gretl reichte es ihr. An so etwas mußte man sich auf

Jubal gewöhnen. Der Fertigwarenimport war dermaßen kostspielig, daß man auf Jubal alles bis zum Gehtnichtmehr wiederverwertete. Darum funktionierte nichts völlig einwandfrei.

»Es ist schon bezahlt«, erklärte die Angestellte mit einem Blick stiller Mitverschwörerschaft.

»Bezahlt?« wiederholte Gretl fassungslos, verstand die Auskunft nur halb. »Was meinen Sie damit, ›schon bezahlt‹?«

»Ihr Darlehen ist voll beglichen worden«, sagte die Angestellte, schielte Gretl unter den Wimpern hervor argwöhnisch an. »Wußten Sie das nicht?«

»Ganz sicher nicht. Wer hat es denn bezahlt?«

Die Kreditsachbearbeiterin tippte Tasten, runzelte die Stirn und schüttelte den Kopf.

»Also, wer?«

»Justin«, flüsterte die Angestellte.

»Wer?«

»Ach, kommen Sie, Gnädigste.« Diesmal klang das Flüstern nach Mißmut.

»Ich habe nur gefragt, wer. Um Himmels willen, Mädchen, nun sagen Sie's mir. Ich bin erst seit wenigen Monaten auf diesem Planeten, ich habe keine Ahnung ...«

Die Angestellte nickte kaum merklich nach rechts oben. Gretl schaute in die damit gewiesene Richtung. Sie sah nichts als die verglasten Innenbüros, in denen die Hierarchie der Brou-Distributionsfaktorei GmbH saß, kurz BDF genannt. Hinter einer Glasscheibe bewegte sich ein Vorhang. »Er«, wisperte die Angestellte, im Gesicht plötzlich ganz blaß. »Harward Justin.«

»Der Planetarmanager?« Gretl verstummte; sie spürte auf einmal ein widerwärtiges Unbehagen. Sie war dem Mann schon begegnet — allerdings nur für einen Moment im Vorbeigehen —, als sie die BDF aufgesucht hatte, um das Darlehen zu beantragen. Er war an dem Tisch stehengeblieben, an dem sie wartete, hatte sich vorgestellt und gefragt, ob sie mit ihm zu Mittag essen wollte. Sie hatte abgelehnt.

Ein Mann ohne Hals, erinnerte sie sich. Feiste Speckwülste vom Kinn bis auf die Schultern. Zwischen verquollenen Lidern hatten Augen sie angelugt, die halbgefrorenem Schneematsch ähnelten. Darunter ein schlaffer Mund mit lüsternem Ausdruck. Feucht, entsann sich Gretl. Er hatte sich ständig die Lippen geleckt.

»Haben Sie einen Umschlag?« fragte sie spontan.

Die Kreditsachbearbeiterin schenkte ihr einen Blick des Befremdens, als sie ihr einen Umschlag aushändigte. Gretl steckte den Betrag hinein, den sie einzuzahlen vorgehabt hatte, schrieb rasch ein paar Sätze auf die Außenseite und gab ihn der Angestellten zurück.

»Ich bin nicht daran interessiert, daß andere Leute meine Schulden bezahlen«, stellte sie klar. »Ich begleiche mein Darlehen zu den vereinbarten Bedingungen. Sorgen Sie dafür, daß Mr. Justin das erhält.«

Sie wandte sich ab und strebte zum Ausgang, ihr insgeheimer Ekel wich erst Staunen, dann Zorn. Warte nur ab, bis Dona Ginster davon erfährt! Unglaublich! Was für eine Frechheit dieses Menschen!

Fast hatte sie die Tür erreicht, da fiel eine Hand auf ihre Schulter.

Der Mann war hochgewachsen, ein Mann mit ausdruckslosem Gesicht, in dem nichts als vollständiges Desinteresse stand. Er schaute sie nicht so an, wie andere Männer sie normalerweise anschauten. Man hätte fast meinen können, er betrachtete sie überhaupt nicht als Person. Er sagte wenig, aber während er sprach, nahm er die Hand nicht fort.

»Mein Name ist Spinne Geroan. Ich arbeite für Harward Justin. Er möchte Sie sprechen. Jetzt sofort.«

2

Wie sich im Instrumentaleffekt-Unterricht herausstellte, hatte jemand am Windsack gebastelt, so daß er Furzgeräusche von sich gab, ein Ulk, der immer ein paar Lacher hergab. Infolgedessen fand in der Übungsstunde der Neophyten eine lautstarke Zwangspause statt, während Tasmin das Instrument auseinanderbaute.

»Dieser spezielle Ton wird, soweit ich weiß, ausschließlich bei Durchquerung der Tauben Kluft benutzt«, bemerkte er zur Klasse. »Das einzige Lehrreiche an diesem Vorfall ist, daß es Töne gibt, die besser wirken, wenn sie mit Instrumenten statt mit dem Synthesizer erzeugt werden, und wir aus eben diesem Grund Trommeln, Glocken, Dudelsäcke und sonstige Ausstattung haben ...«

Nach der Stunde knöpfte er sich Jamieson vor. »Du schrammst ganz knapp am Rauswurf vorbei«, brummte er. »Die Ausrüstung liegt völlig in deiner Verantwortung.«

»Manche der Sängerkandidaten sind irgendwie so verkrampft«, antwortete der Junge, blieb von der Drohung unbeeindruckt. »Ich dachte, 'n bißchen Heiterkeit könnte helfen.«

Damit hatte er nicht ganz unrecht, es hatte immerhin soviel für sich, daß Tasmin damit auf sich beruhen ließ. Wie des öfteren waren die Regeln durch Jamieson auch diesmal mit positiver Wirkung gebrochen worden. So kurz vor der Einkleidung und ihrer ersten Exkursion befiel Nervosität viele Neophyten, so daß sie an Konzentrationsschwierigkeiten litten. »Sabotage an Instrumenten ist nun einmal keine besonders gute Idee«, rügte Tasmin ihn in ziemlich nachsichtigem Tonfall. »Ein Idiötchen hat mal an einem Zermalmer-Schlagzeug rumgefummelt, der Bursche wollte probieren, ob er's hinkriegt, daß sie wie in einem Stück von 'm bestimmten Küstensänger klingt, und sie ist dann so, wie sie war, mit in einen Fahrtenwagen gepackt worden. Muß ich dir erst erzählen, was passiert ist?«

»Nein, Sir.« Jamieson lief leicht rot an, doch nach allem, was Tasmin ihm anmerkte, empfand er keine Reue. »Ich kann mich dran erinnern.«

»Na also, dann überprüfe den Windsack lieber zweimal, damit ganz sicher ist, daß er macht, was er soll, ehe du ihn weghängst.«

Jamieson wechselte das Gesprächsthema. »Unternehmen wir mit den Erstfährtlern bald eine Exkursion, Meister?«

»Ja, nächsten Neumond. Es sind nur drei dabei, für die ich als neutraler Präzeptor fungieren kann, drei, die ich nicht in meinen Klassen hatte … Moment mal … James, Refnic und das Mädchen mit der bemerkenswerten Stimme, diese Clarin …«

»Renna. Renna Clarin.« Nachdenklich neigte Jamieson den Kopf seitwärts.

»Genau. Gibt's irgend was, das ich wissen müßte?«

»James wird unzweifelhaft schlappmachen, wenn's hart wird, wahrscheinlich sogar auf alle Fälle. Die halbe Zeit bepißt er sich, die übrige Zeit trocknet er sich ab und guckt sich um, ob jemand was gemerkt hat. Auf Refnic dagegen kann man bauen. Je schwieriger es kommt, um so gelassener wird er. Über Renna Clarin weiß ich nicht viel mehr, als daß sie mit ihrer kahlen Birne komisch aussieht. Sie ist zugezogen.«

Tasmin überhörte die Unverschämtheit, so wie Jamieson es erwartet hatte. »Offenbar rasiert man im Nordwesten weiblichen Neophyten den Schädel nicht, sie bekam einen Schreck, als man sie hier geschoren hat. Sie konnte hervorragende persönliche Empfehlungen vorlegen. Ihre Zeugnisse der Chorschule in Tiefkrume Sieben waren gut.«

Ausdrucksvoll zuckte Jamieson die Achseln, ein bei ihm fast ballettartiger Gestus, die Bewegung setzte in den Schultern ein und endete in den Fingerspitzen, die ein wenig mitzuckten, und er zeigte dadurch seine Geringschätzung gegenüber guten Zeugnissen. Ausgezeichnete Empfehlungen und Zeugnisse einer Chorschule besagten darüber hinaus, daß ein Kandidat entweder eine erträgliche Stimme besaß oder in freundlichem Einvernehmen mit dem Chorleiter gestanden hatte, also kaum etwas. Jamieson hatte an der Chorschule saumäßig schlechte Noten bekommen und zudem einen neuen Schulrekord hinsichtlich der Häufigkeit der erhaltenen Tadel aufgestellt, eine Tatsache, über die Tasmin, wie Jamieson bekannt war, Bescheid wußte. Er wechselte nochmals das Thema. »Welche Route nehmen wir?«

»Ach, ich glaube, wir bleiben bei meinem üblichen Rundweg für die Erstfährtler. Auf der harmloseren Seite an den Wächtern vorbei, hinunter durch die Falschen Freunde, am Lebwohl-Grat entlang zu den Schockfelsen, dann den Tiefkrumepaß hinab nach Harmonie, dort übernachten wir, lassen sie sich den Schwarzen Turm aus der Nähe sehen und sich hübsch gruseln, während du und ich sie hindurchsingen, und dann kehren wir durch die Äußeren Wächterlinge um.«

»Wenn's nach mir ginge«, sagte Jamieson und nahm sich damit reichlich viel heraus, »würde ich James bei den Schockfelsen einsetzen. Er hat 'ne Vorliebe für die Partitur, und falsch kann er nicht viel machen.«

»Du willst ihm durchhelfen, was? Und was geschieht, sobald dann zum erstenmal eine Karawane von ihm abhängig ist?«

»Och, ich dachte, mit ein bißchen mehr Erfahrung könnte er vielleicht ...« Merklich verlegen verstummte Jamieson. Offensichtlich hatte er in Wirklichkeit gar nicht über seinen Vorschlag nachgedacht. Erneut wurde er rot, zog den Kopf ein, eine Geste, die bei ihm eine Bitte um Entschuldigung andeutete, ein Entgegenkommen, das er Tasmin zugestand, aber sonst kaum irgendwem.

»Laß dir noch mal genau durch den Kopf gehen, was du da gesagt hast«, empfahl Tasmin ihm, prüfte ein letztes Mal die Funktionen des Windsacks. Danach lehnte er sich versonnen zurück. »Jamieson?«

»Sir?«

»Du bist doch in dem Alter, wo man sich Küstensänger anhört. Was weißt du über Lim Terri?«

»Ach, Na ja ... Er ist Spitze. Hat großen Erfolg. Seine letzten drei Kuben waren Bestseller. Die Mädchen fliegen brouduselig auf den Mann.«

»Wie ist seine Musik?«

Für einen Moment überlegte Jamieson. »Irgendwie schwer zu beschreiben. Sie enthält viele Fahrtensängerelemente, und gleichzeitig entfernt er sich erheblich davon. Natürlich geben sämtliche Küstensänger ihr Zeug als echte Losungen aus, aber man käme damit nicht weit. Ich glaube jedenfalls nicht, daß es möglich wäre.«

»Wie meinst du das?« Tasmin verspürte tatsächlich Neugierde. Lims Mißbrauch von Losungstexten hatte ihm so mißfallen, daß er sich über den Küstensänger-Starkult nicht auf dem laufenden hielt, nur wußte, daß die Küstensänger verbreiteten Anklang fanden und unanständig viel Geld scheffelten. »Wie ist das gemeint, man käme damit nicht weit?«

Jamieson spitzte die Lippen, wies auf einen Stuhl, und Tasmin erlaubte ihm mit einem Nicken, sich zu setzen. »Sie kennen ja die Partitur für die Wächter. Intro in Moll, zwei Hörner und Trommel in passender Tonhöhe, und bei der AR kommt die Solostimme, nicht wahr? Es ist 'ne ziemlich schlichte Grundmelodie, eigentlich 'ne ganz unkomplizierte Sache, was völlig anderes als die Wächtersequenzen mit ihren Tempo- und Tonartschwankungen, stimmt's? Na, und Lim Terri verwendet das sozusagen bloß als musikalisches Fundament. Er nimmt die Melodie der AR ... äh ... der Anrufung und Rechtfertigung, aber er ... äh ... schmückt sie gewissermaßen aus. Mit Trillern, kurzen Tremoli, Überleitungen und Manierismen. Während Sie ›Arndaff duromawa‹ singen, singt er ›Arn-daffa-daffa-daffa-du-hu-hu-hu-duhro-durohma-wa-ha-ha.‹« Was Jamieson vortrug, klang wie das wunderbare Plätschern eines Wasserfalls von Lauten.

Jamieson hatte eine schöne Stimme. Kurz und ohne Erfolg versuchte Tasmin sich einzureden, er hörte etwas Abstoßendes. Statt dessen war an dem Text etwas Hypnotisches.

»Und so geht das weiter?«

»Die Lautfolge ›sindir dassalam awo‹ dauert mit allen Kadenzen, rhythmischen Wiederholungen und dergleichen ungefähr drei Minuten. Probiert man das bei den Wächtern aus ... Na, ich bezweifle ganz einfach, daß man damit was erreicht. Sie würden einem was um die Ohren hauen, und man wäre erledigt.«

»Ich verstehe, was du meinst. Was ist denn daran das Attraktive?«

»Na ja, es ist eben tolle Musik. Wirklich wahr. Jede Menge Radau, und was sich auf der Bühne abspielt, ist ziemlich erotisch. Er trägt etwas, das einer Fahrtensängerkutte ähnlich sieht, bloß modischer, und vorn praktisch bis zum Struller offen.« Jamieson sprang auf, vollführte in breitbeiniger Haltung, aus der gleichermaßen Aggressivität wie Potenzprotzerei sprach, einige Gebärden, als öffnete er den Hosenreißverschluß, verdeutlichte Tasmin so, wovon er redete. »Die Instrumentierung ist auch ganz schön wild. Massig Schlagzeug und starke Beschallung.« Er ließ sich in den Stuhl zurücksacken, schwang die Beine über eine Armlehne.

»Wie man sie auf einer tatsächlichen Reise natürlich gar nicht verwenden könnte.«

»Außer man hätte für den Generator n' Reisefahrzeug, das so groß ist wie 'ne Brou-Küstenschute.«

»Und wie will er dann hier ein Konzert geben? So einen Generator wird er doch nie an den Präsenzen vorbeibefördern können. Und selbst wenn die Präsenzen ihn durchließen — was sie nicht werden —, der breiteste Weg auf dem Lebwohl-Grat ist lediglich weit genug für ein Standardfahrzeug.«

»Der Großteil wird wohl Holo sein. Er wird live vor einer vorher aufgezeichneten Kulisse auftreten, vielleicht mit ein, zwei Live-Musikern zur Begleitung.«

»Weshalb sollte er sich diese Mühe machen? Wenn er an der Tiefkrumeküste so glänzend ankommt, wozu ins Landesinnere reisen?«

Der Akoluth hob die Schultern, zuckte sie schwach. »Ich kann's mir auch nicht erklären. Vielleicht Verschleiß? Manchmal lese ich die Fanzines. Es gibt starke Konkurrenz zwischen den Stars, die sie die Großen Sechs nennen. Terri ist ... äh ... Nummer drei, glaube ich, vor zwei Jahren stand er noch auf dem ersten oder zweiten Platz. Chantry, dieser Neue, ist Favorit der Gouverneursgang, er ist aufgestiegen wie 'ne Rakete. Kann sein, Terri denkt sich, wenn er von 'ner Inlandreise zurückkehrt, weckt er wieder mehr Interesse.«

»Fahrtensänger Lim Terri«, las Tasmin von einem imaginären Poster ab. »Zurück von einer sechsmonatigen Dienstreise. Führte verzweifelte Karawanen ins Landesinnere ...«

Jamieson grinste. »So ungefähr, ja. Warum haben Sie an ihm so großes Interesse, Meister Ferrence?«

»Ach ...« Tasmin schwieg einen Augenblick lang. »Ich habe ihn mal gekannt ... Vor Jahren. Er stammt aus der hiesigen Gegend.«

»Ehrlich? Kein Witz? Na, ich glaube, dann wird er wohl mit 'm alten Freund wie Ihnen an der Theke einen heben.«

»Das wohl nicht gerade. So gut habe ich ihn nun wieder nicht gekannt.«

»Ich wüßte gerne, warum er mir nicht mitgeteilt hat, daß er kommt.« Verwundert starrte Tasmins Mutter in seine Richtung, doch Thalia Ferrence sah mit ihren geweiteten Augen seit Jahren nichts anderes mehr als verschwommene Umrisse. »Ich finde es merkwürdig, daß er mich nicht benachrichtigt hat.« Ihre Stimme klang nach Wehmut und Schmerz, einem leidvollen Wiederhochkommen familiären Kummers, den nur seine erneuerte Tiefe ungewohnt machte.

Wahrscheinlich hat er nicht angenommen, daß du noch lebst, dachte Tasmin, behielt den Gedanken jedoch für sich. »Wahrscheinlich war es Lim zu peinlich, Mutter. Oder es kann sein, er weiß nichts von Vaters Tod und dachte deshalb, er wäre nicht willkommen.«

»Sein Vater hätte ihm verziehen. Miles wußte, daß es um nichts Schlimmes ging.« Sie schüttelte lächelnd den Kopf. Anscheinend hatte sie alle Neigung, Miles Ferrence in ihrer Erinnerung beschönigend darzustellen, das Bild eines liebe- und verständnisvollen, zum Vergeben bereiten Vaters zu phantasieren, obwohl Tasmin sich nur an feindselige und harte Urteile entsinnen konnte.

Es sind nicht allein ihre Augen, die nichts sehen, befand Tasmin. Ihr Herz sieht ebensowenig. Vielleicht gehört es zum Dasein einer Ehefrau und Mutter, ein blindes Herz zu haben. Wenn sie für Lims Fehler blind ist, dann ist sie auch für meine Fehler blind. Er versuchte, auf ihr Wohlwollen gegenüber Lim mit Großmut zu reagieren, doch es gelang ihm nicht. Irgend etwas daran behagte ihm nicht. Aus Geschwisterrivalität? Das wäre Celcys einfache Erklärung für alles. Nein, es war die sinnlose Verschwendung von Gefühl an jemanden, der es nicht verdient hatte, die ihn störte.

Oder Eifersucht. Es konnte so sein. Daß er auf Lim eifersüchtig war, ließ sich nicht ausschließen. Es wäre nett, sich nur um sich selbst Gedanken machen zu müssen, statt drei oder vier Verantwortungsbereiche zu haben. Celcy. Die Arbeit. Seiner Mutter, deren Blindheit in einem der Medizinischen Zentren der Tiefkrumeküste behoben werden könnte, hätte er nur die

Möglichkeit, sie hinzubringen, und die Mittel, um die Rechnungen zu bezahlen. Seit Miles Ferrence' Ableben hatte die BDF die medizinische Versorgung für sie eingestellt.

Nicht daß sie ihm je Vorwürfe gemacht hatte. »Deine Frau muß für dich an erster Stelle stehen, Tas. Besuch mich einfach gelegentlich, wenn du kannst. Ich würde mich freuen.«

Nun beugte sie sich vor, nahm seine Hand und streichelte sie. »Wirst du bald wieder auf Reisen gehen?«

»Ersten Neumond, Mutter. Aber es handelt sich nur um eine Exkursion für ein paar neugeweihte Sänger. Ich werde bloß zwei Tage lang wegbleiben. In ihrem Zustand möchte ich Celcy ungern länger allein lassen.«

»Sie ist doch nicht immer noch schwanger, oder?«

»Ja ...« Er hatte ›Ja doch, natürlich ist sie's‹ anworten wollen, aber der Rest kam ihm nicht über die Lippen. »Wie kommst du darauf, sie könnt's nicht sein?«

»Ach, ich weiß auch nicht.« Wieder ihr trotz der Blindheit irgendwie durchdringender Blick, der den Eindruck erweckte, als sähe ihr Verstand, was die Augen nicht mehr sehen konnten. »Es kam mir bloß so unwahrscheinlich vor. Sag ihr, sie kann gerne bei mir bleiben, während du weg bist.«

Er tätschelte seiner Mutter die Hand; er wußte, es war ihr klar, daß er es Celcy ausrichten, aber Celcy darauf nicht eingehen würde. Rivalität zwischen Geschwistern war nicht die einzige Art von Rivalität, mit der sie sich auskannte.

Am ersten Neumondtag geleitete Tasmin eine kleine Karawane zum Zeremonientor der Zitadelle hinaus, wartete kribblig auf den Übergang von der normalen Realität zum Wundersamen. Die Realität war Tiefkrume Fünf. Celcy, die er einmal für durch und durch bewundernswert gehalten hatte, verkörperte heute überwiegend Alltagsrealität. Obwohl die Zitadelle eine Atmosphäre der Erhabenheit und des Mysteriösen zu pflegen sich bemühte, hatten ihre feierlichen Rituale sich mit den Jahren immer mehr zu Sachangelegenheiten abgeschliffen. Sogar Chad Jaconi nannte die dauernden Zeremoniells — im Vergleich zum Flair des Wunderbaren, wie es das Fahrtensingen in seiner Jugend umgeben hatte — ›erbärmlichen Byzantinismus‹. Vielleicht war das, was er damals erlebt hatte, in Wirklichkeit etwas, das man nur in der Jugend empfand. Tasmin spürte davon nichts, wenn er sich in der Zitadelle aufhielt.

Das Wundersame und Rätselhafte — und fast immer auch die Exaltation — begannen für ihn erst, sobald er Tiefkrume Fünf verließ. Er blickte diesem Augenblick mit einer Art seelischen Hunger entgegen, wußte nie, wann genau er eintrat, hatte aber die Gewißheit, daß er niemals ausblieb.

Er führte die Gruppe durch das dünnbesiedelte Gebiet im Westen der Zitadelle, durch mit Brou, Jubals einzigem landwirtschaftlichen Exportartikel, einem Gewächs, das Euphorie hervorrief, dicht bepflanzte Felder. Hinter der Karawane blieben die Zitadelle, die Nahrungspflanzenäcker, die Wohnbezirke, die nichtkonfessionelle Kapelle sowie das Dienstleistungs- und Unterhaltungszentrum zurück, rückte Tiefkrume Fünf mit all seiner Normalität, seiner gesamten Realität und ganzen Alltäglichkeit in die Ferne ...

Und überall ringsum lag ein Traumland.

Am Rand eines Broufelds legten sie eine Pause ein, um den Maultieren Softschuhe anzuziehen; währenddessen pflückte Tasmin für sämtliche Begleiter Broukapseln, ein Privileg, das die Brou-Distributionsfaktorei nur ›lizensierten, durch Todesmut ausgezeichneten Fahrtensängern‹ gewährte. Das Pompöse der Formulierung hatte Tasmin seit jeher amüsiert. Jedes Kind mit ausreichend flinken Beinen konnte unter den Augen der Feldaufseher Brou pflücken, und es geschah oft genug. Besah man sich die Verhältnisse jedoch genau, dann arbeiteten alle für die BDF, ganz gleich, wie pompös die Firma bisweilen auftrat; die BDF war es, die die Wartung der Zitadellen besorgte, die Karawanen bezahlte und die Fahrtensänger, die ihr Durchkommen ermöglichten, und ebenso die Forschungssänger, die ihnen die Wege erschlossen, die Farmer, die die Lebensmittel anpflanzten, die sie alle aßen, die gesamte Infrastruktur finanzierte, durch die alles in Betrieb blieb. Fahrtensänger, Forscher, Maultierzüchter, Dienstleistungsangestellte, sie alle, Hunderttausende von Menschen, arbeiteten letzten Endes für die BDF GmbH.

»Möge uns Durchlaß und sichere Rückkehr beschieden sein«, psalmodierte Tasmin, hielt sich damit streng ans Ritual, während er die Broukapseln verteilte.

»Amen«, antworteten die Erstfährtler in wirrem Chor ins knackige Brechen der trockenen Kapseln. Sie kauten, und nach kurzem konnte man ihnen deutlich Heiterkeit anmerken. Leicht zynisch lächelte Tasmin. Bis sie in die Nähe der ersten Präsenz gelangten, würde der Brourausch sich verflüchtigt haben.

Bald wichen die bepflanzten Felder unkultiviertem Flachland, das sich in allmählicher Steigung zu dem Massiv hinauf erstreckte, dessen Steilwände einen Höhenzug zwischen der Talsenke von Tiefkrume Fünf und den kargkrumigen Ebenen dahinter bildete, sie voneinander trennte. Nach und nach lösten höhere Gewächse die stummeligen Importbäume ab, Pflanzen von nachgerade mystischer Schlankheit und Fedrigkeit, die weniger Bäumen ähnelten, sondern mehr dem Gefieder eines Riesenvogels. Sie rochen schwach würzig, harzig, hatten einen gleichartigen Geruch wie Jubal selbst. Zwischen den Gräsern wuchsen verstreut Pfauenschwänzen vergleichbare Büsche, große Fächer aus farbenprächtigem, feinstflaumigem Laub, dessen Blätter sich langsam immer mit der Sonne drehten. In der Steppe standen einzeln oder in Gruppen kleinere

Wächterlein, nicht höher als ein Mensch. Sie glommen wie Buntglas, ziepten und zirpten, während der Wagen an ihnen vorbeifuhr. Tasmin bemerkte, daß ein oder zwei Wächterlein inzwischen näher an die Landstraße heranwuchsen, als deren Sicherheit es vertrug. Er hatte kein Demolitionsmaterial auf die Exkursion mitgenommen, aber er zog es in solchen Fällen ohnehin vor, den Experten Meldung zu machen und diese Aufgaben ihnen zu überlassen. Rasch fertigte er Notizen an, beobachtete unterdessen den Horizont.

Die Ballonreifen rollten leise. Den Mulis waren flexible Softschuhe angezogen worden. Kein Leder knarrte, keine Ketten rasselten. Mehr als eine Reisegesellschaft war infolge zu geräuschvoller Ausrüstung ins Verderben geraten; wenigstens nahm man es an. Sie bewegten sich sehr still vorwärts; Jamieson kauerte auf dem Kutschersitz des Wagens, Tasmin und die Studenten saßen auf den Reittieren mit den knautschig gedämpften Hufen. Zum Teil beruhte die geheimnisvolle Stimmung auf dieser angespannten Ruhe. Teilweise rührte sie von den Düften her, von denen Tasmin jedesmal das Gefühl hatte, daß sie seine Wahrnehmung der Welt ringsum intensivierten. Zu einem weiteren Teil gründete sie auf der immanenten Unwahrscheinlichkeit dessen, was sie zu tun versuchen wollten.

Diese Unwahrscheinlichkeit wurde offensichtlich, während sie die gewundene Straße zur Höhe der nord-südlichen Steilwand zurücklegten und Ausblick auf das erhielten, was sie erwartete. Auf einen Wink Tasmins hin versammelten sich alle um ihn; die Mulis standen Flanke an Flanke.

»Was ihr dort vor euch seht, Leute«, erklärte Tasmin im Flüsterton, »ist die sogenannte harmlose Seite der Wächter.« In Details mußte er nicht gehen. Man brauchte sich nur aufmerksam anzuschauen, was beiderseits der Höhenstraße emporragte.

Voraus fiel die Straße schroff zu der Kurve ab, die

nach links und um den Südwächter verlief. Am Wegsaum standen einige Dutzend Südwächterlinge, spitze Monolithen von transluzentem Grün und Blau, in denen Risse das Innere in einen Irrgarten gebrochenen Lichts verwandelten; der kleinste dieser Kristalle hatte ungefähr die fünffache Höhe von Tasmins Körpergröße. Hinter den Wächterlingen begann der Fuß des Südwächters, eines riesigen Gesteinsturms aus Smaragd und Saphir, von dessen zahllosen Felssimsen Laub herabwehte, über dem ständig — dreihundert Meter hoch — in Qualmwolken nicht unähnlichen Schwärmen Gyrovögel kreisten.

An der nördlichen Seite der Straße schimmerte eine Ansammlung kleinerer Nordwächterlinge in Amethyst- und Rauchglastönungen, und über sie ragte der gewaltige Umriß des Nordwächters empor, eines aus Mondstein und aschigem Quarz gebildeten Kliffs; Chemiker und Geologen behaupteten allerdings, die Struktur des Wächters bestünde so richtig aus keinem dieser beiden Mineralien. Doch in seiner Vorstellung blieb Tasmin bei den Bezeichnungen ›Smaragd‹, ›Mondstein‹ und ›Saphir‹. Sollten die Chemiker sich darum streiten, woraus sie wirklich bestanden; für ihn waren sie, ob Hunderte von Metern hohe Präsenzen, Kristalle in einem Zehntel dieser Größe oder ob kleiner als ein Mensch, allesamt pure Schönheit.

Zwischen den Wächtern, verstreut zwischen den Wächterlingen, lagen die Wracks vieler Fahrzeuge und ein Friedhof von längst abgenagten Menschen- und Tierknochen. Sowohl im Norden wie auch Süden der Wächter erstreckten sich die endlosen Reihen namenloser und benannter Präsenzen, die die westliche Begrenzung Tiefkrumes Fünf bildeten und es, außer an diesem Paß und einigen anderen Pässen, für die nachweisliche wirksame Losungen existierten, vom restlichen Kontinent abschnitten.

Jamieson tat gelangweilt, indem er sich auf dem Kutschersitz des Wagens lümmelte, obwohl er selbst erst zweimal an Exkursionen teilgenommen hatte. Refnic, James und Clarin sahen, wie sie da auf ihren Maultieren hockten, wie neue Hüte beim Frühlingsfest aus; der Fahrtenmeister der Zitadelle hatte sie ganz neu eingekleidet, so daß sie nahezu künstlich wirkten, wie ausstaffierte Modepuppen. »Schiebt die Kapuzen zurück«, riet Tasmin ihnen in aller Ruhe. »Krempelt die Ärmel hoch und bindet sie mit den Kordeln fest. Dafür sind die Bänder da, dann behindern die Ärmel euch nicht, wenn ihr sie braucht. Ich weiß, die Ärmel sind steif, aber sie werden mit der Zeit weicher.« Tasmins Kutte war vom wiederholten Waschen und Nähen samtig wie Seide. Die mit Stickerei verzierten Ärmelumschläge fielen in weichen Falten über die Zugkordeln, und die Kapuze hatte ihre steife Form seit langem verloren. »Legt die Zügel über den Sattelknauf, dann habt ihr die Hände frei. Das wär's schon.«

Sobald ihre Köpfe und Hände aus den Fahrtensängerkutten lugten, sahen die Studenten wieder mehr wie Menschen aus, ungeschützter, ihre Schädel erregten aufgrund des kurzen Haars — in Vorbereitung auf die Einkleidung hatten sie die Haare wachsen lassen dürfen, aber es war erst ein oder anderthalb Zentimeter lang — beinahe den Eindruck von Zartheit. Sie vermochten die Blicke nicht von den Wächtern zu wenden; das war die normale Reaktion. Sogar erfahrene Karawanenreisende saßen manchmal für eine Stunde oder länger einfach nur da und schauten die Wächter an, als wären sie zu glauben außerstande, was sie sahen. Die meisten Passagiere reisten in geschlossenen Wagen, oft ruhiggestellt mit Medikamenten, um Hysterie und ihre verhängnisvollen Geräusche zu vermeiden. Diese Studenten sahen die Präsenzen jetzt zum erstenmal aus der Nähe. Langsam bewegten sich ihre Köpfe, sie besahen sich die gewaltigen Kristalle in allen Einzelheiten, angefangen bei den Exemplaren in unmittelbarer Nachbarschaft bis hin zu den Giganten, die bis an den Horizont reichten. Im Süden, an der Grenze des Blickfelds, kennzeichnete eine Anordnung von Felssäulen, die nur wegen der Entfernung klein wirkten, den Standort der Äußeren Wächterlinge, hinter denen der immense Schwarze Turm sich erhob; er lag an der vorgesehenen Rückroute. Man wußte, daß das Erdreich die Kristalle dort lediglich als dünne Schicht bedeckte.

Alles ringsherum vibrierte im Summen, Surren, Sirren, Ziepen und Maunzen der Kakaphonie, die lauter geworden war, seit die Karawane sich dem Höhenrükken zu nähern begonnen hatte. Auch die Wächter wußten ihrerseits um ihre Anwesenheit.

»Ich vermute, ihr habt euch schon überlegt, wie wir nun vorgehen?« Gewöhnlich ließ Tasmin die Erstfährtler entscheiden, wer wo sang; ihm war es egal, solange jeder das gleiche Maß an Verantwortung übernahm. »Also los und voran! Singt oder laßt's sein, entscheidet euch. Die Präsenzen werden immer gereizter.« Tasmin zügelte seine Ungeduld. Die Studenten hätten ein wenig zügiger handeln können, aber wenigstens standen sie nicht wie gelähmt herum. Er hatte bereits mehr als eine Gruppe begleitet, die beim ersten Anblick der Präsenzen in völlige Handlungsunfähigkeit verfiel, und zumindest in einem Fall hatte sich ein Neophyt, von Furcht umnachtet, in einem Tobsuchtsanfall auf eine Präsenz gestürzt.

»Wenn Sie keine Einwände haben, wird Clarin singen, Sir. James und ich liefern dazu die Instrumentaleffekte.« Refnic war etwas bleich, aber gefaßt. Clarin wirkte beinahe, als stünde sie unter Hypnose, hatte die dunklen Brauen zu einem Stirnrunzeln der Konzentration zusammengezogen; in ihren Wangen sah man tiefe Mulden, sie saugte im Mund daran, um die Zunge zu befeuchten.

»Dann wollen wir anfangen.«

Die vor den Fahrtenwagen gespannten Maultiere waren darauf abgerichtet, ihre Gangart gleichmäßig beizubehalten, was auch passieren mochte. Refnic stieg in den Wagen und setzte sich an die Synthesizerkonsole, während James sich hinter die Trommeln schob. Clarin trieb ihr Tier vorwärts, breitete die Arme, die Zügel an den Sattelknauf geknüpft, nach den Seiten aus.

Tanta tara. Der erste Hörnerklang scholl aus dem Wagen, keine Aufnahme, sondern per Synthesizer erzeugt. Irgendwie bemerkten die Präsenzen unweigerlich den Unterschied. Losungsaufnahmen hatten fast unverzügliche Vergeltung zur Folge. In langsamem Takt, mit Nachdruck, aber auch Respekt, fiel eine Trommel ein. *Dumma dumma dumma.* Danach kam die Streichmusik.

»Arndaff du-romawa«, sang Clarin mit ihrer erstaunlich tiefen Stimme, die trotzdem deutlich und eindringlich wie eine Glocke hallte. »Arndaff du-romawa.« Bei den ersten Silben hatte sich ihr Gesicht entspannt, sie hatte sich in vertrauensvoller Selbstvergessenheit der Musik geöffnet.

Das grelle Rumoren unter ihren Füßen ließ allmählich nach und verstummte endlich vollends. Langsam und unerschütterlich stapften die Mulis in ihren Softschuhen weiter, ihr gedämpfter Hufschlag blieb nahezu unhörbar.

Makellos schwollen die Streicherklänge zu einem Crescendo empor. Danach dröhnte wieder die Trommel, erschollen Hörner, verhaltenes Läuten schloß sich an, untermalte Clarins Stimme. »Sindir, sindir, sindir dassalam awo.«

Die Maultiere blieben in ihrem gleichmäßigen Schritt. Clarin ritt voran, dichtauf gefolgt von Tasmin, hinter ihm rollte auf seinen leisen Ballonreifen der Wagen, und zum Schluß kamen zwei reiterlose Mulis. Der Synthesizer erzeugte ausschließlich die notwendigen Töne. Gedämpfte Räder und Hufe akzeptierten die Präzensen, irgendein Motorengeräusch, wie leise auch immer, dagegen nicht. Außer in oder über der Tiefkrume, die als lockere Erdschicht von um die fünfzig Metern Dicke die Kristallpräsenzen landstrichweise gewissermaßen wie ein Polster bedeckte, konnte sich nirgends auf Jubal ein motorisiertes Land- oder Luftfahrzeug bewegen. Weil gewöhnlich Höhenzüge aus enormen Kliffs reihenweise verteilter Präsenzen solche mit Erdscholle angefüllten Landschaftstaschen voneinander absonderte, war nirgendwo auf dem Planeten, ausgenommen auf den Meeren und in den Küstenregionen, ein effizienter Motorverkehr möglich.

»Dassalom awo«, sang Clarin, während sie links durch die Biegung zogen. »Bondars delumin sindarlo.« Wenige Frauen bewältigten die für die Losungen im Gebiet Tiefkrumes Fünf nötigen Vokale, obwohl Tasmin gehört hatte, daß es im Nordwesten zahlreiche Fahrtensängerinnen geben sollte. Er schenkte ihr ein Lächeln der Ermutigung und ermunterte sie mit einer Geste zum Weitermachen, obschon sie inzwischen sicheres Gelände erreicht hatten. Wären sie eine reguläre Karawane gewesen, hätten die Fahrtensänger nun mit ihren Wagen am Straßenrand geparkt, um die Anrufungs- und Rechtfertigungsvariationen vorzutragen, bis sämtliche Wagen die gefährliche Zone passiert hätten. Tasmin war der Meinung, daß es für Clarin einen Vorteil bedeutete, wenn sie sich schon einmal einübte.

Clarin stimmte die Erste Variation an. Wenn es in bezug auf die Präsenzen überhaupt irgend etwas zu lernen gab, dann auf jeden Fall, daß sie die Neigung aufwiesen, sich rasch zu langweilen. Die mehrmalige Wiederholung bestimmter Sätze rief mit einiger Wahrscheinlichkeit eine heftige Reaktion hervor.

Am Ende der Zweiten Variation gab Tasmin mit einem Wink zu verstehen, daß Clarin die Dankbarkeitsbekundung singen sollte. Clarin sang sie. Danach herrschte Stille. Sie entfernten sich von den Wächtern, ohne daß jemand ein Wort äußerte.

Ein Donnerknall zerriß hinter ihnen die Stille, von den Felswänden ringsum rumpelten in zunehmend schwächeren Lärmkaskaden Echos eines Berstens und Prasselns zurück. Erschrocken fuhr Tasmin im Sattel herum, befürchtete schon, der Wagen könnte getroffen worden sein, aber ihn trennten bereits gut zehn Meter von der Stelle, wo jetzt Kristallsplitter verstreut lagen und dampften. Ein Wächterling hatte hinter ihnen gewaltsam seine Spitze abgesprengt und die Bruchstücke in ihre ungefähre Richtung verschleudert.

»Lustiger Jux«, meinte Jamieson halblaut. »Ha-ha.«

Clarin war blaß geworden und schlotterte. »Warum das?« fragte sie mit kläglicher Stimme; ihre Augen spiegelten Furcht wider. »Weshalb denn? Ich habe keinen einzigen Ton ausgelassen.«

»Scht.« Tasmin brachte, weil er im ersten Augenblick selbst fassungslos war vor Staunen, einen Moment lang kein Wort hervor. Er nahm Clarin am Arm, seine Hand fühlte, wie sie, jeden Muskel verkrampft, haltlos zitterte. Er zog das Mädchen an sich, holte die übrigen Begleiter mit Blicken heran, winkte sie näher, sprach im Flüsterton auf Clarin ein, gleichzeitig jedoch, sobald sie sich um ihn geschart hatten, zu allen. »Clarin, ich habe die Wächterpartitur noch nie besser gesungen gehört. Es lag nicht an dir. Du mußt daran denken, daß die Präsenzen ... Nun ja, man muß beachten, daß sie eben unberechenbar sind. Sie tun die merkwürdigsten Sachen.« Er streichelte dem Mädchen den Hinterkopf, der sich wegen des kurzen Haars wie der Nacken eines Säuglings anfühlte.

»Ein Jux«, raunte Jamieson nochmals. »Er hat sich über uns kaputtgelacht.«

»Jamieson, wir kommen ohne weiteres ohne anthropomorphische Vergleiche aus«, stellte Tasmin barsch klar, schaffte es nur mit Mühe, sich zu einem einigermaßen beherrschten, maßvollen Tonfall zu zwingen. Er hatte lieber nicht geredet, lieber nicht reden müssen, ihm war danach zumute, nur auf das Pulsen des Adrenalins zu lauschen, das ihm angesichts des Wunders der Präsenzen aus Ehrfurcht durch die Adern rauschte. Es kostete ihn erhebliche Anstrengung, seine Beachtung den entsetzten Erstfährtlern zu widmen. »Das sind Kristalle, hochgradig komplizierte Kristalle. Gewisse Kombinationen von Tönen bringen sie dazu, die Erzeugung eigener Signale herabzusetzen und ihre endogene elektrische Aktivität einzustellen. Der Vorgang ist sehr komplexer Natur, wir durchschauen ihn erst wenig, aber er ist nichts Übernatürliches.«

»Ich habe an nichts Übernatürliches gedacht«, behauptete Jamieson, wurde seiner Reputation als ewiger Rebell gerecht. »Lachen hat nichts mit Übernatürlichem zu tun.«

»Doch, wenn man es einem Kristallberg nachsagt, sehr wohl«, konstatierte Tasmin mit einem Anklang von Endgültigkeit, war sich dabei des Widerspruchs zwischen dem, was er sagte, und dem, was er empfand, deutlich bewußt. Seine Worte stimmten mit der Doktrin überein, aber enthielt die Doktrin die Wahrheit? Er wußte es nicht, und daß die für Verbreitung der Lehre Zuständigen sich ihres Wahrheitsgehalts sicher waren, bezweifelte er. Allerdings konnte man kaum eine gutbezahlte Position in der Akademikerhierarchie einnehmen und gleichzeitig dulden, daß jemand vor Erstfährtlern inakzeptable Ansichten verbreitete, und ebensowenig durfte man selbst vor Studenten darüber spekulieren, zumal das BDF-Handbuch den offiziellen Standpunkt im Klartext festlegte. Die BDF hatte daran ein Interesse, daß man die Präsenzen lediglich als … Mineralien einstufte. Was im Interesse der BDF lag, war auch in Tasmins Interesse. Er gab sich, was Jamieson betraf, mit einem Blick eindeutiger Mißbilligung zufrieden, den der Akoluth mit einem Ausdruck vollkommener Verständnislosigkeit erwiderte. Das Problem bestand darin, daß er und Jamieson sich viel zu gut verstanden.

Er drückte und rüttelte Clarin kurz, tätschelte ihre Schulter, schaute beifällig zu, wie sie sich daraufhin auf ihrem Maultier straffte und das Gesicht abwischte. Sie war sehr bleich, hatte sich aber wieder in der Gewalt. Ihr Haar bedeckte ihren Schädel wie ein dunkler Schatten, und die Haut ihrer hohen, schön geschwungenen Wangenknochen war leicht gerötet. Sie hatte sich schnell gefangen.

»Oooh, wie mich das wurmt«, murrte sie. »Ich würde gern …«

»Ein paar Präsenzen einreißen, stimmt's? Ich kenne das Gefühl. Aber sieh sie dir an, Clarin. Schau dort hinunter!«

Er zeigte den ausgedehnten Hang abwärts, der sich vor ihnen bis hinab zu den Falschen Freunden erstreckte. Sie blickte in die gewiesene Richtung. Als ringförmige Regenbogen schillerte Licht auf den Falschen Freunden, gleißte und glitzerte eine rhapsodische Sinfonie der Farben, während Schwärme von Gyrovögeln sie umsegelten wie das Wallen eines Kleids aus Rauchschwaden.

»Möchtest du das zerstören?« fragte Tasmin.

»Nein«, antwortete Clarin nach einem kurzen Zögern. »Das möchte ich wirklich nicht.«

»Ganz zu schweigen von den PEK-Anordnungen, die es verbieten«, bemerkte Jamieson mit seinem kauzigen Humor. »Die Planetenerschließungskommission untersagt ausdrücklich die Zerstörung aller Kristalle, mit Ausnahme von Tiefkrume-Auswüchsen.«

»Kleinere Kristalle«, sagte Clarin seufzend. »Solche mit den Endsilben ›ling‹ oder ›lein‹. Nichts wie das dort.«

»Nichts wie das«, bekräftigte Tasmin. »Und jetzt wünsche ich, daß ihr euch die Wächter einmal von dieser Seite aus anseht.« Er verfiel in seinen trockenen Referententon, versuchte die Aufmerksamkeit der Studenten auf etwas anderes als die Möglichkeit willkürlicher, vollständiger Auslöschung zu lenken. »Nähert man sich von Westen, kommt natürlich eine andere Partitur zur Anwendung, außerdem hat die Straße eine Steigung, das heißt, ein längeres Musikstück ist erforderlich. Man nennt diese Seite die ›schwierige Seite‹, obwohl eigentlich die Partitur für die Westseite einfacher ist, sowohl im Gesang wie in den Instrumentaleffekten. Ich schlage vor, wir setzen den Weg fort. Heute müssen wir noch die Falschen Freunde, die Schockfelsen und den Lebwohl-Grat überwinden, bevor wir den Tiefkrumepaß nach Harmonie durchqueren können.«

Auf der Serpentine längs der Falschen Freunde, für die es nur eines Kanons mit einer simplen Grundmelodie und mehrfachen Wiederholungen bedurfte, lösten sich die Erstfährtler beim Singen ab. Am Anfang hielt James sich recht gut, doch im weiteren Verlauf der Exkursion verschlechterten sich seine Leistungen. Mit geübter Leichtigkeit ersang Refnic ihnen den Weg durch die Schockfelsen. Wie Jamieson es geahnt hatte, versagte James, auf dem Lebwohl-Grat stockte er mitten in der AR, während eines A-capella-Chorgesangs ohne jede Instrumentalbegleitung, die sein Verstummen überspielt hätte. Ein Moment gräßlichen Schweigens entstand. Unter ihnen fing der Boden zu beben an, doch gerade, als Tasmin den Mund aufmachte, um den Gesang fortzusetzen, nahm Jamieson ihn auf, indem er kaum eine Silbe ausließ, mühelos schwoll seine Stimme empor. Der Untergrund beruhigte sich. Als sie den Felsgrat hinter sich gebracht hatten, befahl Tasmin einen Halt und reichte sein Fernglas herum, damit alle sich die Wracks der Fahrzeuge anschauen konnten, deren verwitterte Trümmer sich zuhauf am Fuß der Felsen türmten.

Im Flüsterton eine Erklärung abzugeben, war schwierig, aber Tasmin konnte es nicht aufschieben. »James, das sind die Resultate zu geringen Wissens, zu vieler unbegründeter Annahmen, ungenügender Vorbereitungen oder banger Fahrtensänger. Ein tüchtiger Instrumentalist zu sein, ist gar nicht übel. Die Instrumentaleffekte sind genauso wichtig wie das Singen. Wenn auf dich kein Verlaß ist, was den Gesang angeht, um Ericksons willen, dann riskiere nicht dein und das Leben anderer Menschen.« James war aus Scham und Enttäuschung kalkweiß im Gesicht. Die Detonation zu Füßen der Wächter hatte ihm einen gehörigen Schrekken eingejagt, aber das gleiche galt für alle Teilnehmer der Exkursion. Jamieson bewahrte eine ausdruckslose Miene. Er war zu klug, um jetzt eine Ich-hab's-ja-gesagt-Pose einzunehmen.

Nach der Tagesroute gelangten sie in Harmonie, einem kleinen, ausschließlich landwirtschaftlich genutzten Tiefkrumetal, wieder in vergleichsweise behaglichen Alltag. Das Essen und die Betten erwiesen sich als gut, und Tasmin erübrigte eine halbe Stunde für einen Beileidsbesuch bei der Schwester seiner Mutter zu machen, einer Frau namens Betuny, der er nie nahe genug gestanden hatte, um sie ›Tante‹ zu nennen; ihr Ehemann war kürzlich verstorben, und Tasmin übergab ihr einen Brief seiner Mutter. Nachdem er diese Pflicht erledigt hatte, kehrte er in die Fahrtenherberge zurück; dort erwartete ihn auf der Veranda des Vorbaus Renna Clarin. Sie hatte ein helles, farbenfrohes Tuch um den Kopf gebunden und trug ein dazu passendes, lebhaft gestreiftes Kleid. Zum erstenmal merkte er, wie hübsch sie war, eine Beobachtung, die ihn seltsam berührte; ob Neophyten hübsch waren, darauf war er nicht zu achten gewöhnt.

»Ich möchte mich bei Ihnen bedanken, Sir.«

»Wofür, Clarin? Du hast draußen gute Arbeit geleistet.«

»Dafür, daß Sie … mich nicht zusammengestaucht haben, als ich den Schreck kriegte.«

Sie stand etwas höher als er, auf der Veranda, aber sie war ohnehin ein hochgewachsenes Mädchen, das sich durch ein ruhiges, aufmerksames Verhalten auszeichnete. Ohne die Fahrtensängerkutte sah sie schmaler aus, graziöser, und Tasmin erinnerte sich an das Gefühl ihres Körpers, als er sie kurz an sich gedrückt hatte. In kritischen Situationen drückte man als Präzeptor immer einmal den einen oder anderen Studenten, doch Clarin war, wie ihm jetzt mit einiger Verlegenheit auffiel, die erste Studentin, die er auf einer Exkursion begleitete. »Du hast dich also gefürchtet?« fragte er leise. »Richtig gefürchtet?«

»Richtig gefürchtet, ja.« Sie lachte ein wenig; das Geständnis war ihr etwas peinlich.

»Ich auch. Oft geht's mir genauso. Nach einiger Zeit ... freut man sich regelrecht darauf. Wenn man echte Furcht empfindet, empfindet man die Welt irgendwie ... intensiver.«

Skeptisch dachte sie über seine Äußerung nach. »Das kann man sich nur schwer vorstellen.«

»Glaube mir, es kommt dazu. Entweder entwickelt man sich dahin, oder man sucht sich einen anderen Beruf.«

Clarin wurde rot, bedankte sich nochmals und ging durch den Flur zu ihrem Zimmer. Tasmin lag in seinem Zimmer noch eine Zeitlang wach, in Gedanken bei den turmhohen Kristallkolossen überall rings um den Ort, Aufreihungen so stiller Präsenzen, daß man in den Hügeln Viggychöre singen hören konnte. Er spürte noch einen Nachklang der Gefühlsregung, die er am Morgen erlebt hatte, eines Anschwellens innerer Anspannung, halb wohlig, halb schaurig. So stark hatte er diese emotionale Wallung selten empfunden. Und sie hatte selten so lang angedauert. Er lag da und lauschte den Viggys, die fast bis Mitternacht sangen, sein Körper kostete die Erregung aus.

Sobald es ausreichend hell war, hatte er seine Erstfährtler auf und reisefertig. Sie schauten sich den Schwarzen Turm lange genug an, um sich einen Begriff von der scheinbaren, schieren Unmöglichkeit ihrer Aufgabe zu machen, während Tasmin, Jamieson dicht hinter sich, stumm ein Bittgebet für die Toten las. Irgendwo in den Halden aus Kristallbruch am Fuß des Schwarzen Turms ruhten die Überreste Miles Ferrence'. Nach Miles Ferrence' Tod hatte Tasmin die ursprünglichen Forschungssängernoten herausgesucht und eine neue, dem Andenken seines Vaters gewidmete Schwarzer-Turm-Partitur geschrieben. Eigentlich hatte er es getan, um seiner Mutter eine Freude zu bereiten. Bis jetzt war noch niemand, der sie benutzt hatte, ums Leben gekommen. Heute sang er sie selbst, um die Gruppe am Schwarzen Turm vorbeizubringen, während Jamieson für die Instrumentalbegleitung sorgte.

Im Anschluß an den Schwarzen Turm wirkten die Äußeren Wächterlinge nur noch wie Kleinkram, gerade gut für ein paar Übungen; sie verkörperten keine größere Herausforderung mehr. James bat um Exklusion. Das Gefühl der Ehrfurcht und Andacht, in dem Tasmin seit dem Anfang der Exkursion geschwelgt hatte, verschwand in dem Moment, als sie die letzten Wächterlinge passierten und am Ende des langen Abhangs Tiefkrume Fünf in Sicht gelangte. Sie kehrten zurück in die Realität. Tasmin atmete schwer durch. Er konnte zum Abendessen daheim sein.

»Wie haben deine Jüngelchen sich bewährt?« erkundigte sich Celcy, tatschte Tasmin im Gesicht und zog es herunter, um ihn zu küssen. »Haben sie auch recht schön gesungen?«

»Alle bis auf einen, ja.« Er hatte keine Lust, über James zu sprechen, und — aus irgendeinem Grund — genausowenig über Clarin.

»Ach, der arme, kleine Lümmel, ist er weggepustet worden?«

»Celcy, das ist nicht witzig«, fuhr er sie an. »Und es verrät verdammt miesen Geschmack.« Allerdings bereute er es sofort.

Doch es beeinträchtigte ihre Gutgelauntheit nicht. »Entschuldige, Tasmin. Im Ernst, das war gedankenlos von mir. Natürlich hat ihm nichts zustoßen können, du warst ja dabei. Deshalb bist du doch da, nicht wahr? Damit deine Jüngchen in Sicherheit sind und nicht umfallen.«

»Unter anderem.«

»Du hast mir gefehlt. Ich habe dich wahnsinnig vermißt.« Sie öffnete seine Kutte und schmiegte sich darunter an ihn, drosch mit den Fäustchen gegen seine Rippen. »Hast du gehört, ja?«

»Ich hab's gehört.« In plötzlichem Vergnügen lachte er. »Ich hab's gehört, Celcy.«

»Also, dann tu was.«

Die Müdigkeit wich von Tasmin. Das moralische Tief, wie es sich gewöhnlich nach jeder Exkursion ergab, verschob sich auf später. Celcy verhielt sich so aufgeregt und verspielt wie ein glückliches Kind, war ganz darauf aus, ihn zufriedenzustellen, und der Abend verstrich in einem Durcheinander von Liebesspielen und Schmauserei.

»Ich habe den gesamten Tag mit Kochen zugebracht«, erwähnte sie, als sie ihm das Glas zum drittenmal mit Wein füllte. »Den ganzen Tag, ohne Pause.«

Versonnen rieb Tasmin sich den Magen. Wäre Celcy nicht aus völlig anderen Gründen von ihm geheiratet worden, vielleicht hätte er es wegen ihrer Kochkünste getan. »Du bist so lieb zu mir ...«

»Das bin ich deshalb«, sagte sie, strich mit den Händen unter sein Hemd. »Deshalb.«

Es folgte ein Zwischenspiel.

»Tassi-Schätzchen«, sagte Celcy anschließend mit schläfriger Stimme, »*er* hat angerufen.«

»Wer?« Im ersten Moment konnte er sich nicht im geringsten denken, wen sie meinte; dann begriff er es mit einem solchen Ruck, als hätte er einen Faustschlag erhalten. »Lim? Er ist da?«

Er mußte in Tiefkrume Fünf sein, andernfalls hätte er nicht anrufen können.

»Er ist drüben am Kraftwerk. Die Truppe kampiert dort ein, zwei Tage lang, um ein paar Anlagen zu reparieren, hat er gesagt. Sie wollen erst danach in die Stadt kommen. Er hat sehr lange mit mir gesprochen, er ist ja ein derartig süßer Kerl! Tassi, du hast mir überhaupt nie erzählt, was für ein wundervoller Mann er ist. Er wollte über dich und mich alles wissen, wie wir uns kennengelernt haben, alles.«

Unter Tasmins Kehle schien ein kalter, harter Klumpen zu sitzen. Er versuchte ihn hinabzuschlucken, doch es gelang ihm nicht.

»Was wollte er sonst noch?«

»Uns Karten fürs Konzert schenken natürlich. Und nach der Vorstellung möchte er mit uns zu Abend essen.«

»Hat er sich nach Mutter erkundigt?« Selbstverständlich war das die ungünstigste Frage, die er momentan stellen konnte. Schlagartig veränderte sich Celcys Laune.

»Ja. Er hat gefragt, ob sie und euer Vater noch am selben Wohnsitz wohnten, und ich habe ihm gesagt, daß euer Vater gestorben, sie aber noch dort wohnhaft ist. Komisch, daß er das mit eurem Vater nicht wußte, Tassi. Ich nehme an, er wird sie auch anrufen.«

Daran zweifelte Tasmin sehr stark. Als Lim Tiefkrume verlassen hatte, war er ohne ein Wort fortgegangen. Erst beinahe vier Jahre später hatten sie erfahren, daß er noch lebte und an der Tiefkrumeküste ziemlich gut zurechtkam, indem er in Nachtclubs mit Fahrtensängerliedern auftrat, damit junge Frauen zu leidenschaftlichem Entzücken hinriß und mit beiden Händen Geld einstrich. Nach dem Tod von Tasmins Vater hätte seine Mutter einiges von dem Geld gebrauchen können, doch Lim hatte ihr nie welches angeboten; auch nicht, nachdem Tasmin ihm deswegen geschrieben hatte …

Seltsam. In dem Brief hatte er Lim mitgeteilt, daß ihre Mutter Bedürftige geworden war, jedoch nicht den Tod des Vaters. Er hatte unterstellt, Lim wüßte Bescheid. Doch woher hätte er es denn wissen sollen?

»Was hast du ihm außerdem erzählt?«

»Ach, nur daß wir rasend gern Eintrittskraten haben möchten. Jede Menge, habe ich gesagt, damit wir alle unsere Freunde mitbringen können ...«

Deine Freunde, dachte Tasmin. Deine Freunde und ihre Ehefrauen. Celcy hatte viele Freunde; die Mehrzahl war verheiratet. Es handelte sich tatsächlich nur um Freunde, er hatte ihretwegen keinen Anlaß zur Eifersucht oder irgendwelchen Befürchtungen. Ausschließlich Freunde. Keine Freundinnen. Celcy stufte alle Frauen, ganz egal, wie jung oder alt sie sein mochten, als Rivalinnen ein. Arme Celcy. Geliebte Celcy.

»Zu Abend essen, hast du gesagt?«

»Nach der Vorstellung. Er möchte noch mit dir sprechen.«

Bei der Mittagsmahlzeit gesellte Jaconi sich zu Tasmin, er quoll über vor Begeisterung über seine neueste Theorie. »Ich bin fest davon überzeugt, daß ich eine Repetitionssequenz entdeckt habe, Tas. Eine Ähnlichkeit, die in mehr als zehn Prozent aller erfolgreichen Anrufungen und Rechtfertigungen vorkommt.«

»Sei nicht so pedantisch, Jac. Sag AR, so wie wir alle.«

Der Ältere wurde rot, pflügte mit den Fingern durch den grauen Bart, als kämmte er sich Läuse aus. »Reine Gewohnheit. Ein Versuch, vor den Studenten Würde zu wahren. Du bist ja selbst einer meiner Schüler gewesen, zum Teufel.«

»Ich entsinne mich. Und du warst ein guter Lehrer. Du hättest die Lehrtätigkeit weiter ausüben sollen, statt den Bibliotheksposten zu übernehmen.«

»Ach, dadurch finde ich Zeit, um ... Du weißt schon.

Du nennst's mein Hobby, ich weiß, Tas, aber es ist nicht bloß das, wirklich nicht. Manchmal denke ich, ich bin ganz nah vorm Durchbruch.« Er hob die Hand, hielt Daumen und Zeigefinger dicht aneinander. »So nah. Ich weiß genau, daß wir tatsächlich zu den Dingern reden. Mir ist fast so, als könnte ich die Wörter verstehen …«

»Bis sich jemand neue AR ausdenkt?«

»Nein, das ist bisher das Problem gewesen. Ich habe unterstellt, alle … alle AR hätten ein gemeinsames Element, ja? Aber wenn Erickson nun recht gehabt hat? Wenn es nun wirklich Sprache ist?« Jaconis Stimme sank zu verschwörerischem Flüstern herab, und er schielte umher, vergewisserte sich, daß niemand zuhörte. »Ich meine, wir sagen ja unter gleichen Umständen auch nicht immer dasselbe. Gehen wir mal davon aus, ich trete dir auf den Zeh. Ich könnte ›Herrje‹ sagen, ›Entschuldigung‹, ›Tut mir leid‹, ›Wie blöd von mir‹ oder ›Ach Scheiße‹ oder ein Dutzend andere Äußerungen tun, die alle gleichermaßen paßten.«

»Das stimmt.« Wider Willen erwachte Tasmins Interesse.

»Bislang habe ich immer nach Übereinstimmungen gesucht. Mit sämtlichen Translatoren, die ich gekauft habe, bin ich immer bemüht gewesen, gleiche Wörter, Worte oder Instrumentaleffekte zu finden, die die gleiche Wirkung erzielen. Aber wenn wir nicht dauernd das gleiche reden, um die gleiche Emotion auszudrükken, dann tun die Präsenzen es möglicherweise auch nicht, und wir sollten vielleicht nach Bedeutungsgruppen suchen, oder?«

»Klingt logisch.«

»Tja, und darum forsche ich jetzt danach. Es kann sein, ich habe sogar schon ein paar aufgespürt. In ungefähr zehn Prozent aller AR stecken übereinstimmende Elemente.«

»Was meinst du mit ›übereinstimmend?‹«

»Größtenteils Lautfolgen aus Vokalen. Mit ähnlicher Instrumentierung. Hörner und Trommeln. Bei fünfundneunzig Prozent der Bedeutungsgruppen ist Schlagzeug beteiligt, bei über achtzig Prozent sind's Hörner, und die übrigen zwanzig Prozent weisen Orgeleffekte auf, die mit Hörnern Ähnlichkeit haben.«

Jaconis Beschreibung hatte in Tasmins Gedanken eine Reihe von Erinnerungen ausgelöst, er griff sich an den Kopf, rieb die Stirn. »Jac, vor etwa einer Woche hatte ich dir doch eine neue Rätselstein-Partitur gebracht.«

»Du armer Mensch. Ich habe sie mir angeschaut, nachdem du weg warst, und sie ist echt knifflig.«

»Na ja, sicher, kompliziert war sie, aber eigentlich habe ich sie als nicht so schlimm empfunden. Die Notation des Forschungssängers war exzellent, ich habe nie 'ne bessere gesehen. In den ersten AR hatte sie eine lange Sequenz mit vielen Selbstlautfolgen in Drittel- und Viertelnoten und Schlagzeug- und Hörnerbegleitung.«

»Wer hat sie eingereicht?«

»Ein Mitglied des Forschungssänger-Ordens, das normalerweise oben im Nordwesten tätig ist. Dona Ginster. Sagt der Name dir was?«

»Klar. Ginsters Kristallschuft-Variationen. Ginsters Wanderwüste-Suite. Ginsters Kanon für Drachenzähnlinge. Donatella Ginster.«

»Ach, Donatella ist der Name. Wäre ich nicht drauf gekommen.«

»Wann ist die Erprobung vorgesehen?«

»Gar nicht. Der Generalmeister wollte sie archiviert haben, sonst nichts.«

»Keine Freiwilligenmeldungen?«

»Das könnte man als schlechten Scherz auslegen, Jac. Wir versuchen den Rätselstein seit hundert Jahren zu knacken, und wie ist der Ergebnisstand? Achtzig zu Null für den Rätselstein. Einen Freiwilligen werden wir erst wieder haben, wenn irgendwer aufkreuzt, der zum Selbstmord entschlossen ist.«

Die Woche vor dem Konzert hatte Celcy mit dem Nähen eines neuen Kleids verbracht. Tiefkrume Fünf war schwerlich ein Brennpunkt der Mode, darum fertigte sie häufig selbst Kleidung an, orientierte sich an Vorbildern, die sie in Holos von der Tiefkrumeküste sah, wo das Landen und Starten der Raumschiffe in Punkt Eins und Zwei für aktuelle modische Einflüsse sorgte. Ihr jetziges Unikat leuchtete in knalligem Orange und bewirkte zusammen mit Celcys schwarzen Haaren und brauner Haut — und um so mehr, als es an den unvermutetsten Stellen Ausschnitte nackter Haut zeigte — eine Augenfälligkeit, die an einen Schockeffekt grenzte.

»Du bist schön«, sagte Tasmin zu ihr, obwohl er wußte, daß sie sich die Mühe nicht ausschließlich für ihn gemacht hatte. Seine Bewunderung für ihr Äußeres faßte sie als Selbstverständlichkeit auf.

»Ja, nicht wahr?« Sie wirbelte vor dem Spiegel hin und her, probierte verschiedenerlei Schmuck an, entschied sich zuletzt für die Pyritohrringe, die ihr von Tasmin zum fünften Jahrestag ihrer Ehe geschenkt worden waren, nachdem er zwei Jahre lang dafür gespart gehabt hatte. Jedesmal wenn sie sie trug, hatte er ein wenig Gewissensbisse. Das Geld hätte die Ersparnisse, die er für die medizinische Behandlung seiner Mutter zurücklegte, wesentlich aufgestockt, aber Celcy hatte sich die Ohrringe so sehr gewünscht, und wenn sie irgend etwas sah, das sie unbedingt haben wollte, führte sie sich auf wie ein Kind am Geburtstag. Das war die Art, wie er sie liebte, und wie sie mit den Steinen der Ohrringe aussah, gefiel ihm. Auch sie verstrahlten leuchtend-orangenfarbene Glanzlichter.

Er stand hinter ihr, sah sich im Spiegel an, wie sie als Paar wirkten: Er war groß, hatte ein schmales Gesicht und einen flachsblonden Struwwelschopf, besaß Ähnlichkeit mit einer hellen Kerze; sie war klein und erinnerte an eine dunkle Fackel. Selbst im dichtbesetzten Konzertsaal schien sie, als das Licht erloschen war, noch von innerlicher Helligkeit zu glimmen.

Er hatte sich vorgenommen, von der Musik unbeeindruckt zu bleiben, und versuchte während der Vorstellung, seine Reserviertheit aufrechtzuerhalten, zumal er die verwendeten Bruchstücke von Losungen alle erkannte, die Wörter und Worte, deren Erringen Menschenleben gekostet hatte, die jemand hier aus bloßer Effekthascherei darbot, lediglich zum Nervenkitzel. In Tiefkrume Fünf, einer Stadt, die Sitz einer Fahrtensänger-Zitadelle war, hatte Lim soviel Klugheit aufgebracht, sein Repertoire nicht als Fahrtensängerlieder zu deklarieren, sich nicht wie ein Fahrtensänger zu kleiden, und er verzichtete auf die geläufigsten Texte, von denen angenommen werden mußte, daß jeder sie kannte. Abgesehen von diesen sehr überlegten Vorkehrungen schlachtete er jedoch für die Veranstaltung aus, was ihm in den Kram paßte, mischte unbekümmert Auszüge echter Losungen mit lyrischen Zeilen in normaler Sprache. Obwohl Tasmin zuviel vom gebotenen Material vertraut war, beschleunigte sich sein Pulsschlag, Erregung baute sich in ihm auf, seine Sinneswahrnehmung gewann an Schärfe, er verspürte eine inwendige Exaltation, die wenig oder nicht mit dem mißbrauchten Material zusammenhing. Die Musik war ganz einfach gut. Es war Tasmin zuwider, es einzugestehen, aber es verhielt sich so.

Neben ihm fieberte und strahlte Celcy, als hätte sie getrunken oder gerade einen Liebesakt vollzogen. Nach dem Konzert hatte sie aufgerissene Augen, man hätte meinen können, sie stünde unter Drogeneinfluß. »Komm schnell«, sagte sie. »Ich möchte ihn kennenlernen.«

Lim hatte einen Tisch im nettesten der örtlichen Restaurants reservieren lassen. Man konnte keines der hiesigen Lokale, gemessen am Standard der Tiefkrumeküste, als luxuriös bezeichnen, aber die Aufmerksamkeit, die sie durch ihre Anwesenheit bei anderen Gästen fanden, behagte Celcy, sie glühte schier vor Freude und Stolz. Lim begrüßte sie und Tasmin, als wäre er nie zwischendurch fort gewesen, als hätte er sie erst gestern noch gesehen, hätte er mit ihnen ständig den engsten Umgang, legte eine Art von ungezwungener Leutseligkeit an den Tag, die Tasmin verdroß, wenn er sie auch bewunderte. Lim hatte sich schon immer verhalten, als wäre alles ganz einfach. Alles was er tat, ob es ihm gut oder schlecht gelungen war, hatte er stets leichthin und mit Stil getan. Eine mögliche Erklärung sah Tasmin in seinen außerordentlich stark geweiteten Pupillen sowie der hektischen Röte des Gesichts. Offenbar hatte Lim, da er so sichtlich überdreht war, sich mit irgend etwas aufgemöbelt. Vielleicht mußte man in diesem Zustand sein, um so eine Vorstellung, wie sie sie vorhin miterlebt hatten, durchziehen zu können. Tasmin besah sich die eigenen Hände, während sie Bestellungen aufgaben, bemerkte zu seiner Überraschung, daß sie zitterten. Er verkrampfte sie, zwang seinen Körper zu äußerlicher Ruhe, konzentrierte sich darauf, gesellig zu sein. Benahm er sich unfreundlich und abweisend, brauchte er nicht damit zu rechnen, daß Celcy es ihm bald verzieh.

»Hier hat sich nichts geändert«, sagte Lim. »Dasselbe alte Zentrum. Ich dachte, man hätte inzwischen wenigstens mal 'ne neue Veranstaltungshalle gebaut.«

Tasmin quälte sich ungeschminkte Belanglosigkeitenplauderei ab. »Nun ja, es ist dasselbe alte Problem, Lim. Die Karawanen haben's schwer genug mit dem Durchbringen unentbehrlicher Versorgungsgüter. Es ist schwierig, die BDF-Direktion für den Umbau eines völlig ausreichenden Gebäudekomplexes zu gewinnen, obwohl ich zugeben muß, es fehlt eine gewisse Atmosphäre.«

»Das kann man wohl sagen, Bruder. Die Akustik in dem Bau ist scheußlich. Ich hatt's total vergessen.«

»Ich kann einfach nicht glauben, daß Sie aus Tiefkrume Fünf stammen«, plapperte Celcy. »Sie sehen Tasmin auch gar nicht sonderlich ähnlich. Sind Sie wirklich sein richtiger Bruder? Von denselben Eltern?«

Flüchtig trat ein Ausdruck von Weh in Lims Augen, verschwand jedoch sofort. »Ach, es ist so, daß ich das gute Aussehen abgekriegt habe« — er lachte —, »Tasmin dagegen mit dem gesunden Menschenverstand gesegnet worden ist.« Sein ziemlich zudringlicher Blick der Bewunderung münzte die Bemerkung in ein Kompliment für Celcy um, die es prompt zu würdigen wußte und gleich darauf einging.

»O nein.« Celcy lächelte ihn an. »Man braucht ausgeprägten Verstand, um so erfolgreich wie Sie zu sein, Lim.«

»Und Sie sind bestimmt der Meinung, daß Tasmin verdammt gut aussieht, sonst hätten Sie ihn ja nicht geheiratet.«

Sie neckten sich, betrugen sich dabei mal mehr, mal weniger vorwitzig, ähnlich vielleicht wie beim Tanz. So verhielt Celcy sich immer gegenüber neu kennengelernten Männern. Es handelte sich um kein regelrechtes Flirten, versicherte Tasmin sich gelegentlich. Oder zumindest war es nicht so gemeint. Machten Männer Annäherungsversuche, erzählte sie es ihm jedesmal, ohne zu leugnen, daß sie es ein bißchen genoß, angeblich aber nicht zu sehr, und manchmal behauptete sie, wenn Tasmin mitangesehen hatte, wie sie irgendeine arme Männerseele erhitzt hatte, es wäre ihr unangenehm. Doch Lim würde nicht lange da sein, und das Treffen gab ihr etwas, an das sie sich erinnern, über das sie noch endlos reden konnte. »Er hat mich echt gemocht, was, Tas? Er war der Meinung, ich bin schön ...«

»Weil wir gerade von Erfolg sprechen«, sagte Tasmin,

indem er ein Glas hob, um Lims Beachtung auf sich zu lenken, »da du jetzt soviel davon hast, könntest du nun Mutter etwas zur Seite stehen, Lim? Hinfällig ist sie nicht, aber ich würde sie gerne zur Behandlung an die Küste schicken. Die Ärzte sagen, ihr Sehvermögen ließe sich dort weitgehend wiederherstellen, aber es kostet mehr, als ich allein aufbringen kann, und da Celcy jetzt schwanger ist ...«

Böse sah sie ihn an, und sein Atem stockte. »Entschuldige, Liebling, aber immerhin gehört Lim ja zur Familie.«

»Ich mag es bloß nicht, wenn unsere Privatangelegenheiten in der Öffentlichkeit diskutiert werden, Tas ... Wenn's dir recht ist.«

»Verzeihung.« Ihr Ärger war unvernünftig, aber erklärlich. So ambivalent, wie sie in bezug auf ein eigenes Kind fühlte, mußte sie auch ambivalente Empfindungen bezüglich der Schwangerschaft haben, und folglich ebenso, wenn Lim davon erfuhr. Tasmin beschloß, ihren Unmut zu ignorieren. »Also, wie steht's mit Mutter, Lim? Du besuchst sie doch, während du hier bist, oder?«

Lim wich einer klaren Antwort aus, sein Blick huschte umher. »Ich würd's wirklich gern, Tas. Vielleicht komme ich morgen dazu. Und ich möchte ihr auch gerne behilflich sein. Kann sein, ich bin Ende dieser Saison dazu in der Lage, was für sie zu tun. Jeder denkt, das Singen wär 'ne Goldgrube, aber die Konkurrenz ist gewaltig, und das meiste von dem, was ich verdiene, muß ich in die Ausstattung stecken. Aber wenn du mir 'ne kleine Gefälligkeit erweist, um die ich dich bitten möchte, könnte das für mich zusätzlichen Auftrieb bedeuten, und dann könnte ich ihr vom Kuchen 'n dickes Stück abschneiden.« Nun ging er wieder aus sich heraus, beugte sich vor, streckte eine Hand zu einer Geste aus, die Tasmin nur zu genau kannte. Um sein Handgelenk befand sich ein ChronoComp-Set aus Platin mit sieben

Pyriten. Nicht gelborangefarbenen, den einzigen Pyriten, die Tasmin sich für Celcy hatte leisten können, sondern lila-blauen Steinen, die insgesamt den rund fünffachen Wert von Tasmins Jahresgehalt haben mußten.

Tasmin spürte, wie eine altbekannte Wut in ihm hochkochte. Laß es gut sein, ermahnte er sich. Laß es, um Gottes willen, gut sein.

»Welche Gefälligkeit?« Eifrig stieß Celcy, nichts als Gefunkel in den Augen, Tasmin mit ihrem kleinen Ellbogen an. »Was für eine Gefälligkeit, Lim? Was können wir für Sie tun?«

»Wie ich gehört habe, gibt's von Dona Ginster eine neue Rätselstein-Partitur.«

»Das stimmt«, bestätigte Tasmin argwöhnisch.

»Und soviel ich weiß, hast du dazu Zugang.«

»Ich habe das Original fürs Archiv angefertigt. Und?«

Lims Gesicht spiegelte höchste Konzentration wider, er hielt den Blick fest in Tasmins Augen gerichtet. »Ich brauche etwas, um mich in Vorteil zu setzen, Tas. Etwas Dramatisches. Irgend etwas, das die Fans an der Küste von den Sitzen reißt, sie so begeistert, daß sie nach mehr schreien. Jeder weiß, der Rätselstein ist 'n wahrer Killer, und alle wissen, daß Dona Ginster einige bemerkenswerte Losungen ausgeheckt hat. Meine nächste Show soll sich um die Rätselstein-Partitur drehen.«

Für einen langen Moment konnte Tasmin nicht antworten, blieb schlichtweg zum Formulieren einer Entgegnung unfähig.

»O, das ist ja was Aufregendes! Das ist doch wirklich aufregend, nicht wahr, Tas? Eine neue Lim-Terri-Show, die sich mit etwas aus Tiefkrume Fünf befaßt. Das gefällt mir.« Celcy trank Wein, sie war fröhlicher, als Tasmin es bei ihr seit Wochen erlebt hatte.

Er mochte ihr die Stimmung nicht verderben. Geraume Zeit lang schwieg er bloß, suchte nach einem Weg, wie er sich um eine eindeutige Ablehnung drücken könnte, fand jedoch keinen. »Leider kommt das überhaupt nicht in Frage«, sagte er schließlich, überrascht vom angenehm gelassenen Klang seiner Stimme, obwohl er die Hände krampfhaft ineinander verklammern mußte, um ihr Zittern zu unterbinden. »Du warst selbst für eine Weile in der Zitadelle tätig, Lim. Du weißt, daß ungetestete Manuskripte nicht freigegeben werden. Es ist verboten, sie zirkulieren zu lassen.«

»Ach, zum Teufel, Mann, ich will die Partitur ja nicht so benutzen, wie sie ist. Damit würde ich die Küstenfans bloß zu Tode langweilen. Ich brauche sie nur ... Ich brauche nur soviel, daß ich Authentizität vorweisen kann.«

»Wenn du nicht wirklich authentisch sein willst, brauchst du sie überhaupt nicht. Dann kannst du dir etwas ausdenken.«

»Das kann ich nicht machen, wenn ich Ginsters Namen verwende. In dieser Hinsicht sind die gesetzlichen Vorschriften ganz streng. Ich muß etwas dabei haben, was von ihr stammt.« Lim senkte den Blick. Verdutzt sah Tasmin ein regelrechtes Bibbern in seinen Armen und Händen. Die Nerven? »Aber das ist eigentlich bloß der Ansatz. An sich geht's um etwas anderes.« Lim nippte am Wein und schaute wieder zur Seite, als befürchtete er, von irgend jemand belauscht zu werden.

»Ich habe da jemanden kennengelernt, Tas. Eine Person, die mich auf was gebracht hat, das dazu führen kann, daß unsere Namen in den Geschichtsbüchern gleich neben Erickson genannt werden. Kein Witz, Tas. Du und Celcy, ihr könnt bei etwas absolut Weltumwälzendem mitmachen. Einer Sache, die ganz Jubal umkrempelt ...«

»Ach, sei doch nicht so störrisch, Tas«, bat Celcy, schnitt ihm verspielt ein Frätzchen. »Er gehört zur Familie, du hast's selber gesagt, und das ist alles wirklich ganz aufregend. Gib sie ihm.«

»Celcy...« Ratlos schüttelte Tasmin den Kopf; er konnte nur hoffen, daß sie ihn verstand. »Ich bin Fahrtensänger. Ich habe meine Lizenz auf der Grundlage der Anerkennung gewisser ethischer Normen zugesprochen bekommen. Selbst wenn wir einmal das Risiko, meine Position zu verlieren und damit unseren Lebensunterhalt, außer acht ließen, ich habe geschworen, diese Ethik zu respektieren. Mir ist nicht erlaubt, was Lim von mir verlangt, so leid's mir tut.«

»Zum Donnerwetter, ich war auch mal Fahrtensänger, Brüderchen«, sagte Lim im groben Tonfall extremsten Anspruchsdenkens. »Meinst du nicht, daß du mir 'n bißchen kollegiale Unterstützung schuldest? Wenigstens um unserem alten Mütterchen was zuzuschanzen, hä?« Er zeigte sein unbefangenes Lächeln, ein leicht spöttisches Schmunzeln, das Tasmin noch sehr gut in Erinnerung hatte.

Das war zuviel.

»Was du für diesen Edelschrott, den da du am Handgelenk trägst, verplempert hast, hätte ohne weiteres gereicht, um die Heilbehandlung für Mutters Augen zu bezahlen und ihr den gesamten Lebensabend zu sichern«, erwiderte Tasmin unverblümt. »Und erzähl mir nicht den Quatsch, du müßtest mit den meisten Einkünften die Ausrüstung finanzieren, weil ich weiß, es ist gelogen. Du bist nie Fahrtensänger gewesen. Du hast gegen alle Regeln verstoßen, jeden abgelegten Eid gebrochen. Das Arschloch Ran Connel ist von dir bestochen worden, damit er dich mit Betrug durch die Erstfährtlerexkursion mogelt, und nachdem du auf diese Weise die Lizenz ergaunert hattest, hast du vier Karawanen begleitet, und jedesmal mußte dein Instrumentalist dich aus der Scheiße retten. Die Schule hast du ausschließlich durch Stehlerei bewältigt. Du hast Tests gestohlen. Du hast Prüfungsantworten gestohlen.

Du hast die Hausarbeiten anderer Studenten gestohlen, darunter auch meine. Wenn irgend jemand etwas hatte, das du haben wolltest, hast du es dir genommen. Und als du es hier zu nichts bringen konntest, hast du Vaters Bekannten Geld gestohlen und bist zur Küste abgehauen. Der Grund, weshalb ich nicht nur für meine Familie, sondern auch für Mutter sorgen muß, liegt darin, daß Vater so gut wie alles, was er besaß, opfern mußte, um die Leute, die von dir bestohlen worden waren, zu entschädigen. Du hast dich nie um die Regeln geschert, die auch für dich galten, großer Bruder, und nur dank deines charmanten Lächelns und deiner verdammt bewundernswerten Stimme bist du immer damit durchgekommen.«

Celcy starrte ihn mit vor Bestürzung blasser Miene an. Lim war ebenfalls bleich, sein Gesicht spitz geworden.

Tasmin warf seine Serviette auf den Tisch. »Bedaure, ich habe keinen Hunger. Celcy, hättest du etwas dagegen, wenn wir jetzt gehen?«

Sie schluckte, wandte sich mit beklommenem Gesichtsausdruck Lim zu. »Ja, ich habe was dagegen. Ich habe Hunger. Ich werde mit Lim zu Abend essen, weil er uns eingeladen hat, und wenn du zu ungehobelt bist, um vergangene Kindereien Vergangenheit sein zu lassen ...« Sie wechselte den Ton, ihre Stimme begann nach Zorn zu klingen. »Jedenfalls gehe ich nicht mit dir. Geh nach Hause. Oder zu deiner Mutter. Vielleicht hat sie für dich Verständnis, ich hab's auf alle Fälle nicht.«

Wie er aus dem Restaurant gelangte, wußte er später nicht. Er entsann sich an nichts, was zwischenzeitlich geschehen war, bis er endlich feststellte, daß er im Schlafsaal der Zitadelle in einer Schlafnische saß, auf der Bettkante hockte, vor sich hinzitterte, als könnte er nie wieder damit aufhören. Wie aus dem Nichts und gleichzeitig auch aus allem Vorangegangenen war sein Ausbruch heftig emporgebrodelt, alles angestaute Verdrängte, Unterdrückte der letzten fünfzehn, zwanzig Jahre ...

Über zwanzig Jahre. Als er sieben geworden und Lim zwölf gewesen war, hatte ihr Vater Tasmin zum Geburtstag einen Viggy geschenkt. In Gefangenschaft traf man sie selten an, und Tasmin hatte es vor Freude die Sprache verschlagen. Noch am selben Abend hatte Lim den Viggy aus dem Käfig und mit auf die Straße genommen, und dort war er — Lim zufolge — von einem Silentio-Auto im Vorbeifahren getötet worden. Mit acht Jahren hatte Tasmin im Fach Musik eine Schulmedaille gewonnen. Lim hatte sie sich geliehen und sie verloren. Als er sechzehn war, hatte Tasmin sich verzweifelt und hoffnungslos in Chani Vincent verliebt gehabt. Lim, damals sechs Jahre älter als er, hatte sie verführt, geschwängert und sich danach zur Tiefkrumeküste abgesetzt, von der er nicht zurückkehrte. Die Vincents waren nach Harmonie gezogen, und von dort Gott weiß wohin, und von mehreren Bekannten hatte Tasmins Vater erfahren, daß ihnen von Lim Geld entwendet worden war, und zwar eine beträchtliche Menge. In dessen Rückzahlung hatte sein Vater eine Frage seiner Ehre gesehen.

Ehre. Zwanzig Jahre.

»O Gott, warum habe ich nicht gesagt, ich tät's mir überlegen, und dann behauptet, ich hätte an das verfluchte Ding nicht drankommen können ...?« Ihm war nicht klar, daß er laut gesprochen hatte, bis vom Eingang eine gedämpfte Stimme erklang.

»Meister?« Es war Jamieson, in der Miene einen Ausdruck, den Tasmin nicht völlig zu deuten wußte. Auf jeden Fall zeugte sein Gesicht von Überraschung. Und Betroffenheit? »Kann ich Ihnen irgendwie helfen, Sir?«

»Nein«, schnauzte Tasmin. »Doch. Sei so gut und frag in der Krankenstation, ob sie irgendeine Art von Schlaftablette rausrücken, ja? Ich ... ich habe ein familiäres Problem.«

Als er vor Anbruch der Morgendämmerung erwachte, geschah es mit Benommenheit im Kopf, pelzigem Mund und einem Gefühl der Unzulänglichkeit, von dem er geglaubt hatte, es längst endgültig abgelegt zu haben. Er hatte Celcy den großen Abend verdorben. Dafür würde sie ihn lange büßen lassen. Wahrscheinlich resultierte daraus eine der schweren emotionalen Krisen, deren Überwindung Monate beanspruchte. Sein Betragen war, zumal angesichts ihrer Schwangerschaft, als völlig unverzeihlich zu bewerten. Je länger er von daheim fortblieb, um so schlimmer wurde alles.

»Du kindischer Schwachkopf!« schalt er sich vor dem Spiegel. »Tölpel!« Sein Gesicht mit der geraden Nase und den hellen Haaren starrte ihn an, der breite, schmallippige Mund blieb ausdruckslos, als wäre er nur ein Schlitz. Vielleicht wäre es angebrachter gewesen, auf Celcy zornig zu sein, überlegte er mißmutig, doch was käme dabei heraus? Auf Celcy wütend zu sein, verhalf kaum zu irgendeiner Genugtuung. »Idiot«, schimpfte er mit sich. »Du kannst dich an so gut wie jeder Präsenz auf dieser Welt vorbeisingen, aber bist dazu unfähig, eine einzige heikle Situation gesellschaftlicher Art zu meistern.« Seine Augen hatten dermaßen dunkle Ringe, als wären sie von Blutergüssen umgeben.

Er entlieh dem Fahrzeugpark der Zitadelle ein Silentio-Auto und fuhr heim, allerdings langsam, weil er sich auf die Ankunft nicht eben freute. Als er eintraf, fand er die Haustür abgeschlossen vor. Nur wenige Bewohner Tiefkrumes Fünf sperrten ihre Haustüren ab; Celcy hingegen tat es immer. Er mußte den Reserveschlüssel unter einem der Importsträucher ausbuddeln und stach sich bei der Gelegenheit einen Dorn in den Finger.

Celcy war nicht daheim. Tasmin schaute im Schlafzimmer, im Arbeitszimmer und in der Küche nach. Erst als er ins Bad ging, um sich den vom Dornenstich verletzten Finger zu verbinden, sah er den mit Klebeband an den Spiegel gehefteten Zettel.

Tasmin, du warst derartig unhöflich, wie ich es kaum glauben kann, zu deinem eigenen Bruder, daß ich ihm die Partitur gegeben habe, die er wollte, weil ich weiß, du wirst dich schämen, wenn du erst mal drüber geschlafen hast, und er braucht sie echt dringend. Das ist wirklich wahr, Tas. Was du gesagt hast, daß er kein Fahrtensänger wäre, ist falsch. Was er entdeckt hat, wird uns nämlich berühmt machen, und wir fahren jetzt zum Rätselstein, damit er sich vergewissern kann. Du wirst auf uns noch stolz sein. Es wäre besser, du wärst dabei, sagt Lim, aber wir müssen es eben allein schaffen. Es war gemein von dir, uns das Abendessen zu vermiesen, nachdem ich beschlossen habe, das Kind zu kriegen, weil du es willst, obwohl ich es nicht möchte, und ich bin richtig sauer auf dich.

Das war es also, was sie ihm verschwiegen, das war es, was sie ihm verheimlicht hatte. Den Wunsch, die Schwangerschaft nicht bis zum Abschluß durchstehen zu müssen, sie vorzeitig zu beenden. Die Buchstaben ihrer Schrift hatten eine ungleichmäßige Neigung, als wären sie von wechselhaftem Wind geschüttelt worden. Sie war betrunken, dachte Tasmin in einer Anwandlung kalter Wut und des Bedauerns. Sie und Lim waren im Restaurant geblieben, hatten sich gegenseitig bedauert und betrunken. Im Waschbecken glitzerten Wassertropfen. Die beiden konnten noch nicht lange fort sein.

Tasmin eilte zu seinem Schreibtisch, durchwühlte die Unterlagen, die er zu Studienzwecken mit nach Hause genommen hatte. Die Fotokopie der Rätselstein-Partitur fehlte.

Sicher würde Lim doch wohl nicht …? Bestimmt nicht. Kein Quantum Alkohol oder Brou brächte ihn zu etwas so Riskantem. Lim war kein Selbstmordtyp. Er konnte unmöglich seinen katastrophalen Negativrekord als Fahrtensänger vergessen haben; er würde sich nicht an den Rätselstein wagen. Für so etwas war er zu selbstgefällig. Bestimmt. Ganz bestimmt.

Tasmin lief aus dem Haus. Es bestand die Möglichkeit, mit einem Silentio-Auto bis auf fünf Kilometer an den Rätselstein heranzufahren; an dieser Grenze endete die Tiefkrumeschicht. Von dort aus setzten Reisende den Weg auf eigene Gefahr fort. Mit kühler Sachkundigkeit checkte Tasmin die Anzeigen am Armaturenbrett. Die Batterien reichten für den Hin- und Rückweg. Im Staufach befand sich ein Standardfernglas.

Binnen weniger Minuten hatte er die Felder mit den Nutzpflanzen durchquert und fuhr durch die endlosen Reihen sorgfältig gepflegten Brous. Fünfzehn Kilometer weit, achtzehn. Ausschließlich BDF-Land. In vielen Kilometern Umkreis. Bei der BDF, die hier alles unter ihrer Fuchtel hatte, wäre man über diese ungenehmigte Laienaktion am Rätselstein nicht erfreut.

Und er bekam mit der BDF Ärger, falls er ihr Auto demolierte, vergegenwärtigte er sich, richtete erhöhte Aufmerksamkeit auf ein anderthalb Meter hohes Rätselsteinlein, das er plötzlich, als wäre es aus dem Nichts erschienen, fast direkt neben dem Straßenrand bemerkte, etliche Kilometer außerhalb der unmittelbaren Umgebung des Rätselsteins. Manchmal schienen die verfluchten Dinger über Nacht aus dem Boden zu schießen. Als Steinlein ließen sie sich noch leicht entfernen, und jemand hätte dies Exemplar beseitigen sollen. Hatten sie erst einmal Steinlinggröße erlangt, verhielt es sich anders, konnte man sie nur mit erheblichem Aufwand wegschaffen.

Tasmin vermochte die Gipfel des Rätselsteins deutlich zu erkennen. Die gewaltige Präsenz war bis nahezu auf den Sockel hinab gespalten, erhob sich über die Ebene wie eine blutige, zweizinkige Gabel. Noch acht Kilometer. Sobald er sie zurückgelegt hatte, sah er sein eigenes Auto an der Absperrung geparkt stehen. Als er ausstieg, spürte er den Untergrund beben, streifte überstürzt die Schuhe ab und entnahm dem Staufach das Fernglas. Wie hoch wagte Lim sich vor? Wie weit mochte Celcy ihn zu begleiten geneigt sein, und wie weit war er, Tasmin, den beiden zu folgen bereit?

Unter seinen Füßen zitterte die Welt, zuckte wie das Fell eines Maultiers, wenn eine Fliege es stach. Sie wollte ihn abschütteln. Und auch die anderen Unruhestifter. Tasmin biß sich auf die Lippe, setzte den Weg zu Fuß fort. Es blieben noch etwa viereinhalb Kilometer bis zu der Höhe zu überwinden, von der aus man die Flächen des eigentlichen Rätselsteins, eines titanischen, vielfach facettierten Doppelbergs aus Kristall inmitten eines unüberschaubaren Walds von Rätselsteinlingen, der über das Flachland längs der öden Südküste emporragte, sehen konnte, rissige Felswände in glutvollem Scharlachrot, nach Osten und Westen zu Steinwällen verlängert, die sich so weit, wie Tasmin auf seinen Reisen je gelangt war, in die Ferne erstreckten.

Tasmin stieg hinauf, verhielt ab und zu, wagte jedoch kaum zu atmen, klomm weiter. Links knirschte eine Säule blutroten Kristalls vor sich hin, fing Winseltöne von sich zu geben an, zersprang in Stücke. Tasmin schrie auf, als ein Brocken knapp an seinem Kopf vorbeisauste und sich in eine Böschung bohrte. Ein kleinerer Splitter mußte ihn getroffen haben. Er wischte sich Blut aus den Augen. Andere Kristallsäulen begannen das gleiche Gewinsel. Tasmin unterdrückte sein Zittern, eilte weiter bergauf. Bestimmt wartete Celcy irgendwo. So furchtsam, wie sie vor den Präsenzen war, konnte man sich nichts anderes vorstellen. Sie würde an irgendeiner Stelle zurückbleiben. Außer sie hatte keine Wahl. Lim hatte sich immer genommen, was er wünschte. Vielleicht nahm er sich nun, einfach weil er sie wollte, auch Celcy.

Tasmin geriet auf die Höhe eines Gesteinskamms, der in ostwestlicher Richtung verlief; dort erhielt er

Ausblick durch eine Bresche in der nächsten Erhebung. Je links und rechts in der Kluft schimmerte ein schmaler Ausschnitt scharlachroten Kristalls, Teile des Rätselstein-Doppelgipfels. Von irgendwoher voraus hörte er eine Stimme …

Lims Stimme. Er sang. Er hatte einen tragbaren Synthesizer dabei, ein sehr gutes Instrument. Überall rings um Tasmin verebbte das Beben, Schweigen trat ein. Verzweifelt kletterte Tasmin weiter, kraxelte den Hang hinauf, fand beinahe rein durch den Instinkt den Weg. Der Pfad war ausgetreten, etwas wanderte hier hin und her; irgend etwas, keine Menschen.

Die Stimme schwoll, klang zunehmends sicherer. Der Boden blieb ruhig. Vollkommen still. Tasmin versuchte seine Atmung zu mäßigen; jeden Keucher seiner Brust empfand er als Bedrohung.

Dann erreichte er die Kuppe.

Der Pfad wand sich hinab zu einer kleinen Lichtung zwischen den beiden Steilwänden des Rätselsteins. Mitten dazwischen saß Celcy, bleich aber gefaßt, auf einem Stein, die Hände vor sich fest gefaltet, als verhinderte sie auf diese Weise, daß sie ihr schlotterten, das Gesicht aus Konzentration verkniffen. An der Seite stand Lim, seine Finger glitten über die Tasten des vor ihm aufgestützten Synthesizers, er hatte den Kopf zurückgebogen und sang. Auf dem Notengestell des Synthesizers flatterten die Blätter der Rätselstein-Partitur im schwachen Wind.

Tasmin legte die Hände an den Kopf. Er wagte nicht einzugreifen. Er traute sich auch nicht weiter den Pfad hinunter. Nicht einmal zu rufen oder zu winken durfte er riskieren. Nur dastehen und warten konnte er. Lautlos sang er mit, sang mit Lim die Anrufung und Rechtfertigung. Guter Gott, der Mann hatte Talent. Normalerweise hätte es drei Personen gebraucht, um diese Effekte zustandezubringen, aber er erzielte sie allein, während er die Partitur las. Selbst wenn er mehrere

Stunden lang Zeit gehabt hatte, um sie sich anzuschauen, bevor er zum Rätselstein fuhr, bot er hier einen Auftritt, den man beinahe als Wunder bezeichnen mußte. Wahrscheinlich hatte er etwas eingenommen, um seine Wahrnehmung zu verbessern und seine Reaktionszeit zu verkürzen. Anders könnte kein Mensch schaffen, was er da leistete …

Geht weiter, drängte Tasmin stumm das Paar. Um Gottes willen, macht doch, daß ihr weiter kommt. Hinunter ins Flachland. Außer Reichweite.

Celcys aufgesperrte Augen hingen an Lim, als befände sie sich in einem Konzert. Durchs Fernglas erkannte Tasmin die Eierschalenblässe ihres ovalen Gesichts, ihre so reglose Miene, als wäre sie vollständig bezaubert, hätte jemand sie hypnotisiert. Sie sah nicht wie sie selbst aus, besonders nicht um die Augen. Hatte Lim ihr vielleicht von derselben Droge gegeben, die er geschluckt hatte? Geh den Pfad entlang, Celcy. Geh hinab, während er singt. Oder komm zurück, herauf zu mir.

Lim dachte gewiß nicht daran, ihr zu sagen, sie sollte gehen. Er hatte sich nicht einmal überlegt, wie sich gleichzeitig der Synthesizer bedienen, singen und die Partitur lesen ließe. Unter Umständen war es seine Erwartung gewesen, Celcy trüge ihm das Instrument. Lim stimmte die Erste Variation an.

Haut ab, flehte Tasmin die beiden lautlos an, kaute auf seiner Unterlippe, bis ihm Blut übers Kinn rann. O Lim, um Himmels willen, verschwindet endlich, entweder da- oder dorthin. Lim zeigte ihm den Rücken. Inzwischen hatte Celcy die Hände gelockert, sie entkrampft auf den Schoß gesenkt. Auch ihr Gesicht wirkte jetzt gelöst. Sie atmete tief. Tasmin konnte das sanfte Heben und Senken ihrers Brustkorbs unterscheiden.

Zweite Variation. Lims Stimme hallte lauter. Und der Rätselstein reagierte. Ohne daß Tasmin es hätte verhindern können, schweifte sein Blick von Lims winziger

Gestalt gleichsam mit dem Klang seiner Stimme an den Seiten des Rätselsteins empor, wanderte von Fels- zu Felshöhe, die Herrlichkeit, die er sah, flößte ihm Schaudern ein. Noch nie hatte er eine Präsenz so auf etwas ansprechen sehen. Aus Rissen im Kristall gleißte ihm Licht entgegen, es schien wie Feuerströme durch den immensen Monolithen zu fließen, waberte, sprang über in die Felsen rundherum.

Ein leiser Laut ertönte, und mit einem Ruck senkte Tasmin den Blick. Celcy hatte gejapst, nach Luft geschnappt und war aufgestanden, schaute hoch zu den turmhohen Kristallgebilden. Tasmin hatte das Geräusch ihres kurzen Einatmens kaum gehört, doch Lim lenkte es unverzüglich ab. Er wandte sich um, viel zu schnell für eine normale Reaktion, nahm die Augen von den Noten. Tasmin sah Lims exaltierte Miene, als er mit einem Lächeln der Verzückung zu Celcy hinüberblickte, seine Augen leuchteten wie Strahler. O ja, er hatte sich mit einer Droge aufgeputscht, irgend etwas, das auch seinen Realitätssinn verminderte. Durch Celcys Störung unterbrochen, gab Lim es auf, sich an Ginsters Partitur zu halten, fing zu improvisieren an.

»Nicht!« schrie Tasmin. *»Lim!«*

Die Welt zerschellte mit einem Krachen in Stücke, ging zu Bruch, erbebte, schüttelte ihre Scherben wie Würfel in einem Becher. Tasmin krallte sich ins Erdreich, das sich aufbäumte, seine Sinne erlitten einen Blackout. Das Donnern dröhnte zu enorm, war zu laut für das menschliche Gehör, viel ungeheuerlicher, als ein Mensch es glauben oder begreifen konnte. Zu komplex vollzog sich die Bewegung des Kristalls unter ihm und ringsum, als daß er es hätte verstehen können. Wie eine Zecke wühlte er sich einfach fest, wartete das Verstreichen scheinbar endlos langer Zeit ab.

Sobald er zu Sinnen kam, stellte er fest, daß auf der Welt wieder Ruhe herrschte. Die kleine Lichtung drunten war verschwunden, nichts davon übrig. Blindlings stolperte er hinunter, ohne sich noch um die eigene Sicherheit zu scheren, wankte an den Fleck, wo er sie, wie er glaubte, gesehen hatte. Nichts. Ein Haufen Trümmer glimmerte schwach in der Mittagssonne. Stille. Aus der Ferne erklang der Gesang von Viggys. Zu Tasmins Füßen glänzte ein Überbleibsel: Ein Ohrring in Gold und Bernsteingelb.

Zur Erinnerung, heulte es in Tasmins Gemüt. Ein Jux.

Ihm war danach zumute, laut zu schreien, er tat es jedoch nicht. Die Welt blieb ruhig. Er hatte erneut Blut in den Augen, sah die Welt durch einen scharlachroten Schleier. Unter den Füßen spürte er lediglich ein ganz geringfügiges Schwingen, als beabsichtigte das, was dort existierte, ihm zu beweisen, daß es noch lebte.

»Ich gehe«, stöhnte er. »Ich geh ja schon.« So wie ein Floh einen riesigen Hund verließ. So wie ausgetriebenes Ungeziefer einen gewaltigen Palast floh. »Bin schon unterwegs.«

Als er sich abwandte, stieß er mit dem Fuß gegen etwas, hob es auf, ohne nachzudenken. Lims Synthesizer. Es glich einem Wunder, aber er war unzerbrochen. Tasmin klemmte ihn unter dem Arm, während er den Felskamm entlangtaumelte, den ausgedehnten Abhang bis zu der Stelle hinabschwankte, wo er das Auto geparkt hatte. Keine einzige Kristallsäule zirpte oder barst. »Ein Jux«, wiederholte er laut. »Ein Jux.«

Schließlich kauerte er im Auto, hockte zusammengekrümmt da, als könnte er so sein Innerstes vor weiterem Schmerz schützen, keuchte nach Atem, den er, wie es schien, nicht mehr bekommen konnte.

3

Er hörte die Stimme seiner Mutter wie durch Wasser, ein Blubbern und Flüssigkeitsrauschen, das sich nach und nach als Geräusch des eigenen Bluts in seinen Ohren erwies.

»Dein Akoluth ... Jamieson? Er ist um dich in Sorge gewesen, deshalb hat er mich aufgesucht, und wir sind dann zu eurem Haus gefahren und haben den Zettel gefunden, den sie dir hinterlegt hatte, Tas.« Die Hand seiner Mutter fühlte sich trocken und gebrechlich an, und doch spendete sie in dieser kühl-effizienten Klinik, in der Ärzte, ständig von den eigenen Akoluthen umgeben, hin- und hereilten, irgendwie Trost. »Er hat dir sofort einen Suchtrupp nachgeschickt. Du bist unterhalb des Rätselsteins im Auto gefunden worden. Du hast etwas ziemlich heftig an den Kopf gekriegt. Jetzt hast du ein paar Schrauben und dergleichen im Schädel.« So hatte sie immer mit ihm gesprochen, wenn es um selbst die übelsten Abscheulichkeiten ging, sie ihm mit gelassener Stimme furchtlos mitgeteilt. »Die Ärzte sagen, du wirst dich wieder berappeln.«

»Und Celcy?« fragte er, obwohl er die Antwort längst kannte.

»Mein Sohn, der Suchtrupp ist nicht zum Rätselstein hinaufgestiegen. Das hast du doch wohl auch nicht erwartet, oder? Beim nächsten geeigneten Satellitendurchflug werden Nahaufnahmen angefertigt, mehr kann man nicht machen.« Sie weinte, aus ihren blinden Augen liefen lautlos Tränen.

»Es wird nichts zu finden sein.«

»Ich nehme gar nicht an, daß man was findet. Sie ist mit Lim hingegangen, nicht wahr?«

Tasmin nickte; der Schmerz, den die geringfügige Regung ihm bereitete, trübte seine Sinne.

»Ich kann's nicht kapieren. Ich hätte nicht gedacht, daß einer der beiden dazu fähig sein könnte. Ausgerechnet Celcy? Bei ihrer Abneigung gegen die Präsenzen? Und Lim?! Mutig war er nicht gerade, das weißt du ja, Tas. Immer ist er lieber ausgerissen, statt sich zu behaupten. Er war so süß, mußt du wissen, als er noch ein kleiner Bub gewesen ist, so hübsch und gutmütig. Jeder hat ihn für einen richtig netten, lieben Jungen gehalten. Du hast ihn bewundert. Ihr zwei seid unzertrennlich gewesen. Erst als er etwa zwölf war, ungefähr um die Zeit, als er in die Chorschule eintrat, hat er sich irgendwie negativ entwickelt. Ich habe nie den Grund erfahren. Es muß etwas mit ihm passiert sein, oder vielleicht hat's von Anfang an in ihm gesteckt und ist dann zum Ausbruch gekommen.«

»Du hast damit recht gehabt, daß Celcy überhaupt kein Kind wollte«, sagte Tasmin leise, erneut von Gram überwältigt, indem er sich an das Geschehen erinnerte. Nicht nur Celcy hatte das Leben verloren. »Ich hatte angenommen, sie freute sich inzwischen darauf, aber in Wahrheit wünschte sie kein Kind.«

»Ach, weißt du, mein Lieber, das war mir klar«, antwortete seine Mutter voller Mitgefühl. »Ich hab's gewußt. So ein Mädchen möchte in Wirklichkeit nie Nachwuchs. Sie war ja selbst bloß ein kleines Kind. Nur schön und dauernd mit sich beschäftigt, und mit gräßlichen Ängsten und Horrorvorstellungen. Sie hatte Furcht, du könntest sie verlassen, ähnlich wie ihre Eltern. Darum hat sie sich dermaßen an dich geklammert. Mit nichts und niemandem mochte sie dich teilen. Nicht einmal mit einem Kind. Sie brauchte dich ganz für sich. Als ich ihren Zettel gelesen hatte, habe ich mich gefragt, ob sie tatsächlich dazu fähig gewesen wäre, es durchzustehen. Es tut mir leid, Tas, aber es ist wahr.«

Es klang wahr. Alles was sie sagte, entsprach der Wahrheit, und dadurch erhielt Celcys hingekritzeltes Geständnis schlichtweg um so mehr Bedeutung. »Sie wollte das Kind bekommen, weil ich's mir gewünscht hatte. Sie hat für mich Dinge getan, die niemand ... Von denen nie jemand was wußte.« Er sprach kaum hörbar, ließ sich von der Trauer durchdringen und sie verfließen. »Wenn sie nicht an ihren Ängsten litt ... war sie ganz anders als die Celcy, die du gekannt hast. Mir wär's auch lieber gewesen, sie hätte nicht ... so geklammert. Aber ich habe sie geliebt. Ab und zu bin ich ungeduldig gewesen, in vielen Fällen aber aus eigener Schuld. Ich konnte mir nie soviel Zeit für sie nehmen, wie ich's hätte müssen, die Zeit, die erforderlich gewesen wäre, um ihr Gelegenheit zu geben, sich zu ändern. Ich habe sie einfach geliebt.«

Die Erklärungen entrangen sich ihm wie eine erstickte Bitte um Verständnis, und seine Mutter antwortete ihm auf die einzige Weise, wie sie ihm verdeutlichen konnte, daß sie genau wußte, was er meinte; ein solches Aufwallen von Schmerz erfüllte ihre Stimme, daß angesichts dessen Tasmins Kummer in den Hintergrund rückte.

»Ich weiß, Tasmin. Ich habe auch Lim geliebt.«

In Anbetracht der Umstände hatte der Generalmeister alle Neigung, auf Disziplinarmaßnahmen zu verzichten.

»Ich wünsche künftig keine vorschriftswidrigen Mitnahmen von Manuskripten mehr, Tasmin. Daß so etwas häufig gemacht wird, ist mir geläufig, aber die Vorschrift, die es verbietet, hat ihre Gültigkeit. Vermutlich haben Sie die Vorgänge nicht verschuldet, die Verantwortung lag aber bei Ihnen. Sie sind bereits durch die Tragödie bestraft worden. Darüber hinaus Strafen zu verhängen, wäre überflüssige Grausamkeit.«

Für eine angemessene Weile bewahrte Tasmin Schweigen. Er hatte noch nicht den Punkt überschritten, von dem an er wieder Gefühle spüren könnte. Er war sicher, daß irgendwann die Zeit kam, die den Wahrheitsgehalt der Bemerkung des Generalmeisters über Verantwortlichkeit bewies.

»Meister?«

»Ja, Tasmin?«

»Ich war selbst auf dem Rätselstein, als die Detonation erfolgte.«

»Das ist mir berichtet worden. Sie haben sagenhaftes Glück gehabt, Tasmin.«

»Ja, Sir. Aber Tatsache ist, Sir, daß mein Bru ... Lim Terri hat die Ginster-Partitur gesungen. Er hatte einen tragbaren Synthesizer dabei. Ich wäre zu schwören bereit, Sir, es war ein Forschungssänger-Modell, und er hat damit ausgezeichnet umzugehen verstanden. Er ist wirklich hervorragend gewesen. Etwas Besseres habe ich noch nicht gehört ...«

»Wenn Sie zu rechtfertigen versuchen, was ...«

»Nein, Sir, Sie mißverstehen mich. Die Partitur hatte *Wirkung*. Erst als er aus dem Takt gebracht worden war und zu improvisieren anfing, schlug der Rätselstein zu.«

»Wirkung?!«

»Jawohl, Sir. Nicht das schwächste Zittern war noch zu spüren. Er hatte die Erste Variation gesungen und war mit der Zweiten schon recht weit, ehe er abgelenkt wurde. Hätten die beiden den Weg zur anderen Seite fortgesetzt, wären sie hindurchgelangt.« Seine Stimme drohte zu versagen, als er sich an die Miene froher Hingerissenheit erinnerte, aus der Celcy den Sänger angestarrt hatte. »Hindurchgelangt, Sir. Sicher durch.«

Ein längeres Schweigen folgte. »Das ist ja in der Tat faszinierend, Tasmin. Ich bin überrascht, um ehrlich zu sein, und Ihre Darstellung macht mich ratlos. Ich erinnere mich an Lim, wie er war, während er sich hier als Schüler versuchte. Ich hätte behauptet, seinem Charakter nach wäre ihm so eine Leistung unmöglich. Ihre Gattin war eine sehr attraktive Frau. Könnte es sein, daß sie ... ähm ... ihn gewissermaßen in ungewöhnlichem Umfang motiviert hat?«

Tasmin schüttelte den Kopf. »Nein, Sir. Ihr grauste es

vor den Präsenzen. Sie mochte sie sich nicht mal durchs Fernrohr anschauen.«

»Wie erklären Sie es sich dann?«

»Ich kann es nicht, Sir. Ich kann's wirklich nicht.«

»Aber die Partitur war effektiv, eine regelrechte Losung?«

»Jawohl, Sir. Ich glaube ja, Sir.«

»Nun, vielen Dank, daß Sie mich darauf aufmerksam gemacht haben, Tasmin. Ich spreche Ihnen für Ihren Verlust mein aufrichtiges Beileid aus.«

»Herzlichen Dank, Sir.«

Und schließlich durfte er nach Hause. Allerdings blieb er krankgemeldet. Wegen Schwindelanfällen, Übelkeit und permanenter Deprimiertheit. Jeden Abend kam Jamieson, um ihn über das laufende zu informieren. Ein auffällig einfühlsamer und untypisch freundlicher Jamieson.

»James hat das Singen drangegeben. Er will sich auf Instrumentalisierung spezialisieren.«

»Gut.«

»Refnic zieht zur Landzunge um. Dort besteht selbst nach … Wieviel sind's jetzt, sechs Jahre? Es besteht noch Mangel an Fahrtensängern. Ich denke mir, die meisten Sänger fürchten auch heute noch die Kristallitenfanatiker. Jedenfalls zieht Refnic trotzdem hin.«

»Gut für ihn.«

»Clarin bleibt in Tiefkrume Fünf. Ich habe mir gedacht, wenn ich mit meinem Akoluthenjahr fertig bin, könnten Sie sie nehmen. Sie wäre gerne bei Ihnen tätig. Wissen Sie, Meister, sie ist sehr tüchtig.«

Tasmin hatte den Eindruck, als ob Jamieson ihm etwas anböte, durchschaute jedoch nicht, um was es sich handeln könnte. Er versuchte darauf einzugehen, doch es gelang ihm nicht. Jamieson ließ es dabei bewenden.

Der Synthesizer befand sich in Tasmins Arbeitszimmer auf dem Schreibtisch, wo das MediTeam ihn abgelegt hatte. Tasmin fand auch Abzüge der Satellitenbilder vor. Der Generalmeister hatte gewußt, daß er welche haben wollte, obwohl sie erwartungsgemäß nichts zeigten als wirre Haufen von Kristallschutt.

Der Synthesizer war das beste Exemplar, das Tasmin je gesehen hatte, falls kein Forschungssänger-Modell, so doch etwas, das daran qualitativ nahe heranreichte. Es hatte eine Art von zusätzlichen Schaltvorrichtungen — anscheinend für ein Transpositionsprogramm —, mit denen Tasmin keine Erfahrungen hatte. Es dauerte über eine Stunde, bis er die Anlage zum Spielen brachte, und dann dudelte lediglich ein Mischmasch hervor, der sich wochen- oder monatelang angesammelt haben mußte. Lims Stimme. Proben. Wieder Lims Stimme, er beschimpfte einen Techniker. »Verdammte Scheiße, ich habe dir doch zwanzigmal gesagt, ich will ...« Und noch einmal. »Entweder machst du's jetzt richtig, oder du fliegst ...«

Ausschnitte von Musik. Teile authentischer Fahrtensängerlieder, im Klang rein wie klare Luft. Lims Improvisationen. Die Rätselstein-Partitur. Celcys Stimme. »... wird Tasmin ja so stolz sein. Jeder wird uns kennen, nicht wahr? Sie und Tasmin und sogar mich.«

Danach folgten Auszüge eines Aufzeichnungsvorgangs. Erneut hörte man Lims Stimme. »Man sollte meinen, nach so langer Zeit könnten sie es irgendwann einmal richtig machen ... Das war eine Gemeinheit von dir ... Ich werde wütend, wenn jemand nicht weiß, wer ich bin ...«

Und zum Schluß ausgedehnte Abschnitte Musik, praktisch ein komplettes Konzert, stundenlang ununterbrochen Musik Lims, ein unschlagbarer musikalischer Triumph.

Als sie verstummt war, saß Tasmin noch nahezu die gesamte Nacht hindurch im stillen Haus und stierte ins Nichts.

»Es lag nicht an dir, Tassi. Du hast keine Schuld.« Tasmins Mutter weinte; seine Gewissensbisse verursachten ihr Gram.

»Auf gewisse Weise doch. Wäre die Rätselstein-Partitur nicht im Haus gewesen, hätte sie sie ihm nicht geben können. Hätte er sie nicht gehabt, wäre er nicht hingefahren.« Er griff nach ihrer Hand, nahm sie, wünschte sich, seine Mutter könnte ihn sehen.

»Tassi, er ist es gewesen, der sie verlangt hat, und sie hat sie ihm gegeben. Du hast nichts anderes getan, als ...« Blind starrte seine Mutter, beunruhigt durch sein Schweigen, in Tasmins Richtung.

»Ich habe nichts anderes getan, als gegen eine Vorschrift verstoßen. Ich. Ausgerechnet ich, der Celcy dauernd erläutert hat, wie ernst ich meine Schwüre nehme ... Der ich ständig von Ehre gefaselt habe.«

»Was dir unterlaufen ist, war ein Fehler. Keine ehrlose Abirrung. Du wolltest ja bloß die Partitur studieren. Es ist nur ein Fehler gewesen, keine ehrenrührige Entgleisung ...«

»Mutter, ich habe aber das Gefühl, es ist eine Sache der Ehre. Ich kann's nicht erklären. Mir ist klar, daß ich mir keine böse Absicht habe zuschulden kommen lassen. Ich habe mich keiner Verirrung und keiner Gemeinheit schuldig gemacht, das ist wahr, aber ich kann jetzt nicht so tun, als wäre nichts geschehen. Hätte ich mich an die Vorschrift gehalten, wäre mir kein Fehler unterlaufen. Celcy wäre noch am Leben. Und Lim auch.«

»Na gut«, fauchte sie, als ihre jahrzehntelange Resignation endlich in lebhafte Erbitterung umschlug. »Du hast also nichts Falsches getan. Gott behüte, daß du je irgendwas falsch machst! Jeder kann Fehler machen, aber du doch nicht. Da stehst du hoch drüber. Du bist ja so verdammt gut. Und jetzt willst du mich dafür bestrafen, weil du doch einen Fehler gemacht hast.« Sie begann noch stärker zu weinen, Tränen liefen ihr in

Strömen aus den weiten, blinden Augen. »Du bist alles, was mir geblieben ist!«

»Das Geld, das ich fürs Haus erhalten habe, sichert dir das Auskommen«, sagte Tasmin schließlich, ihrem Schmerz mit etwas anderem als diesem kalten Trost zu begegnen unfähig. »Ich habe einen BDF-Rentenbrief gekauft und an Betuny in Harmonie geschrieben. Mit der zuletzt eingetroffenen Karawane hat sie Nachricht geschickt, sie wird in Kürze nach Tiefkrume fünf umziehen. Ein Laienmitarbeiter der Zitadelle kümmert sich um dich, bis sie da ist.«

»Wir haben uns nie richtig verstanden.«

»Jetzt werdet ihr euch sicherlich verstehen. Sie ist deine Schwester, und sie ist sehr froh, ein neues Zuhause zu finden, nachdem ihr Mann gestorben ist.«

»Sie denkt, ich bin verrückt.« Halb lachte Tasmins Mutter bei der Äußerung.

»Laß sie denken, was sie will. Und ich werde ja nicht für immer weg sein.«

»Ich verstünde zu gerne, wieso du überhaupt fort mußt.«

Er hätte es ihr gern erklärt, doch sie wäre dadurch lediglich genauso verwirrt worden, wie er selbst sich konfus fühlte, darum sprach er nichts von alldem aus, über das er sich schon seit Tagen den Kopf zerbrach. »Ich muß den Grund aufdecken, Mutter«, gab er statt dessen halblaut zur Antwort. »Solang ich ihn nicht kenne, bin ich mein Leben nicht normal weiterzuführen imstande. Gegenwärtig kann ich an nichts anderes als die vielen Fragen denken, auf die ich keine Antwort weiß. Bitte ... Wenn's nicht mit deinem Segen sein kann, sag mir wenigstens, daß ich das Richtige tu.« Er mochte nicht weinen. Geweint hatte er bereits genug.

»Es ist das Richtige«, beteuerte sie, wischte sich mit dem Ärmel die Tränen ab. »Es ist richtig. Wenn du das Gefühl hast, es tun zu müssen, ist es bestimmt richtig für dich. Bloß wär's mir lieber, du hättest mit dir selbst

Nachsicht und würdest's lassen. Jeder kann sich Vorwürfe machen, weil andere Menschen sterben. Ich habe mich wegen deines Vaters mit Vorwürfen belastet. Und wegen Lim.«

»Ich weiß es. Es verhält sich einfach so, daß ich das nun tun muß.«

»Na gut.« Sie drehte ihr Taschentuch in den Händen, wrang es, betupfte sich damit unter den Augen. »Aber achte darauf, daß du warme Kleidung mitnimmst. Und reichlich zu essen ...« Sie lachte über sich. »Das klingt ja dermaßen gluckenhaft ... Man kommt von seiner Mutterrolle nie so ganz los. Unsereins quält sich immer wieder mit Sorgen.«

»Ich werde dran denken, Mutter. Ich nehme alles mit, was ich benötige.«

Er ging hinaus zum Silentio-Auto und setzte sich hinein; momentan war er zu müde, um abzufahren. Nun dachte er all das laut, was er zu sagen beabsichtigt, aber nicht ausgesprochen hatte.

»Ich wollte immer dein braver Junge sein, Mutter. Deiner und Vaters. Nie bin ich euch mit Fragen lästig gefallen. Immer habe ich getan, was mir gesagt worden ist. Wenn ich Regeln übertreten habe, dann bloß unwichtige, und nur in Fällen, in denen ich der Überzeugung war, dafür gute Gründe vorweisen zu können. Ich habe jemanden geliebt, obwohl ich wußte, daß sie mich auf andere Weise liebte. Ich wünschte mir ein Kind, und sie wollte mein Kind sein. Trotzdem, ich habe sie wirklich geliebt, und manchmal ... Ach, manchmal hat sie meine Liebe hundertfach erwidert. Und ich dachte, wenn ich immer gut zu ihr bin, bliebe das Leben so, würde es eines Tages gekrönt, indem in mein Leben etwas Helles und Schönes, etwas schrecklich Wundervolles käme. So wie der Viggy, den Vater mir, als ich sieben war, geschenkt hat. Wie die Medaille, die mir verliehen wurde. Wie Celcy, wenn sie war, wie sie manchmal gewesen ist. Etwas Frohes. Und statt dessen sitzt mir jetzt etwas im Hals, das ich nicht schlucken kann. Zwei Menschen sind tot, und ich weiß nicht warum. Einen habe ich geliebt, einen gehaßt, oder vielleicht auch geliebt. Ich weiß nicht was. Vielleicht war es anders herum. Alles, was ich jemals haben wollte, oder glaubte es zu wollen ... Jetzt weiß ich nicht mehr, ob es mir wirklich so wichtig war ... Ich dachte, Celcy sei mein ein und alles, und trotzdem habe ich mir nie die Zeit genommen, um dafür zu sorgen, daß unsere Beziehung reift, sich entwickelt. Ich war der Ansicht, sie zu lieben, aber an ihrem Ende galten meine Gedanken dem Rätselstein. Wieso? Warum habe ich an die Musik gedacht, statt an sie? Was wußte Lim, oder was hat er als so bedeutsam für sich erachtet? Was wollte er zu beweisen versuchen? Was hat Celcy dazu bewogen, ihn zu begleiten? *Warum mußte sie sterben?* Celcy!« Laut rief er ihren Namen, als könnte sie ihn hören, ihm verzeihen. »Wozu, Celcy?«

Erst hat der Rätselstein gelauscht, dann wieder nicht. Jamieson hat das, was der Wächterling während unserer letzten Exkursion tat, einen Jux genannt. Er hätte ... Sie hätte über uns gelacht, die Präsenz. Kann sein, es verhielt sich tatsächlich so. Lim sagte, er wüßte etwas, irgend etwas, das ganz Jubal aufrütteln würde ...

Er startete das Auto. In der Zitadelle stand für ihn ein Reittier bereit. Die Sachen, die er mitzunehmen beabsichtigte, waren ebenfalls bereits vorbereitet, der Fahrtenmeister hatte sie eigenhändig in die zwei Korbtaschen des Maultiers gepackt und die Behältnisse über Tasmins Sattel geschlungen. Sie enthielten das gesamte Gepäck, das ein Fahrtensänger brauchte, wenn er allein reiste, ein Ereignis, das allerdings selten vorkam, und der Generalmeister hatte sich erheblich gewunden, bevor er überhaupt seine Erlaubnis erteilte.

Neben Tasmin, auf dem Beifahrersitz, lag eine Reisetasche, die er selbst gepackt hatte. Beim Inhalt befanden sich sein Lieblingsholo Celcys, der von ihr beschriebene, im Bad für ihn hinterlegt gewesene Zettel sowie der Ohrring, der alles war, was der Rätselstein von ihr übriggelassen hatte.

Auch das Spielzeug-Viggyjunge war dabei. Er wußte nicht, weshalb er das Kuscheltier mitnahm, außer aus dem Grund, daß er das Gefühl hatte, es nicht zusammen mit dem Haus in fremden Besitz weggeben zu dürfen, und es fortzuwerfen, wäre ihm unerträglich gewesen.

Er senkte eine Hand auf die Reisetasche. Unter dem dicken Stoff gab Lims Synthesizer mit den gespeicherten Aufnahmen einen harten, kantigen Umriß ab. In diesem unförmigen Klumpen verbarg sich ein vererbtes Geheimnis. Die Musik seines Bruders. Eine unerwartet gloriose Musik, völlig anders, als er sie sich vorgestellt gehabt, keine Musik, wie der Lim, den er zu kennen geglaubt hatte, sie je zu komponieren vermocht hätte.

Ein zweites Geheimnis war in Tasmin selbst verborgen, an einem Ort seines Innenlebens, den er nicht erreichen konnte, aber den er erschließen mußte, er fände niemals Ruhe, falls es ihm nicht gelang, ihn zu finden …

Warum hatte Celcy sich zum Rätselstein getraut? Trotz ihres Grauens? Was mochte der mögliche Beweggrund gewesen sein?

Wer trug die Schuld? Weshalb hatten sie und das Kind sterben müssen?

4

Der Ron schlängelte sein langes, geruhsames Band durch ein freundlich-sanftes Tiefkrumetal, das von Norden nach Tiefkrume Fünf abfiel. Im Tal hatte die Tiefkrumefläche nirgends eine Breite von mehr als anderthalb Kilometern, war damit schmaler als in den meisten Gebieten. Längs des Rons standen vereinzelte Gehöfte mit kleineren Pflanzungen, betreut durch Einsiedlertypen, von denen viele landwirtschaftliche Forschungen für die BDF betrieben. Überwiegend betrafen diese Experimente das Brou, aber einige befaßten sich mit der Veredelung des vielseitig nutzbaren, unentbehrlichen Siedlerbuschs, einer heimischen Pflanze, an der die Biotechniker schon mehrmals herumgepfuscht hatten, einem Gewächs, auf das sowohl Menschen wie auch Mulis auf langen Reisen angewiesen blieben und das, wie es hieß, auch die Viggys sowie die übrige einheimische Fauna verzehrten.

Verschiedentlich grüßte man Tasmin, während er durch die Umgebung der Stadt ritt, manchmal liebenswürdig, bisweilen mürrisch. Er erwiderte jeden Gruß mit einem Heben der Hand und zerstreutem Lächeln. Zum Halten und Reden hatte er keine Lust. Es gab nichts, über das er hätte sprechen mögen. Am wenigsten verspürte er Neigung, über das Wetter oder die Aussicht zu plaudern. Das Wetter war so wie andauernd in diesem Teil Jubals, sonnig und trocken: Regen blieb hier buchstäblich unbekannt.

Was die Aussicht betraf, bot sie wenig genug Sehenswertes. Durch die Stromkabel, die an Masten vom Reservoir bis hinab nach Tiefkrume Fünf verliefen, säuselte der Wind; das entfernte hydroelektrische Kraftwerk stand auf der Höhe der deutlichen Steigung des Tals wie ein droben abgesetzter Zielstein; auf den Feldern gedieh das Grün dicht wie ein Pelz; weit und breit befand sich jedes Haus in tadellos gepflegtem Zustand.

Die Bauten sahen, überlegte Tasmin, wie eine Anordnung von Klötzen aus. Alle Ecken, Kanten und Linien verliefen rechtwinklig zueinander. Sogar dem Ron hatte man das Flußbett begradigt, die größten Windungen beseitigt, die Ufer waren gärtnerisch gestaltet worden. Kristalle sah man kaum. Man hörte keinen Gesang. Keine Jubalbäume drehten ihre Pfauenschwänzen ähnlichen Blattwedel mit der Sonne. In dieser Gegend gab es überhaupt keine Bäume.

An einer Stelle arbeitete neben der Landstraße gerade ein Demolitionsteam, senkte einen schweren Gitterkegel über einen Steinling. Ein Schallprojektor beschoß den umhüllten Kristall mit einem lauten Tieffrequenzton, und der Monolith zerbarst innerhalb des Gitterkegels in tausend Splitter. Tasmin verbrachte ein paar Minuten untätig mit Zuschauen, während das Team die messerscharfen Bruchstücke aufsammelte und auf ein Lastfahrzeug lud, um sie einige Kilometer weiter, in beträchtlichem Abstand von der Landstraße, auf einem freien Flecken der Ebene zu deponieren. Beizeiten ging aus jeder Scherbe wieder ein Steinlein hervor, ein neuer Wald von Kristallen begänne zu wuchern. Anhand der Färbung des zerstörten Monolithen schloß Tasmin, daß es sich um einen Wächterling gehandelt haben mußte, wahrscheinlich einen Ableger des Nordwächters. Diese augenfällige, aschgraue Schattierung kam woanders selten vor. Wieso er hier gewachsen war, ließ sich nicht eindeutig klären. Möglicherweise hatte ein Splitterchen in einem Rad gesteckt oder war auf einen Wagen geflogen. Oder jemand hatte sich ein Stück, weil es hübsch glänzte, in die Tasche gesteckt, später aber doch achtlos beiseitegeworfen. Dann hatte nächtlicher Tau winzige Quantitäten des Minerals in der Krume aufgelöst, und der Kristall hatte erneut zu wachsen angefangen; doch wie er die Ausmaße eines Steinlings erlangt hatte, ohne daß ein Demolitionsteam ihn entfernte, mußte auf jemandes sträfliche Schlamperei zurückzuführen sein.

Das Ding war bereits gut drei Meter fünfzig hoch gewesen.

Am Abend hatte Tasmin das hydroelektrische Kraftwerk und den Staudamm passiert, die Glitzerfläche des Stausees umrundet und die Höhe des langgezogenen Felskamms erreicht, der sich hinter dem Reservoir erstreckte. Hier wuchs für Jubal charakteristischere Flora. Die Fächerbäume nahmen, als die Sonne sank, für die Nacht ihre Trichterform an. Tasmins Lungen füllten sich mit den leicht würzigen Düften, die er so gerne roch.

Fast stand sein Entschluß fest, sein Lager auf einer kleinen Lichtung inmitten eines Hains der mit Sträußen zu vergleichenden jubalischen Baumgewächse aufzuschlagen, als er hinter seinem Rücken eine Stimme hörte.

»Meister Ferrence? Da ist der Lagerplatz, Sir.«

»Jamieson? Bei den Mißklängen der Hölle, was treibst denn du hier?« Als er sich umdrehte, sah er den Jungen neben einem zwischen den Bäumen so vorzüglich getarnten Rundbogenzelt stehen, daß er es bei seinem ersten Spaziergang durch das Gehölz übersehen hatte.

»Ich halte mich einfach an meinen Akolutheneid, Meister.«

»Mach dich nicht lächerlich! Der Akolutheneid gilt nur in der Zitadelle.«

»Darin ist der Generalmeister anderer Auffassung, Meister Ferrence. Er sagt, ich habe noch den Großteil eines Jahrs bei Ihnen zu dienen, und wo Sie hingehen, müßte ich auch hin. Der Generalmeister hat diesen Standpunkt mit großem Nachdruck klargestellt.« Der Junge betrug sich nicht so übermütig wie sonst, sondern wirkte, als bedrückte ihn irgend etwas.

»Woher wußtest du, welchen Weg ich reite?«

»Sie und der Fahrtenmeister haben ihn besprochen. Er hat's dem Generalmeister erzählt, und der Generalmeister hat mich informiert. Ich bin einige Stunden vor Ihrer planmäßigen Abreise aufgebrochen.«

»Ich vermute, es wäre zwecklos, dich zu bitten, umzukehren und einfach zu behaupten, du hättest mich nicht gefunden?«

»Der Generalmeister würde mich auf Suche schicken. Das hat er schon angekündigt.« Der Junge wandte sich um, deutete auf einen Holzstapel in der Nähe des Zelts, den bereits aufgehängten Kochtopf. »Wir haben frisches Fleisch.«

In recht verwirrter Gemütsverfassung folgte Tasmin ihm. Er hatte nicht die Absicht gehabt, in Begleitung zu reisen, und hätte er darauf Wert gelegt, wäre es ihm nicht eingefallen, Jamieson mitzunehmen. Oder? »Zu mir hat der Generalmeister davon nichts erwähnt.«

»Er mochte nicht mit Ihnen darüber diskutieren. Er hat uns befohlen, uns Ihnen nützlich zu machen, ohne Ihre Privatsphäre zu stören.«

»Uns?«

»Mir und Clarin, Sir.«

»Clarin?!«

»Ja, Sir?« Das Mädchen kam aus dem Zelt, blieb stehen, hob die Hand zum üblichen Zeichen des Respekts an die Brust, wartete stumm.

»Du kannst dich nicht zum Vorwand auf den Akolutheneid berufen«, maulte Tasmin tief verärgert. Clarin!

»Aber der Generalmeister hat gesagt, ich könnte den Eid vielleicht demnächst ablegen, Sir. Falls Ihre Reise über den Ablauf von Jamiesons Dienstjahr hinaus dauert, Sir, wäre es möglich, daß ich ihn als Ihr Akoluth ablöse.«

»Ich habe nie eingewilligt, dich als Akoluthin zu nehmen.«

»Nun ja, Sie haben mich aber auch nicht von vornherein abgelehnt, Sir, deshalb war der Generalmeister der Meinung ...«

Tasmin schüttelte den Kopf und verzichtete auf weitere Einwände. Er fühlte sich zu müde und zu betroffen, um sich überhaupt länger mit der Situation zu befassen. Beim ersten Anblick Jamiesons hatten die Schrauben in seinem Kopf dumpf zu pochen angefangen, und in übler Stimmung grübelte er an der Frage, ob der Generalmeister mit der Zuweisung von Akoluthen auch so großzügig gewesen wäre, hätte er geahnt, welche Wirkung es auf Tasmins angeschlagenen Schädel haben mußte. Tasmin hatte inneren Frieden, Versenkung in die Wunder Jubals empfunden, sich von ihren Eindrücken erfüllen lassen. Und jetzt … Verflucht noch mal!

Er hockte sich ans entzündete Kochfeuer und sah zu, wie Jamieson und Clarin auf dem Lagerplatz umhereilten, für Behaglichkeit sorgten. Der Akoluth verhielt sich ziemlich melancholisch, und für Tasmin lag der Grund nah. Für Jamiesons gesellige Natur bedeutete ein Dreipersonenritt durch Jubals Wildnis kaum eine Attraktion. Allerdings ging es ihm nicht um beliebige menschliche Kontakte. Dem Essen zog der Junge es vor, hinter Mädchen her zu sein, noch lieber jedoch sang er, und am liebsten hatte er beim Singen eine Zuhörerschaft. Der Gedanke an Jamiesons Unzufriedenheit und Verdruß rief bei Tasmin ein gewisses Mitgefühl hervor und milderte seinen Ärger. Offensichtlich beruhte das Ganze nicht auf einer Idee des Jungen.

Clarin führte Tasmins Muli zu einem Gestrüpp aus Siedlerbusch gleich hinter dem Wäldchen. Dort konnte das Maultier fressen; vielleicht würden sie drei später ebenfalls davon essen, die Wurzeln und Stengel lieferten Reisenden nahrhafte Kost, obwohl keine Zubereitungsmethode den Geschmack wesentlich zu verbessern half. Clarin ließ das Muli in seiner genügsamen Art mampfen und kehrte zurück.

»In Gottes Namen, warum …?« murmelte Tasmin.

Das Mädchen warf Jamieson einen Blick wortloser Fragestellung zu. Der Junge wich ihrem Blick aus. »Ich glaube, der Generalmeister hat es als nicht so gut erachtet, wenn Sie allein reisen, Sir.« Clarin sprach respektvoll, aber in resolutem Ton.

»Was hat er denn befürchtet, was ich anstellen könnte? Mich vor einer Präsenz niederwerfen wie ein hysterischer Neophyt oder übergeschnappter Kristallit und um mein Ende jodeln?«

Noch immer vermied Jamieson es, das Mädchen anzuschauen. Irgend etwas stimmte hier nicht, doch Tasmins Erschöpfung verhinderte, daß er sich nachhaltiger dafür interessierte.

»Ich weiß es nicht, Sir. Ich denke mir, er hat einfach angenommen, Sie brauchen Gesellschaft.«

Tasmin schnob. Ihm stand nicht der Sinn nach Gesellschaft. Er wollte mit Jubal verschmelzen. Ihn atmen. Schmecken. Auf ihm liegen und einsinken, geradeso wie ein Bantigon sich in einem Morastpfuhl suhlte. Er wäre lieber allein gewesen.

Natürlich war Alleinsein für ihn schädlich. Soviel begriff er sogar in seiner gegenwärtigen Geistesverfassung. Also: Brauchte er Gesellschaft? Sicherlich erleichterte es das Reisen, zu dritt zu sein. Es gab für einzelne Fahrtensänger, zumal gute Sänger, passierbare Routen, und Tasmin war gut, er wußte es dank seiner Lehrer und Förderer sowie des eigenen Selbstwertgefühls. Aber zwei oder drei Fahrtensänger gelangten sicherer und schneller voran.

»Hat der Fahrtenmeister einen von euch darauf hingewiesen«, erkundigte er sich resigniert, »an welches Ziel meine Reise geht?«

»Nein, Sir.« In unverändert trübseliger Laune wärmte Jamieson Essen über dem Feuer.

»Zur Tiefkrumeküste.« Wo Lim Terri gelebt hatte. Wo er mit Menschen geredet hatte, Spuren hinterlassen. Lims Tummelplatz.

»Was?!« Jamieson fuhr herum, kippte beinahe den Kochtopf vom Feuer, bemerkte nicht, wie Clarin ihn böse ansah, während sie den Topf zurechtrückte, das Umrühren übernahm. »Im Ernst? Entschuldigung. Dort wollte ich schon immer mal hin.« Seine Miene spiegelte auf einmal lebhafte Erwartung wider.

»Wir sind noch weit von dort entfernt. Wochen.«

»Ja, Sir. Ich weiß.«

»Welche Route nehmen wir?« fragte Clarin, rührte im Topf, ohne sonderlich darauf zu achten. Auf ihrem Haar schimmerte der Feuerschein. Es war zu kleinen Löckchen weitergewachsen, fiel Tasmin auf, und sie sah weiblicher aus, als er sie in Erinnerung hatte. Sie wirkte jetzt, obschon auf ihre bedächtigere Art, ebenso aufgeregt wie Jamieson.

»Die einzige Weise, wie ich dem Generalmeister meine Reise schmackhaft machen und ihm eine Genehmigung abschwatzen konnte, war das Angebot, bei der Gelegenheit einiges an Kartografierung vorzunehmen. Wir haben ein paar alte Partituren, die er von mir verifiziert haben will. Hauptsächlich minderrangiges Zeug. Schreckensschlucht. Wütige Westhexe. Kollerkluft.«

Jamieson schnitt die Miene, die er beim Abwägen aufsetzte. »Kartografieren ist doch Forschungssängerarbeit. Außerdem reist sowieso niemand in die dortige Gegend.«

»Genau deshalb kann er ja keine Forschungssänger damit beauftragen. Sie haben alle wichtigere Aufgaben. Jedenfalls möchte der Generalmeister aus irgendwelchen Gründen die Partituren überprüft haben. Zehn oder zwanzig Jahre lang ist dort niemand gewesen. Seit ungefähr fünfzig Jahren hat niemand mehr die Kollerkluft-Losung benutzt. Es hat sogar eine gründliche Nachforschung erfordert, im Archiv überhaupt ein Exemplar der Partitur zu finden. Wir haben keine Ahnung, ob die Losung überhaupt noch funktioniert.« Selbst für Tasmin klang wenig überzeugungskräftig, was er sagte, und doch hatte der Generalmeister hartnäckig darauf bestanden. War da irgend etwas in Gang?

Tasmin hätte um seine Mahlzeit gewettet, daß die Ordenshierarchie irgendwelche Pläne verfolgte.

Jasmin erregte wieder einen unerklärlich trübsinnigen Eindruck. »Das hört sich an, als wären wir ewig unterwegs«, sagte er mit falscher Dramatik, die er selbst als peinlich empfand.

»Nicht ewig. Mehrere Wochen, wie anfangs erwähnt. Eine gute Chance für euch zwei, praktische Erfahrungen zu sammeln.«

»Ja sicher.« Der Junge nuschelte noch etwas, und Clarin gab ihm eine unverständlich leise Antwort.

»Das klingt nicht eben, als wärst du übermäßig erfreut.«

Jamieson stieß ein Brummen aus. »Momentan ... Tut mir leid. Ich sollte keine Pivatangelegenheiten ins Spiel bringen.«

»Wir können durchaus darüber reden.« Tasmin streckte sich auf seinem Schlafsack aus, tastete in der Reisetasche nach dem Flachmann mit Broundy, den er gewohnheitsmäßig auf Reisen mitführte.

»Im Moment beschäftigt's mich stark, ob Wendra Gentrack noch Single sein wird, wenn ich nach Tiefkrume Fünf heimkehre. Sie war aufgebrachter, als ich's je vorher bei 'm Menschen gesehen habe, wie ich ihr sagte, daß ich ... daß ich weg muß.«

»Aha«, sagte Tasmin halblaut. Wendra Gentrack war eine sehr begehrte junge Dame. Die Tochter von Celcys Bekannten Jeannie und Hom Gentracks, eines Agrikulturmanager-Ehepaars der BDF. »Habt ihr eine Übereinkunft getroffen?«

»Ich war der Ansicht, eine Übereinkunft mit ihr zu haben, ja. Aber bei ihr ist auf nichts Verlaß, sie befaßt sich mit dem, was ihr am jeweiligen Tag gerade den meisten Spaß macht.«

»Ich habe Jamieson gesagt, er ist brouduselig durcheinander«, erklärte das Mädchen von Lagerfeuer her. »Wendra ist im wahrsten Sinne des Worts 'ne Hirntote.«

Zornig stocherte Jamieson im Feuer, hakte den Kessel aus und stellte drei Schalen bereit. »Möchtest du jetzt essen?« fragte er Clarin in giftig-bissigem Tonfall. »Könnte diese Tätigkeit dein Mundwerk vielleicht mit etwas anderem beschäftigen, als mir Ratschläge zu erteilen, um die ich gar nicht gebeten habe?«

Oh, prächtig, dachte Tasmin. Genau was ich brauche. Dauerzank zwischen Jugendlichen. »Es gibt Beziehungen, die anderen unpassend vorkommen, Clarin«, sagte er, ohne nachgedacht zu haben, »in Wirklichkeit aber für die Beteiligten sehr beglückend sind.«

Sie errötete, und mit schlagartiger Bestürzung begriff er, was er geäußert hatte. Er spürte, wie ihm Hitze ins Gesicht stieg, hielt jedoch den Blick fest auf sie geheftet. »Offenbar müssen wir diese Reise zusammen bewältigen. Ich weiß nur eine Möglichkeit, wie das gutgehen soll. Von diesem Augenblick an habt ihr beide gleichrangigen Akoluthenstatus. Ich erwarte, daß zwischen euch zweien und mir gegenüber die in der Zitadelle übliche Höflichkeit herrscht. Klar?«

Sie nickten. Tasmin glaubte, bei Jamieson einen Gesichtsausdruck der Erleichterung zu beobachten; oder vielleicht war es eher eine Miene stiller Belustigung. Belustigung? Worüber?

»Und was dich betrifft, Jamieson«, fügte er entschlossen hinzu, »laß dir gesagt sein, daß ich gut nachvollziehen kann, wie sehr es dich verstimmt, Tiefkrume Fünf ausgerechnet jetzt verlassen zu müssen, das darfst du mir glauben. Ich würde dich sofort zurückschicken, wüßte ich bloß, wie das Ding sich drehen ließe.« Und ich werde, entschied er voller Grimm, weiter darüber nachdenken. »So, was habt ihr uns denn zu essen gemacht?«

Sie machten es sich mit ihren Schalen, aus denen sie eine wohlschmeckende Mahlzeit verzehrten, die aus frischen Gemüsen, Getreide und Schnipseln gekochten Fleischs bestand, ums Feuer gemütlich. Vom Hang hinter ihnen strich schwacher Wind herab, wehte ihnen die Gerüche Jubals und den Gesang von Viggys zu. »Ich hatte einmal einen Viggy«, sinnierte Tasmin. »Ein paar Stunden lang.«

»Im Ernst? Ich wußte gar nicht, daß man sie fangen kann.«

»Doch, fangen kann man sie. Bloß sterben sie in Gefangenschaft bald. Das Exemplar damals war aber ein Junges, es wurde mit gebrochenen Beinen längs der Karawanenroute gefunden. Irgendwer hatte ihm die Beine geschient und es behalten, und es war am Leben geblieben. Später ist es dann meinem Vater verkauft worden.«

»Hat es gesungen?« fragte Clarin mit gedämpfter Stimme.

»Nicht während ich es hatte. Kann sein, es hätte gesungen, aber ... es ist verschwunden.«

Ein längeres Schweigen ergab sich, unterbrochen nur von Kaugeräuschen und dem Klappern der Löffel in den Schalen.

»Meister?«

»Ja, Clarin?«

»Wie Sie wissen, bin ich aus dem Nordwesten zugezogen.«

»Ja, aber warum, habe ich nie erfahren.«

»Ach so ...« Allem Anschein nach überlegte sie sich eine angemessen unpersönliche Antwort. »Meine Stimme ist für viele der dort oben gebräuchlichen Partituren zu tief. Neun von zehn sind Partituren für Sopran, und ich bin keine Sopranistin. Die Meister waren der Meinung, ich hätte hier unten um Fünf oder sogar im Nordosten, in der Richtung nach Elf, bessere Aussichten auf Dauerbeschäftigung. Erst in Fünf habe ich so einiges über die Kristalliten erzählt gekriegt. Vorhin haben Sie die Kristalliten erwähnt. Stimmt es, daß sie vorhaben, sämtliche Fahrtensänger zu massakrieren, oder ist das nur ein Greuelmärchen?«

»Na ja, vor rund sechs Jahren hat's einen aufsehenerregenden Mordfall auf der Landzunge gegeben«, antwortete Tasmin. »Sicher weißt du davon, auch wenn du damals noch ziemlich jung gewesen bist. Das ist durchaus kein Schauermärchen. Alle zwölf Fahrtensänger des lokalen Ordenskapitels sind durch eine Bande fanatischer Kristalliten ermordet worden. Es ist so, daß die Landzunge über keine eigene Lebensmittelerzeugung verfügt. Die Landzungen-Fahrtensänger unternahmen regelmäßig Reisen, um per Karawane die Versorgung zu gewährleisten, aber derzeit war schlechtes Wetter gewesen, und es herrschte schon Nahrungsmittelknappheit. Bei ihrer Ermordung standen die Fahrtensänger kurz davor, zur Nachschubbeschaffung abzureisen. Es wohnten etwa hundert Menschen dort, und bei dem Versuch, zwischen den Zermalmern hindurchzugelangen, fanden sie bis auf zwei alle den Tod. Von den beiden Überlebenden liegen Berichte über die Ereignisse vor, zudem haben wir auf der Landzunge Aufzeichnungen gefunden ...«

»Und die Kristalliten?«

»Sie sind fort gewesen, glattweg entwischt. Soviel ich weiß, ist nie geklärt worden, auf welche Weise. Eines steht fest, sie müssen Helfer gehabt haben. Hilfe von außerhalb. Das war auf jeden Fall das erste Mal, daß die Öffentlichkeit einiges mehr über die Kristalliten erfuhr.«

»Ich verstehe nicht, um was es ihnen geht.«

»Anscheinend haben sie Ericksons Überzeugungen aufgegriffen und bis zu einem lachhaften Extrem getrieben«, erläuterte Tasmin. »Erickson glaubte, die Präsenzen seien empfindungsfähige Wesen, und damit meinte er, sie besäßen ein regelrechtes Bewußtsein. Nach seiner Auffassung verwenden wir, wenn wir die AR vortragen, wirkliche Wörter, selbst wenn wir ihre Bedeutung nicht kennen. Er gründete die Berufsgemeinschaft der Fahrtensänger als quasireligiösen Orden

— als Fahrtensänger-Anbetungsorden —, und deshalb schlagen wir uns noch heute mit diversem religiösen Vokabular und Drum und Dran herum. Die Kristalliten bauten den Glauben an das Empfindungsvermögen weiter aus. In ihrer religiösen Vorstellung sind die Präsenzen nicht bloß Geschöpfe mit Bewußtsein, sondern gottähnlich. Entweder erachten die Kristalliten das Fahrtensingen als Teufelszeug, oder sie halten uns Fahrtensänger sämtlich für Häretiker, ich weiß nicht genau, wie's ist. Offen gestanden, ihre Theologie hinterläßt bei mir keinen sonderlich konsistenten oder wenigstens durchdachten Eindruck. Manchmal denke ich, zwei bis drei Leute müssen sie einfach erfunden haben, ohne zumindest einmal einen ersten Gesamtentwurf zu konzipieren. Auf alle Fälle bewerten sie es wohl als Blasphemie, daß Menschen überhaupt zu den Präsenzen sprechen. Jedenfalls wenn sie's aus der Nähe tun. Dadurch reizten wir die Götter, die dann vielleicht, sobald sie sich genug geärgert haben, die Welt in Trümmer legen könnten.« Tasmin lächelte ihr zu. So negativ geschildert, hörte das alles sich tatsächlich blödsinnig an. Doch am Fuß des Schwarzen Turms schien es, sobald man an ihm emporblickte, oft recht glaubhaft zu sein.

»Was verlangen die Kristalliten denn von uns?«

Diesmal antwortete Jamieson, sprach mit sarkastischer Singsangstimme. »Sie wollen, daß wir an der Küste bleiben, dort Kirchen bauen, Weihrauch verbrennen, den ganzen lieben langen Tag Gebete singen und aus dem gesamten bekannten Universum Pilger anlocken. Pilger, versteht sich, die mit beiden Händen Konsumbons hinknallen, nur um eine Präsenz durch 'n Fernglas angucken zu dürfen, und noch mehr zahlen, um sich bis auf 'n paar Kilometer nähern zu dürfen. Das ist's so ungefähr, wie sie's gern hätten.«

»Diese Darstellung büßt zwar durch Jamiesons gewohnte Mißachtung komplizierterer Zusammenhänge etwas an Korrektheit ein«, bemerkte Tasmin im Ton leichten Tadels, »ist aber im wesentlichen wahr. Sie betreiben mit der Vermittlung von Pilgerreisen schon jetzt ein lukratives Wirtschaftsunternehmen. Und anscheinend ist es, wenn man so will, das Aufkommen der Kristallitenbewegung gewesen, das die BDF dazu bewogen hat, in der Frage der Präsenzen ihre Position zu revidieren.«

Für einen Moment dachte Clarin nach. »Ach ja, natürlich! Falls die Bevölkerung allgemein zu der Auffassung käme, die Präsenzen seien vernunftbegabte Wesen, und die Planetenerschließungskommission dächte es auch, könnte die BDF wahrscheinlich auf Jubal nicht mehr ihre Nutzungsrechte wahrnehmen. Vielleicht müßte die BDF den Planeten räumen, und das wäre ihr vermutlich überhaupt nicht recht. Aber ... falls die BDF die Präsenzen nicht als vernunftbegabt einstuft ...«

»Nicht *falls*«, berichtigte Jamieson. »*Weil.* Die BDF definiert die Präsenzen seit fünfzig Jahren als jeder Vernunft völlig bar. Obwohl wir alle wissen, daß ...«

»Jamieson!«

Der Junge warf die Hände empor. »Na, es ist doch so, Meister Ferrence«, sagte er streitlustig. »Ich kenne keinen Fahrtensänger, der das auch glaubte. Ganz gleich, was er nach außen hin sagen mag, insgeheim weiß er Bescheid.«

»Er oder sie«, sagte Clarin im Ton unendlicher Geduld. »Wie du ja wohl weißt, gibt's auch Sängerinnen.« Offensichtlich geschah es nicht zum erstenmal, daß sie Jamieson daran erinnerte.

Tasmin seufzte. Sollte er wirklich auf dieser Reise Mühe darauf verwenden, über die BDF-Firmenpolitik zu diskutieren? Wollte er ein ständiges Tauziehen mit Jamieson? Immerhin war Jamieson, vergegenwärtigte sich Tasmin, einer der talentiertesten Sänger, die aus- und zu einigem Format heranzubilden er bisher die Pflicht gehabt hatte. Mit ›Reb‹ Jamieson? Dem ewigen

Rebellen? Der so, wie er sang, zumindest teilweise deshalb sang, weil er glaubte, daß die Präsenzen hörten und verstanden, was er vortrug? Und Clarin? Was für ein Mensch war Clarin? Er schaute sie an, doch sie hatte ihr Gesicht gesenkt, und er sah nur die glatte Rundung ihrer Stirn, während ihre Hände flink an den Schnürsenkeln ihrer Stiefel nestelten.

Er faßte den Entschluß, Frieden vorzuziehen. »Na schön, Jamieson, du kannst auf unserer Reise sagen, was du willst. Mir. Und Clarin. Sie kommt mir recht verständig vor. Meinetwegen darfst du aussprechen, daß die BDF seit fünfzig Jahren die Präsenzen neu definieren lassen und die endgültige Einstufung als tote Materie durchsetzen will. Und von mir aus kannst du auch laut aussprechen, daß die Mehrheit von uns Fahrtensängern und -forschern die Einschätzung der BDF nicht teilt. Hier am Lagerfeuer darfst du, was mich anbelangt, alles daherreden, was dir paßt. Aber red's um Gottes willen nicht laut in der Zitadelle, wenn wir zurück sind, oder in irgendeiner anderen Zitadelle, in der wir vielleicht noch Rast machen. Solange du halbwegs diskret bleibst, will ich mich darüber nicht aufregen.« Er überraschte sich selbst mit einem herzhaften Gähnen.

Der Junge nickte; im Feuerschein wirkte sein Gesicht knallrot. »Auch wenn wir alle wissen, daß sie denkende Wesen sind, verhält's sich ja doch nicht so, daß wir Gewißheit hätten. Ich meine, könnte jemand es beweisen, wäre möglicherweise die Folge, daß die Planetenerschließungskommission die BDF zwingt, ihre Sachen zu packen und sich zu verziehen, darum wird die BDF nicht dulden, daß es soweit kommt.«

»Du und ich, wir sind auch Teil der BDF.« Tasmin stieß einen Seufzer aus. »Wenn wir ehrlich sind, müssen wir zugeben, eigentlich möchte niemand von uns, daß das eintritt. Also sei einigermaßen diskret.«

»Aber das ist doch irgendwie Heuchelei, oder nicht?« fragte Clarin leise.

Jamieson blickte sie an und schüttelte warnend den Kopf.

»Das ist ja wirklich interessant«, meinte Clarin versonnen. »Bisher habe ich diese ganze Kristallitenaffäre nicht sonderlich beachtet. Oben im Nordwesten waren wir ziemlich isoliert, und dort ist's näher zur Tiefkrumeküste als zum Landesinneren. Aber es gibt an der Küste eine Reihe von Kristallitentempeln, soviel weiß ich.«

»Zahlreiche Tempel«, stimmte Tasmin dösig zu. »Und es verkehren dort jede Menge Pilger. Geschäft konkurriert mit Geschäft. Die Brou-Distributionsfaktorei GmbH gegen die Kristalliten.«

»Und wir stecken mitten dazwischen«, sagte Jamieson und nickte.

»Wir sollten nun schlafen«, schlug Tasmin vor, stand auf und ging ins Zelt. Drinnen lag das Gepäck schon in die drei Kammern verteilt, die Trennvorhänge, die eine gewisse Privatsphäre gestatteten, hingen halb herab. Tasmins Schlafsack hatte bereits jemand für ihn ausgerollt, den Zipfel des Einstiegs zur Seite geschlagen. Offenbar Clarin. Clarin? Eine vielschichtige Person, dachte Tasmin. Es erforderte beachtlichen Mut, als Fremde um halb Jubal in eine andere Zitadelle einer Region zu wechseln, in der man Frauen als Fahrtensängerinnen weniger akzeptierte als im Nordosten. Nun ja, zweifellos würde er Clarin im Laufe der Reise noch genauer kennenlernen.

Mit einem Aufseufzen streckte er sich im Schlafsack aus und ließ den Trennvorhang vollends herunter. Seine Überlegungen kreisten um den gesamten BDF-Kristalliten-Konflikt. »Und wir stecken mitten dazwischen«, wiederholte er Jamiesons Bemerkung, intonierte den Gedanken, als wäre er eine Art von Abendgebet, kein Hinweis auf eine Wahrheit, die zur Besorgnis Anlaß gab.

5

Was dem Forschungssänger-Ordenskapitel der Priorei in Punkt Eins an behaglichem Komfort mangelte, glich es durch Erstklassigkeit aus. Zumindest hatte Donatella Ginster das immer angenommen. Erbaut in der ersten, enthusiastischen Phase der planetaren Erschließung — in der Zeit, bevor die BDF erkannte, wie begrenzt die Bewegungsfreiheit auf Jubal bleiben sollte —, verkörperte es eine Sinfonie aus seltenen, mit Einlagen aus Jubalkoralle geschmückten Hölzern, gedrungenen Säulen gesinterter Erde und riesigen Facettglasfenstern, durch die man auf die Stadt und das Meer Ausblick hatte. Donatellas Unterkunft, ein Erkerzimmer mit Aussicht nach drei Seiten, möbliert mit einem eleganten Tisch voller Intarsien und zwei bequemen Sesseln, hatte drei derartige Fenster. In dieser extravaganten Räumlichkeit zu frühstücken, bedeutete ein Erlebnis, sowohl was das Sehen betraf, wie auch das Gesehenwerden. Anscheinend wußte halb Punkt Eins, daß sich unter den gewöhnlicheren Bürgern des Orts eine mehr oder weniger berühmte Persönlichkeit aufhielt, und offenbar wußte eine erhebliche Anzahl, wo sie gegenwärtig wohnte. Als sie am Morgen erwachte, hatten sich gegenüber auf dem Gehweg fünf oder sechs junge Gaffer eingefunden, versammelt vor einem baufälligen Gebäude, bei dem es sich wohl halb um eine Kneipe, halb um irgend etwas anderes handelte, und beiden Hälften drohte sichtlich der baldige Einsturz. Guckt, guckt da, Dona Ginster, die Forschungssänger-Ordensfrau, sagten ihre Gesten, aber sie riefen nichts herauf, eine Zurückhaltung, die Donatella zu würdigen wußte. Das Grüppchen, dieselben Leute oder andere, war noch da, als sie sich ans Frühstück setzte, zeigte mit den Fingern, stieß sich gegenseitig in die Rippen.

Unter ihnen mochte, wie Donatella sich insgeheim warnte, jemand mit einer Laserpistole, einer altmodischen Garrotte oder einem herkömmlichen, stählernen Messer sein. Der letzte Attentäter hatte so ein Messer gehabt. Donatella bewahrte es, in ein blutiges Hemd gewickelt, noch in ihrem Forschungskoffer auf, und am linken Arm hatte sie zur Erinnerung an den Preis naiver Schwärmerei eine erst teilweise verheilte Schnittverletzung.

Sie trank den Broukapseltee, setzte die Tasse mit leisem Klirren ab und wischte sich die Lippen. Steh auf, sagte sie sich. Nutze die Gelegenheit. Lächle den Menschen zu. Winke. Dann geh in den Hintergrund des Zimmers, wo sie dich nicht sehen können. Nicht die Vorhänge schließen. Auf keinen Fall. Nur wer etwas zu verbergen hat, zieht die Vorhänge zu.

Um Himmels willen, warum hatte sie nur beschlossen, sich im Ordenskapitel einzuquartieren? Wie stark es öffentlicher Neugier preisgegeben war, hatte sie im Gedächtnis gehabt. Und warum in Gottes Namen war die blöde Priorei mitten in der Stadt gebaut worden? Sie fragte den Hausbediensteten, als er das Geschirr holen kam.

»Ich glaube, der Ort ist um die Priorei gewachsen, Madame. Einige Nachbargebäude sind erst in den vergangenen Jahren errichtet worden. Vor sechzig oder siebzig Jahren stand die Priorei, soviel ich weiß, noch ziemlich für sich.« Er putzte den Tisch ab und schaute sich kurz im Raum um. Ehe er ging, blieb er noch einmal an der Tür stehen. »Übrigens, ich soll Sie fragen, ob Sie für Ihren Aufenthalt irgendwelche besonderen Wünsche haben. Essen, Getränke oder Unterhaltung spezieller Natur?«

Nach Donatellas Kenntnis zählten auch mehrere Dienstleistungen sehr spezifischer Art zum Berufsbild des Kapitelmitarbeiters, doch trotz offensichtlich vorhandener Eigenschaften wie Charme und Intelligenz, empfand sie ihn nicht als attraktiv und betrachtete ihn lediglich als Informationsquelle. Sollte sie das Bedürfnis haben, die sexuellen Dienste eines Mitarbeiters in Anspruch zu nehmen, gedachte sie sich an Zimmy zu halten.

»Wie wär's mit einem Konzertbesuch?« fragte sie, hatte anscheinend diesmal ihre gefährliche Neigung zu naiver Schwärmerei in eine andere Richtung kanalisiert. Jedenfalls zu ihrem Vorteil. »Chantry oder Pit Paragon ... Einer von beiden.« Sie widmete dem Mann einen Blick eifriger Erwartung.

»Es gilt nicht als ...« Er runzelte die Stirn, sein dunkles, gutaussehendes Gesicht spiegelte mit dem angebrachten Grad von Unterordnung vertretbar vermischte Mißbilligung, während er den Oberkörper knapp vorbeugte, ganz Respekt ausdrückte und gleichzeitig tadellos korrekt Bereitschaft zu guten Ratschlägen andeutete. Oho, das war ein glatter Bursche!

»Ach, scheiß drauf, Mann, ich weiß, als was es gilt. Als kompromittierend, stimmt's? Würdelos, wie? Weshalb sollte eine Forschungssänger-Ordensfrau dem revisionistischen Abklatsch seiner heiligen Standestätigkeit zuhören, was?«

Er grinste, und auf einmal fand sie ihn sympathischer.

»Sagen Sie, wie ist Ihr Name?«

»Blanchet, Madame.«

»Also gut, Blanchet, wir wollen die Bürger nicht aufschrecken, indem ich mich offen unter sie begebe. Sie gehen heute für mich einkaufen. Besorgen Sie mir 'ne Perücke. Warten Sie mal ... Eine rote, glaube ich.« Sie drehte den Kopf, besah sich flüchtig im Spiegel, glättete mit einer Hand die breite, flache Haube ihres goldblonden Haars. Sie hatte Augen in sattem Blau; und eine gerade Nase, die sie seit jeher als etwas zu lang betrachtete. Das viele Umherklettern hatte ihre Figur, soweit davon überhaupt die Rede sein konnte, schlank gehalten. Ja, eine rote Perücke paßte zu ihr. »Trägt man in der hiesigen Gegend bei öffentlichen Veranstaltungen noch Masken? Na, dann bringen Sie mir eine mit, eine kleine, die nur Augenpartie und Nase bedeckt. Und ein Kleid. Ich möchte ein leuchtend-blaues Kleid.«

Jetzt amüsierte der Mann sich unverhohlen. »Welche Größe, Madame?«

»Eines dieser Wickeldinger mit Bändern, die man nach allen Seiten winden kann. Es gibt sie nur in Einheitsgröße. Wissen Sie, was ich meine? So was, das man total stretchen kann, auch wenn's manchmal reißt.«

Der Bedienstete nickte. »Sonst noch irgend etwas, Madame?«

»Konzertkarten. Für einen der Großen Sechs, irgendeiner von ihnen soll mir recht sein, und am liebsten wär's mir, Sie halten, falls Sie's dürfen, darüber den Mund. Es hat ja keinen Sinn, Ihren oder meinen Prior zu verdrießen ... Oder den Foschungssänger-King.«

»Ich kann sehr wohl verschwiegen sein, Madame.«

»Dann werden Sie feststellen, daß ich außerordentlich großzügig bin.«

Er verbeugte sich und verließ mit dem Frühstückstablett das Zimmer, mit hoher Wahrscheinlichkeit, um unverzüglich jemandem in der Forschungsabteilung Bericht zu erstatten, möglicherweise dem örtlichen Prior persönlich, der vermutlich wissen wollte, was für Absichten die zu Besuch erschienene Ordensfrau verfolgte. Sollte er doch berichten: Die Ordensfrau hat eine Schwäche fürs Nachtleben; die Ordensfrau möchte ein neues Kleid; die Ordensfrau wünscht unerkannt zu bleiben. Alles widersprach geringfügig den Konventionen; ebenso war alles vollkommen harmlos. Wäre sie die Konventionen zu beachten bereit gewesen, hätte sie in Forschersänger-Ledertracht und Langstiefel feierlich umherstolzieren, fragwürdige Vergnügungen meiden und mit einem Lächeln leichter Abgehobenheit Autogramme schreiben müssen. Doch theoretisch könnte man ihr gegenüber wohl um so mißtrauischer sein, je konformistischer sie sich benahm. Bei einer Frau, von der man argwöhnte, sie stünde dicht davor, Verrat zu verüben, erwartete man es vielleicht weniger, daß sie sich für ein Küstensänger-Konzert einkleidete.

Sie überlegte in derartiger Konzentration, daß sie mit den Zähnen knirschte. Da jemand sie umzubringen versucht hatte, mußte sie unterstellen, daß irgendwer alles beobachtete, was sie tat, jedes Wort, das sie sprach, Lauscher fand. Es lag an ihrer vertrauenswürdigen Kontaktperson, mit ihr in Verbindung zu treten. Sie brauchte sich nur in die Öffentlichkeit zu begeben, wo so etwas am unauffälligsten geschehen konnte. Man hielt das Ordenskapitel nach dem vereinbarten Zeichen — einer roten Perücke und einem blauen Kleid — unter Observation. Donatella hoffte bei Gott, daß ihre Kontaktperson alles planmäßig erledigt hatte.

Und sie hoffte bei Gott, daß die Verabredung mit Lim Terri zustandekam.

Gegen Abend befand sie in nahezu unbesonnener Heiterkeit, daß ihr der Effekt der roten Perücke auf ihr Äußeres durchaus zusagte, und die kesse, am Oberrand mit Federn gesäumte Halbmaske minderte die Wirkung nicht. Und das blaue Kleid, dessen Hautenge sie zufriedenstellte, bewertete sie gleichfalls als erfolgreichen Einkauf, es lenkte die Beachtung von ihrem Gesicht ab. Natürlich würde Blanchet sie begleiten. In den größeren Städten der Tiefkrumeküste traten Mitglieder des Forschungssängerordens, ob männlichen oder weiblichenen Geschlechts, immer mit wenigstens einer Begleitperson auf, und wenn nur zu dem Zweck, dafür zu sorgen, daß Autogrammjäger und sonstige Neugierige sich ordentlich aufführten. Hatten sie und Blanchet Glück, hielt man sie lediglich für irgendein Paar aus dem Ort, vielleicht Touristen von Serendipiti oder sogar von einem anderen Sonnensystem; oder unbedeutendere BDF-Offizielle aus einem Tiefkrumetal, irgendeinem entlegenen Weiler. Sie würden zu Abend essen, die Sehenswürdigkeiten besichtigen, ins Konzert gehen und zum Schluß ins Ordenskapitel zurückkehren. Erst dann wollte sie entscheiden, ob sie Blanchet für die Nacht in ihr Bett holte. Er besaß als Mann durchaus seine Reize. Aber er war nicht Link. Nicht einmal Zimmy.

Sie goß sich ein Getränk in ein Glas und nahm auf der den extravaganten Fenstern zugewandten Couch Platz, die jedoch so weit in der Zimmermitte stand, daß sie von draußen nicht gesehen werden konnte. Unterhalb des Fensters lungerten momentan mindestens zehn Gaffer, alle glotzten herauf, als hätte irgend jemand sie hypnotisiert. Sie hatte vor, in ein paar Minuten ans Fenster zu treten, sich hinauszulehnen und ihnen zuzuwinken, »Heda, wie geht's, wie steht's? Schöner Abend heute abend, was?« zu rufen. Und dabei auf verdächtige Vorgänge achten, irgendwelche Waffen. Auf alles, das auf einen zweiten Attentäter hinweisen mochte.

Obschon sich womöglich gar kein zweiter Attentäter an ihre Ferse geheftet hatte. Noch nicht. Wer den ersten Killer geschickt hatte, konnte bislang nicht von seinem Tod wissen. Er mochte noch der Meinung sein, der Mann lebte, sei nach wie vor im Einsatz, plante den nächsten Anschlag. Es bereitete Donatella keine Schwierigkeiten, diese Formulierung völlig ruhig laut auszusprechen: »Plante den nächsten Anschlag.« Fast ohne Furcht. Erst als sie die Überlegung zu Ende dachte — »Plante den nächsten Anschlag auf Dona Ginster« —, krampfte sich ihr Magen zu einem straffen Knoten zusammen, und wie ein Klumpen schnürte ihr Beklemmung die Kehle ein. »Plante den nächsten Anschlag auf Dona Ginster, weil Dona Ginster etwas weiß, das sie nicht wissen darf.«

Nicht daß sie jemals vorsätzlich versucht hätte, an derartiges Wissen zu gelangen.

Sie hatte in der verzweigten, unterirdischen Bibliothek des Ordenskapitels gesessen, drei Stockwerke tiefer als in ihrem jetzigen Zimmer, einige alte Unterlagen nach Angaben über die Kollerkluft durchwühlt. Ihr Prior war der Auffassung gewesen, möglicherweise ließen sich Hinweise früher Forscher finden, aus denen man im Hinblick auf diese Präsenz ein neues Herangehen ableiten könnte. Gegenwärtig war die Kollerkluft unpassierbar. Die BDF wollte sie passierbar haben. So kam es dazu, daß Donatella Ginster, weil sie geglaubt hatte, sich an irgend etwas, vor Jahren gelesenes Aufschlußreiches entsinnen zu können, sich durch Stapel staubigen Papiers und unleserlicher Korrespondenz akkern mußte, sich dabei schier zu Tode langweilte, zwischen den alten Aktenbergen gähnte und gähnte, nichts anderes mehr wünschte, als daß es Essenszeit wäre. Sie las gerade den Schriftwechsel zwischen einem buchstäblich völlig in Vergessenheit geratenen Forscher des dritten Jahrzehnts und seinem Prior, als sie dazwischen ein Blatt in einer ganz anderen Handschrift entdeckte. Ihr erneut halb zu einem Gähnen aufgesperrter Mund klappte zu, ungläubig starrte sie das Papier an. Sie brauchte keinen Blick auf die Unterschrift zu werfen, um zu erkennen, von wem der Text stammte: Von Erickson! Tausendmal hatte sie Faksimiles seiner Handschrift gesehen. Hundertmal hatte sie in der Erickson-Bibliothek in Nordweststadt die Handschrift selbst gesehen, einer Bibliothek, die jedes erhalten gebliebene Zettelchen des Originalmaterials Ericksons in Aufbewahrung haben sollte.

Doch da hatte sie es plötzlich in der Hand gehabt, ein Schreiben von der Hand des Meisters! Offenbar war es falsch einsortiert worden und während der vergangenen siebzig Jahre ungelesen geblieben. Falsch einsortiert durch wen? Nachdem Donatella den vollständigen Text gelesen hatte, war es vollkommen klar: Falsch einsortiert von Erickson selbst.

Er hatte einen Brief an die Zukunft geschrieben, formuliert in so vorsichtiger und schwammiger Ausdrucksweise, daß ausschließlich ein Forscher — und zudem nur einer mit einer besonderen Einstellung — ihn begreifen konnte. Darin deutete er Möglichkeiten an, deren Implikationen Donatella Ginster den Atem raubten. »Ich habe diese Angelegenheit an anderer Stelle ausführlicher dargelegt«, endete der Text. »Man schlage in meinen im Ordenskapitel der Nordwest-Priorei archivierten Schriften über die Zittrige Wüste nach.«

Die Nordwest-Priorei war Donatellas heimatliches Ordenshaus. Nach dem ergebnislosen Abschluß der Recherchen bezüglich der Kollerkluft — sie war ohnehin zu aufgeregt gewesen, um sich darauf noch konzentrieren zu können — kehrte sie nach Nordweststadt zurück und entdeckte dort tatsächlich das in Ericksons Verweis erwähnte Schriftstück. Es aufzuspüren, beanspruchte gehörigen Aufwand, weil es nicht beim übrigen Erickson-Material lag. Vielmehr war es mitten in einer nachgerade endlosen Kompilation von Permutationen versteckt, die bei der Erschließung der Zittrigen Wüste verwendet worden waren, einem Gebiet, für das seit achtzig Jahren eine vollauf bewährte Losung existierte, so daß an der Sammlung keinerlei aktuelles Interesse bestand.

Ein Versteck aus Langeweile, hatte Donatella gefolgert. Er hat zwei Stellen ausgesucht, an denen jahrzehntelang niemand nachsehen würde, und die Geheimschriften dort versteckt. Der Folgetext war auf zwei Blätter Permanentpapier geschrieben. Donatella hatte sie zusammengefaltet und ins Futter ihrer Jacke geschoben, dann in der Privatsphäre ihres Zimmers stundenlang darüber gegrübelt.

Sie hatte die Papiere mit dem Gefühl an sich genommen, sie dadurch zu retten, obwohl es vorschriftsmäßig gewesen wäre, die Entdeckung sofort dem Prior zu melden. Als sie später ihre Beweggründe analysierte, stieß sie auf einige Motive, die sie beunruhigten, doch schließlich gelangte sie zu der Einschätzung, gerechtfertigt der Überzeugung zu sein, daß die Papiere bei ihr sicherer waren als bei der Forschungsabteilung.

Schon damals war sie so klug gewesen, für den Fall, daß irgend jemand sie beobachtete oder sich über sie wunderte, etliche andere, unverfängliche Unterlagen in ihrem Zimmer herumliegen zu lassen, um eine Erklärung für ihre Studien zu haben.

Erickson hatte nicht erwartet, daß die letztendlichen Adressaten seiner geheimen Schriftstücke ihm ohne Beweise Glauben schenkten. »Wenn jemand diese Theorie überprüfen will«, hieß es im Schlußabschnitt, sollte er »bei einer Präsenz, für die noch keine Losung vorhanden ist«, auf eine bestimmte Weise vorgehen. »Bei richtigem Verfahren wird sich zeigen, was ich meine.«

Daraufhin hatte Donatella beschlossen, den Versuch am Rätselstein zu wagen. So gut wie jeder halbwegs verwegene Forschungssänger hatte es schon mit dem Rätselstein aufnehmen wollen, aber dabei nur sich und sein Lieblingsmuli der Kristallpräsenz hingeopfert, darum war es heutzutage nahezu unmöglich, die Genehmigung für einen weiteren Versuch zu erhalten. Sechs Monate verstrichen, bevor sich für Donatella die Gelegenheit ergab, sich dem Rätselstein von der Südküste aus zu nähern. Sie schaffte, was Erickson vorschlug — und noch mehr!

Mit Kuben voller Aufzeichnungen und den Noten für die Rätselstein-Partitur war sie heimgekehrt, ihr schwirrte der Kopf von allem, was sie mittlerweile wußte, sie quoll quasi über von neuen Erkenntnissen. Erickson hatte von alldem nur die Hälfte gewußt. Hätte er einen der Synthesizer gehabt, wie man sie heute gebrauchte … Sie hatte ihr Wissen für sich behalten, sich darin gesonnt. Allein Donatella Ginster kannte die volle Wahrheit, die Wahrheit über Jubal. Niemand sonst wußte Bescheid. Niemand!

Erst einige Zeit danach kam ihr zu Bewußtsein, daß es innerhalb von siebzig Jahren andere Personen gegeben haben mochte, die etwas gewußt oder gemutmaßt hatten, aber falls es so gewesen war, mußten sie und ihre Kenntnisse unbarmherzig unterdrückt worden sein; erst nachdem jemand versucht hatte, sie zu ermorden.

Nach ihrer Rückkehr hatte sie veranlaßt, daß man ihre Rätselstein-Noten einer Fahrtensänger-Zitadelle zum Transkribieren und Instrumentalisieren schickte. »Lassen Sie sie diesem Mann in Tiefkrume Fünf zugehen«, hatte ihre Anregung gelautet. »Tasmin Ferrence. Dem Fahrtensänger, der die großartige Partitur für den Schwarzen Turm geschrieben hat.« Anschließend reichte sie dem Prior ihres Ordenshauses einen Bericht ein, in dem sie lediglich von einem ›möglichen Durchbruch‹ sprach und in aller Bescheidenheit ihre Darlegungen mit vielen sprachlichen Einschränkungen wie ›vielleicht‹ und Ausdrücken wie ›wäre zu schlußfolgern möglich‹ spickte. Sie hatte alles in Übereinstimmung mit den Vorschriften und in der richtigen Reihenfolge gemacht; niemand hätte irgendwie Verdacht schöpfen dürfen. Wäre es nur dabei geblieben! Aber ganz gleich, welche Verhaltensmaßregeln sie sich auferlegte, um nicht zu stark aufzufallen, wie sehr sie sich auch bei allen Äußerungen um Zurückhaltung bemühte, wenn man ihr gratulierte, sie vermochte ihr Hochgefühl nicht zu verheimlichen. Innerlich siedete sie von alldem, was sie wußte, was sie dachte, gerne beweisen wollte, schon bewiesen hatte. Sie war nicht so dumm gewesen, es irgendwem rundheraus auszuplappern — daß es mit Informationen zu tun hatte, die einige Leute lieber unterdrückt sahen, war offensichtlich —, doch ebensowenig war sie vernünftig genug gewesen, um ihre erkennbare Euphorie zu verbergen.

Wer mochte ihr die Euphorie angemerkt haben?

Die Forscher Martin und Ralth, mit denen sie eines

Abends auswärts gegessen hatte. »Faßt mich ruhig mal an, Jungs, es wird nämlich der Tag kommen, an dem ihr den Leuten sagt: ›Die kannte ich schon, bevor sie berühmt geworden ist.‹«

»Was heckst du denn aus, Dona?« hatte Martin sich in eher gelangweiltem Ton erkundigt. »Noch 'ne neue Variation für die Wanderwüste? Haben wir nicht längst reichlich Wanderwüste-Variationen?«

»Etwas Aufregenderes«, hatte sie mit einem Lachen entgegnet. »Was viel Aufsehenerregenderes.«

»Du hast 'ne Juwelenzinnen-Partitur geschrieben, die wirklich funktioniert«, vermutete Ralth. »Oder 'n idiotensicheren Song, um die Irrsinnshügel zu durchqueren.«

»Warum nicht?« Dona hatte gekichert.

»Was davon ist's denn?«

»Weshalb nicht beides? Warum nicht alles auf einmal?«

Ihre Kollegen hatten ungläubig gelacht. Sie hatten nochmals Wein bestellt. Gelächter war ertönt, die drei Forscher hatten diskutiert; auch Martin und Ralth gratulierten Dona zu der Rätselstein-Partitur.

Und was hatte sie an dem Abend außerdem gesagt? Nichts. Überhaupt nichts. Eine angeberische Bemerkung war ihr entschlüpft. »Warum nicht alles auf einmal?« Hatte sie im Laufe der Konversation genug Anspielungen gemacht, um jemandem den Eindruck zu vermitteln, daß Donatella Ginster etwas wußte, das sie nicht wissen durfte? Eigentlich nicht. Falls doch, ließ es sich ohne weiteres ihrer Euphorie zuschreiben. Selbst eine unerprobte Partitur für eine so berüchtigte Präsenz wie den Rätselstein verlieh ihrem Namen eine gewisse Popularität. In Wirklichkeit hatte sie überhaupt nichts Verdächtiges gesagt.

Mit wem hatte sie außerdem gesprochen? Mit Zimmy. Einem Ordensbediensteten. Mitarbeiter des Nordwest-Ordenskapitels. Einem Mann wie Blanchet, dem hiesigen Priorei-Mitarbeiter, nur gehörte Zimmy zu Dona. Er sei ausschließlich für sie da, beteuerte er immer, und das schon seit Jahren; er machte ihr stets gern eine Freude und legte in der Erfüllung ihrer Bedürfnisse nach Trost und Zuneigung intelligente Vielseitigkeit an den Tag. Zimmy. Wenn sie an ihn dachte, geschah es voller Zärtlichkeit und Frohsinn. Was hatte sie zu Zimmy erwähnt? Wenig. »Ach, Zimmy, wüßtest du, was ich weiß ...« So ähnlich hatte sie sich geäußert. Er hatte es nicht einmal sonderlich beachtet.

Und mit wem noch? Der Frau in Nordweststadt, die ihr gewöhnlich die Haare schnitt.

Donas Kopf war vorgebeugt gewesen, während die Frau ihr den Nacken ausrasierte, ziemlich hoch, um den Unterrand ihres fülligen Schopfs auf eine Höhe mit den Ohrenläppchen zu bringen. »Wie trauen Sie sich so was bloß?« hatte die Frau geschnattert. »Ganz allein zwischen den Präsenzen ...! Ich würde mir in die Hose pieseln, Ordensfrau, ja wirklich.«

»Es ist nicht so gefährlich, wie die Leute es sich früher vorgestellt haben.«

»Nein, es ist schlimmer. Ich weiß, daß es so sein muß. Die Hochheiligen reden zu hören, zu versuchen, sie zu besänftigen ... Ach, das ist doch ein Graus, Ordensfrau, ein entsetzlicher Graus ...!«

Daß die Frau den Begriff ›Hochheilige‹ benutzte, hätte Donatella stutzig machen müssen. Diese Bezeichnung verwendeten die Kristalliten für die Präsenzen, aber Dona hatte sich schlichtweg nichts dabei gedacht. »Es wird nicht mehr lange dauern, und wir können uns alle mit viel größerer Sicherheit als heute zwischen den Präsenzen bewegen. Gar nicht mehr lang.« Dona hatte den Kopf gehoben, sich selbst und die Frau im Spiegel gesehen.

»Aha, meinen Sie, dank einer neuen, bahnbrechenden Entdeckung? Einer fabelhaften Errungenschaft?« Die Frau musterte sie im Spiegel, in ihren schwarzen

Augen hatten Funken irgendeiner verzweifelten Wissensgier geglitzert.

In diesem Moment war Dona sich dessen, was sie sprach, bewußt geworden; sie hatte sich ruckartig im Sessel gestrafft. »Nein, es geht um keine Entdeckungen, keine Errungenschaften, Sophron. Bloß um die allmähliche Akkumulation von Kenntnissen ...«

Mit wem hatte sie ferner geredet?

Mit Chase Random Hall, dem Foschungssänger-King. Konnte irgend etwas von dem, was sie mit ihm im Speisesaal des Ordenskapitels — während der dienstfreien Zeit des Tages, in der alle sich mit Vornamen riefen — gesprochen hatte, als bedrohlich interpretiert worden sein?

»Randi, glauben Sie, es kommt mal so weit, daß wir alle arbeitslos sind?«

»Geben Sie bloß acht, Sie alberne Person. Treiben Sie nicht mit Entsetzen Scherz.«

»Nein, ich meine, wäre es nicht wundervoll, wenn wir den Präsenzen-Dietrich fänden?« Der ›Präsenzen-Dietrich‹ galt bereits seit hundert Jahren auf Jubel als der Inbegriff der Apotheosis. Man maß ihm den gleichen Stellenwert zu wie früher einmal dem ›Tausendjährigen Reich Christi‹ oder der ›Wiederkunft Christi‹, betrachtete ihn als so etwas wie ein Ende mit Schrekken, von dem es allerdings hieß, manche sehnten es inständig herbei; man verstand darunter die eine Partitur, die jeden Paß überquerbar machte, auf ganz Jubal freies Reisen gestattete.

»Für mich ist das ein wahrhaft abscheulicher Gedanke, und es wäre mir angenehmer, es käme in meiner Gegenwart nie wieder darauf die Sprache.« Randi war in seiner Jugend ein schlaffer Typ gewesen und es bis heute geblieben, aber es war unmöglich, an seinen Erfolgen zu rütteln. Nun schniegelte er sich den elegant gestutzten Schnurrbart und lächelte ihr mit seinem gelungensten Monster-frißt-kleines-Mädchen-Grinsen zu:

Die Augen glimmerten in seinem tief-, tiefbraunen Gesicht mit den fürchterlich weißen Zähnen, Zähnen einer Art, daß sie schwach machten und gleichzeitig Schaudern verursachten, weil man, sobald man sie sah, sofort mit gierigen Küssen rechnete. Seine Zähne waren so unabweisbar wie der Tod. »Leben Sie gerne gefährlich, Sie dummes Kind?«

»Ist es denn gefährlich, 'n bißchen über den Präsenzen-Dietrich zu spekulieren?« Sie hatte die Frage ganz unbefangen gestellt gehabt. Ohne jeden Zweifel vollkommen ungezwungen.

»Ein wenig müßiges Herumspekulieren hier im Ordenshaus, bei einem Gläschen Wein, vielleicht nicht. Aber alles, was darüber hinausgeht, sehr wohl. Durch kurzes Nachdenken — falls Sie zu so was fähig sind — hätten Sie es selbst erkannt. Überlegen Sie mal, Sie einfältiges Mädchen. Wüßten Sie den Präsenzen-Dietrich, könnte ich Ihnen auf Anhieb zwanzig Personen namentlich nennen, die Sie umbrächten, damit er nicht publik wird.«

Sie wußte, daß sich, als sie das hörte, ihre Miene verändert hatte. Ihrer Erinnerung zufolge mußte ihr Gesicht Erschrecken widergespiegelt haben. Er hatte von Menschen gesprochen, die zum Morden bereit waren, und ihr war ihre Freundin Gretl Mechas eingefallen. Oder vielmehr Gretls Leiche, wie sie aussah, als Donatella sie identifizierte. Als sie sich daran erinnerte, wandte sie sich ab. Sie hatte genug von der Unterhaltung gehabt.

»Möchten Sie gerne mit mir ins Bett gehen, Donatella?« hatte jedoch im nächsten Moment Randi gefragt.

»Ich stehe dem Foschungssänger-King zu Diensten«, hatte sie barsch Zuflucht in einer offiziellen Floskel gesucht. Das war ein neues Spielchen.

»Sie sind nicht sonderlich begeistert, habe ich recht?«

»Ich ... habe andere Vorlieben, Randi.«

»Als ob wir das nicht alle wüßten. Über Ihre Vorlieben klatscht das ganze Haus, und Sie hätten etwas Besseres verdient. Da wir gerade von Gefahren sprechen, Sie naives Kind, wie ist denn der neueste Sachverhalt bezüglich der Kollerkluft?« Sie hatten gefachsimpelt, während sie Einzelheiten ihrer Bestrebungen erzählte, eine Losung für die Kollerkluft zu finden, ehe das Gespräch zu anderen Dingen überwechselte. Wieso hatte er gefragt, ob sie mit ihm ins Bett ging? Jeder wußte, daß Randi Männer vorzog, aber nicht darüber stand, mit einer Frau zu schlafen, wenn er vermutete, er könnte davon einen Nutzen haben. Hatte er geglaubt, sie könnte ihm nützlich sein? Vielleicht bloß nicht nützlich genug? War ihm mit der Äußerung über Personen, die andere Menschen ermordeten, etwas versehentlich herausgerutscht? Oder hatte ihn ihre Reaktion interessiert? Oder war es lediglich eine sehr raffinierte Art gewesen, das Thema zu wechseln?

Es war eine seltsame, höchst seltsame Konversation gewesen. Mit ihrem gutgeübten Detailgedächtnis für Wörter und Sätze, Tonfall und Veränderungen des Tonfalls, an die sie sich stets exakt entsinnen konnte, war es ihr möglich, die Unterhaltung im Kopf immer noch und noch einmal zu wiederholen, nicht anders, als hätte sie in einem Kubus gespeichert; doch dadurch spürte sie darin nicht mehr Sinn auf, als sie ursprünglich gesehen hatte.

Ein Klopfen an die Tür unterbrach ihre geistige Wiederkäuerei. Blanchet trat ein, bis zu den Zehennägeln bekleidet mit einem einteiligen Glitteranzug, mehrlagigen Ketten aus Jubalkoralle um den Hals und einem Federhut. Dona stieß ein Brummen der Beifälligkeit aus. »Sie sehen ja richtig prächtig aus.«

»Meine besten Sachen sind so armselig, daß ich keinem Vergleich mit Ihrer Erscheinung standhalte, Madame.« Er schenkte ihr einen Blick offener Bewunderung. »Die Aufmachung paßt toll zu Ihnen.«

»Von mir aus, solange ich ins Kleid passe.« Dona

lachte. »Hineingequetscht habe ich mich, aber vielleicht gibt's Schwierigkeiten dabei, mich wieder rauszuwinden. Kann sein, das Kleid und ich sind künftig unzertrennlich. Es ist besser, Sie nennen mich heute abend nicht ›Dona‹. Das könnte unsere Tarnung gefährden. Rufen Sie mich Tella. So hat mein Bruder mich immer genannt.«

»Na schön, also Tella. Mein Name lautet Blanchet Fein-Eisen. Gute Freunde sagen Fips zu mir. Oder Fibi.«

»Fein-Eisen?«

»Beides Familiennamen. Ich glaube, meine Mutter hat keinen Gedanken daran verschwendet, wie's sich anhört.«

»Na ja, es klingt ziemlich … metallurgisch.«

»Genauso habe ich's auch schon immer empfunden.« Er bot ihr den Arm. Im Lift fuhren sie ins Erdgeschoß hinab, wo ein City-Jeep für sie bereitstand. Nach wie vor starrten Gaffer hinauf zu Donas Fenster. Anscheinend bemerkte keiner von ihnen sie. »Soll ich fahren?«

»Bitte. Sie kennen sich in Punkt Eins bestimmt besser als ich aus. Es wird ständig größer. Jedesmal wenn ich hier bin, verirre ich mich total.«

Blanchet stellte sich auf ihre Stimmung ein, quatschte nicht bloß der Konversation wegen drauflos, sondern richtete seine Aufmerksamkeit hauptsächlich aufs Fahren. Tatsächlich hatte Punkt Eins in den letzten Monaten beträchtlich expandiert, so stark, daß Fahren wirklich Konzentration abverlangte. Dona sah eine Stadt, die in ihrem Gedeihen und Wachsen noch den Eindruck der Unfertigkeit und Ungeschlachtheit erregte.

Die Hälfte der Straßen war aufgerissen, ein Großteil gesperrt, doch scherte sich niemand um die Absperrungen. Man türmte neue Gebäude von harscher Kantigkeit und Eckigkeit — mit Stahlverstärkungen armierte Ziegelbauten — neben älteren Häusern hoch, die aus Preßlehm gebaut worden waren und deshalb abgerundet-rundliche Silhouetten hatten, das Braun der gebrannten Ziegel hob sich schroff vom weicheren Grau ab. Die älteren Bauten strotzten von Reklameschildern, die auf diverse Freizeitangebote, auf Geschäfte mit neuer und Second-Hand-Kleidung, fabrikneuen und gebrauchten Möbeln sowie Wohnungs- und Zimmervermietungen hinwiesen. Verwandte zahlreicher Personalangehöriger der gleich außerhalb der Stadt gelegenen Militärbasis wohnten in Punkt Eins, und über hinlänglichen Wohnraum zu verfügen, galt als Privileg.

An den Eingängen der neuen Gebäude sah man kleine Hinweistafeln befestigt; meistens befanden sich in diesen Neubauten Verwaltungen der Gouverneursregierung, BDF-Außenabteilungen, Büros von Einkäufern der verschiedensten Firmen, Handelsvertretungen und Forschungslaboratorien. Auf sämtlichen Bürgersteigen drängten sich Menschen, aus jedem Fenster lehnten sich ein, zwei Leute, winkten und unterhielten sich mit Fußgängern auf der Straße. Dort spielte sich stellenweise auch die unmißverständliche Feilscherei eines bestimmten Erwerbszweigs ab, zog Donas Blick an.

Sie brach ihr nachdenkliches Schweigen. »Prostituierte?« fragte sie. Bisher hatte es auf Jubal nie Prostituierte gegeben. Wenigstens nicht im öffentlichen Stadtbild.

Blanchet nickte. »Frischer Import. Es heißt, daß ganz hoch oben jemand bestochen worden sein soll.« Konkreter brauchte er nicht zu werden. Unter BDF-Angestellten kursierte das Gemunkel, daß der Gouverneur beide Hände aufhielt, um sich die eigenen Taschen zu füllen, ein Gerücht, das allen Anlaß zur Beunruhigung gab. Durch die PEK ernannte Gouverneure sollten untadelige Persönlichkeiten sein, also fragte man sich unwillkürlich, wie weit die Korruption wohl schon um sich gegriffen haben mochte.

Am Ende einer kurzen Seitenstraße ragte ein beeindruckendes Bauwerk empor, das wie Gold glänzte; eine hohe, kunstvoll gewölbte Kuppel krönte es. Regelrechte

Menschenmengen gingen durch die kolossalen Portale aus und ein.

»Du lieber Jubal, was ist denn *das?*« fragte Dona, blickte sich über die Schulter um.

»Ein Kristallitentempel.«

»Er ist ja *riesig.*«

»Das ist er. Längs der Tiefkrumeküste stehen, soviel ich weiß, mindestens noch vier solche Bauten. Haben Sie noch keinen in Nordweststadt?«

»Nein. Und ich könnte auch nicht sagen, daß ich mir einen wünschte. Woher kriegen die Kristalliten bloß das Geld?«

»Von Pilgern. Durch Spenden. Falls Sie etwa noch keine der evangelistischen Kuben gesehen haben, die die Kristallitenhierarchie vertreibt, ist Ihnen was entgangen. Ganz gerissene Propaganda, Tella. Das Geld fließt den Kristalliten in Strömen zu. Die Leute an der Spitze sind völlig anders als die Figuren, die man in den Straßen rumlaufen sieht. Die Assassinen, Fanatiker und Insurgenten sind 'n schäbiger Haufen, aber die Personen, die in den Tempeln das Sagen haben, sind von ganz anderem Kaliber. Ölige Typen. Sie sollten sie mal sehen.« Er verpreßte den Mund zu einem grimmigen Ausdruck.

»Na, dann schauen wir sie uns doch an. Wir haben's ja nicht eilig, oder?«

Überrascht heftete Blanchet den Blick auf sie, aber er parkte gehorsam den Wagen und schlenderte mit ihr auf den Vorplatz des Tempels. Überall verstreut auf dem gepflasterten Areal latschten Pilgergruppen des Wegs, jede trug zur Kennzeichnung ihres Status Schleifchen aus orangefarbenem Band, jede betreute ein Führer in düster-ernstem Ornat. Unauffällig schloß Blanchet sich mit Donatella dem hinteren Ende eines bummeligen Grüppchens Nachzügler an, das einer Schar Pilger mit orangefarbenen Schleifen in das riesenhafte Bauwerk nachzuckelte.

Nur mit Mühe konnte Donatella verhindern, daß ihr ein Ausruf entfuhr. Rings um sie strebten Säulen empor, dazwischen spannten sich hohe Deckengewölbe, Lichtgarben sprühten aus Laserorgeln, Weihrauchdunst wallte. »Woher haben sie nur das alles?« raunte Dona. »Wie gelangen sie an derartige Anlagen, während wir noch Mangel an Medikamenten und einfachen Gegenständen wie Computern oder Hubgeräten haben?«

Mit verächtlicher Geste rieb Blanchet Daumen und Zeigefinger aneinander. Dona verstummte. Offenbar mußte auch in diesem Zusammenhang jemand bestochen worden sein. Warum wunderte sie sich überhaupt noch darüber? Sie wandte sich um, als Blanchet sie anstieß und taktvoll auf drei Gestalten wies, die soeben oberhalb einer breiten Treppenflucht einen recht weit oben befindlichen Balkon, der als Tribüne diente, betreten hatten: Zwei Männer, eine Frau. Die Männer hätten Brüder sein können, beide fielen durch üppige Mähnen weißen Haars auf, beide waren groß, von eindrucksvoller Statur und in vertikal gestreifte Glitzergewänder gehüllt, zu denen sie hohe Kronen trugen, eine Kombination, dank der sie gut und gerne vier Meter groß zu sein schienen. Dagegen tat die Frau sich durch Prunk anderer Art hervor. Unter etlichen Halsketten, die von Juwelen funkelten, zeigte sie nackte Brüste, ihr dekorativ gefältelter Rock sah aus, als hätte man zur Anfertigung Golddraht verwendet, die lange Schleppe schleifte ihr nach, als glitte ihr der dicke Leib einer Schlange hinterher; auch sie hatte eine Krone auf dem Kopf, jedoch ergänzt um einen Federbusch.

»Singfried Bims und Byron Rocktäschl«, flüsterte Blanchet. »Halbbrüder, soviel mir bekannt ist, mit einem langen, zwielichtigen Werdegang. Jetzt sind sie Oberster Pontifex und Oberpriester. Und die Oberpriesterin heißt Aphrodite Reibach. Die drei verkörpern die wirkliche Macht hinter sämtlichen Kristalliten Jubals.«

»Und stecken sie auch hinter den Meuchelmorden? Und dem Terrorismus?«

»Das bestreiten sie. Allerdings sagen sie, sie könnten die ›Erbitterung‹ verstehen, die ihre Anhänger dazu verleitet, solche Akte zu verüben.«

Die prächtig aufgeputzte Frau rief einen kurzen Satz von der Tribüne herab, der die Versammelten augenblicklich zum Schweigen brachte. Sie hatte eine Stimme wie ein Messer, die alles durchdrang, als besäße sie die Schärfe einer Kristallscherbe.

Für ein Weilchen schaute Dona noch zu, während die drei Glitzergestalten ein Zeremoniell begannen, das die Mehrzahl des Publikums anscheinend schon kannte, denn sie rief in den richtigen Momenten freudig die Antworten auf diverse rituelle Deklamationen. »Ich habe jetzt genug gesehen«, sagte sie schließlich gedämpft. »Lassen Sie uns abhauen.«

Sie gingen zurück zum City-Jeep, ohne unterwegs ein Wort zu sprechen, und setzten die unterbrochene Fahrt fort, passierten den Großmarkt für landwirtschaftliche Produkte, eine geschäftige Enklave voller Lastautos, Maultierkarren und mit Waren überladener Marktstände, in der es in ständigem, lautstarkem Gedränge von Verkäufern, Kunden und Schaulustigen wimmelte. Hinter dem Marktplatz standen die Fischbuden, eine lange Aufreihung von Verschlägen längs der eingezäunten Flächen der den örtlichen Fischzüchtern gehörigen Fischteiche, in deren Nachbarschaft es kräftig nach Meer roch. Jenseits der Zuchtteiche konnte man die schrägen Masten der Handelsflotte erkennen. Dona machte eine Bemerkung über die Zahl der Schiffe. »Dort liegen ja mehr Privatschiffe, als die BDF hat.«

Ernsthaft nickte Blanchet. »Die BDF ist nicht mehr der einzige Machtfaktor in Punkt Eins und Zwei. Jedenfalls wird diese Information unter Insidern getuschelt. Im vergangenen Jahr war über die Hälfte des Verkehrsaufkommens nichtkommerzieller Art. Viel ist dem Militär zuzuschreiben. Und man muß die Pilger hinzurechnen, die von den Kristalliten angelockt werden. Außerdem ist der Personalbestand der Gouverneurskanzlei erweitert worden.«

Fast hätte Dona entgegnet: Das ist doch Blödsinn, er macht sowieso keinen Finger krumm. Aber sie verkniff sich die Äußerung. Ihr Freund Link hatte auch einmal in der Gouverneurskanzlei gearbeitet. Sie gab sich damit zufrieden, eine Erklärung zu erfragen. »Warum?«

»Wegen des Landzungenmassakers.«

»Das hat vor sechs Jahren stattgefunden.«

»Na, Sie wissen doch, wieviel Zeit die PEK sich läßt, bevor sie Maßnahmen ergreift.«

»Mir war nicht bewußt, daß die PEK überhaupt irgend was getan hätte. Ich dachte, sie existierte bloß so für sich und vor sich hin, so wie die Inneren Sterne.« Sie hegte die Überzeugung, so eine Bemerkung durchaus äußern zu dürfen. Viele Leute redeten ganz ähnlich.

»Es heißt, daß das Landzungenmassaker sie aufgeschreckt hat. Irgendein höherer Funktionär hatte wohl einen Sohn oder Enkel unter den Ermordeten, und das führte dazu, daß man die Kristalliten von da an ernstnahm. Wie Sie wissen, soll die Frage der Existenz einheimischen jubalischen Intelligenzlebens neu erörtert werden.«

Dona erachtete es als am besten, sich darauf überhaupt nicht einzulassen. »Sehen Sie mal das Gebäude dort«, sagte sie statt dessen im Tonfall des Staunens. »Es ist volle sechs Etagen hoch. Die reinste Festung.« Der gewaltige, graue Bau hatte etwas von einem Monolithen, Fenster fehlten ihm fast völlig; ihn umgaben hohe Zinnenmauern.

»Gesehen haben Sie es schon, wahrscheinlich aber nicht aus dieser Blickrichtung. Ursprünglich stand es am Ostrand der Stadt und hatte vorm Eingang eine freie Fläche. Das ist die BDF-Direktion. Dahinter stehen die Fahrtensänger-Zitadelle und daneben die Gouverneursresidenz.« Er deutete auf einen palastartigen Bau im Pueblostil, um den Gartenanlagen sich erstreckten. »Der konkrete Anlaß, weshalb man das Personal des Gouverneurs aufgestockt hat, ist die angekündigte PEK-Untersuchung. Und auch das Militär ist für den Fall, daß weitere Gefahr von den Kristalliten droht, verstärkt worden, aber welche Verwendung wir, um alles in der Welt, für so viele Soldaten haben sollen, bleibt unklar. Im Laufe dieser Umstellungen hat man Jubal zum Garnisonsplaneten des ganzen Sonnensystems gemacht. Es wird allgemein angenommen, daß dem eine Bestechung vorangegangen ist, denn der Stützpunkt auf Serendipiti ist geschlossen und hierher verlegt worden. Und das Militär hat natürlich Frauen, Kinder und sonstigen Anhang mitgebracht. Alle benötigen sie Wohnraum, Dienstleistungen und Essen. Deshalb ist die Stadt gegenwärtig eine einzige Baustelle.«

»Ein wahres Chaos«, stimmte Dona zu.

»Nach allem, was ich gehört habe, geht's in Punkt Zwei nicht besser zu. Und auch nicht in den kleineren Städten. Die Einwohnerschaft der Städte an der Tiefkrumeküste soll zwei Millionen überschritten haben. Weil uns die Ressourcen fehlen, um in die Höhe zu bauen, müssen wir uns ausbreiten. Jemand hat mir gesagt, daß wir bei diesem Tempo in ein paar Jahren die gesamte Tiefkrumefläche bebaut haben müßten. Die Farmer regen sich über die Bodenpreise auf, und wir brauchen alles vorhandene Ackerland, um der Bevölkerung die Ernährung zu sichern. Man blickt nicht mehr so recht durch, was das alles eigentlich soll.«

»Verblüffend«, meinte Dona leise, schüttelte den Kopf. »Schlichtweg erstaunlich. Ich habe Nordweststadt für ziemlich großstädtisch gehalten, ehe ich hier ankam. Wir kriegen droben von diesem Wachstum wirklich nichts mit. Aber ich muß gestehen, ich finde diese Vorgänge nicht erfreulich. Was ist das für ein Lärm dort hinten?«

»Hmm ... Eine Kristallitendemonstration. Na, den Tempel haben Sie ja gesehen, also sollten Sie sich nun auch die Schattenseite anschauen. Hören Sie das Gesinge?«

In der Tat hörte Dona ein monotones Winseln, wie kein Fahrten- oder Forschungssänger es je als Gesang bezeichnet hätte. »Was treiben sie da?«

»Ich fahre langsamer, damit Sie gut beobachten können, aber nehmen Sie lieber die Maske ab und starren Sie sie nicht an. Das sind gewissermaßen die Stoßtruppen der Kristalliten, und sie sind Krawallen nicht abgeneigt. Sie werfen Gegenstände nach Leuten, die aussehen, als hätten sie vor, sich zu amüsieren. Nach ihrer Meinung ist jeder, der sich auf Jubal amüsieren möchte, ein Häretiker.« Langsam, aber zügig rollte das Fahrzeug die Hauptverkehrsstraße entlang, und Dona besah sich die Kristallitenrotte aus den Augenwinkeln.

Ein halbes Dutzend ausgemergelter, lediglich mit Lendentüchern und Sandalen bekleideter Gestalten schwafelte auf eine kleinere Ansammlung Zuhörer wechselnder Zusammensetzung ein. Don fing die Formulierungen ›blasphemische Ungehörigkeit‹, ›der Tag der Vergeltung kommt‹ und ›wir bleiben fest‹ auf. Während der Jeep an dem Menschenauflauf vorbeifuhr, entzündete einer der ›Sänger‹ eine Fackel, reckte sie für einen Moment empor und warf sie dann hin. Dona sah hinter den Zuschauern heiß eine blaue Stichflamme aufschießen.

Menschen schrien und suchten das Weite, gaben die Sicht frei, und Dona starrte ungläubig die Gestalt an, die im Schneidersitz auf dem Gehweg hockte und brannte, deren aufgerissene, weiße Augen in höchster, letzter Agonie aus den Flammen stierten. »Mein Gott«, stieß sie hervor, während Brechreiz sie packte, »mein Gott, sie verbrennen jemanden!«

»Eine Selbstverbrennung?« fragte Blanchet, verzog den Mund zu einem verkrampften Ausdruck des Abscheus und Grauens. Er beschleunigte das Auto, um sie vom Schauplatz des Geschehens zu entfernen. »Tut mir leid. Es ist einen Monat oder länger her, daß so was in der Stadt das letzte Mal vorgefallen ist. Sind die Soldaten schon da?«

Donatella schaute sich um. Nun bahnten Uniformierte sich zielstrebig einen Weg durch die Menschenmenge; einer brachte einen Feuerlöscher.

»Ja, es kommen Soldaten. Weshalb verbrennen sie sich?«

»Um der Obrigkeit zu beweisen, daß sie Tod, Schmerz, Folter oder Gefängnis nicht fürchten. Um zu zeigen, daß sie mit politischen Mitteln nicht zu bremsen sind. Man könnte meinen, es steht ein kleiner Heiliger Krieg bevor. Bloß sieht's so aus, als wäre sich bei der Gouverneursregierung noch niemand darüber im klaren. Die Leute schließen schon Wetten ab, ob der Gouverneur bestochen worden ist, damit er untätig bleibt. Diese öffentlichen Selbstverbrennungen sind schlimm genug, aber noch übler sind die geheimen Ritualmorde ...«

»Ritualmorde?« Donas Stimme versagte, ihr grauste davor, was Blanchet zu erzählen beabsichtigte.

»Foltermorde. Aufgeschlitzte Frauen ...«

»Hören Sie bloß auf, Blanchet, ich bitte Sie! Eine meiner Freundinnen ist eins der Opfer gewesen. Gretl Mechas. Sie ist praktisch in Fetzen geschnitten worden. Man hat mir gesagt, es hätte Stunden gedauert, bis sie starb. Ich sollte sie identifizieren, aber das einzige, was ich an ihrer Leiche identifizieren konnte, war ihre Kleidung. Guter Gott, in Nordweststadt hat kein Mensch das als ›Ritualmord‹ verharmlost.«

»Kann sein, es ist keiner gewesen. Es tut mir für Sie sehr leid, Tella. Ihre Freundin war nicht das einzige Opfer. Es sind noch mehr aufgefunden worden. Alles Frauen oder junge Burschen.«

Der gräßliche Anblick der Selbstverbrennung, die

schauderhafte Erinnerung an den Leichnam ihrer Freundin sowie Blanchets Bemerkungen zur aktuellen politischen Szene hatten Dona die Lust aufs Abendessen und den Spaß an Vergnügungen verdorben. Ach, Gretl! Die nette, freundliche, warmherzige Gretl. Warum sie? Sie konnte sich heute abend keine Zeit nehmen, um Gretl nachzutrauern. Sie mußte daran denken, daß sie andere, dringendere Aufgaben hatte, zu deren Erledigung sie sich in dieser Stadt aufhielt.

»Wohin gehen wir zum Essen?« erkunigte sie sich, verlieh ihrer Stimme einen gleichmäßigen, sachlichen Tonfall, ohne an der Antwort sonderlich interessiert zu sein.

»In den *Magischen Viggy*«, gab Blanchet Auskunft. »Ich hatte das Gefühl, das sei genau das richtige Restaurant, um jemanden mit rotem Haar und blauem Kleid dorthin auszuführen.« Er schüttelte den Kopf. »Ich fürchte, nun wird's ein ziemlich banales Erlebnis.«

Es lief alles reichlich banal ab. Sie aßen aus importierten Lebensmitteln zubereitete Gerichte zu horrenden Preisen. Sie tranken, aber in Maßen. Blanchet hätte Dona durchaus gern öfter Wein nachgeschenkt, doch sie ließ das Glas beinahe während des ganzen Essens zu drei Vierteln voll. Noch deprimierter zu werden, konnte sie sich nicht leisten, und sie wußte, daß zuviel Wein letzten Endes diese Wirkung hätte. Immerhin plauderten sie bei der Mahlzeit. Obwohl Blanchet sich als gut informierter, interessanter Begleiter bewährte, fiel es Dona anschließend schwer, sich der Dinge zu entsinnen, die sie diskutiert hatten. Magier und Clowns betätigten sich im Restaurant, führten Tricks vor, erfüllten den Gästen Wünsche. An einem Nebentisch saß eine lärmerische Horde älterer Touristen. Gelegentlich entstand regelrechter Wirrwarr. Dona vermißte, als sie gehen wollten, ihr Handtäschchen, fand es jedoch auf dem Fußboden wieder, halb bedeckt von einem Blumenstrauß, den ihr eine Magierin aus der Perücke gezaubert hatte.

»Das geht hier ja zu wie im Zirkus«, sagte Dona. »Als wäre Karneval.«

»Es ist das beliebteste Lokal der ganzen Stadt«, erklärte Blanchet. »So, und nun habe ich Eintrittskarten für Chantry.«

»Nicht Lim Terri?« fragte Dona, neigte den Kopf zur Seite. »Als er das letzte Mal hier war, hat er mir gut gefallen.«

»Ach, haben Sie's noch nicht erfahren?« lautete Blanchets Gegenfrage. »Es ist bei uns vor einigen Tagen durch die Nachrichten gegangen. Lim Terri ist tot.«

Sie schnitt eine angemessene Miene der Betroffenheit, ohne sich das volle Maß ihres Schreckens im Gesicht anmerken zu lassen. Sie spürte, wie sie blaß, es ihr kalt wurde, aber die unstete Beleuchtung im Restaurant verhinderte, daß man es ihr ansah. Sobald sie die Straße betraten, hatte sie sich wieder in der Gewalt, und sie war dazu fähig, Chantrys Konzert auszusitzen und so zu tun, als ob es ihr gefiele. Nach Ende der Veranstaltung bat sie Blanchet, zum Ordenshaus zurückgefahren zu werden, und sobald sie dort eintrafen, täuschte sie Müdigkeit vor und blieb, obwohl Blanchet sein Bedauern über ihre Entscheidung ausdrückte, als sie sich mit einem Lächeln von ihm verabschiedete, für die Nacht allein. Wie sehr sie es ersehnte, endlich allein zu sein! Das hieß, vergegenwärtigte sie sich, allein mit den Geräten zur Lausch- und Filmüberwachung, die man zweifellos da und dort in ihrem Zimmer installiert hatte.

Sie kramte in ihrer Handtasche, als ob sie ein Taschentuch suchte, und dabei ertasteten ihre Finger etwas knistriges Zerknittertes. Sie versteckte es in der Handfläche, putzte sich die Nase, schob dann die Nachricht, als sie die Bettdecke aufschlug, unters Kopfkissen. Zeit fürs Abendritual, sagte sie sich. Die ganze

Gute-Nacht-Partitur mit allen Variationen. Duschen. Zähneputzen. Haarebürsten. Nachthemd anziehen. Krisenbox auf den Nachttisch legen. Kein Forschungssänger legte sich jemals schlafen, ohne die Krisenbox in Griffweite zu haben. Danach nahm sie den neuen Forschungssänger-Digest zur Hand, den man ihr während ihrer Abwesenheit vor die Tür gelegt hatte, und las für ein Weilchen die berufsinternen Neuigkeiten. Eine neue Variationstheorie wurde vorgestellt; nur war sie gar nicht neu. Gähn ... Sie ließ die Lider sinken; raffte sich wenig später kurz hoch und löschte das Licht.

Nachdem sie noch eine Weile hatte verstreichen lassen, holte sie lautlos die Krisenbox unter die Bettdecke und schaltete die kleine Stablampe an. Der Zettel, den sie vor dem Ausgehen in ihr Portemonnaie gesteckt hatte — mit der Mitteilung, daß von jemandem versucht worden war, sie zu killen —, befand sich nicht mehr darin; statt dessen hatte sie zwei andere Zettel gefunden. Der Text war in winziger Schrift verfaßt und schwer leserlich.

»Terri informiert und plangemäß beliefert. Besorgt Rätselstein-Partitur in Fünf. Tour zu planen hat ihn Zeit gekostet. Müßte gegen Ende Altmond zurück sein.«

Das Datum dieser Nachricht war schon seit Wochen vergangen. Sie stand auf einem kleinen Stück Papier, nicht größer als ein Viertel von Donas Handteller. Darin eingeschlagen war ein noch winzigeres, vor einigen Tagen datiertes Zettelchen.

»Vor zwei Tagen Meldung, daß Lim Terri am Rätselstein zu Tode gekommen. Will ergründen, was passiert ist. Bitte Kontakt.«

Unterzeichnet waren beide Texte mit einem gewellten Strich, der über sich selbst zurückverlief und dadurch drei Kettenglieder bildete. Donatella knipste die Stablampe aus, stellte die Krisenbox wieder auf den Nachttisch, zerriß die zwei Zettel sorgfältig in winzigste Fetzchen und schluckte sie hinunter.

Im Büro des Priors beendete Blanchet Fein-Eisen seinen Bericht mit einer von mehrmaligem Gähnen unterbrochenen Schlußbemerkung. »Ich kapiere nicht, was der ganze Rummel soll. Sie ist völlig in Ordnung. Ich habe über die Angelegenheiten gesprochen, die von Ihnen genannt worden sind, aber sie hat dazu kaum was gesagt. Es gibt keinerlei Hinweise darauf, daß sie irgend was wüßte, das ich nicht weiß. Sie hat nicht sonderlich über Korruption geschimpft, nicht gedroht, den Gouverneur abzumurksen, nichts dergleichen, bloß 'n paar bissige Bemerkungen gemacht, so wie jeder sie mal von sich gibt.«

»Sie hat Sie nicht aufgefordert, mit ihr ins Bett zu gehen.«

»Das tun 'ne Menge Frauen nicht. Sie klebt an irgendeinem Typ im Nordwest-Ordenskapitel. Seit fünf Jahren, glaube ich. Wie heißt er, Zimbel oder so ähnlich? Dann ist sie halt monogam. Viele Frauen sind's. Außerdem hatte diese Selbstverbrennung ihr ganz einfach beträchtlich die Laune vermiest. Sie hat sie aus der Nähe mitangesehen. Sie hat wenig gegessen, und noch während des gesamten Konzerts war sie sehr bleich.«

Der Prior stieß ein Brummen aus, dachte nach. »Sie kennt hier in Punkt Eins einige Leute«, sagte er schließlich, »die sie normalerweise, wenn sie da ist, immer besucht.«

»Na und?«

»Also wäre es doch auch diesmal von ihr normal, sie zu besuchen.«

»Und?«

»Falls sie sie nicht oder nicht jeden von ihnen besucht, könnte das etwas zu bedeuten haben.«

Blanchet gähnte nochmals. Er hatte das Gefühl, daß der Prior nach Strohhalmen griff. Man mußte sich wegen Donatella Ginster keinerlei Sorgen machen. Und weshalb plagte der Prior sich überhaupt mit Sorgen? Blanchet, der seine Neugier rigoros zügelte, wenn es sich zu seinem Vorteil auswirkte, sagte sich, daß er es schlicht und einfach nicht wußte — und auch gar nicht wissen mochte.

»Fibi«, sagte Donatella am nächsten Morgen bei ihrem Frühstücksfisch, »ich habe hier in der Stadt drei alte Bekannte, die ich, da ich schon mal da bin, gerne besuchen möchte. Könnten Sie das für mich arrangieren?«

»Selbstverständlich, Madame. Haben Sie in dieser Hinsicht besondere Wünsche? Verabredungen zum Mittagessen? Zum Abendessen?«

»Nein, meinerseits nicht. Richten Sie sich danach, was ihnen am günstigsten paßt. Es gibt da eine alte Freundin der Familie, eigentlich eine Art entfernter Verwandter meiner Mutter. Ihr Name ist Cyndal Prinz, und als ich zuletzt hier war, wohnte sie in dem Neubaugebiet im Süden der Stadt, an der Bucht. Und Link Emert. Er ist noch BDF-Angestellter, zählt jedoch seit einiger Zeit zum engsten Mitarbeiterkreis des Gouverneurs. Als so was wie Verbindungsmann. Außerdem meine Nichte Fabiane Ginster.«

»Eine Tochter Ihres Bruders?«

»Die erste und einzige. Bart ist vor fünf Jahren an einer dieser Auszehrungserkrankungen gestorben, von denen man im Inland keine Ahnung hat, und als er sich an der Tiefkrumeküste in Behandlung begab, war's schon zu spät gewesen, um ihm zu helfen. Man sollte meinen, daß man inzwischen die medizinische Versorgung in den Tiefkrumesiedlungen verbessert hätte, finden Sie nicht?«

»Ich denke mir, es ist eine Frage des Materials, Madame.«

»Oh, ich weiß, ich weiß. Keine Möglichkeit, große Diagnoseapparaturen einzufliegen. Keine Möglichkeit, Lebenserhaltungssysteme zu transportieren. Blödsinn. Sie fliegen alles übrige ein, was ihnen gefällt, in kleinsten Einzelteilen, wenn's sein muß, mit einem kompletten Team Mechaniker, die's anschließend zusammensetzen. Ach, was soll's, es hat keinen Zweck mehr, sich heute noch deswegen aufzuregen. Bart ist seit langem tot, und durch Genörgel wird er nicht wieder lebendig. Jedenfalls, wenn Sie diese drei Personen für mich ausfindig machen und für mich mit ihnen Termine vereinbaren würden — heute nachmittag oder morgen früh —, wäre ich Ihnen dankbar. Ich frage deshalb kurz vor Mittag bei Ihnen nach, wenn's recht ist.«

»Haben Sie heute morgen andere Pläne?«

»Ich werde zu meiner jährlichen ärztlichen Untersuchung gehen, Blanchet. Darum bin ich nämlich hier. Auf höchste Anweisung.«

Das Medizinische Zentrum in Punkt Eins kannte keinen Mangel an Diagnoseapparaten. Ebensowenig Personalmangel, stellte Dona fest, während man sie zehn Minuten lang fortwährend stach, durchstocherte, punktierte und sonstwie untersuchte, ihr Proben aller Art entnahm. »Das war's«, konstatierte ein anonymer Weißkittel, der zumindest ansatzweise etwas Mitgefühl zeigte. »Sie können sich anziehen.«

Der Arzt, der überarbeitet und zerstreut wirkte, blätterte die Kartei zweimal durch, bevor er mit gefurchter Stirn zu Dona aufblickte. »Vergangenes Mal hatten Sie diese Verletzung am Arm noch nicht. In Ihrer Krankengeschichte ist nichts vermerkt. Na ja, kann ja auch nicht. Es ist ganz offensichtlich eine ziemlich frische Wunde.«

»Ja, ich habe sie mir erst kürzlich zugezogen.«

»Wann? Und wie?«

»Ach, vor ungefähr zehn Tagen. Durch 'n Sturz. Ein Steinling hat seine Spitze abgesprengt, während ich mich auf 'm schmalen Pfad befand, und ich bin gegen 'ne scharfe Kante gefallen. Nach der Rückkehr ins Ordenshaus habe ich dem Prior Meldung erstattet. Müßte auf dem Ergänzungsblatt notiert sein.«

»Aha, ja, ich seh's. Na ja, ich muß nun mal darauf

achten, daß alles den Vorschriften entspricht. Die Heilung verläuft komplikationslos, oder?«

»Anscheinend verheilt die Narbe ganz gut, ja.«

»Möchten Sie sie entfernt haben?«

»Vielleicht später. Narbenentfernung dauert noch immer zwei bis drei Wochen Regenerationsbehandlung, nicht wahr?«

»Mit den kleinen Geräten ja, und andere haben wir nicht. So ungefähr.«

»Tja, momentan habe ich dafür keine Zeit. Ich muß noch mehrere Forschungsaufträge für die BDF abwickeln, ehe der Altmond vorbei ist. Aber um den kommenden Nullmond herum habe ich voraussichtlich Urlaub. Möglicherweise lasse ich's dann machen.«

»Wie Sie wünschen. Im Falle Sie's in Nordweststadt erledigen lassen wollen, gehen Sie nicht ins BDF-Medi-Zentrum, wenn ich Ihnen 'n Rat geben darf. Wenden Sie sich an diese Frau. Sie müssen dafür bezahlen, aber Sie werden bestimmt zufriedener sein.« Der Arzt reichte ihr ein Papier, auf dem ein Name stand.

Zum Dank für die Information und weil sie froh war, daß die von ihr wegen der Verletzung befürchtete, kleinliche Befragung ausblieb, brummelte Dona ein paar Töne. Nicht daß die Wunde sich von dem Dutzend Schnitte, die sie im Verlauf der Jahre durch Kristalle erlitten hatte, unterschieden hätte. Die Schnittwunde konnte ohne weiteres von einem Kristall sein.

Doch sie stammte von keinem Kristall.

Kurz nach der Rückkehr vom Rätselstein in den Nordwesten hatte ihre Erregung schließlich nachgelassen, und allmählich war ihr klar geworden, in was für einer gefährlichen Situation sie unter Umständen steckte. Dieser Einsicht hatte sich eine Periode der Unentschiedenheit angeschlossen, während der sie sich einen Vorwand für eine Kurzreise nach Punkt Eins ausdachte: Angeblich reiste sie nur zwecks Teilnahme an einem Empfang der Gouverneursregierung hin. Bei dem Empfang war es ihr dann auf dem Weg zur Damentoilette gelungen, sich lange genug beiseitezuschleichen, um mit einer Kontaktperson in einem dunklen, allem Anschein nach menschenleeren Büro — wofür die Kontaktperson garantieren zu können glaubte — ein ausgedehnteres Gespräch zu führen.

»Ich nehme an, es hat keinen Sinn«, hatte die Kontaktperson leise gefragt, »Ihnen vorzuschlagen, die ganze Sache einfach auf sich beruhen zu lassen?«

»Ich habe Ihnen doch erklärt«, hatte sie geantwortet, »wieso nicht. Diese Information muß an die Öffentlichkeit. Die Allgemeinheit muß davon erfahren.« Im Grunde genommen waren sie sich in dieser Beziehung einig gewesen. Donas Kontaktperson hatte einmal für eine Nachrichtenagentur gearbeitet und war sich vollauf dessen bewußt, daß diese Sorte Information allgemein bekannt werden mußte. Als öffentliche Information bedeutete sie für niemanden eine Gefahr. Als Geheimnis lief sie auf eine mörderische Bedrohung hinaus. Und die Konsequenzen für den gesamten Planeten waren, falls die Information geheim blieb, zu schrecklich, als daß einer von beiden sie sich hätte ausmalen mögen.

»Das wird der BDF aber gar nicht passen.«

»Genau darum kann ich nicht dafür sorgen«, hatte Dona geflüstert. »Für so was unterstehe ich einer viel zu strengen Aufsicht. Ich weiß verdammt gut, daß mein Prior weitermeldet, wohin ich gehe, was ich tu. Und nicht bloß ich. Das gilt für alle Forschungssänger. Nein. Jemand anderes muß sich darum kümmern. Irgend jemand, den die BDF nicht unter Kontrolle hat.«

Hastig hatten sie gemeinsam einen Plan konzipiert, bei dessen Ausarbeitung sie mit jeder Stufe die Gefahr um so deutlicher erkannten. Als sie auseinandergingen, waren sie Verschwörer geworden. Ganz im geheimen hatten sie etwas in Gang gesetzt. Donatella war mit einem aus Erleichterung und Anspannung gemischten

Gefühl in den Nordwesten heimgekehrt, zunächst einmal Zuflucht in Routinetätigkeiten und Alltagsbeschäftigungen gesucht. Unterdessen sollte in Punkt Eins ihre Kontaktperson die erforderlichen Maßnahmen einleiten.

Es hatte eine kleinere, aber heikle Hürde zu überwinden gegeben. Sie war zum Ausfüllen und Einreichen eines Formulars zur Meldung ›verlorener oder gestohlener Ausrüstungsgegenstände‹ gezwungen gewesen, um das Verschwinden des Synthesizers zu erklären, den sie nach Punkt Eins mitgenommen, jedoch nicht zurückgebracht gehabt hatte. Aber es ergaben sich daraus keinerlei Folgen. Wochenlang war überhaupt nichts Außergewöhnliches geschehen.

Bis vor zehn Tagen, als man sie auf eine routinemäßige Zwei-Tage-Exkursion zwecks Erkundung eines hinter einem langezogenen Ausläufer des Rote-Hauer-Rückens gelegenen Tiefkrumetals geschickt hatte. Sie hatte den Auftrag von Anfang an als irgendwie seltsam empfunden. Der Ausläufer — er trug den Namen Kleiner Hauer — lag lediglich eine halbe Tagesreise von Nordweststadt entfernt. Die Losungen zu einem erheblichen Teil des Höhenzugs beruhten auf Donatellas eigener Arbeit, und die meisten zählten schon seit fast einem Jahrzehnt zum Standardrepertoire. Man wünschte von ihr nichts anderes als eine minimale Variation, die es Wagen ermöglichen sollte, die Hauerlinge in einer Richtung zu durchqueren, die geringfügig von der bisherigen Route abwich — eine Abänderung, für die Dona keine vernünftigen Gründe sah —, eine Aufgabe, mit der man buchstäblich jeden Forschungsakoluthen hätte betrauen können.

Aber einen Auftrag, den der Prior erteilte, lehnte man nun einmal einfach nicht ab. Sie wußte noch, daß sie sich unterwegs intensiv mit ihrem persönlichen Problem befaßt, sich ununterbrochen, während sie dahinritt, deswegen Sorgen gemacht hatte. Der Plan hing von so vielen Variablen ab, so vielen Kleinigkeiten, auf die sie keinen Einfluß hatte ... Sie stellte nachträgliche Überlegungen an, versuchte zu entscheiden, ob sie nochmals nach Punkt Eins reisen sollte oder es zu spät war, um noch irgend etwas anderes zu tun, als das weitere abzuwarten. Sonst mußte Donatella sich eigentlich nie mit Unentschlossenheit herumquälen; deshalb fühlte sie sich irritiert. Forscher durften nicht wankelmütig sein. Andernfalls hatten sie keine lange Lebenserwartung. Doch während des Morgens gewann sie keine Klarheit, und um die Mittagszeit gelangte sie in die Gefahrenzone und mußte notgedrungen aufhören, sich weiter über die Problematik den Kopf zu zermartern. Sie vertröstete sich damit, daß sie am Abend, sobald sie an ihrem Lagerfeuer saß, erneut ausgiebig darüber nachdenken könnte.

Die Arbeit mit Synthesizer und Computer beanspruchte fast den ganzen Nachmittag; sie erprobte Permutationen mehrerer Sequenzen, die mit einiger Wahrscheinlichkeit Erfolg versprachen, erarbeitete und speicherte eine neue Partitur, dank der die hiesige Umgebung sich tadellos wirksam ruhigstellen ließ. Das Ergebnis bestand aus einer recht simplen Variation einer Partitur, die sie gut kannte, die sie sich zutraute und sie beschloß, sich damit selbst durch die Kleinen Hauer zu singen — nur als Test, denn das war keine Obliegenheit eines Forschungssängers —, und als sie anfing, war es früher Abend.

Der Weg, den sie dafür auswählte, führte über ein schmales Sims längs einer hohen Steilwand, auf der anderen Seite ein senkrechter Abgrund, eine Schlucht, in deren Tiefe gewachsene Kristalle glänzten. Aus den vorwiegend weinroten Kristallmengen der Schlucht schimmerte in Bernsteingelb und warmem Orangerot Licht herauf; der gesamte Rote-Hauer-Rücken hatte eine blutrote Färbung, erweckte auf seine Weise einen ebenso schaurigen Eindruck wie der Rätselstein, konnte jedoch wesentlich leichter durchquert werden. Das schmale Felssims eignete sich nicht als reguläre Reiseroute, bot Dona aber die Möglichkeit des Überwechselns in das Tiefkrumetal, von wo aus sie beabsichtigte, eine durch Wagen befahrbare Passage ausfindig zu machen. Während sie sich das Sims entlangsang, sagte sie sich, daß die Schlucht, in die sie Einblick hatte, der Hölle recht ähnlich sein müßte. Je tiefer die Sonne sank, um so mehr sah der Abgrund aus, als stünde er in Flammen.

Dona nahm sich für ihren Weg Zeit. Nachher begriff sie, daß sie höchstwahrscheinlich vom Vordringen in die Gefahrenzone an verfolgt worden sein mußte. Mit Gewißheit von jemandem, der etwas vom Fahrtensingen verstand, denn der Überfall geschah genau in dem Augenblick, als sie die Gefahrenzone verließ. Seitlich hinter ihr erschien plötzlich, in der Abenddämmerung kaum sichtbar, eine schwarz gekleidete, schwarz maskierte Gestalt.

Hätte sie sich nicht genau in dieser Sekunde, in Reaktion auf ein fast unhörbares Geräusch, umgedreht gehabt, wäre nicht das Blinken des Sonnenscheins auf der Messerklinge gewesen, als sie sich umwandte, sie wäre überhaupt nicht auf den Angreifer aufmerksam geworden.

Ohne Nachdenken ließ sie sich zur Seite fallen, wälzte sich auf den Rücken, zog die Beine an, um ihren Bauch zu schützen, hob den Arm vor den Hals, um die Kehle zu bedecken, spürte einen Moment lang heißen Schmerz im Arm, trat mit beiden Beinen zu, indem sie sie ruckartig streckte, sah die Gestalt über sich hinweg durch die Luft in die Schlucht fliegen. Sie hatte reagiert, ohne zu überlegen, genau wie erlernt, in Selbstverteidigungskursen, wie alle Forschungssänger sie seit dem Landzungenmassaker ständig absolvieren mußten, tausendmal geübt.

Die Waffe klirrte neben Dona aufs Felssims, während

der Angreifer ohne einen Laut in die tiefe Schlucht stürzte.

Danach befaßte Dona sich für eine kurze Weile emsig mit der ersten Behandlung der Schnittwunde in ihrem Arm, und ihr blieb gar keine Gelegenheit zu Gedanken über den Angreifer. Nachdem sie die Blutung gestillt gehabt hatte, hockte sie erst einmal eine Zeitlang zusammengeduckt, voller Furcht, der Täter könnte nicht allein gewesen sein, an einem kleinen Lagerfeuer. Erst später, als kein weiterer Überfall folgte, begann sie sich zu fragen, weshalb überhaupt jemand sie attackiert hatte.

In der frühmorgendlichen Helligkeit hatte sie versucht, zu der Stelle hinabzuklettern, wo der Tote lag, irgendwo so tief, daß sie ihn buchstäblich nicht sehen konnte. Sie hatte überlegt, daß sie, falls sie klärte, wer er war, vielleicht auch den Grund für den Anschlag aufdecken könnte.

Nach ein, zwei Stunden gab sie auf. Möglicherweise konnte man per Fallschirm oder mit einem Ballon in die Schlucht gelangen. Aber niemand käme wieder heraus.

Seitdem war das Attentat ein Geheimnis geblieben. Jemand hatte sie umzubringen versucht. Sie wußte nicht wer, und was den Anlaß betraf, war sie nicht sicher. Es hatte kein Foltermord werden sollen, anders als im Fall Gretls, war keine völlig abartige Sache gewesen; nur ein schlichter Mordversuch.

Ein Kristallitenassassine? Eben die Bedrohung, die von Fanatikern ausging, hatte die Forscher zum Belegen der Selbstverteidigungskurse gezwungen. Es konnte ein Kristallit gewesen sein. Dann hätte er es nicht auf Donatella Ginster im besonderen abgesehen gehabt, vielmehr nur irgendeinen beliebigen Forschungssänger kaltmachen wollen. Aber Berichte über Kristallitenassassinen besagten, daß sie bei ihren Attacken religiöse Parolen brüllten. Beim Landzungenmassaker und mehreren späteren Morden hatten sie sich jedenfalls so verhalten. Diese Person dagegen, ob sie Mann oder Frau gewesen war, hatte keinen Mucks von sich gegeben.

Hatte es sich um jemanden gehandelt, dem bekannt gewesen war, was Dona wußte? Einer der zwanzig potentiellen Mörder, die der Foschungssänger-King erwähnt hatte? Aber wie konnte er etwas erfahren haben? Wieviel hatte man erfahren?

Saßen dic Verantwortlichen bei der BDF?

Was mochte ihre vertrauenswürdige Kontaktperson davon denken? Sie hatte sie erst gestern über den Vorfall informieren können.

Plötzlich merkte sie, wie der Arzt sie befremdet musterte, offenbar wunderte er sich über ihre längere Versonnenheit. »Ich habe gerade überlegt, wie ich die Narbe doch jetzt beseitigen lassen könnte«, sagte sie, um ihre Geistesabwesenheit zu erklären. »Aber es geht nicht. Ich habe einfach keine Zeit. Abgesehen von der Narbe, wie steht's sonst?«

»Sie sind dreiunddreißig Jahre alt, vollkommen gesund, in Bestform, und es sind keinerlei Anzeichen irgendeiner Erkrankung feststellbar. Sie haben Muskeln wie ein Stauer und die Reaktionsschnelligkeit eines Akrobaten. Was kann ich mehr sagen? Hier ist ein Exemplar des Befunds. Das Duplikat kommt in Ihre Akte.« Er neigte den Kopf seitwärts und betrachtete sie seltsamen Blicks.

Dona grinste. Ganz gleich, wie oft sie sich sagte, es sei Unsinn, sie sah der jährlichen medizinischen Untersuchung jedesmal in der Erwartung entgegen, eine schleichende Krankheit könnte bei ihr entdeckt werden. Jedesmal zerstreute das Untersuchungsergebnis ihre Sorge, und auch diesmal nahm sie ihr Exemplar mit einem Gefühl der Erleichterung entgegen.

Aus einer Telefonzelle im Foyer des Medizinischen Zentrums rief sie Blanchet Fein-Eisen an.

»Ich habe mit Ihrer älteren Verwandten eine Verabredung zum Mittagessen vereinbart«, sagte er. »Sie ist ein bißchen schwerhörig, aber ich hoffe, sie hat alles richtig verstanden.«

»Wann und wo, Blanchet?«

»Um dreizehn Uhr im *Fischhaus* in der Hafenstraße. Unter anderem hat sie mir gesagt, daß sie weder Rind noch Schaf ißt.«

»Wer kann sich denn so was überhaupt leisten? Ich jedenfalls nicht.« Weideland unterlag auf Jubal strikter Begrenzung, und rotes Fleisch galt als der Inbegriff des Luxus. Geflügel war verbreiteter, Fisch allgemein erschwinglich.

»Ich warte noch auf einen Rückruf Ihrer Nichte, aber Link Emert würde sich nach der Arbeit gerne mit Ihnen zum Cocktail treffen. Er schlägt vor, um siebzehn Uhr im *Steinling*, einem Lokal, das nur ein kurzes Stück von seinem Büro entfernt ist, im selben Block.«

»Prima. Ich setze mich nach dem Mittagessen wieder mit Ihnen in Verbindung.«

Die Mahlzeit im *Fischhaus* lief, wie sich hatte vorhersehen lassen, so wie jedes Essen mit Cyndal ab. Genaue Durchsicht der Speisekarte, um zu prüfen, ob darauf etwas stand, das sie nicht essen konnte; jede derartige Speise las sie laut vor. Querulantisches Hinterfragen der Moral jeder Person, die sich nicht scheute, so etwas zu essen. Pedantisches Wählen aus Gerichten, die sie essen konnte, und umständliches Bestellen. Und schließlich gieriges Verzehren des Essens, bis der Teller blank war, begleitet von Kommentaren über den Geschmack jedes einzelnen Mundvolls.

Dona hoffte, daß wenigstens andere Gäste, falls sie zuhörten, daran ihren Spaß hatten.

»Sehr schön, Donatella. Wirklich großzügig von dir. Was gibt's Neues von deiner lieben Mutter?«

»Nur das Übliche, Cyndal. Sie engagiert sich noch immer stark in der örtlichen Gartenprojektgruppe in Tiefkrume Zwölf. Ich soll dich grüßen.«

»Danke. Eine richtig nette Frau, deine Mutter.«

Donatella, die eine völlig andere Meinung von ihrem mütterlichen Elternteil hatte, lächelte nur und schwieg. Als sie das Restaurant verließ, kam der Kellner ihr mit der Handtasche nachgelaufen, die sie, wie gewöhnlich, vergessen hatte.

»Blanchet? Haben Sie Fabiane erreicht?«

»Sie können heute abend mit ihr essen oder morgen mit ihr frühstücken, ganz wie Sie wollen.«

»Ach, machen Sie mit ihr das Abendessen aus. Dann kann ich morgen ausschlafen und mich etwas erholen, bevor ich die Rückreise nach Nordwesten antrete. Richten Sie ihr aus ... Sagen Sie ihr, sie möchte ein Restaurant aussuchen, ich bin dann um zwanzig Uhr dort. Ich will noch ein paar Einkäufe erledigen, ehe ich mich mit Link Emert treffe. Danke, Blanchet.«

Als sie den *Steinling* betrat, sah sie Link schon an einem Tisch sitzen, der seine untere Hälfte verdeckte und so den Rollstuhl verbarg. Link kam meistens früher, um die Auffälligkeit seiner Behinderung zu mindern.

»Donatella ...!« Er erhob sich halb, stieß sich mit den Armen ab, um sich den Schein jemandes zu geben, der gesunde Beine hatte, nahm wieder Platz und langte nach ihrer Hand. Sie beugte sich nicht vor, um ihn zu küssen. Er hatte sich unmißverständlich zu dem Schmerz geäußert, den sie ihm damit bereitete, also unterließ sie es. Außerdem hatte sie ihr Haar flach und straff zu einer strengen Frisur nach hinten gekämmt und ein nicht allzu vorteilhaftes Kleid angezogen, das ihren Oberkörper und die Beine in Formlosigkeit hüllte.

»Ich möchte dich nicht mehr begehren«, hatte er einmal zu ihr gesagt, es zwischen zusammengebissenen Zähnen hervorgefaucht. »Verstehst du denn nicht, Dona? Es tut weh, dich zu begehren. Für mich bedeutet es Schmerz, überhaupt noch etwas zu wollen!«

Also hatte sie dafür gesorgt, daß sie so wenig begehrenswert wie möglich aussah, jedenfalls in dem Rahmen, wie man es sich in einem Lokal erlauben konnte, das die Unverfrorenheit aufbrachte, sich *Zum stattlichen Steinling* zu nennen. Wie sie schon geahnt hatte, war es mit künstlichen Steinlingen dekoriert, mit Plastikkristallen, die vom Fußboden bis an die Decke ragten. Variationen verschiedener Fahrtensängerlieder dröhnten aus Lautsprechern. »Interessant hier«, sagte sie, wies geringschätzig rundum. »Wie lange gibt's das schon?«

»Ach, noch kein Jahr. Es ist schlicht und einfach ein Nepplokal für Touristen, aber man serviert erstklassige Getränke.«

»Touristen! Guter Gott, Link, das ist 'n Wort, das ich mal irgendwo gelesen habe, ich hätte aber nie gedacht, ich bekäm's mal auf Jubal zu hören. Touristen!«

»Es werden immer mehr, Dona. Unten in Buchtstadt gibt's sogar 'n Typ, der Reklame für Touristenausflüge ins Landesinnere macht, mit Fahrtensängern und der ganzen Partitur.«

»Der Kerl muß verrückt sein.«

»Nein. Er karrt sie zu den Totenschädeln, singt sie mit irgendeinem Mischmasch durch, läßt sie 'n Blick auf die Irrsinnshügel werfen, bringt ›zufällig‹ ein, zwei Irrlinge zum Platzen und fährt die total aufgewühlten Leute zurück. Sie glauben, sie hätten in Gefahr geschwebt.«

»Und er streicht mit beiden Pfoten Zaster ein.«

»Soviel ich weiß, ja. Was trinkst du, meine Liebe? Es ist fast ein Jahr her, seit ich dich zuletzt gesehen habe, Donatella, weißt du das?« Er sagte ganz sachlich ›meine Liebe‹, als hätte es keinerlei Bedeutung, doch ihr Herz krampfte sich, so wie es immer gewesen war, dabei zusammen. Link war dünner geworden. Seine Augen waren eingesunken. Das früher lebhafte Gesicht zeichnete sich durch Fahlheit aus. Sogar seine Lippen waren inzwischen farblos. Dona schüttelte sich, aber lächelte, tat so, als ob sie nichts merkte.

Sie bestellten Getränke. Sie unterhielten sich. Über

Belanglosigkeiten. Unwichtige Angelegenheiten. Links Tätigkeit als Verbindungsmann der Forschungssänger beim Gouverneur. Die vor kurzem erfolgte Ankündigung, daß das KOPFI-Gremium die Absicht hatte, nach Jubal zu kommen.

»Was, zum Teufel, ist denn das KOPFI-Gremium?« fragte Dona.

»Die Planetenerschließungskommission hat einen neuen Ausschuß gegründet, um ein für allemal zu klären, ob auf Jubal einheimisches intelligentes Leben existiert.«

»Ach, das weiß ich. Mir war bloß nicht der Name bewußt. Mein Ordensbetreuer hat gestern davon erzählt. Und jemand hat's auf dem Empfang erwähnt, auf dem ich war, als ich das letzte Mal hier in der Stadt gewesen bin.« Donatellas wahrer Grund, aus dem sie die Stadt aufgesucht gehabt hatte, war so sehr im Vordergrund ihrer Gedankengänge gewesen, daß es ihr kaum gelungen war, Aufmerksamkeit für gesellschaftliche Konventionen zu erübrigen. »Ich entsinne mich, daß ich bei der Gelegenheit vergessen habe, wer die Frau des Gouverneurs war, und ich habe sie jemandem als Gereny Vox vorgestellt.«

»Donatella!« Link wirkte aufrichtig schockiert. Der weithin bekannten Maultierzüchterin konnte man weder im Gesicht noch in bezug auf die Figur auch nur die geringste Ähnlichkeit mit Schnuckitrud Thonks nachsagen. Gereny Vox war eine vollständig unverfälschte, etwas rauhbeinige Persönlichkeit von bemerkenswertem Charme. Lady Thonks verkörperte ein selbstinszeniertes, gemeingefährliches Greuel.

»Es war bloß 'n Versprecher. Der Lapsus ist mir sofort aufgefallen, und ich habe mich in aller Form entschuldigt. Sie hat's ganz umgänglich hingenommen, wenn auch auf ziemlich hintersinnig-giftige Weise.« Wenig überzeugend lachte Dona. Sie hatte einen schrecklichen Fauxpas begangen gehabt, später war ihr darüber durch den Foschungssänger-King noch manches zu Ohren gekommen, doch vielleicht hatte der Schnitzer dazu beigetragen, zu vernebeln, was sie wirklich in Punkt Eins tat. »Na, und was soll unternommen werden, um die Frage der Intelligenz zu klären?«

»In ein paar Wochen sollen Hearings veranstaltet werden, genau wie vor fünfzig Jahren, was sonst?«

»Sag mir doch noch mal, was KOPFI heißt.«

»Kommission zur obligatorischen Prüfung fremdartiger Intelligenz.«

»Hat man denn nicht vor, erst einmal die Existenz menschlicher Intelligenz nachzuweisen?« sagte Dona sarkastisch. »Seit einiger Zeit habe ich an deren Vorhandensein nämlich meine Zweifel. Ich wüßte ein paar Kandidaten für Nullintelligenz, angefangen beim Gouverneur.«

»Pscht, Dona! Du redest ja subversive Sachen daher. Der Stiefsohn des Gouverneurs ist Vorsitzender des Gremiums. Ymries Fedder. Nach allem, was ich weiß, hat er sich dafür den Namen ausgedacht.«

»Ach ja, Schnuckitruds Sohn. Süß.« Dona erachtete es als angebrachter, nichts mehr zu sagen, begnügte sich damit, Link anzusehen und ihm zuzuzwinkern. Er zwinkerte zurück, und Dona seufzte. Auch diesmal verstanden sie sich, so wie stets, ganz genau. Wie immer wünschte sich Dona, ihn in den Arm nehmen und drücken zu dürfen. Wie immer trauerte sie um ihn, spürte sie nach ihm Sehnsucht. Und wie jedesmal bewahrte sie eine fröhliche Fassade und ließ sich nichts anmerken. Er saß seit fünf Jahren im Rollstuhl, seit der Exkursion, während der eine unerforschte Präsenz direkt vor ihm auseinandergeborsten war; Link erlitt schwere Verletzungen, wäre gestorben, hätte Dona ihn nicht gerettet. Später beschuldigte er sie, ihn zu lebenslänglicher Haft verurteilt zu haben, und sie hatte ihm angeboten, ihm abzuhelfen. Kein Forschungssänger hätte die Hilfeleistung unterlassen, keine Geliebte zu mehr bereit sein können. Das Angebot galt noch. Bis jetzt hatte er es nicht angenommen. Gott sei Dank.

Und wie jedesmal, wenn sie ihn sah, arbeitete ihr Gehirn auf Hochtouren, versuchte sie sich eine Möglichkeit zu überlegen, wie eine ziemlich unbedeutende Beschäftigte der Forschungsabteilung an einen Betrag von etwa hunderttausend Bons gelangen könnte. Ungefähr soviel mochte es kosten, wenn Link nach Serendipiti flog und dort eine Regenerationsbehandlung seiner Beine bezahlte. Die halbe Summe wäre immerhin ausreichend für den Import von Bioprothesen, dank der es ihm wenigstens gestattet wäre, wieder zu laufen.

Doch es hatte gar keinen Sinn, darüber nachzudenken. Sie hatte sich schon oft genug darum bemüht. Zehn Jahresgehälter. Verfluchte BDF und ihre Prioritäten! Brou stand an erster Stelle, alles übrige blieb zweitrangig. Und die Forschungssänger-Kings, zu deren Pflichten es als Teil ihres Vertrags zählte, sich für eine gute medizinische Versorgung einzusetzen, gaben sich anscheinend damit zufrieden, ihre Zeit mit diplomatischer Kompromißlerei zu vertrödeln. Innerlich war Dona zum Weinen zumute, aber sie behielt eine ruhige Miene bei.

Zwei Stunden verstrichen. Sie schaute auf den Comp an ihrem Handgelenk. »Ich muß los, Link. In einer Stunde habe ich 'ne Verabredung mit meiner Nichte. Erinnerst du dich an sie? Fabiane. Sie arbeitet beim Planetaren Fürsorge- und Wohlfahrtsamt.«

»Fabiane habe ich erst letzte Woche gesehen. Sie war wegen irgend etwas in der Gouverneurskanzlei ... Was war's bloß? Ach, ich entsinne mich. Sie hat einen Ansiedlungsplan für die Randgruppen-Sozialfälle entworfen, die zurückbleiben, wenn diese und jene Militärangehörige nach außerhalb des Systems versetzt werden.«

»Sozialfälle?«

»Äh ... Wie soll man sie beschreiben? Inoffizielle Abhängige. Liebchen ohne Eheverträge. Die Soldaten bringen sie mit. Wenn sie das nächste Mal versetzt werden, beschließen viele — aus den unterschiedlichsten Gründen —, sie bei dieser Gelegenheit sitzen zu lassen.«

»Inoffizielle Scheidung, wie?«

»Gewissermaßen. Kinder sind natürlich auch dabei.«

»Schweinehunde«, sagte Dona mit gefühlvollem Nachdruck. »Vielen Dank für die Drinks, Link.« Mit nüchternem Gebaren faßte sie seine Hand, drückte sie kurz, für ein Momentchen nur, lächelte und stand auf, wandte sich zum Gehen.

»Donatella!« Er rief sie noch einmal an den Tisch. »Du hast deine Handtasche vergessen.«

Sie kehrte ins Ordenskapitel zurück, um zu duschen und sich umzuziehen, betrat das Haus durch den Hintereingang und huschte die Treppe hinauf, während niemand sie beachtete, nicht verstohlen, sondern nur, als wäre sie in Eile. Sie hatte keine Lust, irgend jemand ihr unattraktives Kleid erklären zu müssen, am wenigsten Blanchet. Als er mit dem Getränk eintraf, das sie erbeten hatte, war sie bereits geduscht und für das Abendessen umgekleidet, allerdings weniger spektakulär als am Vorabend.

»Haben Sie sich mit Ihren Bekannten gut amüsiert?«

»Cyndal taugt nicht zur Freundin«, gestand Dona mit aller Offenheit. »Sie gehört irgendwie zur Familie, aber ist eine schauderhafte Nervensäge. Bloß macht meine Mutter mir endlos Vorwürfe, wenn ich Cyndal nicht besuche. Sich mit Link Emert zu treffen, ist auch eine eher zermürbende Sache, allerdings auf andere Weise. Ich muß immer daran denken, wie er war, bevor er seinen Unfall hatte.«

»Ach.« Blanchet zeigte Mitgefühl. »Tja, vielleicht können Sie den Abend mehr genießen.«

»O Gott, ich hoff's«, sagte Dona. »Fabiane wiederzusehen, ist jedesmal angenehm. Sie ist eine recht lustige Person.«

Und dementsprechend gestaltete sich der Abend mit Fabiane tatsächlich. Sie erzählte über die ›Sozialfälle‹ Geschichten, die Dona abwechselnd zum Lachen und Weinen brachte, führte anstößige Unterhaltungen mit den Kellnern, die knackig gekochtes Gemüse servierten, garniert mit Streifen gebackenen Fischs und Geflügels; mit Gesprächen über gemeinsame Erinnerungen und allgemeiner Konversation klang der Abend aus. »Verdammt«, sagte Dona, als sie das Restaurant verließen, »jetzt habe ich wieder meine Handtasche vergessen.«

Fabiane lachte. »Du hast sie jedesmal vergessen, wenn ich mit dir ausgegangen bin, deshalb hab ich für dich daran gedacht. Hier.«

Nachdem sie so ihre Verpflichtungen abgewickelt hatte, kehrte Dona in ihre Unterkunft zurück. Mit dem Portemonnaie nahm sie die gleiche Prozedur vor wie am Abend vorher. Erst jetzt hatte sie Gelegenheit zum Nachschauen.

Sie fand einen neuen Zettel in der Handtasche. Unter der Bettdecke las sie den winzigen Text.

»Mitteilung erhalten. Terris Bruder Tasmin Ferrence soll zur Tiefkrumeküste unterwegs sein. Hat Synthesizer. Kontaktiere. Vorsicht.«

Darunter verlief wieder die gewellte Linie, die als Signatur diente. Kette. Oder KETTE, wollte man genau sein. KETTE war die Ermittlungs- und Vollzugssektion der PEK. Donatella vergeudete einen Moment mit dem fruchtlosen Wunsch, KETTE wäre auf Jubal tatsächlich massiv präsent und nicht nur durch einen weitgehend machtlosen ehemaligen Mitarbeiter vertreten.

Sie mußte sich an den Text halten. »Vorsicht.« Was sollte das heißen. Vorsicht? Selbstverständlich achtete sie auf Vorsicht.

Trotzdem flößte das letzte Wort der Nachricht ihr Unbehagen ein. Statt unverzüglich einzuschlafen, wie es ihr meistens ging — alle Forschungssänger legten darauf Wert, wenn sie für die Aufgaben des nächsten Tags konzentrationsfähig genug sein wollten —, wälzte sie sich inmitten der geräuschvollen Dunkelheit ruhelos im Bett, starrte in die Lichter, die von der Spelunke mit den dazugehörigen Vergnügungseinrichtungen auf der anderen Straßenseite herüberleuchteten. Das Facettglas der Fenster brach die Helligkeit, warf langgestreckte Glanzlichter in Lila und Rot auf das Bett. Aus dem Freien drang, durch die geschlossenen Fenster kaum gedämpft, der Radau vieler Menschen herein. Laut bewegten Leute sich durch die Hauptstraße, Rufe der Ausgelassenheit und des Ärgers erschollen, Antworten, Gelächter, Drohungen und Tiraden ertönten. Es klang wie die Demonstration der Fanatiker. Dona entsann sich der Selbstverbrennung des Kristalliten, an die Augen, wie sie hinterm Flammenvorhang schmorten, verdrängte die Erinnerung mit einem Schaudern. Denk an etwas anderes, ermahnte sie sich. Denk an Link. Link mit dem so sorgfältig beherrschten Gesicht. Keine Vorwürfe. Seit Jahren nicht. Und doch wäre es gelogen, falls sie sich einredete, er hätte sich angepaßt. Natürlich hatte er es nicht. Er war der alte Link geblieben, der in einer Falle stak, für immer im Gefängnis seines Körpers saß, so wie sie sich ohne ihn in einer Situation der Ausweglosigkeit fühlte.

Wenn. Wenn sie nur einhunderttausend Bons hätte. Wenn sie nur irgendwie hunderttausend Bons zusammenbringen könnte. Er verdiente es. Die BDF schuldete es ihm.

Dona konnte nicht schlafen. Sie war nicht einmal schläfrig. Wäre sie lediglich dösig gewesen, hätte sie das leise Geräusch nicht gehört, so kaum vernehmlich war es, ein Knacken, woher kein Knacken hätte kommen dürfen.

Vom Badfenster. Daneben führte, wie ihr einfiel, ein Luftschacht entlang. Drei Stockwerke hoch.

Sie wartete nicht auf eine etwaige Wiederholung des Knackens. Forschungssänger zauderten nicht. Saumselige fanden einen frühen Tod. Vielmehr rollte sie sich aus dem Bett, häufte die Decken zu einer annähernd körperförmigen Wurst auf und huschte hinter die Badezimmertür. Sie hatte keine Waffe. Eine rasche geistige Inventur des Zimmers brachte sie auf nichts, das einen ähnlichen Zweck hätte erfüllen können. Im Bad dagegen gab es einiges, ja. Dort befanden sich geeignete Gegenstände. Sprühfläschchen verschiedenerlei Inhalts: Trockenwaschcreme, Antiperspirant, Haarentferner. Sie besann sich darauf, wo sie sie gelassen hatte: Die Trockenwaschcreme hatte sie an eine seitliche Wand des Bads gestellt, sie brauchte sie hier nicht, weil es in Punkt Eins genug Wasser gab; das Antiperspirant war im Spiegelschrank; der Haarentferner — eine fast volle Flasche — stand auf dem Sims hinter der Toilette, auf der sie gesessen, sich Beine und Nacken eingerieben hatte.

Sie hörte ein zweites Knacken, begleitet von einem dumpfen Rumsgeräusch, als hätte etwas nachgegeben. Zweifellos der Riegel des Badfensters. Dona fing ruhig und tief zu atmen an. Wer der Einbrecher auch sein mochte, er würde darauf achten. Tief. Regelmäßig. Atmen.

Die Gestalt kam so leise durch die Badtür, daß Dona sie fast nicht bemerkte. Nur ihre Durchquerung der farbigen Lichtkegel, die von draußen hereinfielen, verriet sie. Ebenso lautlos schlüpfte Dona um die Tür ins Bad, tastete nach dem Enthaarungsspray, faßte die Flasche mit äußerster Behutsamkeit, um kein Geräusch zu verursachen. Achtsam nahm sie sie, das Gesicht dem anderen Zimmer zugewandt, versuchte in den Leuchtbahnen zerspellter Helligkeit etwas zu unterscheiden.

Die Gestalt hatte sich zum Bett geschlichen. Sie beugte sich vor, streckte die Hand aus. Diesmal kein Messer. Etwas anderes. Ein Brummen entfuhr ihr, beinahe das Knurren eines Tiers, als sie erkannte, daß Dona nicht im Bett lag. Der Eindringling drehte sich dem Lichtschalter zu, und plötzlich flammte die Zimmerbeleuchtung auf; die maskierte Gestalt wirbelte herum, sah Dona, sprang auf sie zu, und sie sprühte ihr den Haarentferner direkt in die Augen, wich dabei seitwärts aus.

Die Person gab keinen Laut von sich, nur ein hervorgewürgtes Prusten. Sie ließ sich nicht aufhalten, grapschte blindlings in die Richtung, wohin Dona ausgewichen war; sie übertraf Dona an Körpergröße und wahrscheinlich auch an Kraft. Ein mörderisches Blinde Kuh begann. Der Maskierte konnte sie nicht sehen, aber hören. In wilder Hast tat Dona einen Satz über das Bett hinweg und floh zur Tür hinaus in den Flur, ließ den Eingang offen. Gleich davor befand sich das Treppenhaus. »Nein-nein-nein«, stieß Dona gerade so laut hervor, daß sie gehört werden mußte, dann trat sie beiseite, kniete sich an die Wand. Als die Gestalt wütend dort hinstürmte, woher sie ihre Stimme gehört hatte, stellte sie ihr ein Bein, und der Fremde stolperte darüber, schwankte, stürzte kopfüber die Treppe hinab. Dona flitzte in ihr Zimmer zurück und schloß die Tür.

Das Gepolter lockte Kollegen und Hausgäste in den Korridor. Dona gesellte sich dazu, band sich verschlafen den Gürtel um den Morgenmantel. »Was war das für 'n Krach? Habt ihr's auch gehört? Was ist passiert?« Von unten lärmten im Tonfall der Ungläubigkeit und Erregung Stimmen herauf.

Ein Mann. Er mußte die Treppe herabgestürzt sein. Ein toter Mann. Da lag eine Leiche.

Was mochte er im Ordenskapitel gesucht haben? Kannte ihn jemand?

Wieso war er so merkwürdig angezogen?

Ein Dieb? Warum sollte irgend jemand in ein Ordenshaus einbrechen? Forschungssänger besaßen keine Wertsachen.

Der aufgeregte Wortwechsel ging immer weiter, während Dona halb auf der Brüstung des Treppanabsatzes lehnte, zu dem schwarzen Umriß drunten auf dem Fußboden hinabspähte. Jemand hatte dem Toten die Maske abgenommen, und ein ausdrucksloses, unbekanntes Gesicht starrte aus wunden, leblosen Augen zu ihr empor. Das Gesicht einer Person, die gewußt hatte, wer sie war; eines Manns, der gewußt hatte, daß sie sich allein in ihrer Unterkunft aufhielt. Wie gut für seinen Auftraggeber, daß der Eindringling sich das Genick gebrochen hatte. Nun konnte er auf die Frage, wer ihn geschickt hatte, nicht mehr antworten.

6

Drei Maultierreiter, die sich frühmorgens aus der Richtung der Kollerkluft Punkt Eins näherten, hätten schon genügt, um die Aufmerksamkeit der dortigen Einwohner zu wecken. Drei Maultierreiter, denen eine kleine Horde Kristalliten folgte, die allesamt buhten, schimpften, fluchten und Dreck warfen, reichten vollständig, um nicht nur Beachtung zu finden, sondern überdies die nächststationierte Militäreinheit in überwältigende Aktivität zu scheuchen. Bald darauf lagen die Kristalliten mit dem Gesicht nach unten im Lehm, der ihnen als Munition gedient hatte, Hände und Füße waren ihnen auf dem Rücken mit Hand- und Fußschellen zusammengefesselt, und man benutzte, ohne zu knausern, an verschiedenen entblößten Teilen ihrer Anatomie Tranquilizer-Pistolen.

»Tut mir außerordentlich leid«, erklärte der Hauptmann, der das Eingreifkommando befehligte, bot Tasmin aus dem Anti-Krawall-Einsatzwagen ein sauberes Handtuch an. »Es wird dauernd schlimmer mit denen. Wenn der Gouverneur nicht bald handelt, wird unser Kommandant, Oberst Lang, voraussichtlich von sich aus etwas unternehmen. Ich hoffe bloß, es wird bis dahin nicht zu spät sein.«

»Wie spät muß es eigentlich sein, um zu spät zu sein?« fragte Clarin in bitterem Ton, versuchte den Matsch aus ihrem lockigen Haar zu streifen, jedoch ohne sonderlichen Erfolg. »In dem letzten Dreckklumpen hat 'n Stein gesteckt.« An ihrer Stirn schwoll eine rote Beule in der Größe eines Hühnereis, und sie sah ebenso übel zugerichtet wie zornig aus. »Unser Meister hier hat's vorgezogen, daß wir unsere Peitschen nicht gegen sie verwenden.«

»Ich habe Ihren Trupp kommen sehen«, sagte Tasmin freundlich zu dem Offizier. »Ich dachte, bis Sie da sind, könnten wir zu ihnen Abstand halten.«

Rachsüchtig musterte Jamieson die ausgestreckten Gestalten, drehte die Peitsche zwischen den Händen. Fahrtensänger-Maultiere richtete man so gründlich ab, daß es undenkbar war, sie mit so etwas zu traktieren; das Schlagwerkzeug zählte lediglich aus Prestigegründen zur Berufstracht. Die Absicht, zu der Jamieson neigte, ließ sich deutlich in seiner Miene lesen.

»Denen tät's gefallen, wenn Sie ihnen was überbraten«, sagte der Hauptmann, indem er mit einem Wink zu verstehen gab, daß er keine Bedenken hätte. »Aber verdreschen Sie sie ruhig, wenn Sie meinen, daß Sie sich danach wohler fühlen. Sie betrachten's als Beweis ihrer frommen Rechtschaffenheit, wenn sie geprügelt werden. Darum benutzen wir die Tranq-Pistolen. Das mögen sie überhaupt nicht. Wir stellen sie so um die zehn Tage lang ruhig und zwangsernähren sie, und wenn wir sie gehen lassen, sind sie feist geworden. Das macht sie stinksauer.« Versonnen spie er aus, während Jamieson sich für Zurückhaltung entschied und die Reitpeitsche wegsteckte. Der Offizier hielt Tasmin die Hand entgegen. »Mein Name ist Jines Verbold.«

Tasmin drückte die Hand. »Freut mich, Sie kennenzulernen, Hauptmann Verbold. Ich bin Fahrtensänger Tasmin Ferrence. Das sind meine zwei Akoluthen Reb Jamieson und Renna Clarin.«

Der Hauptmann nickte jedem von ihnen zu. »Habe ich etwas mißverstanden, Meister Ferrence, oder sind Sie drei die Hügel von der Kollerkluft herabgekommen?«

»Sind wir. Ist daran irgend was nicht in Ordnung?«

»Ich wußte nicht, daß jemand die Kollerkluft passieren kann.«

Tasmin zeigte sich erstaunt. »Ich habe eine sehr alte Losung angewendet, Hauptmann. Möglich wär's, daß man sie vergessen hat, aber eigentlich ist es schwer zu glauben. Sie befindet sich seit meines Vaters Zeiten im Archiv, vielleicht sogar schon seit Lebzeiten seines Vaters. Ich glaube, es ist eine Original-Losung Ericksons. Ich wäre nie auf die Idee verfallen, sie könnte nicht allgemein bekannt sein.«

»Tja, das ist 'ne Neuigkeit, die einige Personen, die ich kenne, freuen wird. Seit ungefähr einem Jahr sind wiederholt Leute losgeschickt worden, um's an der Kollerkluft zu probieren, mal da, mal dort.«

»Es liegt an den verrückten Notenwechseln in den AR«, sagte Clarin nachdenklich, kramte in einer Tasche. Etwas rührte sich in ihren Fingern, und sie streichelte es zärtlich. »Und den hohen Trompetentönen. Auf so was käme man normalerweise nie.«

»Und wie sie Erickson eingefallen sind, weiß Gott«, meinte Tasmin mit einem Auflachen. Er verspürte ein plötzliches Hochgefühl. Trotz der fanatischen Dreckschleudern empfand er ihre gelungene Ankunft als Omen, als gutes Vorzeichen. In Punkt Eins würde alles klappen. Er sollte alles erfahren, was er wissen wollte. Das Rätsel konnte aufgeklärt werden. Keine Fragen würden offen bleiben. Er wandte sich den Akoluthen zu, fragte sich, ob sie sich ebenso exaltiert wie er fühlten.

Jamieson ging es anscheinend ähnlich. Die Miene des Jungen spiegelte lebhafte Neugier, während er hinunter zur Stadt blickte. Im Lauf ihrer Reise hatte er sich immer weniger mit dem zurückgebliebenen Mädchen beschäftigt und statt dessen am Ziel sowie dem, was sie dort vorhatten, zunehmendes Interesse bewiesen. Oder vielleicht lag es an dem Mädchen, das sie begleitete, obwohl Tasmin nicht beobachtet hatte, daß er bemüht gewesen wäre, irgendwie mit Clarin vertraulicher zu werden. Trotzdem ... Es bestand Nähe. Nähe war ein hervorragender Ersatz für abwesende Freunde. Ob Jamieson ermutigt worden war, oder nicht, ließ sich angesichts der Reserviertheit Clarins schwer feststellen. Jedenfalls bewährte sie sich als beharrliche Beschwichtigerin; Tasmin hätte gewettet, daß sie jetzt eine Kristallmaus, die von ihr am Lagerplatz beim Räubern erwischt worden war, in der Tasche hatte. Sie verhielt sich umgänglich und immer zuvorkommend, aber blieb kühl. Tasmin hatte sie während der Reise zu schätzen gelernt. Ihre rücksichtsvolle Art und ihr ruhiges, bescheidenes Wesen sagten ihm zu, wenngleich er nie darüber nachdachte, was der Gefallen, den er an ihr fand, bedeuten mochte.

»Ich habe gefragt«, wiederholte der Offizier, unterbrach Tasmins Gedankengänge, »wo Sie sich einquartieren werden.«

»In der Zitadelle«, antwortete Tasmin fast ohne zu überlegen. Wo sollte ein Fahrtensänger sonst als bei seinesgleichen absteigen? »Falls man für uns Platz hat.«

»Kennen Sie den Weg?«

»Nicht so recht. Ich bin dort schon einmal gewesen, allerdings vor Jahren, damals war ich häufiger als Führer zur Küste tätig.« Aber diese Stadt glich dem kleinen Ort, den er in Erinnerung hatte, überhaupt nicht mehr. Diese Stadt wimmelte von Menschen, Bürger durchschwärmten sie schubweise wie Ebbe und Flut, sie brodelte von Leben, erzitterte vom Lärm. »Dank sei Gott für hundert Meter dicke Tiefkrume«, äußerte er, und obschon es nur halblaut geschah, fing er einen verständnisvollen Blick Clarins auf.

»Wirklich erstaunlich, nicht wahr?« stimmte sie zu. »Ich habe Punkt Eins zuletzt vor zwei Jahren auf dem Weg aus dem Nordwesten nach Tiefkrume Fünf gesehen. Ich glaube, seitdem hat's seine Größe verdoppelt.«

»Ja, es hat sich doch so stark verändert, daß ich Ihnen lieber einen Mann mitschicke, der Sie hinbringt«, sagte der Hauptmann. »In der Stadt treiben sich auch Kristalliten herum, und jede Person in Fahrtensängertracht verstehen sie als Gelegenheit zum Stänkern. Ich bin mit der Beaufsichtigung eines Militärstraflagers voller Rabauken betraut, eines ganzen Strafbataillons, und ich schwöre Ihnen, sie machen weniger Schwierigkeiten als diese verfluchten Fanatiker. Ich empfehle Ihnen, die Mulis im Zitadellenstall unterzustellen und von da an in der Stadt Zivilkleidung zu tragen. Hundertprozentige Sicherheit gibt's nicht, weil man vielleicht Ihre Gesichter wiedererkennt, aber es böte einen gewissen Schutz.«

»Wie weit dürfen wir zu unserer Selbstverteidigung gehen?« erkundigte sich Jamieson.

»So weit Sie überhaupt nur können«, lautete Verbolds Antwort. »Es spricht nichts dagegen, wenn Sie ein paar von denen kaltmachen. Wie gesagt, sobald der Gouverneur endlich von der weichen Linie abrückt, erhalten wir den Relokationsbefehl, und dann ist Schluß.«

»Relokationsbefehl?« wiederholte Clarin.

»Ja, Madame, zur Aufrechterhaltung der öffentlichen Sicherheit. Etwa fünfzehn Kilometer weiter unten an der Küste ist schon das Internierungslager gebaut worden. Energetisch abgeschirmt, so gut wie ausbruchssicher. Dort stecken wir sie hinein, dann können sie übereinander herfallen, wenn sie unbedingt über jemanden herfallen müssen. Jedem ist klar, daß es nicht mehr anders geht. Warum Seine Exzellenz noch zögert, ist uns unbegreiflich ... Uns allen. Vermutlich bloß falsche Rücksichtnahme.« Er schnitt eine Grimasse, die wirkte, als suchte er Komplizenschaft. Politisch war es unklug, solche Bemerkungen zu äußern.

»Laufen bezüglich der Verzögerung irgendwelche Gerüchte um?« wollte Jamieson wissen.

»Ach, Gerüchte laufen immer um«, entgegnete der Hauptmann, wandte sich schroff ab. Er hatte so schon zuviel geredet. Außerdem wußten alle, was die Gerüchte besagten: Daß der Gouverneur einen Anteil der Einnahmen aus den Pilgerbesuchen erhielt, die Fanatiker ihn bestachen.

Tasmin sah Jamieson an und schüttelte den Kopf; der Akoluth gab Ruhe. Tasmin mochte die planetare Politik oder die PEK-Tätigkeit, umringt von Soldaten, die möglicherweise alles weitererzählten, was man sprach, im richtigen oder falschen Kontext, korrekt oder entstellt, nicht öffentlich diskutieren. Was der Hauptmann plapperte, war seine Sache. Tasmin hatte eine lebenslange Angewohnheit des Vorsichtigseins. Er beugte sich aus dem Sattel zu dem Offizier hinab, drückte ihm nochmals die Hand. »Vielen Dank, Hauptmann. Ich werde den Generalmeister der Zitadelle wissen lassen, wie sehr Sie uns behilflich gewesen sind.« Thyle Vowe, Generalmeister der Zitadelle in Punkt Eins, war gleichzeitig Großmeister des Fahrtensängerordens. Bei Vowe positiv erwähnt zu werden, bedeutete keine unbeträchtliche Gefälligkeit, so daß der Hauptmann grinste, als er zurücktrat und zum Abschied salutierte.

Sie gelangten ohne weiteren Zwischenfall zur Zitadelle, wo man sie begrüßte und dann, als man erfuhr, daß Tasmin dank einer seit längerem vergessenen Losung die Kollerkluft durchquert hatte, überschwenglich lobte. Über den Bibliothekar der Zitadelle spöttelte man gutmütig, entlockte ihm damit mehrere entschieden weniger gutmütige Erwiderungen; danach teilte man den Reisenden Zimmer zu, gab ihre Kleider zur Reinigung und händigte ihnen für den Aufenthalt in der Stadt weniger auffällige Kleidung aus. Großmeister Thyle Vowe befand sich in der Nordwest-Zitadelle und sollte erst in einigen Tagen zurückkehren. Tasmin schrieb für ihn einen kurzen Bericht, der auch ein paar anerkennende Worte über Hauptmann Verbold umfaßte — zudem über seine wahrscheinlichen politischen Sympathien —, und hinterlegte ihn im Sekretariat. Ehe Tasmin alle Erfordernisse erledigt hatte und er sich von Verpflichtungen freimachen konnte, war es Nachmittag.

Die beiden Akoluthen flegelten im Innenhof, warteten offenbar auf Tasmin; wie von ihm geahnt, lief eine graufellige Kristallmaus — sie hieß so, weil sie ihren normalen Lebensraum zwischen den Kristallpräsenzen hatte — auf Clarins Schulter hin und her.

»Ich muß mich um Privatkram kümmern«, sagte Tasmin, versuchte verärgerter zu scheinen, als er sich wirklich fühlte. Jetzt drohten ihm, da die Zeit kam, um die Nachforschungen ernsthaft anzufangen, die Nerven schwach zu werden, und die falsche Feindseligkeit seines Tonfalls beleidigte sogar seine eigenen Ohren.

»Nein, Sir«, antwortete Clarin, während sie die Maus in die Tasche setzte, völlig unbeeindruckt. »Sie haben uns alles erzählt, also müssen wir Sie nun begleiten. Wir können Ihnen dabei helfen, Lim Terris Manager oder Agenten zu finden, oder was er halt hatte.« Sie sprach nicht mehr oder weniger als die Wahrheit. An den langen Abenden am Lagerfeuer hatten sie alle drei mehr übereinander erfahren, als es in der hierarchischen Gesellschaft der Zitadelle möglich gewesen wäre. Fast waren sie zu einer Familie geworden — mit aller Verantwortung, die so ein Verhältnis implizierte.

Tasmin war sich auf einmal dieser Verantwortung bewußt und infolgedessen verstimmt. »Ich kann das allein erledigen.« Konnte er es? Wollte er es?

»Jemand könnte Ihnen auflauern, Meister. Wir haben uns erkundigt. Der Generalmeister dieser Zitadelle hat angeordnet, daß Fahrtensänger am besten in Begleitung ausgehen.« Jamieson gab sich lakonisch, ein bißchen barsch vielleicht, wich Tasmins Blick aus. Plötzlich kam Tasmin zu der Einsicht, daß der Junge nicht aus bloßem Pflichtgefühl so sprach, er gekränkt wäre, wiese Tasmin ihn zurück.

Er nahm selbst in Unwirschheit Zuflucht. »Ich hoffe, ihr zwei habt nicht geklatscht.«

»Meister Ferrence!« Der Verdacht, er könnte geschwätzig gewesen sein, beleidigte den Jungen erst recht.

Jamiesons Verletztheit wegen seines Mangels an Höflichkeit beschämte Tasmin, und er biß die Zähne zusammen. »Habt ihr ein Auto besorgt?«

»Ja, Sir. Das grünliche da drüben.«

»Sieht ziemlich verschlissen aus, oder?« Das Fahrzeug erweckte den Anschein, als wäre es für den Heutransport benutzt worden, oder vielleicht Nutztiere; jedenfalls hing es durch, und die Transparentkanzel war beinahe zu undurchsichtigem Grau verschrammt.

»Na ja, es standen bloß zwei zur Auswahl, und das andere war rosa.« Jamieson warf ihm einen Seitenblick zu, wagte ein verschwörerisches Lächeln, obgleich seine Miene unvermindert Genervtheit bezeugte.

Tasmin bekam einen heißen Kopf. Hatte er ein Recht, ihm angebotene Freundschaft abzuweisen? War er seinen Schmerz so verbissen auszuleben entschlossen, daß er die Bereitschaft hatte, anderen wehzutun, um eine Fassade der Trauer aufrechtzuerhalten? Er hob eine Hand, legte sie Jamieson auf die Schulter, aber sah nicht nur ihn an, sondern auch Clarin. »Wenn ihr so versessen darauf seid, mir zu helfen …« Von seinem Zimmer aus hatte Tasmin bereits ein paar Telefonate geführt, einen der Instrumentalisten ausfindig gemacht, die Lim in Tiefkrume Fünf bei sich gehabt hatte, und durch ihn den Namen von Lims Agent erfahren. »Wir müssen zu einem Mann namens Larry Porsent, der angeblich im Bedlowe-Haus, Ecke Elfte Straße und Jubeljahr-Boulevard, zu finden sein soll.« Unter seiner Hand spürte er, wie Jamieson sich entkrampfte.

Frisch ausgehobene und halb zugeschüttete Gräben von Tiefbautätigkeiten durchzogen die Stadt wie Kanäle. Das gesuchte Gebäude stand erst noch vor der Fertigstellung, nur die beiden untersten Etagen waren bereits bezogen, während sich darüber noch Durcheinander und Tumult der Bauarbeiten abspielten. Auf dem Weg ins zweite Geschoß mußten Tasmin und seine Begleiter auf der Treppe Mörtelträgern, Maurern und Angehörigen eines Halbdutzends weiterer Baugewerbeberufe ausweichen.

»Was glauben Sie, ab wann man solche Häuser mit

Lifts ausstatten wird?« jammerte Jamieson. »Ich muß in dieser Stadt andauernd bloß Treppen hinauf- und hinunterkraxeln. Clarin und ich sind in Schlafsälen im fünften Stock untergebracht.«

»Man wird Lifts einbauen, sobald man Aufzuganlagen als wichtig genug einstuft«, gab Tasmin gleichgültig zur Antwort. Ihm hatte man ein angenehmes Appartement im zweiten Stock der Zitadelle zugewiesen; dort hatte er Aussicht in einen von einer Mauer umsäumten Garten. »Oder wenn die Nachfrage so groß wird, daß man sich dazu entschließt, sie hier selbst zu fabrizieren. Gegenwärtig stehen sie in der Prioritätenliste hinter jeder Menge anderen Bedarfs, wie medizinischem Gerät, landwirtschaftlichen Maschinen und Computern, an zehnter Stelle. Da ist das Büro.«

Der Name stand in Kursivbuchstaben an einer nagelneuen, blanken Tür. Dahinter trafen sie den Mieter des Büros an, wie er auf dem Fußboden kauerte und einen Schreibtisch zu montieren versuchte. Er war ein untersetzter, stämmiger Mann, dessen glattes, rosiges Gesicht von Mißmut strotzte und von Schweiß glänzte, während er sich abplackte, um ein Teil in einen Schlitz einzufügen, in den es offenbar nicht paßte. »Larry Porsent«, stellte er sich vor, rappelte sich mit einiger Mühe hoch. »Was kann ich für Sie tun?«

»Ich heiße Tasmin Ferrence.«

»Ja.« Nichts zeigte an, daß der Mann den Namen gekannt hätte.

»Ich bin Lim Terris Bruder.«

Der Mann runzelte die Stirn. »Jetzt bin ich aber platt. Echt? Ich wußte gar nicht, daß er 'n Bruder hatte. Mir war überhaupt nichts von irgendwelcher Verwandtschaft bekannt. Außer natürlich seiner Frau und dem Kind.«

»Frau?!«

»Na klar. Wollen Sie sagen, Sie wußten von ihr nichts? Na ja, natürlich wußten Sie nichts, sonst wären

Sie ja nicht so überrascht, stimmt's? Ich bin heute irgendwie langsam von Begriff. Nicht mein Tag heute. Nicht meine Saison, um die Wahrheit zu sagen. Perigäumsphase. Lims Tod hat mich so gut wie ruiniert.«

»Er war ein wichtiger Klient?«

»Verdammt beinahe mein einziger Klient. Er hat fast meine ganze Zeit beansprucht, und ich habe mich darauf eingelassen. Hätte auch bestens geklappt, wäre er nicht übergeschnappt. Ich meine, weil Sie ja sein Bruder sind und Verwandtschaft und so ... Sind das Ihre Kinder? Nette junge Leute. Warum, bei allem gesunden Menschenverstand, nimmt ein Mensch alles, was er innerhalb von zehn Jahren gespart und erworben hat, und verschleudert es restlos für 'ne Tournee durch die Lehmkaffs? So was kann sich überhaupt nicht auszahlen! Jeder weiß, daß man dabei nichts verdient. Ich hab's ihm gesagt. Ich hab's auch seiner Frau klargemacht, Vivian, und sie hat auch versucht, es ihm zu verdeutlichen.« Er strich mit den Fingern durchs ausgedünnte Haar, dann streckte er sie vor sich hin, als wollte er um Verständnis flehen. »Weshalb stellt ein Mensch so etwas an?«

»Sie meinen, die Tournee nach Tiefkrume Fünf ist kein finanzieller Erfolg gewesen?«

»Ach was, Mann, keine Tournee in die Lehmkaffs lohnt sich finanziell. So was bringt immer Verluste. Wir veranstalten sie normalerweise nur, wenn die BDF sie subventioniert. Mit ›uns‹ spreche ich von uns allen, sämtlichen Agenten, allen Künstlern. Ab und zu blecht die BDF dafür, um ihre Firmenreputation aufzupolieren, aber es kommt zu wenig Publikum. Was läßt sich denn dabei verdienen, berücksichtigt man mal, wieviel's kostet, dort hinzugelangen?«

»Sie wollen sagen«, fragte Tasmin, »Lim Terri hat zur Finanzierung der Tournee sein eigenes Geld ausgegeben?«

»Alles, was er hatte. Sogar das Haus und die Ersparnisse seines Sprößlings hat er geopfert. Und da Sie sein Bruder sind, kann ich Ihnen, falls Sie daran interessiert sind, seinen guten Ruf zu wahren, ein paar noch unbezahlte Rechnungen zeigen.«

Tasmin schüttelte den Kopf, durch diesen Schwall unerwarteter Informationen erheblich verwirrt. »Als ich ihn das letzte Mal gesehen habe, trug Lim einen sehr teuren Comp am Handgelenk.«

»Ja, das ist wahr. Und ich wünschte, ich hätte das Ding jetzt. Es war ein Geschenk, das war's. Raten Sie mal, von wem. Von Schnuckitrud persönlich. Der Gouverneurslady.« Das letzte Wort knirschte, fauchte er hervor. »Der arme Lim konnt's nicht verkaufen, es hätte ihn das Leben gekostet. Wenn er's verloren hätte, wär's auch sein Tod gewesen. Er konnte nichts anderes tun, als es zu tragen und zu versuchen, aus ihrem Bett fernzubleiben. Leute, die Schnuckitrud ärgern, enden vorzeitig im Grab. Sie ist 'ne Kristallratte, dieses Weibsstück. Der reinste Malmerling, und sie wollte ihn sich unbedingt krallen.«

»Wo können wir Terris Frau finden?« fragte Clarin, bei der Tasmins Verwirrung sichtlich Mitgefühl auslöste.

»Sie werden sie wohl zu Hause erreichen, wenn man das so nennen kann, oder auf'm Fischmarkt unten in der Südstadt. Sie arbeitet auf dem Markt, nimmt Fische aus und schuppt sie. Das Kind und sie müssen ja essen, und Lim hat ihnen nicht die geringsten Mittel hinterlassen. Sie hatte 'ne feste Anstellung in der Registratur der Forschungsbehörde aufgegeben, um Lims Kind zu kriegen, und jetzt will man sie natürlich nicht mehr ...«

»Es kann sein, daß ich noch mehr Fragen an Sie habe«, sagte Tasmin, schüttelte nochmals den Kopf. »Aber im Moment bin ich zu durcheinander, als daß sie mir einfielen. Können wir Sie tagsüber hier antreffen?«

»Vorausgesetzt ich stehe die nächsten Tage durch, ja. Ich habe einige vielversprechende Burschen in petto.

Einer davon wird bestimmt in den Orbit schießen. Aber keiner von ihnen ist ein neuer Lim Terri, soviel kann ich Ihnen sagen. Er war ein Genie. Verdammt ein Genie. Er konnte mit einem Synthesizer mehr zustandebringen als drei andere Musiker zusammengenommen. Falls Sie je rausfinden, wodurch er so verrückt geworden ist, hätte ich gerne, daß Sie's mir mitteilen.« Er ging wieder in die Knie, begann die Montage des Schreibtischs fortzusetzen und achtete nicht auf den Abgang des Trios.

Im Auto herrschte vorsichtiges Schweigen. Tasmin versuchte, all das, was er eben erfahren hatte, in sein bisheriges Bild einzuordnen, und es wollte ihm nicht gelingen. Ein bettelarmer Lim Terri. Ein Mann, der die Wahrheit gesprochen hatte, als er sagte, er sähe keine Möglichkeit, um Tasmin bei der Unterstützung ihrer Mutter behilflich zu sein. Wieso?

»Weißt du, wo der Fischmarkt ist, Reb?«

Der Junge errötete vor Freude. Tasmin rief ihn nur selten beim Spitznamen. »Clarin und ich haben uns 'n bißchen den Stadtplan angeguckt. Ich glaube, ich weiß die Strecke.«

Nach mehrmaligem falschen Abbiegen gelangten sie zum Markt, aber einen Parkplatz zu finden, erwies sich als das größere Problem. Der Fischmarkt belegte ein schmales, langgestreckt ausgedehntes Areal längs der Fischzuchten und der Anlegestellen für die Schiffahrt. Zu den ausgelegten Waren zählten sowohl einheimische Fische wie auch Zuchtfische von außerhalb des Systems, Schalentiere, Mollusken und sonstige Meeresfrüchte. Mit Landlebewesen war Jubal ausgesprochen gering bevölkert — es gab ein paar kleinere Tiere, beispielsweise die Viggys, ferner einige insekten- und vogelähnliche Kreaturen —, doch die flachen Ozeane quollen von Spezies nachgerade über, und der buntscheckige Fischereiertrag deckte einen Großteil des Eiweißbedarfs der menschlichen Bewohner. Tasmin und seine Akoluthen schoben sich durchs Gedränge in die

Richtung der südlichen Marktseite, erkundigten sich unterwegs nach Vivian Terri.

Tasmin erkannte sie sofort, als er sie erblickte. Sie hatte eine derartige Ähnlichkeit mit seiner Mutter, wie sie auf alten Fotos aussah, daß sie eine Blutsverwandte hätte sein können: Das gleiche dreieckige Gesicht, einen gleichartigen, stark geschwungenen, sonderbar geformten Mund, bei dem die Unterlippe nur halb so lang zu sein schien wie die Oberlippe, eine Besonderheit, die ihr ein seltsam-exotisches Äußeres verlieh; das gleiche lange, silbrige Haar. Allerdings trug Vivian ihre Haare gegenwärtig, um das Gesicht freizuhalten, zu am Kopf festgesteckten Zöpfen geflochten. Lim mußte von dieser unglaublichen Ähnlichkeit angezogen worden sein.

»Vivian?« fragte Tasmin.

Sie streifte sich mit dem Handgelenk, indem sie die blutigen Finger wegstreckte, eine Strähne aus der Stirn. Die andere Hand hielt ein krummes Messer. »Ja?«

»Ich würde gerne mit Ihnen sprechen, falls Sie einen Moment Zeit haben.«

»Ich habe keinen Moment Zeit. Ich habe überhaupt keine Zeit. Es ist unerwünscht, daß wir bei der Arbeit quatschen.« Ihre Miene und die Stimme brachten ein solches Maß an Leid und Sorge zum Ausdruck, daß keinerlei Raum für Neugier blieb.

»Bis nach der Arbeit kann ich nicht warten. Mein Name ist Tasmin Ferrence. Ich bin Lims Bruder.«

Sie starrte ihn an, und allmählich füllten ihre Augen sich mit Tränen. Die Hand mit dem Messer zitterte, als hätte die Faust einen Drang, mit der Klinge eine ganz andere, viel stärkere Bewegung zu vollführen. »Hol Sie der Teufel«, knurrte sie heiser. »Zur Hölle sollen Sie fahren!«

Vor Schreck blieb Tasmin zu allem unfähig. Clarin trat zwischen ihn und die Frau, als hätte sie diese Handlung gründlich geübt. »Sagen Sie nicht so etwas,

Vivian. Ich wüßte dafür keine Veranlassung. Tasmin war noch ein Bub, als sein Bruder von daheim fortging, und er weiß keinen Grund, aus dem Sie so etwas zu ihm sagen dürften. Sehen Sie her. Schauen Sie ihm ins Gesicht. Er weiß nichts. Egal was Sie meinen, er hat keine Ahnung.«

Die Frau weinte, ihre Schultern zuckten. Tasmin straffte sich, blickte umher, begegnete dem Blick eines fleischigen Kerls mit offiziösem Gehabe, der auf sie zustapfte. Er drehte sich um und trat der Bedrohung entgegen. »Sind Sie hier der Aufseher?«

Der Mann fing zu schimpfen an. Tasmin richtete sich zu voller Größe auf. »Ich bin Fahrtensänger Tasmin Ferrence. Eine offizielle Angelegenheit der Zitadelle ist von mir zu erledigen. Ich muß mit dieser Frau sprechen, mit Vivian Terri, und ich werde mit ihr sprechen. Sie können sich entweder hilfsbereit verhalten, oder ich melde Ihre mangelnde Hilfsbereitschaft in der Zitadelle. Die Entscheidung liegt ganz bei Ihnen.«

Die Aufgeblasenheit des Aufsehers schrumpfte zu feigem Gewäsch, das Gewäsch zu speichelleckerischem Gelalle zusammen. Tasmin ließ ihn mitten in seiner Kriecherei stehen. »Clarin, frag sie, wo's möglich ist, daß wir uns in Ruhe unterhalten.«

Vivian führte sie vom Markt um die nächste Ecke und dort durch eine wackelige Außentreppe ins zweite Stockwerk eines Hauses. In der winzigen Wohnung war alles ebenso schäbig und splittrig wie die Treppen, die schmalen Fenster belüfteten die beiden kärglich möblierten Zimmer kaum, minderten auch nicht den überstarken Fischgeruch.

Das Kind spielte friedlich in einem Bettchen. Ein Junge, etwa zwei Jahre alt, vielleicht geringfügig älter. Er drehte sich um, als sie eintraten, schaute neugierig herüber und streckte seiner Mutter die Ärmchen entgegen. »Tinken.«

»Lims Sohn?«

»Natürlich Lims.« Vivian füllte einen Becher und hob ihn dem Kind an die Lippen. »Unser kleiner Miles.«

Der Name fuhr Tasmin wie ein regelrechter Schreck in die Glieder. Nach ihrem Vater genannt? Lims und Tasmins Vater?

»Lim hat nicht hier gewohnt?« fragte er ungeschickt.

»*Wir* haben hier nicht gewohnt. Wir hatten ein Haus, ein richtig schönes Haus auf den Klippen über der Bucht. Ein kleiner Strand gehörte dazu, an dem Miles spielen konnte. Lim hat's beliehen.«

Miles? »Und jetzt ist's dahin?«

»Vermutlich haben wir's nie wirklich gehabt.« Vivian wandte sich ihm zu, musterte ihn erbitterten Blicks. »Kann sein, wenn er nicht diesen Irrsinn angestellt hätte. Er hat das Haus beliehen. Und auch sonst alles, was wir hatten. Mit Hunderttagefrist. Fällig und zahlbar zum Altmond. Da war er schon tot.« Sie beugte sich über das Kind, begann wieder zu weinen.

Tasmin warf Clarin einen Blick der Ratlosigkeit zu.

»Überlassen Sie mir das Kind mal für 'n Augenblick«, sagte Clarin zu Vivian. »Wir gehen mit ihm auf die Treppe. Sie und Tasmin müssen sich aussprechen.« Mit dem Kind und Jamieson ging sie hinaus, und Tasmin hörte, wie sie auf dem Treppenabsatz ein Spiel mit Abzählreimen anfingen, während hoch in der Luft Seevögel schrien.

»Vivian, ich weiß nicht … Ich weiß nicht, warum Lim das getan hat. Ich hab's erst von seinem Agenten erfahren. Ich begreif's nicht.«

»Er mußte zu Ihnen.«

»Zu mir? Ich hatte ihn fünfzehn Jahre lang nicht gesehen. Ich hatte ihm geschrieben, aber nie eine Antwort bekommen.«

»Sie haben ihm wegen Geld geschrieben. Weshalb hätte er Ihnen Geld schicken sollen?«

Tasmin verkniff sich die naheliegende Antwort, behielt die Beherrschung.

»Warum mir, Vivian, weiß ich auch nicht. Mutter war bedürftig. Ich dachte, Lim scheffelte nur so Geld.«

»Soll Ihr verdammter Vater doch für sie sorgen!«

»Er ist tot. Schon seit Jahren. Er ist gestorben, kurz nachdem Lim weggegangen war.« Nach Lims Verschwinden schien Miles Ferrence das Unglück geradezu angezogen zu haben.

Vivian zitterte. »Tot?« Sie stand auf, entfernte sich ins Nebenzimmer. Tasmin hörte Wasser rauschen. Einen Moment später kehrte Vivian zurück. Ihre Hände und das Gesicht waren naß. Sie hatte sich das Fischblut abgewaschen. »Tot?« wiederholte sie.

»Wieso spielt das eine Rolle?«

»Ich glaube, es spielt jetzt keine mehr ... Was Lim nicht alles durchgemacht hat, bloß um dem gemeinen Alten seinen Wert zu beweisen.«

»Sie haben ihn doch gar nicht gekannt!«

»Ich habe über ihn Bescheid gewußt.« Erneut brach Vivian in Tränen aus. »Er war ... einfach gräßlich. O Gott, was er Lim angetan hat ...!«

»Na, gar nicht davon zu reden, was Lim ihm angetan hat.«

»Später. Danach hat Lim sich auch so verhalten. Später hat er's versucht. Es ihm ein bißchen heimzuzahlen. Weil's ihm nicht mehr so drauf ankam. Armer Lim ...«

»Ich kapiere überhaupt nichts.«

»Wie alt sind Sie?« fragte Vivian plötzlich, während ihre Augen aufglommen.

»Zweiunddreißig.«

Sie rechnete nach, schüttelte den Kopf. »Lim war siebenunddreißig, fast achtunddreißig. Als es passiert ist, war er erst zwölf. Also sind Sie damals erst sieben gewesen. Vielleicht wissen Sie's wirklich nicht. Wahrscheinlich nicht.« Sie krümmte sich vornüber, heulte erneut los.

»Vivian, bitte reden Sie mit mir. Ich habe keine Ahnung, was damals vorgefallen ist. Ich weiß nicht, wovon Sie sprechen. Ja, mein Vater war manchmal ein sehr unangenehmer Mensch. Ja, ich glaube auch, daß er zu Lim, weil er älter war, härter als zu mir gewesen ist.«

»Härter! Ich könnte es verzeihen, wenn er bloß hart gewesen wäre.«

»Ich habe keinerlei Vorstellung davon, über was Sie sich so aufregen. Ich würd's gerne verstehen, aber ich kann's nicht.«

»Sie wissen's wahrhaftig nicht?«

»Ich weiß tatsächlich nichts.«

Vivian raffte sich vom Stuhl hoch, wischte sich die Augen, wanderte durchs Zimmer, nahm Gegenstände zur Hand, stellte sie wieder ab. Sie ging zur Wohnungstür und schaute nach dem Kind, das auf Jamiesons Schoß saß, während Clarin es mit Plätzchen bemutterte. Auf Clarins Schulter hockte die Kristallmaus, und das Kind konnte nicht entscheiden, was es mehr bestaunte, Clarins Spenderhände oder das kleine Tier.

»Mit zwölf ist Lim in die Chorschule gegangen«, sagte Vivian.

Tasmin nickte. Alle Fahrtensänger und Fahrtensängerkandidaten absolvierten Chorunterricht.

»Dort war dieser Mann, der Stellvertreter des Chorleiters. Lim hat erwähnt, sein Name sei Jobson. Martin Jobson.«

»Der Name sagt mir nichts, Vivian.«

»Wahrscheinlich war er längst nicht mehr dort tätig, als Sie ... Na, jedenfalls war er einer der Männer, die ... Wie nennt man sie?« Mit sehr bleichem Gesicht verstummte sie. »Er war einer von denen«, sagte sie schließlich, »die kleine Jungs ficken.«

Tasmin leckte den plötzlich trockenen Gaumen. »Ein Pädophiler, meinen Sie?«

»Und das hat er auch mit Lim gemacht.«

»O Gott, das ist ja schrecklich ...«

»Darüber hätte er hinwegkommen können, glaube

ich. Das hätte er wohl wirklich verkraftet. Er hat behauptet, das hätte er verwinden können, und ich hab's ihm geglaubt. Aber Lim ging heim und erzählte es seinem Vater. Ihrem Vater.«

Tasmin schloß die Augen, malte sich die Konfrontation aus. Vivian hätte nicht weiterzusprechen brauchen. Ihm war völlig klar, was sie noch zu sagen hatte.

»Ihr Vater warf ihm vor, es müßte seine Schuld gewesen sein, Lims Schuld. Ihr Vater hat darauf bestanden, er müßte es herausgefordert, dahin getrieben, den Alten irgendwie verführt haben. Ihr Vater hat zu ihm gesagt, er wäre verdorben. Verkommen. Das ist das Wort, das Lim immer zitiert hat: Verkommen. Er hat Lim eingeredet, er sei ein Liederjan. Pervers. Ihm gesagt, er könnte ihn nicht mehr liebhaben.«

»Nein«, murmelte Tasmin, obwohl ihm sofort einsichtig war, sie sprach die Wahrheit. »O nein ...!«

»Ihr Vater hatte ein Viggy, das er Lim schenken wollte, aber dann hat er es statt dessen Ihnen gegeben. Weil Sie ein braver Junge waren. Anständig, wie er sagte.«

»Mein Viggy ...«

»Lim hat ihn freigelassen. Wenn er ihn nicht haben durfte, sollten Sie ihn auch nicht kriegen. Er wäre regelrecht verrückt geworden, hat er mir erzählt. Er hätte den Viggy ihm etwas vorsingen hören, in Worten, die zu verstehen gewesen wären, etwa so wie in einem Traum. Er hatte wohl Wahnvorstellungen. Und danach ... Danach blieb es ihm gleich, was er tat. Er war ja schon ganz unten. So hat er's empfunden ...«

»Als er weggelaufen ist, hat er es also ...«

»Es war bloß aus Rache. Um sich wenigstens ein bißchen zu rächen.«

»Ach.« Der Laut entfuhr Tasmin wie ein dumpfes Ächzen; als hätte jemand ihm einen Tritt in die Magengrube versetzt. Er erhob sich, stapfte zur Tür, betrat die schmale Veranda, stützte sich aufs Geländer. Das Bläulich-Lila der Bucht erstreckte sich bis zu den Landspitzen an ihren beiden Seiten; dahinter dehnte sich die Weite des Ozeans. An der äußersten Grenze seines Blickfelds konnte Tasmin die hohen Bojen des Landepunkts erkennen. Dort gingen Sternenschiffe nieder. Die enormen Wassermassen des Ozeans dämpften das Donnern der Raumschiffe. Kommen und Gehen fand statt, doch die Grundfesten des Planeten blieben unerschüttert.

Anders als bei Menschen, deren Grundfesten ins Wanken gerieten, wenn ihnen im Leben erschreckendes Neues widerfuhr. Anders als bei Brüdern, wenn sie merkten, daß sie den gleichzeitig Geliebten und Verabscheuten gar nicht verabscheuten und zuwenig geliebt hatten.

»Gott«, sagte Tasmin in einem Ton, als spräche er ein Stoßgebet.

»Meister?« Jamieson kam mit halb erhobener Hand zu ihm, sein Gesicht zeigte tiefe Besorgtheit.

»Es geht schon.« Tasmin kehrte in das elende Zimmer um. »Vivian, ich werde Ihnen helfen. Ich will Ihnen behilflich sein, so gut ich kann. Ihnen und dem Kind.«

»Wie denn?«

»Ich weiß es nicht. Noch nicht. Aber ich werde Sie unterstützen. Möchten Sie nach Tiefkrume Fünf ziehen? Meine Mutter würde sich darum kümmern, daß es Ihnen gut ... Nein, machen Sie kein derartiges Gesicht. Sie hat nichts gewußt. Ich schwöre Ihnen, daß sie nichts gewußt hat. Mein Vater ... In vieler Hinsicht war er ein grausamer Mensch, Vivian, aber weder hatte Mutter irgendeine Kenntnis von dem, was Sie mir erzählt haben, noch wußte ich es. Lim hat es uns verschwiegen.« Er legte die Arme um sie.

»Trotzdem hat er seinen Vater geliebt«, beteuerte Vivian, weinte hemmungslos. »Und geschämt hat er sich ...«

Clarin kam mit Behältern voll heißem Tee herein, die sie bei einem Verkäufer unten auf dem Markt geholt hatte. Jamieson eilte hinunter und kehrte mit frisch gesottenem, knusprigem Backfisch wieder, das Kind ritt auf seinen Schulter und prustete vor Heiterkeit. »Fiß«, rief es, »eiß Fiß.« Beide Akoluthen beobachteten Tasmin, als ob sie ihn auf Symptome einer Krankheit oder irgendwelcher Schädigungen untersuchten; er gab sich Mühe, um sich ein Lächeln abzuringen, sie zu beruhigen. Aber so leicht ließen sie sich nicht abwiegeln.

Eine Zeitlang saßen sie alle schweigsam beisammen. Endlich äußerte Vivian etwas über das Kind, und während sie es sagte, wurde ihre Miene sanfter.

»Wissen Sie, auf was Lim aus war, Vivian?« erkundigte sich Tasmin. »Warum hat er sich so verhalten?«

»Er mußte zu Ihnen«, antwortete sie. »Das ist alles, was ich wirklich genau weiß. Er brauchte etwas von Donatella Ginster, das Sie haben sollen. Er sagte mir, wenn er's bekäme, wären wir reich. Wir könnten dadurch reich werden, und dann wäre seine Familie auf ihn stolz.«

»Sonst nichts? Nur das?«

»Mehr nicht. Es sei ein Geheimnis, meinte er. Ein furchtbares Geheimnis.«

Weitere Angaben konnte sie nicht machen. Tasmin verabschiedete sich mit seinen Begleitern und versprach wiederzukommen. Er gab ihr, was er an Geld dabei hatte, genug für ein paar Tage Unterhalt. »Gehen Sie nicht mehr zum Arbeiten auf den Fischmarkt«, sagte er. »Es ist nicht nötig.«

Auf dem Weg zum Auto kramte er in seiner Tasche, brachte endlich Celcys Ohrring zum Vorschein. Am Auto blieb er stehen, besah ihn sich einen Moment lang. Der Ohrschmuck war alles, was er noch von ihr hatte. Alles.

»Jamieson.«

»Sir?«

»Du bist doch ein gewiefter Bursche, Reb. Irgendwo in dem ganzen Gewimmel hier dürfte jemand sein, der

Edelsteine kauft. Ich habe für ein Paar davon vierhundert gezahlt. Pyrit ist hier wertvoller als im Landesinnern. Du müßtest für diesen Clip wenigstens hundert kriegen können, wenn man bloß den Wert der Steine veranschlagt. Das reicht für die Reisekosten einer Frau mit Kind, oder nicht?«

Clarin war es, die darauf antwortete. »Ja, Sir. Es ist mehr als ausreichend.« In ihrer Stimme klang schmerzliches Verlangen an, aber Tasmin bemerkte es nicht. Sie mußte sich zusammenreißen, um nicht einfach die Arme um ihn zu schlingen, doch auch davon merkte er nichts. In seinem Gesicht standen eine solche Mattigkeit und Trostlosigkeit, daß sie alles getan hätte, um ihn zu trösten. Momentan konnte sie gar nichts tun.

»Könntet ihr euch auch darum kümmern?« fragte Tasmin. »Um die Buchung der Reise. Nächstmögliche Fahrt mit einem verläßlichen Führer. Auf der Südroute, würde ich sagen. Sie ist länger, aber dort hat's seit geraumer Zeit keine Zwischenfälle mehr gegeben.«

»Ja, Sir.« Jamieson und Clarin sahen sich auf die eigentümliche Weise an, die Tasmin schon seit einer Weile bei sich als ›ihren Blick‹ bezeichnete.

»Mir geht's gut. Ich weiß, daß ihr auf der Treppe alles mitangehört habt. Es ist ... Tja, es trifft ganz schön hart, wenn man erfährt, daß jemand, den man ...«

»Gehaßt hat?« Clarin neigte den Kopf seitwärts, musterte Tasmin aus Augen voller Mitgefühl.

»Vermutlich. Es trifft schwer, wenn man herausfindet, daß jemand, den man gehaßt hat, es gar nicht verdiente. Dadurch wird der Haß zu Selbstvorwürfen.«

»Sie sind daran so wenig schuld wie er«, sagte Clarin, zwinkerte rasch. »Entschuldigen Sie die Äußerung, Sir, aber Ihr Vater muß ein Schuft gewesen sein.«

»War er.« Tasmin seufzte. »In vieler Hinsicht ist er's gewesen, Clarin, ja.«

»Und was nun?« wollte Jamieson wissen. »Reisen wir mit zurück?«

»Zurück?« Tasmin schüttelte den Kopf, fragte sich einen Augenblick lang, wovon der Junge eigentlich redete. »Nach Tiefkrume Fünf? Selbstverständlich nicht, Jamieson. Die Lösung des Rätsels ist noch immer hier verborgen, oder etwa nicht? Ich weiß nach wie vor nicht, um was es Lim ging. Noch immer weiß ich nicht, warum Celcy sterben mußte.«

»Was unternehmen wir als nächstes, Sir?«

»Wir suchen Dona Ginster auf. Das ist der einzige Anhaltspunkt, den wir haben.«

Am Spätnachmittag des für die Rückkunft vereinbarten Tags kehrte Donatella Ginster, nachdem sie an Bord eines kleineren BDF-Frachtschiffs an der Küste entlanggetuckert und anschließend mit einem Lastwagen landeinwärts gefahren war, ins Ordenshaus des Nordwestens heim. Bestimmt wartete Zimmy schon auf sie, zweifellos mit besonderen Überraschungen im Hinblick auf Essen und Amüsement. Sie brauchte ihn, sie mußte mit ihm reden. Die Ereignisse der vergangenen drei Tage hatten sie ebenso verwirrt, wie sie ihr Furcht einflößten. Immer wieder mußte sie an Gretl denken, obwohl das, was sie erlebte, sich außer in der Atmosphäre anhaltender Bedrohung nicht mit dem vergleichen ließ, was Gretl hatte erleiden müssen. Im Moment der Gefahr hatte sie zum Fürchten keine Zeit gehabt. Erst danach, als sie sich innerlich damit beschäftigte, war ihr vollauf deutlich geworden, wie nahe sie beide Male dem Tod gestanden hatte, und da brach ihr kalter Schweiß aus, krampfte ihr Magen sich zusammen.

Nun mußte sie mit jemandem darüber sprechen. Einem vertrauten Menschen. Wer sonst als Zimmy käme in Frage? Wiederholt merkte sie, wie sie die Unterhaltung regelrecht probte, die sie mit ihm zu führen beabsichtigte, sie malte sich dabei sogar schon seine Ausrufe der Betroffenheit aus. Er wußte über Gretls Schicksal Bescheid — die gesamte Priorei wußte davon —, würde für Donas Furcht Verständnis haben. Bereits die Vorstellung, ihn einzuweihen, hatte zur Folge, daß sie sich wohler fühlte, als ob schon die bloße Tatsache, ihre Sorgen und den Zustand der Gefahr jemandem anvertrauen zu können, die Situation erleichterte. Sie hatte ihm noch nichts erzählt, aber nun wollte sie es tun. Sie mußte ganz einfach mit jemandem sprechen.

Aber Zimmy erwartete sie nicht.

Dona mochte wegen des Manns keinen würdelosen Auftritt veranstalten — immerhin war er nur ein Ordensbediensteter, und der Foschungssänger-King hatte dazu schon seine Partitur abgeleiert —, also duschte sie, zog sich um und ging hinunter in den Gemeinschaftssaal, um etwas zu trinken und mit diesem oder jenem ein bißchen zu plaudern. Chase Random Hall saß an seinem gewohnten Platz, einem Lehnstuhl mit hohem Rücken, dem unmißverständlich etwas von einem Thron anhaftete. Sie nickte ihm zu, und er nickte gleichfalls.

»Alles klar, Dona?« rief er, lenkte dadurch die Beachtung aller im Saal auf sie.

Blöder Kerl. »Alles klar, Randi«, entgegnete sie mit ihrem strahlendsten Lächeln. »Der Arzt sagt, ich muß weiterleben.« Sie schlenderte umher, trug den Klatsch aus Punkt Eins weiter und bekam dafür den neuesten Klatsch Nordweststadts aufgetischt. Man kündigte das Abendessen an, aber noch immer ließ Zimmy sich nicht blicken. Nun begann sie etwas Besorgnis zu empfinden, wenn auch nur ganz geringe. Hatte er das Datum ihrer Rückkehr vergessen? In dem Fall wäre er außer sich vor Bestürzung und flösse von Entschuldigungen über, würde er ständig ironische Bemerkungen zur eigenen Unzulänglichkeit machen. Oder war ihm etwas zugestoßen? Sie verdrängte diesen Gedanken. Es reichte ihr, daß Leute sie zu ermorden versuchten; sicherlich hatte niemand irgendeinen Grund, um Zimmy umzubringen. Aber natürlich gab es immer Unfälle.

»Ich sehe Zimmy nirgends«, sagte sie zu ihrem Tischgenossen.

»Zimmy? Ach, er ist ausgegangen. Warte mal ... Ich habe ihn etwa Mitte des Nachmittags gesehen, wie er zum kleinen Tor hinaus ist. Er wollte einkaufen, hat er gesagt, und anschließend mit Bekannten in irgendeine Amateurveranstaltung.«

»Aha.« Dona bewahrte einen sorgsam gleichgültigen Ton. »Nach dem, was ich in Punkt Eins zu sehen bekommen habe, bin ich schnell beunruhigt, wenn ein Gesicht fehlt.« Das Gespräch begann sich um Gretl Mechas zu drehen, doch Dona wechselte rasch wieder das Thema. Sie redeten über mutmaßliche und bekannte Kristalliten. Bei alldem blieb Dona ratlos. Zimmy mußte ihre Rückkehr schlichtweg vergessen haben. Doch eigentlich vergaß er nie etwas. Nichts. Er gehörte zu den Menschen, die sich an jedes Wort einer vor Jahren stattgefundenen Unterhaltung entsannen; er war die Art von Mensch, die selbst anläßlich der obskursten Jahrestage Grußkarten verschickte; die Sorte Mensch, dank der das Geschäft der Geschenkläden in Schwung blieb. Er besaß ein kleines Notizbuch, das er mit den Geburtstagen aller möglichen Leute vollgeschrieben hatte. Zu mehr als einem servilen Pedanten hätte diese minderrangige Tugend — falls es sich um kein Laster handelte — ihn zu nichts gemacht, wären nicht sein Humor und Charme gewesen. Nein, sie konnte sich nicht vorstellen, daß Zimmy sie vergessen hatte.

Dona saß an einem Ecktisch im Foyer, halb verborgen hinter Kollegen, die am selben Tisch Platz genommen hatten, als er zurückkehrte. Er blieb im Flur stehen; sie sah, wie er das Mitteilungsbrett anschaute. Ralth befand sich mitten im Erzählen einer verwickelten Andekdote, und Dona mochte ihn dabei nicht unterbrechen, deshalb rief sie nicht, verzichtete auf Gefuchtel, beobachtete Zimmy lediglich unter halb geschlossenen Lidern. Zimmy drehte sich um, aufgrund einer Äußerung jemandes verzog er sein lebhaftes Gesicht zu einer Miene des Frohsinns.

Und da sah er sie.

Dona senkte die Lider vollends, was ihr Anblick in seinem Gesicht auslöste, jagte ihr Furcht ein: Schrekken. Erschrecken und Staunen. Er hatte nicht damit gerechnet, sie hier zu sehen. Er hatte nicht damit gerechnet, sie überhaupt noch einmal irgendwo zu sehen. Dona schnappte nach Luft, ohne aufzublicken, griff mit der Hand an ihren Hals. Etwas Hartes schien sich von unten in ihre Kehle zu schieben. Sie schluckte.

»Dona? Was ist los?« Besorgt musterte Ralth sie.

»Ich habe mich verschluckt. Deine Geschichte hat mich so fasziniert, daß ich praktisch das Atmen vergessen habe.« Sie lachte und hob den Blick. Da stand er. Zimmy. Jetzt grinste er fröhlich, geradezu wie ein Honigkuchenpferd. Winkte. Hätte sie nicht für einen Sekundenbruchteil seine Entgeisterung wahrgenommen, wäre sie auf seine scheinbare Freude über das Wiedersehen hereingefallen. Sie winkte zurück, ganz als hätte sie in ihrem Leben nicht das geringste Problemchen.

Ein Teil ihres Innern stieß stumme Schreie aus.

Wenn er nicht erwartet hatte, sie hier wiederzutreffen, mußte die Erklärung dafür sein, daß er sicher gewesen war, sie käme nicht wieder; tauchte überhaupt nicht mehr auf. Daß sie tot wäre.

Zimmy. So ist das also. Na, und wieso nicht, Donatella? Er ist ein Ordensbediensteter. Ein Lohnempfänger. Nur für den Komfort da. Hast du gedacht, Zuneigung könnte daran etwas ändern? Hast du geglaubt, er hätte dich geliebt, bloß weil er es behauptet hat? Ein Lohnempfänger ist und bleibt ein Lohnempfänger, das heißt, ein Mensch, der gegen Geld arbeitet, für Geld auch liebt.

Wer hatte ihn bestochen?

Ralths Anekdötchen verursachte allgemeine, ungläubige Belustigung. Dona bat um Entschuldigung und ging Zimmy begrüßen, verheimlichte ihre innere Aufgewühltheit, täuschte Wiedersehensfreude vor. »Zimmy! Herrgott, wie schön, wieder da zu sein! Punkt Eins ist das reinste Irrenhaus.« Ihre Kehle fühlte sich beengt an, doch ihre Stimme klang normal.

»Du siehst ganz blaß um die Augen aus, Schätzchen. Warum gehst du nicht hinauf, ziehst dir was Gemütliches an, und ich massiere dir dann hübsch den Rükken?« Er schenkte ihr einen pfiffigen Seitenblick, ein Verhalten, das seine Weise war, etwas Erotisches zu versprechen. Nein, o nein ...!

»Komm mit nach oben«, antwortete sie. »Aber bloß für 'n paar Minuten. Ich bin todmüde. Drunten in Punkt Eins konnte ich nicht schlafen. Es war zu laut.« Sie ging an ihm vorbei, stieg die Treppe hinauf, sprach unterdessen weiter. »Zimmy, weißt du, was ich gesehen habe?« Sie schilderte die Selbstverbrennung des Kristalliten, zeigte übertriebenes Schaudern. Im Zimmer ließ sie sich in einen Sessel sinken, bot Zimmy mit einer Geste den anderen Sessel an, entledigte sich der Schuhe.

»Möchtest du keine richtig schöne Rückenmassage? Dann könntest du besser schlafen.«

»Zimmy, alter Freund, ich will dir die volle Wahrheit sagen. Im Ordenskapitel in Punkt Eins gibt's einen Mann, du würdest's nicht glauben.« Sie beschrieb ihm Blanchet, konzentrierte sich dabei auf gewisse Attribute, über die sie höchstens Vermutungen anstellen konnte, und machte überreichlich, bis zu Zimmys Überdruß, sexuelle Andeutungen. »Deshalb will ich nun einfach bloß ins Bett«, erklärte sie zum Schluß. »Und zwar allein.«

Ihm zitterte wahrhaftig das Kinn. In seinen Augenwinkeln hingen Tränen. Guter Gott, der Mann verdiente einen Schauspielpreis. Donatella zwang sich dazu, sich vorzubeugen, ihn aufs Knie zu tatschen. »Ach, Zimmy, komm, hör auf. Es hat damit gar nichts auf sich. Es war nicht wie mit uns. Aber ich bin müde. Am besten gehst du jetzt. Laß Randi nicht merken, daß du dich aufgeregt hast, sonst erteilt er dir nur öffentlich Belehrungen.« Sie gähnte und hielt ihm trotz seiner unerheblichen Einwände die Tür auf; sie sperrte ab, sobald er sich außer Hörweite befand.

Gott. Er war gut. Fast hätte sie ihm glauben können. Wäre vorher nicht dieser eine, kurze Sekundenbruchteil gewesen ...

Sie wäre alles, was sie besaß, darauf zu verwetten bereit gewesen, daß er, selbst wenn er für die Anschläge auf ihr Leben keine direkte Verantwortung trug, doch mindestens tief verstrickt war in die damit zusammenhängenden Machenschaften.

Für wen arbeitete er? Sein Vorgesetzter in diesem Haus war der Personalchef. Der Personalchef unterstand dem Prior. Der Prior war für den Leiter der BDF-Forschungsabteilung tätig. Wie hieß der Mann? Er war ein Neuer. Bard Jimbit. Bard Jimbit war Untergebener Harward Justins, des Planetarmanagers. Sie alle arbeiteten für die BDF.

Oder vielleicht arbeitete er inoffiziell für den Forschungssänger-King. Randis Position war ein Ehrenposten, kein mit echter dienstlicher Autorität ausgestatteter Rang. Er hatte sie — als einer von gegenwärtig drei oder vier Forschungssänger-Kings in verschiedenen Teilen Jubals — durch Wahl seitens seiner ihm eigentlich gleichrangigen Berufskollegen erlangt. Man wählte die Kings, damit sie die Forscher als Repräsentanten bei Verhandlungen mit der BDF um Vertragsangelegenheiten und zur Beilegung von Streitigkeiten vertraten. Kings sollten politisch neutral sein, obwohl jeder wußte, daß der Wahl jeweils ein sehr politisches Geschacher voranging. All das zählte zum ganzen zeremoniellen Humbug, den Erickson dem Orden als Ballast aufgebürdet hatte. Theoretisch schuldete Dona dem King völligen Gehorsam, angefangen dabei, ihm bei Tisch ihren Platz zu überlassen, bis zur Erfüllung seines Wunsches, falls er ihn hatte, mit ihm ins Bett zu gehen. Chase Random Hall war zu klug, um alles zu verlangen und sich dadurch unbeliebt zu machen. Was er wünschte, erhielt er, ohne es zu fordern. Wollte er auch ihren Tod?

Wer legte Wert auf ihr Ableben? Wie war Lim Terri wirklich umgekommen? Durch einen Unfall? Oder war er das Opfer einer dem Dunkel der Nacht entsprungenen Gestalt mit schwarzer Maske geworden? Dona stand auf und schaute nach dem Schloß der Tür; danach wanderte sie durchs Zimmer, besah sich beiläufig Decke und Wände. Lauschvorrichtungen. Hatte man in den Wänden Abhörgeräte installiert? Hatten die Wände womöglich nicht nur Ohren, sondern auch Augen? War sie in diesem Zimmer, während sie über Ericksons Texten grübelte, von jemandem beobachtet worden? Waren die Texte sicher, wo sie sie — im Schrank, im Stiefelfutter — versteckt hielt? Es bereitete Dona ein sonderbares Gefühl der Beunruhigung, hier in der Priorei des Nordwestens auf Spione achten zu sollen. Sie war darauf gefaßt gewesen, in Punkt Eins durch fremde Augen und Ohren überwacht zu werden; sie hatte nicht ernsthaft erwartet, sich auch hier auf so etwas einstellen zu müssen.

Und warum nicht?

Weil sie hier ihr Zuhause hatte.

Wer hier zu Hause hatte Zimmy bestochen?

Wer hier zu Hause wollte ihren Tod?

Fast brach der Morgen an, bevor Dona einschlief.

In der luxuriösen Chefetage der BDF-Direktion in Punkt Eins saß Chase Random Hall als Gast des BDF-Planetarmanagers Hardward Justin mit ihm beim Mittagessen. Als Freunde galten sie nicht, doch bisweilen äußerte Justin, daß er den Forschungssänger-King für einen geistreichen, amüsanten Zeitgenossen hielt, dessen Ansichten über die Bedürfnisse und Wünsche der Foschungssänger er als für die Direktion wertvoll erachtete.

Zumindest war das die Begründung, den Justin nach außen für ihre gelegentlichen Zusammenkünfte nannte. Die geheime Grundlage ihrer wirklichen Beziehung bestand aus jeweiliger Selbstsucht. Momentan diskutierten sie die angesagten Vertragsverhandlungen mit der Forschungssängerinnung.

»Wir fangen mit den Beratungen über den neuen Dienstvertrag in der kommenden Woche an«, sagte Randi, schnupperte am Broundy in seinem Glas. »Ich nehme an, Sie möchten, daß ich wie gewohnt verfahre.«

»Ich habe den üblichen Quatsch gehört, daß die Forscher verbesserte medizinische Versorgung fordern wollen«, erklärte Justin mit seiner schwerfälligen, trokkenen Stimme. Justin war ein klobiger Mann von kräftigem Aussehen, der sich durch unheilvolle Ruhe auszeichnete. Er erlaubte sich nichts, was dieses Image in der Öffentlichkeit hätte ankratzen können, obwohl er sich weniger Zurückhaltung auferlegte, wenn er seinen persönlichen Vergnügungen nachging. Seinen Freuden widmete er sich völlig privat, während er seine Wut durch andere Leute in Taten umsetzen ließ, gewöhnlich seinen Agenten Spinne Geroan. »Sehr kostspielige medizinische Versorgung.«

Der Forschungssänger-King glotzte in sein Glas, als könnte er dort Rat finden. »Allmählich machen sie ernst, Justin.«

»Wer?«

»Ziemlich viele. Unsere kleine Freundin Dona Ginster beispielsweise. Wissen Sie, ihr Liebster sitzt noch immer im Rollstuhl. Seit fünf Jahren.«

»Sie ist nur eine Person.«

»Es gibt noch mehr.«

»Wenige. Lullen Sie sie wieder mit der Aussicht auf

Sonderleistungen ein. Es ist verdammt wesentlich billiger, ein paar zusätzliche Ordensbedienstete einzustellen, als Leute nach Serendipiti zu fliegen und ihnen dort Regenerationen zu bezahlen. Seifen Sie sie mit den Fortschritten ein, die schon gemacht worden sind. Inzwischen kann man kleinere Regenerationen ja hier auf Jubal durchführen.«

»Es stehen lediglich Geräte für Kleinigkeiten wie Augen, Finger und Narbenbeseitigung zur Verfügung. Das bedeutet wenig, wenn man ein Bein oder einen Arm verloren hat.«

Justin schnitt eine böse Miene. »Der neue Forschungssänger-Dienstvertrag wird, verflucht noch mal, daran nichts ändern, Hall! Gehen Sie wie gewohnt vor.« In seiner Stimme schwang offene Drohung mit. »Blasen Sie ihnen die Ohren mit Versprechungen hinsichtlich der Sonderleistungen voll und zerbrechen Sie sich im übrigen um nichts den Kopf.«

»Also wird sich nichts ändern«, konstatierte der Forschungssänger-King. »Das heißt ...«

»Das heißt, Sie sollten möglichst wenig Fragen stellen, Hall, und auf Spekulationen verzichten.«

Justins Tonfall klang ölig vor Bösartigkeit, doch der ›King‹ zog es vor, es zu überhören. »Der Gouverneur läßt die Sache gefährlich lange schleifen.«

»Das Einschreiten gegen die Kristalliten, meinen Sie?« Zynisch schmunzelte Justin. Der Gouverneur tat, was Justin ihm eingebleut hatte. »Kann sein, er will erst einen ernsteren Zwischenfall abwarten.«

»Dazu wird's kommen. Geradezu unausweichlich.«

»Vielleicht hat er den Eindruck, eine hieb- und stichfeste Handhabe zu brauchen. Einen klaren Fall von Meuchelmord womöglich. Irgend etwas, das den nachdrücklichen Einsatz von Militär rechtfertigt.« Justin kippte das Glas und trank den letzten Tropfen Broundy, drückte dann die Taste, die einen der taubstummen Kellner herbeiwinkte, die in der Chefetage servierten.

»Vermutlich kann das KOPFI-Gremium mit den Hearings nicht anfangen, bevor die Kristalliten im Internierungslager sitzen?«

»Man wird sie rechtzeitig abräumen, spätestens kurz bevor KOPFI das erste Mal zusammentritt. Ymries Fedder, der Stiefsohn des Gouverneurs, fungiert als Vorsitzender.« Damit war Justin nicht ganz zufrieden, doch naturgemäß hatte es vorher in den hehren Hallen der PEK einiges Gefeilsche gegeben. Gouverneur Wuyllum Thonks hatte dort Freunde, wenngleich Justin sich dafür absolut keinen Grund vorstellen konnte.

Der King überlegte. »Ich vermute, das Ergebnis steht schon fest. Der Ausschuß wird keine Beweise für das Vorhandensein intelligenten Lebens auf Jubal finden ...«

»Und von da an, glaube ich«, sagte Justin mit kalter, roher Gefühllosigkeit, »dürften wir ins Landesinnere stärkeren wirtschaftlichen Zugang als gegenwärtig haben.«

Ein Schweigen stummen Einschätzens folgte. »Die Fahrtensänger werden gehörig empört sein«, sagte der King. »Von den Forschern ganz zu schweigen.«

»Macht Ihnen das wirklich etwas aus?« fragte Justin gleichgültig.

»Jedesmal wenn ich mir den Saldo meines Kontos auf Serendipiti ansehe, schert's mich weniger.« Hall zog mit dem Glas auf der Tischplatte Kreise. Seine Meinung über Broundy lautete, daß man das Getränk weit überbewertete. Der Effekt war angenehm, aber der Geschmack ließ viel zu wünschen übrig. Er mochte lieber importierte Obstschnäpse. »Auf dem Konto sammelt sich ein ordentliches Sümmchen an. Dafür werde ich auch künftig mein Bestes geben. Und da fällt mir wieder Donatella Ginster ein.«

»Sie haben sie schon einmal erwähnt. Was haben Sie ihretwegen, Randi? Sind Sie in Sorge, sie könnte irgendwelche Geheimnisse aufgedeckt haben? Den Präsenzen-Dietrich entdeckt? Daß sie auf irgendeine fundamentale Wahrheit gestoßen wäre, die uns anderen allen entgangen ist?« Justin schüttelte den Kopf, lehnte sich im Sessel zurück und nahm von einem Kellner mit ausdruckslosem Gesicht ein volles Glas entgegen.

»Ach, geben Sie's zu, Justin, Sie wissen ganz genau, warum ich mir Sorgen mache. Falls sie irgend etwas herausgefunden hat, das für den Zusammenhang mit Sprache und Bewußtsein grundlegende Bedeutung besitzt, könnte das uns den Boden unter den Füßen wegziehen. Ihnen, mir, der gesamten BDF.«

Harward rümpfte die Nase. Was für ein Dummkopf dieser Mann war, daß er sich einbildete, die Belanglosigkeiten, deretwegen er sich grämte, wären nicht von Leuten längst erkannt worden, die klüger und mächtiger waren als er. So ein kleiner Dummkopf. Doch er verlieh seiner Stimme einen verständnisvollen Ton. »Hat sie irgend was gesagt, das darauf hinweist?«

Der King überlegte eine Zeitlang, dann schüttelte er widerwillig den Kopf. »Nein. Ich habe in ihrem unmittelbaren Umkreis einen Mann, der auf sie achtgibt, und er sagt, sie hätte etwas, mit dem sie sich stark beschäftigt, aber sie hält damit hinterm Berg. Er hat keine Ahnung, was es ist. Noch nicht.«

»Na und?« Hardward gestattete sich ein kaum merkliches, hämisches Feixen.

»Auf einer ihrer letzten Reisen ist sie verletzt worden. Sie hat eine üble Schnittwunde am Arm abgekriegt.«

»Dergleichen passiert Forschungssängern doch häufiger. Soviel ich gehört habe, sollen zerbrochene Kristalle messerscharf sein.«

»Ich wäre zu wetten bereit, die Ursache war 'n Messer. Jemand hat versucht, sie zu beseitigen.«

»Ach. Und das halten Sie für verdächtig?«

»Würde es Ihnen nicht zu denken geben?«

»Es veranlaßt mich zu der Frage, Randi: Weshalb interessieren Sie sich so dafür?«

Randi schnaubte. »Der Rätselstein ist immer wieder und wieder zu meistern versucht worden. Sie kann unmöglich einfach hingegangen und es ganz allein mit ihrem kleinen Synthesizer bewältigt haben.«

»Erickson hat so etwas geschafft.«

»Aber nicht den Rätselstein.«

»Ich meine damit, daß Erickson ganz allein mit seinem kleinen Synthesizer hingegangen ist und zahlreiche Losungen erarbeitet hat. Wieso sind Sie dermaßen sicher, daß Ginster nicht zum gleichen fähig ist?«

»Ich kenne sie. Ich weiß, wie ihr Verstand funktioniert. Zu so etwas ist sie außerstande. Sie ist gescheit, aber kein Erickson.«

Dieses Gefasel, sagte sich Justin, fußte auf bloßer Mißgunst. Chase Random Hall war einer der in politischer Beziehung ehrgeizigsten, jedoch keineswegs der talentiertesten Forschungssänger Jubals. »Na ja, was das angeht, es besteht ja die Möglichkeit, daß die Partitur unwirksam ist. Soviel ich weiß, ist sie nicht einmal zur Erprobung eingeplant. Vielleicht ist sie Pfusch.«

Der King schüttelte den Kopf, verzog die Lippen, bis seine Mundwinkel gieriges Verlangen andeuteten, während er die schön geschwungenen Brauen zu einem Ausdruck der Ablehnung wölbte. »Sie ist kein Pfusch. Der Prior unseres Ordenskapitels hat eine Nachricht vom Generalmeister der Zitadelle in Tiefkrume Fünf erhalten. Das Ding ist effektiv.«

»So?«

»Es wäre doch momentan der schlechteste Zeitpunkt, an dem Donatella mit etwas Linguistischem kommen könnte, oder nicht?«

»Der Zeitpunkt wäre sehr ungünstig. Falls die Allgemeinheit es erfährt. Andererseits wäre jetzt auch die denkbar unvorteilhafteste Zeit, falls ihr irgend etwas zustieße. Es ist hochwichtig, daß der KOPFI-Schlußbericht später nicht in Frage gestellt wird. Dona Ginster steht auf der Liste der Personen, die man als Zeugen vorladen wird, recht weit oben. Ein obskurer Unfall müßte beträchtlichen Argwohn erregen, und daran kann uns überhaupt nicht gelegen sein.«

»Ich dachte bloß ...«

»Tun Sie das nicht, Randi. Tun Sie mir das nicht an.« Justin wollte nicht, daß Handlanger sich mit entscheidenden Angelegenheiten beschäftigten. Er hatte vor, endgültige Maßnahmen im Fall Donatella Ginster selbst einzuleiten, so wie sie seinen Plänen am besten nutzten. Die Forschungssänger-Ordensfrau war weithin bekannt. Ihre Ermordung müßte großes Aufsehen auslösen. Justin musterte Hall mit spöttischem Lächeln. »Sie können sie nicht leiden, was?«

»Donatella?« Randi lachte, indem er ein sprödes Aufkichern ohne jede Heiterkeit ausstieß. »Wie können Sie so was sagen? Sie ist eine charmante Frau. Ganz reizend. Gewitzt. Gute Kraft.«

»Sie mögen sie nicht, stimmt's?« fragte der Planetarmanager, nach wie vor merklich belustigt, noch einmal.

»Mein lieber Justin ...« Hall grinste. »Wie haben Sie das bloß erraten?«

Harward Justin bleckte die Zähne, bekam dadurch einen Gesichtsausdruck, den der Forschungssänger-King nur zu gut kannte. Als er antwortete, geschah es mit unheilvoll leiser Stimme. »Lassen Sie nicht zu, daß Ihre Abneigung Ihren Verstand überwiegt, Hall. Ich habe deutlich genug erklärt, wir wünschen nicht, daß ihr gegenwärtig etwas passiert, das für uns peinlich werden könnte. Spinne Geroan ist noch immer für mich tätig. Das sollten Sie nicht vergessen.«

Der Forschungssänger-King lächelte. Es kostete ihn seine gesamte Willenskraft, das Lächeln aufzusetzen. Spinne Geroan war er nur einmal begegnet, und er hatte auch Spinne Geroans Arbeitsweise nur einmal gesehen. Er wollte so etwas nie, nie wieder sehen.

7

Seine Exzellenz Gouverneur Wuyllum Thonks verschnaufte mit Frau und Kind im kleinen Privatzimmer des Gouverneurspalasts, nachdem er gut gegessen und noch tüchtiger gesoffen hatte.

»Wulli«, sagte Lady Schnuckitrud Thonks zu ihm, trommelte mit ihren juwelengeschmückten Fingernagelschützern auf die Tischplatte, während sie eine computergedruckte Liste durchsah, »muß ich wirklich diese gräßliche Vox zu der Soiree einladen? Sie mieft nach Pferd.«

»Es wäre unhöflich, sie auszulassen«, sagte Maybelle Thonks mit ruhiger Stimme von der anderen Seite des Zimmers herüber; sie nahm den Blick aus dem Buch, ehe sie ihren Einwand ergänzte. »Jedenfalls wenn du den gesamten Rest der höheren BDF-Firmenleitung einlädst.«

»Der Rest stinkt nicht. Und eigentlich geht es dich nichts an, Maysi. Meistens bist du ja gar nicht anwesend.«

»Mir wär's lieber, du nennst mich nicht ›Maysi‹, Schnucki. Es ist mir echt zuwider.« Maybelle runzelte die Stirn und senkte den Blick zurück ins Buch. Mit Lady Schnuckitrud, ihrer sogenannten Stiefmutter, zu zanken, war eine gefährliche Angewohnheit, doch obwohl Maybelle fortwährend den Vorsatz erneuerte, darauf zu verzichten, unterlief es ihr immer wieder. Es war wie ein Wundschorf, an dem man kratzte. Verfluchtes Weib!

Ihre Stiefmutter hob einen Fuß an und gab keine Antwort. Eine Bedienstete, die vor ihr kniete, nahm gerade die Fußpflege vor, und die Lady schien plötzlich an nichts anderem mehr Interesse zu verspüren. »Der Nagellack gefällt mir nicht, Mädchen. Versuch's mal mit dem rosaroten.« Sie beugte sich vor, strich mit den Fingern über die Außenseite einer Großzehe. »Da ist noch etwas Hornhaut. Scheuer da noch 'n bißchen.« Sie schenkte ihre Aufmerksamkeit erneut der Liste. »Für dich habe ich Oberst Roffles Lang eingeladen, Maysi.«

»Er ist doch mindestens fünfzig. Warum lädst du nicht einen der jüngeren Offiziere ein, wenn's für mich sein soll?« In Wirklichkeit hatte Maybelle sich für den bewußten Abend schon einen Galan besorgt, aber es liefe für sie auf eine regelrechte Gefährdung hinaus, jetzt darauf hinzuweisen.

»Ich muß ihn sowieso einladen.«

Und die Jüngeren willst du für dich, dachte Maybelle, schaute wieder ins Buch. Manche Leute behaupteten, Maybelles Vater, der Gouverneur, sei ein Experte der meisterhaften Inaktivität, was nichts anderes war als eine Umschreibung dafür, bezahlt zu werden fürs Nichtstun. Im Fall seiner Ehefrau hatte sich seine Inaktivität längst so weit herumgesprochen, daß sie die Dimension des Fabelhaften erreichte; ob sie etwas von Meisterschaft an sich hatte, blieb für Maybelle eine offene Frage. Vielleicht machte es ihm Spaß, zu beobachten, wie Schnuckitrud ihrem Opfer auflauerte? Oder fand er seine Befriedigung erst, wenn sie es ins Netz gelockt hatte? War er dabei, sah er zu, wenn sie ihre Krallen hineinschlug? Es gruselte Maybelle, sie versuchte nochmals, sich in das Buch zu vertiefen, die *Geschichte des Jubal-Systems;* sie las gerade das zweite Kapitel, ›Die Schwesterplaneten Jubal und Serendipiti.‹

»Möchtest du, daß ich ein paar Mitglieder des Forschungssänger-Ordens einlade, Wulli?«

»Die Schöne vom Nordwesten«, brummte er. »Du weißt schon wen.«

»Donatella Ginster?« Schnuckitrud lächelte ganz entzückend, betrachtete erneut ihren Fuß und billigte den diesmal aufgetragenen Nagellack. »Jede außer ihr, Liebling. Sie hat meinen süßen Limmi umgebracht, die Drecksau.«

»Also wirklich ...!« Maybelle legte das Buch beiseite,

als wäre ein Stichwort gefallen, stand auf. »Das hat sie nicht. Lim Terri ist am Rätselstein ums Leben gekommen, als er eine neue Partitur sang, die zufällig von Dona Ginster stammte, das ist alles. Um Himmels willen, er war nun eben mal kein Fahrtensänger. So was hätte er gar nicht versuchen dürfen. Er stand unter Drogeneinfluß, man kann sagen, er hat praktisch Selbstmord verübt. Dona hatte überhaupt nichts damit zu schaffen. Ich kenne sie, sie ist dufte.«

»Woher weißt du das alles?« fragte ihr Vater, der in der unvermuteten Wachsamkeit, die man ihm jetzt anmerkte, irgendwie bedrohlich wirkte, als wäre ein gewaltiges, schläfriges Reptil mißgelaunt erwacht. »Das über Terri? Das sind vertrauliche Informationen, die aus dem Büro des Großmeisters meinem Sekretariat zugegangen waren. Ich habe sie nicht zur allgemeinen Kenntnis gegeben.«

»Na, dein gesamtes Personal hat doch drüber getratscht«, antwortete Maybelle, ohne sich einschüchtern zu lassen. »Natürlich haben sich alle deine Mitarbeiter dafür interessiert. Alle wußten, daß Lim Terris zu Schnuckis Günstlingen zählte.«

Und das ist wohl, dachte sie, die Krönung des Euphemismus. Obwohl sie, wenn sie sich jetzt daran erinnerte, den Eindruck gewann, daß Terri stets Distanz gehalten hatte. Im Gegensatz zu einigen anderen Typen. Zum Beispiel Chantry. Chantry würde Schnuckitruds Opfer werden, von ihm nichts übriggbleiben als sein Gebiß. Alle Männer, die sich in die Höhle der Löwin Schnucki wagten, kamen nur als Aas wieder zum Vorschein.

Lady Schnuckitrud hörte das Wort *Günstling* und machte auf ihrer geistigen Schwarzen Liste einen Vermerk. Hinter Maybelles Name stand bereits eine ganze Reihe solcher Vermerke. Aber das gleiche galt für etliche Personen. Unter ihnen Donatella Ginster. »Ich werde die Ginster nicht einladen«, sagte sie zu Wuyllum.

»Ich kann sie nicht ausstehen. Sie hat meinen Limmi auf 'm Gewissen, und außerdem ist sie auf dem PEK-Empfang äußerst ungezogen zu mir gewesen. Statt dessen werde ich diese neuen Leute einladen, die die Losung für die Kollerkluft wußten.«

»Wenn du den Fahrtensänger und die beiden Akoluthen aus Tiefkrume Fünf meinst, bist du zu spät dran«, sagte Maybelle halblaut. »Sie reisen heute in den Nordwesten ab.«

Schnuckitrud schnitt eine Fratze. Oft benutzte sie das Fernrohr des Gouverneurspalasts, um direkt in den Innenhof der Zitadelle zu linsen. Der blonde Fahrtensänger hatte ihrem armen Limmi recht ähnlich gesehen. Einen so üppigen Schopf silberblonden Haars hatte er gehabt, ein schmales, hochgradig ästhetisches Gesicht, so lange, gerade Beine ... Ganz köstliche Beute. Sehr, sehr lecker.

8

Tasmin und seine Akoluthen beschlossen, ihre Maultiere per Fahrzeug in den Nordwesten zu transportieren. Zu reiten wäre unvernünftig gewesen. Die Reise hätte sechs bis zehn Tage gedauert, eine Zeitspanne, in der Dona Ginster nahezu überall hingeschickt werden könnte. Ein Lastwagen mit Muli-Anhänger schaffte die Strecke, abhängig von den Reisefahrplänen, innerhalb von ein, zwei Tagen.

»Wir können bei der Nordwest-Zitadelle Mulis leihen«, stellte Tasmin zum drittenmal klar. »Wir müssen diese Viecher nicht mitnehmen.«

»Ich mag Jessica«, sagte Clarin. »Ich habe sie richtig gern, und wenn's geht — wenn Sie nichts dagegen haben —, möchte ich sie lieber behalten.«

Tasmin willigte ein. Zwischen einem Fahrtensänger und seinem Reittier mußte vollkommenes Vertrauen herrschen. Sanftmütig, unerschütterlich und umgänglich waren Fahrtensänger-Maultiere, und obendrein steril, wie die PEK-Vorschriften es verlangten. Die Stuten und Esel hielt man in weit voneinander befindlichen Gestüten an der Tiefkrumeküste, und die Zucht erfolgte durch künstliche Befruchtung. Die gleichen Vorkehrungen traf man bei der Zucht auswärtigen Fischs und Geflügels. Bis die Frage heimischen intelligenten Lebens ein für allemal geklärt war, durften importierte Lebewesen sich auf Planeten, die der PEK-Kontrolle unterstanden, nicht ungehindert fortpflanzen.

Mit Ausnahme der Menschen natürlich. Man ging davon aus, daß im Fall einer etwaig notwendigen Evakuierung sämtliche menschlichen Bewohner ihn zu räumen hatten. Die Mehrheit der Nutztiere, beispielsweise Geflügel und Fisch, würde man eliminieren, ehe die Menschen abflogen. Für die Maultiere galt diese Maxime nicht — man akzeptierte allgemein, daß die Fahrtensänger so ein Verfahren nicht hinnähmen —, doch müßten sie binnen einer Generation aussterben. Auch die importierten Bäume und Sträucher waren unfruchtbar. Die Gemüsepflanzen würde man ausmerzen, ausgenommen den Siedlerbusch, der eine heimische, nur geringfügig abgewandelte, veredelte Spezies verkörperte. Falls der neue Ausschuß, von dem man seit einiger Zeit ständig redete, zu der Feststellung gelangte, daß auf Jubal intelligentes Leben existierte und deshalb die Neutralitätsvorschrift eingehalten werden mußte, konnten Jubal so verlassen werden, wie er gewesen war, ehe ihn Menschen betreten hatten.

Nur ließe die BDF es soweit gar nicht kommen.

»Dann nimm Jessica mit«, sagte Tasmin. »Du sollst dein eigenes Maultier haben, Clarin. Ich muß gestehen, ich habe für Blondine auch eine Schwäche.«

»Was ich von meinem Vieh nicht behaupten kann«, murrte Jamieson, kraulte sein Muli am Ohr. »Das alte Langohr hat kein Quentchen Verstand.« Das Maultier drehte sich um und erforschte seine Miene ernsten Blicks, den der Junge mit einer Handvoll zerkleinerten Obsts belohnte. »Ich werde sehen, was ich an Transportmitteln auftreiben kann.«

»Clarin und ich packen die Sachen«, sagte Tasmin. Sie hatten bereits Vivians Reise mit einer Wagenkolonne nach Tiefkrume Fünf gebucht, die um diese Zeit aufbrechen sollte. Tasmin hatte seiner Mutter eine Nachricht vorausgeschickt, obwohl er wußte, daß sie möglicherweise nicht eher als Vivian eintraf. Die Nachrichtenübermittlung zwischen weit auseinander gelegenen Zonen des Planeten erfolgte durch ein System von Spiegeltelegraphen, doch die Signalposten waren nur unregelmäßig besetzt. Satellitenübertragung bewährte sich ausschließlich, wenn der Sender direkt über dem Empfänger schwebte, aber außer an der Küste oder auf See brannten aus rätselhaften Ursachen sowohl Sende- wie Empfangsapparate oft durch. Innerhalb einer beachtlichen Zone rings um ihre Standorte duldeten die Präsenzen, wie in den Anfangsjahren der Besiedlung Jubals eine Anzahl Piloten zu ihrem schrecklichen Verhängnis hatte feststellen müssen, einfach keine elektromagnetische Aktivität.

Clarin half Tasmin beim Zusammenpacken ihrer Ausrüstung, bei dem sie jedes Teil auf seinen Zustand überprüften. »Sie haben den Synthesizer nicht so rumliegen lassen, oder?« fragte Clarin, deutete auf Lims Instrument, das sie offen auf dem Tisch vorfanden.

»Das ist das Personal«, murmelte Tasmin ihr zu. »Es schnüffelt in allem herum. Es heißt, die BDF zahlt für alle Arten von Informationen. Wahrscheinlich verhökern neun von zehn Zitadellenbediensteten allen möglichen Klatsch und Tratsch gegen Trinkgeld an BDF-Informanten.«

Clarin wurde rot. »Das ist mir schon einmal erzählt worden. Ich hatt's vergessen. Es kommt mir so albern vor. Schließlich arbeiten wir für dieselben Leute.«

»Eigentlich nicht«, widersprach Tasmin mit noch immer gedämpfter Stimme. »Fragt man mich, für wen ich arbeite, sage ich, für den Generalmeister meiner Zitadelle und letzten Endes für den Großmeister des Ordens. Forschungssänger arbeiten für ihre Prioreien. Ich weiß, daß im Grunde genommen alles von der BDF bezahlt wird, aber ich verstehe mich nicht als Angestellter der BDF. Kann sein, das ist Selbstbetrug. An der BDF gibt's allerhand, das mir mißfällt.«

Clarin wirkte nachdenklich, und Tasmin wartete auf die nächste Frage, die, wie er wußte, nicht ausbleiben konnte, und er überlegte schon einmal, welcher Art sie wohl wäre. Die ganze Zeit hindurch hatte Clarin ein ständiges, neugieriges, allerdings in rücksichtsvolle Formulierungen gekleidetes Interesse an Tasmins Leben gezeigt, doch inzwischen war seine Lebensgeschichte so gut wie abgehandelt.

»Weshalb nennen Sie ihn Reb?« fragte sie.

»Wen?« Tasmin fühlte sich dermaßen verdutzt, daß er nicht mehr mitkam.

»Jamieson. Warum nennen Sie ihn Reb?«

»Weil er ein Rebell ist. Er ist in der Chorschule immer rebellisch gewesen. In der Zitadelle war er ebenso rebellisch. Er ist häufiger in Schwierigkeiten gewesen als sonst was.« Tasmin lächelte über ein paar persönliche Erinnerungen.

Clarin setzte sich aufs Bett und suchte in ihrer Tasche, holte die grüngraue Kristallmaus hervor, die mit langer, ausdrucksfähiger Nase an ihren Fingern schnupperte, während sie ihren Kehlsack aufblies, um ein halblautes Ziepen auszustoßen. »Wissen Sie … Jamieson ist Ihnen nicht vom Generalmeister nachgeschickt worden.«

»Nicht?«

»Er hat verlangt, Sie begleiten zu dürfen. Weil er dachte, Sie brauchen ihn.«

Tasmin geriet außer Fassung. »Und was sollte das ganze Theater um das Mädchen, von dem er sich angeblich verabschieden mußte?«

»Das war bloß zur Täuschung. Wir hatten's geprobt. Damit Sie nicht draufkommen, daß es seine Idee war. Er hat gemeint, wenn Sie's merken, schicken Sie uns zurück.«

Erstaunt sackte Tasmin in einen Sessel. »Und wie bist du mit hineingezogen worden?«

»Ich bin wirklich auf Wunsch des Generalmeisters dabei. Er sagte, wenn Jamieson recht hätte und Sie jemanden bräuchten, dann brauchten Sie außer Jamieson eine zweite Begleitperson, denn dauernd nur Jamieson um sich zu haben, wäre bestimmt eine zu große Zumutung für Sie.« Sie schmunzelte, während sie die Maus streichelte, die sich zusammengerollt in ihrer Handfläche putzte.

Tasmin starrte Clarin an. Dieser Junge. Der Bursche …! So ein … Seine Augen füllten sich mit Tränen.

Als Clarin es sah, wandte sie sich ab, griff nochmals den vorherigen Gesprächsstoff auf. »Warum ist er weiter im Orden geduldet worden, wenn er soviel Ärger gemacht hat?«

»Weil er öfter recht als unrecht hat. Und natürlich, weil er ein hervorragender Musiker ist.« Und weil er Jubal liebt, fügte Tasmin in Gedanken hinzu. Vielleicht so sehr wie ich.

»Hat er auch recht ... was die Präsenzen angeht?« Offenbar war das die Frage, die sie von Anfang an zu stellen beabsichtigt hatte.

»Was glaubst du?«

»Es kommt nicht darauf an, was ich glaube. Ich *spüre*, er hat recht. Vermutlich *weiß* ich irgendwo tief innerlich, daß er im Recht ist. Aber wenn er richtig liegt, wird dadurch alles andere ...«

»Heuchelei?« mutmaßte Tasmin. »Du hast dich, glaube ich mich zu entsinnen, schon bei anderer Gelegenheit so geäußert.« Er nahm Platz, musterte Clarin aufmerksam. Fest erwiderte sie seinen Blick. Die Sache war ihr wirklich wichtig. Er beschloß, sich ernsthaft damit zu befassen.

»Tja, ich würde sagen, es *ist* Heuchelei. Ich habe den Eindruck, wie — wir Fahrtensänger — machen alles mit, was die BDF fordert, weil es uns ermöglicht, bei dem zu bleiben, was wir gerne tun. Rein vordergründig, in der Öffentlichkeit, geben wir vor, die Präsenzen seien kein bewußtes, intelligentes Leben, denn nur wenn wir uns an diese Leier halten, können wir uns auf Jubal frei umherbewegen. Insgeheim glauben wir aber, daß die Präsenzen sehr wohl intelligentes Leben verkörpern, und eben diese Überzeugung ist es, die uns das Umherziehen auf Jubal so erstrebenswert macht. Wir finden uns mit der Heuchelei ab, weil sich daraus kaum ein erkennbarer Unterschied ergibt. Ich nehme an, wir verhalten uns so, weil es, wenn wir Lippenbekenntnisse zum Nichtintelligentsein der Präsenzen ablegen, zu keinerlei Konsequenzen führt. Es ändert überhaupt nichts. Wir richten uns nach den Methoden, die Erickson für uns erdacht, verfahren auf diese quasireligiöse, sehr respektvolle Weise, die er uns vorgeschrieben hat, und während wir sagen, die Präsenzen seien nicht intelligent, betragen wir uns doch ganz so, als ob sie's wären. Wir müssen. Andernfalls könnten wir Jubal verlieren, und Jubal ist uns längst in Fleisch und Blut übergegangen.«

Clarin nahm ihm gegenüber Platz, ihre Miene spiegelte Eifer wider. »Wissen Sie was? Genau das habe ich auch schon empfunden. Wie fühlen Sie sich bei Ihrer Tätigkeit?«

Er streckte sich auf dem Bett aus, ein Socken baumelte zwischen seinen Fingern, während er nachdachte. Wie fühlte er sich dabei?

»Es ist wie der Eintritt ins Paradies«, sagte er. »Wir sagen, wir begeben uns in Gefahr. Aber ich habe seit jeher das Empfinden gehabt, daß das Paradies etwas sehr Gefährliches sein muß. Für meine Begriffe ist alles Schöne, einfach alles, was man ins Herz schließt, was die Seele aufwühlt, eine Gefahr. Manchmal spürt man sie schon, bevor man aufbricht. Man sieht, wie das Zeremonientor geöffnet wird. In dir wird es ganz ruhig. Du reitest los, die Felder ziehen vorüber, weichen allmählich Jubals Land. Du riechst Jubalbäume, sie drehen sich mit der Sonne, während du den Weg entlangreitest, fast als ob sie sich nach dir umschauten, dich beobachteten. Der Untergrund fängt zu zittern an, erst unterschwellig, dann spürbarer. Von unten spricht etwas zu dir, etwas Gewaltiges ...«

»Ich weiß«, sagte Clarin im Flüsterton. »Man geht weiter, und die Worte, die im Untergrund erklingen, werden lauter, immer lauter, bis man nichts anderes mehr im Kopf hat. Bis man vor sich die Präsenzen glitzern sieht. Licht gleißt auf ihnen wie auf Schwertern, wie auf Dolchen. Es durchdringt einen, und man beginnt zu singen … Es ist, als ob einem statt Blut Musik entströmt.«

Tasmin nickte. Sie kannte sich aus. O ja. Sie wußte Bescheid.

»Und wenn man's richtig macht, wird's still«, vollendete er an ihrer Stelle. »Etwas lauscht.«

Eine Art von sehnsüchtigem Einverständnis war zwischen ihnen erzielt worden, eine wechselseitige Sympathie, die ans Wehmütige grenzte. Tasmin errötete, überwältigt von einer Emotion, die zu fühlen er sich nicht erlauben durfte, senkte den Blick. Während sie sprach, hatte er sie noch einmal gespürt, wie sie von ihm auf dem Pfad unter den Wächtern in den Armen gehalten worden war, sie gebebt hatte. Er biß die Zähne zusammen, unterdrückte sein Gefühl. Bei jeder dieser flüchtigen Anwandlungen hatte er das Empfinden, dem Andenken Celcys untreu zu werden.

Nach einer Weile steckte Clarin die Maus zurück in die Tasche. »An sich wär's logisch«, meinte sie, »daß etwas, das zuhört, auch antwortet.«

Tasmin schüttelte den Kopf, lächelte versonnen. »Genau das sagt Chad Jaconi. Vierzig Jahre hat er damit zugebracht, Losungs-Partituren einen Sinn abzugewinnen. Ich habe keine Ahnung, wie viele sogenannte Universaltranslatoren er inzwischen außerhalb des Systems gekauft hat.«

»Hat er je ein Resultat vorliegen gehabt?«

»Nichts Vernünftiges.«

»Und was ist mit der anderen Seite der Konversation? Der Seite der Präsenzen?«

»Kauderwelsch. Seit Jahrzehnten zeichnen Leute die Töne auf, die die Präsenzen von sich geben. Mit jedem bekannten Translatortyp ist es probiert worden. Alles, was dabei bisher herausgekommen ist, sagt Chad, sind irgendwelche Geräusche. Quietscher, Heultöne, Schnarcher, Gegluckse. Nur nichts Verständliches. Überhaupt nichts, das irgendeine Bedeutung hätte.«

»Und die Viggys? Sie singen. Vielleicht sind sie intelligente Wesen.«

»Das haben schon viele Leute zu klären versucht. In der Anfangszeit ist eine gewisse Menge Viggys gefangen worden. Man hat sie gut behandelt, soweit bekannt, aber sie sind fast alle gestorben, manchmal bereits in der nächsten Nacht. Sehr wenige Exemplare, einige bloß, sollen in Gefangenschaft überlebt haben. Der Viggy, den ich hatte, das Exemplar, das Lim freigelassen hat, konnte angeblich ein paar Worte sprechen, so was wie ›Viggy schön‹ oder ›Viggy will Keksi‹, aber es fehlen völlig Beweise für sämtliche PEK-Kriterien für intelligentes Leben. Keine Sprache. Keine Werkzeuganfertigung. Keine Totenbestattung. Und natürlich ist es gänzlich ausgeschlossen, einfach zu ihnen zu gehen und Forschungen anzustellen, wie's unsere Zoologen gerne täten. Sie sind nachtaktive Geschöpfe, sehr scheu, in Gefangenschaft sterben sie, und sie reden nicht. Mehr kann man gegenwärtig zum Thema Viggy-Intelligenz nicht sagen ...«

Von der Tür ertönte ein Klopfen, und Jamieson schob den Kopf ins Zimmer. »Ich habe 'n leeren Brou-Laster ausfindig gemacht, der in 'ner halben Stunde in den Nordwesten abfährt.«

»Soll mir recht sein«, stimmte Tasmin zu, schwang sich vom Bett. »Laß das Zeug liegen, Clarin. Ich packe den Krempel selbst zusammen. Geht ihr zwei eure Sachen packen.«

Eine kurze Verzögerung ergab sich, weil der Lastwagen erst mit einer geeigneten Anhängerkupplung ausgestattet werden mußte, um den Anhänger ziehen zu können, den Tasmin bei der Maultierzucht ausgeliehen hatte. Weil die Fahrzeugkabine nur für zwei Beifahrer Platz bot, entschied Jamieson sich freiwillig dafür, hinten bei den Mulis zuzusteigen. Am frühen Nachmittag fuhren sie ab.

Zuerst durchquerten sie die Randbezirke der Stadt,

in der aus Preßlehm errichtete Wohnhäuser und Lagergebäude standen, durchsetzt mit ungepflegten Gärten und durchzogen von breiten Trassen gepflasterter Straßen, die sie von gleich beschaffenen Vierteln trennten; weitere derartige Trassen befanden sich im Bau. »Militärische Anlagen«, rief der Fahrer durch den Verkehrslärm. »Irgend jemand hat entschieden, es müßten bessere Straßen her, um die Beweglichkeit des Militärs zu erhöhen. Deshalb sind Ziegel im Moment so knapp. Alle Solarbrenner sind momentan hier draußen im Einsatz, um den Straßenbelag aufzubrennen.«

An mehreren Solarbrennern fuhren sie vorbei: Riesige Spiegel klemmten in komplizierten Gestellen, die nicht nur unaufhörlich der Sonne folgten, sondern zudem das zu einem Hitzestrahl gebündelte Licht fokussierten. Hinter den Solarbrennern dampfte heißer Straßenbelag, dunkelte von Rot zu Schwarz.

Nachdem sie den Bauabschnitt verlassen hatten, gelangten sie, obwohl sich die Straße als eng und holprig erwies, zügiger voran. Sie kamen durch Getreidefelder sowie schmalere, mit Knollengewächsen bepflanzte Felder. Da und dort sahen sie Geflügelfarmen oder Pferche mit kleineren Fleischlieferanten, Chigs oder Bantigons, beides auf Serendipiti heimische Allesfresser. Tasmin lief das Wasser im Mund zusammen. Er hatte einen unersättlichen Appetit auf gegrillten Bantigon. Und gebratenen Bantigon. Und Bantigonpastete. Auf diesem an Fleisch armen Planeten blieb Tasmin ein unverbesserlicher Fleischesser. Clarin, die ihn sich die Lippen lecken sah, schenkte ihm einen mitfühlenden Blick. Auch sie hatte für frisches Fleisch etwas übrig.

Sie erreichten einen breiten, flachen Fluß, über den sie an Bord einer Fähre setzten. Nach Passieren eines winzigen Örtchens rechts von der Landstraße ging die Fahrt wieder durch Äcker und Farmen weiter, und danach passierten sie eine kleine Ortschaft an der linken Straßenseite. Von da aus entfernten sie sich vom Meer und nahmen die Richtung zum Hochland. Vor ihnen lagen die einzigen Tiefkrumehügel, die man bisher auf Jubal entdeckt hatte, große Sanddünen, angeweht durch die Winde von See, überwachsen mit Siedlerbusch und fedrigen Bäumchen. Sie folgten dem gewundenen Verlauf der Landstraße durch die Hügellandschaft, scheuchten bisweilen einheimisches Kleingetier auf, das über die Fahrbahn das Weite suchte, erschreckten einmal sogar eine Horde Viggys, die jaulend die Flucht ergriffen, als sich der Lastwagen ihnen näherte, dabei die Köpfe nach hinten drehten und das Fahrzeug aus großen, pupillenlosen Augen anstarrten, ihre biegsamen Fühler auf es richteten und mit den Ohren wakkelten. Auf einer Hügelkuppe blähte der größte Viggy seinen Kehlsack auf und grölte vorwurfsvoll herunter, bevor die Horde vollends außer Sichtweite flüchtete.

»Ich wußte gar nicht, daß sie sich so nah an kultiviertes Land trauen«, sagte Tasmin, während er den gringrauen Gestalten nachspähte, bis sie außer Sicht waren. Auf all seinen Reisen hatte er Viggys lediglich fünf- oder sechsmal wirklich gesehen, obwohl er sie schon sein ganzes Leben lang nahezu jede Nacht hörte.

»An der Küste seh ich sie dauernd«, erklärte der Fahrer. »Immer sechs bis acht auf einmal. Hatte mal in dieser Gegend 'n Motorschaden. Mußte halten und auf der Straße übernachten. Da haben sie ganz dicht bei mir gesungen. Muß die volle Nacht hindurch so gegangen sein. 'ne Menge anderes Viehzeugs gibt's hier auch. So was, das man sonst bloß selten sieht.«

Als sie das Hochland verließen, stand die Sonne in ihrem Rücken, sank langsam ins Meer. »Am besten nächtigen wir in Barrville«, empfahl der Fahrer. »Dort hat die BDF 'n landwirtschaftliches Institut. Sicher nimmt man Sie dort auf.«

Sandy Chivvle, die örtliche Managerin, nahm sie tatsächlich auf, sie freute sich über den Besuch und nutzte eifrig die Gelegenheit, den Gästen zu zeigen, was man aus dem vielseitig verwendbaren Brou alles fabrizieren konnte. Sie bestand darauf, daß sie Samen dieser Sorte mit Samen jener Sorte verglichen, und als man ihnen schließlich das Essen servierte, war es ihnen gleichgültig geworden, ob sie etwas aßen oder nicht. Die Nacht verstrich in fröhlichem Brourausch.

Am frühen Morgen verabschiedeten sie sich, hatten leichte Kopfschmerzen, eine etwas gedämpftere Stimmung und zahlreiche Berichte für Jem Middleton dabei, den Leiter des BDF-Landwirtschaftsressorts. Der Lastwagenfahrer reichte ihnen zur Aufmunterung heißen Tee aus einer Thermosflasche, und sie rumpelten durch schier endlose Broufelder — das helle Grüngrau neuer Anbauflächen wechselte ab mit dem dunklen Graugrün reifer Ernten —, während ihnen Kolonnen beladener Lastfahrzeuge begegneten, die in die andere Richtung fuhren. Kurz nach Mittag trafen sie in Nordweststadt ein.

Dort luden sie die Mulis ab und erkundigten sich im BDF-Center nach Jem Middleton. Sie fanden ihn tief im Innern des Gebäudes in einem entlegenen Raum, in dem man Welter spielte. Jedenfalls sah man Spielkarten und Stapel von Konsumentenbons auf dem Tisch, aber die offenen Aktenkoffer auf den Beistelltischen legten den Verdacht nahe, daß sich kurz zuvor noch etwas völlig anderes hier abgespielt haben mochte. Zu Tasmins Überraschung — vielleicht sogar Bestürzung — zählte zu den Anwesenden auch Thyle Vowe, der Großmeister des Fahrtensänger-Ordens.

»Tasmin Ference! So wahr ich lebe und singe, wenn das nicht das Wunder von Tiefkrume Fünf ist! Und Ihre Akoluthen sind auch dabei. Na, das ist ja eine Überraschung. Daß Sie nach Punkt Eins reisen, habe ich erfahren, aber ich wußte nicht, daß Sie hier ebenfalls aufkreuzen. Ich habe von der Sache mit der Kollerkluft gehört. Ich komme mir vor wie der größte Schwachkopf. Ich hätte mal andernorts als nur in Punkt Eins in alten Archiven nachforschen sollen, es ist mir aber schlichtweg nicht eingefallen. Mal sehen … Du bist bestimmt Jamieson, was? Ich weiß eine Menge über dich.« Der weißhaarige Großmeister verpaßte Jamieson einen Knuff gegen den Oberarm, grinste ihm breit zu. »Und du mußt Clarin sein, das Mädchen mit der erstaunlichen Baßstimme, ja? Von dir habe ich auch schon gehört. Es heißt von Tasmin Ferrence, daß er immer die schwierigsten Akoluthen abkriegt … tüchtige, aber schwierige Schüler.«

Clarin fügte sich der väterlich-zärtlichen Umarmung des Großmeisters mit einer für Tasmins Empfinden lobenswerten Geduld. Fast hätte man meinen können, er wäre ihr bekannt, oder sie wüßte über ihn Bescheid.

»Tasmin, kommen Sie, ich stelle Ihnen ein paar Leute vor. Gereny Vox ist Ihnen sicher ein Begriff, was? Die beste Maultierzüchterin, die wir je hatten, und ich habe sechs überlebt.« Eine grauhaarige Frau mit schlichter Miene streckte ihm über den Tisch die Hand entgegen, nickte Tasmin zu, während er die Hand drückte, eine Begrüßung murmelte. »Das ist Jem Middleton«, setzte der Großmeister das Vorstellen fort. »Jem leitet das BDF-Landwirtschaftsressort, verdammt netter Kerl, und obendrein 'n guter Welterspieler. Bei ihm müssen Sie aufpassen, Junge, falls Sie sich mal auf ein Spielchen mit ihm einlassen. Und das da ist Rheme Gentry. Rheme ist ein neuer Mitarbeiter des Gouverneurs, er ist außerplanetarer Herkunft, ihm steckt noch der Jubalschock in den Gliedern. Gutaussehender Bursche, was? Herrgott, hätte ich solche Zähne und so ein Haar, ich wäre bloß noch mit Frauen anzutreffen. Aber Rheme denkt gar nicht an so was. Ein durch und durch ernsthafter Mensch, unser Rheme.«

Der hagere, stattliche Mann, den er meinte, ein dunkler Typ, schüttelte über die Weise, wie der Großmeister ihn bekannt machte, betroffen den Kopf, erwiderte Tasmins Begrüßungsfloskel mit einem tiefsinnigen Nicken.

»Also, möchten Sie mitspielen? Wie wär's mit einem Happen zu essen? Was kann ich Ihnen zu trinken besorgen?«

Tasmin mußte lächeln. Der Großmeister hinterließ unweigerlich Eindruck. »Nein danke, Sir. Ich bin bloß da, um Jem Middleton einige Unterlagen von seiner Managerin draußen in Barreville auszuhändigen.«

»Verdammte Person«, brummte Middelton, zog seine buschigen, dicken Brauen an der massigen, gefurchten Stirn zu einem geraden, durchgehenden Strich zusammen. »Immer reicht sie ihre Berichte pünktlich ein. Dann muß ich an die Arbeit gehen.«

»Aber da Sie momentan hier in Nordweststadt sind, Sir«, sagte Tasmin zum Großmeister, »wäre es vielleicht möglich, Sie stellen mich jemandem Bestimmten vor. Einem Mitglied des Forscherordens namens Dona Ginster.«

Im Raum entstand ein Schweigen, eine nur kurze Stille, keineswegs eines der peinlichen Schweigen der Betretenheit, wie man sie bei gesellschaftlichem Beisammensein nach einem Ausrutscher erleben konnte, aber ein allgemeines Stutzen und Stocken, das immerhin so lange dauerte, daß Tasmin sich unwillkürlich fragte, ob ihm irgendwie eine Entgleisung unterlaufen sein mochte. Doch er hatte sich ohnehin für alle Fälle einen harmlosen Vorwand zurechtgelegt. »Ich wollte meine Bewunderung für die meisterhafte Vorbereitung der Noten für die Rätselstein-Partitur zum Ausdruck bringen. Ich hatte nämlich die Ehre, die Originalpartitur anfertigen zu dürfen ...«

Die Stille endete. Sofort zeigte Thyle Vowe sich wieder rundum leutselig. »Sind Sie Dona Ginster schon mal begegnet?«

»Nein, Sir, ich hatte noch nicht das Vergnügen.«

»Na, dann versuchen wir doch zu klären, wo Sie Dona Ginster finden könnten. Gereny, wären Sie wohl so freundlich, mal nachzufragen?«

Die in robuste Kleidung gehüllte Grauhaarige warf ihm einen seltsamen Blick zu und ging ans Wandtelefon. Nachdem sie mit jemandem halblaut ein paar Sätze gewechselt hatte, kam sie zurück, hatte einen Ausdruck im Gesicht, der halb Befremden, halb Ärger anzeigte.

»Dona ist auf 'ne Kurzexkursion in den Rote-Hauer-Rücken hinaufgeschickt worden und soll heute abend wieder da sein. Irgend was wegen 'ner alternativen Route.« Sie tauschte sowohl mit Vowe wie auch Middleton flüchtige Blicke aus.

Diese Mitteilung machte Thyle Vowe anscheinend sehr nachdenklich. Er wandte sich um und wühlte in den Papieren auf einem Beistelltisch. »Ich mache Ihnen einen Vorschlag, Tasmin. Zum Rote-Hauer-Rücken sind's von hier aus nur wenige Stunden. Warum reiten Sie mit Ihren jungen Freunden nicht Dona in dieser Richtung entgegen? Ich gebe Ihnen eine Karte, damit Sie sich nicht verirren.« Er kramte noch einen Moment länger in den Unterlagen, dann gab er Tasmin eine kleine Landkarte, deutete mit einem dicken, jedoch makellos gepflegten Finger auf sie. »Nehmen Sie die Straße hinter der Zitadelle, reiten Sie ungefähr anderthalb Kilometer weit geradeaus nach Osten und biegen Sie an dieser Stelle dort nach Norden ab. Bleiben Sie auf dieser Landstraße, Sie gelangen darauf, falls Ihnen Dona nicht vorher entgegenkommt, zur Rote-Hauer-Schlucht, spätestens wenn's dunkel wird. Am besten brechen Sie sofort auf.« Und schon schob er Tasmin und seine Begleitung zur Tür.

Jem Middleton mischte sich ein. »Einen Moment, Ferrence. Ich möchte nicht, daß Sie Probleme kriegen, die Sie vielleicht überfordern. Kristallbären sind mit das Seltenste überhaupt auf Jubal, gleich nach Frischfleisch, aber mir liegt wirklich und wahrhaftig eine Meldung vor, der zufolge in der Umgebung der Rote-Hauer-Schlucht ein Kristallbär gesichtet worden sein soll. Es ist sicherlich gescheiter, Sie führen für alle Fälle ein Stunnergewehr.« Er war bereits aufgestanden, holte jetzt aus einem hohen Schrank eine derartige Waffe und reichte sie Tasmin. »Sie können's abliefern, sobald Sie uns das nächste Mal besuchen.« Einen Augenblick später standen sie im Korridor, und man schloß hinter ihnen die Tür.

»Was soll das denn?« schimpfte Jamieson empört. »Kristallbär! Seit fünfzig Jahren hat niemand mehr 'n Kristallbären gesehen.«

»Sch«, machte Clarin eindringlich. »Hier geht irgend was vor, Reb. Halt den Mund zu und die Augen offen! Vertrauen Sie dem Großmeister, Meister Ferrence?«

Tasmin schenkte ihr einen Blick dankbarer Zustimmung: Hier war tatsächlich irgend etwas in Gang. »Dem Großmeister zu vertrauen, wäre eigentlich meine erste Regung«, antwortete Tasmin leicht verunsichert. Es mochte sein, daß die vier Personen in dem Zimmer Welter spielten, doch die offenen, mit Papieren vollgestopften Aktenkoffer sprachen dafür, daß sie sich mit völlig anderen Dingen beschäftigten. Ebenso bestärkte die Tatsache Tasmins Verdacht, daß einige der umgedreht abgelegten Handvoll Spielkarten vier, andere dagegen sechs Karten umfaßt hatten. Was das Stunnergewehr betraf, hatte Tasmin bisher nur anläßlich der alljährlichen Schießmeisterschaften derartige Gewehre benutzt. Nicht einmal die Karawanen trugen heute noch regulär welche im Gepäck; zuletzt waren diese Lähmwaffen vor rund zwanzig Jahren als Bestandteil der Standardausrüstung mitgegeben worden. Die Geschichte über den Kristallbären war Unfug. Jahrzehntelang hatte kein Mensch einen Kristallbären zu sehen bekommen. Es stand sogar zur Debatte, ob überhaupt jemals irgendwer einen Kristallbären gesehen hatte, oder ob es sich lediglich um reine Fabelwesen handelte, und das wußten ohne Zweifel auch die vier in dem Zimmer. Es wäre höchstens denkbar... Vorzustellen wäre, daß man Kristallbär durch *Kristallit* ersetzen mußte. In diesem Fall hätte man ihm etwas verraten, ohne ihm etwas zu sagen …

»Ja«, bestätigte Tasmin mit grimmiger Entschlossenheit. »Ich vertraue ihm.«

»Gut, dann vertrauen wir ihm. Wir tun, was er vorgeschlagen hat.« Clarin betrachtete das Gewehr voller Widerwillen. »Wir wollen doch wohl nicht mit diesem Ding rumlaufen?«

»Versteck's unter deiner Kutte, Clarin, sie ist noch steifer als meine. Du kannst am Tor auf uns warten, Jamieson und ich holen die Mulis.« Tasmin schüttelte über sich selbst den Kopf, während er über den Innenhof eilte; einmal drehte er sich unterwegs nach Clarin um, sie lehnte, das Gewehr hinter sich, lässig an der Wand.

Nach einem halben Tag Fahrt auf dem Anhänger zeigten die Maultiere sich begierig nach Auslauf. Sobald sie sich so weit von der Stadt entfernt hatten, daß das Gewehr keinen Grund zu Getuschel abgeben konnte, hängte Tasmin es in die Klemmringe an seinem Sattels, brauchte zwei Versuche, um es richtig zu befestigen. Guter Gott, niemand außer dem Militär verwendete heutzutage noch Gewehre.

»Kristallbären«, murrte Jamieson, noch immer sichtlich aufgebracht. »Für wen hält er Sie eigentlich, Meister? Für Everts von der Raumpatrouille?« Er spielte auf ein bei Jubals Kindern beliebtes Holodrama an. »Wann hat denn das letzte Mal irgendwer 'n Kristallbären gesichtet?«

»Es unterliegt tatsächlich Zweifeln, ob überhaupt jemals einer gesehen worden ist«, entgegnete Tasmin trockenen Humors. »An sich sind's Ammenmärchen. Die Forscher haben anfangs von allem möglichen behauptet, sie hätten's in den Kristallzonen gesehen, und Kristallbären sind nur eine Spezies ihrer fabelhaften Fauna. Einige frühe Forscher wollten den Leuten sogar weismachen, die Viggys könnten reden und daß die Kristallmäuse sängen.«

»Na ja, sie singen ja auch«, meinte Clarin, patschte auf ihre Tasche. Daraufhin ertönte daraus ein gedämpftes Zirpen. »Gewissermaßen wenigstens. Und warum hatte Jem Middleton in seinem Büro 'n Gewehr im Schrank?«

»Eben«, bemerkte Tasmin zu Clarins Frage. »Warum?«

Sie ritten durch eine Gegend, die eine spürbare Steigung aufwies; verstreute Äcker mit von Menschenhand angepflanzten Ernten wichen bald vollends jubalischem Land, und die Felskämme des Rote-Hauer-Rükkens ragten nach und nach immer höher vor ihnen empor, während die Straße zusehends schmaler und schwerer erkennbar wurde und hinter der linken Schulter der Reiter die Sonne sank. Nachdem sie die letzte Farm passiert hatten, begegneten sie niemandem mehr.

»Weit und breit nichts von Dona Ginster zu sehen«, sprach Jamieson das Offenkundige aus.

»Legt das nicht den Gedanken nah«, fragte Clarin ihn, »daß der Großmeister genau das befürchtet hat?«

»Dort vorn überquert die Straße einen Höhenzug«, sagte Tasmin und achtete sorgsam auf einen emotionslosen Tonfall. »Wahrscheinlich haben wir dort Ausblick in die Rote-Hauer-Schlucht.«

Von der Höhe aus führte die Landstraße in eine an drei Seiten von einem Gemisch aus Felsauswüchsen sowie den Steinlingen und Steinlein des Rote-Hauer-Rükkens umsäumte Geländemulde und verlief dahinter nach rechts um einen an der Oberseite abgeflachten Felsturm.

Auf dieser Gesteinssäule befand sich jemand.

Eine in Grau gekleidete Person huschte hin und her, kippte an den schroffen Wänden Steine hinab. Selbst über die Entfernung konnte man das Poltern und Krachen von Stein auf Stein hören.

Zu Füßen des Felsturms versuchte ein halbes Dutzend schattenhafter Gestalten die Felswände zu ersteigen. Die Absicht der Angreifer ließ sich leicht erraten, und die Bemühungen der einzelnen Person oben auf dem Felsen zeugten von einer gewissen Verzweiflung. Vor den Augen Tasmins und seiner Begleiter traf ein hinabgerollter Brocken einen der Kletternden und schleuderte ihn zwischen die Steintrümmer am Fuß der nahezu senkrechten Felswand. Die restlichen Kletterer verdoppelten ihre Anstrengungen, um schnellstens die Höhe zu erreichen.

»Bruder, Bruder, Bruder!« sang Jasmin ohne Zögern, der Zuruf erhielt mehrfache Lautstärke durch die Echos, die er sukzessiv an den Felsen verursachte, sein Hallen brach die Stille der Schlucht, forderte jeden Forscher- oder Fahrtensänger in Hörweite zur Identifizierung auf. Vom Felsturm erscholl eine Antwort herab, stellte klar, auf wessen Seite sie einzugreifen hatten.

Tasmin schwang sich vom Maultier, zerrte das Stunnergewehr aus der Hülle und warf sich hinter einen Felsklotz, der ihm als Deckung tauglich vorkam. Im Liegen hatte er immer die besten Schießergebnisse gehabt. Indem er sich kurz wand, preßte er sich auf den Untergrund, legte den Einschalthebel um und drückte das Auge ans Visiskop — alles im Rahmen eines zusammenhängenden Bewegungsablaufs —, lenkte den Leuchtpunkt in der Zielvorrichtung über die Gesteinsflächen der Felssäule. Als das Licht über eine der Gestalten glitt, die daran hinaufklommen, zog er ein-, zweimal durch, suchte dann das nächste Opfer. Ein Stunnerschuß setzte einen Menschen außer Gefecht. Zwei Treffer hielten ihn für eine ganze Weile in der Waagerechten. Tasmin fand ein neues Ziel, schoß nochmals.

Jamieson und Clarin sprengten in rücksichtslosem Galopp den Pfad zum Felsturm hinunter, die ungedämpften Hufe der Mulis erzeugten eine Folge von

Echos, die einem fortgesetzten Donnern glich. Der ›Bruder-Bruder-Bruder‹-Gesang rief, indem er die Oktaven erklomm, seitens der Steinlinge in der Umgebung bedrohliche Summschwingungen hervor und erhöhte die Wirkung des Rumpelns und Dröhnens, das sich stetig steigerte, anschwoll wie das Grollen einer Lawine, nach der Attacke einer Kavallerieeinheit klang. Am Felsturm gaben die Angreifer ihre Versuche auf und rannten davon.

Tasmin zielte auf einen der Flüchtenden, schoß, erfaßte noch einen im Visiskop, schoß erneut, ehe die übrigen Angreifer hinter einem Wald aus Kristallsäulen außer Sicht verschwanden. Kristalliten? Für Kristalliten hatten sie sich ungewöhnlich ruhig verhalten. Als Jamieson und Clarin zum Felsturm gelangten, waren sämtliche Angreifer längst fort. Tasmin stand auf, klopfte sich Kiesel von Brust und Bauch, schob das Gewehr zurück in die Hülle. Dabei bemerkte er — mit einer Aufwallung von Wut, aber auch in irgendwie distanzierter Perplexheit —, daß der Intensitätsregler auf die tödliche Maximalstärke eingestellt war; er hatte diese Adjustierung nicht vorgenommen. Er hatte den Schalter gar nicht angefaßt. Die Vorschriften besagten, daß er bei Waffenausgabe auf Lähmen gestellt sein sollte. Immer.

Unterhalb des Felsturms stapften drei Personen zwischen den Toten umher: Clarin, Jamieson und die oben nur schemenhaft erkennbar gewesene, einzelne Gestalt, die inzwischen die steile Wand herabgeklettert war und sich zu den Akoluthen gesellt hatte. Tasmin stieg aufs Maultier und ritt zu ihnen. Als er sich näherte, sah er, daß es sich bei dem Fremden, der gerade mit einer Gebärde des Ärgers oder der Bestürzung einen der Toten aufs Gesicht zurückfallen ließ, um eine Frau handelte. Sie kam ihm entgegen, im schwachen Wind wehte ihr goldblondes Haar, sie heftete den Blick ihrer dunkelblauen Augen verdrossen in seine Miene.

»Es wäre mir lieber, verdammt noch mal, Sie hätten sie nicht einfach alle umgebracht«, beklagte sie sich. Im nächsten Moment merkte man ihr Verblüffung an. »Sie sind Tasmin Ferrence, oder nicht? Ihr Akoluth hat den Namen Ferrence genannt, aber mir ist nicht sofort klar geworden, mit wem ich's zu tun habe. Ich hoffe schwer« — jetzt empfand Tasmin Überraschung — »Sie haben meinen Synthesizer dabei.«

»Meister«, mischte Jamieson, der über ihre Köpfe hinweg in die Richtung spähte, in die die Angreifer geflüchtet waren, sich im Ton eines Erwachsenen ein, der das Spiel zweier Kinder unterbrechen mußte, während Tasmin die Frau noch entgeistert anstarrte, »ich weise Sie ungern darauf hin, aber der Lärm dort hinten zwischen den Steinlingen läßt darauf schließen, daß die Halunken noch in der Nähe lauern. Es waren mindestens zehn, und Sie haben — bei allem Respekt, Sir — nur vier umgelegt.«

»Du glaubst, sie kommen wieder?«

»Jedenfalls glaube ich nicht, daß der Lärm auf einen Rückzug hindeutet.«

»Lassen Sie mich meinen Dank für Ihre Hilfe zum Ausdruck bringen, Fahrtensänger«, sagte die Frau. »Mein Muli steht dort hinterm Felsen, und angesichts der Situation dürfte es für uns am günstigsten sein, uns schleunigst in den Rote-Hauer-Rücken zurückzuziehen.« Sie lief zum Maultier. Während sie ihr folgten, hörten sie hinter sich das Gebrüll lauter werden. »Diese Halunken gingen auf mich los, kaum daß ich den Rote-Hauer-Rücken verlassen hatte«, rief die Frau durch den Krakeel. »Zuerst waren's bloß vier, aber dann kamen sie aus den Felsen zum Vorschein, als ob Gyrovögel von 'm Steinling abschwirren. Ich konnte mich mit knapper Not auf die Gesteinssäule retten. Zwei Minuten später hätten sie mich gehabt. Auf jeden Fall hätten sie mich gekriegt, wenn Sie zwei Minuten später aufgetaucht wären.«

Erst als sie die halbe Strecke zum RH-Rücken geschafft hatten, fiel Tasmin die typische Forschungssängerausstattung sowohl am Muli wie auch der Frau auf, und endlich begriff er, wer sie sein mußte. »Sie sind Dona Ginster?« entfuhr es ihm.

Kurz sah sie ihn an. »Was dachten Sie denn?«

»Ich wußte nicht, daß Dona Ginster eine Frau ist.«

»Sie werden nicht lang was davon haben, falls wir uns nicht schnellstens in den Rote-Hauer-Rücken absetzen. Ihre Mulis tragen keine Softschuhe. Wir machen Halt, sobald wir drin sind.« Sie trieb ihr Reittier zum Galopp an, und Tasmin preschte ihr mit seinen Akoluthen nach; sie drangen zwischen zwei blutroten Monolithen in den RH-Rücken vor, die unheilvoll summten und raunten. »Achten Sie nicht auf sie«, rief Dona. »Wenn wir uns beeilen, kanllt's nicht.« Sie galoppierte weiter, bog unvermittelt nach rechts ab, dann nach links, zügelte ihr Tier so scharf, daß Garben von Kies aufspritzten.

»Ziehen Sie Ihren Mulis schnell die Softschuhe an«, sagte sie, zog die Schutzhaube von ihrem Synthesizer, einem Forschungssänger-Spezialmodell, klappte die Kontrolltafeln auf ihre Oberschenkel und neben ihre Hüften aus. »Wir durchqueren den Hohlweg dort links. Die Losung ist neu. Ich habe sie erst heute nachmittag ausgearbeitet.«

»Dann können sie uns nicht verfolgen«, meinte Jamieson mit Genugtuung, während er den Maultieren die Softschuhe über die Hufe streifte.

»Vielleicht versuchen sie's trotzdem«, widersprach Clarin. »Zuerst hat man keinen Ton von ihnen gehört, aber jetzt veranstalten sie 'n Riesenlärm.« Tatsächlich hallte hinter ihnen eine regelrechte Kakophonie aus Geschrei, Singsang und religiösen Parolen aus der RH-Schlucht.

»Bei den vorherigen Malen gab's keine Zeugen«, sagte Dona. »Diesmal besteht die Möglichkeit, daß wir alle entwischen und von dem Überfall erzählen. Deshalb wollen sie vortäuschen, sie seien Kristalliten.«

»Sie bezweifeln, daß es welche sind?«

»Die Toten waren nicht wie Kristalliten gekleidet und nicht halb so dürr wie die Kristalliten, die ich schon gesehen habe«, erwiderte Dona ungeduldig. »Fertig? Gut, dann reihen Sie sich hinter mir auf, ich singe uns durch.«

Sie ritt auf einen seitlichen Hohlweg zu, bediente unterwegs das Instrument. Eine gute Stimme hatte sie, auch wenn sie natürlich dem Standard der Fahrtensänger nicht entsprach, doch bei Forschungssängern war das gar nicht nötig. Forschungssänger sangen sich nur selten den Weg durch Präsenzen, und zudem erforderte es wenig, um allein mit einem Maultier durch die meisten Kristallzonen zu gelangen. Belustigt beobachtete Tasmin, wie Clarin, während sie durch den Hohlweg ritten, ihrem eigenen Synthesizer Noten eintippte. Fasziniert musterte er ihren Gesichtsausdruck. Die Musik stand ihr praktisch im Gesicht geschrieben. Sie bewegte die Augen, öffnete und schloß sie, richtete sie ruckhaft mal da-, mal dorthin, als sähe sie Noten durch die Luft tanzen. Sie spitzte den Mund, klappte ihn auf, zog ihn in die Breite, spitzte ihn wieder, als ob sie die Klänge schmecken könnte. Ihre Hand fuhr hoch, dann zur Seite. Alles geschah unbewußt. Es war, als sähe man jemandem zu, der mit etwas rang — sich abmühte vielleicht, um etwas hervorzubringen? Oder um etwas zu erobern, in Besitz zu nehmen. Oder um von etwas in Besitz genommen zu werden! Das war einleuchtender, und Tasmin fragte sich, wie wohl sein Gesicht aussehen mochte, wenn er sang.

Falls es Dona Ginster nicht gelang, sie durchzusingen, war Clarin dazu imstande. Und natürlich hatte auch Jamieson dazu die Fähigkeit, sogar ohne Noten, er brauchte etwas nur einmal gehört zu haben. Sein Gesicht jedoch zeigte nie, was in ihm vorging.

Die Partitur erwies sich als hinlänglich effektiv, obwohl es stellenweise ein wenig knapp wurde. Mehrmals traten schwache Beben auf, doch es gab keine ernsten Komplikationen. Tasmin sah, wie Clarin an ihrem Synthesizer die Partitur verbesserte, fortwährend blitzartige Entscheidungen traf, wie sie erforderlich waren, um den Tönen mehr Klangfülle zu verleihen und sie für Fahrtensängerzwecke geeigneter zu machen. Im Instrumentieren war sie fixer als Jamieson. Allerdings war zu bezweifeln, daß je irgend jemand für diese Partitur Verwendung hatte. Der Hohlweg erweckte ganz den Eindruck einer Sackgasse ins Nirgendwo.

Ringsum standen über ihnen die blutroten Kristallsäulen des RH-Rückens, sahen in der Abenddämmerung fast schwarz aus, und dahinter ragte der zerklüftete Umriß des Großen Roten Hauers in die Höhe. Hauerlinge waren es nicht, zwischen denen sie ritten; dafür waren sie viel zu groß, und Tasmin überlegte kurz, ob sie gesonderte Namen haben und ob dieselbe Losung für alle gelten mochte.

In der Ferne verebbte das Lärmen der Verfolger. Durch einen kristallenen Paßweg verließen Tasmin, Dona Ginster und die Akoluthen den Gefahrenbereich und ritten in eine Tiefkrumetasche, ein Gebiet von nur wenigen hundert Metern Durchmesser, in dem um eine winzige Quelle, die eine Steinmulde mit dem Widerschein von Sternenlicht füllte, jubalische Fächerbäume und Büsche gediehen.

Erschöpft saßen sie ab, verzichteten auf die Umstände des Lageraufschlagens. »Wie sicher sind wir hier?« fragte Tasmin.

Dona wischte sich mit einem schon schmutzigen Ärmel die Stirn. »Tja, falls sie ein, zwei Sänger auftreiben und sie dazu bringen können, ihnen zu helfen, dürft's ihnen möglich sein, uns innerhalb einiger Stunden zu folgen. Aber es ist wahrscheinlicher, daß sie die übliche Route nehmen und von Osten in den Rote-Hauer-Rükken vordringen, sich dann einen Weg zu uns suchen. Sollten sie eine Satellitenkarte dieses Gebiets haben, werden sie nicht lange brauchen, um sich zurechtzufinden.« Sie spähte in die Richtung, aus der sie gekommen waren, Schultern und Rücken starr verkrampft.

»Dann sollten wir hier nicht bleiben.«

»Nur so lange, daß die Tiere sich ausruhen und wir etwas essen können.« Dona stand noch in verkrampfter Haltung da, blickte unverwandt in die Ferne.

Tasmin legte eine Hand an ihren Arm. Langsam drehte sie sich um, betrachtete ihn aus Augen voller Zorn und Verzweiflung.

»Das war's das dritte Mal, daß sie's versucht haben«, sagte sie. »Das dritte Mal. Ich wäre schon vorher zweimal fast ermordet worden.« Sie schüttelte Tasmins Hand ab. »Das ist mein Synthesizer, den Sie da haben. Lim hat ihn Ihnen gegeben, nicht wahr? Sie sind sein Bruder. Ich wußte nicht, daß er ...« Ihre Stimme klang ungleichmäßig, zerhackt von halb unterdrückten Emotionen.

»Regen Sie sich ab«, empfahl Tasmin in festem Ton. »Reißen Sie sich zusammen, Forscherin. Clarin brüht schon Tee auf. Ich schlage vor, wir setzen uns erst einmal hin und trinken in aller Ruhe einen Becher Tee, und Sie erklären uns, um was es eigentlich geht.«

Dona schüttelte den Kopf: Eine unbewußte Geste der Verneinung.

»Wir haben Ihnen das Leben gerettet«, sagte Jamieson und pustete in die Glut schmaler Scheite getrockneten Siedlerbuschs, die nicht recht brennen wollten. Er hob den Blick, Rußflecken im Gesicht. »Ich kann verstehen, daß Sie niemandem mehr trauen. Wahrscheinlich weil Sie nicht wissen, wer als nächstes über Sie herfällt. Aber wir sind die Guten, echt wahr.«

Dona lachte, wenn auch mit leicht hysterischem Anklang. »Jedesmal komme ich nur ganz knapp davon. Als hätte ich einen etwas täppischen Schutzengel. Wieso, um Himmels willen, sind Sie ausgerechnet vorhin aufgekreuzt?«

»Ich glaube, jemand hat geahnt, daß Sie in Schwierigkeiten stecken«, antwortete Tasmin, kramte in seiner Tasche nach der vom Großmeister zwischen die Faltkarte geschobenen Mitteilung, und erläuterte, wie es dazu kam, daß sie Dona Ginster in der Umgebung des RH-Rückens gesucht hatten. »Das Gewehr hat man uns aufgedrängt, unmittelbar bevor wir gegangen sind.«

»Unter einem sehr durchsichtigen Vorwand«, bemerkte Jamieson.

»Und es war auf tödliche Intensität geschaltet«, fügte Tasmin hinzu. »Es war verantwortungslos von mir, nicht erst nachzuschauen, bevor ich geschossen habe, aber ...«

»Wir hatten's aber ziemlich eilig«, beendete Jamieson an seiner Stelle.

»Jamieson«, sagte Clarin geduldig, »halt dich mal 'n bißchen zurück.«

»Sie betragen sich wirklich nicht wie Killer.« Donatella seufzte und faltete das Stück Papier auseinander. »Aber das hat Zimmy auch nicht getan.« Sie hockte sich am Feuer auf den Boden. »Ich begreife nicht, was das bedeuten soll.«

»Was steht denn drauf?«

Dona glättete den Zettel auf einem Stein neben dem Lagerfeuer, las den Text laut vor. »›*Der Großmeister ist informiert.*‹ Was soll das heißen?«

»Auf jeden Fall ist er vorsichtig, was?« meinte Tasmin. »Ich glaube, er teilt uns mit, daß er etwas weiß, schreibt aber nichts auf, was sich gegen ihn verwenden ließe. Aber kommen wir auf Sie zu sprechen, Forscherin. Sie sind überfallen worden, aber entwischt. Sie leben noch. Mein Bruder dagegen ist tot. Meine Frau ist tot ...«

»Ihre Frau?! Was hatte sie mit ...?«

»Lassen wir das vorerst mal beiseite. Der Grund,

weshalb sie tot sind, hängt offenbar irgendwie mit Ihnen zusammen. Darum bin ich hier. Die Akoluthen sind dabei, weil der eine anmaßend und der andere an den Ohren mit hineingezerrt worden ist.« Jamieson lief rot an. »Ich würde sagen«, ergänzte Tasmin, »jetzt ist der richtige Moment, um zu klären, wo wir eigentlich alle stehen.«

»Ich weiß nicht, wo ich anfangen soll«, gab Dona ratlos zu.

»Am Anfang«, schlug Clarin vor. »Was hat das alles ausgelöst?«

»Ein Fund in der Bibliothek der Priorei in Punkt Eins«, sagte Dona beherrscht. »Dort habe ich einen von Erickson persönlich geschriebenen Brief entdeckt ...«

Als sie eine halbe Stunde später verstummte, starrten die anderen sie noch genauso an wie im ersten Moment ihrer Darstellung. Die Geschichte wies Lücken auf; sie wußten es, und auch Dona war sich darüber im klaren. Doch den allgemeinen Ablauf der Ereignisse hatten sie erfahren.

»Warten Sie mal, ich muß wissen, ob ich das wirklich richtig kapiert habe«, sagte Clarin. »Sie haben Dokumente Ericksons gefunden, die auf eine Methode zur Klärung der Frage verweisen, ob die Präsenzen intelligent sind?«

Dona nickte.

»Und Sie haben einiges unternommen — was uns von Ihnen noch nicht näher geschildert worden ist —, um diese Information zu verifizieren. Und das Resultat dieser Nachprüfung waren die Noten der Rätselstein-Partitur.«

Bedächtig nickte Dona noch einmal.

»Und daraufhin entschieden Sie, daß Sie jemandem erzählen müßten, was Sie wissen?«

»Nein.« Dona stieß einen Seufzer aus. »Erst einmal war ich bloß 'ne Zeitlang vor Aufregung völlig überdreht, während alle mir die Schulter klopften. Dann kam ich wieder zu Verstand und beschloß, lieber den Mund zu halten.«

»Das haben Sie eben gar nicht erwähnt«, beschwerte sich Jamieson. Tasmin warf ihm einen Seitenblick zu.

»Es war eine spontane, zeitweilige Entscheidung«, erläuterte Dona. »Du mußt dir mal meine Situation vorstellen, Akoluth. Wenn ich Beweise für die Intelligenz der Präsenzen vorlege, wird es unvermeidbar, daß jemand etwas unternimmt. Die PEK müßte aktiv werden, stimmt's? Ich glaube, im allgemeinen geht man davon aus, daß ein Planet — jeder Planet, nicht nur Jubal —, von Menschen, sobald einheimische Intelligenz festgestellt worden ist, verlassen werden muß.«

»Nicht in jedem Fall«, schränkte Tasmin ein. »Nicht immer.«

»Nein, nicht überall und nicht immer, aber solche Fälle sind Ausnahmen. Also dachte ich mir: Weshalb den Fahrtenwagen umkippen? Ich verdiene hier meinen Lebensunterhalt, genau wie Sie. Ich habe hier meine Freunde und Bekannten. Ich führe hier mein Leben. Außerdem ... Es ist eben Jubal! Meine Heimat! Ich will nicht von hier fort. Darum habe ich, sobald ich wieder bei Sinnen war, als erstes beschlossen, mein dummes Mundwerk zu halten, aber da war ich natürlich schon tagelang albern rumgelaufen, hatte Bemerkungen fallen gelassen und gekichert. Wahrscheinlich ist jedem, der mich gesehen hat, völlig klar gewesen, daß ich irgend was Sensationelles entdeckt hatte.« Sie seufzte nochmals, rieb sich mit verdreckten Händen die Wangen, hinterließ lange Schmierstreifen von Löß.

Clarin teilte Becher dampfend-heißen Tees aus. »Ich vermute, nach 'ner Weile haben Sie's sich anders überlegt.«

»Nachdem ich Gelegenheit zum Nachdenken gehabt hatte, ja. Uns allen ist bekannt, daß hier bald das KOPFI-Gremium zusammentreten soll. Und jedem ist bekannt, daß es manipuliert wird. Herrje, Vorsitzender ist der Stiefsohn des Gouverneurs, und jeder weiß, daß die BDF den Gouverneur in der Hand hat. Also ist es ziemlich sicher, daß das Ergebnis der Hearings, die der Ausschuß veranstalten wird, längst feststeht. Und es ist allgemein klar, was für einen Ausgang die BDF wünscht: Keine Intelligenz. Folglich mußte ich mir darüber Gedanken machen, was passiert, wenn dann zum Schluß der KOPFI-Bericht vorliegt.«

»Und das wäre?« hakte Jamieson voll Ungeduld nach.

»Die Folge wird sein, daß die BDF nicht länger Forschungs- und Fahrtensänger bezahlt, weil sie keine mehr benötigt.«

Begriffsstutzig sah Jamieson sie an. »Das verstehe ich nicht.«

Tasmin nickte. Was Dona äußerte, bestätigte ihm den einen oder anderen eigenen Verdacht. »Wenn das KOPFI-Gremium in seinem Bericht die Präsenzen als nichtintelligent einstuft, werden die PEK-Beschränkungen aufgehoben. Die üblichen Regelungen, die die PEK festlegt, sobald die Möglichkeit besteht, daß auf einem Planeten heimisches intelligentes Leben existiert.«

»Verbot der Zerstörung seines Lebensraums«, sagte Clarin. »Irgend so was.«

»Genau das.« Tasmin nickte ihr zu.

Man merkte, daß Jamieson noch immer nicht begriffen hatte.

»Wenn die Beschränkungen wegfallen«, erklärte Clarin ihm, »kann die BDF alles zerstören, was sie will.«

Jamieson fiel der Unterkiefer herunter. »Aber das würde sie doch niemals tun! Die Präsenzen sind etwas absolut Einzigartiges!«

»Das hat die Menschen noch nie aufgehalten«, konstatierte Tasmin, erinnerte sich der Geschichtsbücher, die er in der Zitadelle gelesen hatte. Flüsse waren in Abwasserkanäle verwandelt worden. Berge hatte man zu Schotter verarbeitet und eingeebnet. Alles für die Profite der großen ökonomischen Agglomerationen.

»Nicht wenn's um Profit geht. Denkt nur daran, wie die Gewinne stiegen, bräuchte die BDF keine Forscher, Fahrtensänger und Fahrzeugkolonnen mehr zu finanzieren. Stellt euch vor, wieviel Brou sich transportieren ließe, könnte ein uneingeschränkter Flugverkehr betrieben werden.«

»Die ganze Sache stinkt zum Himmel«, meinte Clarin mit Nachdruck.

»Ja wahrhaftig«, bekräftigte Donatella. »Aber hat man sie erst mal richtig durchdacht, ist alles völlig offensichtlich. Zunächst hatte ich also aus reiner Selbstsucht beschlossen, zu schweigen, dann habe ich aber eingesehen, daß mir das voraussichtlich gar nichts nützt. Höchstwahrscheinlich werde ich sowieso die Arbeit verlieren und den Planeten verlassen müssen, egal was geschieht, und das gleiche gilt für alle Leute, die ich hier kenne. Darum habe ich mich nachträglich für das entschieden, was ich sofort hätte machen sollen. Nicht in meinem, sondern in Jubals Interesse.«

»Nämlich an die Öffentlichkeit zu gehen«, sagte Clarin. »Aber Sie haben befürchtet, daß man Sie, wenn Sie einfach zu reden anfangen, wohl zum Schweigen bringt.«

»Ich glaube, das war 'ne realistische Annahme«, entgegnete Dona, deutete in die Richtung, in der sie den Zusammenstoß mit den Attentätern gehabt hatten. »Ihr habt die Lumpen ja gesehen.«

Clarin stützte sich zurückgelehnt auf den Ellbogen, setzte ihre Rekapitulation fort. »Jetzt wird die Geschichte für mich etwas undurchschaubar. Sie haben mit jemandem Kontakt aufgenommen, aber nicht erwähnt, mit wem ...«

»Zum Schutz dieser Person«, beteuerte Dona halb verärgert. »Sie behaupten, Sie seien die ›Guten‹, aber wie, zum Teufel, soll ich mir sicher sein können?«

»Na schön, das sehe ich ein. Sie sind also mit dieser Person in Kontakt getreten und haben mit ihr diesen

Plan ausgeheckt. Sie beschlossen, einen der Großen Sechs der Küstensänger die Neuigkeit für sie verbreiten zu lassen. Sie wollten diesem Sänger gewisse Informationen liefern, die als Grundmaterial einer neuen Show dienen sollte.«

»Ein Teil der Information verbarg sich in der Rätselstein-Partitur, und ich war derzeit der einzige Mensch, der über sie verfügte. Wir haben uns einen Weg überlegt, wie der Sänger an die Partitur gelangen könnte, ohne daß die Herkunft sich auf mich zurückverfolgen ließe. Da sagte meine Kontaktperson, es wäre machbar, daß er, nämlich Lim, sie von seinem Bruder in Tiefkrume Fünf erhält, dem Fahrtensänger Tasmin Ferrence, denn ich hatte sie Ihnen schon zur Anfertigung des Originals geschickt... Bis dahin hatte ich keine Ahnung, daß Sie sein Bruder sind. Wir haben's als unverdächtiger erachtet, wenn er sie von Ihnen bekäme. Weil es niemanden wundern müßte, erhielte er sie von einem Familienangehörigen. Es sähe, dachte ich mir, nicht so...«

»Nicht nach einer Verschwörung aus«, beendete Tasmin den Satz. »Und die BDF würde nicht mißtrauisch sein.«

Dankbar nickte Dona. »So dachte ich's mir jedenfalls. Nach unserem Plan sollte es längst zu spät sein, wenn die BDF merkte, was vorging, bis dahin sollte jeder auf Jubal über die neue Show diskutieren. Sicher, die Leute würden bezweifeln, ob das, was die Show ihnen vermittelte, Tatsacheninformation sei, aber auf alle Fälle wäre sie bis dahin weit verbreitet. Zu weit verbreitet, um noch unterdrückt werden zu können. Und allein das Gerede müßte, haben wir uns überlegt, bei der PEK Beachtung erregen, ob sie die Information glaubte oder nicht. Und inzwischen wären auch die Holo-Kuben produziert und im Handel gewesen. Die BDF wäre nicht mehr dazu imstande gewesen, etwas dagegen zu unternehmen. Zu viele Leute hätten's schon gewußt.«

»Es gehörte nicht zu Ihrem Plan«, fragte Clarin, »daß Lim Terri den Rätselstein ansingen sollte?«

»Guter Gott, nein! Er war doch kein Fahrtensänger. Die Partitur war ja noch nicht einmal erprobt worden. Er sollte sich lediglich auf eine Weise, die unauffällig war und niemandem verdächtig vorkommen konnte, von seinem Bruder die Partitur besorgen und damit nach Punkt Eins zurückkehren.«

»Und es war auch nicht Ihre Absicht, ihn sich in Armut stürzen zu lassen, um nach Tiefkrume Fünf zu gelangen? Das hat er nämlich getan, müssen Sie wissen. Seine Frau und sein Kind sind ins Elend geraten.« Clarin trank ihren Becher Tee leer und beobachtete Donas Miene.

»Das wußte ich nicht.« Dona beugte sich vor, senkte den Kopf in die Hände. »Es ist überhaupt alles schiefgegangen, oder? Ich hatte keine Ahnung, daß er so was gemacht hat. Meine Kontaktperson hat das Ganze arrangiert. Ich hätte nie ...«

»Ersparen Sie sich Selbstvorwürfe, Dona«, sagte Tasmin freundlich. »Ihre Schuld ist es nicht. So wenig wie meine, meines Vaters oder Lims. Er hat verzweifelt versucht, sich zu bewähren. Er hat alles hineingesteckt, was er hatte ... Sogar mehr, als er hatte. Der einzige Fehler Ihrer Kontaktperson bestand darin, sich zu stark auf jemanden zu verlassen, der selbst schon genug unter eigenen Problemen litt. Man könnte, wenn man wollte, reichlich Schuld zuweisen, aber Sie hätten davon nicht allzu viel verdient.«

»Und in der Zwischenzeit«, führte Clarin ihre streng genaue Zusammenfassung zu Ende, »sind bereits zwei Anschläge auf Ihr Leben verübt worden. Einer hier im Rote-Hauer-Rücken, einer etwas später im Ordenshaus in Punkt Eins. Aber Sie sagen, Sie wüßten nicht, wer Sie beseitigen will.«

»Es stimmt, ich weiß es wirklich nicht. Immer wieder habe ich mich darauf zu besinnen versucht, was ich seit meinem Fund zu diesen und jenen, eben allen möglichen Leuten geredet habe, wie gesagt, ich habe zuerst einmal, in der anfänglichen Aufregung, allerlei Albernheiten gequasselt, aber nichts Konkretes ausgeplaudert. Vielleicht hat irgend jemand einen Verdacht, daß ich etwas weiß, wovon ich keine Kenntnis haben dürfte, aber wissen kann's niemand, jedenfalls nicht sicher.«

»Manchen Leuten genügt ein Verdacht«, sagte Tasmin. »Es gibt Menschen, für die ist ein Verdacht mehr als genug. Zum Beispiel für Kristalliten. Andererseits müßten sie über Beweise der Präsenzenintelligenz doch froh sein.« Er wartete auf eine Stellungnahme Donas, doch die Foschungssängerin schwieg. »Sie müssen doch schon an irgend jemand als Urheber der Anschläge gedacht haben.«

»Offenbar muß es jemand bei der BDF sein«, antwortete sie mit spürbarem Unbehagen. »Wir wissen alle, wie skrupellos sie dort sind. Wie skrupellos er ist.«

»Und wer ist ›er?‹«

»Justin. Je mehr Gewinn er auf Jubal erwirtschaftet, um so mehr fließt in seine eigene Tasche. So ist's mir wenigstens erzählt worden.«

»In seine und die Tasche des Gouverneurs. Einige Leute behaupten sogar, es geht auch etwas an die PEK.«

»Das würde ich nur ungern glauben«, sagte Dona matt. »Aber die Kernfrage lautet: Was soll ich nun machen?« Sie stand auf und begann um das kleine Lagerfeuer zu wandern, schwang die Arme und drehte den Kopf im Kreis, um die Steifheit zu beheben. »Ich weiß nicht, wohin ich gehen oder was ich tun soll. Die einzige Idee, die mir noch vorschwebt, wäre die Benutzung des Kommunikationsnetzes, um jeden zu informieren, der mir einfällt, und zu hoffen, daß die Information sich herumspricht, bevor man mich zu fassen kriegt.«

»Ich bezweifle, daß man uns für so etwas lange genug hier hinausschlüpfen läßt«, bemerkte Clarin. »Wir sitzen praktisch in der Falle.«

»Ach, abhauen können wir von hier«, versicherte Dona. »Ich kenne mich im Rote-Hauer-Rücken gut aus. Selbst wenn sie uns verfolgen, es gibt alle Arten kleiner Nebenschluchten und Hohlwege, die man auf den Satellitenkarten nicht sieht. Aber wenn wir fort sind, was wird dann?«

»Ich versuche immer noch, mir zurechtzureimen, was eigentlich geschehen wird«, gestand Jamieson im Tonfall der Verwunderung. »So einiges paßt einfach nicht zusammen.«

»Was denn?«

»Na ja, auf dem Ritt nach Punkt Eins sind wir einem Offizier begegnet; er hat uns erzählt, man würde die Kristalliten in aller Kürze im Interesse der öffentlichen Ordnung festnehmen und in ein Internierungslager stecken. Klar, sie veranstalten 'ne Menge Aufruhr, die Kristalliten, aber so viele sind's doch gar nicht. Und während wir in den Nordwesten fuhren, redete der Fahrer über das Militär und die Straßen. Der Stützpunkt auf Serendipiti ist geschlossen und die Raumsektorgarnison nach hier verlegt worden. Die Tiefkrumeküste ist sowieso überbevölkert, Jubal kann seine Bewohner kaum ernähren, während man auf Serendipiti überall im Überfluß lebt. Das ergibt, wirtschaftlich betrachtet, keinen Sinn. Und was ich mich obendrein frage: Wozu werden bei uns derartig viele Soldaten gebraucht?«

»Man könnte fast meinen, es wird mit einem Ausbruch allgemeiner Unruhen gerechnet, nicht wahr?« meinte Tasmin in täuschend unbekümmertem Tonfall. Er hatte, während sich bei ihm nach und nach dieser und jener Verdacht bestärkte, über die Höhenzüge des RH-Rückens ausgeschaut.

»Was für allgemeine Unruhen? Gegen wen sollte man die Soldaten denn einsetzen?«

»Na, unterstellt man einmal die Wahrscheinlichkeit, daß die BDF mit der Zerstörung von Präsenzen loslegen wird, kaum daß das KOPFI-Gremium seinen Schlußbericht abgeliefert hat«, gab Tasmin zur Antwort, »wird man die Truppen, wie ich glaube, wohl gegen uns in den Einsatz schicken.«

»Uns?!«

»Gegen die Fahrtensänger. Und die Forschungssänger. Alle Mitglieder der Orden und ihrer angeschlossenen Organisationen. Gegen alle, die bei uns den Lebensunterhalt verdienen, Ladenbesitzer, Farmer, Maultierzüchter. Gegen Tausende von uns, Reb. Wenn wir erst mal die Zerstörung einiger Präsenzen mitangesehen haben, könnte es sein, daß wir unsere Lippenbekenntnisse zur BDF vergessen. Vielleicht werden wir dann aufsässig.«

»Ja verdammt noch mal, *das* kann ich Ihnen aber sagen«, rief der Junge.

»Ich glaube, das weiß die BDF. Wäre ich Harward Justin, ich würde innerhalb weniger Minuten nach Vorlage des KOPFI-Berichts so viele Präsenzen wie möglich zerstören lassen, bevor es zu allgemeinem Widerstand kommen kann. Anschließend würde ich die Truppen benutzen, um Ruhe und Ordnung aufrechtzuerhalten.«

»Also, was sollen wir tun?« fragte Dona abermals. »Hier rumsitzen und auf den Tod warten? Die Flucht versuchen? Um danach *was* zu unternehmen?«

»Wir werden uns etwas ausdenken«, antwortete Clarin mit Entschiedenheit. »Wir müssen uns eben etwas einfallen lassen, Dona. Allerdings wär's 'ne große Hilfe, wenn Sie uns künftig mehr Vertrauen als bisher schenkten.«

Donatella schüttelte den Kopf, als hätte sie die Äußerung nicht verstanden.

»Ach, hören Sie auf, Dona. Seit Stunden reden Sie jetzt schon drumherum. Sie haben gesagt, Sie hätten den Beweis. Sie haben uns erzählt, Sie hätten's überprüft. Sie behaupten, Sie hätten eine reale, faktische Information. In fast alles haben Sie uns eingeweiht, nur nicht darin, wie der Beweis beschaffen und was die Information ist. Ich wüßte nicht, wie wir Ihnen helfen könnten, wenn wir darüber nichts wissen.«

Die Forschungssänger-Ordensfrau stand erneut auf, entfernte sich vom Feuer, blieb in einigem Abstand so verkrampft stehen, wie sie es gewesen war, als sie sich mit Tasmin und seinen Akoluthen in die stille Tiefkrumetasche geflüchtet hatte, wandte dem Trio den Rükken zu. Feuerschein flackerte über ihren Rücken, schimmerte in ihrem hellen Haar. »Wenn's rauskommt«, sagte sie, »bringt man mich um.«

»Sie umzubringen, wird man so oder so versuchen. Wir können nichts dafür, daß Sie in Gefahr schweben. Es war schon so, bevor wir uns kennengelernt haben. Auch wenn man weiß, wie die tatsächliche Information lautet, ich glaube nicht, daß man deswegen mehr anstellen als Sie ermorden kann.«

Dona kehrte ans Feuer zurück, ihre Augen hatten einen reichlich wilden Ausdruck, als wäre sie ein barbarisches Geschöpf, das sich, Schmutz im Gesicht, über einen vorzeitlichen Altar beugte, im unsteten Feuerschein wirkte ihre Miene ausgezehrt. »Sie werden's doch nicht glauben«, sagte sie schließlich. »Ich hab's selbst nicht geglaubt.«

»Versuchen Sie's einfach«, riet ihr Jamieson.

»Ich habe mit dem Rätselstein gesprochen«, sagte Dona. »Er hat mir geantwortet.«

Vollkommenes Schweigen der Ungläubigkeit folgte.

»Sie scherzen doch wohl!« entrang es sich Jamieson mit erstickter Stimme.

»Ich war ja der Meinung, daß Sie mir nicht glauben.«

»Gesprochen? In Worten?«

»In Worten. Wirklichen Worten. Und der Rätselstein hat geantwortet. Auch in Worten.«

Erneut ergab sich Schweigen. Momente dehnten sich

zu langer Stille, ums Feuer blickte einer den anderen unsicher und voller Zweifel an …

Endlich hörte man Tasmins Stimme. »Das in dem Synthesizer war also ein *Translator!*«

»Ein ganz neues Modell«, bestätigte Dona leise. »Hochgradig leistungsfähig. Meine Kontaktperson hat ihn mir verschafft. Ich habe die Beschriftung entfernt.«

»Ich dachte, es wäre ein Transpositionsprogramm.«

»Wie hätten Sie auch darauf kommen sollen, daß es ein Translator ist? Aber die Übersetzung ist im Synthesizer gespeichert. Ein tatsächliches Gespräch zwischen einem Menschen und einer Präsenz. Ein Gespräch, das sogar einen gewissen Sinngehalt hat, was um so bemerkenswerter ist, als es sich um die erste Konversation dieser Art handelte. Das war's, was wir Lim Terri geben wollten. Darum hat er soviel Aufwand betrieben, um die Partitur von Ihnen zu erhalten, Ferrence. Er wußte, was wir haben.«

»O Gott …!« Erneut herrschte Schweigen der Betroffenheit.

»Sie sehen selbst«, meinte Dona nach einer Weile, »wir müssen etwas tun. Und mir fällt nichts anderes als das ein, was ich eben vorgeschlagen habe: Die Neuigkeit so weit wie nur möglich bekanntzumachen — vorausgesetzt, wir erlangen Zugriff aufs Kommunikationsnetz — und sich dann zu verstecken, bis der Fallout vorbei ist.«

»Das dürfte nicht klappen«, behauptete Jamieson.

»Wieso nicht?«

»Es ist gar nicht so erheblich, daß Sie jetzt Kenntnis von der Intelligenz der Präsenzen besitzen. Sie haben keine Zeugen. Ihre Information könnte eine Fälschung sein. Solange das KOPFI-Gremium darauf festgelegt ist, in seinen Schlußbericht das Resultat ›Nichtintelligenz‹ aufzunehmen, kann die BDF sich zur Durchsetzung dieser Entscheidung aufs Militär stützen, ganz gleich, wie die Wahrheit lautet. Den Soldaten ist es egal. Selbst wenn Sie sie den Menschen enthüllen und einige Ihnen glauben, wird's nichts mehr nützen. Die BDF würde sie unterdrücken.«

»Vielleicht nicht«, sagte Clarin.

Jamieson warf ihr einen herausfordernden Blick zu.

»Nein, wirklich, Reb. Du hast nicht alles berücksichtigt. Du solltest der Forschungssängerin besser zuhören. Sie hat mit dem Rätselstein gesprochen. Er hat mit ihr gesprochen. Wenn es so ist, daß wir die Äußerungen der Präsenzen nun wirklich verstehen können, dann gibt es hier auf Jubal einige sehr laute Stimmen, die sich einfach nicht unterdrücken lassen.«

9

Vogelwolke/Silberflöz/Sonnenhelle/Stern der Berge/Blaues Glorienkind des Zwölften Geschlechts lauschte inmitten des stillen Abends ...

Lauschte Bondri Gesel dem Großohrigen, Bote der Wesenheiten.

»Friede«, sang Bondri mit seiner Singschar in Vier-Viertel-Zusammenklang Silberflöz zu, sozusagen zur Haut der gewaltigen Wesenheit, »Windesruh, Wasserfluß, Sanftkreisen der Baumblattwedel, Sonnenscheinwonnen, Zufriedenheit in Mondlicht und Stern ...«

Aber es nutzte nichts. Silberflöz/Vogelwolke/Stern der Berge und so weiter beantwortete das Lied mit einer Reihe gequälter Mißtöne. »Unterbrochenheit. Fern: Küstendonner. Nah: Veränderungsraunen. Vermehrung von Lautsingern. Störung in Säumen und Spitzen. Kribbeln in Verzweigungen. Lärmen in Luft und Erde. Unwohlsein in den Sockeln. Verwirrung. Frage an Bondri: Verursachung feststellbar?«

Zutiefst erschüttert verstummte nun, indem sein Singsack faltenreich erschlaffte, Bondri der Großohrige, der mit seiner Singschar fünfzig Tage lang gewandert war, um Inland-Silberflöz eine Botschaft zu überbringen.

»Ist so etwas je zuvor schon einmal geschehen?« flüsterte Prim-Priester Favel, der auf seinen armen, alten Beinen krumm vor sich hinzitterte.

Zur Verneinung schlackerte Bondri mit den Ohren, befahl mit einem Wink der Singschar Schweigen. »Kein Großer hat je solche Fragen gestellt. Keiner der Großen hat je wahrhaft erkennen lassen, daß er um unser Dasein weiß, Älterer. Was soll ich singen?«

»Ausweichendes«, empfahl der Prim-Priester. »Sag eine Zeitlang nichts. Dann versprich Silberflöz, daß du die Ursachen herausfinden wirst.«

Bondri wählte die Form des Kanons, die es der Singschar erlaubte, ihn zu begleiten. Nachdem er für einige

Zeit Wortspiele gesungen hatte, kam er zur Sache. »Verursachung gegenwärtig unbekannt«, sang er zur Antwort. »Wer weiß, was bei den Lautsingern geschieht? Wer kann den Sonnenschein riechen? Wer kann den Wind schmecken? Dein Bote wird Gewißheit anstreben.«

Bisher war noch kein Wort der Inland-Botschaft ausgerichtet — trotz ihrer Kürze —, für deren Überbringung er eine so weite Wanderung hatte zurücklegen müssen. »Roter Vogel zur Höhe des Silberbergs.« Daraus bestand ihr ganzer Wortlaut. Die Mehrzahl aller Inland-Botschaften, die die Viggys überbrachten, hatte keinen längeren Umfang als diese Botschaft, die von Großer Blauer Zacken/Riesenfaust/Gesichtskreisprotz stammte, der Wesenheit, die die Menschen Östlicher Zermalmer nannten. Prim-Priester Favel, der in seiner Jugend während einer Gefangenschaft bei den Menschen deren Sprache erlernt hatte, gab den Großen gern Bezeichnungen, die er von den Menschen kannte, verwendete dafür menschliche Wörter, von denen er bisweilen äußerte, daß sie eben wegen ihrer Ungenauigkeit zu neuartigen Gedanken anregten. Offenbar wäre ohnehin jeder Versuch, die Botschaft des Östlichen Zermalmers auszurichten, aussichtslos geblieben. Inland-Silberflöz hätte gar nichts gehört, solange seine Haut dermaßen bebte oder er seine seltsame Anfrage stellte; mit dem Fragen war er, wenigstens vorerst, anscheinend fertig.

»Soll ich versuchen, ihn zwecks Überbringung der Botschaft zu beschwichtigen?« wisperte Bondri dem Priester zu.

Zur Antwort erhielt er eine Gebärde, die besagte: Warum nicht?

Bondri blies den Singsack an seiner Kehle zu einer großen, rubinroten Blase auf und begann nochmals auf die Hautschicht einzusingen, sang von Ruhe, wies die Singschar mit einem Zeichen an, in einen Wechselgesang der Abendstimmung zu verfallen, die ein Ahne Bondris in einer Jahreszeit ununterbrochener, fürchterlicher Stürme ersonnen hatte. Dieser Wechselgesang verkörperte eines der allerwirksamsten Oberflächenlieder. Bondris Singschar nahm die günstigste Aufstellung ein und jaulte, die Kehlen zu klangvoller Prallrundheit geschwollen, in schönstem Einklang, brachte für länger vollen Einsatz, jedoch ohne sonderlichen Erfolg. Die Verärgerung der Wesenheit versetzte sogar die Luft selbst ins Schwingen. Vogelwolke/Silberflöz/Sonnenhelle/Stern der Berge und so fort — der bei den Menschen den Namen Nordwächter trug — war nicht ruhig und wollte es auch nicht werden.

»Wirrklang, Mißtöne, Gefüge des Wohlklangs zerfällt«, flüsterte ein Gruppen-Leitsänger Brondi zu. »Große Vogelwolke zürnt den Boten.« Prim-Priester Favel stand gebeugt abseits, wartete und schwieg, obwohl Bondri ihm einen nervösen Blick zuwarf.

Es gab keine Lösung. Bondri trat vor und zirpte abgehackt einen Satz. »Holterdipolter hier droht, gefährlich für Viggy-Volk, gehen und fortbleiben, schnellschnell, fortbleiben für eine Weile.« Er wandte sich an den greisen Priester. »Eure Scharfsinnigkeit müssen schnell mitkommen.«

Das war der Sinn von Bondris Äußerungen, aber er gebrauchte nicht diese Wörter. Seine Worte besaßen andere Bedeutungen. Ein Erster Sänger sprach zur Singschar, ein erfahrener Sänger zu Neulingen, und zwar in Anwesenheit eines Prim-Priesters des Volkes; dazu gehörten Hinweise auf Tages- und Jahreszeit, und gleichfalls erforderte die Örtlichkeit, an der er sprach, Abwandlungen im Ausdrucks. Wenn ein Göttergefährte zum anderen sprach, erübrigte es sich für den Hörer, zu fragen, wann oder zu wem die Worte fielen, bei welchem Wetter oder unter welchen Umständen. Die Wörter selbst sagten alles. Das Wort *taru* — für das Verb ›gehen‹ — verwendete man am frühen Morgen. Ab

Mitte des Morgens hieß es *taro*, und am Mittag verwandelte es sich in *tarau*. Im Sonnenschein sang man es *itaru*, bei leichtem Nebel *etaru*. *Ataraualayum* bedeutete das Gehen eines Vermählten Paars ohne Amme am Vormittag bei Sprühregen ein Stück nördlich der Schattenklippen. Im Frühling.

Bondris Worte umfaßten die Beschreibung eines kühlen Herbstabends in der Umgebung des Nordwächters, an dem eine Familien-Singschar der Viggys, mitsamt Männchen, Weibchen, Amme und Nachwuchs — ausgenommen nur die allerneuesten Austauschtöchter —, die alle das gleiche Denkmuster aufwiesen, sich dem Großen genähert hatten, um ihm eine Botschaft zu bringen, aber mit ihrem Gesang seine Außenschicht nicht durchdringen konnten, sondern sich einer Gefährdung aussetzten, falls sie sich nicht zurückzogen. Bondri fühlte sich zum Aussprechen der Warnung verpflichtet, die Prim-Priester Favel bislang nicht gegeben hatte.

»Eure (herbstfröstelige, aber hochgeschätzte) Scharfsinnigkeit, die (mächtige, aber nicht ganz vertrauenswürdige) Wesenheit, auf deren (willkürliche und manchmal schlicht rachsüchtige) Entscheidungen wir bauen, wird (gefährlich und bösartig) erregt. Es ist am besten (notwendig), wir gehen.«

Durch ein Zucken der Ellbogen zeigte der Priester sein Einverständnis an, und Bondri gab den Beutelgeschwister-Pfadfindern der Singschar das Aufbruchszeichen. Sofort schlitterten die Pfadfinder allen voran einen beinahe unsichtbaren Pfad an der Seite des Nordwächters hinab. Es war ein bewährter Pfad, den man benutzen konnte, ohne den Großen zu stören. Die darunter befindliche Kristallmasse hatte keine Risse, Lükken, Versetzungen, keine Oberflächendefekte oder Leerstellen, keinerlei Abweichungen von der einheitlichen kristallinen Struktur, die bei den Präsenzen die Funktion der Neuronen und Neurotransmitter erfüllte, wie aus Fleisch geschaffene Kreaturen sie aufwiesen. Nicht daß die Viggys — oder ›Etaromimi‹, wie sie selbst sich nannten — davon etwas geahnt hätten. Sie wußten nur, daß dieser Pfad immer gleich fest blieb und es ihm an Empfindsamkeit fehlte. Nach einigen hundert Metern mündete er in eine Geländetasche sicheren Erdbodens, in der ein kleiner Hain eine Möglichkeit zur Rast bot. Der Prim-Priester war sehr alt und bedurfte häufiger einer Pause.

»Ist das entfernt genug«? tuschelte ein Mitglied der Singschar. »Silberflöz kann in weitem Umkreis starke Verwüstung anrichten.«

Bondri war keineswegs davon überzeugt, daß der Abstand ausreichte, doch weiter konnte man den Prim-Priester angesichts des Zustands seiner Beine wohl nicht an einem Stück laufen lassen. In seiner Jugend waren sie gebrochen gewesen und nie richtig zusammengewachsen. Als er sie sich gebrochen gehabt hatte, war er von den Lautsingern gefangen worden und lange genug in Gefangenschaft gehalten worden, um ihre Sprache zu lernen. Nach langem hatte ein junger Lautsinger, sein Familiendenkmuster sollte auf ewig gesegnet sein, Favel freundlicherweise die Freiheit geschenkt, so daß er zu seinem Volk hatte heimkehren können. Der Name jenes Lautsingers lautete Lim Ferrence; er gab einen der Ehrenhaften Namen ab, an deren Klang Bondris Singschar sich bei Anlässen der Besinnung erinnerte.

Hinter ihnen auf dem Gefälle barsten mit einem Krachen, gefolgt vom Klirren eines Hagels Glassplitter, an mehreren Fingern des Großen die Spitzen.

»Steinlinge«, murmelte Favel den Namen der Menschen für die Finger. »Steinlinge.«

Keine Scherbe flog bis in die Nähe der Viggys, und Bondri seufzte vor Erleichterung. Bei ihren Schuldzuweisungen verfuhren die Großen nicht immer nachvollziehbar. Tat ein Viggy etwas, das sie verstimmte, mochte es sein, daß ihre Hautschicht oder ihre Finger zur Vergeltung irgendeinen anderen Viggy töteten. Es hatte fast den Anschein, als verstünden die Hautschichten zwischen zwei Einzelwesen keinen Unterschied zu machen, oder wüßten nicht, daß es einen Unterschied gab. Ähnlich traf es die Lautsinger. Gelegentlich schwelte der Zorn der Großen für geraume Zeit, und sie nahmen Rache an jemand Beliebigem, lange nachdem der wirkliche Schuldige fort war oder tot. Jedenfalls hatte Bondri den Eindruck, daß es sich so verhielt, obwohl der Prim-Priester eine andere Auffassung vertrat.

»Es liegt an der Verschiedenheit ihres Inneren und Äußeren«, schnaufte der Prim-Priester, und Bondri begriff, daß er seine Gedanken laut ausgesprochen hatte. »Die Außenhüllen ihres Geistes sind seichter Natur und leicht reizbar. Sie schlagen nach uns, wie wir es nach Wundfliegen tun. In den Tiefen dagegen, wo sie in den Grundfesten der Berge ihre gewaltigen Gedanken wälzen, sind sie im Überlegen langsam und zudem, glaube ich, unseres Vorhandenseins im wesentlichen unbewußt. Ich habe mir schon oft gedacht, daß zwischen den beiden Teilen kaum ein Zusammenhang bestehen kann.«

»Abgesehen von der Weise, wie sich heute Silberflöz benommen hat«, trillerte Bondri. »Nämlich seltsam.«

»Wahrhaftig seltsam! Anscheinend war ihm unsere Gegenwart bewußt, nicht wahr? Als wäre ein Mittelgehirn erwacht.«

Auch Bondri hatte den Eindruck gehabt, als wäre Silberflöz sich ihrer Anwesenheit bewußt gewesen; er fühlte sich nicht ganz wohl bei dieser Vorstellung. »Gesegnet sollen sie sein (alle Wesenheiten, große und kleine, ihre Finger und Hautschichten)«, sagte Bondri, den Fühler straff gerundet und auf dem Kopf nach innen gebogen, um jedes etwaige Unglück abzuwehren, das die Bemerkung des Priesters heraufbeschwören könnte.

»O ja, freilich«, sagte Favel mit einem Aufseufzen.

»Darf ich Eurer (gealterten, hinfälligen und durchgefrorenen) Scharfsinnigkeit behilflich sein?«

»Das wäre außerordentlich freundlich (und um so gütiger in dieser Jahreszeit), Jüngerer. Mit jedem Mond werde ich wackeliger.«

»Es wäre uns eine Ehre, Euch zu tragen.«

»So ein Aufwand ist nicht erforderlich. Angenehm wäre mir eine Schulter, auf die ich mich stützen kann.«

Die Singschar eilte den Pfad hinab, bewegte sich so zügig vorwärts, wie die gebotene Vorsicht es gestattete. Lose Bruchstücke Kristallschutts zu verlagern, machte die Großen oft sehr wütend, wenn es geräuschvoll geschah. Man mußte lockere Brocken behutsam aufheben und beiseitelegen, und das brauchte Zeit, aber dank langer Erfahrung kam die Singschar sowohl rasch wie auch leise voran.

Als die Dunkelheit anbrach, hatte sie den Hain erreicht.

»Wo sind wir?« fragte der Prim-Priester, ließ sich in einer weichen Erdmulde nieder, bauschte sein Fell auf, um Körperwärme zu speichern. »Diesen Weg kenne ich nicht.«

»Wir befinden uns auf Silberflöz' Rückseite«, gab Bondri ihm Auskunft. »Etwas östlich der Tineea-Sänger, Jenen-die-willkommen-heißen-ohne-es-zu-meinen, von den Lautsingern Falsche Freunde geheißen. Eine leichte Strecke, Eure Scharfsinnigkeit.«

»Vielleicht wird es morgen eine leichte Strecke sein. Gegenwärtig ist sie mir unbeschreitbar. Ich kann unmöglich weiter. Haben wir zu essen?«

»Feucht- und Trockennahrung. Macht es Euch behaglich, während wir sie zubereiten.«

Die Zubereitung beanspruchte wenig Zeit. Verzehrbare Stengel mußten geschält, Getreidekörner geschrotet, mit einem angeschliffenen Knochen waren ein paar Samenkapseln zu öffnen. Nicht mit einem Viggyknochen. Die Viggys hatten ein zierliches, schwaches Skelett, und außerdem blieben ihre Knochen infolge des Rituals der Beseitigung für Zwecke einer praktischen Nutzung unzugänglich. Doch man entdeckte oft genug die harten, schweren Knochen der Lautsinger und ihrer Tiere zu Füßen der Großen, und sie galten als begehrte Fundgegenstände. Viggys hatten Generationen hindurch Leichen von Menschen und Maultierkadaver untersucht, und es gab wenig, das sie über deren Anatomie nicht wußten. Besonders die Ammen hatten an diesem Wissen Interesse. Ab und zu lagen zwischen den Überbleibseln von Lautsingern, Tieren und Wagen auch Metallreste. Schneid- oder Sägewerkzeugen aus diesem Material maß man noch höheren Wert bei. In dem rudimentären Beutel dicht unterhalb seines Kehlsacks hatte Bondri mehrere Metallstücke dabei, Geschenke seines Volks, größtenteils geborgen worden unterhalb des Allerhöchsten Dunklen/Meisters der Vogelschwärme/Herrn des Rauchs, der Präsenz, die die Menschen als Schwarzen Turm bezeichneten.

Der Prim-Priester nagte an geschälten Stengeln des Siedlerbuschs und betrieb höflich Geplauder, wie es sich während einer gemeinsamen Mahlzeit gehörte. »Fast könnte man den Menschen (Ausländern, absonderlichen Fremdlingen, die unwiederholbare und abscheuliche Dinge mit Worten reden, die nicht wahr sind, und so gegen das Tabu verstoßen) ihr Eindringen in Unser Land der Götter verzeihen«, sang er. »Sie haben gutes Essen mitgebracht.«

»Einiges davon ist gut«, gestand Bondri zu, dessen Singschar erst seit kurzem die Gewohnheit hatte, in den Äckern und Gärten der Menschen zu klauen. »Die kleinen Samen an den Spitzen der langen Halme schmecken gut, allerdings reifen sie nur einmal im Jahr. Auch die verschiedenerlei dicken Knollen und süßen Blätter sind köstlich, und ebenso die saftigen runden Früchte, die an ihren Bäumen wachsen. Die großen Samen sind nicht gut. Brou nennen sie sie.«

»Ich glaube nicht, daß sie die großen Samen zum Verzehren nehmen.«

»So habe ich es singen gehört«, stimmte Brondi zu. »Ich habe gehört, an einem Ort an der See zerquetschen sie die großen Samen, zerquetschen sie, packen sie in Behälter und laden sie auf Schiffe. Unsere Fischerverwandten-die-uns-von-See-Fisch-bringen sagen, die zerquetschten Samen werden von unserer Welt fortgeschafft.«

»Das ist wahr«, bestätigte der Prim-Priester in Molltonart. »Während meiner Gefangenschaft habe ich es mit eigenen Augen gesehen. Die Lautsinger essen Brou, weil sie dadurch fröhlich werden.«

»Uns macht es nicht fröhlich. Die großen Samen sind sehr gefährlich.«

»*Arum.*« Der Prim-Priester bejahte, während sich sein Singsack aus Kummer blähte und wieder einsank. »Durch sie habe ich alle Geschwister eines Beutelwurfs verloren. Die Beutelstärkste ging zu den Feldern der Lautsinger hinab. Sie war in dem Alter, in dem unsere Jungen alles probieren, und ihre Beutelschwestern folgten ihrem Beispiel. Ein Bissen und fff ... Es gab keine Hoffnung mehr. Nichts konnte getan werden, um ihnen noch beizustehen.« In stiller Trauer kauerte er da. Weil ein vermähltes Paar und eine Amme lediglich alle sechs bis sieben Jahre einen Beutelwurf haben konnten, war der Tod einer ganzen Gruppe Beutelgeschwister ein schwer zu verwindender Verlust. Das nächste Mal sollte die ausgewählte Amme zum Brüten weit ins Hinterland gehen, von der Tiefkrume großen Abstand wahren. Dort sollte die Amme bleiben, bis Favels Töchter ein ungefährliches Alter erreicht, den Lebensabschnitt der Neugierde und des Mümmelns überwunden hatten, in der sie alles zwischen die Backenzähne klemmten. Fern der Tiefkrume war das Leben schwieriger, doch es war vorgesehen, der Amme ein oder zwei ältere Kinder als Gehilfen mitzuschicken. Selbst wenn es sonst nichts gab, wuchs noch überall Etaromimi-Strauch, den Lautsingern geläufig als Siedlerbusch.

»Eure Scharfsinnigkeit?«

»Ja, Bondri?«

»Ihr habt mir nicht gesagt, wohin Ihr Euch zu wenden wünscht.«

»Die Götter sind beunruhigt. Du kannst es selbst erkennen, Erster Sänger und Singscharführer Bondri. So wie Nordwächter bebt — Silberflöz und so fort —, seine Finger zersprengt, so tun es auch andere Große. Allerhöchster Dunkler/Meister der Vogelschwärme/Herr des Rauchs, den die Menschen Schwarzer Turm heißen, ist besonders erregt gewesen. Und nun diese Fragen. Diese Beschwerde über Getöse. Wer kann es sein, der diese Störung verursacht? Es gibt nur drei Möglichkeiten: Die Götter selbst. Oder die Lautsinger. Oder wir. Das sind die drei Arten vernunftbegabter Wesen auf dieser Welt, die Ereignisse hervorrufen können. Kann es irgendeine andere Antwort geben?«

Bondri räumte ein, daß es keine geben konnte.

Versonnen kaute der Priester, rieb sich mit seinen knochigen Fingern die Beine. »Ich werde einen Ort der Beratung aufsuchen. Dort werden Prim-Priester aus dem Süden und Norden sein. Wir werden über die Lage sprechen. Sie ist sehr bedenklich. Man weiß nicht, was die Wahrheit ist.«

Bondri scharrte mit den Füßen im Löß. »Besteht die Möglichkeit, Eure Scharfsinnigkeit, daß die Götter selbst die Urheber sind?«

Zur Verneinung schlackerte der Prim-Priester mit den Ohren. »Nichts ist gewiß. Es könnte sein, daß das Durcheinander vom Wahnwitzigen ausgeht. Es ist gesungen worden, der Wahnwitzige hätte zu einem Lautsinger gesprochen.«

Ringsum schnappten die Viggys, die alle höflich gelauscht, gelegentlich im Wechselgesang, um Aufmerksamkeit anzuzeigen, einen Satz dazwischengezwitschert hatten, hörbar nach Luft. Eine Wesenheit hatte das Verbot gebrochen! Zu einem Lautsinger gesprochen! Das getan, was den Viggys untersagt war, sie nicht tun durften.

»Wie, wenn der Lautsinger nicht die Worte der Besänftigung für die Hautschicht und keine Grußworte für das Innere kannte?«

»Einem Gerücht zufolge«, sang Favel, »hat der Lautsinger, ein weiblicher Lautsinger, sie gewußt.«

»Woher hat die Lautsingerin sie erfahren?« Die gesamte Singschar hielt den Atem an, während sie auf die Antwort wartete.

Der greise Viggy seufzte. »Frage nicht nach etwas, das du bereits wissen mußt. Wenn sie sie wußte, kennt sie sie von uns. Sind wir nicht die Etaromimi (Wandelnde zwischen den Göttern)? Oder haben etwa plötzlich die Bäume zu singen begonnen?«

Der alte Priester hatte sich einer humorigen Klangfarbe bedient, die beifälliges Gelächter erforderte, gleichzeitig jedoch der Tonlage, die leichte Beschämtheit verlangte, so daß er der Singschar einen Ton der Verlegenheit entlockte. Jetzt wackelte er als Warngeste mit seinen Ohren. »Es ist besser, nun (wohlklingend) zu lachen. Später kommen vielleicht nur noch Gelegenheiten zu (mißtönendem) Leid.«

»Es gab einmal jene Zeit ...«, intonierte Bondri, seine Worte meinten einen um fünfzig Jahre zurückliegenden Zeitpunkt im Frühling des damaligen Jahres, als ein (fremdes, sonderbares, außerweltliches) Wesen eine Singschar überrascht hatte. »Es hatte ein Gerät (einen Geräuschmacher, Liederdieb, ein Greuel) dabei.«

»Lebt noch jemand, der sich an jene Zeit erinnert?« erkundigte sich die Singschar einstimmig und in andächtigem Säuseln.

»Niemand«, antwortete der Priester hymnenartig, beschloß die Litanei der Erinnerung. »Nur die Heiligen Worte sind geblieben.« Doch natürlich reichten die Heiligen Worte völlig aus. Der einzelne Viggy starb, Worte jedoch blieben unsterblich. Wörter, Weisen und die liebliche Kunst des Wohl- und Zusammenklangs der Töne, das waren die Ewigen Dinge, das Gut der Götter. Solange jemand sich richtig an die Worte erinnerte — und es war Aufgabe des Prim-Priesters, sich ihrer genau zu entsinnen —, ließen sich die damaligen Geschehnisse nachvollziehen. Überraschung. Flucht. Zurückkriechen, um festzustellen, was das fremde Geschöpf tat. Entsetzen, als man das gestohlene Lied hörte, das in dem Gerät gefangengesetzte Lied. Ein Versuch, es zu befreien. Ohne Erfolg. Mehrere Viggys waren bei dem Vorhaben getötet worden, aber das Lied saß noch gefangen. Zweifellos war es bis heute gefangen geblieben. Und jetzt war vielleicht dasselbe (beklagte und betrauerte) Lied gegen seinen Willen benutzt worden, um zum Wahnwitzigen zu sprechen, der/dem Wesenheit ohne Innenleben/Mörder ohne Grund, von den Lautsingern Rätselstein genannt.

»Arme (zum Leiden bestimmte, verurteilte, verdammte) Wesen«, sang eine junge Amme ein Solo. »Wenn der Wahnwitzige das getan hat, wird er das nächste Mal morden. Immer redet der Wahnwitzige erst, bevor er das nächste Mal mordet. Ohne Zweifel werden die Lautsinger den Tod finden.« Die Stimme der Amme schwoll empor, und in Anerkennung ihrer Sangeskunst schloß Bondri die Augen, obwohl es ihm bei ihren Worten schauderte.

»Das ist wahr«, trillerte der greise Priester, nahm einen passablen Bissen Obst. »Falls nochmals Lautsinger zu Rätselstein singen, wird der Wahnwitzige sie unzweifelhaft alle töten.«

10

In seiner Elendshütte am Stadtrand von Punkt Eins hörte Frater minor Jeshel, Rechte Hand in der Gesellschaft der Kristalliten, der Anbetergemeinde der Hochheiligen, der Inkarnierten Götter auf Jubal, seine Magd zu prügeln auf und sah sich nach jemand anderem um, der eine Verwarnung verdiente. Bruder Jeshel war nahezu davon überzeugt, daß die Inkarnierten Götter im Traum zu ihm gesprochen hatten. Jedenfalls hatte er das Gefühl, er müßte sich an so etwas erinnern, müßte sich, hätte die Magd ihn nicht gestört, deutlich genug daran erinnern können, um es dem Dreigestirn erzählen und im Tempel von einer Vision Zeugnis ablegen zu dürfen.

Halbnackt lag Schwester Sophron auf dem Boden und weinte.

»Steh auf!« schnauzte er sie an. »Und merk dir, daß du mich nie wieder derartig zu wecken hast!«

»Ein Kurier ist eingetroffen«, schluchzte sie. »Von ihr. Ich wußte nicht, was ich sonst machen sollte.«

»Der Kurier hätte warten können. Verhülle dich. So bist du ja scheußlich anzuschaun!«

Da Schwester Sophron keineswegs ihr Kleid ausgezogen hatte, war der Vorwurf ungerecht. Trotzdem zupfte sie stumm den zerfetzten Stoff um ihren Rücken und die Schultern zurecht, versuchte die Bänder zuzuknoten, bemerkte dabei, daß mehrere zerrissen waren; Bruder Jeshel hatte sich beim Erwachen in regelrechte Tollwut hineingesteigert.

»Was will er?«

»Der Kurier ?«

»Von wem reden wir denn, du Schlampe?! Natürlich der Kurier!«

»Er kommt von ihr, sagte er. Der Gattin.«

»Aha. Sag ihm, ich werde gleich mit ihm sprechen. Zieh dich an! Du mußt in die Stadt und zur Arbeit.«

Während sie das Kleid um die Taille zusammenhielt,

schlurfte Schwester Sophron aus dem Zimmer. Weder sah sie dem Kurier in die Augen, als sie ihm Jeshels Äußerung ausrichtete, noch achtete sie darauf, wie er reagierte. Im Moment konnte sie nur an eines denken: Wie sie rechtzeitig zum Abort gelangen könnte, ehe sie sich übergab. Sie zu schlagen, während sie sich in diesem Zustand befand, war nicht richtig von Jeshel. Sie hatte gedacht, auf Jubal würde alles besser, aber es war nicht besser geworden; kein bißchen. Zwischen Frater minor Jeshel und Kamerad Insurgent Jeshel gab es keinen Unterschied. Er benutzte leicht abweichende Ausdrücke, das war alles. Auf Serendipiti hatte Jeshel von ›Revolte‹, dem ›Ziel‹ sowie dem ›korrupten Management und seinen Stiefelleckern‹ geschwafelt. Jetzt quatschte er von ›Präsenzen‹, ›Evangelismus‹ und der ›korrupten BDF mit all ihren Speichelleckern‹ — Fahrten- und Forschungssänger eingeschlossen —, aber es lief aufs gleiche hinaus, auf Herumgeschrei, Selbstverbrennungen und Meuchelmorden. Es hatte nichts daran geändert, daß Sophron für sie beide den Lebensunterhalt verdiente, während Jeshel konspirierte. Nach wie vor hatte es mit Blut und Bomben zu tun, und Sophron bezog unvermindert, mochte sie auch schwanger sein, ihre Dresche. Während sie reichlich erbrach, verfluchte Schwester Sophron Frater minor Jeshel und wünschte sich einen Augenblick lang, sie hätte ihm nie erzählt, was die Forschungssänger-Ordensfrau, während sie ihr die Haare schnitt, geredet hatte.

Allein im dreckigen Flur zurückgeblieben, verzog Rheme Gentry das Gesicht, summte dabei gelassen vor sich hin. Er fühlte sich sehr müde, weil er am Vorabend erst ziemlich spät aus dem Nordwesten zurückgekehrt war, legte jedoch aufs Hinsetzen keinerlei Wert. Nirgends gab es eine Stelle, wo es sauber genug gewesen wäre, daß man sich hätte setzen mögen. Wenn Jeshel endlich erschien, würde er schmuddlig und ungekämmt sein, wahrscheinlich auch verlaust, obwohl es schwierig war, sich auf diesem Planeten Ungeziefer zuzuziehen. Menschenparasiten fehlten. Aber vielleicht hatte Jeshel sich vor der Quarantäne gedrückt, um welche einzuschmuggeln. Rheme hatte Frater minor Jeshel noch nicht kennengelernt, aber schon viel über ihn gehört: Daß er ein niedrigrangiger Funktionär in der Kristallitenhierarchie war und angeblich der Mann, der die Verantwortung für einen Großteil der gegenwärtigen terroristischen Gewaltakte und öffentlichen Krakeelereien trug. Nachdem die vier Verschwörer Vowe, Vox, Middleton und Gentry den Fahrtensänger Tasmin Ferrence in der Hoffnung zum RH-Rücken geschickt hatten, daß er Dona Ginster fand und ihr half, diskutierten sie über verschiedene Kristalliten als mögliche Informationsquelle, und ihre Wahl fiel einmütig auf Bruder Jeshel. Rheme sollte, hatte man entschieden, eine unauffällige Tarnung und einen falschen Namen annehmen und den Mann aushorchen. Rheme amüsierte sich mit der Vorstellung, was sein Onkel wohl zu alldem zu sagen hätte. Aufgrund des Risikos wäre der Direktor KETTEs nicht gerade erfreut; soviel stand fest.

Indem er diesen unbequemen Gedanken verdrängte, sann Rheme über diverse Bezeichnungen für die Gruppierung, die sich hier auf Jubal zusammengefunden hatte, sowie deren Betätigungen nach. Man konnte sie das Verschwörerquartett nennen. Oder vielleicht das Kartenspielkomplott. Die passendste Benennung wäre wohl Vier-gegen-den-Trend gewesen. Obwohl sie Thyle Vowe zufolge weit mehr als vier sein würden, sobald die Fahrtensänger erfuhren, was vorging — soweit nicht einige es längst ahnten.

Außerdem war es verkehrt, von einer Verschwörung zu sprechen. Viel eher war es ein Gegenkomplott. Sie verkörperten eine Art von Abwehrgruppe. Das erlaubte einige weitere Begriffsprägungen. Operation Jubal. Daran hatte er besonderen Spaß.

»Was wollen Sie?« Die Stimme klang nach Ungefälligkeit. Gentry drehte sich um und sah den Kristalliten vor sich stehen, so stoppelbärtig und stinkig, wie man ihm ihn beschrieben hatte, mit schmierig-strähnigem Haar.

»Mein Name ist Basty Pardo«, sagte Gentry zu ihm. »Die Lady Gouverneur interessiert sich dafür, welche Fortschritte ihr kleines Projekt macht.« Tatsächlich hatte er früher schon einmal den Namen Basty Pardo getragen, und er war sich sicher, daß die Lady Gouverneur an so mancherlei Angelegenheiten Interesse verspürte. Rheme vermied Lügen, wann immer es sich einrichten ließ.

Bruder Jeshel stieß ein Brummen aus. Gentry zählte zu dem Typ Mensch, den er spontan haßte. Er sah adrett und sportlich fit aus, hatte gesunde Zähne. Solche Leute waren, fragte man Bruder Jeshel, für nichts zu gebrauchen, aber er durfte dem Mann nicht einfach Beleidigungen ins Gesicht sagen. Wenigstens momentan nicht; noch nicht. Er entschloß sich zu einer ausweichenden Antwort.

»Und ich interessiere mich dafür, wie *mein* kleines Projekt vorankommt. Soldaten haben vorgestern 'n paar von meinen Leuten festgenommen. Draußen in Richtung der Hochheiligen, die wir vor Entweihung schützen. Häretiker sind von dort gekommen, geradewegs von den Hochheiligen her, und als wir sie züchtigten, sind auch schon die Soldaten aufgekreuzt. Sie hat uns doch versprochen, daß die Soldaten uns in Ruhe lassen.«

Rheme verlegte sich auf seinen nüchtern-unterkühlten Kommandoton. »Falls Sie von den Tätlichkeiten gegen den Fahrtensänger und seine Akoluthen sprechen, die die Kollerkluft durchquert haben, muß ich Ihnen sagen, daß es die Blödheit von Ihren Leuten war, sie zu belästigen. Der Gouverneur kann Ihnen das Militär vom Hals halten, solange Sie keine Leute behelligen, Jeshel, aber sobald Sie Bürger mit irgend etwas zu bewerfen anfangen, muß es zwangsläufig einschreiten. Das kann niemand verhindern.«

Erstaunt stierte Jeshel ihn an. Dieser Schönling verstand doch wirklich, Tacheles zu reden. »Der Gouverneur kann's verbieten.«

»Nicht wenn es um die öffentliche Ordnung geht. Für solche Situationen hat das Militär Dauerbefehle. Der Gouverneur kann Ihre Internierung durch das Militär abwenden — wenigstens für einige Zeit —, aber er kann Sie nicht mit Immunität ausstatten. Das wissen Sie doch selbst.« Das klang sehr schön offiziös und autoritär, aber flüchtig fragte sich Rheme, ob er eigentlich etwas von sich gab, das für die Situation irgendeinen Belang hatte. In den meisten Situationen genügte es, autoritär aufzutreten.

Nochmals brummte Jeshel verdrossen. Die Aktion gegen den Fahrtensänger war ein kalkuliertes Risiko gewesen. Er hatte gar nicht ernsthaft erwartet, daß man ihnen so etwas durchgehen ließ, aber seine Leute waren unruhig, sie eiferten nach einer echten Konfrontation. Es mußte bald irgendein Zwischenfall inszeniert werden, ein spektakulärer Vorfall, oder einige von ihnen verlören die Lust.

»Die Lady Gouverneur will wissen, was los ist«, wiederholte Rheme ungeduldig und hoffte, daß der Mann endlich das Maul aufmachte. Es wäre gefährlich, zu lang zu bleiben oder viel mehr als das zu reden, was er bereits gesagt hatte. Ein falsches Wort, und der schmutzige Fanatiker merkte, daß Rheme so gut wie nichts wußte und nur auf den Busch klopfte.

»Ich habe noch keine Nachricht. Es ist erst gestern soweit gewesen. Ich habe ein paar Mann in Trab gesetzt, aber sie sind noch nicht zurück.«

Auch Donatella Ginster war noch nicht wieder da; jedenfalls war sie es nicht zu dem Zeitpunkt gewesen, als Rheme Nordweststadt verließ. Und ebensowenig, wie ihm bei dieser Gelegenheit auffiel, der ungewöhnlich gutaussehende Fahrtensänger und seine Akoluthen. »Haben Sie eigene Leute beauftragt?« Diese Frage empfand er als unverfänglich.

»Hn-hn. Keine richtigen Mitglieder. Freunde.«

»Sie glauben, daß sie diesmal ... äh ... Erfolg haben?«

»Es sind genug. Vier Mann. Wenn sie, wie versprochen, gestern losgeschickt worden ist, müßten sie sie gegen Abend abgepaßt haben.«

»Na also ...« Rheme zückte sein Taschentuch, wischte sich ausgiebig Hände und Stirn ab und entschied, konkretere Äußerungen zu riskieren. »Das dürfte ja wohl reichen, um eine Forschungssängerin abzuservieren, oder? Aber andererseits müssen wir beachten, daß Sie schon zweimal danebengehauen haben.«

»Was meinen Sie damit, ›zweimal danebengehauen‹?« Finster sah Jeshel den Jüngeren an, verzog argwöhnisch die Lippen zu einem Zähnefletschen. »Vorher haben wir's doch noch gar nicht versucht. Das ist das erste Mal.«

»Das erste Mal. Na ja, kann sein. Die Lady Gouverneur läßt auch noch andere Leute für sich arbeiten. Gut, ich richte ihr aus, was Sie gesagt haben. Machen Sie inzwischen Ihren Leuten klar, daß sie keinen Ärger veranstalten sollen, Jeshel. Selbstverbrennungen können sie durchziehen, soviel sie wollen, aber nicht mit Steinen werfen, kapiert? Hmmm?«

Auf der Straße schloß Rheume sein Auto unter den Augen von zwanzig Kristalliten auf, die mit grimmigen Mienen aus verschiedenen Behausungen und Gassen zum Vorschein gekommen waren, unterließ es vorsichtshalber, auch nur einen von ihnen anzuschauen. Sie zählten zu der Sorte Gesindel, das sich durch einen offenen Blick sofort bedroht fühlte. Als er abfuhr, klapperten und klatschten Wurfgeschosse auf den Wagen, doch Rheme war froh, nichts Schlimmeres einstecken zu müssen.

Obwohl er ein zeitweiliges Büro im Gouverneurspalast hatte, fuhr er schnurstracks zur BDF-Direktion, parkte jedoch nicht im Hof, sondern hinter dem Gebäude. Der Parkplatz stand, genau wie der Innenhof der benachbarten Zitadelle, unter ziemlich regelmäßiger Beobachtung durch Schnuckitrud Thonks persönlich, die immer gerne wußte, wer in Punkt Eins kam und ging. Drinnen huschte er eine Treppenflucht hinab und schlich durch einen kreuzweise angelegten, leeren Korridor. An dessen Ende befand sich eine unbeschriftete Tür, an die er leise, aber nachdrücklich klopfte.

»Gentry?« flüsterte jemand.

»Ja, ich bin's«, antwortete er, schlüpfte rasch, als sie um einen Spaltbreit geöffnet wurde, durch die Tür. »Lieber Himmel, ist diese ganze Heimlichtuerei denn wirklich unvermeidlich?«

Gereny Vox wölbte die Brauen. »Hier dieses Archiv hat keine Augen und Ohren, Rheme. Vielleicht ist's der einzige Raum im gesamten Gebäude, von dem man das behaupten kann. Der Grund ist, daß hier die Maultierzüchterakten lagern. Wer, zum Teufel, interessiert sich schon für die Maultierakten, was? Ich kann für meine Anwesenheit jederzeit eine Begründung abgeben. Sie können's nicht. Also erzählen Sie am besten schnell, was los ist, und verschwinden wieder!«

Er seufzte, wischte sich erneut die Stirn. »Sagen Sie Thyle, daß Sie recht gehabt haben. Schnuckitrud ist mit Bruder Jeshel im Bund, um Dona Ginster zu killen. Er hat vier Mann geschickt, aber es ist der erste Versuch.« Er tupfte das Gesicht ab und fuhr sich mit dem Finger in den engen, hohen Kragen. »Gereny, hier unten ist's ja schwüler als in den Inneren Sternen.«

»Dadurch vertrocknen die Akten nicht. Haben Sie sonst noch was erfahren?«

»Nein. Wie sind Sie eigentlich auf Schnuckitrud gekommen?«

Gereny deutete ein Ausspeien an: Es blieb bei der

Geste, sie spuckte keinen Auswurf auf den Fußboden. »Zwei doofe Stallgehilfen hier in den Ställen von Punkt Eins haben über gewisse Sachen gelabert, statt Mist zu gabeln. Ich war im Stall, um Friedas Bein zu verarzten. Beide waren quasi Kristalliten. Nicht vom harten Kern, eher Mitläufer. Na gut, jedenfalls hat einer von ihnen 'n Bruder, und er sagte, sein Bruder wäre mit einigen anderen Burschen nach Nordwesten geschickt worden. Um 'ne Forschersängerin zu erledigen, sagte er. Sie wären alle glänzend bezahlt worden. Er sagte, die Ordensfrau erhielte 'n Auftrag, und auf 'm Rückweg sollten sie sie kaltmachen, die Gouverneursfrau wollte nämlich ihren Tod.« Wieder spie sie pro forma aus. »Ich hab's Thyle erzählt, und er hat Sie und Jem zu 'm Treffen bestellt. Sie haben sich ja verspätet, aber Sie haben den Rest noch mitgekriegt. Wir hatten uns gleich gedacht, daß es Dona Ginster ist, sie steht als einzige Forschungssängerin dort oben so stark in öffentlicher Aufmerksamkeit, aber wir wußten nicht, daß es so bald passieren sollte, bis ich die Priorei angerufen hab.«

»Kann sein, es gelingt mir, noch einiges mehr herauszufinden, weil ich hier unbekannt bin und außer uns vieren niemand weiß, daß ich für die PEK arbeite. Kommen Sie irgendwie voran?«

»Wir ziehen zwei und zwei zusammen.«

»Jem zufolge sollen schon davor zwei Mordanschläge auf die Forschungssängerin stattgefunden haben«, sagte Gentry. »Woher hatte Jem den Verdacht, daß schon versucht worden sein könnte, Ginster umzubringen?«

»Jem hat 'n Vögelchen in der BDF-Forschungsabteilung.«

»Ein Vögelchen?«

»Jemanden der ihm was singt. Einen Informanten. Irgendwen in den untersten Rängen, eine Person, die nie beachtet wird, wahrscheinlich eine Datenbearbeiterin oder ein Expediteur in der Kommunikation. Eben so jemand. Jem hat sich nicht näher geäußert, und wir haben nicht gefragt. Na, auf jeden Fall, das Vögelchen sagt, die Anordnung für Ginsters ersten Auftrag im RH-Rücken wäre nicht korrekt gewesen. Es hätte 'ne Unterschrift gefehlt oder so, es hätte auf alle Fälle damit nicht seine Richtigkeit gehabt. Und heute hat Jem erfahren, daß der neue Auftrag so wenig korrekt war wie die erste Anordnung. Beide Male ist rumgepfuscht worden.«

»Rumgepfuscht?«

»Die Anordnungen sind gefälscht worden. Eines Nachts ist 'n Mäuschen hervorgekrochen und hat dienstliche Anweisungen gefälscht. Was glauben Sie, wer in Frage kommt? Der Forschungssänger-King? Darauf täte ich meine Bons wetten, würde ich sagen. Es läßt sich ganz einfach überprüfen, Gentry. Sie haben doch die richtigen Verbindungen. Stellen Sie fest, ob Chase Random Hall auf Serendipiti Konten unterhält. Wenn er dort Zaster hat, ist neunzigprozentig sicher, daß er 'ne eigene Forschungssängerin in den Tod geschickt hat.« Bei dem Gedanken an einen derartigen Verrat schnitt sie kurz eine Grimasse.

Hastig machte Rheme Gentry sich eine Notiz. »Verlassen Sie sich nicht darauf, daß es mir gelingt, irgend etwas zu ermitteln, Gereny. Post nach Serendipiti wird zensiert oder verschwindet einfach, sogar diplomatische Sendungen aus dem Gouverneurspalast. Die BDF hat die Raumschiffe unter Kontrolle, und mit ein paar Ausnahmen dann und wann kommen keine Mitteilungen durch.«

»Woher wissen Sie denn das?«

»Ich hatte mit jemandem bestimmte Empfangsbestätigungen vereinbart, gewisse Dinge, die in den System-Nachrichten plaziert werden sollten, außerhalb der BDF-Kommunikation, und sie bleiben aus. Jubal wird von außen abgeschnitten, Gereny. Ich werde sehen, was ich über Hall herausfinden kann, aber ich rate davon ab, sich zu schnell auf ihn festzulegen. Es könnte ein anderer sein. Hall ist etwas zu exponiert. Ich würde an jemand weniger Naheliegendes denken.«

»Arme Donatella«, meinte Gereny versonnen. »Ein nettes Mädchen. Ich bin ihr drei-, viermal begegnet, sie war immer freundlich. Sie ist nicht so hochnäsig wie viele Forschungssänger. Ich hoffe, ihr ist nichts passiert.«

»Tja, wir müssen eben hoffen, daß Tasmin Ferrence rechtzeitig eingetroffen ist, um ihr aus der Patsche zu helfen. Jeshel sagte, er hätte vier Kerle auf sie angesetzt, aber falls sie Gesocks von dem Schlag waren, das ich im Kristallitenviertel herumlungern gesehen habe, müßte das Stunnergewehr genügt haben, um das Blatt zu unseren Gunsten zu wenden. Aber die zwei vorherigen Anschläge geben mir sehr zu denken. Bruder Jeshel behauptet, er hätte damit nichts zu schaffen ...«

»Selbst wenn der Forschungssänger-King dahintersteckt, ich täte wetten, er macht's nicht aus eigenem Antrieb. Ich wüßte gerne, wer die Befehle gibt.«

Price Zimbel saß zu Füßen des Forschungssänger-Kings und massierte ihm behutsam Knie und Waden. Zwar genoß Chase Random Hall die Behandlung, aber es beliebte ihm, es nicht zu zeigen.

»Und was hast du danach unternommen?« erkundigte sich der King. »Nachdem Donatella aus Punkt Eins zurückkam?«

»Ich habe abgewartet«, antwortete Zimmy. »Tagelang habe ich mich bereitgehalten.«

»Sie hat dich seitdem nicht wieder zu sich gebeten?«

»Kein einziges Mal.«

»Ihr Zimmer hast du durchsucht?«

»Mehrmals. Es ist nichts da, Chase. Nur diese und jene Unterlagen und Angelegenheiten, an denen sie arbeitet, und ihre Privatsachen. Mehr nicht.«

»Hat sie keinerlei Mitteilungen bekommen?«

»Nichts Ungewöhnliches. Du weißt schon, 'ne Einladung Ralths zum Abendessen, oder Martins zu 'm Drink, so was halt. Ein Dankschreiben einer alten Verwandten unten in Punkt Eins.«

»Darin könnte eine verschlüsselte Botschaft stehen.«

»Verschlüsselt …! Um Himmels willen, Randi, es lautet ungefähr folgendermaßen: ›Liebe Donatella, nochmals vielen herzlichen Dank für das wunderbare Essen, grüß mir deine Mutter. In Liebe, deine Cyndal.‹ Na, wenn du daraus irgend was dechiffrieren kannst …«

Der King stieß ein gereiztes Blöken aus, verzog dabei auf häßliche Weise den Mund. »Nichts Neues über den Mann in Punkt Eins, der sich im Ordenskapitel zu Tode gestürzt hat?«

»Nichts. Niemand weiß, wer er ist oder in wessen Auftrag er dort gewesen ist. Es sei denn, du weißt's.«

»Sei nicht albern, Zimmy. Justin hat ihn geschickt. Wer denn sonst?« Sein Tonfall verriet allerdings weniger Überzeugtheit als die Worte.

»Und was soll ich nun anfangen?«

»In dem unwahrscheinlichen Fall, daß sie auch von dieser Exkursion in den RH-Rücken zurückkehrt …«

»Unwahrscheinlicher Fall?« In treuherziger Verblüffung riß Zimmy die Augen weit auf.

»Irgendwer hat dafür gesorgt, daß sie weg mußte, du Idiot, und ich war's nicht! Ich habe die Anweisungen gesehen. Sie waren Fälschungen. Wozu sollten die zuständigen Stellen sie denn auch in den RH-Rücken schicken? Dort gibt's eigentlich gar nichts, das erledigt werden müßte.«

»Zuständige Stellen?« Zimmy glich einem Inbegriff der Unschuld.

Der Forschungssänger-King hatte im Ton regelrechter Verärgerung gesprochen. So manches paßte ganz einfach nicht zusammen. Ihm, dem King, war gesagt worden, er sollte gegen Dona Ginster nichts unternehmen. Aber irgend jemand hatte es auf Dona Ginster abgesehen. Wer? Und warum? Er schenkte Zimmy keine allzu aufmerksame Beachtung. Sonst wäre ihm möglicherweise in Zimmys Augen ein Glitzern der Belustigung aufgefallen.

»Stell keine Fragen, Zimmy. Je weniger du weißt, um so besser ist's für dich. Und falls sie zurückkommt, sei da und laß dir nichts anmerken.«

»Also natürlich nicht, Randi«, sagte Zimmy, als wäre er leicht gekränkt. »So gescheit bin ich doch selbst.«

Maybelle Thonks hörte ihre Stiefmutter singen und krampfte sich dabei innerlich zusammen. Schnuckitrud sang nur, wenn sie sich in Hochstimmung befand, und daran denken zu müssen, über welche blutüberströmt hingestreckten Leichen die Gattin ihres Vaters nun jetzt wieder ging, wem sie unmelodisch den Abgesang trällerte, war ihr zuwider.

»Welches Problem liegt an?« fragte Rheme Gentry. Gerade hatte er mit einem Stapel Akten das Büro des Gouverneurs verlassen und schob sie jetzt auf seinen Schreibtisch. »Wie kann der Adjutant des Gouverneurs behilflich sein?«

»Schnuckitrud singt.«

»Aha, und?«

»Das bedeutet wahrscheinlich, sie hat jemanden liquidieren lassen.«

»Kann sein.« Gentry antwortete kaum hörbar, doch unmißverständlich im Ton einer Warnung.

»Doch, es ist nun mal so.«

»Vielleicht, aber wir dürfen's nicht aussprechen«, flüsterte Gentry. »Nicht im Gouverneurspalast. Nirgends, wo wir belauscht werden könnten. Klar?« Er nahm Maybelle an der Hand und führte sie auf die weitflächige Terrasse, die zwei Seiten des Gebäudes umschloß, blieb mit ihr erst stehen, als sie sich in beträchtlichem Abstand von Gewächsen oder Dachtraufen befanden, die Lauschern ein Versteck hätten bieten können.

»Rheme«, fragte Maybelle, sobald sie weit genug vom Haus entfernt standen, »wie hältst du das bloß aus?«

»Nun ja, ich muß zugeben, ich war etwas schockiert, als ich eintraf, um meinen Posten anzutreten, und bald merken mußte, daß hier getan wird, was die Gouverneursgattin sagt.«

»Wie hast du's nur geschafft, dich aus ihren Krallen fernzuhalten?«

»Indem ich ihr eingeredet habe, ich hätte mir auf Wiederkehr Vier eine ansteckende, sexuell übertragbare Infektion zugezogen, die gegenwärtig im Abklingen sei, aber man könnte sich noch infizieren, und bei Frauen bestünden die Krankheitssymptome unter anderem aus Schrumpfen der Brüste und der primären Geschlechtsteile.«

»Rheme! Hast du das tatsächlich? Ja, ich seh's dir an. Mein Gott, ich wäre nie ... Das war ein großartiger Einfall.«

»Obendrein habe ich ihr weisgemacht, wegen ihrer Stieftochter bräuchte sie keine Bedenken zu haben, ich fände Frauen deines Typs völlig unattraktiv. Ich habe gesagt, bei braunem Haar und haselnußbraunen Augen gruselte es mir, weil sie mich an meine böse Tante erinnerten, den Schrecken meiner Jugend.«

»Du Mistkerl!«

»Infolgedessen macht sie sich über uns keine Gedanken, so daß du und ich viel zusammen sein können. Natürlich kann's sein, daß sie dich neugierig auf Anzeichen der Atrophie beobachtet. Kann man nie wissen.«

»Du hast meine erste Frage nicht beantwortet. Wie hältst du's aus? Du weißt, was Vater vorhat.«

»In der Tat weiß ich es. Er hat vor, ein Riesenvermögen zu erwerben, bevor hier auf Jubal das dicke Ende kommt. Mit einer Hand nimmt er Geld von den Kristalliten, mit der anderen Geld von der BDF. Sobald die BDF mit dem Ernst macht, was sie beabsichtigt — was das ist, habe ich noch nicht in vollem Umfang herausgefunden —, wird es enormen Ärger und danach voraussichtlich eine Untersuchung geben. Dein Vater wird vor der Untersuchung vom Gouverneursposten zurücktreten und seinen Ruhestand auf Serendipiti, Eutopia, New Havah-eh oder einer ähnlichen Welt verbringen.«

»Einfach ehrlos.«

»Das Wort habe ich von deinem Vater nur selten gehört, Maybelle. Eine Sache, die ich, wie ich gestehe, nicht begreife, ist die: Warum du so bist, wie du bist, und er so ist, wie er ist.«

»Weil ich über zwanzig Jahre lang außer ihm Mutter hatte. Und er hat Schnuckitrud gehabt. Sie zieht die Menschen herunter. Nicht daß an Vater noch viel zu verderben gewesen wäre. Er kennt sie, seit sie fünfzehn war. Kannst du so was glauben? Ihr Sohn, Ymries Fedder, ist in Wirklichkeit auch Vaters Sohn. Deshalb hat meine Mutter ihn ja verlassen, als sie's schließlich erfahren hatte.«

»Und du bist bloß hier, weil deine Mutter inzwischen gestorben ist.«

»Ich bin hier, weil ich sonst nirgends hingehen konnte. Mutters Familie hat sie nach der Hochzeit mit dem ehrenwerten Wuyllum enterbt. Der ehrenwerte Wuyllum hat Unterhalt geschickt, die Unterstützung nach Mutters Tod aber eingestellt. Sie und ich haben auf Serendipiti gelebt, aber als Auswärtige konnte ich dort keine Arbeitserlaubnis erlangen.«

»Du könntest hier arbeiten.«

»Als was?«

»Dein Vater könnte dir eine Anstellung bei der BDF vermitteln. Es müßte dort doch irgendein offizieller Arbeitsplatz erhältlich sein.«

»Er ist aber dazu nicht bereit. Ich habe ihn oft darum gebeten. Er will nicht, daß ich ein eigenes Einkommen habe, sondern nur das, was er mir zugesteht. Er ist ein gräßlicher Mensch, Rheme. Am liebsten hat er Leute an der Kette. Mutter hat zu mir einiges über ihn erwähnt, aber ich hatte keine Vorstellung, wie er wirklich ist, bevor ich hier eintraf. Eigentlich kann er mit Menschen überhaupt nichts anfangen, aber es gefällt ihm, sie an der Kandare zu haben. Ab und zu ruckt er ein bißchen an der Kette, um sich zu vergewissern, daß er einen noch dran hat.« Sie wandte sich ab, biß sich auf die Lippe, um Tränen zu unterdrücken.

»Du könntest mich heiraten.«

»Ja, sicher. Und ich würde es auch gerne tun. Aber es wäre das Ende deiner hiesigen Tätigkeit. Wir müßten fortgehen.«

»Das wäre doch kein Weltuntergang, Maybelle.«

»Nein, falls es uns gelingt, Jubal zu verlassen. Aber das ist fraglich, Rheme. Ich weiß, du glaubst, ich übertreibe, aber regelmäßig stößt Leuten, die sich nicht danach richten, was Vater oder Schnuckitrud wollen, etwas zu. Bisweilen passieren ihnen tödliche Unfälle. Gelegentlich verschwinden sie einfach.«

»Ach ja«, sagte Rheme, widersprach nicht. Nach dem Gespräch mit Bruder Jeshel bezweifelte er ihre Einschätzung nicht mehr; ernsthaft hatte er sie ohnedies nicht in Zweifel gezogen.

»Ich werde ... ich werde manchmal so wütend. Hier lebe ich wirklich liebend gern ... Nicht im Gouverneurspalast, sondern auf Jubal. Auf einem Empfang habe ich eine Forschungssängerin kennengelernt, Donatella Ginster. Ich sagte ihr, ich wäre noch nie auf dem Land gewesen, und da hat sie mich in die Kristallzonen mitgenommen. Dort ist es schön, sehr fremdartig und geheimnisvoll. Was daraus werden soll, ist völlig offensichtlich. Sie werden es verwüsten. Mein Vater. Die BDF. Immer wieder denke ich, ich müßte doch irgend etwas unternehmen können.«

»Du und ich«, sagte Rheme versonnen, schaute sich durch die Tür, die sie hatten offenstehen lassen, in den Gouverneurspalast um; hinter ihnen stand Schnuckitrud Thonks auf der Schwelle, betrachtete ihre Stieftochter mit einem Blick, wie ihn ein hungriger Gyrovogel auf ein Stück köstliches Aas werfen mochte. Rheme verbeugte sich in ihre Richtung, ein wenig tiefer sogar, als der Usus es erforderte. Als er den Kopf hob, war sie fort. »Ja«, bekräftigte er nachdenklich, aber so leise, daß nur Maybelle es hören konnte. »Wir müssen etwas unternehmen.«

Im Dachgeschoß des Kristallitentempels in Punkt Eins gab es unmittelbar neben der hohen, aus Lehmziegeln gebauten, mit einer ›Vergoldung‹ aus Plastik überzogenen Dachkuppel eine mit allem Komfort ausgestattete Penthousewohnung, erreichbar durch eine Wendeltreppe, die versteckt durch eine der wuchtigen Säulen führte, die das Deckengewölbe stützte. Nur ein paar Diener und die drei Bewohner hatten zu ihr Zugang: Singfried H. Bims, Byron Rocktäschl und Aphrodite Reibach, das Trio, das auf Jubal Herz und Seele der Kristallitenreligion verkörperte. Zwischen den Gottesdiensten brachten sie ihre meiste Zeit — abgesehen von unregelmäßigen Ausflügen, die sie sich in guter Tarnung ins weniger geschmackvolle Nachtleben von Punkt Eins erlaubten — in dieser Wohnung zu.

»Jeshel wiegelt wieder 'n Pöbel auf«, sagte Byron, auf dessen Glatze die spätnachmittägliche Sonne glänzte, knallte den Hörer aufs Kommunikatorgehäuse erhob und sich, um auf die Glastüren zur geräumigen Dachterrasse zuzustapfen. »Unser Mann drüben bei der BDF sagt, vor 'n paar Tagen hat so 'm Scheißfahrtensänger aufgelauert. Ich fänd's gut, Bims, du trittst ihn mal in 'n Arsch. Du bist der Oberste Pontifex, und er hört auf sonst keinen. Er wird Thonks noch zu irgend 'm Blödsinn provozieren, ehe wir hier fertig sind.«

Die Masse der Gläubigen wäre über den Anblick ihres Oberpriesters in seiner Wohnung sehr überrascht gewesen: Keine Perücke bedeckte Byrons blanken Kahlkopf, seine sonst so sonore Stimme war in den vulgären Akzent seiner Jugend zurückgefallen. Byron war in einem Slumviertel Zeniths geboren und aufgewachsen, einer Entertainment-Welt, die man mehr für ihre Niveaulosigkeit als für Hingabe an die Theologie kannte. Daß er aus seinem Bettlerdasein so hoch, so nahe zur Göttlichkeit, emporgestiegen war, sprach Bände für zwar nicht sein Gewissen, jedoch seine Zähigkeit und Rücksichtslosigkeit.

»Der süße, alte Wuyllum baut bestimmt vorher keinen Mist«, meinte Aphrodite Reibach halblaut durch vollkommen geformte Zähne und Lippen, spitzte die Lippen zu einem Kußmund, während sie in den Spiegel blickte und eitel das Glitzern der neuen Pyrit-Halskette genoß. Schon auf einem Dutzend Welten war sie Byrons Kumpanin gewesen, und sie wußte besser als jeder andere Lebende über ihn Bescheid. »Thonks weiß, wer ihm die Taschen füllt.«

»Nicht unbedingt, Affi«, widersprach Singfried Bims ihr in reichlich onkelhaftem Ton. Obwohl er mit den beiden noch nicht so lange zusammenarbeitete, wie sie gemeinsam tätig waren, hatte er sich längst im Umgang mit ihnen ein trautes, vertrauliches Auftreten angewöhnt. »Der Gouverneur könnte zum Handeln gezwungen werden. Byron hat recht. Wir müssen Jeshel bremsen, bis Wuyllum uns mitteilt, daß der Zeitpunkt für 'n Zwischenfall da ist. Und dann, wenn die Kacke zu dampfen anfängt, müssen wir fix abtauchen und vom Planeten abzischen.«

»Harward Justin wird schon aufpassen, daß uns nix passiert«, versicherte Aphrodite, räkelte sich wohlig, während sie die Edelsteine streichelte. Die Halskette war ein Geschenk Justins, so daß sie ihre Gründe für die Auffassung hatte, der BDF-Boss würde auf sie achtgeben. Sie hatte ein dermaßen ausgeprägtes Ego, daß sie sich einen anderen Verlauf ihrer Bekanntschaft nicht vorstellen konnte. Sie war sich darüber nicht im klaren, aber ihre Schmiegsamkeit bedeutete eine persönliche Eigenschaft, die Justin sehr behagte, weil sie sie für ihn so berechenbar machte. Ihre Bemerkungen hätten ihn in seiner Meinung von ihr bestärkt. »Justin mag das, was für gute Arbeit wir für ihn geleistet haben«, sagte sie, lächelte ihr Spiegelbild an und tätschelte noch einmal die Steine. Die Erinnerung an die Weise, wie sie sich die Halskette verdient hatte, war ihr unangenehm, doch sie jetzt zu haben, entschädigte sie dafür. »Das ist's erste Mal, daß wir angeheuert worden sind, um 'ne Religion anzuleiern, habt ihr schon mal daran gedacht? Das ist doch echt was, das man mal als interessant bezeichnen könnte.«

»War nicht übel, wir hatten ja freie Hand«, stimmte Singfried zu.

»Anfangs kam nicht viel raus«, sagte Byron, »bis Justin diese Schiffsladungen Doofer eingeflogen hat. Bis dahin mußten wir uns mit nicht mal zweieinhalb Konvertierten abmühen. Den Erfolg verdanken wir Justin, das muß man ihm lassen. Er wußte, daß die Leute auf so was abfahren. Jeshel und sein Haufen sind doch eigentlich ganz brauchbar.«

»Jeshel und sein Haufen werden im Knabensopran jaulen, wenn sie und die übrigen Penner interniert werden«, hielt Singfried ihm entgegen. »Dann wird's Justin vielleicht leid tun, daß er sie am Hals hat.«

»Soll Jeshel doch zetern. Laß ihn quasseln, was er will. Er hat keinen blassen Schimmer, wer wir wirklich sind, und erst recht nicht den dünnsten Dunst, wohin wir uns verpissen. Um Jeshel kümmert sich die Armee.« Byron Rocktäschl stand auf und trat an die hohen Fenster, durch die man Aussicht über die Punkt Eins hatte. »Die Stadt wird mir fehlen.«

»Mir nicht«, sagte Aphrodite. »Das Futter ist eklig, nie hört der Krach auf, und die einzige Musik, wo sie hier kennen, ist das beschissene Fahrtensängergequäke. Mich zieht's zur Gewürzküste auf Serendipiti.«

»Ich glaub, wir sind uns drüber einig, 's hat sich gelohnt.« Bims kehrte mit einem Lächeln den Fenstern den Rücken zu, rieb sich vielsagend die Hände. »War die größte Masche, die wir zusammen durchgezogen haben. Die Pilger haben doch anständig geblecht, was?«

Aphrodite kräuselte die Stirn. »Schade, daß keine Pilger mehr kommen, wenn die BDF alles zu Klump haut. Du hast recht, Singi. Wir müssen verduften, ehe hier 's Klo gezogen wird. Man weiß ja nie, was irgend so 'm PEK-Lakai einfällt. Womöglich wird zum Schluß alles abgeschottet, und wir sitzen fest, wo wir lieber nicht wären. Sobald die KOPFI-Ärsche da sind, wird gepackt. So in zwei Monaten, hm? Oder vielleicht früher, wenn ich danach geh, was ich so hör. Und wir müssen auf unsere Knete aufpassen. Sie ist zwar auf Serendipiti, aber 's könnte ja was schieflaufen. Es sind jetzt ungefähr sechs Millionen. Durch drei geteilt, Singi-Schätzchen, macht's zwei für jeden. Ist nicht gerade wenig für drei Jahre Teilzeitarbeit.«

»Insgesamt mehr als drei Scheißjahre«, brummte Byron. »Singi und ich mußten ja erst das Landzungenmassaker inszenieren, entsinnst du dich? Das war 'ne etwas heikle Angelegenheit. Hat mir gar nicht gefallen, den verdammten Scheißpräsenzen so nah zu sein. Und sogar davor haben wir schon 'n bißchen Gerüchte ausstreuen müssen.«

Aphrodite zuckte die Achseln. »Da hast du bestimmt nicht Tag und Nacht geschuftet, Byri. Zwischendurch hast du mit Singi ja 'n sauberen Schnitt bei der Herons-Welt-Affäre gemacht. Ich war echt sauer auf euch Kerls, wißt ihr das?! Ich armes, kleines Siedlerkind krieg auch gern meinen Teil vom Kuchen, hättet ihr mich da nicht 'n klein wenig mitmischen lassen können?« Sie stand auf und schlenderte träge ans Fenster, schaute über die niedrige Brüstung über das lautstarke Durcheinander der Stadt aus.

»Du warst halt nicht dabei«, schnaubte Byron und

warf ihr einen gehässigen Blick zu. »Du hattest was anderes zu tun. Mir ist, als könnte ich mich an 'ne Geschichte um verschwundene Diplomatenakten entsinnen.«

»Egal, egal, laß gut sein«, antwortete Aphrodite, drehte sich um, winkte mit beiden Händen ab, um ihn zu beschwichtigen. »Daran möchte ich nicht erinnert werden.«

Unter ihnen, im Gewölbe des Sanktuariums, schlug wiederholt eine Glocke, ihr getragenes *Dong-dong* schien rings um die drei Anwesenden die Luft zu verdicken.

»Abendmesse«, konstatierte Singfried, raffte sich auf und ging zu der Garderobe, an die er sein Gewand und die Krone gehängt hatte. »Verflucht noch mal, allmählich werde ich den Quatsch satt. Anfangs war's ja ganz lustig, aber inzwischen steht's mir bis über die Augen.«

»Du brauchst diesmal doch bloß beeindruckend auszusehen«, wandte Byron ein. »Die Zeremonien muß ich ableiern.«

»Und ich die Offenbarungen verkünden«, sagte Aphrodite. »Ich glaube, ich ziehe den neuen Mantel mit den blauen Federn an. Wie lautet die Botschaft der Präsenzen denn heute abend?«

»Haut weg den Scheiß, denn die Stunde ist nah«, empfahl Byron mit einem unpriesterlichen Feixen, als er nach der üppigen, weißen Perücke griff, die neben der Wohnungstür auf einem Ständer prunkte.

»Bereut, bereut, der Tag rückt näher.« Singfried prustete und kicherte.

»Was glaubt ihr, was sie wirklich sagen?« fragte Aphrodite und reckte sich. »Die Präsenzen, meine ich. Habt ihr euch das schon mal überlegt?«

Die beiden großen, weißhaarigen Männer, die gütig wie Heilige aussahen, starrten sie gleichermaßen ausdruckslos an, als befürchteten sie, sie könnte verrückt geworden sein.

»Nein, nicht.« Aphrodite seufzte. »Ich nehme an, ihr Kerls habt daran noch gar keinen Gedanken verschwendet.«

Von einem Hochpaß oberhalb der Rote-Hauer-Schlucht spähte Donatella Ginster talwärts, den Kopf nur knapp über Aufreihungen kristalliner Aufwüchse gehoben, drehte langsam den Oberkörper, während sie durch ein ausgezeichnetes Fernglas das Flachland beobachtete. Mehrmals verhielt sie, blickte angestrengt hinunter, verstellte am Fernglas die Schärfe, drehte sich dann weiter; nachdem sie das gesamte Tal abgesucht hatte, robbte sie rückwärts von der Paßhöhe hinab und stieß wieder zu Tasmin Ferrence und seinen Akoluthen, die neben dem Paßweg rasteten, sich auf dem Boden fläzten und mit Clarins Kristallmaus spielten.

»Sie sind da«, sagte Dona knapp. »Wenigstens zwei Gruppen.«

»Dieselben wie gestern abend?« erkundigte sich Tasmin, reichte die Maus Clarin, bevor er aufstand.

»Sie sehen aus wie dieselben. Wer weiß? Eine Gruppe hält sich unten am Weg auf, man könnte meinen, sie wartet dort auf uns. Die andere bewegt sich mitten durchs Tal, als wüßte sie überhaupt nichts von der einen Gruppe.«

»Haben Sie unsere Tracht bemerkt? Fahrtensängertracht?«

»In der Gruppe drunten im Tal, ja. Bei zwei Personen. Aber nichts dergleichen am unteren Ende des Wegs.«

»In welche Richtung zieht die Gruppe mit den Fahrtensängern?«

»Östlich von ihr liegt ein Durchstieg, für den es auch eine Losung gibt. Auf dem Weg kämen sie dann hinter den Rote-Hauer-Rücken und befänden sich dann sieben oder acht Kilometer südöstlich unseres Standorts.«

Tasmin runzelte die Stirn. »Wir können abwarten, bis die Gruppe mit den Fahrtensängern im Rote-Hauer-Rücken ist, dann überqueren wir den Weg hinter ihr und gelangen aus dem Sichtbereich der Gruppe unten auf dem Weg.«

»Ich kenne eine Route, die uns nützlich sein dürfte.« Dona nickte. »Wenn wir uns hinter die Gruppe mit den Sängern schleichen, kann ich uns in einen schnell durchquerbaren Nord-Süd-Korridor bringen.«

Mit einem Nicken stimmte Tasmin zu. »Sobald wir weit genug im Süden sind, um mit keinen unmittelbaren Schwierigkeiten rechnen zu müssen, können wir uns teilen. Einige von uns müssen zu Thyle Vowe. Ich wünschte, seine Nachricht wäre etwas weniger rätselhaft gewesen, er hätte uns verraten, was es ist, das er weiß, aber wir müssen gegenwärtig von der Annahme ausgehen, daß er weiß oder zumindest vermutet, was sich abspielt. Aber ob er wirklich Bescheid weiß oder nicht, in jedem Fall benötigen wir Hilfe, und an jemand anderes können wir uns nicht wenden.«

»Ich hatte nie vor, andere in diese Sache hineinzuziehen«, jammerte Donatella. »Jetzt habe ich deswegen Gewissensbisse.«

»Sie haben uns nicht vorsätzlich mit hineingezogen, Forschungssängerin. Die Akoluthen und ich haben darüber diskutiert.« Er richtete sich zu voller Größe auf, streckte sich, die weiten Ärmel seiner Kutte rutschten ihm, als er die Arme zum Himmel hob, auf die Schultern herab. Er kehrte sich Dona direkt zu, schüttelte die Kutte aus. »Wir ... Oder ich muß wohl sagen, *ich* bin auf diese Reise gegangen, um eine Anzahl in meinem Privatleben aufgetretener Geheimnisse aufzuklären ... Die geheimnisvollen Vorfälle um meinen Bruder Lim, meine Frau. Darüber will ich Klarheit haben, aber momentan stehen wohl dringendere Probleme zur Lösung an.« Er wandte sich ab. Jetzt die Nachforschungen hinsichtlich nach der Ursachen für Celcys Tod abzubrechen, empfand er als Schande; doch allem Anschein nach blieb ihm keine Wahl.

»Eins nach dem andern«, meinte Clarin aufmunternd zu ihm, überbrückte das Schweigen und gab ihm Gelegenheit, um sich zu fassen. Sie hatte die Kristallmaus in die Tasche zurückgesetzt und packte nun ihre Sachen zusammen.

»Klar«, sagte Tasmin, versuchte ein Lächeln aufzusetzen, das ziemlich matt ausfiel. »Wie erwähnt, wir haben über alles gesprochen, und wir wollen Ihnen dabei helfen, genau das zu erreichen, was Sie sich vorgenommen haben. Angesichts der Lage ist es das wichtigste, was wir tun können, ganz Jubal zur Kenntnis zu geben, daß die Präsenzen tatsächlich intelligente Geschöpfe sind.«

Clarin nickte, strich mit den Fingern durch ihre krause Kurzfrisur. »Ja, darin sind wir einer Meinung. Allerdings sehen wir alle, Tasmin, Jamieson und ich, die Notwendigkeit, mit äußerster Umsicht und Besonnenheit vorzugehen. Wenn das KOPFI-Gremium erst mal zusammengetreten ist und seinen Schlußbericht vorgelegt hat, wird's für weitere Bemühungen zu spät sein. Wir müssen alles, was wir behaupten, beweisen können. Die Sache muß rundum stimmen. Und bis jetzt können wir uns, wie Jamieson schon gesagt hat, lediglich auf Ihre Angaben stützen. Es könnte sich eine andere Erklärung für diesen Überfall auf Sie finden, und mehr haben wir mit eigenen Augen noch nicht gesehen.« Sie schulterte ihr Bündel und entfernte sich, um es aufs Maultier zu laden, das abseits bereitstand.

»Aber ich habe Ihnen doch erzählt ...«, begann Donatella.

»Sie haben uns von Ihrer Absprache mit Lim Terri erzählt«, unterbrach Jamieson sie mit Entschiedenheit, »aber dafür könnten auch andere Gründe vorhanden gewesen sein.« Er ging zum Weg, um auch seine Sachen aufs Muli zu packen.

»Ich habe Ihnen doch den Rätselstein-Kubus vorgespielt«, sagte Dona empört zu Tasmin.

»Ihnen fehlen Zeugen für die Entstehung der Aufnahme, und es wäre denkbar, daß sie eine Fälschung ist«, antwortete Tasmin in einem Ton, der dennoch Verständnis zum Ausdruck brachte. »Und sie ist, um offen zu sein ... Na ja, sie ist eben rätselhaft.« Er bemerkte ihre Miene. »Es ist keineswegs so«, fügte er hastig hinzu, »daß wir Ihnen nicht glauben würden. Sie haben recht, es sind Wörter, regelmäßig vorkommende Begriffe. Bloß erwecken sie nicht den Eindruck, in irgendeinem klaren Zusammenhang mit dem zu stehen, was Sie gesagt haben. Oder gesagt zu haben glauben.«

»Ich war zu Tode erschrocken«, gestand Dona. »Ich bin eiliger vorgegangen, als es richtig gewesen wäre. Ständig traten Beben auf, und die Worte des Rätselsteins klangen ... Tja, sie haben irgendwie feindselig geklungen.«

Tasmin nickte. »Das Gefühl hatten wir auch, und eigentlich ist das eines der besten Argumente dafür, daß die Aufnahme *nicht* gefälscht ist. Eine Fälschung enthielte vermutlich besser Verständliches und scheinbar Überzeugenderes. Um es völlig klarzustellen: Wir glauben Ihnen. Aber das gleiche läßt sich nicht zwangsläufig von anderen erwarten. Also müssen Beweise her. Für die Leute, die wir informieren wollen, muß alles genauso offensichtlich wie für Sie sein.« Er ging auf die Maultiere zu, bei denen Clarin und Jamieson, die aufmerksam gelauscht hatten, ihnen entgegenblickten. »Wir brauchen zum Vorweisen mehr als Ihre Aussage. Wir müssen Zeugen vorführen können.«

Unsicher und verärgert schaute Donatella Ginster von einer zur anderen erwartungsvollen Miene. »Und wie stellen Sie sich vor, daß ...?«

»Oh, ganz einfach«, entgegnete Jamieson strahlenden Lächelns. »Wir werden uns auch mal mit dem Rätselstein unterhalten.«

11

Harward Justin hatte seine Bleibe in einer Luxuswohnung im obersten Stockwerk des BDF-Direktionsgebäudes. Einmal hatte er sich überlegt, in ein anderes Zuhause umzuziehen, den Gedanken jedoch verworfen. Es war sehr bequem, einfach BDF-Angestellte heraufrufen zu können, wenn er einen Koch, einen Hausmeister oder Entsorgungspersonal brauchte. Solange er BDF-Mitarbeiter in Reichweite hatte, brauchte er sich um Unterhaltskosten, Arbeitsdisziplin oder Kosten, obwohl er gelegentlich in diesen Sachfragen intervenierte, nicht den Kopf zu zerbrechen. Justin hielt weniger vom Zukkerbrot und mehr von der Peitsche, und die idiotische Beharrlichkeit, mit der die Personalabteilung darauf bestand, Leuten mehr zu zahlen, als sie wert waren, wurmte ihn oftmals gehörig.

Trotzdem diente der Rückgriff auf BDF-Untergebene seinen alltäglichen Bedürfnissen in ausreichendem Umfang. Weil sie nicht im Haus wohnten, brauchte er sie nicht durchzufüttern. Und wenn sie fort waren, hatte er seine ausgeprägt ruhige Privatsphäre. Und es geschah im privaten, daß er sich den Neigungen hingab, für die er andere, ganz besondere Unterlinge brauchte.

Neben seiner Wohnung befanden sich abgeteilte Räume ohne Fenster, zwei Korridore mit Wohnungen und Zellen. Eine abschließbare, bewachte Tür verband die Wohnung mit diesen Nachbarräumen. Dort waren Justins private Untergebene einquartiert, die ihm Spinne Geroan besorgte.

Die meisten Menschen fürchteten und haßten Spinne Geroan. Justin fand ihn sowohl interessant wie auch bewundernswert. Er ahnte in Geroans Betragen eine Art von innerer Verwandtschaft. Sogar Geroans Gesicht, von dem Justin seit jeher den Eindruck hatte, daß es dem Gesicht eines noch frischen Leichnams ähnelte, aus dem alles Leben gewichen war, aber der noch in keinem erkennbaren Maße zu verwesen begonnen hatte, gefiel ihm. Er sah in dieser Miene ein Abbild der Weise, wie zu sein er sich willentlich zwingen mußte, nämlich distanziert und unerbittlich. In Geroan spürte er eine Tiefe stummen Einvernehmens, wie er es mit sonst keinem Menschen je erlangt hatte. Justin argwöhnte, daß andere Leute — ›die Leute‹, das Volk im allgemeinen — seine Vergnügungen als kindisch empfänden, auf einer Ebene mit dem Zerschnippeln lebendiger Tiere oder Schikanieren kleinerer Kinder, wie Jungs es verübten, über das sie jedoch später hinauswuchsen. Aber anscheinend stufte Geroan seine Amüsements nicht als kindisch ein. Geroan wußte alles über die geheimen Räume und ihre Bewohner. Er hatte die Mehrzahl von ihnen hergeschafft. Geroan wußte genau, warum Justin sie haben wollte. Oder ab und zu den einen oder anderen davon.

Am heutigen Abend war ihm nach jemand Bestimmtem zumute, während er an der Verbindungstür wartete, bis der Wächter sie ihm aufgesperrt hatte. Hinter der Tür führte links ein anderer Eingang zu den Wohnungen seiner berufsspezifisch ausgewählten Untergebenen: Dem Arzt, der Masseurin, den vier Gesellschaftskurtisanen, die als Hostessen fungierten, wenn Justin erlesene Gäste hatte; alle bewohnten gesonderte, komfortabel möblierte Appartements. Rechts lagen die Zellen, kleine Kammern, die nur die unentbehrlichsten sanitären Einrichtungen aufwiesen. Früher hatte er einmal die Absicht gehabt, auch diesen Korridor komplett zu belegen, aber verwirklicht hatte er das Vorhaben nicht. Viele Türen standen offen und gewährten Einblick in leere Zellen. Justin ging zu einer geschlossenen Tür — der dritten links — und stieß sie auf; sie war mit einer 6 numeriert, und man konnte sie nur von außen öffnen.

Die Insassin kauerte zusammengesunken an der Wand.

»Steh auf!« befahl er ihr.

Sie wirkte, als hätte sie ihn nicht gehört. Er fluchte und zerrte sie auf die Beine. Sie schwankte und sackte zurück gegen die Wand, sank fast wieder zusammen. Sie trug verdreckte Lumpen, die in Fetzen hingen, ihre Brüste und den Unterleib unverhüllt ließen. Früher hatte sie immer versucht, sich zu bedecken. Jetzt tat sie es nicht mehr. Inzwischen erübrigte es sich gewissermaßen. Die einmal rundlich gewesene Figur und die ursprünglich wohlgeformten Beine waren zu knochigen Karikaturen ihres vorherigen Aussehens heruntergekommen. Was sich einmal als Pracht mahagonifarbener Haarfülle dargeboten hatte, bestand jetzt nur noch aus wirr verfilzten Haarknäueln schmieriger Strähnen.

»Bettchen-Bettchen«, sagte er zu ihr das Stichwort, mit dem er sie das Fürchten gelehrt hatte.

Keine Reaktion erfolgte. In den stumpfen Augen zeigte sich nicht die geringste Regung. In der Miene rührte sich nicht das schwächste Zucken.

Justin fluchte nochmals, schlug sie, und sie brach an der Wand zusammen, blieb bewegungslos liegen.

»Hier wird dich niemand rausholen, das sollte dir klar sein!« schrie Justin. »Alle halten dich für tot. Sie glauben's schon seit Monaten. In derselben Nacht, als wir dich hergebracht haben, ist der Leichnam einer Person, die Geroan in der Mache gehabt hatte, mit deinen Kleidern hinter die Priorei geschmissen worden. Jeder denkt, das wärst du gewesen!«

Die Gefangene reagierte nicht im geringsten.

Harward stapfte aus der Zelle, ließ die Tür hinter sich ins Schloß fallen.

Er eilte in den anderen Korridor. Die Wohnung des Arztes war die zweite rechts. Diesmal rang Justin sich die Geste eines nachlässigen Anklopfens ab, bevor er eintrat. Die berufshalber ausgesuchten Untergebenen arbeiteten besser, wenn man ihnen ein gewisses Privatleben vortäuschte.

Der Mann im Innern der Wohnung erhob sich aus dem Sessel, in dem er gesessen hatte, ein Finger hielt ein Buch an der zuletzt gelesenen Stelle offen. Proper war er, ein fahlgesichtiger Mann um die fündunddreißig, in Justins Livree gekleidet. Seine Hände zitterten. »Ja, Mr. Justin?« sagte er.

»Zelle Nummer sechs«, sagte Justin. »Was ist mit ihr?« Es zählte zu den Pflichten des Arztes, die Bewohner beider Korridore medizinisch zu betreuen.

»Gretl?«

»Nummer sechs«, fauchte Justin.

»Sie stirbt uns weg«, antwortete der Arzt mit zittriger Stimme. Seine Weinerlichkeit ärgerte Justin. Wenn die Frau starb, war es ihre eigene Schuld. Sein Wunsch war es gewesen, sie zu einer seiner Kurtisanen zu machen, doch sie hatte sich halsstarrig geweigert, ihm zu Willen zu sein.

»Wieso? Was ist mit ihr los?«

Die Stimme des Arztes nahm einen ruhigen, völlig gefühllosen Tonfall an. Nur das Zittern seiner Hände blieb. »Sie ist halb verhungert. Sie ist wiederholt vergewaltigt und mißhandelt worden, deshalb möchte sie sterben.«

»Verhindern Sie's!«

»Leider bin ich dagegen machtlos. Ich kann sie zwangsernähren, wenn Sie darauf bestehen, oder ihr, wenn Sie das wollen, eine Euphoriedroge verabreichen. Kann sein, dann lebt sie weiter, jedenfalls für eine Weile. Aber natürlich wird sie nie wieder auch nur einigermaßen gut aussehen.«

Gereizt verzog Justin die Lippen. Natürlich legte er keinen Wert darauf, daß das Miststück eine Euphoriedroge bekam. An ihrem Wohlergehen hatte er keinerlei Interesse.

»Sehen Sie zu«, sagte er, »daß wir sie loswerden.«

»Ich kann doch nicht ... ich kann unmöglich ...«

»Sie können. Sonst werde ich veranlassen, daß jemand Ihre Frau aufsucht, Dr. Michael. Möchten Sie etwa, daß sie in Zelle sechs sitzt?«

Der Arzt schwieg.

Justin wandte sich zum Gehen.

»Mr. Justin ...«

»Was denn?!«

»Ich bin jetzt seit einem Jahr hier ...«

»Und?«

»Sie hatten mir versprochen, wenn ich ein Jahr lang für Sie tätig gewesen bin, würden Sie darüber nachdenken, ob ich die Kinder sehen darf ...« Diesmal verriet das Gesicht die innere Verfassung des Manns. Tränen traten ihm in die Augen. Sie schimmerten wie Aspik. Sein Mundwinkel bebte.

Erneut verzog Justin seine Lippen, diesmal aufgrund eines tiefen Gefühls satter Befriedigung.

»Ja«, gestand er ganz leise und regelrecht liebevoll zu. »Sicher, das will ich tun, Doktor. Ich werde darüber nachdenken.«

Das Gesicht des Arztes spiegelte nun seelische Aufgewühltheit. »Sind sie ... sind sie gesund?«

»Warum sollten sie's nicht sein?«

»Bitte, Sir ...«

»Doktor!« Justins Ausruf glich einem Peitschenknall.

Der Mann senkte wortlos den Kopf.

»Daß Sie so brav sind«, sagte Justin und leckte sich die Lippen, »ist es ja eben, was die gute Verfassung Ihrer Familie sicherstellt.«

Er erhielt keine Antwort. Justin ließ den Arzt stehen, der ganz leicht vor sich hinzitterte, den Finger noch immer zwischen die Buchseiten geklemmt.

Ebenso gelassen wie überzeugungskräftig redete Justin sich ein, wessen es bedurfte: Es war eine vernünftige Entscheidung, sich der Frau zu entledigen. Sie hatte sich als Enttäuschung entpuppt, also empfahl es sich, sie zu vergessen. Eigentlich war es ihm nur wichtig gewesen, etwas klarzustellen, und das hatte er getan.

Niemand sagte nein zu Hardward Justin und kam damit davon. Was den Arzt betraf, hatte er durchaus die Bereitschaft, ihm ein bißchen Hoffnung zu gönnen. Nicht viel, nur ein wenig. Er sollte glauben, das Leben seiner Familie hinge von seiner Folgsamkeit ab, seinem Gehorsam. Das mußte ihm eingetrichtert werden. Vielleicht war es günstig, ihm ein Holo seiner Frau und der Bälger zu zeigen. Selbstverständlich müßte man erst eine Fälschung fabrizieren. Weil es sich nicht empfahl, zu dulden, daß Ehefrauen umherliefen und lästige Fragen stellten, war die Frau des Doktors seit demselben Tag tot, an dem Geroan ihn abgeholt hatte. Was die Kinder anging …

Das Raunen einer wohlbekannten Stimme, das ihn durch die Sprechanlage aus der vier Stockwerke tiefer gelegenen Anmeldung erreichte, unterbrach seine Grübeleien. Justin erschrak und stieß einen Fluch aus. Kaum dachte man an den Teufel … Die Stimme, die aus der Sprechanlage drang, gehörte Spinne Geroan. Er war auf dem Weg nach oben.

»Na so was, Spinne.« Justin begrüßte ihn mit verzerrtem Lächeln und leutseligem Zwinkern seiner wie Schlammeis trüben Krötenaugen. »Nett von Ihnen, daß Sie persönlich kommen, um mir zu melden, daß der Fall erledigt ist.«

»Leider ist er's nicht.«

Dem Bekenntnis folgte ein eher unbehagliches als unheilvolles Schweigen. Spinne Geroan hatte keine Furcht vor Justins Ungnade. Eine körperliche Anomalie machte ihn für Schmerz unempfindlich, und er konnte sich nicht daran erinnern, je Zuneigung empfunden oder den Tod gefürchtet zu haben. Er blieb gegen alle Arten von Drohungen gefeit. Seine einzigen Freuden waren geheimer, verborgener Art, jedenfalls aber für andere schmerzhafter Natur; sein alleiniger Grund zum Leben bestand aus einer schwachen, jedoch anhaltender Neugier. Sein regloses Gesicht bezeugte keinerlei

Anteilnahme an dem, was er gerade gesagt hatte, so wie es nie an irgend etwas Interesse verriet. Das war eine der Eigenschaften, die Justin an Geroan so mochte.

Darum verlegte Justin sich nun auf den verständnisvollen Ton jemandes, der sich nach der Gesundheit eines teuren, geschätzten Freunds erkundigt. »Ich bedaure, das zu hören, Spinne. Was ist passiert?«

»Sie wollten, daß Dona Ginsters Tod nach einem Kristallitenanschlag aussieht, ja?«

»Wollte ich. Will ich, ja. Sie ist weithin bekannt, so etwas wie eine Kultperson. Ihre Ermordung wird endgültig die Greueltat sein, die den Gouverneur zum Internieren der Kristalliten zwingt.«

Der Assassinenmeister nickte. »Ich habe einen kleinen Trupp guttrainierter Männer mit Messern beauftragt. Ihr Helferchen in der Priorei hat ein paar dienstliche Anweisungen gefälscht, so wie Sie's sich ausgedacht hatten, und die Forscherin ist in den Rote-Hauer-Rücken geschickt worden. Meine Männer sollten sie außerhalb der Kristallzone liquidieren, wenn sie sich nicht mehr zwischen die Präsenzen zurückziehen könnte. Während sie im Hinterhalt den richtigen Moment abwarteten, ist sie von einer anderen Gruppe überfallen worden. Vier waren es. Meine Männer griffen ein, um mitzumachen, aber ein Grüppchen bewaffneter Fahrtensänger kreuzte auf und schlug alle in die Flucht.«

»Fahrtensänger?! Bewaffnet? Wie viele?«

»Sechs, haben meine Männer behauptet. Ich bezweifle es. Wahrscheinlich waren's drei. Der Beschreibung zufolge dürfte einer von ihnen Tasmin Ferrence aus Tiefkrume Fünf gewesen sein. Er ist wenige Stunden davor in Nordweststadt gewesen, und zu einem Lasterfahrer hat er erwähnt, er sei zu Ginster unterwegs. Er hatte zwei Akoluthen dabei, vermutlich seine eigenen. Sie hatten wenigstens ein Gewehr dabei. Ich weiß nicht, weshalb oder woher sie bewaffnet waren — noch nicht —, aber ich werd's herausfinden.«

Ungeduldig saugte Justin die Zunge an den Zähnen fest. »Was hat sich denn abgespielt?«

»Mehrere meiner Männer sind umgekommen, der Rest ist in die Flucht gejagt worden. Ginster und die Fahrtensänger haben sich in den Rote-Hauer-Rücken verdrückt.«

»Sie ist uns schon *wieder* durch die Lappen gegangen!«

»Sie sind entwischt.« Ganz leicht betonte Geroan das Wörtchen *sie*. Er war bezahlt worden, um die Frau zu beseitigen, doch nun mußte und wollte er sie alle eliminieren. »Aber nur zeitweilig.«

»Haben Sie jemanden auf sie angesetzt?«

»Natürlich. Sie haben gezahlt, damit sie gekillt wird, und wofür Sie zahlen, das sollen Sie haben, Justin. Es ist einfach lächerlich, daß dafür soviel Aufwand erforderlich sein soll. Ich habe ihnen bereits mit einem Paar gemieteter Fahrtensänger eine Truppe meiner Männer in den Rote-Hauer-Rücken nachgeschickt.«

»Wenn sie Ginster den Garaus machen, müssen sie auch Ferrence um die Ecke bringen, und die Fahrtensänger werden etwas dagegen haben, wenn ein Kollege ermordet wird.«

»Sie werden nicht um Erlaubnis gefragt.« Geroans Stimme klang lasch, als ob das ganze Thema ihn langweilte. Kein Muskel zuckte in seinem Gesicht, und Justin bewunderte diese felsenfeste Ruhe.

Trotzdem blieb Justin hartnäckig. Manchmal träumte er davon, in Geroans Miene Überraschung hervorzurufen. Einmal wenigstens ...

»Vielleicht stellen sie sich gegen Ihre Männer.«

»Wenn sie das tun, werden sie abgestochen.«

»Aber dann können Ihre Männer den Rote-Hauer-Rücken nicht mehr verlassen.«

Geroan drehte ihm den Rücken zu. Dann konnten sie ihn eben nicht mehr verlassen. Sie waren entbehrlich.

Justin gab auf. »Wer waren die Leute, die ihnen zuvorgekommen sind?«

»Einer von ihnen hat noch 'n Weilchen gelebt. Ich habe ihn gefragt.«

»Und?«

»Er sagte, sie hätten ihr Geld von den Kristalliten erhalten, aber ursprünglich hätt's, meinte er, von Schnukkitrud Thonks gestammt.«

»Thonks Hurenweib? Weshalb sollte Schnuckitrud denn Donatella Ginster umbringen wollen?«

Diese Frage hatte Geroan sich auch schon gestellt gehabt, und er war hinlänglich neugierig gewesen, um ein paar Nachforschungen anzustellen. »Mir ist hinterbracht worden, daß die Gouverneurslady in einen Küstensänger aus dem Kreis der Großen Sechs verknallt gewesen ist.«

»Ach, Donnerwetter, Mann, was ist denn schon die Gerüchteküche wert?! Schnuckitrud war und ist in alle sechs verknallt und dazu jederzeit und überall in noch zwölf andere Männer, Frauen oder Mulis, also was soll's? Sie meinen Lim Terri? Der kürzlich umgekommen ist? In einer Hinsicht könnten Sie allerdings recht haben: Er hat bei der Verwendung einer Ginster-Partitur den Tod gefunden. Aber ist es nicht überspannt, jetzt anzunehmen, das wäre der Grund?«

»Vielleicht. Als Motiv kommt auch reine Bosheit in Frage. Auf einem großen Empfang vor einigen Monaten hier in Punkt Eins hat Donatella Ginster beim Bekanntmachen Schnuckitrud Thonks mit Gereny Vox verwechselt.«

Das empfand selbst Justin als lustig. »So?« grölte er. »Ein Versprecher? Sie haben Zuträger, die Sie sogar über Versprecher informieren?« Voller Staunen schüttelte er den Kopf. Spinne Geroan war tatsächlich der tüchtigste Mann im Gewerbe, und man wußte, daß sein Erfolg auf detaillierten, akkuraten Informationen beruhte; doch war es wirklich möglich, daß er derartig geringfügigen Kleinigkeiten Glaubhaftigkeit und Bedeutung beimaß?

»Vielleicht ist ihr Selbstwert ihr so wichtig wie Ihnen Ihre Geheimnisse, Justin.«

Justin schnob. Ihm fiel es schwer genug, sich vorzustellen, wie es einer Ex-Erotiktänzerin und Teilzeitprostituierten von Herons Welt hatte gelingen können, durch einen ehrgeizigen Bürokraten geschwängert zu werden, ihm einen Sohn zu gebären, zuletzt die Gattin des Gouverneurs, eine Frau bester Herkunft, von seiner Seite zu verdrängen und zur First Lady eines nicht unwichtigen Planeten aufzusteigen. Daß diese Frau verstärkt den Schutz ihrer Reputation betreiben sollte, überstieg sein Begriffsvermögen. »Ich glaube nicht, daß es eine Frage des Selbstwerts ist, Geroan. Es handelt sich schlicht und einfach um eine Sache der Eitelkeit. Schnuckitrud ist der Ansicht, jeder auf Jubal müßte sie kennen und entweder bewundern oder beneiden, oder beides, und daß es bei denen, die's nicht tun, doch so sein sollte. Um ihre Vergangenheit schert sie sich nicht im mindesten. Auf ihre Gegenwart und Zukunft kommt's ihr an, und daß Menschen baff vor Verehrung zu ihr aufblicken, ist ihr am allerwichtigsten. Deswegen sind die Küstensänger praktisch so etwas wie ihr Privatbesitz — aus nichts als Eitelkeit. Und deshalb läßt sie den guten, alten Wuyllum seine hübsche Tochter eingesperrt halten ... Aber das will ich ihr noch ausreden.« Justin leckte sich die Lippen. »Die Frau wünscht keine Konkurrenz. Manchmal muß man sie dazu ermutigen, ein bißchen davon hinzunehmen.«

»Na ja, falls sie Ginster als Konkurrenz betrachtet, wird sie bald ausfallen. Sollten meine Männer sie nicht innerhalb der nächsten beiden Tage abservieren, werde ich mich persönlich darum kümmern. Ich kann mich an keinen Fall erinnern, daß irgend jemand meinen Maßnahmen dreimal entkommen wäre. So was kann ich nicht dulden. Schon mein berufliches Anstandsgefühl macht's mir unmöglich, so etwas zuzulassen.« Die Wörter kamen über Geroans Lippen, als tropfte Wasser auf Stein, völlig gefühllos, ohne sonderlichen Nachdruck, und doch spürte man, daß der Wille, der hinter der Stimme war, eine ebenso nachhaltige Wirkung wie Wassertropfen haben, er so beharrlich wie sie, wenn nötig, auf ein Ziel hinarbeiten konnte. Falls Geroan sich je tiefe, ernsthafte Gedanken machte, überlegte Justin, dann wahrscheinlich in diesem Moment. »Bloß um meine Neugierde zu stillen, Justin: Woher wissen Sie, daß die Frau Ihnen gefährlich werden kann?«

»Sie haben Ihre Informationsquellen, Geroan, und ich habe meine.« Ungerührt wartete der Assassinenmeister, seine unerschütterliches Schweigen flößte Justin Unbehagen ein. »Ach, na schön. Jemand hat ihr von außerhalb des Planeten einen Translator besorgt. Der zuständige Sachbearbeiter der Beschaffungsabteilung hat das Gerät auf einem Frachtformular aufgeführt gesehen und mir Bescheid gegeben. Ich habe eine kurze Liste mit Artikeln aufgestellt, deren Auftauchen in Lieferungen mir mitzuteilen ist, und auf dieser Liste stehen Translatoren an erster Stelle. Dann hat Donatella Ginster in Punkt Eins den Verlust ihres Synthesizers gemeldet, und durch gewisse Kanäle hat der Prior mich darüber informiert. Angeblich verlorene Ausrüstung ist etwas, für das ich mich — aus naheliegenden Gründen — auch interessiere. Die beiden Vorkommnisse haben meine Beachtung auf Donatella Ginster gelenkt. Danach hat ein Bediensteter in ihrer Heimat-Priorei dem Forschungssänger-King erzählt, wie aufgeregt und überdreht sie wegen irgend etwas wäre, und sie hat ihm gegenüber ein paar Bemerkungen gemacht, die auf mehr als nur beiläufiges Interesse am Präsenzen-Dietrich hindeuten. Und außerdem hat sie die Rätselstein-Partitur eingereicht, und das verdammte Ding funktioniert. Zu welchen Schlußfolgerungen würden wohl Sie angesichts dieser Kombination von Auffälligkeiten neigen, Geroan?«

Der Assassinenmeister musterte ihn lediglich, schwieg einen Moment lang. Geroan war des Gefühls der Überraschung nahezu unfähig, aber diesmal hatte Justin ihn überrascht. Geroan hatte ihn unterschätzt. Justins Informationsnetz mußte Geroans beinahe gleichwertig sein. Der einzige Hinweis, den Spinne hatte und der von Justin unerwähnt geblieben war, bestand aus der ziemlich unbestimmten Information, die er von der Friseuse Sophron kannte.

Nachdem Geroan fort war, brachte Justin einige Minuten mit fruchtlosem Vorsichhinschimpfen zu. Donatella Ginsters Leben schien wie durch Zauberei geschützt zu sein. Justin konnte sich nicht vorstellen, wie sie es geschafft hatte, den ersten beiden Anschlägen zu entgehen. Beide Attentäter waren durch Geroan persönlich ausgesucht worden, doch hätte es keinen Zweck, sich deshalb mit Geroan anzulegen. Und obwohl Justin sich erheblich sicherer fühlen würde, wäre Ginster tot, genügte es vielleicht, sie in die Berge gescheucht zu haben, von wo aus sie mit niemandem an der Tiefkrumeküste Verbindung aufzunehmen vermochte. Daß sie irgendwelchen Ärger anstiften konnte, bevor Ymries und das KOPFI-Gremium eintrafen, war unwahrscheinlich. Wie sollte sie noch lästig werden, sobald die Hearings begonnen hatten?

Es mußte eben ein anderer Vorwand herhalten, um sich der Kristalliten zu entledigen. Singfried Bims konnte seinen Lieblingsterroristen eine Bombe legen oder irgend etwas ähnliches anstellen lassen, dann ließ sich der militante Kristallitenmob internieren, und man hatte ihn aus der Quere. Vor der Internierung brauchten Singfried Bims und seine Kumpane natürlich ein paar Tage Frist, um sich vom Planeten abzusetzen. Mit der Gründung der ganzen Kristallitenreligion hatten sie gute Arbeit geleistet, und womöglich konnte er sich des Trios woanders noch einmal bedienen ...

Es sei denn ... Außer er gelangte zu der Auffassung,

es sei vorteilhafter, sie nicht abhauen zu lassen; auf lange Sicht mochte sich darauf für Justin ein Grad höherer Sicherheit ergeben. Die drei mußten mittlerweile ein beträchtliches Guthaben auf Serendipiti zusammengerafft haben — um die vier Millionen, falls Justin die Einnahmen des Tempels ungefähr richtig schätzte, oder mehr. Es wäre nicht schwierig, das Konto anzuzapfen, wenn er es sich ernstlich vornahm, um so weniger, wenn Bims und seine Kollegen ihm dabei nicht im Weg standen. Vier Millionen oder mehr als Rücklage waren ein nettes Sümmchen.

Er überlegte eine Zeitlang, dachte gelegentlich auch an die bewaffneten Fahrtensänger, ohne sich in irgendeiner Beziehung zu etwas Konkretem entschließen zu können. Die Enttäuschung über seine speziellen Untergebenen hatten er inzwischen völlig vergessen.

Vom Wohnsitz Spinne Geroans hoch in einem der älteren Gebäude in Punkt Eins ging, indem er quasi an den Fäden zupfte, die Nachricht aus, daß Spinne Neuigkeiten zu hören wünschte. Die Marionetten an den durch obere und niedrige Sphären der Gesellschaft verzweigten Fäden seines Nachrichtennetzes zuckten nervös zusammen, fragten sich, ob sie möglicherweise etwas für die Spinne Interessantes beobachtet hatten. Manchmal war es allerdings günstiger, überhaupt nichts Interessantes erzählen zu können, als nur einen Teil von irgend etwas vorzuweisen zu haben, das Spinne Geroan dringend erfahren wollte.

Ein Informant Geroans meldete sich fast unverzüglich.

»Hier ist Price Zimbel, Sir. Mir liegt Bescheid vor, daß Sie Berichte wünschen. Ich weiß keine neuen nützlichen Informationen, Ehrenwerter.«

»Sicherlich haben Sie als bevorzugter Betreuer der Forschungssänger-Ordensfrau Donatella Ginster doch nach ihrer Rückkehr mit ihr gesprochen.«

»Nur flüchtig, ehrenwerter Geroan. Seit ihrer Heimkehr hat sie mich nicht mehr zu sich gerufen.«

Geroan schob eine lange Pause des Nachdenkens ein. »Sie könnten nicht möglicherweise irgend etwas gesagt oder getan haben, durch das sie vielleicht dahingehend, daß wir über sie geredet haben, Verdacht geschöpft hat, oder, Zimmy?«

»Niemals, ehrenwerter Geroan. Selbstverständlich nicht. Falls sie durch irgend was mißtrauisch geworden ist, bin auf gar keinen Fall ich es gewesen, der es verursacht hat. Es muß etwas gewesen sein, das in Punkt Eins geschehen ist.«

»Komische Sache«, murmelte Spinne.

»Inwiefern, ehrenwerter Geroan?«

»Ein paar meiner Leute sind zum Rote-Hauer-Rükken hinaus, Zimmy, um der Forschungssänger-Ordensfrau dort aufzulauern. Sie haben sie auch gefunden. Es lief alles so, wie du's für unseren Freund Justin arrangiert hast. Aber natürlich hast du nicht noch mehr für Justin arrangiert, ohne dich vorher mit mir abzusprechen, oder? Meine Leute sind ausschließlich für mich tätig, klar? Sie spielen nicht die Außenstehenden gegen die Mitte aus, das leuchtet doch ein, nicht wahr, Zimmy? Stimmt's?«

»Völlig richtig, Sir. Ich habe nichts getan, ehe ich von Ihnen die Anweisung hatte, Sir. Dann bin ich so verfahren, wie Justin es wollte. Die Unterlagen sahen tadellos aus, einfach tadellos. Vollkommen offiziell, Sir, wirklich.« Zimmy war nervöser als sonst, wenn er mit Geroan sprach.

»Komisch.«

Schweigen.

»Obendrein sind meine Männer dort anderen Leuten begegnet. Einer anderen Gruppe, die es ebenfalls auf die Forschungssängerin abgesehen hatte. Einer Gruppe, die auch genau darüber orientiert war, wo sie suchen mußte.«

»Sie ... Anscheinend hat sie wohl jemandem gesagt, wohin sie ging. Sie ...«

»Oh, ich glaube nicht, daß die Ordensfrau es ihnen verraten hat«, sagte Spinne. »Komische Geschichte. Oder nicht?«

Grußlos beendete Geroan das Gespräch. Donatella Ginster war seinem Killer in Punkt Eins entgangen. War der Anschlag vielleicht fehlgeschlagen, weil Zimmy etwas gesagt hatte, infolgedessen sie auf der Hut war? Hatte Zimmy etwa Informationen an Schnuckitrud Thonks verkauft? Gewisse Informationen, die er exklusiv an Geroan weiterzuleiten gehabt hätte? Vielleicht hatte Zimmys Nützlichkeit sich überlebt.

Aber andererseits ... Zimmy bewährte sich als sehr brauchbare Informationsquelle in der Priorei des Nordwestens. Als sehr guter Informant in bezug auf Chase Random Hall. Alles in allem betrachtet, als gar kein übles Helferlein. Es mochte sein, daß er lediglich ein bißchen der Disziplinierung bedurfte. Spinne Geroan hatte schon oft festgestellt, daß ein wenig Disziplinierung wahre Wunder wirkte. Er dachte für eine Weile darüber nach, entschied die Weise und den Umfang der Disziplinierung, wie er sie als am effektivsten erachtete, bis sein nächster Informant zur Berichterstattung anrief.

Dieser Mann war ein Edelsteinhändler, der sein Geschäft in der Nähe des Fischmarkts betrieb; er wußte zu berichten, daß ein junger Mann ihm Pyrit-Ohrschmuck verscherbelt hatte.

»Orangegelbe Steine, nichts besonderes, aber ganz hübsch. Ich habe dem Jungen hundertzwanzig für das Ding gezahlt. Bei mir liegen noch 'n paar Steine, die recht ähnlich aussehen. So ähnlich, daß ich 'n zweiten Clip anfertigen kann. Für 'n Paar kriege ich ohne weiteres fünfhundert.«

»Junge?« wiederholte Geroan geduldig. »Was für ein Junge?«

»So ein junger Fahrtensänger. Wie nennt man sie doch gleich wieder? — Akoluthen. Der Fahrtensängernachwuchs, der noch nicht selbständig Reisen leiten darf, Sie wissen ja.« Ziemlich genau beschrieb der Händler Jamieson.

»Woher kam er?«

»Hat er nicht gesagt. Er meinte, er bräuchte das Geld für 'ne Reise nach Tiefkrume Fünf. Für 'ne Frau und 'n Kind. Es war bloß Gequassel, wissen Sie, die Art, die unsereins sich anhören muß, wenn jemand unbedingt was verkaufen will.«

»Welche Frau? Was für ein Kind?«

»Das kö-kö-könnte ich rauszufinden versuchen, ehrenwerter Geroan«, stammelte der Edelsteinhändler. »Ich könnt's rausfinden. Aber ich weiß nicht so recht, wo anfangen.«

»Der Akoluth ist zu Ihnen gekommen. Wieso?«

Wieder stotterte der Händler. »Das wa-wa-weiß ich nicht.«

»Weil er Ihren Laden gesehen hat, Sie Steinhirn. Das heißt, er war in der Umgebung, in der Nachbarschaft.«

»Vie-vielleicht war er bloß zum Mittagessen da. Viele Leute gehen wegen des Fischs auf den Markt. Das wissen Sie bestimmt selbst.«

»Kann sein, es ist wegen des Fischs gewesen. Aber es ist auch denkbar, daß er jemanden gesucht hat. Vielleicht sogar gefunden. Hören Sie sich auf dem Marktplatz um, ob in der Gegend irgend jemand ein Fahrtensänger aufgefallen ist, der nach einer Frau mit Kind Erkundigungen eingezogen hat.«

Auch eine Putzfrau der Zitadelle in Punkt Eins zählte zu Geroans Informantenkreis. Sie fand sich persönlich ein, plauderte redselig diese und jene Kleinigkeiten aus und hoffte nachgerade verzweifelt, etwas davon würde Spinne nützlich sein und ihn zufriedenstellen.

»Der Fahrtensänger aus Tiekrume Fünf hatte zwei Garnituren Bekleidung mit, Sir, und das gleiche war bei jedem der beiden Akoluthen der Fall. Unterwäsche, Socken, Hose, Hemd, alles doppelt, dazu Kutte, Stiefel und Zweitstiefel. Und die Sachen sahen stark verschlissen aus. Als hätten die drei für länger im Freien kampiert. Und die Mulis waren mager. So wie sie werden, wenn sie geraume Zeit hindurch nur Siedlerbusch knabbern müssen. Die Synthesizer der Akoluthen hatten Tiefkrume-Fünf-Etiketten. Auch der Synthesizer des Fahrtensängers, aber das Sonderbare war, er hatte zwei dabei.«

»Zwei was?«

»Zwei Synthesizer. Zwei solche Geräte, wie sie sie zur Untermalung der Fahrtensängerlieder mitnehmen. Er hatte zwei. Einer sah genau wie die Geräte aus, die seine Schüler hatten, ein völlig regulärer Fahrtensänger-Synthesizer war's, mit dem Zitadellenetikett drauf und der Warnung vor unbefugtem Gebrauch, Sie wissen ja, und dazu einen anderen. Ich habe ihn mir angeschaut, er hatte aber kein Etikett.«

»Beschreiben Sie ihn mir«, forderte Geroan die Frau auf; er spürte gesteigertes Interesse. Diese Information bestätigte weitgehend Justins Verdacht.

»Statt grau war er grünlich. Er hatte zwei Griffe, einen an jeder Seite, anstatt nur einen Griff oben. Die Tasten und Anzeigen und all das befanden sich auf ausklappbaren Kontrollflächen, dreien davon. Die normalen Geräte haben nur zwei, und sie werden auf-, nicht ausgeklappt. Und die Lautsprecher waren an der Oberkante hochzukippen, und nicht, wie bei den üblichen Synthesizern, an den Seiten ausschwenkbar.«

»Sonst nichts? Keine Beschriftung, kein Markenzeichen, keine Herstellerplakette?«

Die Frau schüttelte den Kopf.

»Und wo wollten sie hin?«

»Nordweststadt. Der eine Akoluth, der Bursche, hat 'n Lastwagen ausfindig gemacht, der dort hinfuhr. Ich habe gehört, wie er's sagte, während ich den Flur kehrte.«

Zum Dank nickte Geroan ihr zu; erleichtert ging die Frau. Sie erwartete keine Belohnung und war schon darüber froh, nun für einige Zeit vor Spinne Georan Ruhe zu haben.

Anschließend saß Geroan einfach nur da, die Hände auf dem Bauch gefaltet, drehte in endlosen Kreisen die Daumen umeinander, während er überlegte, plante, wiederholt alles Erfahrene und Ausgeheckte durchdachte.

Der zweite Anruf des Edelsteinhändlers erfolgte am späten Nachmittag.

»Der Fahrtensänger war auf der Suche nach einer Frau namens Vivian Terri. Sie hat ein Kind, ein Kleinkind. Wollen Sie mehr über sie wissen?«

»Finden Sie heraus, wo sie stecken. Klären Sie, ob die Frau vielleicht die Absicht hat, Punkt Eins zu verlassen. Geben Sie mir Bescheid.«

Geroan erhielt weitere Anrufe, von manchen Informanten mehrere, tätigte auch seinerseits Anrufe, während er, wie um seinem Namen Ehre zu machen, an den Fäden seines Informationsnetzes zog, sammelte immer mehr Kenntnisse und Erkenntnisse, deren Sammeln und Auswertung zu guter Letzt in ein Telefonat mit Harward Justin mündeten.

»Der Forschungssänger-Synthesizer, den Donatella Ginster als verloren gemeldet hat, ist anscheinend in Tasmin Ferrence' Besitz gelangt.«

»Dieses Fahrtensängers?«

»Er hatte ein grünes Forschungssänger-Synthesizermodell mit zwei Griffen und drei aufklappbaren Kontrollflächen. Wenigstens hatte er es, als er in Punkt Eins eintraf. Wo es momentan ist, weiß ich nicht.«

Harward notierte sich diese Angaben sowie die Tatsache, daß der Fahrtensänger sich auf der Suche nach einer bestimmten Frau mit Kind befunden hatte. Danach setzte er sich in Ruhe hin, um sämtliche Informationen zu einem Gesamtbild zusammenzufügen.

Donatella Ginster besaß einen Forschungssänger-Synthesizer mit speziellem Translatormodul. Das Gerät war gegenwärtig im Besitz eines Fahrtensängers aus Tiefkrume Fünf. Lim Terri war im Umkreis Tiefkrumes Fünf ums Leben gekommen. Tasmin Ferrence hatte sich auf die Suche nach Terris Frau und Kind gemacht. Und Tasmin war genau rechtzeitig — und bewaffnet — zur Stelle gewesen, um Donatella Ginster aus einer sehr sorgfältig geplanten Falle zu helfen.

Zusammenhänge. In neun von zehn Fällen war es ratsam, bei Vorliegen von Zusammenhängen Komplizenschaft anzunehmen.

Die Zeit wurde knapp, sehr knapp. Er konnte sich nur von einer Seite eine Gefährdung seiner Pläne vorstellen. Nicht seitens der Forschungssänger. Sie hatte er am Zügel. Die Fahrtensänger dagegen konnten ihm Scherereien verursachen. Bis jetzt war es nur dieser eine Mann, der Ärger machte ... Tasmin Ferrence. Einer allein. Aber sollten es mehr werden ...

Alles was Justin unternehmen konnte, mußte er sofort tun. Er hatte zwischenzeitlich schon viel zu häufig auf Untergebene gebaut. So wie Geroan auch.

Außerdem lag dort auf Serendipiti das viele Geld auf einem Konto.

Er orderte einen vertrauenswürdigen Sekretär zu sich. »Kontaktieren Sie Singfied Bims und vereinbaren Sie mit ihm, daß er mich morgen früh aufsuchen soll. Anschließend telefonieren Sie Spinne Geroan an und bitten Sie ihn, morgen um dieselbe Uhrzeit hier zu sein.«

Sein letzter Anruf des Abends galt den Satelliten-Überwachungsteams. Am Morgen würde er ganz genau wissen, wo man Dona Ginster und ihre neuen Freunde finden konnte.

12

In Tiefkrume Fünf hatte Thalia Ferrence sich mit der Anwesenheit ihrer Schwester Betuny, die mit kargen Habseligkeiten aus Harmonie hergezogen war, einigermaßen friedlich abgefunden. Seit deren Ankunft hatte Thalia sich jedoch die Angewohnheit zugelegt, mehrmals am Tag sowie fast immer am Abend zu der niedrigen Mauer zu spazieren, die den dichtbewachsenen Garten rings um ihr Haus von einer schmalen Straße und den in der Umgebung gelegenen Broufeldern abtrennte. Während sie viel allein gewesen war, hatte sie sich nach Gesellschaft gesehnt. Aber jetzt, da ihre Schwester da war und ihr Gesellschaft leistete, sehnte sie sich nach dem Alleinsein zurück. Betuny war keine unsympathische Person. Sie kochte recht gut, kannte alte Rezepte aus ihrer gemeinsamen Kindheit, die Thalia sowohl wegen der nostalgischen Gefühle schätzte, die sie bei ihr hervorriefen, wie auch wegen des heute allerdings leicht enttäuschenden Geschmacks. Ebenso hielt Betuny das Haus verläßlich in Ordnung, achtete sorgsam darauf, jeden Gegenstand und jedes Stück des Mobiliars an seinem gewohnten Platz zu lassen, damit Thalia nicht gegen unvermutete Hindernisse stolperte oder sogar über sie stürzte.

Aber Betuny schwatzte, sie äußerte sich unaufhörlich über buchstäblich alles, und Thalia merkte, wie der Überdruß an der Stimme ihrer Schwester wuchs, sie sich nichts mehr wünschte — weder Essen, noch ein gepflegtes Haus, noch Gesellschaft —, als nur Stille. Betuny hatte eine Theorie bezüglich Lims Tod. Betuny behauptete von sich, Celcys Charakter durchschaut zu haben. Betuny hielt es für gemein von Tasmin, einfach verreist zu sein. Betuny philosophierte über die Präsenzen. Betuny wußte einen Weg, um Geld für Thalias Augenbehandlung zusammenzubringen; jeden Tag hatte sie neue Kommentare auf Lager, jeden Tag wußte sie einen neuen Plan, täglich fielen sie schwachsinniger aus, Tag für Tag hörte Thalia dieselbe Stimme, die plapperte, plapperte und plapperte.

Also hatte Thalia ein Bedürfnis vorgeschoben, von Zeit zu Zeit einige Augenblicke zur Meditation zu brauchen, garnierte das Anliegen mit ein paar religiösen Schnörkeln, und Betuny besaß Wohlwollen genug, um sich, wenn auch nur widerwillig, damit abzufinden, aber wirklich respektieren konnte sie es nicht. Immerhin war sie jedoch so entgegenkommend gewesen, einen alten Sessel in den Garten zu schleppen und in einen Winkel der Mauer zu stellen, wo Thalia ihn leicht zu finden vermochte. Dort hatte Thalia die Möglichkeit, eine volle Stunde lang zu sitzen und allein vor sich hinzusinnen, die verschränkten Arme auf die niedrige Brüstung gelegt, den Kopf auf die Arme gestützt, den leisen Geräuschen zu lauschen, wenn jemand Türen öffnete und schloß, Frauen Kinder zum Essen oder Insbettgehen riefen, Silentio-Autos vorüberhuschten, und häufiger hörte sie recht nah einen Viggychor singen, viel näher, falls ihr Gedächtnis nicht trog, als sie früher, während sie noch hatte sehen können, gesungen hatten.

Nur selten gab es laute oder aggressive Geräusche, und die Stimme, die sie eines Abends über das Mäuerchen hinweg ansprach, erschreckte sie, obgleich sie gehört hatte, wie auf dem Kies der Straße langsame Schritte auf sie zuknirschten.

»Sind Sie Thalia Ferrence?«

Verunsichert nickte sie. Die Stimme hatte einen harten, kalten Klang; Stimmen prägte Thalia sich gut ein, aber sie kannte sie nicht.

»Tasmin Ferrence' Mutter?«

Noch einmal nickte Thalia; nun war sie starr vor Furcht. War Tasmin etwas zugestoßen? Sie wollte danach fragen, aber die Stimme ließ sie nicht zu Wort kommen.

»Sind Sie blind?«

An dieser Frage nahm Thalia Anstoß. »Das ist aber keine sehr höfliche ...«

»Egal. Ich sehe, Sie sind's. Das ist ein Glück für Sie. Sie haben eine Schwiegertochter? Und einen Enkel?«

»Nein«, widersprach Thalia. »Meine Schwiegertochter ist tot. Und auch das Kind, das sie kriegen sollte.«

»Ich meine nicht Tasmins Frau. Die andere. Deren Namen Ihr Sohn übernommen hat. Lims Frau.«

Vor Ungläubigkeit, Freude und Ungeduld brachte Thalia zunächst kaum ein Wort heraus. »Lim war verheiratet? Er hatte ein Kind?«

»Das wußten Sie nicht?«

»Nein, davon wußte ich nichts! Wo sind sie?«

Ein Schnauben ertönte, eher ein Laut der Verärgerung als der Erheiterung. »Das wollte ich Sie fragen.« Wieder Knirschen auf Kies, als sich Schritte entfernten.

»Warten Sie«, rief Thalia. »Warten Sie doch! Wer sind Sie? Woher wissen Sie von ihnen?«

Keine Antwort. Nichts als die üblichen, gedämpften Hintergrundgeräusche, der ferne Chorgesang von Viggys. Thalia stand auf und tastete sich den Gartenweg entlang zurück ins Haus. Immerhin war sie Witwe eines und Mutter eines anderen Fahrtensängers. Die Zitadelle schuldete ihr gewisse Gefälligkeiten. Nachdem sie sich genau überlegt hatte, was sie zu erbitten beabsichtigte — nein, fordern wollte! —, tippte sie am Wandtelefon die Codenummer der Zitadelle und verlangte, den Generalmeister sprechen zu können.

Es fiel ihr als seltsam auf, daß er, obwohl er nichts von Lims Frau und Kind wußte, zahlreiche Fragen über den Mann stellte, der ihr von ihnen erzählt hatte.

Bondri Gesels Singschar hatte die Hänge Nordwächters — Silberflöz und sämtliche sonstige Ehrennamen — weit hinter sich gelassen, da kam, indem sie die Anfangstöne eines Trauerlieds sang, die Oberamme zu

Bondri. Unter den gegebenen Umständen waren Worte fast überflüssig. Der greise Prim-Priester vermochte sich kaum noch weiterzuschleppen, und selbst wenn man ihn trug, mußte er regelmäßig geschüttelt werden, um zu verhindern, daß seine Atmung einfach aussetzte.

»Singscharführer Bondri, Bote der Götter, in einem von uns ruft ein Hirnvogel nach Freiheit«, sang die Amme.

Bondri brachte den Singsack zum Schrumpfen. »Prim-Priester Favel«, summte er in unterschwelligen Lauten. Zur Bestätigung wackelte die Amme mit den Ohren. Es blieb keine andere Wahl, als für eine Weile einen Halt einzulegen; das war das wenigste, was der Prim-Priester verdiente. Jeder Viggy brauchte eine Zeitlang Ruhe, um sein Gemüt auf das Kommende einzustimmen und den Hirnvogel vorzubereiten. »Wir werden hier rasten«, sang Bondri im Stil eines Singscharführers, der nicht gewillt war, Widerreden zu dulden. Die Amme ging bereits von einem zum anderen Scharangehörigen, klärte jene auf, die nicht so aufmerksam waren, selbst zu merken, was bevorstand.

»Ich bin froh, daß wir rasten«, lallte der Prim-Priester in völliger Erschöpfung. »Wirklich froh, Bondri Gesel.«

»Wir sind es alle«, antwortete Bondri freundlich. »Seht, die Jungen haben Euch ein Lager bereitet.« Er half dem alten Viggy zu einer flachen Aufhäufung von Blattwedeln, mit der die Jüngeren einen niedrigen Lößaufwurf bedeckt, gepolstert hatten, der Ausblick ins Tal bot. Von diesem Aussichtspunkt konnte er die Tineea-Sänger, Jene-die-willkommen-heißen-ohne-es-zu-meinen, gegen den Himmel aufgereiht sehen; sie nahmen zueinander jeweils beinahe den gleichen Abstand ein, der zu gering war, als daß man sie leicht hätte passieren können. Die Tineea-Sänger trugen ihren Namen schon seit undenklichen Zeiten, und kein Viggy versuchte, war er seine gemahlene Strüpprinde wert, sich zwischen ihnen einen Weg zu ersingen, obwohl die Jugend sich bisweilen gegenseitig dazu herausforderte, es zu wagen. Das Lied, das sich an einer Stelle bewährte, nutzte an einer anderen gar nichts, und beide lagen einander zu nah, als daß es möglich gewesen wäre, Töne sauber voneinander zu trennen. Die Lautsinger wußten eine Möglichkeit, um die Tineea-Sänger zu durchqueren, aber der einzige sichere Weg für die Viggys bestand in ihrer Umgehung.

»Jene-die-willkommen-heißen-ohne-es-zu-meinen«, murmelte Prim-Priester Favel versonnen. »Seit einem Geschlecht bin ich nicht in ihrer Richtung gewesen. Ich hatte vergessen, wie schön sie sind.«

Bondri schaute hinüber, nahm sie zu seiner Verdutzung auf eine Weise wahr, die er als völlig neu empfand. Bewertete man sie nicht als Weghindernis, hatte man in der Tat einen schönen Anblick zu genießen: Diamantene Säulen schillerten in Regenbogenfarben, in Umfang und Höhe so angeordnet, daß dem Betrachter das Herz im Kehlsack pochte, sah er sie im Morgendunst oder in der Abenddämmerung. »Sie sind schön«, pflichtete Bondri bei. »Aber sie sind auch entartet. Sie begegnen uns mit falscher Art.«

»Wie ein junges Weibchen«, meinte Favel mit einem Aufseufzen, »das von Verlockung singt.«

Der Vergleich verdutzte Bondri. »Verlockung?«

»Ja. Wenn es zu jung zum Paaren ist, noch nichts wirklich zu geben hat, und doch von Verlockung singt, um ein Männchen zu necken. Die Lautsinger haben dafür ein Wort: Flirt. Es singt Flirt.«

»So sind die Tineea-Sänger«, trillerte Bondri leise, »denn Sänger der Unberührtheit.«

»Genau das sind Jene-die-willkommen-heißen-ohne-es-zu-meinen. Sie singen Flirt, necken, singen ihre Tineea-Sänger-Lieder, um uns zu bezaubern. Aber noch können sie uns nichts geben. Vielleicht wird es eines Tages soweit sein.«

»Wie wahr«, sagte Bondri. Mit für das Liebliche neu geschärften Sinnen verweilte er im Stehen noch für längere Zeit bei dem greisen Priester, fragte sich, ob Jene-die-willkommen-heißen-ohne-es-zu-meinen einen Begriff von ihrer eigenen Schönheit hatten.

»Erfreut Euch der Aussicht, Älterer«, sagte er schließlich, ehe er sich zu den übrigen Mitgliedern der Singschar gesellte.

»Hat er Frieden gefunden?« erkundigte sich die Oberamme, die emsig auf mehreren, kreuzweise übereinandergelegten, unreifen Blattwedeln Strüpprinde zerkleinerte, für diesen Zweck einen Kristallmauskiefer als Reibe verwendete. Sobald genug geraspelte Rinde vorhanden war, faltete man die Blattwedel zusammen und wrang sie, bis Rindensaft herausquoll, der für sämtliche Singscharangehörige ein erfrischendes Getränk abgab. Sowohl der Mäusekiefer wie auch die Blattwedel standen in Übereinstimmung mit dem Viggy-Gesetz über die Werkzeugbenutzung. Werkzeuge mußten natürlicher Abkunft sein, gewissermaßen unsichtbar und unauffindbar, ähnlich wie die Etaromimi selbst.

»Prim-Priester Favel bewundert Jene-die-willkommen-heißen-ohne-es-zu-meinen«, trällerte Bondri, sah den ersten Saft in eine Ahnenschale tröpfeln.

»Bring ihm den Trank«, sagte die Oberamme. »Es ist die Ahnenschale deiner Amme, Bondri. Ein gutes Omen.«

Bondri nahm die Schale und besah sie sich. Es war eine gelungene Schale von klarer, anmutiger Form. Tatsächlich, ein gutes Omen, es rief bei ihm viele Erinnerungen an seine Amme wach. Er erzählte einige davon den Singscharangehörigen, die in seinem unmittelbaren Umkreis saßen, bevor er erneut die Erhebung erstieg.

»Wessen Schale ist es?« fragte Favel höflich, ließ Bondri Zeit, um Auskunft zu geben, ihm einige nette, kleine Geschichten von seiner Amme vorzusingen. Daß sie auf einen hohen Laubbaum geklettert war und nicht mehr heruntergekonnt hatte — das war noch vor Bondris erstem Beutelsprung gewesen. Wie sie ein Ohr zu spitzen verstanden hatte, so daß alle lachen mußten. Bondri lächelte, als er den alten Priester erneut allein ließ, und auch Favel, der geruhsam seinen Rindensaft schlürfen durfte, war zufrieden. Es tat gut, an Erinnerungen der Singschar Anteil zu haben.

Erinnerungen waren etwas ganz Sonderbares. Ein Viggy hatte ein Erlebnis und merkte es sich im Gedächtnis. Ein zweiter Viggy erlebte dasselbe Ereignis und prägte es ebenfalls seinem Gedächtnis ein. Trotzdem behielten sie niemals gleiche Erinnerungen. Von einem Abend der Schatten und des Winds mochte ein Viggy singen, er hätte den Geist seiner Amme neben einem Baum ihm winken sehen. Ein anderer Viggy sang vielleicht lediglich, daß er den Wind durch ein Gewirr von Blattwedeln streichen gesehen hätte. Was hatten sie erblickt, einen Geist oder nur Blattwerk? Wo verbarg sich in Erinnerungen die Wahrheit? Irgendwo zwischen dem Geist und dem Wind, sann Favel.

Wenn die Singschar einen mühevollen Abhang hinabgewandert war, entsann ein Angehöriger sich an Beschwerden, ein anderes Mitglied an Vergnügen. Nach einer Paarung erinnerte sich ein Beteiligter ans Geben, ein Beteiligter an ein Verlieren. Keine Sicht konnte die volle Wahrheit des Geschehenen wiedergeben, denn die Wahrheit lag immer in der Mitte einer Vielfalt von Möglichem.

»Viele Meinungen ergeben die Wahrheit«, sang Favel ganz leise vor sich hin. So lautete das Erste Gebot der Prim-Ballade. Erst wenn die gesamte Singschar über ein Ereignis gesungen, es im Gesang von seinen sämtlichen, verschiedenen Seiten dargestellt, alle ihre Beobachtungen und Empfindungen beigetragen hatte, ließ sich die Wahrheit finden. Dann konnte Paargesang in

Einklang überleiten, Gegensatz ausgeglichen werden, vermochte man unterschiedliche Ansichten miteinander in tatsächliche Übereinstimmung zu bringen, so daß es zuletzt gelang, alle Seiten der Wahrheit zu besingen. Nicht nur unter Beachtung der Auffassung Favels, sondern der Ansichten aller Mitglieder der Singschar, wenn man einer Singschar angehörte.

Ach, es war einfach notwendig: Man mußte einer Singschar zugehören. Favel segnete noch heute die Stunde, in der man ihn in Bondris Schar aufgenommen hatte. Als Männchen hatte er sein Leben in der Singschar führen sollen, in der er dem Beutel entschlüpft war, doch durch einen Verstoß gegen das Zweite Gebot der Prim-Ballade war die herkömmliche Entfaltung seines Daseins unterbrochen worden.

Das Zweite Gebot hatte praktisch eine Ergänzung des Ersten Gebots zum Inhalt. »Viele Meinungen ergeben die Wahrheit«, hieß der Anfang der Prim-Ballade. »Darum sollst du nicht allein sein«, lautete die Fortsetzung.

Favel war allein gewesen. Für sehr lange Zeit war er allein gewesen, mit der Folge, daß in seinem Gedächtnis ausgedehnte Wahrheitslücken zurückblieben. Wenn er von diesen Abschnitten seines Lebens sang, erschollen keine anderen Stimmen, um ihn zu berichtigen, sang niemand Stellungnahmen, um zu seiner Sicht der Dinge einen Ausgleich zu schaffen; keine fröhlichen Gegenstimmen ertönten, um ihm das Weh zu mildern, keine Worte der Hoffnung oder des Wissensdursts erklangen, die seinen Schrecken und sein Entsetzen abgeschwächt hätten. Favel war im wahrsten Sinne des Wortes ein Zerbrochener gewesen; am Ende und verlassen war er gewesen.

Vor langer Zeit war es geschehen. Vor wie langem? Vor fünfzehn Jahren? Zwanzig? Einem Lebensalter. Damals war Favel ein junges Männchen in annähernd paarungsreifem Alter gewesen, unterließ es schon seit längerem, seiner Amme nachzulaufen und streifte statt dessen mit den Abenteurern umher, wie die Jungen sich selbst gerne nannten. Bondris Beutel-Singschar war die Singschar Nonfri Fermils des Zahnlückigen gewesen, Nonfri Fermils mit der schönen Stimme, und Nonfris Austauschtochter Trissa hatte Favel sein Lied gewidmet gehabt.

Sie war erst seit kurzem in der Singschar gewesen, gerade lange genug, um den anfänglichen Trennungsschmerz überwunden zu haben, gerade so lange, daß sie sich ein paar Erinnerungen der Singschar angeeignet hatte, eben soviel, um beim Abendlied nicht völlig stumm dabeisitzen zu müssen. Für Favel war sie Frissa mit den Fransenohren, denn die Ränder ihrer breiten Ohren wiesen, ähnlich wie frische Blattwedel, Fransen im weichen Gelbbraun der Morgenfrühe auf, nur geringfügig heller als ihr Singsack. Sie hatte große, glänzende Augen gehabt; solche Augen hatten allerdings alle Etaromimi. Aber ihre Stimme … Ach, an sie konnte Favel sich erinnern, doch über sie mußte er ganz für sich allein singen, denn niemand in Bondris Singschar hatte sie je gekannt. »Leicht volltönend«, sang er leise vor sich hin, »scholl sie durch die stillen Stunden, erhob sich wie der Trillersang der Singmaus an den Himmel.« Ach, Trissa. Sie hatte seiner Seele ein Tineea-Sänger-Lied gesungen und sie aufgewühlt.

Eines Abends war eine kleine Gruppe Jüngerer ausgezogen, um Zweige zu sammeln. Einige Ältere der Singschar hatten eine ausgesprochene Vorliebe für Rindensaft gehabt, die Jungen sich auf die Suche nach einem saftigen Gestrüpp gemacht. Favel war älter als die Sammler und wegen seiner im Erwachen begriffenen Sinnlichkeit zu schüchtern gewesen, um seine Beutelgeschwister zum Mitkommen aufzufordern; deshalb hatte er gegen das Zweite Gebot der Prim-Ballade verstoßen und war allein gegangen. Allein, um im Unterholz liegen und Trissa beobachten, Trissa hören zu können. Allein, um in Tagträumen von Trissa und sich als Vermähltem Paar zu schwelgen.

Die Sammler, darunter Trissa, hatten bald, beladen mit von Saft prallen Zweigen, den Rückweg angetreten. Am Fuß eines Steinfingers versteckt, hatte Favel aufs Vorbeikommen der Sammler gewartet. Einer von ihnen, ein albernes junges Männchen, hatte einen Kristallsplitter nach dem Steinfinger geworfen, genau dem Steinfinger, unter dem sich Favel im Gras verborgen hielt. Der Steinling war reizbar gewesen; er war zerborsten.

Als Favel erwachte, hatte Blut an seinem Kopf geklebt, seine Beine waren unter dem Gewicht der Kristallbruchstücke gebrochen. Die Singschar war, als er sich zu ihrem Lagerplatz geschleppt hatte, inzwischen weitergewandert. Tage und Nächte verstrichen, während Favel umherkroch, und irgendwann gelangte er zu einem Lautsingerpfad. Nochmals vergingen Tage und Nächte, und eine Lautsingerschar kam vorbei, eine der Karawanen.

Danach hatte er Schmerzen gelitten, während ein Lautsinger ihm die gebrochenen Beine einrichtete und schiente, von da an jedoch immer weniger Schmerz, und zum Schluß hatte er nur noch das Liedverstummen der Einsamkeit ertragen müssen, auf den Tod gewartet.

»Warum bist du nicht gestorben, Favel?« hatte ihn später einmal Bondri gefragt.

»Ich war zu elend, um zu sterben«, hatte Favel geantwortet. »Mein Hirnvogel konnte sich nicht darauf vorbereiten.« Und tatsächlich war es so gewesen. Trotz des Banns und trotz des Tabus war Favel nicht gestorben. Vielleicht hatte Neugier ihn am Leben gehalten.

Favel lernte die Lautsingersprache. So hatte er etwas zu tun gehabt, und besonders schwierig war es nicht gewesen. Ein Wort diente vielen Zwecken. Kein Wort hatte einen allzu genauen Sinn. Die Lautsinger unternahmen keinerlei Anstrengungen zur Wahrheitsfindung, jeder bekräftigte ausschließlich die eigene Sicht von Geschehenem. »Das habe ich aber anders in Erinnerung«, hieß es dann im Tonfall der Ablehnung. »Du irrst dich, es ist anders gewesen.« Bei der schroffen Überheblichkeit solcher Erklärungen hatte Favel sich jedesmal regelrecht zusammengekrampft.

Der Mann, der Favel gerettet hatte, trug den Namen Mark Anderton, und er hielt Favel in einem Käfig, der aus etwas bestand, das Favel nicht durchnagen konnte. Favel dachte über die Frage des Tabus nach und rang sich schließlich dazu durch, Wörter und Sätze nachzuplappern, um Essen zu bekommen.

»Hört euch bloß mein kleenes Froschäffken an«, sagte dann immer Anderton. »Wie so 'n Krächzpapei, was?«

»Was is'n 'n Papei?« hatte jedesmal jemand gefragt.

»So 'n Vogel von der Erd, redet wie Menschen«, antwortete Anderton unweigerlich, indem er schallend auflachte. »Jetzt hab ich 'n Jubalpapei.«

»Bist du aber 'n schöner Viggy«, quarrten die Leute, steckten Favel Fleischbröckchen durch die Gitterstäbe. »*Ist* der Viggy schön ...!«

»Viggy schön«, hatte Favel stets ausdruckslos wiederholt und sich das Fleisch geschnappt, während die Lautsinger sich halb totlachten. Er brach ein Tabu, indem er nicht starb, doch er brach kein Tabu durchs Sprechen. Die Lautsinger wußten nicht, daß er sie verstand.

»Das is ja 's häßlichste Vieh auf sechs Welten«, hatte einer von ihnen geäußert. »Schöner Viggy, ja am Arsch noch mal ...!«

Favel hatte nie darüber nachgedacht gehabt, ob er schön oder häßlich sein könnte. Dergleichen galt bei den Viggys im allgemeinen als nicht so wichtig. Bäume waren natürlich schön. Die Mehrzahl der Wesenheiten zeichnete sich durch Schönheit aus. Stimmen konnten schön sein, manche mehr, manche weniger. Aber Viggys?

Diese Überlegung war Favel vollständig neu gewesen, hatte ihn stutzig gemacht. Hatte er Trissa für schön gehalten? Nach langem Grübeln gestand er sich ein, daß es so gewesen sein mußte. Ja, ihr Anblick hatte seinem Singen Frohsinn eingeflößt. Sie war schön gewesen.

Nach einiger Zeit war Mark Anderton die Viggyhaltung leid geworden und verkaufte Favel an einen anderen Mann, der wiederum ihn an Miles Ferrence — als Geschenk für seinen ältesten Sohn — verkauft hatte.

Miles Ferrence' Schar umfaßte derzeit zwei Söhne — als wie fremdartig Favel damals das Vorhandensein zweier Söhne empfunden hatte! —, eine Frau und einen Mann; mittlerweile hatte Favel darüber Klarheit erlangt, wie die Lautsinger ohne Ammen zurechtkamen. Die Ferrence-Schar war irgendwie merkwürdig, irgend etwas hatte nicht seine Richtigkeit. An manchen Tagen schwangen in ihren Stimmen derartige Widerwärtigkeiten mit, daß Favel den Kopf unter die Arme schob und versuchte, nicht hinzuhören. Für kurze Zeit stand Favels Käfig versteckt auf einem hohen Regal. Dann wurde er dem jüngeren Sohn geschenkt, doch der ältere Sohn nahm den Käfig mit in die Nacht hinaus und ließ Favel frei.

»Ich bin Lim Ferrence«, hatte er zu Favel gesagt. »Ich bin nicht verkommen. Ich bin Lim Ferrence, ich kann so gut singen wie jeder andere, und ich bin nicht verdorben, und wenn ich dich nicht haben kann, soll niemand dich kriegen, also hau ab, dorthin zurück, woher du stammst ...«

Sobald Favel sich weit genug vom Käfig entfernt gehabt hatte, um ein Wiedereingefangenwerden unwahrscheinlich zu machen, blieb er stehen und sang Lim Ferrence seinen Dank zu, sah währenddessen das Gesicht des Jungen, der ihm — offenbar entgeistert angesichts eines solchen Schwalls von Gesang — in die Dunkelheit nachstarrte, als helles Rund. »Ich stehe in deiner Schuld«, hatte Favel gesungen. »Bis ins zehnte Geschlecht stehe ich in deiner Schuld ...« Er hatte in der Lautsingersprache gesungen und damit das Tabu doch noch gebrochen. Aber eine Ehrenschuld besaß höhere Bedeutung als jedes Tabu. Erst anschließend hatte er sich die Frage gestellt, ob der junge Lautsinger ihn überhaupt hatte verstehen können.

Die Schuld hätte längst beglichen werden müssen. Warum war die Schuld noch nicht beglichen worden?

Favel gab sich seinen Gedankengängen hin, lauschte auf die gedämpften Geräusche der Oberamme, die Rinde zerrieb, der Jugend, die den Saft herauspreßte, der Sammlerinnen, die aus ihren Beuteln Samen und Wurzeln hervorsortierten. Die Geräusche einer Singschar. Wie lange war er umhergewandert, bis er wieder eine Singschar gefunden gehabt hatte, eine Singschar mit der Bereitschaft, ihn bei sich aufzunehmen?

Lange, sagte ihm sein Gedächtnis. »O lange, lange Einsamkeit«, sang er, seine Stimme überschwoll den Singsang der Singschar, die ihren Lagerplatz tiefer als er hatte, so daß die anderen verstummten, statt dessen mit ihm sangen, um zu zeigen, sie wußten, er sang die Wahrheit. Lange, lange Einsamkeit und langes, langes Umherstreifen. Er hatte die Schuld damals nicht beglichen, weil er dazu nicht imstande gewesen war; es hatte ihm an den Mitteln gefehlt.

Bis er der Singschar Bondri Nettls begegnete, die ihn aufnahm, seine Erinnerungen lernte, als wäre er eine junge Austauschtochter. Weil er ein gutes Gedächtnis hatte und die Sprache der Lautsinger beherrschte, wurde er erst Priester, dann Prim-Priester. Heute gab es mehrere Singscharen, die sich mit der Lautsingersprache zumindest in Teilen auskannten, und Viggys vieler Singscharen hatten sich die Erinnerungen Favels gemerkt, wußten über die lange Einsamkeit seiner Lautsinger-Gefangenschaft Bescheid — doch die volle Wahrheit dieser Gefangenschaft konnten sie niemals erfahren, weil Favel sie selbst nicht kannte. Gelegentlich wünschte Favel, er könnte zu Lim Ferrence und Miles singen, zu Tasmin, dem jüngeren Sohn, und Thalia, der seltsamen Frau. Vielleicht hatten sie von alldem, was wirklich geschehen war, genug gesehen, um daraus eine wahrheitsgetreue Geschichte zusammenzufügen.

Bondri Nettl war längst tot. Sein Nachfolger war Bondri Gesel. Und obwohl Favel stets auf der Suche nach Nonfri Fermils Singschar blieb, hatten ihre Pfade sich im Laufe all der Jahre nie gekreuzt. Niemals wieder hatte er jemanden wie Trissa kennengelernt, Trissa mit den Fransenohren und dem Gesang, der sein Herz hatte anhalten können.

Während er daran dachte, bemerkte er in seinem Geist etwas wie ein Flattern, eine Art schwacher Bewegung, als säße in seinem Schädel etwas gefangen. Plötzlich begriff er, ohne daß er vorher auch nur den geringsten Verdacht empfunden hätte, warum die Singschar hier rastete, weshalb man ihm dies bequeme Lager bereitet hatte.

Der Oberamme, die mitten zwischen den übrigen Singscharangehörigen hockte, die ihr Essen knabberten und Saft tranken, fiel unvermittelt ein Schweigen des Prim-Priesters auf; sie hob den Blick und schaute ihm geradewegs in die Augen.

»Melde Bondri Gesel, der Prim-Priester glaubt, die Zeit des Abschieds ist da«, sagte Favel, versuchte unter Aufbietung aller Geisteskraft, sich an alles, wirklich alles, zu erinnern, was er jemals getan hatte.

Bondri hörte es. An diesem karg bewachsenen Standort konnte kein vollständiges Abschiedszeremoniell durchgeführt werden, doch auf keinen Fall sollte es an der gebotenen Umsicht mangeln. Bondri war niemand, der bei einem Abschied das Zuvorkommen vernachlässigte, noch duldete er bei einem solchen Anlaß irgendwelche Nachlässigkeiten seiner Singschar.

Sofort sprangen etliche Jüngere auf, um Blattwedel für die Abschiedsruhestatt zu sammeln, und noch ehe sie, indem sie sie über den Köpfen schwangen, mit Blättern zurückkehrten, hatte der greise Priester aufgeseufzt, war niedergesunken und hatte den Kopf in die Unterwerfungshaltung gesenkt. Sobald die Blattwedel ausgelegt worden waren, taumelte er darauf zu, lehnte den Beistand ab, den Singscharangehörige ihm zu leisten versuchten.

»Ich hoffe, eure Amme ist halbwegs geschickt«, flüsterte er Bondri zu, während er sich ausstreckte, »und gestaltet den Vorgang nicht allzu blutig.«

»Sie ist außerordentlich geschickt, Älterer. Vor kurzem hat sie meiner Amme die nötige Unterstützung gewährt. Ihr habt aus ihrer Schale getrunken.«

»Dann bin ich froh. Ich habe zu Lebzeiten schon manche Schlamperei mitangesehen.«

»Seid unbesorgt, Prim-Priester. Bondri Gesels Oberamme wird Euch in vollem Umfang die angebrachte Ehre erweisen.«

»Möge ich in deiner Singschar sowohl Ehre wie auch Unterstützung finden, Bondri Gesel.«

»Ich höre dein Wort mit Freude, Älterer.«

Die Oberamme hielt sich bereit, sie war ein wenig unruhig, aber trat rasch näher, als Bondri ihr winkte, und die Singschar stimmte, als hätte sie ihn geprobt, den Letzten Choral an. In gewisser Hinsicht hatte sie ihn geprobt. Sie hatte ihn in letzter Zeit mehrmals singen müssen.

Bondri kniete hin, um die Letzten Weisungen zu vernehmen.

»Erinnert euch der Lautsingersprache. Ich habe sie die Singschar gelehrt, Bondri. Meine Ahnung sagt mir, daß ihr sie einmal brauchen werdet. Das ist meine Weisung an dich.«

»Ich werde mich erinnern, Eure Scharfsinnigkeit. Ich werde mich der Sprache und Eures Namens entsinnen und im Gesang der Morgenstunden beider gedenken.«

»Ich stehe in jemandes Schuld«, fügte der Priester im Flüsterton seiner ersten Weisung hinzu. »Ich stehe in der Schuld des Lautsingers Lim Terrence oder seiner Schar, weil er mich aus der Gefangenschaft befreit hat. Ich beauftrage dich mit der Begleichung dieser Schuld, Bondri Gesel. Das ist meine Weisung an dich.«

»Die Schuld wird anerkannt und ihre Begleichung geschworen«, sang die Singschar, indem ihre Kehlsäcke sich blähten, die Stimmen emporschwollen. »Diese Pflicht soll uns mehr als alles gelten. Wir erkennen sie an bis ins zehnte Geschlecht.«

»Nichts da mit dem unverbindlichen Gefasel vom zehnten Geschlecht«, widersprach der Prim-Priester leicht erregt. »Es ist schon zu lange gesäumt worden. Ich will, daß sie bald beglichen wird, Bondri. Sonst wird sie mein Gewissen belasten. Dadurch könnte meine Entwicklung beeinträchtigt werden.«

»Ich werde für die unverzügliche Begleichung sorgen«, sang Bondri, begleitet vom Rest der Singschar. Durchs gemeinsame Singen der Antwort wurde daraus mehr als ein Schwur. Sie gelobten ein heiliges Unterfangen, das über allen Tabus stand. ›Unverzüglich‹ bedeutete, daß die Erledigung vor allem anderen erfolgen sollte.

Favel ergänzte seine Anweisungen noch um einige kleinere Wünsche, die die Singschar vor keine Schwierigkeiten stellte, dann verfiel er, die Augen geschlossen, in Schweigen. Bondri nahm Favels Kopf zwischen seine Hände und winkte mit den Ohren der Oberamme. Sie trat heran, kniete nieder und setzte die Zähne in den Nacken des Prim-Priesters. Bondri blies seinen Singsack zu größter Ausdehnung auf; er gab ein Zeichen, und die Singschar begann mit voller Lautstärke zu singen, übertönte die schwächlichen Schreie, die der greise Priester beim Abschied ausstieß. Nachdem die Amme den nackten Hirnvogel saubergeleckt auf die Blattwedeln gebettet hatte, schaute die Singschar zu, wie sie ihn in ihren Beutel einführte, dann halfen alle dabei, Favels zierlichen Schädel zu säubern. Er ergab eine Ahnenschale von bemerkenswerter Feinheit und anmutiger Form. Ihre Augenhöhlen bildeten einen Handgriff von entzückender Formvollendetheit. Bondri trank als erster aus ihr, sang über gewisse Erinnerungen, die er mit Favel gemeinsam gehabt hatte, und danach tat jedes Singscharmitglied das gleiche. Während alle ihre Erinnerungen sangen, entfachten die Priesterschüler ein Feuer — ein sehr mühseliges Verfahren, das deshalb nur anläßlich einer Abschiedsfeier stattfand —, und zum Schluß versammelten sich alle zur feierlichen Verbrennung der Überreste Favels. Es gab zuwenig Brennstoff, um sicherzustellen, daß keine Knochen übrigblieben, doch man konnte sich darauf verlassen, daß Aasfliegen und Schwarmvögel das übrige erledigten. Nachdem man alles so gut verrichtet hatte, wie es unter den gegebenen Umständen möglich war, machte sich die Singschar, indem sie sorgfältig darauf achtete, sich nicht umzublicken, damit niemand unschöne Erinnerungen zurückbehielt, auf den Weg in den Süden.

Sie hatte unverzüglich eine Schuld zu begleichen, und der Ort, wo sie mit der Begleichung anfangen mußte, war die Siedlung, die die Lautsinger Tiefkrume Fünf nannten.

Aphrodite Reibach ritt ein Maultier namens Tussi und schimpfte auf das Muli, den Hügelpfad, ihre Gesellschaft und die Richtung, die sie gewählt hatten.

»Halt endlich die Klappe, Affi!« empfahl Byron Rocktäschl ihr mit Nachdruck. »Noch einen Scheißpieps aus deinem Maul, und ich schneid dir 'n Hals ab, das sag ich dir!« Er befingerte sogar schon das Messer an seiner Hüfte, und er redete ganz so, wie Aphrodite es von einem vor Jahren stattgefundenen Vorfall in Erinnerung hatte, nämlich als ob dicht unter seiner Haut irgend etwas mit einem Hang zu blindwütiger Gewalttätigkeit lauerte.

»Dir gefällt's doch genausowenig wie mir«, jammerte sie. »Wir hätten längst blitzartig wegtauchen sollen, Byri.«

»So gesehen, hätten wir lieber vor einer Woche oder schon vor einem Monat verschwinden sollen, jedenfalls bevor Justin sich für uns Sonderaufträge ausdenkt. Ich bin der Ansicht, er hat 'ne miese Tour vor. Wir können verdammt von Glück reden, wenn wir überhaupt noch von Jubal wegkommen.«

»Justin hat gesagt, er bräuchte uns nur für diese eine Sache. Er könnte nur uns und Spinne vertrauen, hat er gesagt.« Sogar für Aphrodite selbst klang das wenig überzeugend. Während Justin ihnen seine Befehle erteilt hatte, war er nicht so schmeichlerisch freundlich wie sonst gewesen. »Es muß wichtig sein, Byri. Anders hätt er nie 'n Flieger riskiert, um uns hier hinzubringen.«

»›Riskiert‹, so 'n Quatsch! Er hat 'n halbes Dutzend Scheißpräsenzen gesprengt und den Flieger landen lassen, wo sie gestanden haben. Bete zum lieben Gott, daß keiner erfährt, was er angestellt hat, ehe das KOPFI-Gremium seinen Schlußbericht abliefert.«

»Wenn Justin das gemacht hat, dann doch bestimmt so, daß ihm deswegen keiner was kann. Und es muß um was Wichtiges gehen.«

»Das hat er behauptet, und in dem Moment, als er's sagte, hätte ich Bons drauf verwettet, daß es so wär. Das ist eben Justin. Er kann einem Scheiße als Honig aufschwatzen. Er hält dir 'n Sack Maultierfutter unter die Nase und wiederholt so lange, 's sei gebratenes Bantigon, bis dir's Wasser im Mund zusammenläuft. O ja, im ersten Moment hätte ich Bons gewettet. Aber da war ich noch nicht fünf Tage lang auf so 'm Scheißmuli durch 'ne derartige Scheißgegend geritten.«

»Das kann doch für dich nix Neues sein, Byri. Du

hast doch erzählt, du wärst damals zur Landzunge geritten, um dort 'n paar Leute abzuräumen.«

»Halt endlich die Fresse, ich sag's dir! Willst du vielleicht, daß die Scheißfahrtensänger hören, wie du ausgerechnet übers Landzungenmassaker quasselst?«

»Sie sind 'n Kilometer vor uns, Byri. Mann, du bist ja echt in übler Stimmung!«

»Aber Spinne Geroan ist nicht vor uns. Er ist hinter uns, und ich schwöre bei Gott, der Mann kann in einem Kilometer Entfernung 'n Viggy pupsen hören.« Byron Rocktäschl veränderte auf dem Maultier die Haltung, wechselte griesgrämig die Belastung einer Reihe schmerzhaft zerquälter Muskeln gegen die Beanspruchung einer Anzahl anderer Muskelstränge aus. »Außerdem sind Singi und ich bloß für zwei Tage auf der Landzunge gewesen, dann hat uns 'n Silentio-Boot abgeholt, als wir mit der Abservieraktion fertig waren, und wir sind ganz fix durch die Zermalmer gesungen worden. Oberst Lang hat das alles für uns organisiert. Der Oberst, der jetzt gemütlich in Punkt Eins sitzt, während wir uns hier die Ärsche wundreiten.«

»Ich wäre besser mit Singi geritten«, murmelte Aphrodite, wischte sich unter den Ohren und von der Stirn Schweiß ab. »Da unten im Süden können sie wenigstens 'ne Standardroute nehmen.«

»Du wärst gar nicht lieber mit Singi gerittten«, fauchte Byron, äffte boshaft Aphrodites Tonfall nach. »Aber nein, die liebe, kleine Affi mag doch nicht dabei sein, wenn Frauen gekillt und Kinder entführt werden.«

»Killen gefällt mir eben nicht«, entgegnete »Affi« mit einer Anwandlung von Würde. »Es hat mir noch nie gefallen. Du und Singfried Bims wißt das genau, Byron. Ich habe mit euch nie 'n Job erledigt, wenn's dabei ums Killen ging, und hier auf Jubal hab ich's auch so gehalten. Außerdem find ich's Scheiße, Kinder zu verschleppen. Wieso spielen diese Frau und ihr Knirps überhaupt so 'ne Rolle?«

»Justin glaubt, sie könnten irgendwie 'ne große Bedeutung für den Fahrtensänger aus Tiefkrume Fünf haben, sonst nichts. Vielleicht sind sie ihm so wichtig, daß er sich uns zum Austausch für sie ergibt.«

»Höchst unwahrscheinlich«, erwiderte Aphrodite, verfiel in den Ton und die Sprechweise, die sie für ihre Kanzelreden eingeübt hatte. »Es ist äußerst unwahrscheinlich, daß irgendein Mann sich in Gefahr begibt, um eine Frau zu schützen, am wenigsten eine Frau, die nicht einmal seine Gattin oder etwas ähnliches ist.« Nochmals wischte sie sich Schweiß ab, betrachtete das vom pappigen Staub des Hügelpfads dreckige Taschentuch. »Ich dachte, du und Geroan wolltet euch sowieso um den Fahrtensänger und die Forscherin kümmern, wenn wir sie finden. Falls wir sie finden.«

»›Falls‹ ist genau das richtige Wort. Laut Justin sollen sie lokalisiert worden sein. ›Lokalisiert‹, so 'n Quatsch! Als man uns abgesetzt hat, sind sie uns schon wieder wer weiß wie weit voraus gewesen. Ursprünglich hieß es, wir bräuchten nur hinzuschwirren und sie aus 'm Abstand mit diesen neuen Gewehren umzulegen, dann könnten wir nach Punkt Eins zurück und unseren Abgang vorbereiten. O ja, Justin hatte alles echt glänzend geplant.«

»Von Umlegen hast du nichts zu mir gesagt, Byri. Du hast bloß gesagt, wir müßten uns ›um sie kümmern ...‹«

»Ja, was hast du denn gedacht, was wir damit meinen, Affi? Daß wir sie zum Tee einladen? Oder zu lustigen, kleinen Kristalliten bekehren möchten?«

Einige Zeit lang schwieg Aphrodite. »Na ja, wenn wir sie einholen und ihr den Fahrtensänger abserviert«, sagte sie schließlich mit zumindest dem Anschein von Fügsamkeit, »dann werden die Frau und das Kind ja nicht mehr gebraucht, oder?«

»Doch, zur Sicherheit«, brummte Byron Rocktäschl unterdrückt, hörte das Knirschen von Hufen die Distanz zwischen ihnen und Spinne Geroan verringern. »Die Frau und das Kind werden ganz einfach zur Rückversicherung gebraucht, Affi. Und jetzt mach endgültig deine Scheißklappe zu!«

Hinter einer der massigen Mauern des BDF-Direktionsgebäudes stemmte eine hagere, staubige Gestalt einen mit Lehm gefüllten Eimer hoch über ihren Kopf, fühlte das Gewicht aus den Händen weichen, als der Behälter nach oben schwebte.

»Das genügt für diesmal«, murmelte eine Stimme zu ihr herunter. »Komm rauf, Gretl!« Wasser rauschte. Die aus den Lehmziegeln der Mauer gehauene Masse wurde beseitigt, in die Abwasserkanäle von Punkt Eins gespült.

Gretl Mechas wollte widersprechen, sackte jedoch gegen die Wand des senkrechten Schachts, brachte nicht mehr die Kraft auf, um sich noch zu rühren. Trotz aller Willensstärke hätte sie nicht weitermachen können. Hammer und Meißel, beide Provisorien, entfielen ihren Händen.

»Gretl?«

»Ich komme«, antwortete sie schließlich, setzte den Fuß auf die unterste der mühselig eingeschlagenen Wandhaken, die in dem schornsteinartigen Schacht eine spiralige Steigleiter bildeten. Als sie am oberen Ende anlangte, streckte Michael, der Arzt, ihr eine Hand entgegen, zog sie heraus wie einen Korken aus der Flasche. Sie standen in der Kammer, die Gretls Zelle gewesen war, als sie noch lebte. Seit sie — zum zweitenmal — tot war, galt die Zelle, jedenfalls bis auf weiteres, als leer. Michael schob ein passendes Holzbrett in handliche Nähe der Einstiegsöffnung und rückte die Liege so nah an es, daß sie es fast verdeckte.

Gretl seufzte. »Wie tief müssen wir uns noch hinunterbuddeln?«

Der Arzt ließ das am Eimer befestigte Seil durch die

Hände gleiten, vermaß die Meter. »Vielleicht etwa sechs Meter. Dann müßten wir im Keller sein.« Er warf den Eimer und das zusamengerollte Seil in den Schacht. »Sobald ich sicher bin, daß er schläft, kann ich heute nacht noch ungefähr einen halben Meter ausschachten.«

»Bist du sicher, daß es unten wirklich einen Tunnel gibt?« Gretl stellte die Frage zum zwanzigstenmal, und er gab ihr die gleiche Antwort wie schon bei jedem vorherigen Mal.

»Wenn wir nach den Wächtern gehen, die ich belauscht habe, ja. Er ist gleichzeitig mit dem Bau des Gebäudes angelegt worden. Er führt unterm Farmland nach Osten. Dort draußen befindet sich eine Tür. Den Wächtern zufolge soll sie dermaßen gut getarnt sein, daß sie nicht einmal abgeschlossen ist.«

»Seit ich tot bin, müßten wir eigentlich schneller vorangelangen«, meinte Gretl mit ausdrucksloser Stimme, rieb sich Staub aus den Augen. »Ich brauche nicht mehr andauernd auf die verfluchte Tür zu horchen und mich fragen, ob er wohl wieder durch den Korridor kommt.«

Der Arzt nickte, reichte ihr vom in der Zelle installierten Toilettenbecken einen feuchten Lappen, damit sie sich den Staub aus dem Gesicht waschen konnte. »Sonst ist kein lebender Mensch in diesem Flur, Gretl. Ich glaube, du bist hier sicher aufgehoben, bis er jemanden Neues herbringt. Und nach allem, was die Damen sagen, ist er gegenwärtig stark mit anderen Angelegenheiten beschäftigt.«

»Damen!« schnaubte Gretl schwächlich.

»Sie verabscheuen ihn genauso wie du. Sie sind nur weniger widerstandsfähig als du gewesen, das ist alles.« Er strich ihr übers Haar. »Du hast dich bestens verstellt. Du hast wirklich ausgesehen, als lägst du im Sterben.«

»Jedenfalls hast du recht behalten. Als ich nicht mehr reagierte, hat er an mir das Interesse verloren. Es war schwer, sich überhaupt nichts anmerken zu lassen, Michael. O Gott, wie ich ihn hasse!«

»Ich weiß.«

»Was ich fragen wollte: Wie hast du ihm vorgetäuscht, ich sei tot?«

»Auf die gleiche Weise, wie er vorher alle Welt glauben gemacht hat, Gretl Mechas sei tot. An Leichen hat's hier keinen Mangel. Am anderen Ende des Korridors gibt's zwei, drei Räume, in denen Leichen gestapelt sind. Ich habe einfach eine aus der Kühltruhe in einen Plastiksack gepackt und sie den Wächtern ausgehändigt. Daß sie sie sich näher anschauten, war unwahrscheinlich. Sie haben gesehen, was sie zu sehen erwarteten, geradeso wie deine Bekannten, als sie an dem Leichnam der anderen armen Seele, wer sie auch gewesen sein mag, deine Kleidung sahen.« Aus Verzweiflung bebte Michaels Stimme. »Hier ist alles voller Tod. Justin verbreitet um sich nichts als Tod. Meine Frau und die Kinder sind auch tot. Ich weiß es. Herrgott, so lange habe ich gehofft ... Aber das letzte Mal habe ich es an seinen Augen erkannt.«

»Warum hat er dich weggeschleppt?«

»In der Fachpresse war ein Bericht über mich erschienen. Ich habe unter Verwendung biologischer Stoffe, die sich hier auf Jubal finden lassen, ein paar neue Behandlungsmethoden gegen Alterskrankheiten entwickelt. Nichts Weltbewegendes, aber die Medien haben es ein bißchen aufgebauscht. Er hat mich gefragt, ob ich ausschließlich für ihn tätig sein wollte, als sein Leibarzt. Ich habe den Vorschlag für lachhaft gehalten und ihm das auch ins Gesicht gesagt ...«

»Zu ihm dürfte niemand nein sagen, hat Justin mir mal erklärt.«

»Mir gegenüber hat er einmal das gleiche erwähnt. ›Niemand kommt damit durch, zu Hardward Justin nein zu sagen.‹ Und: ›Was mein ist, bleibt mein.‹«

»Was sein ist, bleibt bald tot«, flüsterte Gretl. »Hat er

denn gedacht, du könntest ihn in alle Ewigkeit am Leben halten, oder was?«

»Wer weiß, was er sich vorgestellt hat? Es ist auch egal, ich kann sein Leben nicht verlängern. Bisher habe ich Glück gehabt. Er ist nie krank gewesen. Und wenn unser Fluchtschacht erst einmal fertig ist, wird ohnehin alles wieder ganz anders sein ...« Er hob den Kopf, lauschte. »Ich höre da etwas. Ich krieche wohl besser auf meine Seite hinüber, für den Fall, daß er mir einen Besuch abstattet.« Kopfüber krabbelte er in die Öffnung, krümmt den Körper zu einem U und stieg auf der anderen Seite der Mauer aus einem ähnlichen Loch hinter einer Couch in seine Wohnung. Angespannt wartete Gretl ab, hörte Geräusche des Möbelrückens. »Falscher Alarm«, zischelte der Arzt wenig später herüber. »Hast du noch genug zu essen? Ich habe einiges hier, wenn du etwas brauchst.«

»Ich habe keinen Hunger«, murmelte Gretl.

»Essen mußt du trotzdem«, ermahnte Michael sie. »Wir müssen beide essen. Damit wir Kraft haben. Kraft zum Totsein, Gretl. Kraft zum Abhauen.«

»Na gut«, sagte sie, langte durch die dicke Trennwand, nahm ein umwickeltes Päckchen entgegen. Dann zerrte sie das Brett über den Schacht und stellte die kahle Liege darauf, um ihn vollends zu verdecken. Als der Arzt sie aufsuchte, um sie ›zu beseitigen‹, hatte er das Türschloß sabotiert, so daß es seitdem nicht mehr einrastete. Später hatte er, während sie drunten im Schacht kauerte, an dem sie seit Monaten gruben, den Wächtern ihre ›Leiche‹ übergeben. Die Wächter waren nicht besonders wachsam, und vor allem haperte es bei ihnen mit der Intelligenz.

Sie huschte durch den Korridor und in ein leeres Zimmer. Sorgfältig klemmte sie am Türschloß die Verriegelung fest, setzte sie außer Funktion, während sich durch den Geruch aus dem Päckchen ihr Mund mit Speichel füllte. Sie beabsichtigte ein Bad nehmen. Und zu essen. Und dann zu schlafen. Danach würde es wieder Abend sein, und sie mußte weiterbuddeln.

Thalia Ferrence saß am Gartenmäuerchen in ihrem Sessel und träumte von einem Enkel. Der Großmeister hatte sie angerufen und ihr mitgeteilt, er hätte sich über die Frau informiert, sie und das Kind befänden sich zu ihr unterwegs. Lims Witwe Vivian und das Kind. Thalia hatte Betuny noch nicht eingeweiht. Betuny würde sich aufregen, sich sorgen, daß Thalia sie nicht mehr bräuchte. Vielleicht brauchte Thalia sie wirklich nicht mehr, doch damit gedachte sie sich erst später zu befassen. Gegenwärtig kostete sie ganz einfach ihre Tagträume aus, ihre Erwartungen, schwelgte im Ausmalen all der vielen wundervollen Dinge, die sie sich von der Ankunft der Schwiegertochter und ihres Sprößlings versprach. Und sie erinnerte sich auch viel an früher. Mit der Vergangenheit hatte sie sich in letzter Zeit häufig beschäftigt.

Zur Feier des Tages hatte sie sich ein Glas Broundy genehmigt, etwas, das sie gewöhnlich nur selten tat, und so saß sie jetzt im hintersten Winkel des Gartens im Sessel, die Arme verschränkt auf der niedrigen Mauer, während ihr die Abendsonne voll ins Gesicht schien und sie ihre sanfte Wärme spürte, dabei dösig von den alten, längst verstrichenen Zeiten träumte, sich wünschte, sie könnte noch einmal die Broufelder und die Präsenzen sehen. Auf gewisse Weise sah sie sie noch vor sich, aber in ihren Erinnerungsbildern ragten sie dermaßen gewaltig hoch empor, daß sie sich fragte, ob ihr Gedächtnis sie nicht trog. Sie hätte ihre Erinnerung gern an der Wirklichkeit überprüft. Seit gut einer Stunde grübelte sie verträumt, praktisch im Halbschlaf, darüber nach, als wäre die Wahrheit etwas, das es unbedingt zu finden gälte — als wäre sie ein Schlüssel zu einer Zukunft, von der sie bezweifelte, daß sich durch kein anderes Mittel als durchs Aufdecken der Wahrheit erringen ließe. Sie konnte nicht länger sicher sein, woraus die Wahrheit bestand, was sich wirklich ereignet hatte. Was waren die Tatsachen über Lim und Miles gewesen? War Tasmin wahrhaftig, für was sie ihn hielt? War Celcy so gewesen, wie sie sie eingestuft hatte? Sollte die Frau, die zu ihr gereist kam, ein Teil ihres Lebens werden? War diese Welt überhaupt die Welt, an die sie sich erinnerte, oder nur eine zurechtphantasierte Traumwelt? Wie sollte sie das alles klären können?

Die Stimme, die sie auf einmal hörte, stellte ihr eine Frage, die dazu paßte, unterschied sich von jeder Stimme, die sie je vernommen hatte. Diese Stimme klang so leise und angenehm, daß sie sehr wohl ihrem traumhaften Spintisieren entsprungen sein mochte.

»Bist du Lim Ferrence' Mutter?«

Thalia hatte Broundy im Blut. »Er hat sich Lim Terri genannt«, antwortete sie nahezu im Singsang, den Mund halb zu einem Lächeln verzogen. »Aber ich war seine Mutter, ja.« Die Stimme, die sie angesprochen hatte, war eine sonderbare Stimme, fast wie eine Kinderstimme, jedoch mit fremdartigem Akzent. Sie konnte ohne weiteres eine Traumstimme sein. Jedenfalls hinterließ sie nicht den Eindruck einer realen Stimme.

Für einen Moment blieb es still, als hätte sie etwas Verwirrendes gesagt.

»Was?« fragte die Stimme endlich. »Du sprichst in Vergangenheitsform? Nicht in der Gegenwart?«

»Er ist tot«, sagte Thalia. »Tot. Am Rätselstein ist er umgekommen.«

Gedämpfte, helle Laute der Bestürzung ertönten. Das Ziepen und Quieken erinnerte sie an Vogelstimmen, doch einen Moment später meldete sich erneut, fast als sänge sie, die Kinderstimme zu Wort.

»Was für Verwandte hat er hinterlassen?«

»Weißt du, ich dachte, es gäbe nur mich. Ich habe gedacht, ich wäre die einzige wirkliche Verwandte, die einzige Person, die sich um ihn Gedanken macht, sich an ihn erinnert, um ihn trauert. Ach, natürlich gibt's da noch Tasmin, seinen Bruder, aber von ihm kann man nicht erwarten, daß er sich darum schert. Ja, ich habe geglaubt, ich sei die einzige, aber anscheinend hatte er Frau und Kind. Sie kommen hierher. In Kürze. Jemand war bei mir, um sich nach ihnen zu erkundigen, daraufhin habe ich die Zitadelle angerufen, und man hat die Sache für mich aufgeklärt ...« Ein Aufwallen starker Sorge störte ihre Verträumtheit. »Ich hoffe, es stößt ihnen nichts zu ...!«

Nochmals ergab sich — in ihrem Traum, wie es schien — eine Pause. Etwas streifte sanft wie eine Feder, weich, kühl und unendlich zart Thalias Gesicht. Dann erklang wieder die Stimme. »Weshalb sollte ihnen etwas zustoßen?«

»Ich weiß nicht. Es ist wegen des Manns, der bei mir gewesen ist. Wegen seiner Stimme. Er hat auch seinen Namen verschwiegen. Er meinte, daß ich blind bin, wäre mein Glück. Er wollte erfahren, wo Lims Frau und sein Kind sind. Ich habe ihm gesagt, daß ich gar nichts von einer Frau und einem Kind Lims wußte. Der Mann war richtig unhöflich. Nicht mal verabschiedet hat er sich.«

Abermals kam es zu einem Zwitschern hörbarer Betroffenheit. »Glaubst du, er war eine Gefahr für die Frau deines Sohns?«

»Ich fand's merkwürdig, daß jemand wissen wollte, wo sie ist. Das war auffällig, daß irgendwer sich dafür interessiert hat. Inwiefern könnte sie denn für irgend jemand wichtig sein? Der Generalmeister hat mir gesagt, sie sei nur eine Frau wie jede andere, hätte keine hohe Position, keine vornehme Familie. Auf dem Fischmarkt hätte sie sich abgerackert, sagte er. Und das Kind sei eben bloß ein Kind.« Tiefsinnig fing Thalia über das Wunder einer Frau und eines Kindes zu sinnieren an, die einfach nur das waren und nichts anderes. Keine Fahrtensänger. Keine Leute mit Pflichten und Aufgaben, die sie zugrunderichteten, mit Groll, der sie ins Unheil trieb, sondern einfach nur Menschen. Eine Frau und ein Kind.

Als sie die Stimme ein letztes Mal hörte, war sie schwach wie ein Hauch, so leise, daß sich kaum unterscheiden ließ, aus welcher Richtung sie sprach, lediglich ein säuselndes Wispern; sie ahnte nicht, daß sie von allen Seiten, aus zwei Dutzend Kehlen gleichzeitig, auf sie eindrang. »Wie sollte sie zu dir gelangen, Mutter Lim Ferrence'?«

»Auf der Südroute. Südwestlich am Rätselstein vorbei. Zum Schwarzen Turm.« Thalias Augen füllten sich mit Tränen. Diese Route machte ihr Sorgen. Am Schwarzen Turm hatte Miles das Leben gelassen.

Ihr Weinen übertönte die kaum hörbaren Geräusche, die ihre Besucher verursachten, während sie sich entfernten. Im gräulichen Abenddämmern hatte niemand ihr Kommen beobachtet, und niemand sah sie gehen.

Westlich Tiefkrume Fünf fand Bondri Gesels Singschar einen Pfad durch die Äußeren Wächterlinge, die die Viggys Frohe Himmelsstürmer nannten. Der Pfad war schmal, jedoch nicht allzu heikel, er erforderte zum Durchqueren, das gefahrlos auch in großer Eile geschehen konnte, nur ein kleines Liedchen.

»Wir hatten recht, was Rätselstein betrifft«, sangen mehrere Singscharangehörige. »Der Wahnwitzige hat wieder getötet. Wir können die Schuld bei Lim Ferrence, geehrt sei sein Name, nicht mehr begleichen, denn Rätselstein hat ihn gemordet. Ach, wie töricht es ist, Rätselstein anzusingen.«

Gereizt stieß Bondri ein Zischeln aus, und der Gesang verstummte. Er mochte gegenwärtig nicht über den Rätselstein nachdenken. Wäre Favel noch unter ihnen, so daß sie mit ihm gemeinsam darüber singen könnten, hätten sie möglicherweise Schlußfolgerungen zu ziehen vermocht; doch eigentlich war er ein Fall für die Priester. Bondri sang kurz ein paar diesbezügliche Worte, und ihm antwortete ein hellklingender Chor der Zustimmung.

»Wie sollen wir sicher sein, daß die Lautsingerin und ihr Kind in Gefahr schweben?« sang munter ein junger Viggy, ein sehr verlockendes Weibchen. Bondri überlegte schon seit einiger Zeit, ob es sich als Austauschtochter für die Singschar Chowdris im Süden eignete.

»Sicher war Lim Ferrence' Mutter nicht«, räumte Bondri ein. »Aber sie befürchtete Gefahr. Allerdings hat sie keine Augen, und darum ...«

»Da muß ich widersprechen«, sang die Oberamme dazwischen. »Sie hat Augen, o Bondri Gesel der Großohrige. Ihre Augen sind nicht gesund, das ist wahr, doch ließen sie sich heilen. Ich-die-Beutelige wäre sie zu heilen fähig.«

Bondri gab ein unterdrücktes Grunzen von sich, ein Laut, der sowohl seinen Ärger aufgrund der Unterbrechung wie auch seine Zweifel anzeigte. Er hatte noch nie gehört, daß eine Amme je einen Lautsinger behandelt hätte.

»Es ist wahr, o Bondri Gesel. Ich-die-Beutelige habe viele Male Lautsingerleichen untersucht. Die Mutter Lim Ferrence', geehrt sei sein Name, leidet lediglich an einer geringfügigen Augenstörung. Sie könnte behoben werden.«

Die Oberamme hatte Lim Ferrence' Mutter mit ihrem Fühler berührt. Wenn die Oberamme sagte, es sei möglich, dann konnte es getan werden. »Merke dir, was du behauptet hast«, sang Bondri, fragte sich aus diesem Anlaß, wie weit ein Viggy beim Brechen der Tabus wohl gehen durfte. »Falls wir das Kind nicht finden, kann es sein, daß wir die Schuld auf diese Weise begleichen müssen.«

»Ich habe den Singscharführer unterbrochen«, zirpte die Amme. »Bitte nimm deinen Gesang von neuem auf.«

»Die Frau kann nicht sehen«, zwitscherte Bondri, benutzte diesmal die Tonart der Zustandsbeschreibung. »Unsere Ahnen sagen, daß bei jenen ohne Augen der Geist ersieht, was dem Fleisch zu sehen verwehrt bleibt. Ist es nicht so?«

»Das ist durchaus ein wahres Wort«, schmetterte einstimmig die Singschar.

»Also verrieten ihre Ohren ihr, daß der Mann als Drohung auftrat, obwohl vielleicht seine Worte nicht seine tatsächliche Absicht enthüllten.«

»Lästerlichkeit«, wehklagte die Singschar einhellig. »Anstößigkeit ...« Für die Viggy bedeuteten Worte, die nicht die Wirklichkeit wiedergaben, etwas Schlimmeres als gar keine Worte. Sobald die Neigung der Lautsinger, Falschheiten zu singen, erkannt worden war, hatte man das Tabu verkündet. Wie konnten Viggys mit jemandem singen, der nichts um die Wahrheit gab?

»Habt Mitleid mit seinesgleichen«, tschilpte Bondri, »denn sie haben sich im Dunkel der Sinnlosigkeit verirrt.« Einen Augenblick lang schwieg er, wie es üblich war, ehe er den ursprünglichen Gesprächsgegenstand wiederaufgriff. »Darum hat die Mutter Lim Ferrence' das Gefühl, daß das Weibchen ihres Sohns und deren Kind sich in Gefahr befinden. Sie selbst weiß nicht einmal, daß sie das Gefühl hat, ihr allerinnerster Bestandteil aber weiß es. Wenn in der Tat eine Gefahr droht und durch uns abgewendet werden kann, ist es uns möglich, damit Prim-Priester Favels Schuld zu begleichen, obwohl Lim Ferrence nicht mehr lebt.«

Gemurmel des Beifalls folgte seinen Darlegungen, und ein Ausbruch eines Freudengesangs der pursten Lust am Dasein schloß sich an. Nach einiger Zeit machte die Schar halt zu Fellpflege und Essen. Bondri nutzte die Gelegenheit, um in den Beutel der Oberamme zu lugen, die ihn kurz zuvor auf ehrenhafte Weise berichtigt hatte. Das rosige Wesen, das sich darin in dem Knäuel aus Beutelringeln wand, erregte einen sehr lebhaften Eindruck. Prim-Priester Favels Hirnvogel gedieh prächtig.

»Wir werden verfolgt«, sagte Jamieson, schwang sich vom Maultier; dabei entfuhr ihm ein Ausruf, der Schmerz und Mißmut bezeugte, und er langte nach einem Fußknöchel. »Verdammt! Dauernd stoße ich mich am Fuß.«

»Scht«, machte Clarin. »Ich habe dir gestern abend gesagt, du sollst mich eine Bandage drumwickeln lassen.«

»Ich brauche keine.«

»Doch, Reb, wenn du dich jedesmal stößt, sobald du aufs Muli steigst oder absitzt, brauchst du eine, um Himmels willen.«

»Ach, na gut. Wickel mir was drum, wenn's dir dann besser geht.«

»Mir? Du bist's, der sich ständig stößt.«

»Laßt's gut sein«, sagte Tasmin lasch, während er seinen Schlafsack und die Luftmatratze einrollte. »Hört endlich auf, ihr zwei, ja? Jemand verfolgt uns, sagst du?«

»Ich bin den Weg zurückgeritten und habe mir die höchste Stelle gesucht, die ich finden konnte, Meister Ferrence, und habe dann die Richtung beobachtet, aus der wir kommen, so wie Sie's wollten. Und ich habe tatsächlich jemanden gesehen. Sechs Reiter. Ich konnte sie überhaupt nur sehen, weil sie den langen, geraden Hügelpfad längs der Klippe herunterreiten, die Strecke, die wir gestern morgen zurückgelegt haben. Auf halbem Weg gabelt sich der Pfad, ja? Genau an der Gabelung ist einer von ihnen abgesessen und hat sich eingehend den Untergrund angeschaut, offenbar zum Fährtenlesen. Dann haben sie dieselbe Abzweigung wie wir genommen.«

»Hast du eine Vorstellung, wer sie sein könnten?«

»Zwei sind Forschungssänger, Meister. Sie reiten ein

beträchtliches Stück vor den anderen her, als wollten sie mit ihnen nichts zu tun haben.«

»Und die hinteren Reiter?«

»Sie reiten paarweise. Das eine Paar besteht aus 'm Mann und 'ner Frau, glaube ich, und die beiden ganz am Schluß sind wohl zwei Männer.«

»Ich nehme an, du hast nicht erkennen können, wer sie sind?«

»Deutlich unterscheiden konnte ich die Ledertracht der Forschungssänger. Die Frau trug irgendwas im Haar, das schimmerte, vielleicht Perlen. Womöglich ist's gar keine Frau, aber ich hatte den Eindruck, daß es eine ist.«

»Na ja, es war wohl nur eine Frage der Zeit, bis irgend jemand uns folgt.« Stumm fluchte Tasmin in sich hinein, befaßte sich mit der Frage, wer die Verfolger sein mochten. Und warum man sie auf sie angesetzt hatte. Und wie es ihnen gelungen war, diesen Weg zu finden. Der Gruppe, die ihnen ursprünglich nachgestellt hatte, war leicht auszuweichen gewesen, und sie hatten gehofft, es kämen keine weiteren Verfolger. Und jetzt das!

Dank des langen Nord-Süd-Korridors zwischen zwei Aufreihungen von Präsenzen, durch den Donatella Ginster sie geführt hatte, war ihnen ein umstandsloses, rasches Vorwärtsgelangen möglich gewesen, weil sie sich nicht hatten hindurchsingen müssen. Von nun an waren sie darauf angewiesen, noch schneller zu sein.

Dona kam aus dem Gehölz, in dem sie ihre kleinen Zelte aufgeschlagen hatten, Ärger oder Wut — oder eine Mischung aus beidem — rötete ihr Gesicht. »Habe ich das richtig verstanden, jemand verfolgt uns?«

Tasmin nickte. Dona schnitt eine Fratze, drehte sich um, zog eine Faltkarte aus ihrer auf dem Erdboden abgestellten Reisetasche, klappte sie auf einem geeigneten Felsen auseinander und kniete sich davor. »Verdammt noch mal, ich hätte nicht gedacht, daß uns hier jemand aufspüren könnte.«

»Wahrscheinlich haben sie im Rote-Hauer-Rücken unsere Spur entdeckt und sind ihr bis hier gefolgt, Dona. Zwei Forschungssänger gehören zu der Gruppe.«

Sie schüttelte den Kopf. »Tja, es war wohl überheblich von mir, zu unterstellen, wenn ich diesen Korridor gefunden habe, hätte niemand genug Verstand, um das gleiche zu schaffen.«

»Haben Sie irgend jemand davon erzählt?«

»Vermutlich, ja. Ich nehme an, es steht sogar in der Kartei in meinem Zimmer vermerkt. Ich glaube, ich hab's zu Ralth erwähnt. Verflucht, es ist nicht mal ausgeschlossen, daß er einer der beiden Forschungssänger dort unten ist.«

»Egal wer sie sind, sie wissen wahrscheinlich nicht, daß sie sich an einer Hetzjagd auf Sie beteiligen, Dona. Die Leute, von denen sie geschickt worden sind, haben ihnen garantiert ein Märchen aufgetischt.«

Dona betrachtete die Karte, kaute währenddessen auf der Lippe. »Sind Sie noch immer dafür, daß wir uns teilen?«

In Clarins Miene war Ablehnung. »Ja«, bestätigte Tasmin trotzdem mit Nachdruck. Inzwischen war sie sich ihrer Nähe viel zu bewußt geworden. Offenbar hielt sie sich stets an seiner Seite, wußte anscheinend jederzeit, was er im nächsten Moment wollte. Oder er blieb ständig an ihrer Seite. Was der Fall war, ließ sich schwer unterscheiden. Tasmin merkte immer wieder, wie er sich mit allem an sie wandte, auf sie verließ. Ging es nach ihr, bliebe sie bei ihm, doch er hatte vor, auf der Teilung zu bestehen. Er gedachte beide loszuwerden, Clarin und Jamieson. Das erachtete er als das einzig Vernünftige. Er unterdrückte die Gefühle, die der Entschluß bei ihm auslöste. Alle waren sich darüber im klaren, daß die Trennung endgültig sein mochte. So etwas war nur erträglich, wenn er es leugnete. »Ich möchte, daß Jamieson und Clarin alles daransetzen, um sich nach Punkt Eins durchzuschlagen.«

Dona deutete auf die Karte. »Von hier aus führt der beste Weg zurück zur Tiefkrumeküste durch die Brüllende-Schlucht-Abkürzung, sie liegt ungefähr anderthalb Reisetage voraus.«

»Warum wünschen Sie, daß ich nach Punkt Eins reite?« erkundigte Clarin sich in gedämpftem, allerdings leicht aufsässigem Ton bei Tasmin.

»Ihr müßt zu Vowe«, antwortete Tasmin. »Ich will, daß ihr ihm alles erzählt, was wir wissen, ihm jeden Verdacht mitteilt, den wir haben, ihn in alles einweiht, was uns auch nur beiläufig durch den Kopf gegangen ist. Wir benötigen allen Schutz, den er uns geben kann. Er muß auf das gefaßt sein, was wir vorhaben, und wenn ihr ihn nicht informiert, können wir ihn anders nicht benachrichtigen.«

»Außerdem möchte ich, daß ihr ihm eine Kopie der Rätselstein-Aufnahmen bringt«, sagte Donatella. »Ich habe sie gestern abend auf 'n Kubus überspielt. Ich behalte meinen Synthesizer, also das Gerät mit dem integrierten Translator. Ihr nehmt meinen neuen mit.«

»Wir haben Synthesizer«, entgegnete Clarin.

»Das weiß ich, aber Forschungssänger-Synthesizer sind ein bißchen anders. Ihre Programme können Variationen erproben. Man setzt sich 'n Kilometer oder zwei von 'ner Präsenz entfernt hin und probiert etwas aus, das woanders funktioniert oder beinahe funktioniert hat. Man versucht's mit Variationen, bis man auf etwas kommt, wovon nicht die ganze Umgebung zu wackeln anfängt. Wir machen's nicht groß publik, aber meistenteils läuft's so ab.«

»Ich dachte, auf Aufzeichnungen reagierten Präsenzen immer feindselig«, meinte Jamieson mißtrauisch.

»Werden sie in ihrer Nähe abgespielt, verhält's sich auch so. Aus größerem Abstand reizt es sie allem Anschein nach viel weniger. Sie reagieren dann eher unterbewußt, als ob sie's selbst gar nicht richtig merkten. Ist schließlich eine Variation gefunden, die keine erdbebenähnlichen Folgen hat, spielt man sie, bis man sie so gut kennt, daß man sich durchsingen oder es wenigstens wagen kann, es damit einmal persönlich aus der Nähe zu versuchen.« Sie tätschelte den Synthesizer, fast als wäre er ein Maultier. »Häufig klappt's, zumindest in leichten Fällen. Am Rätselstein natürlich nicht.«

»Sie haben uns nie verraten, welcher Hinweis Ericksons Ihnen das Komponieren der Rätselstein-Partitur ermöglicht hat«, konstatierte Clarin.

Donatella schüttelte den Kopf. »Und ich werd's auch nicht. Noch nicht. Es ist besser für euch, nichts zu wissen. Sobald es so aussieht, als ob man euch schnappt, zerstört den Kubus. Dann habt ihr keine Kenntnisse, die irgendwelchen Unbefugten nützlich sein könnten.«

»Wir wissen, wohin Sie und Tasmin reiten.«

»Ja, das stimmt«, sagte Tasmin. »Und sollte man euch schnappen, gebt einfach auf alles Antwort, was man euch fragt. Gebt ruhig an, wohin wir unterwegs sind, wir passen schon selbst auf uns auf. Außer davon, daß Dona Ginster glaubt, sie hätte mit einer Präsenz gesprochen und nun zum Rätselstein möchte, um sich Gewißheit zu verschaffen, habt ihr keine Ahnung. Erzählt denen das.«

»Ihr werdet gut durchkommen«, versicherte Dona. »Im Synthesizer sind bewährte Losungen für fast alles gespeichert, was westlich von hier liegt, und die Karten sind unmißverständlich gekennzeichnet. Die Zehennägel der Riesen müßt ihr umgehen, ohne 'n Fahrtenwagen voller Effektbeschallung kann dort niemand durch, aber auf 'm kurzen Umweg durch den Süden gelangt ihr vorbei.«

»Wohin gehen Sie beide vom Rätselstein aus?« fragte Clarin.

»Je nachdem, was für ein Resultat wir dort erreichen, entweder nach Tiefkrume Fünf oder zurück zur Tiefkrumeküste«, gab Tasmin zur Antwort.

Schweigen. Clarins Miene blieb beherrscht, aber Tasmin sah in ihren Augen Verdruß und Weh. Ach, Clarin, Clarin.

»Clarin ...« Mehr als alles andere wollte er ihren Schmerz stillen. Wie albern von ihr. Sie war beinahe jung genug, um seine Tochter zu sein.

»Ja?«

»Hör zu. Wenigstens einer von uns hat Dona als Zeuge zu begleiten. Es ist logisch, daß ich diese Person sein muß, weil ich hinlänglich älter als du und Reb bin, um eine Reputation zu haben, die mir ein bestimmtes Maß an Glaubwürdigkeit garantiert. Zudem brauchen wir in einigem Umfang Unterstützung, um zu den Hearings nach Punkt Eins zu gelangen. Diesen Rückhalt kann ich bei der Zitadelle in Tiefkrume Fünf erhalten, weil ich dort mehr Einfluß als du oder Reb geltend machen kann.«

»Trotzdem könnte ich mit Ihnen und Dona reiten.«

»Dann wäre Jamieson allein. Und wenn die Leute, die uns verfolgen, sich teilen und ein paar Mann ihm nachschicken, oder man uns im Westen abzufangen versucht, wären Jamiesons Aussichten, ihnen zu entwischen, wesentlich schlechter.«

»Sie haben recht«, sagte Clarin. »Entschuldigung.«

»Und was tun wir, sobald wir bei Vowe sind?« fragte Jamieson in ähnlich trübsinniger Stimmung.

»Informiert ihn ganz einfach. Überlaßt die Entscheidungen ihm. Er wird wissen, wie er vorgehen muß. Vorausgesetzt er kann mit den Informationen etwas anfangen. Hoffen wir, daß er euch glaubt.«

»Oh, glauben wird er mir«, beteuerte Clarin. »Er wird jedes Wort glauben, das ich ihm erzähle.«

»Du *kennst* ihn also«, sagte Tasmin. »Ich hatte schon so einen Eindruck ... Als wir ihm im Nordwesten begegnet sind.«

»Er ist ... 'n alter Freund unserer Familie«, sagte Clarin. »Er hat's nicht gezeigt, weil ... Es würde alles nur komplizieren.«

»Schluß jetzt!« rief Dona dazwischen. »Wir müssen etwas Zeit aufwenden, um euch zwei mit dem Synthesizer vertraut zu machen. Danach müßt ihr sofort aufbrechen. Nach dem, was Jamieson sagt, sind sie höchstens 'n Tagesritt hinter uns.«

»Haben Sie 'ne Vorstellung, um wen's sich handeln könnte, Donatella?«

Sie verneinte mit einem Kopfschütteln. »Befassen wir uns nicht weiter mit den Forschungssängern. Sie können sonstwer sein. Aus Nordweststadt oder wer weiß woher. Es ist sogar möglich, wie Sie's angedeutet haben, daß es meine Freunde sind. Und die anderen? Ich habe keine Ahnung. Die einzige Frau, die ich je beleidigt habe, ist Schnuckitrud Thonks, aber ich kann mir absolut nicht vorstellen, daß sie mir auf 'm Maultier durchs Hinterland folgt, um sich zu rächen.« Sie winkte die beiden Akoluthen zu sich und begann ihnen das Gerät rasch, aber detailliert zu erklären.

Jamieson und Clarin durchschauten die Besonderheiten des Forschungssänger-Synthesizers ziemlich schnell. Er unterschied sich von den Fahrtensänger-Modellen lediglich in Einzelheiten, und nach Ablauf einer Stunde bewiesen sie bei seiner Bedienung beachtliche Professionalität, auf alle Fälle soweit, daß Dona beifällig nickte. »So genügt's. Wir machen uns jetzt lieber schleunigst auf und davon.«

Tasmin hatte unterdessen schon die Ausrüstung und sämtliche Sachen auf die Maultiere gepackt. Ein paar Augenblicke opferten die vier noch, um die Überbleibsel des Lagerfeuers zu verstreuen, ehe sie aufbrachen, doch voraussichtlich war die Mühe vergeblich. Wenn der Fährtenleser hinter ihnen imstande war, ihre Spuren auf dem kahlen, steinigen Hügelpfad unterhalb der Klippe zu entdecken, dann konnte er auch hier Beweise ihrer Anwesenheit finden.

Sie ritten südwärts. Die Hufe der Maultiere, die keine Softschuhe trugen, verursachten ein melodisches

Klappern, das eine nachgerade hypnotische Wirkung hatte. Wären sie aus anderen Gründen unterwegs gewesen, hätten sie sich auf einer Reise befunden, ohne Verfolger im Rücken zu haben, Tasmin wäre — seinem gegenwärtigen Gefühl nach — die Schönheit dieses seltsamen Korridors, den Dona Ginster mitten durch die turmhohen Reihen der Präsenzen gefunden hatte, auszukosten fähig gewesen. Sie ragten an beiden Seiten empor, schienen in das Tal herabzublicken, das die Gruppe durchquerte, glommen violett und ockerfarben, rubinrot und wie Saphire, smaragdgrün und aschgrau, ähnelten einer versammelten Tausendschaft von Giganten, brachten ab und zu mit halblauten Äußerungen, als ob sie sich berieten, die Luft zum Vibrieren.

»Was reden sie?« fragte Tasmin die Forschungssängerin.

»Nichts, soviel ich weiß.«

»Hört Ihr neuer Translator keine Wörter heraus?«

»Am Rätselstein *hat* er welche übertragen, und zwar Antworten auf das, was ich gesungen habe. Aber das Getöne hier ist unübersetzbar. Es läuft auf nichts als Schnarchen, Schnauben und Ächzen hinaus.«

»Sie haben es bei ihnen also schon mit dem neuen Translator versucht? Einmal? Oder mehr als einmal?«

»Während jeder Reise nach meiner Rückkehr vom Rätselstein habe ich's stundenlang hintereinander mit dem Translator probiert. Ohne Ergebnis.«

»Dann besitzen diese Präsenzen hier keine Intelligenz?« Irgendwie empfand Tasmin diese Unterstellung selbst als unangemessen voreilig.

»Diese Schlußfolgerung würde ich nicht ziehen«, bemerkte Clarin. »Vielleicht reden sie momentan eben nicht.«

»Oder haben keine Lust«, sagte Jamieson. »Oder können's nicht. Mir fehlt noch immer der Beweis.«

»Du bist doch seit jeher davon überzeugt gewesen«, hielt Clarin ihm vor, »daß sie intelligent sind.«

»Das heißt doch nicht, daß sie mit uns reden«, erwiderte Jamieson. »Tätest du's denn, wärst du einer von ihnen?«

Alle hatten sie den Blick zu den Präsenzen gehoben. Hohe Klippen funkelten. Bernsteingelbe Kristalltürme schimmerten. Gewaltige Zinnen aus Saphir glitzerten, leuchteten von Lichtbrechungen. In grauen Wällen glommen Silbereinsprengsel. Steinerne Hindernisse schillerten wie Flammen.

»Aaach ...« Clarin stieß den Laut aus, er klang, als käme er aus dem Mund einer Verwundeten, oder wäre ein Luststöhnen, ein halb gedämpftes Aufseufzen höchster Verzückung. Ihr Gesicht hatte den Ausdruck, den es manchmal bekam, wenn sie sang.

Tasmins Hände bebten an den Zügeln, zu gerne hätte er sie nun berührt. »Wir dürfen nicht bummeln«, sagte er im trockensten Tonfall, den er zustandebrachte. »Kommt, wir können jetzt nicht halt machen.« Donatella sah ihn befremdet an, und er mied ihren Blick. Er hatte den Eindruck, als erfolgte eine Ausdehnung seines gesamten Wesens, breitete er sich zu einem hauchfeinen Gespinst aus, das die ganze Welt umfaßte.

Ein Akt der Selbsthypnose, sagte ihm sein Lehrerverstand. Eine sogenannte religiöse Erfahrung. Einfach die Ruhe bewahren, und es geht vorbei.

Und während der folgenden langen Stunden im Sattel behielt er allmählich recht.

Sie erreichten die Gabelung des Pfads. Donatella schlug zur Sicherheit in den Karten nach, die die beiden Akoluthen mitnehmen sollten, überprüfte noch einmal den Synthesizer; dann saß sie an Tasmins Seite, während Jamieson und Clarin, zwei Gestalten, die immer kleiner wurden, sich langsam entfernten, in die nach Westen gerichtete Schlucht hinabritten, ohne sich umzuschauen, unterwegs zu den Städten der Tiefkrumeküste und möglicherweise ... was?

»Es ist unwahrscheinlich, daß irgend jemand es auf

sie persönlich abgesehen hat«, meinte Donatella, versuchte am meisten sich selbst davon zu überzeugen, sich damit zu trösten. »Ohne uns ist die Gefahr für sie geringer, Tasmin. Kommen Sie, wir wollen tun, was wir können, um ihre Spuren zu verwischen.«

»Ich hoffe, es ist so«, sagte Tasmin. Er litt an einem Verlustgefühl, das er so bald nicht noch einmal zu erleben erwartet hatte. Es glich dem Gefühl nach dem Verlust Celcys und war doch anders. Diesmal hatte er das Empfinden, als wäre ein Stück seiner selbst von ihm gegangen. »Ich hoff's.«

Während Rheme Gentry sich scheinbar stark mit den privaten Angelegenheiten des Gouverneurs befaßte, beschäftigte er sich in Wirklichkeit mit zwei gleich schwierigen Aktivitäten. Einerseits leitete er jede erhältliche Information an Thyle Vowe weiter, um ihn bei seinen Anstrengungen zu unterstützen, ›den Lumpen bei der BDF‹ auszutricksen. Andererseits suchte er verzweifelt eine Möglichkeit zur Übermittlung einer hochwichtigen Nachricht nach Serendipiti, um die Voraussetzungen zur Rettung von Maybelle Thonks Leben zu schaffen — oder wenigstens ihrer körperlichen und geistigen Gesundheit.

Alles auf Jubal strebte einer Entscheidung zu. Der ehrenwerte Wuyllum widmete sich zunehmend der Aufgabe, gewisse Teile privaten und öffentlichen Eigentums nach Serendipiti zu verschieben, und das erforderte umfangreiche Fälschungen von Frachtpapieren, weil die BDF — mit der Ausnahme des unverzichtbaren Brouexports — den Auswärtsverkehr Jubals vollständig stillgelegt hatte. Irgend etwas außer Brou noch in den Weltraum zu befördern, verlangte einigen Aufwand, doch inzwischen entwickelte Rheme sich darin zum Spezialisten. Justin hatte keineswegs damit Schluß gemacht, der Gouverneurskanzlei Gefälligkeiten zu erweisen. Noch nicht. Erst vor einer Woche war auf

Schnuckitruds hartnäckiges Verlangen der junge Sänger Chantry, der nur halb bei Besinnung vor sich hinbrabbelte und voraussichtlich auch in dieser Verfassung bleiben würde, ausgeflogen worden. Auf das Nervensystem hatten Regenerationstherapien keine nachhaltige Wirkung.

»Mein armer Chantry ist einfach zusammengeklappt«, erzählte Schnuckitrud in regelmäßigen Abständen. »Er muß sich überarbeitet haben, das arme Schatzilein.«

Infolge von Drogen, dachte Rheme. Drogen und anderen Stimulantia — wie jeder Mann sie brauchte, wenn er sich mit Schnuckitrud Thonks einließ — sowie zu hoher Belastungen eines Nervensystems, das eine normale biologische Einrichtung war und nicht aus Transistoren und Metallteilen bestand. An normalen Menschen, normaler Biologie und normalem Geschlechtsleben fehlte Schnuckitrud schlichtweg das Interesse. Schnuckitrud mochte Peitschen, Drogen und verschiedenerlei elektronische Hilfsmittel. Schnuckitrud schätzte Geschlechtsverkehr zu dritt, zu viert und im Dutzend. Schnuckitrud sah gerne zu, wenn andere litten, und zu gerne ließ sie sie rotieren, paarte oft Leute, von denen sie behauptete, sie zu mögen, mit Personen, die sie überhaupt nicht ausstehen konnte. Rheme kannte die Vorzeichen. Schnuckitrud hatte einen bestimmten Ausdruck in den Augen, wenn sie ihr nächstes Opfer auswählte, und nun war für eine zwangsweise Teilnahme Maybelle an der Reihe. Das allein wäre ein hinlänglicher Beweis dafür gewesen, daß der Gouverneur und die Gouverneursgattin die Tage bis zur Abreise zählten. Schnuckitrud hätte ihre Aufmerksamkeit nicht auf Maybelle verlegt, wäre es noch von Bedeutung gewesen, was sie tat oder wobei man sie ertappte.

Der ehrenwerte Wuyllum hatte sich keinerlei Anzeichen dafür anmerken lassen, daß er davon etwas wußte, oder daß es ihn, falls er es ahnte, gestört hätte. Offenbar bewertete er seine Tochter aus erster Ehe als nichts Kostbares. Das beabsichtigte Rheme Gentry zu ändern.

»Hat der Herr Gouverneur schon erwogen, an welcher Betätigung er nach dem Übertritt in den Ruhestand interessiert sein könnte?« erkundigte er sich im verbindlichsten Tonfall.

»Weshalb hätte ich mir darüber den Kopf zerbrechen sollen?« brummte Wuyllum argwöhnisch.

»Mir ist eine ausgezeichnete Possibilität auf Serendipiti zu Ohren gekommen«, antwortete Rheme im schmeichlerischsten Ton. »Eine Gelegenheit, die den Herrn Gouverneur vielleicht interessiert. Ich spreche von einer sehr geldschweren Familienagglomeration, die eine zusätzliche Verflechtung zu gegenseitigem Gewinn anstrebt und einen Sohn im Heiratsalter hat ...«

»Sohn?« Wuyllum erwies sich als außerordentlich begriffsstutzig, und insgeheim schimpfte Rheme vor sich hin, während er eine Miene des Desinteresses beibehielt.

»In ungefähr Maybelles Alter«, sagte er. »Darf ich offen sprechen?«

Ein, zwei Sekunden lang musterte Wuyllum ihn, ehe er mit einem Knurren sein Einverständnis erteilte. Rheme spürte, wie ihm im Nacken und unter den Armen Schweiß ausbrach.

»Man kann unmöglich übersehen, daß Ihre Tochter und deren Stiefmutter zueinander kein ausgesprochen gutes Verhältnis haben«, sagte er, sprach in dem Tonfall von Gleichgültigkeit weiter, den er im entlegensten Winkel des Gartens, außerhalb jeder Hörweite, immer wieder geübt hatte. »Das ist, weil Ihre Gattin so jung und überaus schön ist, vollauf verständlich. Ihre Tochter ist in ihrem jetzigen Alter und mit ihrer Erfahrungsstufe des gesellschaftlichen Umgangs durchaus heiratsfähig. Man könnte sie einer der sehr wohlhabenden Familien empfehlen, die auf Verbindungen der verschiedensten Art aus sind, von denen viele Herrn Gouverneur von Vorteil wären. Gleichzeitig würde eine solche Heirat aus dem Umkreis der Lady Gouverneur einen ständigen Quell des Ärgers entfernen.«

Erneut stieß Wuyllum ein Brummen aus. In seiner Miene zeichnete sich eine Andeutung von Durchblick ab. »Darüber könnte ich mal nachdenken«, sagte er zu guter Letzt.

»Falls Herr Gouverneur im eigenen, besten Interesse so einen Schritt in Erwägung ziehen, sollte man die junge Dame nach Serendipiti schicken, damit sie mit den dortigen Spitzenkreisen der Gesellschaft Bekanntschaft schließen kann. Wenn ich richtig informiert bin, hat sie Serendipiti verlassen, als sie noch zu jung war, um in vollem Umfang am gesellschaftlichen Leben teilzunehmen.«

»Sie war zweiundzwanzig«, schnaubte der Gouverneur, »und so sexy wie 'n Maultier.«

Rheme tat so, als hätte er nichts gehört. »Da die Familien, von denen wir sprechen, großen Wert auf ordnungsgemäße Fortpflanzung legen, ziehen sie Frauen vor, die … unverdorben und etwas naiv sind. Oder ›konservativ‹ erzogen, könnte man sagen. Die Tochter Herrn Gouverneurs erweckt diesen Eindruck … gegenwärtig noch.«

Der Gouverneur dachte immer besser mit. »Und so müßte sie bleiben, was? Das ist es, was Sie meinen, stimmt's? Wir müssen sie von Schnuckitruds lustigen Parties fernhalten, hä?« Das Gesicht des Gouverneurs verzog sich zu einem gemeinen Feixen. »Und Sie, vermute ich, möchten sie nach Serendipiti begleiten. Als 'ne Art von Anstandsperson, hm?«

»Lieber nicht, Sir, wenn's Ihnen recht ist.« Rheme schnitt eine flüchtige Miene des Unwillens, fragte sich dabei, ob er nicht übertrieb. Wuyllum war kein Dummkopf. Offensichtlich nicht. Zwar war er dickhäutig und langsam wie ein kaltblütiges, vorzeitliches Reptil, doch sobald es um seine Selbstsucht ging, erwies er sich als regelrechtes Genie darin, die Zusammenhänge dessen, was sich rings um ihn abspielte, zu durchschauen. »Wir haben hier sehr viel zu erledigen, und es wäre mir angenehmer, ich müßte nicht mit.« Sollte Wuyllum ruhig daraus schließen, Rheme sei der Zuneigung des Mädchens überdrüssig geworden. Sollte er, verdammt noch mal, denken, was er wollte, lautete Rhemes Standpunkt, wenn es nur gelang, Maybelle von Jubal und aus Schnuckitrud Thonks Nähe fortzubringen. »Ich kann für Sie den Namen einer geeigneten Frau auf Serendipiti ausfindig machen ...«

Nochmals brummte der Gouverneur; offenbar war sein Verdacht jetzt zerstreut, denn er wandte seine Aufmerksamkeit anderen Tagesordnungspunkten zu.

Am selben Abend hörte man aus den Privaträumen Seiner Exzellenz laute Stimmen. Rheme, der mit Maybelle zusammengekuschelt in der hintersten Ecke des Gartens saß und ihr fortlaufend die Botschaft wiederholte, die sie auf Serendipiti dem Empfänger ausrichten sollte, hörte die Stimmen und hatte daran seinen Spaß.

»Was hast du eigentlich mit Maybelle vor, hä?« fragte der Gouverneur seine Frau; deutlich drang seine Stimme durch die geschlossenen Vorhänge.

»Wieso denn, ich kann sie nicht mal leiden«, gestand seine Gattin. »Sie ist zu lange mit deinem Milchgesicht zusammen gewesen, um für mich interessant zu sein.«

»Falls du von meiner ersten Frau redest, du Weibsbild, solltest du dir erst mal vergegenwärtigen, wer sie war, nämlich die Tochter des Botschafters auf Lebenszeit auf Gerens, und sie stammte aus einer der reichsten Familien auf Herons Welt.«

»Und von der ist sie enterbt worden, als sie dich geheiratet hat, Wuyllum, vergiß das nicht.«

»Egal. Maybelle ist von ihrer Mutter erzogen worden.

Sie ist erste Klasse. Das sagen Leute, die davon was verstehen.«

»Erste Klasse von was? Erste Klasse jubaler höhere Tochter? Sie ist 'n Milchgesicht, genau wie ihre Mama. Ein Nichts. Ich begreife überhaupt nicht, weshalb Justin auf sie so scharf ist.«

»Nun hör mir mal gut zu, Schnuckitrud. Ich sage es dir einmal, nur ein einziges Mal. Ich schicke Maybelle jetzt nach Serendipiti zurück. Ich richte ihr 'n eigenen, kleinen Wohnsitz ein, klar? Stelle irgendeine hochnäsige Frau als Anstandsdame für sie ein, lasse sie in die Gesellschaft einführen. Und ich wünsche, daß in der Zeit zwischen heute und ihrem Abflug und nachdem wir dort eingetroffen sind, niemand sie anpackt, hast du kapiert? Hä?«

Ein ungemütliches Schweigen folgte, unterbrochen durch ein von Schmerz verursachtes Wimmern. Schnuckitrud war es gewöhnt, Qual zuzufügen, dagegen nicht, welche zu verspüren. »Wer sollte denn von ihr was wollen? Und was tätest du, wenn ich's wollte?«

»Dann würde ich Harward Justin bitten, mir Spinne Geroan zu leihen, du Luder. Du hast deinen Zweck erfüllt. Mir ist's gleich, was du treibst, um dich zu vergnügen, solange du dich nicht mit mir anlegst. Kommst du mir in die Quere, dann wirst du 'ne Verabredung mit Spinne Geroan haben, und er wird dich so zurichten, daß du dich selbst nicht wiedererkennst. Hast du mich verstanden?« Seine Stimme klang ausdrucklos, man konnte ihr keinerlei Wut anhören, doch Schnuckitruds winselige Antwort machte den Lauschern klar, daß sie ihn verstanden hatte.

Im Garten zitterte Maybelle in Rhemes Armen. »Gott, was hast du ihm bloß eingeredet?«

»Wie heiratsfähig du bist, Mädchen. Was für eine nette, gebärfreudige Mutter du für eine erbbewußte Familie auf Serendipiti abgäbst.« In Wahrheit hatte der belauschte Wortwechsel Rheme — trotz seiner flapsigen Äußerungen — tief beunruhigt. Daß die Lady Justin erwähnt hatte, gefiel ihm nicht, und daß Spinne Geroan vom Gouverneur genannt worden war, behagte ihm noch weniger. Daraus ergaben sich Folgerungen für sein Leben und seine Sicherheit, die er als bedrohlich empfand. »Nun hör wieder mir zu, Maybelle, und merk dir genau, was ich dir erkläre. Sobald du auf Serendipiti bist, mußt du unverzüglich die Leute aufsuchen, die ich dir genannt habe. Sag ihnen, du kommst von *Basty Pardo.* Richte ihnen aus, was ich dir gesagt habe. Sie werden sicherstellen, daß die Nachricht weitergeleitet wird, und für deinen Schutz sorgen.«

»Ich kann's nicht ertragen, von dir fortzugehen.« Sie schluchzte. »Herrgott, Rheme, es kann sein, hier kommt's zum Krieg.«

»Oh, es kommt ganz bestimmt zum Krieg«, entgegnete er grimmig. »Und ich werde ihn entschieden leichter durchstehen, wenn ich weiß, du bist außer Gefahr.«

»Diese wichtige Nachricht, die ich ausrichten soll, für wen ist sie bestimmt?«

Rheme schwieg und überlegte, ob er ihr über das hinaus, was sie unbedingt wissen mußte, in überhaupt irgend etwas einweihen sollte. Doch als er ihre rebellische Miene sah, begriff er, daß sie zumindest genug wissen mußte, um ihr das Gefühl zu geben, Handelnde zu sein. Maybelle war noch sehr jung, und ihre Jugend spiegelte sich in ihren Einstellungen und ihrer Persönlichkeit. Als er sie ›unverdorben‹ nannte, hatte er praktisch nur die Wahrheit ausgesprochen. Sie hatte einen ausgeprägten Sinn für Recht und Unrecht, und ihm war klar, sie empfände es als unrecht von ihm, bestünde er darauf, sie für etwas einzuspannen, ohne daß sie erfuhr, für was.

»Die Tätigkeit der Planetenerschließungskommission wird seit Jahren durch Korruption beeinträchtigt«, erläuterte er schließlich. »Dabei ging es um erhebliche Geldkredite, Kredite der an der Erschließung beteiligten

Agglomerate. De facto sind nur wenige PEK-Mitglieder in die Korruption verwickelt gewesen, aber der Rest war zu träge, um zu merken, was passierte. Dann erregte aber das Landzungenmassaker einiges Aufsehen, weil sich unter den Toten auch der Sohn eines Kommissionsmitglieds befand. Dieses Mitglied, eine Frau, rief eine Anzahl der neueren, jüngeren Kommissionsmitglieder zusammen und fing mit ihnen für eine Untersuchung der Affären zu agitieren an. Weißt du, die PEK hat eine Vollzugsabteilung, die sich ohne nachvollziehbaren Grund KETTE nennt. Falls die Buchstaben irgend etwas bedeuten, ist es niemandem bekannt. Aus persönlicher Kenntnis kann ich dir versichern, daß KETTE vollkommen unbestechlich ist. Ihr Leiter ist ein alter Fuchs namens Pardo ...«

»Ist er verwandt mit Basty Pardo?« fragte Maybelle dazwischen.

»In der Tat ein Onkel. Na ja, und der General — er ist längst pensioniert, aber alle nennen ihn noch immer General — ist Berater einiger PEK-Mitglieder, und die Kommission hat bei einer Abstimmung eine Mehrheit für eine Untersuchung zustandegebracht. Daraufhin hat KETTE ein paar Ermittler auf die Sache angesetzt, Leute wie mich, Liebste. Genug von ihnen, um herauszufinden, was tatsächlich vorgeht.«

»Dann bist du ja wirklich ein PEK-Geheimagent! Ich dachte, das wäre ein Scherz gewesen. Also müssen wir doch noch nicht alle Hoffnung aufgeben.« Sie machte ein wieder zuversichtlicheres Gesicht, hatte die kindliche Miene der Begeisterung aufgesetzt, die er lieben gelernt hatte. In strenger Selbstbeherrschung hielt er seine Hände von ihr fern. Es hätte keinen Sinn gehabt, alles noch mehr zu erschweren.

»Wir brauchen die Hoffnung nicht aufzugeben, wenn die Nachricht Jubal verläßt und die richtigen Personen erreicht, Maybelle. Aber Justin hat den Planeten völlig abgeschnitten. Damit hatte ich nicht gerechnet. Das war zwar kurzsichtig von mir, aber ich hatte es einfach nicht in Betracht gezogen. Die gesamte Kommunikation wird überwacht. Nichts und niemand darf den Planeten verlassen, der oder das keine Prioritätsbescheinigung hat, und außer in wenigen Fällen durch Justin selbst oder wenn wir's durch die Gouverneurskanzlei gemanagt haben, werden zur Zeit keine Prioritätsbescheinigungen ausgestellt. Du bist die Tochter des Gouverneurs, von dir weiß man, daß du unheilbar naiv und linkisch bist und mit nichts Wichtigem zu schaffen hast. Meistens nimmst du nicht einmal an gesellschaftlichen Anlässen teil. Jeder hält dich für ein bißchen komisch, und ich deute seit Wochen an, daß du möglicherweise leicht dumm bist. Du bist schlicht und einfach die unverdächtigste Person, die wir kennen.«

Er streichelte ihre Wange und lächelte, ließ sich nicht anmerken, als wie verzweifelt er die Situation in Wirklichkeit einschätzte. Alle Vorgänge auf Jubal sprachen nach Rhemes Ansicht dafür, daß nur Gewalt helfen konnte, doch soviel er wußte, war sich bei KETTE bis jetzt niemand darüber im klaren. Der Gouverneur wollte an einem Zeitpunkt, den er als günstig erachtete, von Jubal verschwinden, und die PEK-Behörden konnten ihn, nachdem er auf Serendipiti oder sonstwo gelandet war, ohne weiteres verhaften lassen. Aber Justin gedachte zu bleiben, Justin hatte nicht in Rente zu gehen vor, und Justin würde keiner Anweisung der PEK gehorchen.

Nein, Justin würde sich einigeln. Justin hatte alle Bereitschaft, um auf Jubal einen Krieg anzuzetteln, bevor er sich dingfest machen ließ. Justin mußte man aus seiner Bastion holen oder ihn darin zusammenschießen, oder man mußte über Jubal den Belagerungszustand verhängen.

Doch wenn die Belagerung vorüber war, konnte es für mehrere Millionen Menschen zu spät sein. Und ebenso für Jubal.

13

Es war Mittnachmittag. Sich selbst überlassen, waren Tasmin und Donatella weiter nach Süden geritten, hatten unterwegs seitlich ihrer Route, in der Hoffnung, die Verfolger zu verwirren, ein paar falsche Spuren gelegt.

»Von hier an wird das Tal schmaler«, sagte Dona. »Wir können ihnen nur entgehen, Tasmin, wenn wir vor ihnen bleiben. Was machen Sie da mit den Softschuhen?«

Tasmin hob den Blick von den Softschuhen, die er in den Händen drehte. »Ich habe sie Clarins und Jamiesons Mulis abgenommen«, sagte er. »Jede Garnitur hat ein etwas anderes Muster. Wenn wir jedem unserer Maultiere zwei Softschuhe aus jeweils einer Garnitur anziehen, glauben die Verfolger vielleicht, wir wären noch zu viert.«

»Glauben Sie, darauf fällt jemand herein?« fragte Donatella, wölbte zweifelnd die Brauen, während Tasmin seinem Maultier — so mühelos, als wären es Slipper — zwei Softschuhe über die Hufe zog. »Sind Sie tatsächlich der Meinung, sie denken, es seien noch vier Maultiere?«

»Könnte sein. Außer sie sind schlauer als die meisten Leute, ja.« Tasmin lachte trübselig. »Ich habe mir den Trick gerade erst ausgedacht, Forschungssängerin. Bloß um das Gefühl zu haben, was zu tun. Wahrscheinlich führe ich mich selbst an der Nase herum. Aber ich muß was tun, sonst werde ich nervös. Wenn ich mich aufrege, kriege ich Magenbeschwerden. Es kann ja sein, denen ist nicht klar, wie erfinderisch wir sind.«

Mit leicht ironischem Lächeln stimmte Donatella zu. »Möglicherweise. Ich entsinne mich nicht, auf Jubal viel übers Fährtenlesen gehört zu haben. Welche Fährten sollte man hier denn lesen? Völlig anders verhält es sich auf Herons Welt. Auf Herons Welt wird viel gejagt.«

»Sie sind schon mal auf Herons Welt gewesen?«

»Natürlich nicht, Fahrtensänger. Ich bin hier geboren. Für mich hat meine Mutter sogar einen Bonus gutgeschrieben bekommen. Ich war ihr drittes Kind.«

»Alles was man lokal herstellen kann«, sagte Tasmin, »spart Frachtkosten ein.«

»Vielen Dank, Fahrtensänger.«

»War nicht als Spitze gemeint, Dona. Es hat mich bloß gewundert, daß Sie soviel über Herons Welt wissen.«

»Nur aus der Bibliothek. Aus Abenteuergeschichten.«

»Abenteuergeschichten?« Tasmin lachte. »Obwohl Sie auf Jubal als Forschungssängerin tätig sind?«

»Sie wissen genau, daß es dabei nicht immer dramatisch zugeht«, antwortete Dona. »Manchmal ist es alles andere als das.«

»Wann zum Beispiel?« fragte Tasmin.

Donatella hatte selbst Geschichten zu erzählen, eigene und Geschichten anderer, Geschichten von Niederlagen und Leid. Geschichten der Art, wie Forschungssänger sie sich normalerweise erzählten, waren es nicht unbedingt, und sie wußte selbst nicht, weshalb sie sie Tasmin erzählte, außer womöglich aus dem Grund, daß sie es wert waren, weitergegeben zu werden, und sie dazu vielleicht keine andere Gelegenheit mehr erhielt. Im Laufe des Ritts hatte sie alles über Tasmin und Celcy erfahren. Nun verspürte sie das Bedürfnis, über sich und Link zu sprechen.

»Manche Erlebnisse kann man verdrängen«, sagte sie. »Ich halte es für gar nicht übel, wenn man viele Dinge einfach aus dem Bewußtsein verdrängt. Nicht leugnet, daß sie sich ereignet haben, verstehen Sie mich richtig, aber sich davon freimacht. Sie irgendwo im Gedächtnis unterbringt, wo man nicht jeden Tag drüber stolpert. Aber die Sache mit Link ... Es ist mir absolut unmöglich, sie zu verdrängen. Ich bin von den Präsenzen immer begeistert gewesen. Aber seit eine von ihnen Link fast getötet hat... Seitdem gefallen sie mir nicht mehr so gut.«

Tasmin dachte über ihre Worte nach, fragte sich, weshalb sie für ihn nicht galten. Celcy hatte am Rätselstein den Tod gefunden, aber er, Tasmin, empfand gegenüber den Präsenzen das gleiche wie davor. Vielleicht waren Frauen anders. Seine Mutter hatte stets beteuert, sie seien es. »Und seither sind Sie allein geblieben?« fragte er.

»Das nicht gerade. Ich habe gute Bekannte. Und in Nordweststadt kannte ich einen talentierten Zitadellenmitarbeiter. Ab und zu habe ich seine Gutwilligkeit ausgenutzt. Zimmy. Natürlich hat Zimmy hinter meinem Rücken spioniert, wie ich's mir hätte denken können. Als ich das letzte Mal in Nordweststadt in die Zitadelle zurückgekehrt bin, habe ich sein Gesicht beobachtet. Sie müßten Zimmy kennen, um nachvollziehen zu können, wovon ich rede, aber auf jeden Fall hatte er nicht erwartet, daß ich wiederkehre.«

»Das ist nicht eben ein schlagender Beweis«, bemerkte Tasmin dazu, nachdem sie erklärt hatte, was sie meinte. »Nur ein Gesichtsausdruck...«

»Ich hab's Ihnen ja gesagt, Sie müßten Zimmy kennen. Glauben Sie mir, er hat erwartet, daß ich nie mehr wiederkomme.«

Tasmin verkniff die Lider und verpreßte den Mund, verzog das Gesicht stumm zu einer Grimasse. »Wer ist es, der die Befehle gegeben hat, Don?« fragte er endlich. »Wer hat ihn bezahlt?« Wer ihn bezahlte, hatte auch die Mörder gedungen. Wer die Mörder gedungen hatte, war es gewesen, der Dona Ginster zum Versteckspielen gezwungen, sie zur Konspiration mit Lim getrieben hatte. Und derjenige trug letztendlich auch die Schuld an Lims und Celcys Tod.

»Der BDF-Chef höchstwahrscheinlich. Hardward Justin ist ein Schurke. Soviel weiß ich gewiß über ihn.«

»Ich bin Hardward Justin noch nie begegnet.« Aber bei ihm mußte wahrscheinlich letzten Endes die Verantwortung liegen. Bei dieser Erkenntnis nickte Tasmin vor sich hin. Wenn jemand Schuld hatte, dann Justin.

Es gruselte Dona. »Einmal bin ich ihm über den Weg gelaufen. Zum Glück kam ich gerade von einer Exkursion zurück und sah aus wie ein nasser Viggy.«

»Wieso zum Glück?«

»Ich wäre attraktiv, ist mir gelegentlich gesagt worden. Und man hat mir erzählt, daß Justin sehr gierig nach attraktiven Frauen ist. Und daß er's nicht hinnimmt, wenn sie nein sagen.«

Einen Moment lang dachte er, sie hätte vor, sich eingehender darüber auszulassen, doch sie verfiel in ein zerstreutes, gequältes Schweigen, das zu brechen er als impertinent empfunden hätte.

Am Spätnachmittag führte die Route sie wieder in höhergelegenes Gelände, und geraume Zeit vor der Abenddämmerung waren sie auf einen Hügelkamm gelangt, den kleine, bernsteinbraune Steinlein säumten, die nicht höher als bis in Kniehöhe standen. Fern im Osten erhoben sich die goldenen Präsenzen, von denen diese kleinen Kristalle stammten.

»Ein ehemaliges Flußbett«, erläuterte Donatella. »Es hat die Kristallableger in nahezu schnurgerader Linie hier heruntergespült. Ich glaube, daß viele der geradlinigen Kristallformationen ursprünglich auf diese Weise entstanden sind. Vor einer Million Jahre gab es hier nichts als einen Fluß. Jetzt ist eine Bergkette vorhanden.«

»Wir geraten in Hochland«, pflichtete Tasmin ihr bei. »Ich möchte mal, wenn möglich, einen Blick zurück werfen.«

Er stieg ab und streckte sich zwischen den eng benachbarten Steinlingen aus, suchte durchs Fernglas den Pfad ab, den sie entlanggeritten waren; endlich entdeckte er die Verfolger: Gestalten, die sich durchaus schon tief innerhalb seiner Sichtgrenze bewegten. »Da sind sie. Sie folgen uns noch, und sie sind an der Gabelung vorbei, wo Clarin und Jamieson abgebogen sind.«

»Wie viele?«

»Alle sechs. Keiner ist den Jungen nach. Ich weiß nicht, ob ich froh oder entsetzt sein soll.«

»Sie sind uns näher als zu dem Zeitpunkt, an dem Jamieson sie beobachtet hat, nicht wahr? Bloß noch zwei oder drei Stunden hinter uns.«

»Würde ich auch sagen.«

»Schiene der Mond, könnten wir bis spät in die Nacht weitermarschieren, indem wir liefen und die Mulis am Zügel führten.«

»Vielleicht kämen sie uns trotzdem nach«, sagte Tasmin, spähte durchs Fernglas ins Tal. Dem vordersten Reiter haftete etwas Unerbittliches an, die Haltung seines Körpers zeugte von Schonungslosigkeit. »Verdammt!« entfuhr es Tasmin.

Donatella schaute durchs eigene Fernglas. Jetzt erkannte sie zum erstenmal hinter der Gruppe einen Maultierbetreuer mit einer ganzen Reihe lastfreier Mulis.

»Sie haben frische Reittiere«, sagte Dona halblaut. »Kein Wunder, daß sie so schnell sind. Wenn sie uns einholen, bevor wir das Südende des Tals erreichen ...«

»Wir können sie nicht abhängen«, sagte Tasmin. »Wir müssen uns etwas anderes ausdenken.«

Er grübelte, während sie weiterritten, hielt zweimal an und riß dünne Zweige von grünem Siedlerbusch, schnitzte sie danach unterwegs zurecht.

»Was, zum Teufel, machen Sie da?« wollte Donatella wissen.

»Ich bin wieder erfinderisch, Dona«, gab er zur Antwort, verlieh seiner Stimme einen Tonfall größerer Zuversicht, als er in Wahrheit empfand. »Falls es funktioniert, wie ich's mir vorstelle, sage ich Ihnen Bescheid.« Eine halbe Stunde später hatte er aus den Zweigen des

Siedlerbuschs vier flache Scheiben geflochten, dicke Spiralen aus dünnen, biegsamen Gerten; in dieser Größe, in der er sie fabriziert hatte, paßten sie genau in die Softschuhe der Maultiere.

Er zeigte sie Donatella. »Diese Dinger binden wir uns unter die Füße, sobald wir ein Versteck für unsere Mulis gefunden haben. Dann laufen wir weiter und hinterlassen eine falsche Maultierfährte, bis wir auch für uns ein Versteck entdeckt haben — irgendeinen Winkel, an dem ihnen nicht zu suchen einfällt, weil sie hinter Personen und Maultieren her sind, nicht hinter Leuten ohne Tiere.«

»Die Maultiere verstecken? Wo denn?«

»Ich weiß nicht wo. Ich hoffe, wir finden irgendwo eine Möglichkeit.«

Sie fanden einen als Versteck tauglichen Ort hinter einem schmalen Bach und einem Geländeeinschnitt in einem Hain aus Jubalbäumen, das in einer engen, ungefähr kastenartigen Bodensenke wucherte. Sie lenkten, indem sie eine gut sichtbare Fährte hinterließen, die Tiere zum Bach und gestanden ihnen Zeit zu ausgiebigem Tränken zu. Danach brachten sie die Mulis über steinigen Untergrund durch die Biegung des Geländeeinschnitts und banden sie mitten im Dickicht an. Auf dem Rückweg beseitigten sie alle Spuren, schnürten sich die Softschuhe unter die Füße und stapften vom Bach wieder zum Pfad, ließen dabei wenige, jedoch deutlich erkennbare Abdrücke zurück.

»Wir holen sie, wenn die Verfolger an uns vorüber sind«, versicherte Tasmin, verhütete auch den geringsten Anklang von Zweifel in seiner Stimme.

Auf dem Pfad blieb Donatella stehen, um sich die Stirn abzutupfen und die Gurte ihres Rucksacks zurechtzurücken. Den Großteil ihrer Ausrüstung hatten sie bei den Maultieren gelassen und nur die zum Überleben unentbehrlichen Gegenstände mitgenommen. »Und wenn wir nun die Spuren, die zu dem Gehölz führen, nicht völlig verwischt haben? Wenn sie auf die falsche Fährte nicht reinfallen? Wenn sie diese Rinne hinaufgehen?«

»Dann werden sie zwei Maultiere mehr und das meiste unseres Gepäcks haben. Aber uns noch längst nicht. Nun müssen wir möglichst viele falsche Abdrücke zurücklassen, bevor es dunkel wird.«

In den Maultier-Softschuhen zu laufen war mühsam und zeitraubend. Während der folgenden Stunde beobachteten Tasmin und Donatella ihre Verfolger zwei weitere Male, und jedesmal hatten sie erschreckend aufgeholt. Das zweite Mal sah Donatella sie allem Anschein nach ganz deutlich, denn sie senkte das Fernglas mit einer Miene des Entsetzens und der Überraschung, für die sie keine Begründung nannte. Tasmin drängte sie nicht um eine Erklärung. Auf den Softschuhen das Gleichgewicht zu bewahren und der Gangart eines Maultiers entsprechende Schritte zu machen, erforderte schon genug Konzentration.

Sie waren längst noch nicht so weit gekommen, daß Tasmin zufrieden gewesen wäre, als es dunkel zu werden anfing. »Viel weiter können wir nicht mehr, Donatella. Die Krumeschicht der Umgebung wird zusehends dünner. Falls wir noch lange marschieren, könnte es passieren, daß wir mitten auf einem kahlen Hang stehen, wenn sie uns einholen. Ich wünschte, ich wüßte sicher, welche Absichten sie haben. Es könnte einen Unterschied ausmachen ...«

Aus ihrem undurchschaubaren Schweigen verfiel Dona plötzlich in einen Wortschwall. »Ich kenne ihre Absichten. Töten. Foltern. Einer von ihnen ist ein Mann, über den ich einiges weiß, Tasmin. Ich habe ihn durchs Fernglas wiedererkannt. Er war deutlich zu sehen. Ich kenne das Gesicht. Ich weiß, wer er ist.« Ihre Stimme sank herab und verstummte, als dürfte man nicht einmal den Namen dieses Menschen aussprechen.

»Sagen Sie's mir«, verlangte Tasmin.

»Sein Name ist Geroan«, antwortete Dona. »Er arbeitet für die BDF, für Harward Justin. Er ist Assassine. Ein bezahlter Killer.«

»Woher wissen Sie das?«

»Eine Freundin ist ihm begegnet. Das erste Mal hat sie mir von Spinne Geroan erzählt.« Donatella war im Gesicht weiß geworden; die Ursache mußte mehr als die Erinnerung an etwas sein, das ihr eine Freundin erzählt hatte. Tasmin wartete auf weitere Auskünfte, aber Dona biß sich auf die Lippe und schwieg.

»Wir haben ja das Gewehr«, meinte er.

»Aber wir können's nicht wagen, es zu benutzen. Im selben Augenblick, in dem wir's tun, wissen sie, daß wir in der Nähe sind. Und wir haben nur ein Gewehr. Sie verfügen wahrscheinlich über sechs oder sieben Gewehre.«

»Ja, stimmt.« Tasmin nickte. »Da haben Sie recht. Sie wissen nicht, daß wir hier sind. Bis jetzt nicht. Jedenfalls nicht mit Sicherheit.«

»Es ist lange her, daß ich zuletzt in dieser Gegend gewesen bin, aber ich glaube nicht, daß vor uns irgend etwas liegt, das uns eine Hilfe sein könnte. Das Tal wird schmaler, je weiter wir hinaufgelangen, und immer kahler. Auf keiner Seite gibt es einen Ausstieg. Nur Klippen ohne jeden Durchlaß. Die einzigen Auswege befinden sich hinter uns, in der Richtung, wo wir gewesen sind und sich jetzt die Verfolger aufhalten, und am südlichen Ende ...«

Der Abschnitt des Tals, den sie gegenwärtig durchquerten, wirkte bereits kahl genug, bestand aus einem Abhang harten Vulkangesteins, das den Anschein erweckte — außer an wenigen, verstreuten Stellen, wo mit Erdreich gefüllte Falten es zergliederten —, als wäre es, seit es in geschmolzenem Zustand ausgespien worden war, unverändert geblieben. Es gab ringsum nur einige wenige kümmerliche Jubalbäume zu sehen, deren dünne Fächerblätter im kühlen Wind zitterten. Gelegentlich verliefen parallel zum Pfad Adern weicheren, helleren Steins: Helle Sedimentschichten, der Grund eines einstigen Meers, durch eine Phase des Vulkanismus und eine Ära des Alluviums wechselweise, eine über der anderen, abgelagert zwischen Streifen des härteren Gesteins.

Während sie den Weg fortsetzten, wuchsen diese Adern auf der rechten Seite zu einer erst niedrigen, dann immer höheren Felswand an, einem gewellt gestreiften Geländeauswuchs, in dem zwischen den vom Wind geglätteten Gesimsen härteren Steins die weicheren Schichten erodiert waren, die Erosion von Schatten finstere Höhlungen hinterlassen hatte.

Tasmins Augen und Verstand suchten nach einem Versteck; unterdessen dachte er über das nach, was Donatella über den Mann geäußert hatte, der ihnen folgte. Aus ihrer Stimme war Furcht zu hören gewesen, abgrundtiefe Furcht, mehr Furcht, als sich durch das, was sie bisher erzählt hatte, erklären ließ. Es ging nicht nur darum, daß der Mann sich als Berufsmörder betätigte. Tasmin wollte eine Frage stellen, aber verzichtete dann doch darauf. Sie fürchtete sich bereits; weiter davon zu sprechen, könnte ihre Furcht verschlimmern.

Er richtete seine volle Aufmerksamkeit auf das Gestein, konzentrierte sich auf die Felsen, forschte nach etwas, von dem sein Fahrtensängergespür ihm sagte, daß es irgendwo vorhanden sein mußte …

»Halt«, rief er. Der Pfad führte nach rechts durch eine Biegung, an deren Hang der Wind sich tief zwischen die Felsschichten gebohrt, waagerechte Spalten ausgekerbt hatte, in denen man nichts als Dunkelheit sah. Eine dieser Spalten, die sich etwas oberhalb ihrer Kopfhöhe befand, lag hinter von höheren Felssimsen herabgefallenem Gesteinsschutt fast völlig verborgen. »Da.« Er zeigte nach oben. An einer Seite der weitgehend verschütteten Höhle klaffte ein vom Pfad aus über eine zerklüftete Halde herabgestürzter Steintrümmer ersteigbares Loch, dessen Durchmesser die Körperdicke eines Menschen gerade noch ein wenig übertraf.

Er hatte die Schutthalde schon halb erklommen, als Dona endlich reagierte und sich ihm anschloß. Er steckte in der Spalte, erkundete den schrägen Hohlraum, bevor sie das Felssims erreichte. »Herein mit Ihnen«, flüsterte er, sprach wegen der Echos, die seine Stimme erzeugen mochte, vorsichtshalber leise. »Hinten ist der Boden zur anderen Seite abschüssig. Dort sind Steine hinabgerollt. Helfen Sie mir , welche nach oben zu wälzen, um die Öffnung, durch die wir eingestiegen sind, zu verkleinern.« Er schob ihr einen Felsbrocken zu, und sie wich beiseite, um den Stein weiter aufwärtszustemmen. Innerhalb kurzer Zeit hatten sie sich einen versteckten Hohlraum mit Boden und Decke aus Felssimsen sowie rundum Wänden angehäuften Gesteins geschaffen. Der Wind winselte durch die Ritzen, und das spätabendliche Licht drang in schwachen, wie Röhricht dünnen Strahlen ein, erhellte Donas blasses Gesicht und ihre vor Angespanntheit geweiteten Augen.

»Bis sie hier sind, wird es ziemlich dunkel sein«, sagte Tasmin, drückte mit einer Hand Donas Schulter. »Ich gehe noch mal hinaus und lege in der Biegung und ein Stück weiter zusätzliche Maultierspuren an. Vielleicht haben sie Lampen, um den Pfad zu erleuchten, aber im Dunkeln dürfte die Felswand massiv aussehen, als wäre dieser Spalt voller Steine.«

Er schlüpfte nach draußen und schlich den Pfad entlang, suchte kleinere Flecken weicher Erde und preßte klar unterscheidbare falsche Abdrücke hinein. Einen Dreiviertelkilometer weiter gabelte sich der Pfad nochmals, und er folgte der einen Abzweigung, bis sie sich auf Felsboden verlief, er Felsen sich endlos nach Süden erstrecken sah. Dann stopfte er die Softschuhe in die Tasche, stieg die Felswand hinauf und kletterte zum Versteck zurück, achtete sorgsam darauf, keine sichtbaren Spuren zu hinterlassen; er war froh über den Wind, dem man unterstellen konnte, viel von ihrer Fährte verwischt zu haben.

Donatella hatte, als Tasmin zurück ins Schlupfloch kroch, schon Steine bereitgelegt, um hinter ihm den Einstieg vollends zu verschließen. Die beiden Luftmatratzen lagen bereits aufgeblasen auf dem grob geriffelten Steinboden. »Gott sei Dank, daß es Luftmatratzen gibt«, meinte Dona halblaut. »Wir müssen leise sein. Mit was Weichem unter uns ist es einfacher.« Sie verstummte mit einem Schnaufen, das an ein Aufschluchzen grenzte.

Fast brachial nahm Tasmin sie in den Arm. »Seit Sie sie durchs Fernglas gesehen haben, sind Sie andauernd so merkwürdig«, sagte er. »Seit Sie diesen Mann gesehen haben. Mit ihm hat es mehr auf sich, als ich bis jetzt von Ihnen weiß.« Er legte sich auf seine Luftmatratze, zog Dona zu sich herab, beobachtete ihr Gesicht. Ein letzter, ganz schwacher Strahl des Abendlichts, der ins Versteck glomm, erhellte ihr eines Auge von der Seite, und in dem Auge stand eine Träne, die langsam heraussickerte. »Erzählen Sie's mir.«

Sie keuchte. Die Zähne hatte sie zusammengebissen. Tasmin sah völlige Verkrampfung in den Muskeln an der Kante ihres Kinns.

»Wollen Sie es mir nicht sagen?« fragte er. »Sind Sie nicht der Meinung, ich müßte es wissen?«

»Ich hatte eine Freundin«, sagte sie. »Eine gute Freundin. Sie hieß Mechas, Gretl Mechas. Sie stammte von Herons Welt und hatte einen Arbeitsvertrag mit der Forschungsabteilung. Nicht für die Forschung selbst, sondern als Mitarbeiterin der Beschaffung und Buchhaltung. Sie war in der Priorei in Nordweststadt untergebracht worden, weil es dort noch Platz gab. Dadurch haben wir uns sehr gut kennengelernt ...«

Tasmin wartete; wartete länger. »Weiter«, sagte er schließlich.

»Sie erhielt eine Nachricht, daß ihre Schwester auf Herons Welt irgendwelche Schwierigkeiten hatte. Um was es genau ging, hat Gretl mir nie gesagt. Ich hatte den Eindruck, sie war etwas verärgert, als hätte die Kleine sich selbst überflüssige Probleme verursacht. Auf jeden Fall, Gretl brauchte Geld, um es ihr zu schikken. Sie fuhr nach Punkt Eins zur BDF-Kreditabteilung. Sie hätte alles per Kommunikationsnetz abwickeln können, aber so war Gretl nun mal. Sie hat gern alles persönlich erledigt ...«

»Ach so.«

»Ja. Als sie zurückkam, erzählte sie mir, sie sei Harward Justin begegnet. Er hätte sie angesprochen, während sie am Kreditschalter stand, und sie richtig aufdringlich belabert, ihn doch zum Essen zu begleiten. Sie sagte, sie hätte abgelehnt, obwohl es 'n zähen Kampf erforderte. Um sich das alles besser vorstellen zu können, hätten Sie Gretl kennen müssen, Tasmin. Sie war bildschön. Ständig haben Männer sie belagert, aber sie nahm's gar nicht ernst, sie liebte jemanden daheim auf Herons Welt. Sie hat gelacht, als sie mir von dem Vorfall erzählte. Sie meinte, Justin sähe wie ein jubalischer Krötenfisch aus, ganz verquollen und glitschig, und er hätte gräßliche kleine Augen ... Jedenfalls, als sie dann wieder bei der BDF war, um eine Rate einzuzahlen, gab man ihr die Auskunft, Justin hätte das Darlehen beglichen. Die Folge war, sie hatte eine Schuld plötzlich bei ihm privat. Sie hinterlegte ihm das Geld in einem Umschlag, aber als sie gehen wollte, da kreuzte dieser Mann auf, Spinne Geroan, und sagte, Justin wollte sie sprechen ...«

»Ja.«

»Gretl hatte einen sehr starken Willen. Sie war ein unbeugsamer Mensch. Spinne Geroan brachte sie in der BDF-Direktion in Justins Büro. Justin eröffnete ihr, auf welche Weise er die Verbindlichkeit zurückgezahlt zu haben wünschte, aber sie stellte klar, daß sie es zu den ursprünglich eingegangenen Kreditbedingungen und nicht anders zu bezahlen beabsichtigte. Sie war wütend, als sie zu Hause ankam. So zornig hatte ich sie noch nie erlebt. Sie hat wiederholt, wie Justin sich ausgedrückt hatte. Er sagte ihr, er hätte ihren Kredit bezahlt, sie stünde jetzt in seiner Schuld. Ihr sagte, was Leute ihm schuldeten, müßten sie ihm geben, sonst würden sie's bereuen. Er soll gesagt haben, wenn sie mit ihm nichts zu tun haben wollte, würde er sie Geroan überlassen. Und dabei gelacht haben. Gretl ist noch ganz außer sich gewesen, als sie mir alles erzählt hat, dauernd schüttelte sie den Kopf, sie konnte es kaum glauben. Sie hat den Zwischenfall dem Sekretariat der Priorei und dem Forschungssänger-King gemeldet, mündlich ebenso wie schriftlich. Immerhin handelte es sich um einen offenen Verstoß gegen den Arbeitsvertrag, der sexuelle Belästigung verbietet ... Zwei Tage später ist sie in Nordweststadt in einer Gasse hinter der Priorei gefunden worden. Das Fleisch war ihr am ganzen Leib in schmale Streifen geschnitten worden, so daß es wie Nudeln aussah. Am Kopf, im Gesicht, am Leib, überall. Ihre Kleider und übrigen Sachen hatte man auf den Leichnam geworfen. Wäre die Kleidung nicht gewesen, sie hätte unmöglich identifiziert werden können. Ich habe mir einzureden versucht, es müßte jemand anderes sein, aber es waren ihre Kleidungsstükke. Erkannt hätte niemand sie mehr. Der Täter hatte ihr irgend etwas in die Wunden gerieben, das verhinderte, daß sie gleich verblutete. Und zum Schluß in die Gasse gelegt. Wie zur Warnung.«

»Und Sie gehen davon aus, daß Geroan es gewesen ist?«

»Ich weiß es. Ich war bei dem Protektor, der ihren Tod untersuchte, ich habe ihn angeschrien, er sollte den Mörder finden. Ich habe ihm geschildert, wie Harward Justin sie von sich abhängig machen wollte, daß er ihr gedroht hatte. Der Protektor hat mit mir das Büro verlassen und einen Spaziergang gemacht, mir im Flüsterton gesagt, wenn ich nicht wünschte, daß mir das gleiche zustößt, sollte ich den Mund halten. Er war verängstigt, Tasmin, richtig verstört. Er sagte, sie wüßten, wer es getan hat, wer seit Jahren so etwas macht, könnten aber nicht gegen ihn vorgehen, weil er Leute hätte, die aussagten, wenn dergleichen passierte, er wäre in Punkt Eins gewesen. Er hat mir sogar Fotos von dem Mann gezeigt. Sein Name sei Spinne Geroan, sagte er mir, und er sei für Hardward Justin tätig. Da fiel mir ein, was Gretl erwähnt hatte. Daß Justin gedroht hatte, er würde sie, wäre sie ihm nicht zu Willen, Spinne Geroan überlassen ...«

»Ich nehme an, sie ist vorher vergewaltigt worden«, sagte Tasmin, in dessen Magen Übelkeit zu rumoren anfing.

»Nein«, ächzte Dona erstickt hervor. »Mit ihr ist nichts so Normales geschehen. Geroan hat an Sexuellem kein Interesse. Er ist nicht einmal daran interessiert, Herrschsucht auszuleben, und darum geht es ja eigentlich bei Vergewaltigung. Nein, der Protektor hat gesagt, mit Geroans Nervensystem ist irgend etwas nicht in Ordnung. Er fühlt keinen Schmerz, deshalb fasziniert er ihn um so mehr. Dabei zuzuschauen, wie Menschen Schmerzen leiden, ist das einzige Vergnügen, das er kennt ...«

Donatella brach in Schluchzen aus, zitterte dabei vor sich hin und rang um Atem, und Tasmin schlang die Arme um sie, breitete die Decke über sie beide. Ein Geräusch ertönte, und sie erstarrten, krampften sich zusammen, lauschten. Es erscholl ein zweites Mal. Weit drunten auf dem Pfad, in der Richtung, woher sie gekommen waren, rief eine Stimme. Hatten die Verfolger die Maultiere aufgespürt? Es schauderte Tasmin. Aus welchem anderen Grund könnten sie rufen?

Danach empfand er bloß noch Furcht, er teilte die Furcht Donatellas, er schlotterte geradeso wie sie, unter der hastig übergeworfenen Decke blieben ihre Körper kalt, mit allen Sinnen achteten sie auf das erste Anzeichen einer Annäherung ihrer Verfolger, ihrer Widersacher, vielleicht Geroans, von dem befürchtet werden mußte, daß er sie für seine entsetzlichen Vergnügungen mißbrauchte, oder jemand anderes, der ihnen lediglich nach dem Leben trachtete, jedoch keinen Wert auf eine besondere Todesart legte.

Tasmins Gedanken kreisten um das, was Dona ihm über Spinne Geroan erzählt hatte. Welche Überlegungen stellte so ein Mann an, was fühlte, was für Erinnerungen hatte er? Demütigte und erniedrigte er seine Opfer, damit er vor ihnen Abscheu haben und ihre Ermordung als verdientes Ende statt als scheußliches Verbrechen betrachten konnte? Empfand er irgend etwas für sie? Erinnerte er sich an sie? War seine Lust am Quälen körperlicher Natur? Verspürte er sie nur vorübergehend? Bekam er einen stillen Orgasmus des Gemüts, der ihm die Sinnesfreuden ersetzte? Wenn er keine Schmerzen spürte, fühlte er überhaupt etwas? Wie verständigte man sich mit jemandem, der keinerlei Gefühl kannte?

Es wäre, dachte Tasmin, als würde man von einer Maschine langsam umgebracht. Flehen bliebe aussichtslos. Eine auf Schmerzzufügung programmierte Apparatur scherte sich nicht darum, was das Opfer sagte oder tat.

Tasmin biß die Zähne zusammen, um seine Gebibber zu unterbinden. Vor Schmerzen hatte es ihm schon immer gegraut. Die Aussicht auf möglichen Schmerz erfüllte ihn mit Grauen. Er malte sich Blut aus, Wunden, tiefe Stiche in Organe, Schnitte bis auf die Knochen. Ekel stieg ihm in die Kehle hoch, und er schluckte. Dann verdrängte er entschlossen alles aus seinem Bewußtsein. Seine Weise, mit diesen Entsetzlichkeiten fertigzuwerden, bestand darin, sich nicht mit ihnen zu befassen. Er hatte schon mitangesehen, wie Schüler, verrückt aus Furcht vor den Präsenzen, direkt auf sie zugerannt waren, und er beschäftigte sich mit der Frage, wieviel Belastung es bräuchte, um auch seinen Geist dermaßen zu verwirren und ihn zu ähnlichem Verhalten zu bewegen. Aber er hatte gründlich gelernt, derartige Gedanken zu unterdrücken, und so verfuhr er auch jetzt, er strich sie einfach aus seinem Überlegen und Empfinden, dachte an nichts außer Dunkelheit und Stille.

Donatella erinnerte sich an die Leiche ihrer Freundin und fragte sich, ob sie wohl den Mut besäße, sich das Leben zu nehmen, ehe sie in Geroans Hand fiel. Ihr Messer hatte sie griffbereit unter der Luftmatratze liegen. Sie war nicht davon überzeugt, daß es genügte, es in Griffweite zu haben. Sie klammerte sich an Tasmin, dachte daran, ihn inständig zu bitten, auf keinen Fall zu dulden, daß sie in die Gewalt dieses Mannes geriet. Ihr Entsetzen steigerte sie in krampfhaftes Beben hinein; als es abebbte, erschlaffte sie vollkommen.

Ihr Gesicht ruhte an seiner Schulter, berührte dort, wo sich unter der Fahrtensängerkutte sein Hemd geöffnet hatte, die nackte Haut. Ihre Wange lag auf seiner Brust, ihre Atmung hauchte schwach in seine Achselhöhle, in der sich die Haare regten wie in sachtem Luftzug.

Das Kitzeln, das die Atemzüge hervorriefen, durchdrang die selbstauferlegte geistige Leere, der sich Tasmin hingab, weckte bei ihm eine Erinnerung an einen sommerlichen Abhang, an Gras unter seinem Rücken, Jubalbäume längs des Hügelkamms, unterhalb dessen er, Celcy in den Armen, in der lauen, etwas feuchtschwülen Sommerbrise gelegen hatte, die ihm die Achselhöhlen kühlte. Celcys Kopf hatte auf seinem Brustkorb geruht, ihre Lippen hatten seine Haut berührt. Er spürte, wie seine Achselhaare — genau wie damals — sich ganz leicht kräuselten, und er reagierte so wie damals auf den zarten Kitzel, indem er sich ein wenig zur

Seite drehte, ihren Körper enger an sich drückte, den einen Arm fester um sie schlang. Eines ihrer Beine rutschte zwischen seine Schenkel, übte plötzlich einen unerwartet erotischen Druck aus, und er hob überrascht selbst ein Bein an, brachte es in intimen Kontakt mit ihrem Unterleib.

Sie schniefte, hielt ganz still, und er spürte rasch Hitze zwischen ihnen aufkommen. Sie atmeten im Takt, er merkte, wie ihre Lippen sich auf seiner Haut öffneten, sie ihre Hand zwischen sich und ihn schob, um ihre Bluse beiseitezuziehen. Dann fühlte er die nackte Haut ihrer Brüste auf seinem Brustkorb, an dem die Warzen ihn streiften, als sie sich hochstemmte, um an dem um ihre Taille gewundenen Gürtel zu zerren.

Er merkte, wie der Seidengürtel, mit dem sie die weite Hose straff um ihre schlanke Gestalt befestigt gehabt hatte, ihm sanft, als sie ihn löste, über den Bauch strich. Durch halb geschlossene Augen sah er ihn, einen breiten, scharlachroten Stoffstreifen. Gleich darauf trennte nur noch sein Hosenbein ihn von ihrem pelzigen Venushügel.

Blut pochte in Tasmins Ohren. Er schloß die Augen, mochte weder sehen noch denken, er wünschte, er könnte auch die Ohren verschließen und sich in völlig stillem Dunkel, in der Vorstellung, nichts als die von der Sonne beschienene Wiese erfüllte ringsherum den Raum, ganz dem Schwellen des Gefühls hingeben. Der Leib an seiner Seite ging ein wenig von ihm auf Abstand, um es ihm zu ermöglichen, sich lautlos, nur so weit wie erforderlich, der Kleider zu entledigen. Für mehr als das blieb keine Zeit, sie hatten keine Zeit für irgend etwas anderes als ihr gegenseitiges Verlangen, keinerlei Zeit für Bekenntnisse, Fragen oder überhaupt irgendwelche Worte. Sie existierten von allem abgesondert, an einem Ort fernab aller Zeit und Ereignisse.

Ihre Körper rückten in gleichmäßigem, wechselseitigem Ansichschlingen aneinander, lagen dann vereinigt da, rührten sich nur geringfügig, bedurften kaum der Bewegung, erlebten die kleinste Regung zwischen sich in einer Intensität, als fände eine Verstärkung ihrer Sinneseindrücke durch eine Droge oder ein elektronisches Gerät zu einer Reizüberflutung statt. Sie drängte sich nur zart an ihn, ihr Leib stieß zwar fortgesetzt, aber lediglich ganze sachte gegen seinen Körper, und sie keuchten hemmungslos, gepackt von unaufhaltsamen Zuckungen der Lust, die sich durch wachsende Gefühlsaufwallungen zum Höhepunkt steigerten, nach dem sie beide, während das Blut in ihren Ohren wummerte, benommen zusammensanken.

»Aaah«, stöhnte sie in nahezu lautlosem Seufzen. »Aaaah.«

»Schhh ...«, machte Tasmin ebenso leise. »Celcy ...« Die Furcht war verflogen. Sein Körper hatte sich aufgelöst. Infolge der Verspannungen, die er wie den Schraubstock eines Riesen in Nacken und Kinn gespürt hatte, litt er hinter den Ohren heftige Muskelbeschwerden, doch sogar sie empfand er als entfernt und unwichtig.

Da hörte man den Klang einer Stimme, ein Scharren auf Kies, und die Illusion der Wiesenlandschaft zerstob, während Tasmin die Augen aufriß. Das Knirschen von Hufen näherte sich, monoton schimpfte jemand vor sich hin.

Matt ruhten ihre Leiber, als hätten sie keine Knochen mehr, auf den Luftmatratzen, als wären sie zwei zu einem Wesen verschmolzene Geschöpfe, einem seiner selbst noch nicht vollends bewußten Wesen. Durch eine Lücke in den angehäuften Steinen konnte Tasmin, wenn er die Lider verkniff, einen düsteren Ausschnitt des Pfads erkennen, einen Teil der Strecke, die sie zurückgelegt hatten. Er sah eine Einerreihe Maultiere. Zwei Forschungssänger, von denen einer zu Fuß mit einer Lampe den Pfad absuchte; dahinter ritt, dunkel und stumm wie ein Schatten, begleitet von einem weiteren

Reiter, der Mann, von dem Donatella gesagt hatte, er sei Spinne Geroan. Ihnen folgte die Reihe reiterloser Mulis. Die Hufe klirrten, Kies rollte und knirschte, während alle vorüberzogen. Eine längere Weile später kamen ein Kahlkopf und eine offenbar ermüdete Frau mit verschmiertem Gesicht nach.

Die letzten Hufe kamen näher, klapperten und schrammten über Stein, entfernten sich dann südwärts. Dieselbe Stimme, die anfangs zu hören gewesen war, schimpfte nochmals, fluchte in Wiederholungen einige Zeit lang. In quengeligem Ton gab die Frau kurze Antworten, und das Paar nörgelte unablässig, bis es hinter den Felsformationen verschwand und wieder Stille eintrat.

Aus Tasmins Schädel wich der Schmerz, hinterließ einen Eindruck von Hohlheit. Donatellas Gestalt klammerte sich an ihn, als umfaßte und drückte ihn eine Faust; er wagte sich wieder zu rühren, diesmal langsam und träge, er stemmte sie mit seinem Körper hoch, hielt sie mit den Händen fest, während er sich zurücksinken ließ, dann zog er sie erneut auf sich herab, immer wieder, wühlte sich in sie, preßte sie an sich, indem er sich zuletzt herum- und auf sie wälzte, sich in sie bohrte. Noch einmal schwemmten die Wogen der Lust sie beide in allmählichem, stetigem Schwellen auf den Wellenkamm des Höhepunkts empor und rissen sie danach hinab in die dunklen Tiefen eines fremden Meers.

Das erste Mal schien es Celcy gewesen zu sein. Dieses Mal war es niemand. Er suchte einen Namen und fand keinen, nur sinnlose Silben gingen ihm durch den Kopf, Plapperverse, kindliche Laute. Vielleicht war der Name, den er suchte, ein exotisches Wort in einer unbekannten Sprache, oder eine Frage ohne Antwort.

»Mmmm«, seufzte sie.

Er wußte nicht, wer sie war; wer sie beide waren, wußte er nicht.

Sie schliefen, wo ihre flüchtige Begierde sie hingestreckt hatte, dicht zusammen im Gewirr ihrer Kleider, lösten sich im Laufe der Nacht voneinander, und in der Morgenfrühe lagen sie zwar noch Seite an Seite, aber getrennt da. Als Tasmin erwachte, geschah es im Zustand einer seltsamen Gespaltenheit, einerseits eines körperlichen Friedens, der alles überbot, was er seit Monaten an Vergleichbarem empfunden hatte, andererseits einer Besorgnis, für die ihm momentan kein Anlaß einfiel.

Als er sah, wer neben ihm lag, hatten sowohl sein Körper wie auch sein Verstand die Antwort. Sobald Donatella die Augen aufschlug, sah sie seinen Blick vorwurfsvoll auf sich geheftet.

»Wir leben noch«, sagte sie auf seine unausgesprochene Anklage. »Ich hatte erwartet, heute früh tot zu sein.«

Seine erste Reaktion hatte aus einer Anwandlung des Widerwillens bestanden, einer stark mit Schuld vermischten Gefühlsregung. Sie schwand jedoch, als er sich im stillen Donatellas Namen vorsagte, und zurück blieb nur ein schwacher Rest von Gram. »Und jetzt bist du enttäuscht«, sagte er leise, spürte hysterisches Gelächter in sich hochkommen. »Ach, Donatella, du sprichst, als wärst du der Ansicht, hereingelegt worden zu sein.«

Sie errötete. »Darum geht's nicht. Es ist bloß so, daß …«

Tasmin verspürte einige Sympathie. »Daß du's unter anderen Voraussetzungen nicht getan hättest … Ich weiß. Ich hätt's auch nicht. Wir haben damit gerechnet, daß wir sterben werden. Oder vielleicht waren es unsere Körper, die es befürchtet haben. Na ja … Dann ist es eben passiert. Lassen wir es dabei bewenden.«

Schweigen folgte. Anscheinend durchdachte Dona seine Äußerungen. »Ja. Ich glaube, du hast recht. Was ich tat, spielte keine Rolle mehr. Ich sah kein Erfordernis, es jemals rechtfertigen zu müssen, vor mir nicht, vor niemandem, weil ich angenommen habe, es würde für mich kein Morgen mehr geben ...«

Damit reizte sie Tasmin zu einem irrationalen Widerspruch. »Kann sein, es ist unverfroren von mir, das zu fragen, aber hat es wirklich das gebraucht, um zu erreichen, daß du mich liebst?« Er bemühte sich zu lächeln, um die Schärfe der Frage abzuschwächen, konnte allerdings nicht leugnen, daß er sich in seiner Eitelkeit gekränkt fühlte. Erstaunlich! Er fühlte sich gekränkt, weil eine Frau das Bedürfnis hatte, sich ihr Verhalten in bezug auf ihn zu erklären.

»Du weißt es besser«, erwiderte sie resolut. »Gerade du mußt es besser wissen. Es war keineswegs so, daß es so etwas gebraucht hätte, um zu bewirken, daß ich dich ›liebe‹. Mit Liebe hatte es nämlich nichts zu tun, Tasmin, es hatte nicht einmal etwas mit dir zu schaffen. Ich habe seit Jahren niemanden mehr geliebt. Niemanden. Nicht mehr seit ...«

»Seit?«

»Seit Link.« Sie setzte sich auf, hüllte sich in die Dekke, während sie ihre zerwühlte Kleidung sortierte, sich für einen Moment hinhockte, um sich einigermaßen ordentlich herzurichten, nach dem Seidengürtel tastete. »Link und ich, wir waren keine Gelegenheitsliebhaber. Wir waren ein Forschungssängerpaar. Kollegen. Freunde. Für ihn kann es das nun nicht mehr geben. Und für mich gibt es das auch nicht mehr. Wenigstens nicht wirklich.«

»Ich dachte, du hättest mir da von einem Mann erzählt ... Wie hieß er? Dieser Zitadellenmitarbeiter?«

»Zimmy? Zimmy war nur ... Mit ihm war es bloß, als ob man zum Friseur geht. Er mußte her, wenn alles zu stressig war, zu anstrengend wurde. Zimmy ist in dieser Hinsicht talentiert. Es war keine Liebe, sondern sein Können machte ihn attraktiv. Es ging um reine Technik. Keine Liebe.«

»Und vergangene Nacht war es auch nichts mit der Liebe.«

»Gewissermaßen doch.«

»Nur gewissermaßen?« Sein unsinnigerweise verletzter Stolz machte der Neugier Platz.

Dona schenkte ihm einen langen, festen Blick. »Gewissermaßen, weil ich vergessen habe, daß du nicht Link bist. Du bist nicht Link, Tasmin. Du bist ein netter Kerl, und ich glaube, du kannst ein guter Freund sein, aber Link bist du nicht.«

»Und du bist nicht Celcy«, sagte er, um ihre Ichbezogenheit zu durchbrechen, sie zu ärgern, und wenn auch nur ein klein wenig.

»Celcy ist tot«, antwortete sie schonungslos. »Du mußt sie vergessen. Ein Teil von dir weiß das, Tasmin. Wie lange willst du noch mit Celcy verheiratet bleiben? Weißt du, du hast mich bei ihrem Namen genannt. Wie lange willst du dir Sexualität nur gestatten, wenn du die Illusion hast, sie mit Celcy auszuüben? Es gibt noch mehr Menschen, mußt du wissen. Clarin zum Beispiel. Sie ist in dich verliebt.«

»Mach dich nicht lächerlich«, entgegnete er, bahnte sich einen Weg durch die Steine, hinter denen sie sich versteckt hatten. »Sie ist noch ein Kind.«

»Kind, ach nein! Wie alt ist sie? Achtzehn, neunzehn?« Sie schlitterten übers Geröll hinunter zum Pfad, schoben sich die Schuhe an den Füßen zurecht, verstellten Traggurte. »Und du? Du bist ungefähr in meinem Alter, was? Um die dreißig?«

»Zweiunddreißig.«

»Sie ist kein Kind«, stellte Donatella halblaut fest.

Tasmin lehnte all das ab. Er hatte nicht die Absicht, Celcy zu vergessen! »Wäre es für dich nicht auch besser, Link zu vergessen und weiterzuleben?«

»Nein!« Der Aufschrei entfuhr ihr unbeherrscht, ruckartig hob sie die Hände zu einer Geste der Abwehr, wie um zu fordern, daß er die Frage zurücknähme. »Er lebt. Könnte ich ihn nach Serendipiti bringen, wäre ich die Kosten zu tragen imstande, hätte er die Möglichkeit einer Regenerationstherapie. Alles was Link zu ihm selbst gemacht hat, ist noch da. Nur verhindert sein Körper, daß es sich Ausdruck verleihen kann. Es ist nicht das gleiche, als wäre er tot.«

Mitgefühl stieg in Tasmin auf. »Geld? Ja, das ist es, auf was Liebe manchmal hinausläuft, nicht wahr? Es bräuchte ein Vermögen, um ihm den Flug nach Serendipiti zu ermöglichen, und du hast es nicht. Ein Vermögen, um meine blinde Mutter nach Punkt Eins zu bringen und ihre Behandlung zu bezahlen, und mir fehlt's. Also bleibt dein Link im Rollstuhl und meine Mutter blind.«

Er hatte keine Lust mehr, darüber zu sprechen. »Hast du schon einmal daran gedacht, daß wir, wenn wir Erfolg haben und beweisen können, daß die Präsenzen intelligent sind, wahrscheinlich alle nach Serendipiti verfrachtet werden, wenn nicht zu anderen Zwecken, dann für eine Weiterbeförderung? Wir alle. Jeder Mensch auf Jubal. Darunter auch dein Freund Link, stimmt's? Und meine Mutter.«

Dona wirkte verdutzt. »Daran ... daran habe ich noch gar nicht gedacht.«

»Die Behandlung wäre dann noch zu bezahlen, aber zumindest wären wir schon einmal dort, wo sie durchgeführt werden kann.« Er lachte, ein bißchen heiser, aber mit gelinder Befriedigung, als er sah, wie ihre Miene der Sorge um ihn einem Gesichtsausdruck der Konfusion und Bestürzung, dann der Irritation wich.

»Ach Gott, Tasmin, wozu reden wir jetzt eigentlich über so was?«

»Genau das finde ich auch«, sagte er gedämpft, froh darüber, daß sie das Thema wechselte. Clarin! Was für ein idiotischer ...

»Das ist alles zuviel für mich«, bekannte Dona. »Vielleicht sind wir morgen doch schon tot. Wir müssen zum Rätselstein und nach Tiefkrume Fünf. Es dauert einen halben Tag, unsere Mulis zu holen und nach hier zurückzukehren, und die anderen sind jetzt vor uns.« Sie schob die Arme unter die Gurte des Rucksacks und marschierte los.

»Ja, aber das wissen sie nicht«, antwortete Tasmin, folgte einen Schritt hinter ihr. »Das gibt uns einen ganz kleinen Vorteil, Donatella. Ich glaube, inzwischen ist die Zeit reif, um das Tal zu verlassen und schnurstracks den Rätselstein aufzusuchen.«

»Zu den Mulis müssen wir sowieso umkehren, und von dort aus führen einige Routen nach Osten. Schwierige Strecken allerdings. Für einen beträchtlichen Teil des östlichen Landstrichs gibt es keine Losungen. Laß mich mal überlegen.« Sie kratzte sich am Kopf. »Sobald wir bei den Mulis sind, schaue ich mir die Karten an.«

Tasmin willigte ein, zuckelte an den Gurten, um den Rucksack bequemer tragen zu können. Zu der Stelle, wo sie die Maultiere zurückgelassen hatten, nahm der Pfad einen geneigten Verlauf. Und die Mulis würden ausgeruht sein. Wenn sie nach Osten ritten ... »Hoffen wir, daß Jamieson und Clarin zu Thyle Vowe gelangen ...«

»Du setzt große Hoffnungen auf ein Paar Kinder«, meinte Dona sarkastisch.

»Clarin ist kein Kind«, erwiderte er zerstreut, bemerkte erst danach, was er gesagt hatte.

Zur gleichen Zeit ritten Clarin und Jamieson in einer Stimmung der Niedergeschlagenheit zurück ins nordsüdwärtige Tal. Clarin vergoß offen Tränen der Erschöpfung und Verbitterung, und Jamiesons Miene zeigte einen ähnlichen, wenngleich beherrschteren Ausdruck.

»Wir werden sie nie mehr einholen«, sagte Clarin im Tonfall der Hoffnungslosigkeit. »Und die Verfolger sind jetzt zwischen ihnen und uns.«

»Wir wissen, wohin sie unterwegs sind«, gab Jamieson zur Antwort. »Also treffen wir sie dort. Oder wir reiten nach Tiefkrume Fünf und bitten den Generalmeister, uns zu helfen. Ich weiß auch nichts Besseres, Clarin. Es wäre mir lieber, du würdest zu heulen aufhören.«

»Ich bin müde. Seit wir uns von Tasmin und Dona getrennt haben, bin ich nicht zum Schlafen gekommen, und es wäre unsinnig, so zu tun, ich wäre ausgeruht und guter Laune. Und Sorgen mache ich mir ebenfalls. Herrgott, Jamieson, bei dem, was wir rausgefunden haben, ist das doch wohl verständlich, oder? Bist du gar nicht besorgt? Ich muß ganz einfach 'ne Zeitlang weinen, um mich zu beruhigen. Tüchtig geweint tut so wie gut 'ne Nacht Schlaf.«

»Es fällt mir schwer, mich zusammenzunehmen, wenn du flennst. Dann möchte ich dich nämlich drükken.«

»Du kannst 'm Gyrovogel 'n Bürzel drücken«, empfahl Clarin barsch, wischte sich mit schmuddligen Händen das Gesicht. »Seit wann?«

»Ach, ich weiß nicht«, sagte Jamieson versonnen. »Du bist eben jemand, der zum Drücken herausfordert.«

»Dich nicht, Jamieson.«

Er schaute zur Seite, um sein Gesicht zu verbergen. »Du hast's auf ihn abgesehen, nicht wahr?«

»Ich weiß nicht, wovon du redest.«

»Am Bantigonarsch weißt du's nicht. Du vergeudest deine Zeit, Clarin. Er war ganz brouduselig wegen seiner putzigen kleinen Frau, als sie lebte, und er ist es noch immer.«

Clarin seufzte und putzte sich das Gesicht am Ärmel ab. »Na gut, Reb, unter uns beiden: Ja. Ich hab's auf den Mann abgesehen. Er ist 'n bißchen steif und humorlos. An manchen Tagen denke ich, er hat 'ne Fahrtensängerpartitur, wo er seinen Geschlechtstrieb haben müßte. Aber wenn er mit mir spricht, ist es, als ob er mir in die Gedanken schaut.«

»Du bist, was er hätte haben müssen, Clarin. Aber er hatte dich nicht. Er war mit 'm kleinen Mädchen verheiratet, das nie bloß im entferntesten davon eine Vorstellung hatte, was in seinem Kopf vorging. Du bist der Frau nie begegnet, aber ich.«

»Wie war sie?«

»Wie? Sie ist ... sie ist ganz ähnlich wie Wendra Gentrack gewesen. Appetitlich. Und süß. Weich wie ein junges Tier, und sie hat ständig gekichert. Sie war irgendwie ängstlich. Hatte kaum Interessen. Gute Köchin. Schönes Aussehen. Sie kannte nur eine Weise, auf Männer zu reagieren, nämlich mit Flirten. Sie dachte sich dabei aber nichts. Sogar meinetwegen hat sie sich mal aufgeplustert, und ich bin ein Niemand.«

»Das würde ich nicht sagen«, widersprach Clarin leise.

In gespielter Sturheit schüttelte Jamieson den Kopf. »Was ich meine, ist«, erklärte er, »man bekam sofort einen sehr starken Drang, sie zu umsorgen, selbst wenn sie es nicht brauchte. Sie stieß eine Art von abgehackten Seufzern und Lachern aus, und gleich schwoll einem die Brust vor Beschützereifer.« Er lachte. »Sie war völlig anders als du, Clarin. Unabhängigkeit kannte sie nicht.«

»Stimmt, ich habe nicht bemerkt, daß ich so einen Beschützereifer ausgelöst hätte.«

»Sie konnte überhaupt kein vernünftiges Verhältnis zu anderen Frauen finden, immer hatte sie die Krallen ausgefahren. Bloß aus Furcht, habe ich festgestellt. Jede Frau zwischen acht und achtzig galt für sie als etwaige Konkurrentin. Der arme Meister Ferrence konnte sich nur mal wegschleichen, um seine Mutter zu besuchen, wenn sie nicht darauf geachtet hat. Ich habe mir oft gedacht: Was für ein Glück, daß wir in Tiefkrume Fünf keine Fahrtensängerinnen haben. Andernfalls hätte sie ihm das Leben zur Hölle gemacht.«

»Sie ist tot«, konstatierte Clarin. »Das klingt hart, ist aber schlicht und einfach die Wahrheit, Reb. Sie ist tot. Sie wird nicht vom Rätselstein zurückkehren. Sie ist nicht mehr. Irgendwann wird auch er das einsehen. Falls es für uns ein Irgendwann gibt. Ich vergesse dauernd, daß wir uns nicht drauf verlassen können ...«

»Und du hast vor, zur Stelle zu sein, wenn er's endlich begreift?«

»Du kannst dein Sexualleben verwetten, daß ich's sein werde, wenn wir dann noch am Leben sind.« Sie brachte ein nachdenkliches Lächeln zustande, stutzte plötzlich. Ihre Augen hatten weit drunten im Tal eine kaum merkliche Bewegung erfaßt. »Gib mir's Fernglas«, verlangte sie mit einer herrischen Gebärde. »Schnell!«

Sie spähte hindurch, suchte die Lichtung ab, auf der sie die Bewegung erkannt hatte.

»Das sind sie«, sagte sie ungläubig. »Tasmin und Dona.«

»Allein?«

»Ganz allein. Zu Fuß. Sie kommen auf uns zu. Sie müssen die Mulis versteckt haben. Oder sie haben sie verloren. Oder in der anderen Richtung ist der Weg, so wie auf unserer Seite, auch versperrt.« Sie trieb ihr müdes Tier zum Trab an. »Komm mit, Akoluth. Wir sind nicht so allein, wie ich gedacht habe.«

Jamiesons Darstellung der Bemühungen, die er und Clarin unternommen hatten, um eine freie Route in den Westen zu finden, verdeutlichte Tasmin, daß ihnen keine andere Wahl als die Umkehr blieb. »Der Durchweg war uns verlegt«, brummte Jamieson. »Wir haben's auf drei Westrouten versucht, aber auf jeder sind wir vor ein Militärlager geraten. Posten, Wachen, alles. Und mit irgendwelchen Lebensformdetektoren. Fast hätten sie uns erwischt, 's war verdammt knapp.«

»Und jeder einzelne Soldat strotzt praktisch von

Waffen«, sagte Clarin. »Wir haben die ganze Zeit vermutet, daß Justin das Militär in der Tasche hat. Jetzt wissen wir's mit Sicherheit. Zwischen uns und der Tiefkrumeküste campiert die halbe Garnison. Es sind Forschungssänger dabei. Jamieson hat letzte Nacht einen Trupp belauscht.«

»Es ist darüber gequatscht worden, die Routen zwischen den Präsenzen müßten bewacht werden«, berichtete Jamieson. »Mit Ausnahme regulärer Broukarawanen soll jeder, der von Westen kommt, aufgehalten werden. Die Soldaten stritten mit den Forschungssängern darüber, ob man bei der Gelegenheit ein bißchen rauben und vergewaltigen dürfte. Den Forschungssängern paßte das alles gar nicht so recht, sie machten den Eindruck, als fühlten sie sich irgendwie in der Klemme. Ich glaube, dort wird's noch Tote geben.«

»Wie sind die Forschungssänger denn darin verwikkelt worden?«

»Mir kam's so vor, als wüßten sie nicht genau, was passiert, Meister Ferrence. Man hat sie als Führer für die Militäreinheiten angeworben, weil keine Fahrtensänger zur Verfügung standen.«

»Keine zur Verfügung?« Tasmins Ausruf erfolgte als reiner Reflex. Es waren immer Fahrtensänger verfügbar!

Clarin seufzte. Sie sah ausgelaugt aus, schweißfeuchte Löckchen ihres Haars ringelten sich an ihren Schläfen und der Stirn. »Offenbar hat Thyle Vowe an alle Zitadellen die Anweisung geschickt, daß Fahrtensänger Soldaten nirgends hinführen dürfen. Kann sein, die Weisung hat das Inland noch nicht erreicht, aber um die Küste abzuschneiden, hat Vowe inzwischen genug Zeit gehabt.«

»Das könnte für die Ereignisse eine Erklärung sein«, meinte Tasmin tief in Gedanken.

»Hören Sie zu, Tasmin.« Clarins Stimme zitterte. »Das Schlimmste haben wir Ihnen noch nicht erzählt.

Die Soldaten haben viel über die Geräte gesprochen, die sie transportieren.«

»Demolitionsausrüstung«, konkretisierte Jamieson. »Schallprojektoren und verschiedenerlei Sprengmittel. Ich habe mir die Sachen angeschaut, während Clarin in eine Schlucht hinabgejodelt hat, um den Trupp wegzulocken. Sie hörte sich genau wie etwa zwanzig Fahrtensängerinnen auf Übungsexkursion durch die Irrsinnshügel an, die Soldaten dachten jedenfalls, es wären wenigstens 'n Dutzend, also sind die Möchtegern-Vergewaltiger sofort losgerannt, um sie sich zu schnappen.«

»Clarin«, rief Tasmin. »Was ist geschehen?«

»Sie gerieten an einige Steinlinge, und etwa die Hälfte ist ums Leben gekommen«, gab sie mit einer Gelassenheit Auskunft, der nur das Zittern ihrer Hände sowie ihre blutleeren Lippen widersprachen. »Ich habe über ihnen auf einem Felswall gelegen. Dahin war ich dank Donas Synthesizer gelangt.«

»Dadurch erhielt ich 'ne Menge Zeit«, sagte Jamieson, als wäre er durch nichts zu bremsen. »Ich habe mir ihre Gerätschaften genau ansehen können. Außerdem habe ich eine ihrer Karten mitgehen lassen.« Er zog sie aus der tiefen Tasche seiner Kutte und entfaltete sie, breitete sie vor ihnen auf dem Boden aus. Es handelte sich um eine Satellitenkarte des Gebiets zwischen Tiefkrume Fünf im Osten, der Tiefkrumeküste im Westen sowie zwischen der Südküste und der Landzunge.

»Justin hat keine Zeit zu verschwenden vor«, sagte Clarin, deutete auf die Markierungen auf der Karte. Wächter, Schockfelsen, Wanderwüste, Kollerkluft ... Die Namen ergaben ein langes Verzeichnis, alle diese Präsenzen waren zur Demolition vorgemerkt, von einer zur anderen, von einer zur nächsten Stätte der Zerstörung, verlief eine Marschroute, die man sich etappenweise freizumachen beabsichtigte. Die Truppen brauchten keine Fahrtensänger. Sie gedachten sich nichts im Weg stehen zu lassen.

Tasmin schauderte es. Ihm war auf einmal kalt, als wäre es sein Körper, dessen Vernichtung jemand plante. Sobald der Ausschuß seinen Befund bekanntgab, würde Justin beginnen.

Zornig unterbrach Dona seine Gedankengänge. »Ich habe die Stimme der Frau wiedererkannt, die gestern abend auf dem Pfad an uns vorbeigeritten ist. Ihr Name ist Reibach. Sie ist irgendein hohes Mistvieh bei den Kristalliten. Ich habe sie mal im Kristallitentempel in Punkt Eins salbadern hören. Wieso war sie mit Geroan unterwegs?«

»Na, du weißt doch, Geroan ist für Justin tätig«, antwortete Tasmin. »Ich glaube, man kann ohne weiteres davon ausgehen, daß die Kristalliten auch für Justin arbeiten. Wahrscheinlich seit jeher.«

»Die Kristalliten?!«

»Ich könnte mir vorstellen, daß Harward Justin den Ausschuß schon vor dem Landzungenmassaker aufgestellt hat«, sagte Tasmin. »Das Massaker war bloß der Startschuß der BDF, der dramatische ›Zwischenfall‹, dessen es bedurfte, um die Diskussion über die Präsenzenintelligenz neu anzufachen.«

»Was für ein Ungeheuer! Diese vielen Menschen …«

»Denkst du denn, die kümmern ihn? Nach allem, was du mir über ihn erzählt hast?«

»Ist er der oberste Anstifter?«

»Er ist der oberste Macher auf Jubal, soviel steht fest.« Und der Oberste auf meiner Schwarzen Liste, fügte Tasmin in Gedanken hinzu. »Im Moment hilft das alles uns aber nicht weiter.« Er nickte Jamieson und Clarin zu. »Ihr habt euch prima bewährt. Guckt nicht so trübsinnig.«

»Ich weiß nicht, was ich als nächstes tun soll.« Clarin seufzte, seufzte noch einmal, befühlte eine Tasche. »Und meine Kristallmaus ist verschwunden«, beklagte sie sich weinerlich wie ein Kind.

Sie heftete den Blick auf Tasmin, wünschte sich in

diesem Moment, sie könnte ihm die gleiche Reaktion entlocken, wie offenbar Celcy es gekonnt hatte. Sie vertrüge jetzt ganz gut ein wenig Trost und etwas Fürsorge.

Tasmin hob die Hand, um sie nach ihr auszustrecken, verhielt jedoch in der Bewegung, machte insgeheim Donatella und sich selbst Vorwürfe. Er konnte Clarin nicht in den Arm nehmen, nicht nach dem, was Dona gesagt hatte. Die ganze Sache war lachhaft. Er hatte in seinem Leben keinen Platz für Clarin, am wenigsten gegenwärtig, während das Schicksal einer Welt in der Schwebe hing.

Durch seinen Gesichtsausdruck verwirrt, in dem sie eine Abweisung sah, die sie mit nichts provoziert hatte, wandte Clarin sich ab. Sie blinzelte gegen Tränen an, bemerkte nur am Rande das ironische Zucken von Donatellas Lippen, schlenderte beiseite. Jamieson kam ihr nach, blieb neben ihr stehen, während sie in die Richtung, aus der sie gekommen waren, ins Tal starrte.

»Du brauchst Schlaf.«

Sie sah die Sehnsucht in seiner Miene nicht, reagierte nur auf seine Äußerung. »Stimmt, Reb. Schlaf und zwei bis drei Kleinigkeiten mehr, die ich wüßte.«

Hinter ihnen erklang in ihrer gewohnt sachlichen Tonlage Tasmins Stimme, als ob rings um ihn kein Strudel der Gefühle brodelte, als hätte es keine Krise gegeben, hätten keine Killer es auf ihr Leben abgesehen, befände sich keine Karte, die eine baldige Katastrophe vorherzusehen gestattete, in ihrem Besitz, als gäbe es nichts Wichtiges. »Jamieson, Clarin, gönnt euch ein bißchen Ruhe. In den nächsten paar Tagen werden wir keine finden. Dona und ich haben eine Route festgelegt, auf der wir aus dem Tal gelangen. Nachdem wir jetzt wissen, was ihr erzählt habt, dürfen wir keine Zeit verplempern. Wir müssen geradewegs zum Rätselstein.«

14

Im Büro des Großmeisters im Turm der Zitadelle von Punkt Eins sah es aus wie nach einem Erdstoß; diesen Eindruck hatte Thyle Vowe jedenfalls, wenn er sich umblickte.

»Können wir nicht einiges von dem Krempel einfach wegschmeißen?« fragte er kläglich aus der Mitte des Durcheinanders von Kubuskopien, handschriftlichen Aufzeichnungen und Stapeln unordentlicher Korrespondenz.

Gereny Vox hob den Blick von dem Karton, den sie vollpackte. »Wenn Sie nicht daran interessiert sind, über Dokumente zu verfügen, die später als Grundlage einer Anklageerhebung dienen können, klar. Wir könnten kurzerhand die Zitadelle abbrennen und so alles loswerden.«

»Es ist ohnehin alles in den Computern«, sagte Vowe mit hörbarem Zweifel; er glaubte es selbst nicht.

»Bestimmt? Sind Sie sicher, daß Justin hier in der Zitadelle kein kleines Helferlein hat, das alles wieder löscht, von dem Justin möchte, daß es später nicht wieder zum Vorschein kommt? Hören Sie zu, Thyle, wenn ich Kristalliten entdecke, die in meinen Ställen arbeiten, dann können Sie in der Zitadelle auch ein, zwei Helferlein Justins finden, glauben Sie mir. Aber ich bin sowieso gleich fertig.«

»Wo wollen Sie und Jem die Sachen denn verstekken?«

»In der Nähe des Docks in Tallawag haben wir 'n leeres Broulagerhaus ausfindig gemacht. Es liegt so weit nördlich von Punkt Eins, daß uns dort niemand belästigt, und so nahe, daß wir darin, wenn's sein muß, schnell für 'ne Weile unterschlüpfen können.«

»Ein leeres Lagerhaus? So was ist so selten wie Frischfleisch. Wie haben Sie denn das ausfindig gemacht?«

»Na, jemand der uns freundlich gesonnen ist, hat ein

paar Daten zurechtgepfuscht. Bei der BDF-Lagerverwaltung wird das Haus als vollgestellt mit veralteten Apparaten geführt. Was die Inventardateien betrifft, ist es als voll mit Trockenbrou registriert. Und was die Brouexpedition angeht, ist es für den letzten Transport geleert worden. In ein bis zwei Jährchen klären's die Revisoren vielleicht auf, aber dann ist's gleich. Im Moment lagern dort meine Maultierzuchtakten und Jems landwirtschaftliche Unterlagen sowie alles übrige, das er oder Rheme Gentry für wichtig genug halten, um es aufzubewahren — mindestens sechs Kopien des Beweismaterials, das Rheme in der Gouverneurskanzlei gesammelt hat —, dazu sämtliche Stunnergewehre, die wir aus der Waffenkammer klauen konnten, und alle Batteriekuben, die wir vom Militärnachschub organisiert haben. Es gibt hier etliche korrumpierbare Leute, Thyle. Es macht einen richtig traurig, wenn man sieht, wohin's gekommen ist.«

»Sie sind wahrhaftig eine ganz gerissene Person, Gereny«, sagte Vowe voller Bewunderung. »Das muß man Ihnen wirklich lassen. Sie und Jem sind mir ein Paar ...! Und dabei kriegen Sie Ihr Geld auch von der BDF.«

»Wir sind ein Paar alte Maultiere«, sagte Gereny Vox behaglich. »Bloß weil die BDF unseren Futtertrog füllt, verzichten wir nicht darauf, sie zu treten, wenn's sein muß. Kann sein, wir können den Präsenzen keine Intelligenz nachweisen, obwohl ich wetten würde, daß genau das Donas Vorhaben ist, aber wir sind hundertprozentig dazu in der Lage, Korruption zu beweisen. Haben Sie schon was von Dona gehört?«

»Nur soviel, um ein wenig Grund zur Besorgnis zu haben.«

»Hat Ihre Kleine Ihnen zwischenzeitlich Informationen übermittelt?«

»Kein Wort. Nein, ich habe am Tag, nachdem wir Tasmin Ferrence losgeschickt hatten, einige Fahrtensänger die Gegend in der Richtung zum Rote-Hauer-Rükken erkunden lassen, und was sie fanden, waren Tote, viel mehr, als es hätten sein dürfen, aber unter ihnen keine der Personen, um die wir uns Sorgen machen. Außerdem haben sie Spuren entdeckt, die zurück in den Rote-Hauer-Rücken führen. Eine vierfache Fährte. Ich vermute, das heißt, Dona Ginster ist in guter Gesellschaft.«

»Darunter auch Renna.«

»Ich bin durchaus ziemlich besorgt um sie«, gestand Vowe.

»Tja, warum haben Sie dann Ihre eigene Tochter auf so 'ne riskante Reise gehen lassen?«

»Weil sie mit Tasmin und dem anderen Akoluthen zusammen und Ihnen zufolge nur mit drei oder vier Kristalliten zu rechnen war — nicht mit einem Dutzend gedungener Mörder, wie's den gefundenen Spuren nach gewesen sein muß —, und weil Renna und ich uns darin einig gewesen sind, niemand sollte wissen, daß sie meine Tochter ist, sie war der Auffassung, dadurch würde ihr Leben bloß schwieriger. Ich habe ihr mein Wort gegeben. Sie fing an, sich Clarin zu nennen, und zog aus dem Nordwesten weg, wo die Leute sie kennen. Clarin war der Name ihrer Mutter. Mein Prinzeßchen ... Haben Sie gesehen, was von den Wilden unten in Fünf mit ihrem Haar angestellt worden ist? Sie hatte das schönste Haar ...«

»Wenn Sie nicht wollen, daß die Zitadellen den Neophyten die Haare scheren, brauchen Sie doch bloß 'n Erlaß zu verfügen. Glauben Sie, ihr ist was zugestoßen?«

»Nein«, brummte Vowe mürrisch. »Nein, eigentlich nicht. Tasmin ist ein kluger Mann. Und dieser Jamieson ist gewitzter als zwei von Tasmins Sorte. Er könnte sich im Dunkeln und bei Sturmbrausen am Schwarzen Turm vorbeisingen. Und Renna ist ja selbst kein dummes Kind. Nein, ich nehme an, sie mußten lediglich in den Rote-Hauer-Rücken zurückweichen und sitzen jetzt fest. Bestimmt schlagen sie sich irgendwann zu einer Zitadelle durch. Ich hoffe, sie sind so vernünftig und bleiben dort, bis alles ausgestanden ist.«

Er verfiel in stummes Nachgrübeln über seine Sorgen, sortierte Papiere auf verschiedene Stapel. »Sie wissen«, fragte Gereny nach einer Weile, »daß das Militärstraflager leer vorgefunden worden ist und sämtliche schweren Fälle verschwunden sind, anscheinend mit der Mehrheit der regulären Truppen und einer ganzen Partie Waffen abmarschiert?«

»Ich hab's von Hauptmann Jines Verbold erfahren, ja. Er hat mich zu Hause besucht, sich praktisch zu mir geschlichen, damit niemand ihn sieht, und er sagte, es wäre ohne sein Wissen und Zutun passiert, und ich glaub's ihm. Seine Männer sind die letzten, die noch hier sind, sagt Verbold, sie sind zuwenig, um die Kristalliten zu internieren, was ja ursprünglich sein Auftrag sein sollte. Oberst Lang zeigt jetzt die wahre Flagge, Gereny.«

»Na, und was unternehmen Sie dagegen?«

»Ich habe jede Zitadelle in Alarmbereitschaft versetzt. Und die Fahrtensänger zurückgerufen, damit er sie nicht mißbrauchen kann, um irgendwo hinzugelangen. Bloß ist es so, Gereny, es ist gar kein Druck auf uns ausgeübt worden, um Fahrtensänger zur Verfügung gestellt zu erhalten. Und das bedeutet ...«

»Das heißt, Justin ist der Ansicht, er braucht sie nicht, stimmt's?«

»Er braucht sie nicht und will sie nicht. So sehe ich es, ja. Also habe ich Fahrtensänger da und dort hingeschickt, die Leute mit den besten Schießstandergebnissen, und ich habe ihnen Schallprojektoren und was nicht alles mitgegeben. Die Truppen müssen reichlich unwegsames Land durchqueren, und wie ich sie einstufe, haben sie seit langer, langer Zeit keinen Ernsteinsatz gehabt. Ein guter Schütze müßte eine Masse Soldaten in Schach halten können, meinen Sie nicht? Und er kann über ihnen 'n paar Steinlinge sprengen. So müßte es doch möglich sein, ihren Vormarsch hinauszuzögern, oder?«

»Zu verzögern vielleicht. Aber ich bezweifle, daß man sie aufhalten kann.«

»Gewiß, Gereny, ich glaub's auch nicht. Um das zu schaffen, werden wir Hilfe benötigen.«

»Hat der Hauptmann erwähnt, daß einige Forschungssänger die Soldaten begleiten?«

Mißmutig sah der Großmeister sie an. »Chase Random Hall hat lange die Hände nach beiden Seiten aufgehalten. Wahrscheinlich hat er ein paar Leute eingespannt, die ihm was schuldig sind, und ihnen noch einige Lügen aufgetischt. Manche naive junge Forscher halten Treue für wichtiger als gesunden Menschenverstand.« Thyle fuhr sich mit beiden Händen durchs weiße Haar und seufzte. »Hall ist seit Jahren ihr Innungssekretär, er bescheißt sie in so gut wie jeder Beziehung, aber sie wählen ihn jedesmal wieder und schwören ihm Treue. Man fragt sich wirklich, was manche Menschen statt des Gehirns im Schädel haben.«

»Rheme versucht eine Nachricht rauszuschmuggeln, 'ne Anforderung eines Kriegsschiffs, stimmt's?«

»Warum, zum Teufel, sollten wir sonst die Zitadelle evakuieren, Gereny? Nehmen wir bloß mal an, die PEK kommt zu der Einschätzung, genug Beweise für Korruption vorliegen zu haben und entschließt sich zum Durchgreifen, fordert Justin und den Gouverneur zum Rücktritt auf. Bis vor kurzem hat Rheme eine Menge Informationen ausschleusen können, deshalb ist es keineswegs ausgeschlossen, daß die PEK zu der Ansicht gelangt, sie hätte jetzt genug Beweismaterial in der Hand. Dann sagen wir mal, Justin oder Wuyllum oder beide zeigen sich bockig und rufen die Armee zu ihrer Verteidigung. Das wäre eine Blödheit von ihnen, aber es könnte sein, sie sind dazu fähig.«

»Der Gouverneur nicht. Rheme sagt, er bereitet seinen Abgang vor. Es kann jederzeit soweit sein.«

»Gut, dann eben Justin. Unterstellen wir mal, Justin will nicht klein beigeben und igelt sich ein. So etwas sähe ihm ähnlich. Dann braucht die PEK nur noch zu befehlen, die BDF-Direktion unter Beschuß zu nehmen — vielleicht um ein Exempel zu statuieren —, und ich möchte nicht direkt nebenan sitzen, hier in der Zitadelle, und als letztes im Leben meinen Bauchnabel sehen.«

»Kein Bauchnabel von schlechten Eltern«, bemerkte Gereny in diskriminierendem Tonfall.

»Ja, wahrscheinlich sähe ich 'n Fleischberg«, antwortete Vowe, kniff Gereny in einen Speckwulst.

»Alter Bantigon«, sagte sie freundlich. »Na schön, wenn Sie Ihre alten Tage noch damit zubringen wollen, Frauen nachzustellen, dann schauen Sie diesen Stapel Papierkram durch und sagen Sie mir, was davon wir behalten müssen.« Sie stopfte eine Akte in einen Karton und schüttelte ihn, stieß den Inhalt auf. »Und Sie sollten sich für die Evakuierung einige wirklich gute Vorwände einfallen lassen, damit Schnuckitrud Thonks keinen Verdacht schöpft. Sie beobachtet die Zitadelle, als wäre sie ein Gyrovogel und wir wären seit drei Tagen tot.«

»Ich weiß, daß sie diese Angewohnheit hat«, antwortete Vowe verdrossen. Die aufmerksame Beobachtung der Zitadelle von Punkt Eins durch Schnuckitrud Thonks zählte zu seinen gegenwärtigen Hauptsorgen. »Ich war davon ausgegangen, liebe Gereny, sie wäre bereits weg, wenn wir ausziehen müssen. Ich dachte, wir könnten den Auszug bis zum letzten Moment aufschieben. Vorausgesetzt man läßt uns 'n letzten Moment.«

Vivian Ferrence lag auf einer aufgeblasenen Luftmatratze auf gestapelten Frachtkisten in einem Broutransporter; der kleine Miles schaukelte auf ihrem Bauch. Sie waren schon seit vielen Tagen unterwegs, und die Nöte, die Vivian in Punkt Eins zermürbt hatten, wichen allmählich, obwohl in unregelmäßiger, unverläßlicher

Weise, weniger unschönen Empfindungen. Sie mußte sich nicht mehr darum sorgen, ob Miles an diesem oder jenem Tag genug zu essen hätte. Die Speisen, die der Karawanenkoch austeilte, blieben eintönig, aber reichten aus. Fladenbrot. Bohnen oder Käse oder Käse mit Bohnen. Dörrfisch oder -fleisch. Eine kleine Ration frisches Obst oder Gemüse. Alle vier bis fünf Tage gab es einen Happen gebratenen Frischfleischs, wenn der Koch eines der Bantigons schlachtete, die er in einem Verschlag des Küchenwagens mitführte. Miles bekam zusätzlich Milch, zwar aufbereitete pasteurisierte Milch, doch zumindest angereichert mit genug wichtigen Mineralstoffen.

Und er erhielt Plätzchen. Brunny, der Karawanenkoch, hatte ein Herz für Kinder, und immer waren, scheinbar durch ein Wunder, Plätzchen für Miles da, wenn er nach der Mittagspause oder während des Abendlagers um den Küchenwagen tappte.

In den Nächten standen friedlich Sterne am Himmel, und Vivian schlief besser, als sie es irgendwann in letzter Zeit getan hatte. Tagsüber hörte man Fahrtensingen, und es gab die Pracht der Präsenzen zu bestaunen. Vivian hatte vor der Reise keine Furcht gehabt. Trotz der Art, wie Lim ums Leben gekommen war, hatte sie sich nicht gefürchtet. Ihr war durchaus klar, daß die Akzeptanz, die sie momentan allem entgegenbrachte, an Fatalismus grenzte. Fände sie auf dieser Reise den Tod, hätte sie wenigstens noch diese Zeitspanne des Friedens, hinlänglichen Essens und einer warmen Schlafstelle erlebt. Und der Erinnerungen; vieler Erinnerungen.

Zwei Abende zuvor, genau als die Sonne vollends versank, hatten sie am östlichen Horizont einen Doppelgipfel in schillerndem Scharlachrot gesehen. »Das ist der Rätselstein«, hatte der Fahrtenmeister erklärt. »Es wäre vorteilhaft, gäb's dort 'ne Route. Würde 'ne Abkürzung von etwa achtzig Kilometern ausmachen. Aber so wie's ist, müssen wir eben 'n Stück weit nordwärts, über Harmonie und am Schwarzen Turm vorbei. Dort hinter dem blauroten Gipfel können Sie gerade noch die Spitze unseres guten, alten Schwarzen erkennen. Danach treffen wir noch am selben Tag in Tiefkrume Fünf ein.«

Tiefkrume Fünf. Die wiedergefundene innere Ruhe zerstob, sobald Vivian an Tiefkrume Fünf dachte. Warum? Sie hatte dem, was ihr von Tasmin erzählt worden war, Glauben geschenkt. Daß er nichts gewußt, seine Mutter nichts gewußt hätte. Auch wenn sie der Überzeugung war, sie hätten so etwas wissen müssen, konnte sie sie für nichts verurteilen, was sich zwischen Lim und seinem Vater zugetragen hatte. Oder sie könnte es, zog es jedoch vor, davon abzusehen. Es war ihr lieber, wenn der kleine Miles in einer Familie aufwachsen durfte. Wären ihre Überlegungen nur dazu imstande gewesen, hinter diesen einen Gedanken einen Schlußpunkt zu setzen. Doch sie taten es nie. Immer gingen sie weiter: »Miles soll eine Familie haben, selbst wenn sie seinen Vater im Stich gelassen und zum Schluß in den Tod getrieben hat.«

Ganz gleich, wie oft sie sich sagte, daß sie sie nicht verurteilte, letzten Endes lief es stets doch darauf hinaus. Im Stich gelassen, stöhnte es in ihr. In den Tod getrieben. Das waren schwere Vorwürfe gegen Abwesende, die sie nicht einmal kannte. Jedesmal wenn sie in ihrem Kreislauf der Selbstquälerei an diesen Punkt gelangte, weinte sie bitterlich, dann verdeutlichte sie sich von neuem, daß sie in Wirklichkeit nichts derartiges verbrochen hatten. Tasmin war sieben Jahre alt gewesen, als Lim sein traumatisches Erlebnis gehabt hatte; und erst sechzehn oder siebzehn, als Lim fortging. Durfte sie einen Siebenjährigen für irgend etwas verantwortlich machen? Und Thalia, Tasmins Mutter — sie war damals schon im Erblinden begriffen gewesen. Vielleicht hatte sie noch mehr nicht verkraften können.

Ihr Mann hatte ihr wohl kaum einen Beistand bedeutet. Möglicherweise war sie nicht dazu fähig gwesen, überhaupt irgend etwas zu sehen.

So hatte sich Vivian, indem sie ständig zwischen Anschuldigungen und Versöhnlichkeit hin- und herschwankte, während der vergangenen Stunden langsam aus dem Mahlstrom ihrer Gefühle befreit und zu einem Zustand annähernder Beruhigung gezwungen. Nun war das Ende der Reise in Sicht und es wieder vorbei mit der Ruhe, alle Regungen des Leids und Zorns kamen ihr wieder hoch.

»Ich muß damit aufhören«, raunte sie halblaut. »Ich muß damit aufhören.«

»Aafhörn«, sagte Miles. »Aafhörn, Mama.«

»Werde ich auch«, versprach sie und lachte trotz der Tränen in ihren Augen. »Werde ich. Holst du dir nachher wieder bei Mr. Brun Plätzchen?«

»Plätzken«, bestätigte Miles, indem er nickte. »Ja, Plätzken mit Nüß.«

»Mit Nüssen?« Vivian tat verblüfft. »Und was meinst du, woher Mr. Brun die Nüsse kriegt?«

»Nüß von Viggys«, sagte Miles und prustete. Brunny hate ihm eine Geschichte erzählt, wie Viggys Nüsse gegen Süßigkeiten eintauschten. In Wahrheit gab es auf Jubal keine Nüsse, und die harten, süßen Bröckchen in Brunnys Plätzchen bestanden lediglich aus gezuckerten Klümpchen Rohmehls, aber Miles hatte an der Viggygeschichte enormen Spaß.

»Genau.« Vivian lachte mit, setzte sich auf, während der Wagen verlangsamte und hielt. »Es ist fast Essenszeit.« Heute abend verspürte sie Hunger. Ihr war aufgefallen, daß sie im Verlauf etwa der letzten Woche stärkeren Hunger hatte. Das war gut. Auf dem Fischmarkt hatte sie merklich an Gewicht verloren, hauptsächlich verloren, weil sie nur Lebensmittel für Miles gekauft hatte; um für sie beide einzukaufen, hatte das Geld häufig nicht gereicht. Lim hätte sie nicht wiedererkannt, so mager war sie geworden. Sie wollte nicht, daß Lims Mutter sie so kennenlernte.

»Aber es spielt doch gar keine Rolle«, erinnerte sie sich gedämpft. Lims Mutter war blind. Sie konnte nichts sehen. Es war gleichgültig, wie Vivian aussah.

»Alles aussteigen«, rief der Fahrtenmeister. »Mulis tränken.«

»Alls ausstein«, wiederholte Miles. »Mulis dänken.«

»Genau, Liebling. Wir steigen aus.« Vivian suchte nach ihren und Miles' Schuhen, fand sie zwischen zwei Lattenkisten; sie beschäftigte sich gerade mit dem Schließen der Schnallen, als sich am Fahrzeugheck der Fahrtenmeister zeigte.

»Alles in Ordnung, Mrs. Ferrence?«

»Alles bestens, Fahrtenmeister.«

»Brunny sagt, Sie können ihm den Kleinen für seine Abendportion bringen.« Aufmerksam musterte er sie aus blassen, beinahe farblosen Augen. Er hätte Lim Ferrence gekannt, hatte er gesagt. Vor langem, in der Schule in Tiefkrume Fünf. Ohne neugierige Fragen abzuwarten, hatte sie ihm erzählt, was sich, als Lim noch ein Kind gewesen war, ereignet gehabt hatte. Es jemandem mitzuteilen, war für sie wie eine Art von Katharsis gewesen. Der Fahrtenmeister hatte dazu geschwiegen, sich seitdem gar nicht mehr über Lim geäußert, sich jedoch zu ihr und dem Kind gleichmäßig zuvorkommend verhalten. »Nur noch zwei Tage, und wir treffen ein. Sind Sie froh, wenn Sie dort sind?«

»Ja, ganz bestimmt.« Wenigstens war es nur halb gelogen. »Ich bin Lims Mutter noch nie begegnet.«

»Sie ist blind, wissen Sie.«

»Ja, ich weiß Bescheid. Von Tasmin.«

»Eine Schande. An sie erinnere ich mich auch, das heißt, wie sie war, bevor sie erblindet ist. Sie war eine der schönsten Frauen, die ich je gesehen hatte. Lim hat immer mit ihr geprahlt. Wissen Sie, Sie sehen ihr ähnlich. So wie sie damals ausgesehen hat.«

Vivian empfand Bestürzung. »Das wußte ich nicht.«

»O doch, es ist wahr. Sie haben die gleiche Gesichtsform. Die gleichen Augen und einen ähnlichen Mund. Das gleiche Haar. Sie könnten ihre Tochter sein.« Er stapfte davon. Vivian stand offenen Munds da.

»Plätzken«, forderte Miles.

Vivian stieg mit ihm aus dem Fahrzeug und strebte zum Küchenwagen. An ihren Fersen trippelte Miles auf seinen stämmigen Beinchen zügig mit. Nachdem er seine Plätzchen erhalten hatte, blieb Vivian mit ihm, während er das Gebäck aß, beim Küchenwagen, betrachtete die langgestreckten, braun-grauen Abhänge, die den Lagerplatz umgaben. Ringsum dehnte sich offenes Land. Gehölze aus Jubalbäumen drehten ihr Laub, die Blattwedel weit gespreizt, mit der Sonne, die rasch sank. In der Ferne, auf dem höchsten Kamm eines westwärtigen Hangs, erkannte sie etwas nur als Fleck Sichtbares, das sich bewegte, viele Kilometer entfernt gegen die vom Abendglühen erleuchteten Wolken abzeichnete. »Reiter.« Sie deutete hinüber.

Der Koch spähte in die Richtung, in die ihr Zeigefinger wies, runzelte die Stirn. »Ich seh nichts.«

»Ich habe welche gesehen«, beharrte Vivian. »Es waren Reiter.«

»Dann melden Sie's besser dem Fahrtenmeister«, empfahl der Koch. »Außer uns dürfte hier zur Zeit eigentlich niemand unterwegs sein.«

Der Fahrtenmeister stieß ein Brummen aus, als Vivian ihn informierte, und wirkte leicht betroffen. »Sind irgendwelche Schwierigkeiten zu befürchten?« fragte Vivian besorgt. »Stimmt irgend etwas nicht?«

»O nein. Nein, das glaube ich nicht. Es ist bloß so, es gibt seit einiger Zeit beträchtliche... Ach, sagen wir mal, es gibt Unruhe. Der Hauptgrund ist das KOPFI-Gremium. Die Menschen beziehen unterschiedliche Standpunkte, und die Kristalliten werden immer lästiger.«

Es schauderte Vivian. »Manchmal habe ich Alpträume von Kristalliten.«

»Geht uns allen so. Na, auf jeden Fall hätte ich lieber Leute in der Umgebung, von denen ich weiß, wer sie sind.«

Er ging an seine Aufgaben, und Vivian kehrte mit dem Jungen zu ihrem Wagen zurück. Es stand ihr frei, entweder im Fahrzeug oder darunter zu schlafen, oder aber, falls sie es wünschte, in einem Zelt. In diesem Teil Jubals regnete es selten. Was an Feuchtigkeit auftrat, beschränkte sich zumeist auf Nebel, der in ausgedehnten, watteweißen Wolken abends von der Küste ins Land strömte, aber schon in den ersten morgendlichen Sonnenstrahlen wieder verdunstete. Sobald es hell wurde, richtete sich an den Jubalbäumen jeder Blattwedel auf, so daß angesammeltes kostbares Naß die rillenähnliche Blattmaserung hinabrann und in unterirdische Hohlräume sickerte, die als Reservoirs dienten. Schon mehr als ein Reisender hatte sein Leben gerettet, indem er, weil keine andere Flüssigkeit greifbar war, den bitteren Saft trank, obwohl es unter anderen Umständen niemand tat. Falls Nebel aufzog, war es günstiger, im Zelt zu übernachten, doch an diesem Abend deutete nichts auf Nebel hin.

»Zelt auf?« fragte Miles.

»Ich glaube nicht«, sagte Vivian. »Ich finde, wir sollten unsere Matratzen dort in dieses Jubalbaumwäldchen hinüberbringen, mein Kleiner. Jubalbäume riechen gut.« Zudem hätten sie dort eine gewisse Privatsphäre. Vivian verspürte das Bedürfnis, sich wieder einmal gründlich am ganzen Leib zu waschen, und sie wollte Zöpfe aus ihren Haaren flechten.

»Riech gut«, stimmte Miles zu. »Jubelbäum riech gut.«

Vivian sammelte ihre verstreuten Habseligkeiten ein. Sie besaßen so wenig, daß alles in eine Schultertasche paßte. Einige zusätzliche Kleidungsstücke und ihre Bücher befanden sich in einer Kiste im Fahrzeug. Tasche und Luftmatratze gaben keine schwere Last ab, während sie sie zu dem in einigem Abstand von den Wagen, östlich der Kolonne, gelegenen Hain brachte.

Miles half, indem er seine nur halb so große Luftmatratze selbst mitschleifte, sie zwischen dem Grün neben Vivians Matratze plumpsen ließ. Wenn es dunkel war, nahmen die Blätter statt der Fächer- eine senkrechte Trichterform an, wahrscheinlich weil sie sich beim Sammeln von Niederschlag effektiver bewährte, vermutete Vivian, genauso wie die Fächerform sich günstiger für die Lichtaufnahme eignete. Das Resultat bestand aus einem schattigen Hain, der sich von dem Gehölz, wie man es bei Tag sah, erheblich unterschied.

»Ich rieche, Mama«, sagte Miles, hüpfte auf seiner Luftmatratze auf und ab, wartete darauf, daß die Blätter ihre Form veränderten.

Erst schwebte die Sonne als Scheibe, dann als Halbkreis und schließlich nur noch als schmaler Leuchtstreifen am Horizont. Dann verschwand sie ganz, und mit einem Rascheln, das wie ein allgemeines Aufseufzen klang, und einem längeren Säuseln reagierten die Bäume. Von der Mitte her bogen sich die Blattwedel, und was vorher zweidimensionale Flächen dargeboten hatte, verwandelte sich in struppige Trichtergebilde, die reichlich Schatten warfen.

»Zeit fürs Essen«, sagte Vivian zu Miles. »Laß uns schnell 'ne Mahlzeit einnehmen, dann können wir bald wieder hier sitzen und zusehen, wie die Sterne erscheinen.«

Vigys sangen, nachdem sie das Abendessen verzehrt hatten und Brunny beim Wegpacken der gebrauchten Utensilien und der Vorräte halfen.

»Wo haben Sie sich für die Nacht niedergelassen?« fragte der Fahrtenmeister. »Drüben zwischen den Jubalbäumen? Sieht aus, als wär's dort ganz nett, vorausgesetzt es kommt kein Nebel auf. Aber heute abend besteht diese Gefahr nicht.« Er schaute, während er im Fahrtenbuch blätterte, empor an den klaren Himmel. »Schlafen Sie gut.«

Als sie zu den Luftmatratzen unter den Jubelbäumen zurückkehrten, flimmerten hoch am östlichen Himmel die ersten Sterne.

»Mußt du noch mal hintern Baum?« fragte Vivian.

»War schon«, antwortete Miles. »Ganz allein.«

»Schön. Dann wirst du die ganze Nacht durchschlafen, ohne aufzuwachen, ja?«

»Ja klar«, beteuerte Miles, machte es sich auf seiner Luftmatratze bequem. »Geschichte erzählen.«

Vivian erzählte ihm eine Geschichte, bis ihm die Lider zufielen, seine Atemzüge langsam und ruhig gingen. Dann erzählte sie sich selbst eine Geschichte, während sie sich mit einem kühlen Schwamm geruhsam wusch, das Haar zu neuen Zöpfen flocht, immer mehr Sterne an den Himmel traten und ein langes Glitzerband bildeten, eine Geschichte über das Morgen, die Zukunft. Sie bettete sich gemütlich auf die Luftmatratze, legte den Kopf auf einen Arm, fing vor sich hinzudösen an.

Folglich empfand sie das plötzliche Licht und die Rufe aus der Richtung der Fahrzeuge als Störung.

»Fahrtenmeister!« Ein Schnauzen. Im eingeübter Ton eines gewohnten Herumkommandieren. Sie hatte die Stimme schon einmal gehört. Im Schlaf bewegte sich Miles, und Vivian streckte die Hand aus, um zu dämpfen, was er womöglich an Lauten von sich geben mochte, falls er erwachte. Weshalb? Weil der Fahrtenmeister gesagt hatte, er hätte ungerne Fremde in der Umgebung, wenn er nicht wußte, was sie trieben. Weil er Kristalliten erwähnt hatte, und diese Stimme stand in einem Zusammenhang mit Kristalliten.

Vivian hörte Brunny schläfrig etwas nuscheln, dann die Stimme des Fahrtenmeisters verschlafen nölen.

»Nanu, nanu, ist das nicht der große Kristallitenprophet Singfried Bims? Oberster Pontifex oder so was, hm? Was, im Namen alles Heiligen, machen Sie hier draußen im Präsenzenland? Ich dachte, Sie Kristalliten seien davon überzeugt, es wäre richtig, von den Präsenzen auf Abstand zu bleiben, oder wie?«

»Das ist tatsächlich unser Glaube, Fahrtenmeister«, antwortete die Stimme. »Aber wir gestatten Abweichungen, wenn einer von uns sich in Bedrängnis befindet. Und ich habe Anlaß zu der Annahme, daß das der Fall ist.«

»Wahrhaftig? Wer denn?«

»Ein Gemeindemitglied. Eine Frau, die ein außereheliches Kind bekam, in Armut geriet und jetzt bei der verfluchten BDF Schulden abarbeiten muß. Ich bin nach ihr auf der Suche, um ihre Schulden zu bezahlen und sie heimzubringen.«

Schweigen folgte. Stumm und ratlos lag Vivian auf ihrer Luftmatratze. Diese Angaben besagten nichts. Mit der Karawane reiste keine Frau, die mit der BDF einen Schuldvertrag bestehen hatte.

»Ich glaube nicht, daß wir die Person kennen, von der Sie reden«, sagte der Fahrtenmeister. »Wir haben keine Passagiere dabei.«

»Oh, kommen Sie, Fahrtenmeister. Ich weiß, die BDF zahlt Ihnen das Gehalt, aber ich bin großzügiger zu sein bereit, als Sie's sich vorstellen. Die Frau heißt Vivian. Vivian Ferrence. Sie hat einen kleinen Jungen.«

Lautlos schrie Vivian in ihre Hand, es kostete sie alle Mühe, leise und reglos im Gesträuch zu verharren. Keine Passagiere, hatte der Fahrtenmeister gesagt. Warum hatte er das behauptet?

»Ach, da sind Sie glattweg Wochen zu spät dran, Bims. Die Dame hat uns 'ne Zeitlang mit ihrem Kind begleitet, hat uns aber an der Abzweigung nach Tiefkrume Zwölf verlassen. Eine Karawane mit Frauen und Kindern hat dort die Nordroute genommen, und sie wollte lieber mit ihnen reisen. Sie fühlte sich irgendwie einsam, sie hatte kurz vorher ihren Mann verloren. Sie wollte andere Frauen um sich haben, und ich kann nicht sagen, daß ich's ihr übelnähme ... Übrigens, das Stunnergewehr Ihres Freunds da zeigt doch recht deutlich in unsere Richtung. Hat er vor, auf uns zu schießen, oder was?« Der Fahrtenmeister hatte sehr laut gesprochen, so laut, daß niemandem im Lager ein Wort entgangen sein konnte.

Herzhaftes Gelächter erscholl. »Er ist bloß mißtrauisch, Fahrtenmeister. Vielleicht hält er's nicht für ausgeschlossen, daß Sie uns anlügen.«

»Na, ich kann ganz leicht beweisen, daß ich die Wahrheit spreche«, entgegnete der Fahrtenmeister barsch. »Da sind ich, mein Instrumentalist und sechs Fahrer, den Koch mitgerechnet. Es sind sechs Fahrzeuge. Sie dürfen in alle sechs hineinschauen.«

Vivian hielt sich still, überlegte in rasender Hast. Hatte sie irgend etwas zurückgelassen? Ein Spielzeug? Einen Kinderschuh? Eine Decke oder ein Stück Kleidung?

Er hat sich abgesichert, beruhigte sie sich. Der Fahrtenmeister hat gesagt, wir hätten die Karawane eine Zeitlang begleitet. Falls die Kristalliten etwas finden, kann er behaupten, es wäre von daher zurückgeblieben. Sei still, Vivian! Bleibe vollkommen still!

Also nahm sie sich energisch zusammen, obwohl sie keinerlei Vorstellung davon hatte, welche Art von Gefahr ihr eigentlich drohte. Sie hatte nie irgend etwas mit den Kristalliten zu tun gehabt. Singfried Bims hatte sie im Tempel predigen gehört. Jeder besuchte irgendwann mal den Tempel. Er verkörperte eine große Attraktion. Was machte er hier? Wieso suchte er sie und das Kind? Weshalb zitterte sie aus Furcht davor, er könnte sie finden?

Sei still! befahl sie sich. Vertrau dem Fahrtenmeister! Sei ganz ruhig!

Durch die Geräusche des Kramens und Wühlens ließ

sich erneut Singfried Bims' Stimme hören, er unterhielt sich halblaut mit seinem Begleiter... oder seinen Begleitern? Er hatte mehr als einen dabei. Zwei, vielleicht drei Männer. »Tja, hier ist sie jedenfalls nirgends, soviel ist klar, Fahrtenmeister«, äußerte er schließlich. »Sicher haben Sie nichts dagegen, wenn wir mit Ihnen nach Tiefkrume Fünf reiten, oder? Da sie jetzt schon so lange weg ist, können wir ja dort auf sie warten.«

»Ganz wie Sie wünschen, Bims. Aber lassen Sie die Gewehre in den Taschen stecken. Es ist heikel genug, am Schwarzen Turm vorbeizugelangen, auch ohne daß Sie uns nervös machen.«

Mehrfache Schab- und Schnappgeräusche ertönten, während die Männer ihre Waffen einpackten. Die Männer blieben bei der Karawane. Sie blieben! Und am Morgen, sobald es hell wurde, verwandelten die Blattwedel der Jubalbäume sich in Fächer zurück, drehten sich nach Osten. Und Miles plapperte bestimmt drauflos, es ließ sich nicht verhindern. Dann würden sie sie finden.

Der Fahrtenmeister entfernte sich aus der Nähe der Fahrzeuge.

»Wo gehen Sie hin, Fahrtenmeister?« rief Bims' Stimme ihm nach.

»Auf Spatengang. Möchten Sie mitkommen, Bims?«

Bims winkte einem seiner Männer, der daraufhin dem Fahrtenmeister in ein kleineres Gehölz eine ganze Strecke weit nördlich des Wäldchens nachlief, das Vivians Versteck abgab. Tatsächlich hatte der Fahrtenmeister einen Spaten dabei gehabt. Nach kurzem kehrten beide Männer zu den Fahrzeugen zurück. Oberflächliche Konversation schloß sich an. Der Schein des Lagerfeuers ließ nach. Irgendwann herrschte Schweigen. Vielleicht hielt jemand Wache; vielleicht nicht. Vivian konnte es nicht erkennen. Mehrere Fahrer machten gleichfalls Spatengänge ins Gehölz. Den letzten von ihnen begleitete kein Kristallit mehr.

Ehe sie Lim geheiratet hatte, war Vivian in der Forschungsabteilung tätig gewesen, nur an einem niedrigen Posten, sicherlich, aber sie hatte eine feste Anstellung gehabt, die durchaus Ansprüche an sie stellte, Konzentration und Genauigkeit waren von ihr verlangt worden, während sie der BDF-Großbibliothek die Berichte der Fahrten- und Forschungssänger einspeiste. Einige ihrer Kolleginnen hatten nicht einmal gelesen, was sie da eingaben, sondern ausschließlich mit den Fingern gearbeitet. Vivian dagegen hatte viele Texte gelesen und jedes Wort lebhaft nachempfunden. Sie hatte die Erlebnisse der Hälfte aller Fahrten- und Forschungssänger Jubals im Kopf. Sie wußte, welche Fehler ihnen unterlaufen waren, welche Irrtümer. Aber wann sie klug gehandelt hatten, wußte sie auch.

Nun fragte sie sich, während sie mit gesenktem, in die zu Fäusten geballten Hände gestütztem Kopf dahockte und nachdachte, wie einer der Klugen wohl in ihrer jetzigen Situation vorginge. Nach geraumer Zeit glättete sich ihre Miene, sie zog den Stöpsel aus ihrer Luftmatratze und ließ langsam die Luft entweichen, so langsam, daß es eine Ewigkeit zu dauern schien, aber dadurch vermied sie Pfeifen und Zischen. Anschließend tat sie — wieder ganz, ganz langsam — das gleiche mit Miles' Luftmatratze. Er schlief währenddessen weiter. Miles schlief meistens gut. Sie hob ihn hoch, nahm ihn, gewickelt in die luftleere Matratze, auf die Arme, dann schlich sie auf der den Fahrzeugen abgewandten Seite aus dem Gesträuch. Sie mußte irgendwo an der Ostseite eine Senke finden, und wenn es nur das kleinste Loch war, aber sie mußte weit genug entfernt sein.

Hinter ihr hustete jemand, und sie blieb starr vor Schrecken stehen. Danach blieb es wieder still, und sie schlich weiter, erklomm die ausgedehnte ostwärtige Steigung. Sie bewegte sich langsam vorwärts, achtete darauf, daß unter ihren Füßen nichts knackte oder knirschte, legte vorsichtig Meter um Meter zurück.

Als sie sich umblickte, war das Feuer zwischen den Fahrzeugen nur noch als Lichtpünktchen zu erkennen, kaum anders als ein Stern. Neben sich bemerkte sie zwei Jubalbäume, am Rande gelegene Gewächse eines Dickichts von beträchtlichem Umfang. Dahinter fiel das Gelände sanft zu einer weiten Mulde ab. Auf dem Grund der Mulde legte sie Miles behutsam ab und blies seine Luftmatratze wieder auf.

Locker hüllte sie ihn in die Decke, dann kehrte sie auf dem gleichen Weg um, versuchte durch regelmäßiges Umblicken über die Schulter die Entfernung zu bestimmen. Mit der Schultertasche und der eigenen Luftmatratze, die sie hinter sich herzog, um die Fußspuren zu verwischen, die sie, wie ihr klar war, hinterlassen haben mußte, kehrte sie zur Mulde zurück.

Als sie sich unten in der Mulde neben Miles niederließ, murmelte er im Schlaf irgend etwas. Erschöpft legte sie sich neben ihn, richtete die offenen Augen fest auf den östlichen Horizont.

Sie erwachte schlagartig, während es schon aufhellte. Trotz ihrer Angespanntheit war sie eingenickt. Miles schlief noch tief. Vivian huschte die Schräge hinauf, schob hinter den unteren Blattwedeln eines Jubalbaums den Kopf über den Rand der Mulde. Sie sah die Fahrzeuge; sie standen weiter fort, als sie es angenommen hatte. Männer bewegten sich umher. Singfried Bims latschte durch die Umgebung, stöberte hier und da, durchsuchte die benachbarten Dickichte. Wenige Minuten nach Sonnenaufgang stand er in dem Wäldchen, in dem Vivian sich ursprünglich zum Schlafen hingelegt hatte, stapfte hindurch und kam auf der zur Mulde gewandten Seite wieder zum Vorschein, spähte den Hang herauf.

»Irgend was zu sehen?« rief er jemandem zu.

»Da sind Viggys gewesen«, lautete die Antwort. »Haben überall Fußabdrücke hinterlassen. Sonst nichts.«

Viggys! Vivian japste vor Erleichterung. Ihre Fußspuren mußten von den Viggys zertrampelt worden sein. Brunny umrundete, umweht von seinem weiten Mantel, den Küchenwagen. Nach einiger Zeit schlenderte er, den Mantel um sich gerafft, zu demselben Gehölz, zu dem tags zuvor der Fahrtenmeister seinen Spatengang gemacht hatte. Offenbar hatte niemand Lust, ihn zu begleiten.

Miles regte sich. Vivian kauerte sich zu ihm, hielt sich bereit, um ihn gegebenenfalls zur Ruhe zu bringen. Vielleicht blieb es unnötig. Manchmal schlief Miles bis spät in den Morgen …

So wie auch heute. Die Fahrzeugkolonne hatte sich schon eine erhebliche Strecke weit entfernt, bevor er aufwachte.

Als sie die Karawane nicht mehr zu erkennen vermochte, nahm sie an, daß sie ihrerseits von den Wagen aus nicht mehr gesehen werden konnte, und eilte hinunter zum Lagerplatz, weil sie hoffte, daß jemand eine Möglichkeit gefunden hatte, Wasser und Lebensmittel für sie zu deponieren. Doch die gesamte Stelle war so leer, so aufgeräumt und sauber, wie der Fahrtenmeister die Lagerplätze jedesmal verlassen hatte.

»Kein Plätzken?« fragte Miles hungrig. »Wo is Brunny?«

Vivians Augen füllten sich mit Tränen. Was hatte der Fahrtenmeister vor? War es seine Absicht, die Reiter nach Tiefkrume Fünf zu bringen und anschließend zurückzukehren, um sie zu holen? Oder wollte er jemanden aus Harmonie schicken? Wieviel Tage würden mindestens vergehen, bis irgendwer kam? Drei Tage? Fünf? Ihm mußte doch klar gewesen sein, daß …

Mit einem Aufschrei setzte sie Miles ab und lief mit ihm zu dem Gehölz, das sie sowohl den Fahrtenmeister wie auch Brunny aufsuchen gesehen hatte. Fast sofort entdeckte sie einen kleinen Erdhügel. Achtsam grub sie ihn mit einem verdorrten Blattwedel um.

Und fand Scheiße.

Angewidert rümpfte sie die Nase. Nun ja, das war natürlich zu erwarten gewesen. Sie schob den halb vertrockneten Kot beiseite und grub tiefer.

Darunter lagen eine Feldflasche, ein kleinerer Karton mit Nahrungsvorräten sowie ein Plastiktütchen. In der kleinen Tüte befanden sich ein Zettel für sie und etwas für Miles.

Wir kommen Sie holen, hatte Brunny geschrieben. Bleiben Sie da.

»Plätzken«, sagte Miles voller Befriedigung.

Während des Morgens zu bleiben, wo sie waren, erwies sich als unproblematisch. Der Nachmittag gestaltete sich weniger erfreulich, weil aus dem Süden ein kräftiger Wind blies, der Staub und Grus heranwehte. Vivian ließ Miles im Windschutz eines Jubalbaums allein und suchte die umliegende Gegend nach einem Unterschlupf ab. Im Nordwesten erhoben sich die Felswälle von Präsenzen in hellgelber und graublauer Färbung, an ihrem Fuß standen wie Wälder ihre Steinlinge, reihten sich südwärts bis fast an die Straße aneinander. Geradewegs nördlich lag der Paß nach Harmonie, ein langer, mit Steinlingen übersäter Hang, auf dem beinahe nichts wuchs. In unmittelbarer Nähe säumten Gestrüppe aus Jubalbäumen und Wiesen mit kniehohem Gras beide Seiten der Straße. Weiter im Osten verlief ein anderer, erst bernsteinbrauner, dahinter orangegelber und danach kräftig-roten Felskamm, der schließlich in die fast senkrechten, scharlachroten Steilwände des Rätselsteins gipfelte. Soviel wußte sie, entweder weil sie es schon selbst gesehen, oder weil sie gelegentlich dem Fahrtenmeister beim Kartenbetrachten über die Schulter gelugt hatte.

Im Süden wurden die Baumbestände und sonstige Vegetation immer weniger, denn dort begann das Sedimentgestein der Küstenwüste; nur da und dort ragte noch eine säulenartige Präsenz aus der flachen Monotonie der Einöde und dem wie mit einem Lineal gezogenen Horizont empor.

Der Fels war voller Schlaglöcher. Innerhalb weniger Augenblicke, nachdem sie sich umzuschauen angefangen hatte, sah Vivian ein halbes Dutzend, von denen allerdings keines größer war als ihr Kopf. Sie wagte sich etwas weiter in die Felswüste vor und stellte fest, daß die Löcher an Durchmesser und Tiefe zunahmen, und ungefähr einen Viertelkilometer abseits der Route fand sie endlich inmitten eines Fleckens feinkörnigen Sands ein großes Loch mit regelrecht abgestuften Innenseiten, sandigem Grund und einem Gesteinsüberhang am Südrand — das ideale Schlupfloch zum Schutz gegen den starken Südwind.

Zudem war es in der Grube warm. Die Steinwände saugten bei Tag die Hitze der Sonnenstrahlen auf und speicherten die Wärme. Wahrscheinlich gaben sie sie sogar in der Nachtkühle nur langsam wieder ab. Den ganzen Tag lang saß Vivian mit Miles auf dem sandigen Grund der Grube, bastelte für ihn aus dem Karton der Lebensmittelpackungen und Schnüren Autos, während Miles im Sand Straßen anlegte; wenn der Wind allzu kalt pfiff, zogen sie sich beide unter den Felsüberhang zurück. Das Loch war ein besseres Versteck, als es die Jubalbäume geboten hatten, und über seinen Rand hinweg konnte Vivian jeden und alles sehen, der oder das sich nähern mochte, solange er beziehungsweise es sich noch kilometerweit entfernt befand. Daß irgendwer im Dunkeln oder bei Nebel aufkreuzte, erwartete sie nicht. Bis jetzt hatte sie noch kein einziges Mal einen der berüchtigten Nebel der Südküste erlebt.

Als er dann doch kam, gab es nicht viel zu sehen. Das erste Anzeichen bestand aus einem Klammwerden der Decken, das sie weckte; in der Dunkelheit fühlten sie sich auf einmal kalt und durchnäßt an. Für den Fall, daß sich die Notwendigkeit ergab, ein Feuer zu machen, hatte sie trockene Blattwedel gesammelt; nun stapelte sie eine Anzahl Blätter zu einem Haufen und entzündete ihn mit dem Feuerzeug aus dem Verpflegungskarton. Das Laub schwelte lediglich und verbreitete dichten Qualm, der in den Augen brannte und nicht über den Grubenrand aufstieg, und schon bald warf Vivian, während sie vor sich hinschimpfte, Sand auf die verkohlten Blattwedel. Es war besser zu frieren, als zu ersticken, war ihre Meinung, ahnte in diesem Moment allerdings noch nicht, wie kalt es werden konnte. Sobald sie es merkte, zog sie Miles zu sich auf die größere Luftmatratze, ließ der kleineren Matratze die Hälfte der Luft ab und benutzte sie als Zeltdach, stellte den Wasserkrug unter einen abgeknickten Zipfel und lauschte von da an dem *Plopp-plopp-plopp*, mit dem kondensierter Nebel davon in das Gefäß herabtropfte. Ein Fahrtensänger hatte das einmal gemacht; sie hatte es in seinem Bericht gelesen. Sie saß im Schneidersitz da, hatte den schlafenden Miles auf dem Schoß, beide Decken um sich und ihn gewickelt, ihr Rücken und der Kopf dienten als Zeltpfosten. Nach scheinbar endlos langer Zeit nickte sie sogar ein wenig ein.

Diesmal waren es Stimmen, die sie weckten. Leise Stimmen, die sie aus dem Dunkeln riefen.

Aber nicht beim Namen. Zunächst wurde sie der Merkwürdigkeit dieses Umstands gar nicht gewahr. Erst als sie vollends erwachte, empfand sie die Stimmen als seltsam und geheimnisvoll. Bis dahin glichen sie dem Bestandteil eines Traums.

»Wir suchen Lim Ferrence' Frau«, sagten die Stimmen. Sie sangen. Im Chor.

»Lim Terris Frau«, berichtigte eine andere, eine Sopranstimme mit leichtem Trällern. »Die Mutter sagte, er nannte sich Lim Terri.«

»Das ist wahr«, sangen die Stimmen. »Wir suchen Lim Terris Frau.«

Vivian antwortete nicht, sie hatte keinen Eindruck, antworten zu können. Sie glaubte Geisterstimmen aus einer Welt der Gespenster und des Spuks zu hören, einer Kinderwelt unbegründeter Furcht.

»Vielleicht fürchtet sie sich«, ertönte die andere Stimme. Sie klang wie eine Frauen- oder Kinderstimme. Eine Männerstimme war es nicht. Vivians Herz hämmerte. Sie mußte irgend etwas sagen. Möglicherweise waren sie gekommen, um ihr zu helfen. Miles zu helfen.

»Was wollt ihr?« rief sie unterdrückt; Grausen machte ihre Stimme hoch, leicht schrill.

»Wir bitten dich, hab keine Furcht«, sang der Chor der Stimmen. »Lim Terris Mutter dachte, du schwebst in Gefahr. Wir sind da, um dir beizustehen.«

»Mehrere Männer sind aufgetaucht«, rief Vivian. »Sie suchen mich. Meinen kleinen Jungen.«

»Ach-ach-ach«, sangen die Stimmen. »Kannst du dich regen? Kannst du laufen? Bist du gesund und bei Kräften?«

»Ja. Ja, mit mir ist alles in Ordnung.«

Die Stimmen raunten einiges in einer fremden Sprache. Erst beteilgten sich nur ein paar, dann mehr, schließlich viele, die sich wieder zu einem Chor vereinten. Sie wiederholten mehrmals, was sie sangen, bis es sie zufriedenstellte. Auf unklare Weise übertrug die Zufriedenheit sich auf Vivian. Als die Stimmen das Lied beendeten, war es vollkommen; das konnte sogar sie hören.

»Diese Worte haben wir gesungen«, teilten die Stimmen ihr mit. »Du kannst im Dunkeln nicht wandern. Du hast dazu, anders als wir, nicht das Vermögen. Du könntest dich und das Kleine verletzen. Darum wandere, sobald es hell ist, zum Roten Berg. Wir folgen dir auf deinem Weg und beseitigen eure Fährte.«

»Zum Roten Berg? Dem Rätselstein?«

»Ja. So nennt ihr ihn.«

»Dort ist Lim ums Leben gekommen«, rief Vivian. »Ich will dort nicht hin.«

»Wandere nicht ganz bis zum Berg«, säuselten die

Stimmen. »Nur bis in seine Nähe. Dort findest du Sicherheit. Keine Lautsinger ... Keine Menschen wagen sich zum Roten Berg.«

»Eigentlich wollte ich nach Tiefkrume Fünf«, antwortete Vivian. »Weil dort Lims Mutter wohnt.«

»Wir glauben, dort sind auch die Männer, die euch suchen. Darum wäre es zu gefährlich für euch. Wir werden euch später hinbringen.«

Danach bewahrte der Nebel wieder Schweigen. Nach einem Weilchen war Vivian der Auffassung, lediglich geträumt zu haben. Als der Tag anbrach, erkannte sie, daß sie keineswegs geträumt hatte. Überall im feinen Sand rings um die Grube sah sie die fremdartigen, vierzehigen Abdrücke von Viggyfüßen. Daß sie sprechen konnten, war ihr völlig unbekannt gewesen. Am hellichten Tag mochte sie gar nicht mehr so recht glauben, daß sie sie gehört hatte.

Ihre Zweifel machten sie unentschlossen, hätten verhindert, daß sie den erhaltenen Rat befolgte, wäre nicht das Licht gewesen, das von der Straße nach Harmonie herüberblitzte. Der Morgen war da; langsam hatte der Nebel sich verzogen; sie hatte die Spuren gefunden, staunte noch darüber, wußte nicht, ob sie entsetzt oder neugierig sein sollte. Niemand hatte jemals behauptet, Viggys seien eine Bedrohung. Die wenigen Exemplare, die man in der Anfangszeit der Erschließung Jubals gefangen hatte, waren alle gestorben, die meisten sehr bald. Es gab keinerlei Gerüchte über Viggygewalttätigkeiten. Sie blieben buchstäblich unsichtbar, waren nur fürs Gehör ständig präsent, ansonsten jedoch erachtete man sie als belanglos.

Aber ebensowenig hatte jemand je behauptet, sie könnten sprechen. Das war es, was Vivians Argwohn hervorrief. Vielleicht waren es gar keine echten Viggys gewesen.

Aber sie waren da, sagte sie sich. Ganz nah, keinen Meter von mir entfernt. Wenn sie es gewollt hätten, wäre es ihnen möglich gewesen, uns zu verschleppen, zu ermorden oder sonst irgend etwas mit uns anzustellen.

Trotzdem blieb sie unentschlossen. Dann jedoch, während sie über den Grubenrand nach allen Seiten ausschaute, bemerkte sie auf der Straße nach Harmonie das Blinken. Ein Aufblitzen. Und noch einmal. Sie beobachtete die Stelle, bis es weitere Male auftrat, drei-, viermal. Linsen reflektierten Licht. Auf der Straße, außerhalb der Sichtgrenze Vivians, suchte jemand ihre Umgebung mit dem Fernglas ab.

Hatten die Männer sie gestern schon durchs Fernglas gesehen?

Sie rutschte auf den Grund der Grube zurück und packte ihre wenigen Sachen zusammen. Etwas östlich ihres Standorts verlief parallel zur Straße ein schmaler, ostwärtiger Höhenzug. Wenn sie sich dahinter hielt, konnte man sie von der Straße aus nicht sehen.

Erst beobachtete sie noch für eine Weile die Straße, bis sie wiederholte Male das Blinken sah, es schließlich wieder ausblieb. Dann stieg sie aus dem Loch und ging, während Miles ihr eifrig nachtappte, in östliche Richtung. Sobald sie ein Gestrüpp Jubalbäume erreichten, nahm sie Miles auf den Arm und sprang mit ihm zwischen die Gewächse, streckte sich hinter einem Baum aus und spähte erneut hinab zur Straße nach Harmonie.

Wenig später blinkte es wieder mehrmals. Auf dem Weg zum nächsten Dickicht trug sie Miles. Sie bekam ein Gespür für den Zeitabstand: Jemand blickte ungefähr jede Viertelstunde durchs Fernglas.

Noch vier weitere Etappen zwischen Gesträuchen waren erforderlich, um hinter den Höhenzug zu gelangen.

»Weiterpielen«, schlug Miles vor, der inzwischen großen Spaß daran fand, sich hinter Grünzeug zu verstecken.

»Jetzt nicht, mein Großer«, sagte sie. »Jetzt machen wir erst mal einen langen Spaziergang. Schaffst du das?«

Er nickte, spitzte den Mund zu einem Ausdruck, dem man die Absicht zum Feilschen ansah. »Krieg ich Plätzken?«

»Wenn Mittagspause ist, kannst du eins haben. Einverstanden?«

»Gut.«

Lange vor der Mittagszeit war er ermattet und schlief an ihrer Schulter. Und lange bevor sie den Roten Berg erreichten, während noch Kilometer sie von ihm trennten, fühlte sie sich ähnlich ausgelaugt. Am Abend kauerten sie zusammengesunken in einem Kreis aus Siedlerbüschen, verzehrten kalten Proviant und tranken weniger Wasser, als sie gerne getrunken hätten; danach fielen sie in einen regelrechten Erschöpfungsschlaf.

»Komm«, sagte die Stimme, sprach ihr fast ins Ohr. »Ihr dürft jetzt nicht schlafen. Männer suchen euch. Komm!«

Diesmal sah Vivian sie, erkannte sie im ganz schwachen Glimmen des Neumonds, vom Schatten Serendipitis zu einer kaum sichtbaren, silbernen Sichel verdunkelt. Sie waren pelzig, hatten große Augen und breite, bewegliche Ohren. Auffällige, faltenreiche Hautsäcke in hellen Tönen der Farben Rot, Orangerot und Bernsteingelb baumelten an ihren Hälsen, und auf ihren Köpfen saßen lange, fedrige Fühler, die Ähnlichkeit mit den Blattwedeln der Jubalbäume aufwiesen. Sie hatten den Schlafplatz umringt und sangen, sangen in ihrer Sprache, aber Vivian hatte vor ihnen keine Furcht.

»Wo sind die Männer?« flüsterte sie. »Wie weit weg sind sie?«

»Sie haben euch in diese Richtung wandern sehen«, sangen die Viggys. »Obwohl wir das Land der Spuren eurer Füße entledigten, suchen sie euch ohne Unterbrechung.«

»Was sollen wir tun?«

»Wir werden dich hinführen, wohin sie nicht gehen können, Frau Lim Terris, geehrt sei sein Name.«

Sie führten sie. Sie trugen Miles, und zwei Viggys liefen an Vivians Seiten, die Hände an ihren Oberschenkeln, zogen oder zupften sachte, um sie auf dem richtigen Weg zu halten. Bondri hatte sich vorgestellt, und im Laufe der Wanderung nannte er die Namen weiterer Mitglieder seiner Singschar. Gelegentlich marschierten sie langsamer, manchmal um Singscharmitgliedern Zeit zu geben, um vorn Durchlaß zu ersingen, andere Male, um denen, die dies Erfordernis erledigt hatten, die Möglichkeit zu lassen, mit anderen die Aufgaben zu tauschen. Immer sangen sie, viel in ihrer, oft aber auch in Vivians Sprache. So erfuhr sie die Geschichte Favels des Zerbrochenen, von seiner Freilassung durch ein Lautsingerkind. Erst wollte sie lachen, dann weinen. Lim hatte nicht aus Großmut so gehandelt. Nicht aus Mitleid für den armen Viggy. Er hatte es aufgrund verletzter Gefühle getan, aus Neid und Schmerz, aus Mißgunst. Sie versuchte Bondri die Wahrheit zu erläutern, und er lauschte ihr, um besser hören zu können, mit einem nach hinten gedrehten Ohr.

»Wie gut, so etwas zu vernehmen«, sagte er schließlich. »Das ist, was Favel wünschte. Einen weiteren Gesichtspunkt, um sein Lied noch wahrhaftiger zu machen.«

In dieser Äußerung fand Vivian keinerlei Sinn. Aber daß die Viggys sie und Miles retteten, ergab für ihre Zwecke Sinn genug.

Sie wanderten ostwärts, bis zum Ende des Höhenzugs, und bogen dort nach Norden ab, hielten auf die Kristallmassen zu. Von da an sangen die Viggys nur noch in der eigenen Sprache, besänftigten den Untergrund, der unter ihnen zitterte, öffneten Wege, die jenen, die ihnen folgten, verschlossen bleiben mußten.

Einige Angehörige der Singschar erkletterten Felsspitzen und jubilierten hinaus in die Nacht, während alle noch unten befindlichen Viggys weit die Ohren aufsperrten und aufmerksam lauschten.

»Was tun sie?« wandte Vivian sich an Bondri.

»In dieser Gegend zieht Chowdris Singschar umher. Sie gibt acht auf den Wahnwitzigen, den ihr Rätselstein nennt. Ich habe Chowdri eine Austauschtochter zu bringen, und wir werden seiner Singschar von Favels Tod singen, so daß diese Kunde sich nach Osten und Süden verbreitet.« Er gab die vollständige Antwort in einem Atemzug, in einer Art von Sprechgesang, und Vivian schüttelte vor Staunen den Kopf. Lim war ein vielseitiger Musiker gewesen, vielleicht ein Genie. Doch Bondri konnte mit seiner Stimme Leistungen erbringen, die Lim nicht einmal hätte versuchen können. Natürlich hatte Lim auch keinen Kehlsack am Hals gehabt, der mehrere zusätzliche Lungenvoll Luft enthielt.

In der Morgendämmerung rasteten sie. Vor ihnen, etwas ostwärts, ragte der Rätselstein empor wie zwei blutige, gegen den Himmel erhobene Schwerter. Aus dem Süden kam eine Anzahl Viggys gelaufen, sang eine Nachricht.

»Die Männer sind, obwohl sie noch suchen, jetzt umgekehrt. Sie haben keine Spuren der Frau und des Kinds entdeckt. Sie sagten, sie wollen nach Tiefkrume Fünf, die Frau müßte schließlich in Tiefkrume Fünf eintreffen.«

Vivian hatte tatsächlich, wie ihr inzwischen aufgefallen war, ein paar Kleinigkeiten im Transporter zurückgelassen, in einem Karton. Zweifellos hatten diejenigen, die es auf sie und Miles abgesehen hatten, wer sie auch, sie gefunden.

»Folgen könnten sie uns ohnedies nicht«, tremolierte Bondri. »Dein Volk kennt keine Worte, um an diese Stätte zu gelangen.«

»Aber ich kann nicht für immer bei eurem Volk bleiben, Bondri der Großohrige. Irgendwann muß ich zu meinem Volk zurückkehren.«

»Irgendwann ist irgendwann. Davon singen wir später. Nun werden wir essen.«

Miles erwachte. Er betrachtete die Viggys in höchstem Staunen, dann bot er Bondri höflich sein letztes Plätzchen an. Feierlich nahm Bondri es, brach es entzwei, verzehrte die Hälfte und gab die andere Hälfte zurück. Als Gegenleistung reichte Bondri ihm eine Schale Rindensaft, den Miles mit seiner Mutter teilte. Nachdem sie die Schale geleert hatte, besah Vivian sie sich genauer, wurde dabei blaß.

»Was … was ist das?«

»Eine Ahnenschale«, lautete Bondris Antwort. »Sie stammt von Favel, der den Namen deines Mannes in Ehren gehalten hat. Von Favel, der uns seine Schuld vererbt hat, damit Gutes durch Gutes vergolten wird.«

Vorsichtig stellte Vivian die aus einer Schädeldecke geformte Schale ab. Darauf hatte nichts in den Berichten der Fahrten- und Forschungssänger sie vorbereitet, doch was ihr an Vorkenntnissen fehlte, glich sie durch ihre Veranlagung zu anständigem Benehmen aus. »Ich fühle mich geehrt«, sagte sie leise. Aufmerksam hörte sie zu, während Bondri mehrere Lieder über Favels Leben vortrug. Gemeinsam mit der Singschar aß sie von den Siedlerbüschen, gab jedoch Miles sein Frühstück, weil er diese Kost besser gewohnt war, vom Proviant.

Nach Beendigung der Mahlzeit sang sie zusammen mit der Singschar ein Lied über ihre eigene Rettung. Daß sie kaum eine oder gar keine Singstimme hatte, störte die Viggys anscheinend nicht. Miles machte ihre Unzulänglichkeiten mehr als wett.

»Dein Sohn hat eine schöne Stimme«, sangen die Viggys. »Wenn er groß ist, wird er Singscharführer sein.«

»Falls er je groß wird«, meinte Vivian gedämpft. Eine

Amme tätschelte ihr die Schulter und summte ihr ins Ohr.

Um die Mitte des Vormittags kam Singkontakt zu Chowdris Singschar zustande, und sie schlugen nun den Weg nach Osten ein, näherten sich dem Rätselstein weiter.

»Ist das nicht gefährlich?« erkundigte Vivian sich bei Bondri. »Geraten wir dadurch in keine Gefahr?«

»Nicht in Gefahr«, sang Bondri. »Wir meiden des Wahnwitzigen Ruhestatt. Wir wandern nur zum Saum seiner Haut, wo die Lieder ihn beschwichtigen.«

»Haut?« wiederholte sie, weil sie sich unsicher war, ob sie richtig verstanden hatte.

»Dem Außenteil«, erklärte Bondri, suchte in seinem begrenzten Lautsingerwortschatz nach dem richtigen Begriff. »Dem Fell, dem Pelz, dem ...« Er fand eine Bezeichnung, die ihm gefiel. »Der Hülle.«

»Der Präsenz?«

»Ja. Dem Teil, der nur zuckt und zum Zuschlagen reizt, geradeso wie deine Haut, Lims Frau, wenn eine Fliege darüberkrabbelt. Die Haut des Wahnwitzigen ist nicht wahnsinnig. Nur sein Gehirn ist wahnwitzig, und ihm werden wir fernbleiben.«

Gegen Abend befanden sie sich näher am Rätselstein, als es Vivian behagte, doch Bondri Gesels Singschar zeigte keinerlei Anzeichen irgendwelcher Bedenken. Jeweils sechs Viggys blieben damit betraut, der »Haut« des Bergs Beruhigungslieder vorzusingen; nach einer gewissen Zeitspanne lösten sechs andere sie ab, die Ablösung stimmte nach und nach in den Chor ein, während die vorherige Gruppe sich gleichartig zurückzog, so daß der Gesang nie verstummte. Er hatte tatsächlich einen starken Beruhigungseffekt, wirkte fast einschläfernd. Vivian gähnte, und Miles rollte sich unter einem Jubalbaum zusammen, schlief sogar ohne sein Abendessen fest ein.

»Du solltest wach bleiben«, riet Bondri. »Chowdri

ist auf dem Weg an diesen Ort. Er hatte eine schöne Stimme. Gemeinsam singen wir mit großem Wohlklang.«

Chowdris Singschar stieß kurz nach Anbruch der Dämmerung zu ihnen, noch früh am Abend. Im Chor sang man Fragen und Auskünfte, kontrapunktische Andachtslieder, die beiden Singscharführer trugen lange, bedächtige Passagen vor, und zum Schluß erscholl eine flotte Prozessionshymne, bei der die Sänger auf ihre Kehlsäcke schlugen, um Getrommel zu erzeugen. Chowdri hatte Nahrung mitgebracht. Vivian zu sehen, erstaunte Chowdri weniger, als Bondri erwartet hatte, und diese Tatsache lieferte Gesprächsstoff.

»Auch unsere Singschar hat einen Lautsinger«, sang Chowdri wichtigtuerisch. »Einen ganz kleinen Lautsinger. Er ist noch nicht dem Beutel entschlüpft.«

»Ein Lautsingerkind?« Bondri konnte es kaum glauben. »Ein echtes Lautsingerkind?«

»Meine Oberamme hat es in einem Leichnam gefunden«, sang Chowdri. »Dem Leichnam eines vom Wahnwitzigen getöteten Lautsingerweibchens. Meine Oberamme ging zu Rätselstein, um Knochen zu sammeln, und da entdeckte sie dieses Kleine im Leib des toten Weibchens, so wie die Jungen darin wachsen. Es war nicht größer als ein Finger. Wir haben gesungen, daß das Tabu für so Kleine nicht gilt.«

»Was hat er gesagt?« fragte Vivian.

Bondri dolmetschte.

»Das verstehe ich nicht«, bekannte Vivian. »Was meint er damit?«

Bondri winkte seiner Oberamme, die kam und ihm erlaubte, seinen Beutel zu öffnen und hineinzuzeigen. »Das da im Beutel ist der Hirnvogel Favels. In den Beuteln wachsen auch die Jungen heran, die durch Paarung entstehen. Unsere Weibchen tragen sie, anders als ihr Lautsinger, nur für kurze Frist im Leib. Favel hat mir über euch Lautsinger alles erzählt.«

»Hirnvogel?« Vivian war ratlos.

»Verzeih mir, Chowdri«, sang Bondri. »Mein Gast hat eine Verständnisschwierigkeit, die ich beheben muß, bevor wir weiter zusammen singen.« Er richtete seinen Gesang wieder an Vivian. »Männchen und Weibchen paaren sich. Ist dir das geläufig?«

Vivian unterdrückte ein hysterisches Kichern und bejahte: Sie verstünde ihn. Die Lautsinger, erklärte sie, machten es ähnlich.

»Nach einigen Tagen geht das Weibchen zur Amme und scheidet das Kleine aus. Es ähnelt einem kleinen Wurm. Die Amme nimmt dies Kleine in seinen Beutel. Die Beutelringel umschließen und nähren es. Im Beutel lebt und wächst das Junge. Sobald es groß ist, schlüpft es aus. Es ist ein Weibchen.«

»Immer?« wunderte sich Vivian.

»Immer«, bestätigte Bondri mit Nachdruck. »Wir wissen, daß es sich bei euch anders verhält, aber bei uns ist es immer ein Weibchen. Später wird es als Austauschtochter einer anderen Singschar gegeben, es paart sich und verrichtet Aufgaben eines Weibchens. Dann kommt die Zeit, an dem der Hirnvogel des Weibchens nach Befreiung ruft. Die Amme beißt den Hirnvogel heraus und nimmt ihn in den Beutel. Das Junge wächst heran. Diesmal ist es ein Männchen.«

»Immer?« Verwundert nickte Vivian vor sich hin.

»Immer. In jedem Weibchen wartet ein Männchen auf sein Wachstum. Es wird groß, paart sich und verrichtet Aufgaben eines Männchens. Und sobald sein Hirnvogel nach Befreiung ruft, beißt die Amme ihn heraus. Das Junge wächst heran und wird diesmal eine Amme.«

»Und wenn der Hirnvogel wieder nach Befreiung ruft?«

»Eine Amme hat keinen Hirnvogel. Ammen werden sehr alt und sterben schließlich. Dann machen wir eine Ahnenschale, so wie wir es für alle Verstorbenen tun, stellen sie an eine Präsenz und singen über die Amme Lieder.«

»Chowdris Amme hat also ein menschliches Kind im Beutel? Du weißt, wessen Kind das sein muß, oder? Es muß das Kind Tasmins sein, Lims Bruder. Tasmin Ferrence'. Die Tote muß seine Frau gewesen sein. Celcy. Und Lim war auch dort. Lim ist am Rätselstein gewesen. Vielleicht ist er ebenfalls noch am Leben!«

Hastig wandte Bondri sich ab und stieß einen Schwall von Gesang hervor, in den erst seine Singschar, danach Chowdris Singschar einfiel, beide Singscharen sangen aufeinander ein, als hätten sie vor, ein Liederbuch zu texten. Als die Melodien endlich verklangen, drehte Bondri sich wieder Vivian zu, er sah sehr traurig und gealtert aus, sein Kehlsack hing schlaff herab.

»Er ist wirklich tot. Ich bedaure es, Lims Frau, aber er ist wirklich tot. Die Oberamme hat einige seiner Knochen mitgenommen, um daraus einen Rindenschaber zu fertigen. Möchtest du seine Ahnenschale? Ich weiß, daß ihr diese Sitte nicht kennt, aber wenn du sie willst, kann die Amme sie dir holen.«

Vivian schüttelte den Kopf, weinte. Einen Moment lang hatte sie eine widersinnige Hoffnung gehegt. Nun gut. Auf alle Fälle lebte Miles, und sie lebte, und anscheinend lebte auch Tasmins Kind.

»Wie lange behält die Amme das Kind im Beutel?« erkundigte sie sich leise.

»Bis es groß genug zum Ausschlüpfen ist«, sang Bondri. »Soweit ist es noch lange nicht.«

»Wenn es soweit ist ... wird die Amme es dann uns geben — Tasmins Familie?«

Offenbar mußte Bondri darüber erst nachdenken. »Ich glaube, sie wird es tun. Um es zu gewährleisten, werde ich mich bei Chowdris Singschar in Schuld stellen. Auf diese Weise wird Favels Schuld an der Familie Lim Terris beglichen. Wir haben seine Frau, sein Kind und seines Bruders Kind gerettet. Das ist eine gute Schuldbegleichung.«

»Voll ist die Schuld beglichen«, jubelte die Singschar. »Beglichen ohne Verzug, wie es Favel wünschte. Stolz darf Bondri Gesels Singschar sein, denn sie hat eine Ehrenschuld beglichen!«

15

Maybelle Thonks hockte in dem kleinen Tender auf ihrem Gepäck und blickte übers Schwappen eines Dreiviertelkilometers Ozean hinüber zu dem aus dünnen Trägern konstruierten Startgerüst, in dem startbereit der verrußte Rumpf der *Broumeister* ruhte. Das kleine Begleitschiff, das Maybelle als Zubringer benutzte, beförderte Kartons und Säcke, die alle von BDF-Sicherheitspersonal durchsucht worden waren, ehe man sie an Bord gebracht hatte. Auch Maybelle war durchsucht worden.

»Es ist nur zu Ihrem Besten, Gnädigste«, hatte die Sicherheitsmitarbeiterin höhnisch beteuert. »Manchmal verstecken Leute was an Reisenden.«

»Wie, um Himmels willen, soll denn irgendwer *da* etwas versteckt haben?« hatte Maybelle ihr ins Ohr gezischelt. »Kommen Sie zur Vernunft, Frau!«

»Nur Routine«, hatte die Sicherheitsmitarbeiterin, sich plötzlich dessen bewußt, wen sie da befummelte, ihr geantwortet.

»Sie haben mein Gepäck durchwühlt, meine Kleider und meine Kosmetiksachen. Sie haben meinen ganzen Körper begrabbelt, so daß mir jetzt ist, als hätte ich mir einen schlimmen Sonnenbrand zugezogen. Zum Donnerwetter, was glauben Sie denn, was ich dabei habe, eine Bombe?«

»Nur Routine«, nuschelte die Frau nochmals, reichte Maybelle ein Stück ihrer Dessous.

Innerlich kochte Maybelle vor Zorn, als sie sich abgewandt hatte, um ihren Besitz durchzuschauen, der sich inzwischen in einem Zustand völliger Unordnung befand. Rasch hatte sie die Schmuckkästen durchgesehen. Ein Paar ziemlich wertvoller Ohrclips fehlte. Die Sicherheitsmitarbeiterin hatte offenbar teils nur eine Hand für die Durchsuchung gebraucht. Mit der anderen Hand hatte sie Schmuck geklaut. Maybelle spielte mit dem Gedanken, die Frau zur Rede zu stellen. Doch was wäre dabei herausgekommen? Eine Verzögerung. Die sie vermeiden wollte. Vielleicht war sie sogar das Motiv für den Diebstahl gewesen.

Tu so, als ob du nichts merkst, hatte sie sich gesagt. *Wahrscheinlich wirst du beobachtet, also mach die Koffer zu und tu so, als ob nichts wäre.* Genauso war sie verfahren und gerade rechtzeitig fertig für den Gepäckträger geworden, der kam, um die Koffer zu dem Tender hinabzubefördern.

Jetzt schaukelte sie auf Jubals rotbläulichem Ozean, war fast am Startpunkt angelangt und anscheinend die einzige Passagierin nach Serendipiti. Nun ja, Rheme hatte klargestellt, wie es sich verhielt. Niemand durfte Jubal noch verlassen. Niemand und nichts.

Außer Brou. Und den Gegenständen, die der ehrenwerte Wuyllum abgesahnt hatte. Und denen, die Schnuckitrud gestohlen hatte. Und einige Kartons, die vor Maybelle standen und auf deren Kennzeichnungen man den Namen Aphrodite Reibachs lesen konnte.

»Die Ratten verlassen das sinkende Schiff«, zitierte sie eine Redensart, ohne zu wissen, was Ratten eigentlich waren: Vermutlich irgendwelche kleinen, schuppigen Viecher mit widerwärtigen Zähnen, die an Bord von Schiffen krochen, nur um sie wieder zu verlassen, welchen der Art, die es auf Serendipiti gab, Schiffen mit flachen, sanft geschwungenen Rümpfen und langen, dreieckigen Segeln.

»Du wirst uns fehlen, Maysi«, hatte Schnuckitrud zum Abschied gesagt. »Du ahnst gar nicht, wie sehr.« Darin klang eine Drohung mit, die Maybelle zu überhören vorgezogen hatte.

»Richte dich standesgemäß ein«, hatte ihr Vater sie angewiesen. »Such dir im besten Viertel der Stadt eine Wohnung, die richtig teuer aussieht. Rheme kennt eine Frau, die dir bei allem behilflich sein kann. Er sagt dir ihren Namen.« Das war alles, was der ehrenwerte Wuyllum zu der Angelegenheit geäußert hatte, aber schließlich beanspruchte es ihn stark, innerhalb der wenigen Tage oder Wochen, die noch verfügbar blieben, Jubal von möglichst vielen Werten auszuplündern.

»Das ist ja merkwürdig«, meinte der Bootsführer. »Die Laderampe ist nicht ausgeklappt.«

»Und was bedeutet das?« fragte Maybelle, fühlte aus ihrer Magengrube ein Gefühl der Übelkeit bis in ihre Kehle aufsteigen und sich darin festsetzen, als sollte es nie mehr verschwinden.

»Es bedeutet, wir können nicht ins Raumschiff«, erklärte der Bootsführer halblaut. »Verdammte Scheiße.« Er drückte am Steuerpult eine Taste, und ein Signalhorn gellte durch die Geräusche von Wind und Wellen.

Maybelle legte die Hände auf die Ohren. Das Signalhorn ertönte für ein ganzes Weilchen. Als es verstummte, hörte sie, wie jemand vom Kontrollturm herab ein Antwort brüllte.

»Kehren Sie in den Hafen zurück. Das Raumschiff startet in einer Stunde. Auf Anordnung des Startleiters nehmen wir keine weitere Fracht und keine Passagiere mehr an Bord.«

»Sagen Sie ihm, wen Sie bringen«, empfahl Maybelle mit trockenen Lippen.

»Er weiß es«, brummelte der Bootsführer verstimmt. »Glauben Sie denn, er wüßt's nicht?« Trotzdem hob er das Mikro des Megaphons an den Mund und rief dem Kontrollturm zu, wen er beförderte.

»Kehren Sie zurück in den Hafen«, quäkte es vom Kontrollturm. »Das Raumschiff startet in einer Stunde ...«

Maybelle ließ sich auf ihren Platz zurücksinken. Beim Abschied war in Schnuckitruds Tonfall diese Boshaftigkeit zu bemerken gewesen, ein Anklang von lasziver Vorfreude und Häme. Wenn jemand diesen Fehlschlag arrangiert haben konnte, dann Schnuckitrud. Sie hatte nur Justin anzurufen brauchen ...

»Wir müssen umkehren«, sagte der Bootsführer.

»Sonst werden wir hier gebraten, wenn das Raumschiff startet ...«

Dazu schwieg Maybelle. Was hätte sie dazu sagen können? Was sollte sie tun, sobald sie wieder am Ufer stand? Weglaufen? Wohin? Zusammengekauert hockte sie da, achtete weder auf das Gequäke aus dem Kontrollturm, noch aufs nasse Schwappen der Wellen, existierte ausschließlich noch in ihrer Angespanntheit. Als sie in Sichtweite des Hafens gelangten, erkannte sie auf dem Kai die in Schwarz und Goldgelb gehaltene Livree der Gouverneursgarde. Jemand hatte die Gardisten geschickt, um sie abzuholen. Jemand hatte gewußt, daß man sie nicht ins Raumschiff lassen würde.

In der Nähe des Tenders erscholl eine Stimme, und Maybelle drehte den Kopf. Gleich backbords des Bugs schwamm ein kleines Fischerboot. Die untersetzte Gestalt am Steuer schrie etwas herüber. Der Bootsführer des Tenders verringerte die Geschwindigkeit, bis sein Fahrzeug beinahe nur noch auf den Wogen trieb.

»Miss Maybelle Thonks?« rief der Mann im Fischerboot. Ein stämmiger Mann. Mit grauem Haar. Sie glaubte, ihn schon einmal gesehen zu haben, aber wegen einer Schutzbrille und eines bis unter den Mund um den Hals gewickelten Schals konnte sie von seinem Gesicht kaum etwas erkennen.

»Ja.« Starr vor Furcht nickte sie.

»Mr. Gentry hat uns gebeten, Sie von hier wegzuholen, Miss. Wenn's Ihnen recht ist.« Auf großväterliche Weise lächelte er ihr zu.

Hastig spähte Maybelle nochmals in die Richtung der Ufermauer. Dort standen die Gardisten, und zwischen ihnen befand sich eine auffällige Person. Umweht von bunten Schleiern und mit extravagantem Hut. Schnukkitrud. O ja.

»Ich steige um, Bootsführer«, sagte Maybelle in ihrem selten verwendeten gebieterischen Ton, verbarg ihre Furcht hinter einer Fassade der Arroganz. »Halten

Sie die Boote nebeneinander, ich werfe mein Gepäck hinüber.«

Während sie vom Tender ins Fischerboot kletterte, hörte sie durchs Gluckern der Wellen vom Ufer Wutgeheul. Erst als sie sich mitsamt ihren sämtlichen Sachen im anderen Boot befand, fiel ihr ein, daß irgendwer den Namen Rheme Gentrys mißbraucht haben könnte. Aber da war es bereits zu spät, um noch etwas ändern zu können. Die Fahrtwelle des BDF-Tenders entfernte sich in den Hafen, und das Fischerboot, in dem sie saß, sauste längs der Küste nach Norden.

16

Tasmin, Donatella, Clarin und Jamieson verließen das nordsüdliche Tal, indem sie durch eine seitliche Kluft, die auf den Karten als Menschenfresserstiege verzeichnet stand, nach Südosten abbogen. Eine Losung gab es dafür nicht, und es verursachte ihnen beträchtliche Schwierigkeiten, die Präsenz zu passieren. Donatella war der Meinung, eine abwandelbare Losung zu kennen, aber alle diesbezüglichen Anstrengungen fruchteten nichts, der Menschenfresser blieb unnachgiebig. Sie wollten voller Enttäuschung und Verdruß kapitulieren, doch Clarin war dagegen.

»Lassen Sie's mich mal versuchen«, sagte sie, klappte ihren Synthesizer auf und trieb mit den Knien ihr Maultier vorwärts. »Tasmin, helfen Sie mir bitte.«

Sie senkte die Finger auf die Tastatur und begann zu singen. Es dauerte lediglich einen Moment, bis Tasmin begriff, was sie getan hatte. Ein- oder zweimal hatten Donas vorherige Bemühungen den Eindruck erweckt, den Menschenfresser zumindest tendenziell zu beruhigen. Diese kurzen musikalischen Phrasen waren von Clarin zusammengefaßt worden, sie hatte die Lautstärke der Melodie verstärkt und sie erweitert, ihr reihenweise Obertöne einer gänzlich anderen Partitur eingefügt und dabei alles neu instrumentiert. Tasmin fiel, indem er zu singen anfing, in die Obertöne ein, gemeinsam erklangen ihre beiden Stimmen.

Er hatte noch nie mit Clarin gesungen.

Es war so sinnlich, wie wenn er sie berührte. Sogar sinnlicher. Es glich einem Liebesakt. Er erkannte es, verstand und verdrängte es, weigerte sich nur daran zu denken, während seine Stimme ununterbrochen weitersang. Musik hatte ihre eigene Logik, so wie Lieben. Die eigene Logik und eigene Formen des Imperativs. Es erübrigte sich, darüber nachzudenken oder etwas zu erklären. Die Sache selbst verkörperte Vollkommenheit.

Ihre Maultiere setzten sich eigenständig in Bewegung. Dona und Jamieson folgten, ihnen stand der Mund offen. Es überwältigte Jamieson, was er hörte. Er hatte schon mit Clarin zusammen gesungen, doch so hatte es nicht geklungen.

Clarin verfügte nahezu über einen Stimmumfang zwischen Bariton und Kontraalt, zeichnete sich in tieferen Tonlagen durch den weichen Schmelz einer Orgel und in höheren Tönen durch Reinheit und Klarheit einer Blockflöte aus. Tasmins Skala war geringer, aber seine Stimme hatte einen volleren, samtigeren Klang. Die beiden Stimmen klangen ineinander, bis man hätte meinen können, es erschölle nur eine Stimme.

Als sie das Ende der Eingangsmelodie erreichten, wechselte Clarin zu einer höheren Tonart über und leitete eine Variation ein.

Mühelos begleitete Tasmin sie.

Die Menschenfresserstiege unter ihnen blieb still.

Sie erklommen ihr oberes Ende während des Emporschwellens eines schier endlosen Schlußtons, der beim Verklingen an den Himmel hochzuhallen, in Nichts zu zerfließen schien. Dann hatten sie den Menschenfresser überwunden. Als sie ihn hinter sich zurückließen, sang er ihnen etwas zu, das drei gewaltige Töne der Fragestellung umfaßte.

Tasmin und Clarin ritten weiter, ohne es zu bemerken, ohne es zu hören, sie achteten auf die Welt ringsum nicht mehr.

Dona hatte ihren Translator nicht in Betrieb.

»Guter Gott«, hauchte sie, schaute Jamieson an, sah zu ihrer Verblüffung, wie bleich er geworden war, daß er zitterte, Tränen in den Augen hatte.

»Jamieson«, sagte sie leise. Clarin und Tasmin ritten stumm voraus, ohne einander anzublicken. »Jamieson?«

»Nur einmal«, nuschelte er. »Nur einmal. Könnte ich nur ...«

Verständnisvoll nickte Donatella. Es gab nichts, das sie dazu hätte äußern können. Armer Jamieson. Zuviel Nähe. Voller Mitgefühl drückte Dona seine Schulter. Er hatte sich in das Mädchen verliebt, das in Tasmin verliebt war, und Tasmin liebte — wen oder was? Celcy? Jubal?

Als sie zum Fuß des jenseitigen Abhangs gelangten, gab Clarin sich wieder wie zuvor. Sie hatte ein Tütchen Bonbons aus der Tasche geholt und reichte es nun reihum.

»Unsere Verfolger wissen, daß wir nach Süden unterwegs sind. Und weil das einzige, durch das Sie Verdacht erregt haben, die Rätselstein-Partitur war, dürfte ihnen wohl klar sein, daß wir zu diesem Berg wollen.«

Dona teilte diese Einschätzung. »Sobald sie das Tal verlassen, aus dem wir eben abgebogen sind, geraten sie auf eine Ost-West-Karawanenstraße, eine Route, die sie vor buchstäblich keine Schwierigkeiten stellt.«

»Wir müssen ganz einfach vor ihnen dort sein«, sagte Tasmin, hob den Fuß eines Mulis an und betrachtete ihn, als böte er einen faszinierenden Anblick. In Gedanken weilte er noch bei der Musik, war noch nicht ganz wieder in die Realität zurückgekehrt. »Wir haben ein wenig Zeit mit der Bewältigung der Menschenfresserstiege verloren, aber wenn ich mir die Karten ansehe, glaube ich, wir können die Blender, die direkt östlich von uns liegen, recht zügig durchqueren und dahinter selbst auf eine der hauptsächlichen Ost-West-Routen abzweigen.«

»Die Straße, die durch Tiefkrume Zwei, Sechs, Acht und Neun verläuft?« fragte Jamieson mit weitgehend normaler Stimme. »Das ist 'n leichter Weg. Ich kenne jede Losung für diese Route.«

»Um so besser für dich, Reb. Und zwischen Neun und Harmonie liegt bloß der Mystikschroffen.« Er gab dem Maultier einen Klaps und straffte den Sattelgurt, nahm von Clarin einen Bonbon entgegen und setzte sich neben sie. »Wir müssen schnell handeln. Justin hat das Inland abgeriegelt, und das hätte er nicht getan, wenn er nicht jeden Moment mit der Ankunft des KOPFI-Gremiums rechnete. Sobald er dessen Befund zur Kenntnis erhält, wird er die Truppen verständigen, und dann käme alles, was wir zu sagen haben, viel zu spät.«

Jamieson nickte. »Was glauben Sie, wieviel Zeit uns bleibt? Einige Tage? Ein paar Wochen? Mehr auf keinen Fall, wenn wir was vorweisen wollen, solange das Gremium da ist. Wir müssen unser Beweismaterial zusammenstellen und anschließend schleunigst zur Tiefkrumeküste zurückkehren.«

Nachdem die Lage so beschrieben worden war, fühlten sich alle auf unerklärliche Weise wohler. Die Situation war dermaßen mies, wie jeder von ihnen es sich längst gedacht hatte, und daß sie sich darin einig waren, erleichterte sie, weil sich niemand mehr allein darum mit Sorgen zu plagen brauchte. Dona rang sich sogar ein allerdings aufs Zucken der Mundwinkel beschränktes Lächeln ab, während Clarin ihre verlorene Kristallmaus durch ein neues Exemplar zu ersetzen und eines der scheuen Tiere mit Süßigkeiten anzulocken versuchte. Es entzog sich jedoch dem Gefangenwerden, und sie schwangen sich erneut auf die Mulis, ritten in flottem Tempo auf die Blender zu.

Von da an schien es keine Pause mehr zu geben, tagelang nicht, der Schlummer kam und verging während knapper Perioden des Erschöpfungsschlafs, die man allzu rasch vergaß, ebenso die hastig hinabgeschlungenen Mahlzeiten und kurzen Halts zur Verrichtung unvermeidlicher körperlicher Bedürfnisse. Jamieson ersang ihnen, indem er aus irgendeiner Quelle erstaunliche Kräfte bezog, freie Bahn durch die Blender, und diesmal war er es, bei dessen Leistungen den anderen der Mund offenstand. Es geschah an einem Abend, daß sie die letzten kristallenen Felstürme zurückließen, unter Lichtverhältnissen, in denen der vielfältig gebrochene Abendsonnenschein es nahezu unmöglich machte, nach überhaupt irgendeiner Seite noch etwas zu erkennen, und auf die in offenem Land gelegene Straße nach Tiefkrume Zwei ritten. Nur zwei leichte Losungen trennten sie von dem sogenannten Lehmkaff. In Tiefkrume Zwei ließ Tasmin von der Zitadelle vier zusätzliche Maultiere zur Verfügung stellen, so daß die eigenen Tiere während eines Großteils des folgenden Tags unbelastet mitlaufen konnten, an dem sie eine nach Osten unterwegs befindliche Karawane einholten und sich ihr bis nach Tiefkrume Sechs anschlossen. Die Karawane schob dort einen achtstündigen Aufenthalt ein, aber Tasmin und seine Begleiter schliefen nur fünf Stunden lang, standen im Dunkeln auf und setzten den Ritt fort, brachen früh genug auf, um die ersten Präsenzen, die auf der weiteren Route lagen, in der Morgendämmerung zu erreichen.

Zwischen den Steinlingen oberhalb Tiefkrumes Acht fing Clarin eine Kristallmaus.

Als sie nach Tiefkrume Neun gelangten, hatte sie sie halb gezähmt, fütterte sie mit Essensbröckchen und sang ihr wiederholt Melodien vor, zu denen die anderen, während sie des Wegs ritten, vor sich hinträumten.

Jamieson sang ihnen den Durchlaß durch die westlich über Harmonie gelegenen Schockfelsen frei, und sie faßten den Beschluß, in der dortigen Karawanserei zu übernachten. Eine Zitadelle stand in Harmonie nicht, doch der Karawansereivorsteher zeigte sich so hilfsbereit wie nur möglich, brachte Essen, Handtücher und verschiedenerlei Kleinigkeiten, redete dabei unablässig.

»Is nett, hier mal wieder 'n paar Sänger zu sehn«, sagte er, wobei seine etlichen Bauchwülste und das Mehrfachkinn wabbelten, wie um seine Äußerung zu bekräftigen. »Kürzlich war'n hier welche, das war nich zu glau'm.«

»Fahrtensänger, die Ärger machten?« fragte Tasmin

ungläubig. »Ich habe in letzter Zeit nichts von irgendwelchen Stänkerern in unseren Reihen gehört.«

»Nee, der Fahrtenmeister war in Ordnung, und sein Helfer auch. Und gegen die Fahrer kann man auch nix sagen. Der Koch hat mir sogar beim Essenkochen für die vielen Leute geholfen. Nee, ich mein die andern, die dabei waren.«

»Passagiere?«

Der Dicke schüttelte den Kopf, erst schlackerte seine Wamme, dann wackelte die Wampe, als ob eine gemeinsame Antriebskraft mit Sitz irgendwo an den Ohren sie nacheinander durchzurütteln begänne. »Glaub ich nich, nee. Vier Männer mit eigenen Mulis, sie waren auf der Suche nach 'ner Frau mit Kind zu der Karawane gestoßen. Der Fahrtenmeister sachte, die Frau wär nach Zwölf abgebogen. Verrückt, so was. Der Weg is viel länger. Sie muß durch Dreizehn und Vierzehn und über Sechs, so wie Sie, und von da aus dieselbe Route wie Sie nehmen. Die Strecke is fast doppelt so weit.«

»Sie wissen nicht zufällig, wen sie gesucht haben, oder?« fragte Tasmin trockenen Gaumens.

»Terri hieß die Frau. Genau wie der Küstensänger, der am Rätselstein ums Leben gekommen is ...«

»Und wer sie waren, ist von den Männern nicht erwähnt worden, oder wie?« erkundigte sich Donatella.

»Ach, der eine hätt sich mir gar nich vorzustellen brauchen. Bims war's. Singfried Bims. Meine Frau kauft jeden Kubus, den die verdammten Kristalliten rausbringen. Sie is 'ne echte Anhängerin von denen, wenigstens solange sie nich vom Kanapee aufstehn und 'n Finger rührn muß. Immer wenn ich ins Zimmer geh, tobt und lärmt so'n Kubus von dem Bimsarsch, echt wie'n Bantigon im Koller. Ich hab ihn gesehn bis zum Gehtnichmehr. Ich hab ihn reden hör'n, und was der Blödmann quatschte, war das gleiche dumme Zeug wie im Kubus. In dem Moment, wo er anfing zu quasseln, wußt ich schon, daß er lügt.«

»Aber gefunden haben sie die Frau nicht?«

»Nee. Sie war längst weg. Wissen Sie, ich glaub, der Fahrtenmeister hat sie irgendwo versteckt.«

»Sie versteckt?!«

»Genau. In 'n Wäldchen gesteckt oder in 'n Erdloch, damit die Kerls ihr nix tun. Ihr und'm Kind.«

»Das ist die Lösung für alle unsere Probleme«, sagte Jamieson, schwer auf Clarin gestützt, *sotto voce.* »Wir rammen diese Halunken alle senkrecht in die Erde.«

»Ich werde dich unangespitzt senkrecht in den Boden hauen«, sagte Clarin leise und lächelte ihn an, »wenn du dich nicht zusammenreißt.«

»Wo ist der Fahrtenmeister jetzt?« erkundigte sich Tasmin, versuchte die beiden grimmig-streng anzuschauen, brachte jedoch nur einen müden Blick zustande.

»Weiter nach Fünf. Bevor er abfuhr, hat er mich gebeten, hinzufahrn und sie zu holen. Geflüstert hat er, der Fahrtenmeister.«

»Wann war das?« fragte Tasmin mit bedrohlicher Geduld.

»Gestern. Die Schwierigkeit is, ich kann nicht hin, bevor die vier auch weg sind.«

»Hat der Fahrtenmeister gesagt, wo sie sich der Karawane angeschlossen haben? Bims und sein Haufen, meine ich.«

»O ja. Es war an der Abzweigung, wo eine Route rauf zu uns nach Harmonie führt und eine nach Osten und sonswohin verläuft. Ja, ich glaub, so war's. Natürlich können Sie sie frag'n. Sie schlafen alle da drin.« Er deutete auf eine der Schlafsaaltüren auf halber Länge des Korridors. »Sie ham sie gesucht, aber nich gefunden. Sie sagten, morgen früh wollen sie sofort weiter nach Tiefkrume Fünf.«

»Sind sie bewaffnet?« fragte Jamieson.

Der Karawansereivorsteher schüttelte den Kopf. »Glaub ich nich. Hab keine Waffen gesehn.«

»Ich nehme an, wir legen uns nicht schlafen?« meinte Donatella nur halb als Frage.

»Du hast du wohl recht«, bestätigte Tasmin. »Haben Sie Bormiltee?« wandte er sich an den Manager. »Oder Tsamp? Irgend etwas, das uns für einige Zeit wachhält?«

»Na, was wär das für 'ne Karawanserei, wo kein Tsamp hätt.« Der Manager nickte. »Klar hab ich Tsamp. Wollen Sie's als Pulver oder in irgend was drin?«

Sie entschieden sich für eine Brühe mit Tsamp, tranken davon genug, um ihre Nerven in einen Zustand hypernervöser Wachheit aufzuputschen; sie verließen Harmonie und ritten nach Süden.

Bei Sonnenaufgang befanden sie sich an der geschilderten Gabelung der Route. Ein langgedehnter Höhenrücken zog sich nach Osten hin; Gehölze und Büsche wuchsen in dem Kargkrumeland zwischen der westwärtigen Straße und den Präsenzen; von Vivian oder dem Kind war weit und breit nichts zu sehen. Eine Stunde lang riefen und suchten sie, danach ließen sie, um vielleicht auf sich aufmerksam zu machen, mit voller Lautstärke die Synthesizer laufen, und zum Schluß ritten sie in einer Stimmung fatalistischer Ermattung in die östliche Richtung, zum Rätselstein.

Tasmin hatte den Rätselstein schon einmal von der Nordseite gesehen, an einem Standort in mittlerem Abstand von den zwei Nadelfelsen, den beiden verwegen himmelhohen, blutigem Eis ähnlichen Dolchen. Er hatte in die kleine Niederung hinabgeblickt, die wie ein schmutziges Taschentuch zwischen zwei blutbesudelten Schwertern, und er hatte gesehen, wie das Tuch sich um Celcy zusammenfaltete, um Lim, die anmaßenden Menschlein fortwischte, die glaubten, den Rätselstein herausfordern zu können.

Jetzt sah er dieselbe Stelle von unten.

Wie eine Auffahrt wand sich eine blanke, glatte Kristallfläche hinauf zu der Niederung. Sämtliche Scherben, alle abgesprungenen Bruchstücke waren verschwunden. Der rampenartige Aufweg glänzte wie geschliffenes Glas, wie Rubin oder dunkler Granat mit helleren Rändern, als wäre Blut teils geronnen und hätte sich teils mit Wasser verdünnt, hätten düstere Flekken und blassere Kleckse sich vermischt, wo etwas sein Blut in die See des riesenhaften Kristalls verströmte, immerzu blutete, und das Blut sich immerzu verlief ...

Im Innern des blutigen Flechtwerks glitzerte ein Netz aus Rissen, ein zierliches Gespinst von Verwerfungen, verschobener Flächen und freier Kanten, flimmerte im Morgenlicht.

»Wo bist du damals gewesen, Dona?« fragte Tasmin. »Als sie mit ihm kommuniziert haben?«

»Dort oben«, antwortete Donatella. »Es war ein grauer, trüber Tag, Nebel hing in der Luft. Ganz anders als heute. Ich ... ich kann mich nicht entsinnen, daß ich mich gefürchtet hätte.«

»Hast du jetzt Furcht?«

»Herrgott, ja. Du nicht? Das Ding starrt uns praktisch an.«

»Ich habe erwartet, daß ich mich fürchte. Ich bin hier erst einmal gewesen, und ich habe etwas vollkommen anderes als du erlebt.«

»Was sollen wir tun?« fragte Clarin. »Jetzt können Sie's uns verraten, Donatella. Was war der Hinweis? Was wissen Sie von Erickson, aufgrund dessen Sie zum Rätselstein gegangen sind?«

Donatella drehte sich zur Seite und adjustierte an ihrem Synthesizer Einstellungen, suchte eine der gespeicherten Aufnahmen und ließ sie so leise abspielen, daß man sie kaum hören konnte. Es handelte sich um eine unvergeßlich einprägsame Melodie, die in ruhiger Wiederholung immer wieder an- und abschwoll, als flösse Wasser auf Stein und höhlte ihn allmählich aus. »Andar-au-um, an-dar-au-um.« Es war die Melodie der

Rätselstein-Partitur, aber weder per Synthesizer erzeugt, noch von einer menschlichen Stimme vorgetragen.

»Viggys?« fragte Jamieson. »Sind das Viggys?«

»Ich schalte den Translator ein«, sagte Dona. »Hört zu!«

Es folgte die gleiche Melodie mit übersetztem Text. »Laß die Säume schlafen, laß eine Hälfte schlafen«, sang der Translator. »Laß sie friedlich schlafen, laß sie ruhen, laß sie ruhen, laß Wasser tief fließen, laß die Ränder wachsen, laß klar das Wasser leise, leise rinnen, laß die Finger schlafen, laß eine Hälfte schlafen.«

Dona drückte die Pause-Taste. »Es geht noch weiter. Nicht mit viel Text, aber mit viel mehr stark repetitiver Musik. Ericksons Vorschlag lautete so: Daß man den Gesang einer Gruppe Viggys im näheren Umkreis einer Präsenz ohne bekannte Losung aufzeichnen sollte. Tja, und ich hatte dabei Glück. Ich habe nachts im Verborgenen gelauert, bis ich welche singen hörte, und es aufgenommen. Aber der Translator konnte mir nur wenige Worte übertragen. Ich bezweifle — bis heute —, daß irgendein Translator mehr zu leisten imstande gewesen wäre. Er zeigte an, er bräuchte mehr Material, viel mehr. Also versteckte ich mich über eine Woche lang droben in der Klippe in einem Felsspalt, nahm Gesang und Geschnatter von Viggys auf und beschrieb ihr Verhalten, bis der Translator genug Material hatte, um eine komplette Übersetzung zu erstellen. Die Begriffe für Wasser, Finger und Schlaf fanden wir ziemlich bald heraus, aber es beanspruchte einige Zeit, uns auch über den Rest Klarheit zu verschaffen. Die Viggysprache ist komplizierter, als man's sich vorstellen kann. Sobald ich die Übersetzung hatte, lernte ich den Text, habe diese Stelle hier aufgesucht und ihn gesungen. Das war's, was ich benutzt habe. Ich habe ihn dem Rätselstein ungefähr eine Stunde lang vorgesungen, alles habe ich gesungen. Eine besonders gute Stimme habe ich nicht, ist aber auch nicht erforderlich. Ihr habt's ja gehört, es ist ganz einfach.«

»Und du hast sämtliche Töne aufgenommen, die der Rätselstein von sich gegeben hat?«

»Natürlich. Anfangs waren's bloß Geräusche. Alle möglichen verschiedenen Geräusche, wie man sie eben so hört. Solche wie unten im Tal, so was wie fast überall, eine Art Brabbeln, eine Art Schnarren, Pfeifen, Glucksen, Quäken, Keckern und Schnarchen. Aber während ich gesungen habe, ließen sie nach. Ich hatte mir schon eine Frage zurechtgelegt, die ich stellen wollte: *Hast du einen Namen für dich, den ich verwenden soll?* Ich dachte, damit könnte ich eine Verständigung anknüpfen. Und sobald alles ruhig war, habe ich sie gesungen. Laut.«

»Und die Antwort hieß«, fragte Jamieson, »wenn ich mich an das, was Sie uns vorgespielt haben, richtig erinnere: *Boten wissen, zu wem sie kommen,* stimmt's?«

»Stimmt. Nicht gerade eine großartige Antwort, aber sie stand in einem Sinnzusammenhang. Daraufhin dachte ich mir, ich sollte dazu eine Information geben. Ich habe dann gesungen: *Ich bin keiner der üblichen Boten.*«

»Und darauf kam zur Antwort: *Es gibt keine üblichen Boten*«, konstatierte Clarin.

»Genau. Bis dahin war alles völlig friedlich abgelaufen. Also fing ich meine nächste Frage zu singen an. Und im selben Augenblick, als ich anfing, setzte ein Beben ein. Nur ein schwaches Zittern, und bloß an einer Seite, aber ich dachte ... Na ja, zum Donnerwetter, ich hatte genug. Ich bin keine Linguistin, keine Philosophin, keine Spezialistin in Alienkommunikation. Man stelle sich nur mal vor, ich hätte den Rätselstein unwissentlich beleidigt. Deshalb griff ich auf das erste Lied zurück, das übers friedliche Wasser und so, und sang wieder das, während ich mich verdrückte.«

»Und Sie haben die Absicht, diese Sequenz nun zu

wiederholen?« vergewisserte sich Clarin noch einmal, lenkte ihren Blick hinauf zum Rätselstein. »Mit uns als Zeugen?«

»Weshalb haben wir's nicht bei einer anderen Präsenz probiert, zu der wir's näher hatten?« fragte Jamieson, schaute gleichfalls empor zum Berg. Der blutigen Gegenwart und unverwandten Aufmerksamkeit des Rätselsteins haftete etwas Unheilvolles an, vom Blinken und Blitzen seiner glänzend-blanken Flächen ging etwas Bedrohliches aus.

»Ich habe die Viggymusik an einigen anderen Präsenzen erprobt, und sie hat nichts bewirkt. Anscheinend ist das Lied speziell auf den Rätselstein abgestellt. Und um weitere Viggylieder aufzuzeichnen und es mit ihnen woanders zu versuchen, hat mir bisher die Zeit gefehlt.«

»Würden Sie sagen, die Viggys seien intelligent?« fragte Clarin.

»Bis vor kurzem bin ich nicht dieser Auffassung gewesen«, entgegnete Dona. »Natürlich habe ich mir darüber Gedanken gemacht, weil der Translator ihre aufgenommenen Äußerungen in verständliche Worte übertragen hat. Bislang ist ja nie ernsthaft von irgendwem behauptet worden, sie seien intelligente Wesen. Sie sind ja sehr scheue Geschöpfe. Es hätte sich schwer nachweisen lassen. Aber nun … Ja, würde ich sagen. Sobald der Translator klarstellte, daß ihre Lieder aus regelrechten Texten bestehen, fing's damit an, von da an habe ich immer deutlicher zu der Ansicht geneigt, sie verfügen über Intelligenz. Nicht daß sie mir 'ne Aussprache vorgeschlagen hätten, um es mir zu beweisen.«

»Das ist es ja auch gar nicht, um was es im Moment geht«, sagte Tasmin. »Möchte jemand hier unten bleiben?« Er schaute Jamieson in die Augen. »Du solltest unten bleiben, Reb. Warte hier mit Clarin und dem Translator. Ihr müßtest alles mitanhören können, aber seid außerhalb der Gefahrenzone. Falls Dona und mir etwas zustößt, könnt ihr zwei die Neuigkeit trotzdem noch unter die Leute bringen.«

»Meister Ferrence ...«

»Ja, Reb?«

»Bei allem gebotenen Respekt, Sir, von uns beiden bin ich der Schnellere. Ich bin ebenfalls der Meinung, daß einige von uns unten bleiben sollten, aber ich glaube, Sie sollten's sein, Sir. Und Clarin.« Seine Augen blickten unvermindert klar, als er das aussprach. Er sah Clarin nicht an, doch Donatella wußte, daß er es gerne getan hätte.

»Er hat recht«, pflichtete Donatella ihm bei. »Nichts gegen dich, Tasmin. Aber er ist für diese Aufgabe besser geeignet.«

»Ach ja, das Selbstvertrauen der Jugend«, sagte Tasmin, lächelte matt. Natürlich hatten sie recht. Er müßte sich damit abfinden können, ohne daß es ihn schmerzte, aber es tat — verdammt noch mal! — nun einmal weh. Immer hatte Jamieson sich getraut, Neues auszuprobieren, selbst Verbotenes, sogar Gefährliches. Und man merkte es ihm an. Er hatte dazugelernt, gelernt auch in Grenzbereichen, die zu erkunden Tasmin sich stets untersagt hatte.

»Also los, Reb!« sagte er zu guter Letzt, biß sich auf die Lippen. »Viel Glück.«

»Lautsinger«, keuchte ein Mitglied der Singschar Chowdris, als es wild, daß die Fühler ihm am Kopf wippten, an den Lagerplatz gelaufen kam. »Am Wahnwitzigen sind Lautsinger!«

»Wer wagt's?« rief Chowdri. »Welcher Lautsinger wagt es? Hat der Wahnwitzige noch nicht genug ihresgleichen hingemordet?«

»Der gleiche wie beim letzten Mal«, sang der Kundschafter außer Atem. »Das Weibchen. Es wird begleitet von einem Lautsinger namens Tasmin, einem namens Reb und einem namens Clarin.«

»Tasmin?« rief Bondri, zwängte sich, dichtauf gefolgt von Vivian, durch die Singscharmitglieder, die Chowdri und den Kundschafter umdrängten. »Tasmin Ferrence?«

»Sie halten ein Lied in einem Kasten gefangen«, teilte der Kundschafter mit. »Ich habe es vernommen. Das Weibchen hat den Kasten.«

Gleichzeitig sprangen beide Singscharen auf. »Ich kann nicht dulden, daß Tasmin Ferrence Schaden erleidet«, sang Bondri. »Er ist ein Teil der Erbschuld.«

»Ebensowenig dürfen wir das Lied in Gefangenschaft belassen«, stellte Chowdri klar, bleckte das Gebiß.

»Laßt mich mit ihm reden«, mischte Vivian sich ein. »Ich werd's ihm erklären, Bondri. Gewalt ist überflüssig.«

»Dann eile dich«, sang er. »Gehe schnell zu ihm. Ich bringe das Kind.«

»Dort unten«, sagte Singfried Bims, deutete auf einen Felsgrat seitlich des Rätselsteins. »Siehst du sie, Byron? Sehen Sie sie, Spinne? Gleich links neben dem hohen Kristallklotz.«

Von Harmonie war Singfried Bims nach Tiefkrume Fünf geritten, wo er Byron Rocktäschl, Spinne Geroan, Aphrodite Reibach und zwei unzufriedene Forschungssänger angetroffen hatte. Die Forschungssänger hatten den Rückweg zur Tiefkrumeküste angetreten. Affi war mit einem Mitarbeiter Geroans in Tiefkrume Fünf geblieben. Bims, Rocktäschl und Geroan hatten beschlossen, sich noch einmal auf die Suche zu machen, ehe sie auch zur Küste umkehrten, und waren zum Rätselstein aufgebrochen. Wohin sonst könnten schließlich ihre verschiedenen Gegenspieler unterwegs sein?

Jetzt standen sie fast genau an der Stelle, von wo aus Tasmin hatte mitansehen müssen, wie Lim und Celcy ums Leben kamen, erhielten von Norden her Einblick in den Geländeabschnitt zwischen den beiden Kristallspitzen des Rätselsteins. Unter ihnen zitterte der Boden in unausgesetztem Beben.

»Ich seh sie«, erklärte Byron nervös. »Und jetzt?«

»Wir knipsen sie aus«, meinte Singfried grinsend und hob das Gewehr. »Dann kehren wir nach Punkt Eins zurück.«

»Nein«, sagte Spinne Geroan ruhig.

»Wieso denn nicht?« nörgelte Byron. »Deshalb sind wir doch da, Geroan. Um den Fahrtensänger und die Forscherin zu erledigen, und sie stehn doch beide da an dem Kristallbrocken.«

»Das ist der falsche Mann«, sagte Spinne Geroan. »Bloß ein Akoluth. Wo ist der richtige? Ferrence?«

»Ach je, ja«, antwortete Byron. »Sie haben recht, es ist wahr. Dort hinten ist der Scheißfahrtensänger. Ich erkenn ihn an den Klamotten. Dort unten, zusammen mit dem Mädchen. Er ist außer Schußweite.«

»Was soll's denn, wir legen die beiden um, dann gehen wir weiter nach unten und nehmen uns die zwei andern vor.« Singfried Bims hatte es eilig. An der Tiefkrumeküste waren jetzt die entscheidenden Dinge in Gang. Er mochte in Gefahr geraten, seine Beute aus der gesamten Aktion zu verlieren, wenn er nicht rechtzeitig zurück war, um auf seine Rechte zu pochen. Nochmals hob er das Gewehr.

»Nein«, sagte Spinne auch diesmal. »Wenn Sie die beiden oben erschießen, sehen die zwei unten es. Dann hauen sie ab, wahrscheinlich verschwinden sie wieder in den Rote-Hauer-Rücken, wohin wir ihnen nicht folgen können.« Vor Konzentration kniff Spinne die Augen zusammen.

»Ich hab's doch gesagt, wir hätten die Forschungssänger mitnehmen sollen.«

»Wozu wären sie uns denn von Nutzen?« Wie immer blieb Spinnes Stimme vollständig ausdruckslos. »Sie haben gesagt, es gäbe keine Möglichkeit, um am Rätselstein vorbeizugelangen, und jeder in Tiefkrume Fünf hat die gleiche Meinung vertreten. Man kann keine Nudel nehmen, um einem Bantigon den Fangschlag zu verpassen. Aber es wird sich alles machen lassen.«

»Ich wüßt verdammt nicht wie. Der Scheißkerl ist außer Schußweite.«

»Die Forscherin ist diejenige, die die Rätselstein-Partitur vorgelegt hat«, stellte Singfried fest. »Sie will sie doch nun singen, oder nicht? Weshalb wär sie sonst hier? Na also. Dann haben wir ja genügend Zeit.«

Spinne nickte. »Während sie damit beschäftigt ist, schleichen wir uns hinter diesen Steinlingen hinunter. Sie und Byron nähern sich der Forschungssängerin und dem Akoluthen so dicht, wie's geht, halten sich aber vorläufig in Deckung. Ich klettere hinab und bringe mich in Schußweite, um Ferrence zu erledigen, und anschließend können Sie die zwei dort umlegen.«

»Und was ist mit dem Mädchen unten bei Ferrence?«

»Ich nehm's für mich«, antwortete Spinne, zog es vor, den Ausdruck des Abscheus, den Bims' Miene plötzlich zeigte, zu übersehen. Der Ritt war sehr langwierig gewesen, und er hatte sich seit längerem nicht mehr amüsiert, vor allem keine Vergnügung der Art mehr gehabt, die ihm das erregende Erlebnis bereitete, das zu beobachten, was er selbst nicht empfinden konnte. Er beobachtete Clarin durchs Fernglas. Gut. Diesen Typ und diese Altersstufe hatte er gern. Solche Mädchen waren kräftig und beweglich, zu allerhand Verrenkungen und ausgiebigem Flehen fähig, bevor sie starben.

»Geben Sie Laut, wenn Sie fertig sind?« fragte Byron. »Mir gefällt's hier gar nicht, ich möcht lieber nicht so lang zwischen den Scheißpräsenzen rumhängen.« Sie strebten auf die Bresche im Kristall zu, durch die Tasmin hinabgeblickt gehabt hatte. »Moment mal!«

»Was ist denn nun wieder los?« wollte Singfried wissen.

»Wenn wir die zwei hier weggeputzt haben, fängt die Präsenz, während wir zu Geroan hintergehen, der inzwischen den Fahrtensänger erledigt hat, zu beben und zu schütteln an, und wie kommen wir dann über diese Höhe und auf 'n Weg zur Stadt zurück? Dort wartet Affi auf uns.«

»Hören Sie mal, er hat recht«, sagte Bims zu Geroan. »Unsere Mulis sind in Tiefkrume Fünf. Und alle unsere Sachen. Ich bin nicht scharf drauf, mich auf 'm ganzen Rückweg zur Küste aus 'm Land zu ernähren. Und selbst wenn wir nicht zurück an die Küste wollen, ist's über Harmonie 'ne weite Strecke nach Fünf.«

Spinne grübelte nach. »Na gut. Ich ändere den Plan ein wenig ab. Sie beide verfahren wie besprochen. Sie schleichen sich an und nehmen für den Fall, daß Schwierigkeiten entstehen, die zwei da schon mal ins Visier. Ich gehe hinunter und eliminiere als erste den Fahrtensänger und das Mädchen. Die beiden hier oben werden nichts merken, sie dürften zu stark mit ihren Synthesizern beschäftigt sein. Dann kehre ich zu Ihnen um, und wir steigen auf diesen hochgelegenen Felsen dort und erschießen die Forschungssängerin und den Akoluthen von dort aus. Das verdirbt mir zwar den Spaß, aber so machen wir's.« Spinne war enttäuscht, obwohl er seiner Miene nichts anmerken ließ. Er verkraftete Enttäuschungen schlecht, und nur indem er in seiner Vorstellung, was den Ablauf der nächsten Tage betraf, Clarin durch Aphrodite Reibach ersetzte, schaffte er es, einigermaßen die Fassung zu bewahren.

Seine Kumpane hatten keine Einwände. Stumm standen sie beisammen, checkten die Waffen und warteten aufs Abebben des Bebens.

»Das dort«, sang Bondri. »Das ist Tasmin Ferrence. Prim-Priester Favel hat ihn mit dieser Haarfarbe beschrieben.«

»Ja, stimmt«, bestätigte Vivian, »das ist Tasmin. Bondri, gib auf den Jungen acht, ja?« Und schon lief sie zum Siedlerbuschdickicht hinaus und auf Tasmin und Clarin zu.

Hinter ihr fand der Viggykundschafter, der schon die erste Meldung gebracht hatte, sich von neuem ein. »Noch mehr Lautsinger sind gekommen«, sang er den beiden versammelten Singscharen gedämpft zu. »Sie stehen auf dem Rücken des Wahnwitzigen. Hoch unterm Himmel.«

»Fertig?« fragte Donatella, deren Finger über den Synthesizertasten schwebten.

»Fertig.« Jamieson nickte, grinste. Er schaute rundum, betrachtete die kleine Senke zwischen den beiden gewaltigen, scharlachroten Kristallnadeln. Diesen Anblick wollte er sich ganz genau merken. Ihm war, als umzüngelten Flammen seinen Geist, Flämmchen der Begeisterung. Jede Partitur, die er jemals gesungen, sogar jede, die er je nur gesehen hatte, war ihm gegenwärtig. »Fertig«, wiederholte er überschwenglich.

Gleichzeitig senkten sie die Hände, und die Musik erklang.

»Die Männer auf dem Rücken des Wahnwitzigen haben Waffen«, sang der Kundschafter. »Sie richten sie auf Tasmin Ferrence' Gefährten.«

»Tasmin«, rief Vivian. »Tasmin, du mußt deine Begleiter von dort oben runterholen. Bitte!«

»Los jetzt«, befahl Spinne Geroan. Das Zittern des Untergrunds hatte soweit nachgelassen, daß sie sich sicher fortbewegen konnten. »Machen Sie schnell, aber bleiben Sie außer Sicht.«

»Die Singscharen Bondris und Chowdris sollen die Männer mit den Waffen umzingeln«, schlug Bondri eindringlich vor. »Es gilt eine Ehrenschuld zu begleichen.«

»Es ist nicht unsere Schuld«, wandte Chowdri ein.

»Die Schuld ist ein Erbe Prim-Priesters Favel«, trällerte Bondri. »Prim-Priester sind für alle Singscharen da.«

Die Singscharen sangen diese Aussage in mehreren Abwandlungen. Ihren Wahrheitsgehalt konnte niemand leugnen. Obwohl einige Mitglieder sangen, daß die Schuld, die ein Viggy einging, ehe er Prim-Priester wurde, möglicherweise nicht für alle Singscharen verbindlich sein müßte, blieb dies das Bedenken einer Minderheit, die dem beendeten Gesang lediglich als leicht mißlicher Unterton nachhallte.

»Dann geht!« spornte Chowdri die Versammelten leicht widerwillig an. »Geht zum Wahnwitzigen, der Wesenheit ohne Innenleben, dem Mörder ohne Grund, den die Lautsinger Rätselstein nennen! Begleicht die Schuld!«

»Vivian! Wie bist du hier hergelangt?«

»Dank der Viggys, Tasmin. Hör zu, wir haben keine Zeit für Fragen. Die Viggys sagen, der Rätselstein bringt jeden um, der ihn mit Gesang zu beruhigen versucht. Der Rätselstein ist wahnsinnig.«

»Einmal ist es Donatella gelungen.«

»Nicht wirklich. Da war er nicht wach, sie hat's angefangen und abgebrochen, bevor er erwachte, das ist alles. Heute ist er hellwach. Tasmin, hol sie von dort runter!«

Während Tasmin noch Vivian anstarrte, sich zu begreifen bemühte, was sie sagte, wartete Clarin nicht länger. Vivians erste Worte bestätigten die Berechtigung eines tief im Innern empfundenen Unbehagens, und sie rannte im Sprint die Steigung hoch, hilflos schaute Tasmin ihr nach, er konnte ihr nicht folgen, weil Vivian sich an seinen Arm klammerte. »Tasmin, habt ihr eine Aufnahme eines Viggylieds? Tasmin! Habt ihr sowas?«

Er versuchte sich auf ihre Frage zu konzentrieren. »Ja. Vor einem Weilchen hat Donatella sie abgespielt.«

»Ihr müßt sie ihnen zurückgeben, Tasmin.«

»Zurückgeben?!«

»Löschen. Irgendwas. Sonst werden sie versuchen, es euch wegzunehmen, Tasmin, und dabei könnte es Tote geben. Sie haben mich gerettet. Miles haben sie auch gerettet. *Celcys Kind ist bei ihnen, Tasmin!* Ach, frag jetzt nicht, wie und warum, laß die Fragerei, sag mir bloß, daß ihr's macht!«

Langsam verwob die Musik sich zu einem rhythmischen Muster aus Tönen. Verhalten schwang Jamiesons Stimme sich empor, klang danach, sprunghaft wie Wind, wieder ab. Unter dem Einfluß der Musik und seiner Stimme wurde der Rätselstein ruhiger, sein Beben schwoll ab, bis man es fast nicht mehr spürte. Doch ein schwaches, unterschwelliges Zittern blieb vorhanden.

»Letztes Mal habe ich fast eine Stunde gebraucht«, flüsterte Donatella.

Jamieson nickte, ohne von der Tonlage der Melodie abzuweichen. Sein Blick ruckte zwischen den beiden Felstürmen des Rätselsteins hin und her. Dabei sah er Clarin den Pfad heraufgelaufen kommen. *Sie hat es furchtbar eilig,* dachte er, während er sang. Drunten im flachen Gelände stand jemand bei Tasmin, zeigte herauf, gestikulierte …

»Es wackelt noch 'n bißchen«, sagte Byron Rocktäschl.

»Na, 's wird schon aufhören, wart's ab«, gab Singfried Bims zur Antwort. Sie schlichen auf die Kristallsäulen zu, die die Lichtung säumten, wo Jamieson den Gesang vortrug. Spinne Geroan hatte sich früher als die beiden auf den Weg nach unten gemacht und bereits die halbe Länge der Geröllhalde zurückgelegt, an deren Fuß sich Tasmin befand.

»Jemand kommt rauf«, zischelte Bims. »In Deckung und still sein!«

Sie spähten zwischen herabgestürzten Kristallbruchstücken hindurch, beobachteten Clarin, wie sie bergwärts auf sie zueilte, beim Laufen um Atem rang. Kurz unterhalb der beiden blieb sie stehen, stützte sich an einer Kristallsäule, schnappte nach Luft.

Egal, dachte sich Jamieson, unterbrach sein Singen keinen Augenblick lang. Clarin winkte herrisch. Er fing eine Wiederholung an, eine musikalische Phrase, die immer, immer wieder gesungen werden mußte, jedesmal in höherer Tonart, und auf einmal hörte er, wie ihre Stimme miteinfiel.

»An-dar-au-um«, sang er.

»Bruuuu-deeer«, sang sie in Terzlage und klar wie eine Glocke.

Der Warnruf! Die Aufforderung zur Identifizierung! Jamiesons Augen huschten umher, er wandte den Kopf. Nichts war zu sehen.

»An-dar-au-um«, sang er mit höherer Stimme.

»Bruuuu-deeer«, erscholl es in Terzlage.

Jamieson gab Donatella ein Zeichen und begann abwärts zurückzuweichen, vom blutroten Untergrund zwischen den Kristalltürmen auf Clarin zu, ohne jedoch im Gesang zu verstummen.

»An-dar-au-um«, sang er abermals, diesmal mit lauterer Stimme.

»An-dar-au-um«, hallte ein halbes hundert Stimmen von allen Seiten.

Viggys! In den Schatten der Kristalle konnte er hinter den rubinroten Kugeln ihrer geblähten Kehlsäcke ihre Augen leuchten sehen. »An-dar-au-um. An-dar-au-um.«

Gleich darauf hatten er und Donatella Clarins Seite

erreicht, und sie beeilten sich zu dritt zurück nach unten, überließen das Singen den Viggys.

»Was ist passiert?« erkundigte sich Donatella. »Warum hast du ›Bruder‹ gerufen?«

»Sparen Sie Ihren Atem, Dona. Wir müssen nichts wie hinunter und weg von dem Gebilde. Den Viggys zufolge wird's gleich 'n Bums geben.«

»Bums? Es ist doch völlig ruhig, und es wird immer noch stiller.« Donatella verharrte, blickte sich um, als hätte sie vor, nach oben umzukehren. »Sind das *Viggys*, die da singen?«

»Sie versuchen uns Zeit rauszuschinden, damit wir verduften können. Wir und sie auch. Los, kommen Sie schon!« Clarin packte Donatella am Arm und zerrte sie gewaltsam herum. »Schnell hinunter! Wenn's 'n Irrtum ist, können Sie's doch jederzeit noch mal versuchen ...«

Sie rannten das Gefälle hinab und dann auf Tasmin, Vivian, Miles sowie ein Dutzend junger Viggys zu, die alle, durch die Fremdartigkeit der Situation wie erstarrt, den Rätselstein und einander offenen Mundes anschauten.

Ein Ruck.

Der Erdstoß war schwach, ähnlich als hätte jemand an einem Teppich unter ihren Füßen gezogen. Schubweise verklang das Lied, indem die Viggys nach und nach auf flinken Füßen vom Berg flüchteten. Ein zweiter Erdstoß erfolgte, man spürte ihn diesmal als kräftigeren Ruck. Donatella schwankte. Die Viggys warfen sich zu Boden, vollführten Gebärden. »Nieder, nieder«, riefen sie in der Lautsingersprache, »festhalten, Holterdipolter droht.«

Und tatsächlich, eine Detonation barst aus dem Berg, das Kristallgebirge bäumte sich auf, die Felstürme gleißten, und es sah wahrhaftig so aus, als bögen sie sich und wankten, während überall ringsherum die kleineren kristallenen Säulen krachten und zersprangen.

Scherben flogen durch den Himmel, messerscharfe Glitzersplitter blutigen Lichts.

Von den Spitzen der Steinlinge hagelten Bruchstücke herab, zerschellten, sausten kreuz und quer umher, pfiffen regelrecht durch die Gegend.

Der Doppelpik des Rätselsteins, der sich gegen den Himmel abhob, stieß eine gedehnte Folge von Heulern hervor, die nach Bedrohung und Gefahr klangen.

Aus dem auf volle Lautstärke gestellten Translator drang ein Brüllen.

»Man sollte meinen, nach so langer Zeit könnten sie es irgendwann einmal richtig machen!«

Donatellas Stimme, jedoch verstärkt zur Stimmgewalt eines Riesen.

Und: *»Das war eine Gemeinheit von dir.«* Wieder Donatellas ins Ungeheuerliche gesteigerte Stimme.

Dann: *»Ich werde wütend, wenn diese Lebewesen nicht wissen, wer ich bin ...«* Auch diesmal mit Donatellas Stimme. So wie vorher ähnlich mit der Stimme Lims.

Auf der Höhe torkelten zwei Gestalten auf die Füße, eine von ihnen war mit einem Gewehr bewaffnet. Eine Scherbe, die durch die Luft trudelte, trennte dem Bewaffneten den Kopf ab, eine Scherbe, so rot wie das Blut, das für einen Moment als Fontäne aus dem Halsstumpf emporschoß. Die andere Gestalt brach zusammen, ein Hagel wie Dolche spitzer Kristalltrümmer begrub sie unter ihrem Gewicht.

Wo Tasmin und die anderen sich aneinanderklammerten, bebte die Erde, wuchtete hoch, ihnen ins Gesicht, sackte unter ihnen ab, zitterte, immer und immer neue Stöße schüttelten sie.

Dann wurde es still.

Vivian, Miles, Donatella, Tasmin, Clarin, Jamieson.

Die Viggys waren verschwunden.

Vivian, Miles, Donatella, Tasmin, Clarin ...

»Wo ist Jamieson?« röchelte Tasmin. »Wo ist er?«

»Eben war er noch hinter mir.« Clarin schluchzte.

»Direkt hinter mir.« Sie stemmte sich hoch, rappelte sich auf, taumelte im Stehen. »Da war er.«

Da lag nichts als haufenweise Kristallschutt.

Hinter einer Anhäufung von mörderischem Glas erhob sich ein wie mit Flitter bestäubtes Etwas, glitzerte wie aus Bosheit, fletschte die Zähne zu einer Haßfratze. Es hob eine Waffe an die Schulter und knurrte sie aus blutüberströmtem Gesicht an. »Bleibt stehen, wo ihr seid!«

»Ich muß Jamieson suchen«, sagte Tasmin einfältig. »Ich muß ihn finden.«

»Stehenbleiben, wo ihr seid, sage ich! Oder ich lege euch alle um.«

»Spinne Geroan«, flüsterte Donatella. »O Gott, das ist Spinne Geroan.«

»Hier herüber«, befahl Spinne, winkte Clarin mit der Waffe. »Komm her, oder ich werde alle anderen sofort umbringen, angefangen bei ihm.«

Wie eine Hypnotisierte näherte Clarin sich ihm.

»Clarin«, rief Tasmin. »Nicht!«

Sie zuckte zusammen.

»Los, Mädchen, zu mir herüber, oder ich knall ihn ab, ich schwör's dir.«

Clarin ging weiter. Sobald sie in Spinnes Reichweite gelangte, grapschte er sie sich, drehte sie mit dem Gesicht den anderen zu, schlang einen Arm um ihre Kehle, tastete mit der freien Hand nach einem Messer, das er ihr an die Schläfe setzte.

»So«, sagte Spinne Geroan. »Wer hat das denn getan?«

»Was?« fragte Donatella. »Wer hat was getan?«

»Wer hat das Ding zum Knallen gebracht?«

»Niemand«, antwortete Donatella. »Es hat's von sich aus gemacht.«

Das Messer neben Clarins Gesicht stach kaum merklich zu, und sie schrie auf, ein dünnes dunkles Rinnsal sickerte ihr über die Wange.

»Schluß mit dem Quatsch!« fauchte Geroan. »Jemand hat das getan!«

Tasmin bemühte sich um einen ruhigen Tonfall. Der Mann war übergeschnappt. Vielleicht war er es schon immer gewesen. »Clarin ist hinaufgelaufen, um Jamieson und Dona mitzuteilen, daß der Rätselstein irrational reagiert«, erklärte er. »Wir haben es erst vorhin von Vivian erfahren. Vorher wußten wir's nicht ...«

»Also habt ihr Schiß gekriegt und seid weggerannt, und dadurch ist's passiert«, behauptete Geroan, bewegte noch einmal kurz das Messer. Wieder schrie Clarin auf, stieß ein helles tonloses Kreischen aus.

»Es war schon zu spät«, widersprach Dona. »Haben Sie's nicht gespürt? Das Beben hat nie ganz ausgesetzt.«

Einen Moment lang atmete Spinne nur schwer vor sich hin. als erstes wollte er es dem heimzahlen, der diese Sauerei angerichtet hatte. Dann wollte er sich mit dem Mädchen befassen. Und danach ... Danach würde er sich überlegen, was er zu tun beabsichtigte. Inzwischen bewegte er erneut, nahezu reflexartig, das Messer, hörte Clarins neuen Schmerzensschrei mit einer Empfindung, die an Lust grenzte.

Tasmin krampfte sich der Magen zusammen, er biß sich auf die Zunge, um zu verhindern, daß er einfach losbrüllte.

»Lenk ihn ab!« raunte Dona. »Denk dir was aus!«

»Ich muß Jamieson finden«, rief Tasmin aufgeregt. »Sonst kommt keiner von uns mehr von hier weg.«

Spinne heftete den Blick auf ihn, hielt das Messer still. »Wie meinst du das?«

»Lassen Sie mich ihn suchen!« schrie Tasmin. »Er ist für mich wie ein Sohn.«

In den Schatten der Felsen kauerte Bondri Gesel. »Wie ein Sohn? Was bedeutet das? Laß mich!« Letzteres galt einer Amme, die den Blutfluß aus einer Rißwunde an seiner Schulter zu stillen versuchte. »Laßt von mir ab und sucht diesen Jamieson! Er zählt zu Tasmin Ferrence' Schar, und die Schuld ist noch nicht beglichen.«

»Er könnte dein Sohn sein, und es wäre belanglos«, sagte Spinne, hob die Hand mit dem Messer, um sich die Augen zu wischen. Die Schnitte in Gesicht und Hals verursachten ihm keine Schmerzen, aber ihn störte das Blut, das ihm in die Augen rann, es steigerte seine Gereiztheit. »Er könnte dein Bruder oder deine Mutter sein, und's spielte keine Rolle. Du hast dich als Belästigung erwiesen, Fahrtensänger. Du und diese Forscherin da, ihr seid eine Belästigung gewesen. Ich bin hier, um den Scherereien ein Ende zu machen.«

Er drückte Clarin mit dem Arm, dessen Faust das Messer umfaßte, an sich, preßte ihr mit dem Unterarm die Gurgel ab, ergriff mit der anderen Hand wieder das Gewehr. Er hatte zu viele Gegner vor sich, um sich Spielchen erlauben zu dürfen. Er würde nur eine Person verschonen. Das Mädchen. Clarin. Obwohl ihm eigentlich momentan nicht danach zumute war; aber das mochte sich bald wieder ändern.

Bondri Gesel lauerte in den Schatten der Felsen. »Der Lautsinger will die anderen töten«, brüllte er mit voller Lautstärke seines Kehlsacks. »Dann wäre uns neue Schuld aufgebürdet. Überwältigt den Lautsinger mit der Waffe!«

Etwas packte Spinnes Messerhand und riß sie von Clarins Gesicht fort. Clarin warf sich beiseite, und als Spinne ihr nachsprang, stolperte er über etwas, stürzte. Es war ein pelziges Geschöpf, das ihm nicht auswich. Ein anderes Pelzwesen hing am Lauf des Gewehrs, so daß er es nicht heben konnte. Etwas umschlang seine Beine und bohrte nadelspitze Zähne in die Schenkel. Schmerz fühlte er nicht, doch das Wesen klammerte sich an seine Waden, behinderte seine Bewegungen. Noch eine Kreatur faßte das Gewehr, zwei weitere Wesen flitzten ihm zu Hilfe, und gemeinsam entwanden sie Geroan die Waffe. Die Wesen, die sich an seine Beine klammerten, ließen nicht zu, daß er sich aufraffte, hielten ihn nieder. Dann hockten Dutzende sich auf ihn. Eines starrte ihm tief in die Augen, strich ihm mit langen, fedrigen Fühlern, die ihm aus dem Kopf ragten, über die Stirn. Er leistete Widerstand, aber es waren zu viele von ihnen.

»Dieser Lautsinger hat einen Mangel«, sagte die Oberamme. »Bondri Gesel, er hat einen Mangel. Er kennt keinerlei Schmerzempfindung. Vielleicht ist das die Ursache, weshalb er sich so verhält.«

Mißbilligend betrachtete Bondri den Lautsinger. Die Prim-Ballade forderte, Gutes mit Gutem, und wenn möglich, um anderen ein Beispiel zu geben, sogar Schlechtes mit Gutem zu vergelten. Doch die Ballade bestimmte auch, daß jemand, der ohne Anlaß tötete, getötet werden mußte, damit die übrigen in Frieden leben konnten. Zudem mußte der Sachverhalt des Tabus berücksichtigt werden. Es gab keinen einsichtigen Grund, weshalb man für diesen Mann gegen das Tabu verstoßen sollte. Bondri blickte in Spinne Geroans ausdruckslose Augen und versuchte, die Maßstäbe der Ballade auf ihn anzuwenden.

»Kannst du ihn heilen?« sang er. »Kannst du ihn heilen, so daß er fühlt?«

»Leicht«, jubilierte die Oberamme.

»Nun gut, dann heile ihn!« wies Bondri sie mit einer Anwandlung der Zufriedenheit an, die zu verstehen er gar nicht erst versuchte. »Und wenn du fertig bist, richte der Singschar aus, sie kann ihn aufessen.«

Als Spinne Geroans erste, mit Staunen vermischte Schreie ertönten, hatten Tasmin und die anderen inzwischen Jamieson gefunden und weit genug vom Rätselstein fortgetragen, um weiteres ›Holterdipolter‹ zu vermeiden. Sobald sie sich so weit entfernt hatten, daß aus der Richtung des Berges nichts mehr zu hören war, sanken sie auf die ebene, nun reglose Erde nieder und rührten sich nicht mehr, sahen in dumpfer Verwunderung zu, wie eine Amme ihren Beutel über Clarins verletztes Gesicht stülpte und sich daranmachte, die Verletzungen zu heilen.

Nahebei lag Jamieson, umringt durch einen Kreis von Ammen. Er war, wie Bondri es ausdrückte, ›etwas zerbrochen‹, doch die Ammen waren der Meinung, auch ihn heilen zu können.

Auf Vivians Bitte hin hatte eine der Ammen Tasmin gezeigt, was sie in ihrem Beutel trug. »Es ist noch nicht fertig«, hatte die Amme wie zur Entschuldigung gesagt. »Aber es gedeiht recht gut. Die weibliche Lautsingerin sagt, es ist dein Junges? Was ich gefunden hatte, war sehr klein, aber ganz rosa und lebendig.«

»Ich kann es nicht glauben«, wiederholte Tasmin ständig. »Ich kann es nicht glauben.«

Bondri begriff schlichtweg nicht, wieso Tasmin es nicht glauben konnte. Er hatte es gesehen. Genau wie jeder andere. Und sie hatten es ihm schon zwei- oder dreimal gesungen. Bondris Ungeduld wuchs. Bisher hatte er zur Frage des gefangengehaltenen Lieds geschwiegen, jedoch von Zeit zu Zeit Vivian angestupst. Endlich räusperte sie sich.

»Tasmin, Bondri bittet euch, das gefangene Lied freizulassen.«

»Es ist der einzige Beweis, über den ich verfüge«, wandte Donatella ein.

»Niemand wird uns auf bloß dieser Grundlage Glauben schenken«, sagte Clarin. »Wir haben praktisch gar nichts, Dona. Der Rätselstein hat 'n Schlag getan. Gesprochen hat er nicht zu Ihnen.«

»Aber damals hat er's«, rief Dona.

Bondri blähte seinen Kehlsack. Diese Lautsinger waren zu geordnetem Singen einfach unfähig. Sie klärten Angelegenheiten nicht richtig auf, stimmten sie auf keine sinnvolle Weise aufeinander ab; ihre Unterhaltungen sprangen ununterbrochen von einer zur anderen Sache. »Bitte alles nacheinander«, dröhnte seine Stimme. »Erst wollen wir das gefangene Lied befreit haben. Danach werden wir uns den übrigen wichtigen Fragen widmen.«

»Die Aufzeichnung der Viggymusik ist für uns nutzlos«, stellte Tasmin fest. »Komm, Dona. Sie haben uns das Leben gerettet.«

»Na gut«, antwortete sie. »Mir soll's egal sein. Wahrscheinlich habe ich mich sowieso getäuscht.«

Tasmin klappte den Synthesizer auseinander. »Wollt ihr das Lied gelöscht haben?«

»Gelöscht? Wir möchten, daß ihr es freilaßt.«

Vivian streckte über Tasmins Hände hinweg einen Arm nach den Bedienungselementen aus, drückte Tasten. »Laß es laufen, Tasmin. Anschließend verbrennen wir den Kubus. So verfahren die Viggys mit ihren Toten. Dann werden der Kubus tot und das Lied frei sein.«

»So ist es recht.« Bondri bekundete seine Zustimmung. »Und wir werden das Lied singen.«

Während es aus dem Synthesizer erscholl, sangen die Viggys mit. »An-dar-au-um.« Ein Beschwichtigungslied. Nachdem es verklungen war, schob Tasmin des Kubus ins Lagerfeuer, in dem er mit Funkensprühen zerplatzte.

»So.« Bondri seufzte.

»Warum hat der Rätselstein zugeschlagen?« Tasmin richtete die Frage an Bondri, indem er sie sang.

»Weil er der Wahnwitzige ist, der zwei Seelen hat. Ihr habt ihn vernommen. Aus eurem Kasten.«

»Aus dem Kasten?«

»Aus eurem Gerät. Das mit ihrer Stimme« — Bondri deutete auf Donatella — »in der Lautsingersprache spricht.«

Tasmin griff sich an den Kopf. »Der Translator verwendet deine Stimme, Don?«

»Er verwendet die Stimme desjenigen, der ihn gerade benutzt. Während Lim ihn hatte, verwendete er Lims Stimme.«

»Dann stammte das Gebrüll aus dem Synthesizer gar nicht von dir, oder wie?«

»Es stammte vom Wahnwitzigen«, sang Bondri. »Er war zornig, weil ihr ihn nicht beim Namen gerufen habt. Du, weiblicher Lautsinger« — noch einmal wies Bondri auf Dona — »hattest ihn schon einmal nach seinem Namen gefragt, aber dich an ihn nicht erinnert ...«

»Das verstehe ich nicht«, gestand Dona leise.

Chowdri zeigte sich verärgert. Diese Lautsinger begriffen wirklich überhaupt nichts. »Bondri und ich werden es euch singen«, kündete er im Sprechgesang an. »Hört nun zu! Einmal hast du Rätselstein bereits besucht. Vor Monden. Mit einem gestohlenen Lied hast du Rätselsteins Haut besänftigt. Ist es nicht so? Es ist so. Dann hast du eine Frage gestellt. Du hast ihn nach seinem Namen gefragt.«

Donatella nickte. Tasmin streifte seine Gedankenverlorenheit ab und lauschte. Sogar Clarin setzte sich halb auf, entlockte damit der Amme an ihrer Seite ein Schnauben der Mißbilligung.

»Rätselstein hat dir Antwort gegeben«, sang Chowdri. »Wir haben es vernommen. Er sang ›Boten-wissen-zu-wem-sie-kommen.‹«

»Das war seine Auskunft?« sang Tasmin.

»Es ist der Name, den Rätselstein sich selbst verliehen hat: *Boten-wissen-zu-wem-sie-kommen*. Es mag sein, Rätselstein hält sich für den Botschafter aller Wesenheiten und spricht deshalb solchen Wahnsinn. Daraufhin entgegnete das Weibchen: ›Ich bin keiner der üblichen Boten.‹ Und Rätselstein erwiderte: ›Es gibt keine üblichen Boten.‹ Es ist wahr, es kommen keine ›üblichen Boten‹ zum Rätselstein. Ihn suchen überhaupt keine Boten auf. Daran erinnert zu werden, hat Rätselstein erbittert, und du, weiblicher Lautsinger, hast dich, wie es höchst klug war, sehr schnell entfernt. Ist das kein wahres Lied?«

»Es ist ein wahres Lied«, sang Donatella im Ton der Resignation. »Genau das ist geschehen.«

»Jetzt bist du gekommen und hast wieder Rätselsteins Haut beschwichtigt«, sang Bondri. »Es ist ein sonniger Tag, viel Licht strömt in Rätselsteins Inneres und erwärmt es. Rätselstein ist wach und reizbar. Er hat erwartet, daß du ihn mit seinem Namen ansprichst. Er hatte dir den Namen genannt. Du hast ihn nicht mit seinem Namen angesprochen. Vielmehr hast du, obwohl Rätselstein wach ist, das Beschwichtigungslied für die Haut fortgesetzt. Dadurch hast du ihn zornig gemacht ...«

»Du meinst, das war es, was auch Lim zugestoßen ist? Er hatte das gleiche getan?« Tasmin fiel das Kinn herab. »Es ist nicht passiert, weil er die Partitur unterbrach?«

»Wenn die Wesenheit erwacht, muß man sie beim Namen rufen«, sangen Chowdri und Bondri, durch ihre Singscharen in vollem Chor begleitet. »Das weiß doch jedes Kind.«

Schweigen herrschte, während Tasmin und die anderen Menschen darüber nachdachten. »Dann hätten wir nichts anderes zu tun brauchen«, fragte schließlich Clarin, »als ihn mit dem anzusprechen, was er als seinen Namen genannt hatte? Mit *Boten-wissen-zu-wem-sie-kommen?*«

»Vielleicht«, sang Chowdri als Solo. »Nur verhält es sich so, daß der Wahnwitzige eben wahnsinnig ist.«

»Und das heißt?«

»Er ändert gerne seinen Namen. Manchmal jeden Tag, bisweilen jede Stunde. Dann wieder für länger gar nicht. Und gelegentlich will er seinen Namen nicht verraten.«

»Und darum ist er sauer geworden«, sagte Dona, »und hat zugelangt.«

»Er hat mit den Fingern nach euch geschnippt«, sang Chowdri. »Und wir waren erst kürzlich damit fertiggeworden, die Trümmer vom letzten Mal fortzuräumen.«

»Er hat uns angebrüllt«, konstatierte Tasmin. »Er hat geschrien, wir sollten nach so langem doch dazu imstande sein, es richtig zu machen.«

»Die eine Hälfte hat es gesungen«, schränkte Bondri ein.

»Dann war es die andere Hälfte, die gesagt hat: ›*Das war eine Gemeinheit von dir.*‹«

»So war es. Die andere Hälfte ist weniger übellaunig. Sie hadert mit der einen Hälfte. Aber es war diese eine Hälfte Rätselsteins, die rief: ›*Ich werde wütend, wenn diese Lebewesen nicht wissen, wer ich bin.*‹ Das gleiche hatte Rätselstein Lim Terri zugerufen. Es kommt häufig vor, daß der Wahnwitzige sich wiederholt. Wir glauben, daß der Wahnwitzige irrsinnig ist, weil er Hälften hat, die teils eins und teils gesondert sind.«

»Die Lösung war die ganze Zeit hindurch zugriffbereit vorhanden«, sagte Tasmin. »Ich habe diese Äußerungen vom Synthesizer gehört, sie aber Lim zugeschrieben.«

»Du hättest uns fragen können«, erklärte Bondri widersinnigerweise. »Die anderen Großen sind nicht wahnwitzig. Wenigstens ist die Mehrheit es nicht. Einige von ihnen benehmen sich etwas albern, aber die meisten sind nicht verrückt. Allerdings sind sie gegenwärtig sehr verstimmt, und es muß wegen der Dinge sein, die die Lautsinger tun.«

»Aber ihr habt früher doch nie mit uns gesprochen«, sang Clarin. »Warum nicht?«

»Weil ihr nicht die Wahrheit singt«, lautete Bondris gesungene Antwort, und die Singscharen fielen mit ein, um sie in den Rang einer allgemeinen Bekundung zu erheben. »Zu jenen zu singen, deren Gesang nicht die Wahrheit enthält, ist Tabu.«

»Aber ihr habt das Tabu gebrochen.«

»Aufgrund der Erbschuld, die uns Prim-Priester Favel hinterließ, den dein Bruder vor langer, langer Zeit aus der Gefangenschaft befreite. Eine Ehrenschuld wiegt schwerer als ein Tabu.« Er stand auf, sammelte seine Singschar um sich. »Nun wandern wir weiter, und fortan halten wir uns, so wie es sein muß, wieder an das Tabu. Ich habe Prim-Priester Favels Schuld beglichen. Vivian und ihr Kind sind gerettet. Auch du, Tasmin Ferrence, bist gerettet. Dein künftiges Kind ist gleichfalls gerettet, oder wird es sein, wenn es fertig ist. Gutes habe ich mit Gutem vergolten.«

Donatella entfuhr ein flehentlicher Ausruf, ein Einwand. Betroffen dachte Tasmin daran, was Jubal bevorstand, überlegte sich in äußerster Hast eine Möglichkeit, um den Aufbruch der Viggys abzuwenden.

»Es besteht nach wie vor eine Schuld«, stieß er atemlos hervor. »Eine Schuld Bondri Gesels.«

Bondri richtete sich zu voller Größe auf, entblößte die Hauer. »Welche Schuld?!«

»Als mein Bruder Prim-Priester Favel aus der Gefangenschaft freigelassen hat, entstand dadurch für Favel eine Ehrenschuld. Ist das so, oder nicht?«

»So ist es.«

»Und ist ein Lied nicht genauso wichtig wie ein Prim-Priester?«

Bondri neigte den Kopf zur Seite. Das war keine Fragestellung, die er schon einmal durchdacht gehabt hätte. Eine Amme trillerte eine Bemerkung, ein Weibchen fiel in den Kehrreim ein, dann zwei Männchen im Gegengesang. Einige Zeit lang sang man die Sache gründlich durch. Zuletzt gab Bondri Antwort. »Ein Lied ist fast so wichtig wie ein Prim-Priester.«

»Habe ich nicht ein Lied aus der Gefangenschaft freigelassen, Bondri Gesel? Stehst du also nicht in meiner Schuld?«

Diesmal beanspruchte der Beratungsgesang nahezu eine Stunde. Tasmin schlenderte zu der Stelle, wo Jamieson lag, strich mit den Händen über Körper und Gesicht des Jungen. »Wird er überleben?« erkundigte er sich im Flüsterton bei den stark beschäftigten Ammen.

»O ja«, trällerte eine davon ihm eine Entgegnung zu. »Er wird überleben. Ich glaube, wir haben ihn bereits größtenteils geheilt. Vielleicht kann er morgen wieder laufen.« Sie hockte mit umgestülptem Beutel da, und Tasmin nahm den Blick von dem Gewimmel dünner Ringel, die sich in Jamiesons Leib gebohrt hatten und tief darin irgend etwas verrichteten, eine unglaubliche Art der Heilung bewirkten.

Er ging zu Clarin und setzte sich zu ihr. Die Einschnitte in ihrem Gesicht waren vernarbt. Sie hatte sich im Liegen unter einer Decke zusammengekrümmt, es schauderte sie ab und zu. Tasmin schob seine Hand unter die Decke, berührte ihren Hals. Sie schrak vor ihm zurück.

»Scht«, machte er. »Es ist alles gut, Clarin. Alles ist gut.«

Sie fing an zu weinen. Tasmin nahm sie in die Arme.

»Scht ...« Bei den Lauten ihres Weinens krampfte sich ihm das Herz zusammen.

»Mir hat noch nie jemand wehgetan. Nicht absichtlich.«

»Eigentlich war er nichts anderes als eine Maschine, Clarin. Du mußt dir vorstellen, daß er eine Maschine gewesen ist. Nicht jemand, der es verdient gehabt hätte, daß man ihn haßt. Er ist tot.«

»Sie haben ihn aufgefressen ...!« Sie wandte den Kopf ab, würgte.

»Jubal ist ein fleischarmer Planet, Clarin. Wie Vivian erzählt hat, essen die Viggys wenig Fleisch. Wenn sie sich an der Küste aufhalten, ihre Artgenossen, die sich als Fischer betätigen, einen Fang landeinwärts befördern, essen sie frischen Fisch, und sie haben stets Dörrfisch dabei. Aas oder Aasfresser zählen nicht zu ihrem

Speisenplan, dadurch fallen zahlreiche Tierarten als Nahrung aus.«

»Es ist nur ... Man muß sich erst daran gewöhnen. Was fangen wir nun an?«

»Ich sag's dir, sobald die Viggys zu singen aufgehört haben.«

Nachdem sie das Singen beendet hatten, gaben sie bekannt, daß sie durch die Freilassung des Lieds tatsächlich in neuer Schuld standen. Keiner der beiden Singscharführer erweckte den Eindruck, als wäre er darüber besonders erfreut. Tasmin fragte sich, wie stark schlichte Neugier der Viggys in bezug auf die Lautsinger diese Entscheidung beeinflußt haben mochte. Vielleicht hatten die Singscharmitglieder sich dem Tabu noch nicht wieder unterwerfen wollen.

Doch diese Gedanken verschwieg er. Statt dessen zog er Clarin an seine Seite und hielt sie in den Armen, bis ihr Schlottern nachließ. »Großer Sänger und Singscharführer Bondri Gesel«, rief er dann, »ich bitte dich um eine Gefälligkeit. Ich bitte dich, uns zuzuhören, während wir die Wahrheit zu singen versuchen. Ich und diese Person neben mir.« Er wies auf Clarin. »Jamieson singt mehr Wahrheit als ich, aber im Augenblick kann er nicht singen. Werdet ihr zuhören, wenn wir es versuchen?«

Verdrossen beriet Bondri mit seiner Singschar. Die Singschar zeigte sich erheblich umgänglicher als er.

»Was werden wir denn singen?« flüsterte Clarin, deren Wangen wieder eine leichte Farbtönung annahmen.

»Wir werden von der Verwüstung Jubals singen«, antwortete Tasmin. »Wenn wir uns hier keine Unterstützung sichern können, wird alles, was wir befürchten, bald Wirklichkeit werden.«

In späteren Jahren trugen die Viggy-Singscharen, die zwischen den Kristallsäulen der Zermalmer und den Felstürmen des Ostens umherwanderten, bei festlichen

Anlässen immer wieder das Erste Wahrheitssingen der Lautsinger vor. Nicht daß es eine sonderlich vollendete Darbietung verkörperte, doch es schwang darin eine leidenschaftliche Wahrheitsliebe mit, die die Viggys sehr bewunderten. Natürlich, es waren nur zwei Lautsinger gewesen, die sangen, während ein dritter ihnen einen gewissen musikalischen Hintergrund bot, darum hätte die letztendliche Wahrhaftigkeit ihres Lieds in Zweifel stehen können, wäre sie nicht durch nachfolgende Geschehnisse bestätigt worden. Trotzdem entsannen sie sich und gedachten die Viggys jenes Abends.

Tasmin stand auf und sang die Geschichte der PEK, der Erschließung vieler Planeten durch die Menschheit. Er sang von der Prim-Ballade der Menschen und der Mißachtung, die viele von ihnen ihr entgegenbrachten. Neben ihm sang Clarin — die Viggys unterstellten, sie sei sein Weibchen, weil sie beide einander so ebenbürtig und zusammen mit derartigem Wohlklang zu singen verstanden — von Habgier und Stolz, von Dingen, die die Viggys in gewissem Umfang nachzuvollziehen vermochten. Sie sang vom Lügen, das den Viggys fremd blieb, doch an dessen Existenz zu glauben sie die Bereitschaft hatten. Anschließend sangen Tasmin und Clarin zusammen von dem, was sie erfahren hatten, den über die Präsenzen verbreiteten Unwahrheiten, der gewaltigen Zerstörung, die ihnen mit Sicherheit drohte.

An diesem Punkt stimmten die Viggys mit in den Gesang ein, der sich zu einem Frage- und Antwortspiel entfaltete, einem Wechselgesang, der immerzu um die Wahrheit kreiste und sich ihr währenddessen immer mehr annäherte, dadurch seinen Wahrheitsgehalt zusehends erhöhte. »Wenn dies und das so ist«, sangen die Viggys, »was folgt dann daraus?«, und Tasmin antwortete ihnen. »Und wenn das und jenes sich so verhält«, sangen die Viggys, »was ergibt sich dann?«, und Clarin erklärte es.

Sie sangen von den Guten, von Jamieson, der noch verwundet in der Obhut der Ammen lag, die sich seiner angenommen hatten, von Thyle Vowe, dem Großmeister der Fahrtensänger, der die Wahrheit liebte — sehr zu Tasmins Staunen war es Clarin, die das sang —, von Fahrten- und Forschungssängern, all den Menschen, die die Tiefkrume bestellten und Jubal liebten, den Menschen, die nicht bleiben durften, auf alle Fälle fort mußten, aber die um keinen Preis wollten, daß man Jubal verwüstete.

Als letztes sangen sie die Namen der Schurken, Spinne Geroans, den man von seiner Anomalie geheilt und dann verzehrt hatte, der Kristalliten, die Lügner waren, den Soldaten, die den Weg in den Osten versperrten. Und endlich Hardward Justins, des Planetarmanagers, der die Absicht hatte, die Präsenzen zu vernichten, und zwar, unternahm man dagegen nichts, schon in Kürze.

Damit beendete man den Gesang.

Ein langes Schweigen schloß sich an, das niemand zu brechen wagte. Kein Singscharmitglied traute sich nur einen Ton zu singen. Zu guter Letzt war es die Oberamme, die Amme, die Prim-Priester Favels Hirnvogel im Beutel trug, die in hohem, klarem Sopran, dessen Klang sich über die Köpfe erhob wie ein Schwarmvogel, den maßgeblichen Aufruf sang.

»Komm, Singscharführer. Wir müssen zum Allerhöchsten Dunklen/Meister der Vogelschwärme/Herr des Rauchs wandern, den die Menschen Schwarzer Turm nennen, und ihn fragen, was wir tun sollen.«

17

Sie erreichten den Schwarzen Turm am folgenden Tag. Jamieson war zum Reiten unfähig. Tasmin hatte den Jungen die ganze Zeit hindurch vor sich im Sattel gehalten, ihn wie einen Säugling in den Armen gehabt, während er tief und fest schlief.

Bondris und Chowdris Singscharen hatten ihre eigenen Pfade genommen, auf denen sie schneller ans Ziel gelangten als die Menschen auf ihrem Weg. Als Donatella und Clarin eintrafen — Tasmin, Jamieson sowie den Reservemaultieren ein Stück weit voraus —, befanden die Singscharen sich schon mitten im Gesang.

Die Menschen schlugen ein Lager auf. Sie hatten seit längerem nichts gegessen, und Essen war, obwohl es sie gegenwärtig wenig interessierte, eine Notwendigkeit. Der Duft erwärmter Rationen weckte sogar Jamieson.

»Ich dachte, ich wäre tot«, sagte er verwundert. »Mir ist alles auf den Kopf gefallen.«

»Wahrscheinlich wärst du's auch gewesen«, meinte Tasmin halblaut, hob den Kopf des Jungen an, um ihm einen Becher an die Lippen zu setzen, »hätten dir die Ammen nicht geholfen.«

»Die was?«

Tasmin gab ihm eine lange Erklärung, mit der er noch nicht ganz fertig war, als Bondri Gesel an ihren Lagerplatz kam, mit dem Kopf wackelte.

»Wir haben zum Schwarzen Turm gesungen«, sang er mit aus Müdigkeit eintönigem Klang. »Er mochte nicht zuhören. Er ist äußerst verärgert und gereizt. Es ist schlimmer als bei der Wesenheit, die ihr Wächter nennt. Weder ist es die Haut, die spricht, noch sind es die tieferen Teile. Uns antwortet ein Mittelteil, das uns neu ist, ein Teil voller Fragen und Zorn. Etwas ist geschehen, das es außerordentlich erzürnt hat, Tasmin Ferrence. Wesenheiten sind behelligt worden.«

»Behelligt?« wiederholte Tasmin, sich im unklaren, was der Viggy damit zum Ausdruck bringen wollte.

»Im Norden. Lautsinger sind gekommen und haben die Finger vieler Wesenheiten zerschmettert, sind mit wirrem Getöse durch die Luft geflogen. Es hat lange gedauert, bis die Präsenzen aufzuwachen anfingen, aber jetzt erwachen sie. Sie erwachen auf der ganzen Welt.«

»Die Leute, die uns verfolgt haben!« stieß Dona hervor. »Ich war gleich erstaunt, weil sie uns so rasch auf die Pelle gerückt sind. Sie waren eingeflogen worden.«

»Wir haben dem Allhöchsten Dunklen alles gesungen und mitgeteilt, was wir wissen«, sagte Bondri. »Dann haben wir alles gesungen, was du uns gesungen hast. Nun will er zu dir singen.«

»Mir?« fragte Tasmin.

»Dir. Und der Forschungssängerin, dem jungen Weibchen und ihm hier. Zu euch allen.«

Mühsam stemmte Jamieson sich in eine Sitzhaltung hoch. »Ich bin mir nicht sicher, ob ich zum Singen die Kraft habe.« In völliger Selbstvergessenheit betrachtete er den Viggy eine Zeitlang, ehe er sich schließlich an Tasmin wandte. »Was sagten Sie, Meister Ferrence, wer das ist?«

Tasmin machte die beiden miteinander bekannt. »Bondri, das ist mein Akoluth und Freund Jamieson. Das ist Bondri Gesel, der Anführer der Viggys.«

Der junge Mann und der Viggy neigten im selben Augenblick den Kopf im genau gleichen Winkel. Anscheinend gab es trotz der unterschiedlichen Spezies bei gewissen zeremoniellen Gesten keine Verschiedenheiten. Tasmin unterdrückte ein Schnauben freudloser Belustigung.

»Bringt ihn dennoch mit«, riet Bondri. »Der Schwarze Turm wünscht ihn zu sehen.«

»Sehen?« Jamieson wirkte, als schwänden ihm vollends die Kräfte. »Die Präsenzen können *sehen?*«

»Nicht mit Augen«, räumte Bondri ein. »Aber wenn sie es wollen, können sie sehen, ja.«

»Und du hast alles erzählt, was vorgeht, das mit der BDF und allem anderen?«

»Wir sind nicht sicher, ob Allerhöchster Dunkler/Herr des Rauchs/Meister der Vogelschwärme es verstanden hat, denn wir verstehen es nicht. Darum will er mit euch sprechen.« Damit wandte Bondri sich ab, stampfte leicht mit dem Fuß auf, ehe er sich entfernte, hielt den Kopf hocherhoben und hatte den Kehlsack halb gebläht.

»Er ist verstimmt«, sagte Jamieson in versonnenem Staunen.

»Ja, ist er«, pflichtete Tasmin bei und stand auf. In unregelmäßigem Haufen strebten er und die anderen, den Synthesizer mit dem Translator einsatzbereit, zum Schwarzen Turm.

»Wie kommt es«, fragte der Schwarze Turm, nachdem eine umständlich-zähe gegenseitige Vorstellung stattgefunden hatte, »daß ihr die Tatsache unserer Intelligenz nie verkündet (bekanntgegeben, gesungen) habt, obwohl ihr, wie ihr behauptet, davon wußtet (einen Begriff hattet)?«

Bondri übersetzte die Frage in die Lautsingersprache. Man verglich seine Übersetzung mit der Übertragung des Translators. Die Fassungen des Viggys und des Apparats stimmten im wesentlichen überein. Leicht ungeduldig wartete Bondri auf die Antwort der Menschen.

Tasmin sah ratlos Clarin an. Sie standen so dicht vor dem ungeheuren Monolithen versammelt, daß es schien, als beugte er sich über sie herab. Die Töne, die aus ihm hervordrangen, kamen von da, dort und überall. Sie vermittelten keinen Eindruck eines erkennbaren Einzelursprungs. Es war nicht, als schaute man einem Menschen — oder einem Viggy — ins Gesicht. Auf die Frage eine einfache Antwort zu erteilen, war ausgeschlossen. Doch es blieb keine Zeit für Zweideutigkeiten, für höfliche, diplomatische Ausflüchte. Dieser Wortwechsel war das erste Gespräch zwischen zwei vollkommen verschiedenartigen Typen intelligenter Kreaturen. Die Menschen verfügten nicht über die Sprache der Viggys, die ausschließlich die Wahrheit sagen konnten, aber Tasmin verspürte verzweifelt das Bedürfnis, wenigstens zu versuchen, sich an die Wahrheit zu halten.

Clarin blickte ihm fest in die Augen und nickte. »Sagen Sie's ihm«, forderte sie Tasmin auf. »Sagen Sie ihm die Wahrheit. Finden Sie irgendwie die richtigen Worte und sagen Sie ihm die Wahrheit.«

»Was soll ich singen?« flüsterte Bondri. »Es ist eine sehr wichtige Frage, die der Gott gestellt hat.«

»Ich möchte nicht, daß du die Antwort singst«, rief Tasmin. »Ich will sie ihm selbst geben. Wir wollen sie ihm geben, ich, Clarin und Jamieson. Ich will ihm genau das mitteilen, was wir zu sagen haben.«

»Kennen die Lautsinger dafür die Worte?«

»Nein, Bondri. Du weißt, daß wir dafür keine Worte kennen. Wir brauchen einige Zeit, um uns die Worte erst zu überlegen.«

»Dann werde ich Allerhöchstem Dunklen ausrichten, daß die Lautsinger eine Antwort vorbereiten.«

Die Singschar trug eine kurze musikalische Phrase vor, die sie dreimal wiederholte, und der Schwarze Turm röhrte einen Schwall von Tönen.

»Er versteht die Schwierigkeit, vor die seine Frage euch stellt«, sagte Bondri. »Der Große hat beim Festlegen des Wortlauts bemerkenswert vielerlei Möglichkeiten ersehen, sie in Worte zu fassen, und kann daraus die Einsicht ableiten, daß es ebenso viele Möglichkeiten für den Wortlaut einer Antwort gibt. Er gewährt euch zu deren Ausarbeitung eine Frist.«

Kopfschüttelnd sich damit abzufinden versuchend, daß sie die Wirklichkeit erlebten, statt in einem Traum befangen zu sein, versammelten die Menschen sich um

Donatellas Synthesizer. Tasmin hockte sich an die Tastatur, speicherte eilig für die Tonarten, die der Translator benannte, die Noten. Neben ihm kauerte Clarin. Jamieson rappelte sich hoch, aber taumelte; Vivian lief zu ihm, um ihn zu stützen.

»Legen Sie sich hin, junger Mann. Sie sind nicht in der Verfassung zum Rumrennen.«

Jamieson grinste. »Glauben Sie etwa, ich werde den Alten das Ganze allein singen lassen, Vivian?« Er schwankte ein wenig. »Wenn ich mich 'n bißchen bewege, wird mir besser.«

Er schleppte sich zu Tasmin und lugte ihm über die Schulter. Tasmin blickte auf, schüttelte zum Zeichen der Mißbilligung den Kopf, senkte den Blick wieder auf den Apparat. Nach einer Weile rückte Jamieson näher hinzu, um behilflich sein zu können.

Gelegentlich piepste und knackte der Translator, hatte keine Vokabel zu bieten. Dann wandte Tasmin sich an Bondri. »Wie würdet ihr folgendes sagen ...?« fragte er; oder: »Kann man das so ausdrücken ...?« Bondri schlug eine Formulierung oder Berichtigung vor, und Tasmin setzte die Arbeit fort.

In welcher Vorstellungswelt lebte der Schwarze Turm? Sicherlich in keiner biologisch-organischen Begrifflichkeit. Mit ihm konnte man über Herz, Blut und Schmerzen nicht reden. Kannten sie etwas, das sich mit Schmerz vergleichen ließe? Hatten sie ein Ehrgefühl? Durchschauten sie die Idee der Wahrheit? Ehrennamen hatten sie reichlich, also hatten sie einen Begriff von Glorie und Macht, doch was bedeuteten sie für sie? Was Schönheit war, wußten sie, das stand fest. In Musik und Texten der Viggylieder gab es keine Phrase und keinen Satz, die oder der nicht schön gewesen wäre, und das konnte kein Zufall sein. Ebensowenig umfaßte irgendeine erfolgreiche Losung eine Phrase oder einen Satz, der oder die durch Unschönheit aufgefallen wäre, und auch das besagte in dieser Hinsicht etwas. Doch vielleicht bewiesen diese Beobachtungen lediglich, daß Menschen und Viggys eine ähnliche Ästhetik entwikkelt hatten.

Es lag nahe, daß die Präsenz sich der eigenen Kristallinität nicht bewußt war; ihr Geist steckte in dem Riesenkristall, wie der menschliche Geist in Zellen existierte. War sich der menschliche Verstand seiner zellulären Natur bewußt, seiner Neuronen und Rezeptoren? Sie erkannte er nur, wenn er sich von außen besah. Und aus was anderem bestand der Geist der Präsenzen denn als ausgedehnten Anordnungen kristalliner Verwerfungen, Moleküllücken, selbstreproduktiver Konturen, aus Flächendefekten, die längs unendlich minimaler Fehlerstrukturen Energie erzeugten, aus molekularen statt biologischen Neuronen, Atomen aus Chrom statt Dopamin, aus Leerstellen im unendlichen Raster, die als Rezeptorzellen dienten?

Und trotzdem waren sie sich ihrer selbst bewußt. Sie konnten innen und außen unterscheiden. Sie sprachen aus ihrem inneren Universum zu einem Universum außerhalb ihrer selbst.

Für den Anfang mußte das angebahnte Gespräch genügen.

Langsam entstanden unter Tasmins Händen die Noten der Musik. Noch langsamer kam der Text zustande.

»Das kann ich nicht singen.« Jamieson seufzte, deutete auf eine Aufwärtskurve der Vokalisation. Er konnte ohne Hilfe stehen und sich mit nur geringen Beschwerden bewegen. Oder zumindest redete er sich das ein, leugnete ab, wieviel seines momentanen Leistungsvermögens vom Adrenalin abhing. Aber singen konnte er es nicht …

»Ich kann's«, sagte Clarin. Ihre Stimme klang sachlich, blieb ohne Ausdruck, und trotzdem spiegelten ihre Augen hochgradige innere Gesammeltheit wider.

»Ja, es ist besser, Clarin singt diese Stelle«, sagte Tasmin gedämpft, während sein Notenstift die Notenlinien entlanghuschte, Noten hinterließ. »Du übernimmst die andere Stelle. Diese hier singst du, Clarin. Und diese hier auch. Die Hauptmelodie übernehme ich selbst. Ihr seid für die Verzierungen zuständig.«

Jamieson gab ein Brummen von sich, speiste dem eigenen Synthesizer Noten ein, summte gewisse Abschnitte unterschwellig vor sich hin, um sie sich einzuprägen.

Tasmin runzelte die Stirn, löschte, schrieb neue Noten. »Diese Kadenz hier singst du langsam, du darfst nicht zu schnell werden. Diese Silbe mußt du dehnen, das ist die Voraussetzung. Du mußt den Ton halten, nicht zu früh abbrechen. Fang das Vibrato leise an, steigere es, laß es tremolieren ...«

»Moment mal«, murmelte Clarin, griff sich den Stift und tippte auf das Display. »Machen Sie's hier und hier so.« Flimmrige Noten und Wörter erloschen, neue glommen auf. Tasmin überlegte. Ja, so war es besser. War es gut genug? Das konnte erst der praktische Versuch zeigen.

»Diese Passage ist mir unklar«, sagte Tasmin. »Müßte sie nicht in Moll abfallen, etwa so: Ta-daruu? Sie reicht bis auf die nächste Silbe.«

»Nein, es geht. Du hältst die Melodie, Clarin fällt hier ein, ich da.«

»Was betreiben sie?« erkundigte Bondri sich im Flüsterton bei Donatella.

»Ich bin mir nicht sicher«, antwortete die Forschungssängerin. »So was habe ich auch noch nie gesehen.«

»Wie können sie ein Lied machen, ohne es zu singen?«

»Das gehört eben zu den Dingen, die sie tun«, entgegnete Dona.

Eine Stunde und anschließend fast noch eine Stunde verstrichen. Wörter und musikalische Phrasen wurden durch andere abgewandelt, die man davor- oder dahintersetzte, oder durch minimale Veränderungen der Betonung oder Tonart. Ganz leise sang das Trio Bondri Abschnitt um Abschnitt vor, und er nickte, staunte über die Fremdartigkeit des Ganzen. Wie mochte der Große zu dieser Andersartigkeit stehen? Für die Wesenheiten waren alle Viggys ähnlich und gleich. Es hatte den Anschein, als hätten die Großen keinen Begriff von persönlicher Einzigartigkeit. Was hielten sie davon? Was würden sie tun?

Bondri wandte sich um Trost an die Oberamme.

»Was sein wird, wird sein«, sang sie, nannte damit das Fünfte Gebot der Prim-Ballade. »Bewahre Ruhe, Bondri Gesel der Großohrige.«

»Das ist leicht gesungen«, brummelte Bondri im Singsang, wiederholte eine Äußerung Jamiesons. Die menschliche Sprache ermöglichte einige interessante Besonderheiten. Zum Beispiel Sarkasmus. Und Ironie. Beides behagte Bondri sehr.

»Na also«, rief Tasmin zu guter Letzt. »Aufgepaßt, Leute! Wir lesen so gut wie alles direkt ab, also bitte ich um äußerste Konzentration. Es muß beim erstenmal richtig klappen, weil's sein kann, daß wir keine zweite Chance kriegen. Donatella, sei so gut und hilf uns bei den Instrumentaleffekten ... Hier in diesem Part ...«

»Du erwartest«, fuhr sie ungläubig auf, »daß ich das ablese?!«

»Sie schaffen das«, versicherte Clarin mit verpreßten Lippen.

»Wir verwenden alle vier Synthesizer«, sagte Jamieson. »Tasmin ist der Hauptsänger.«

»Sprich mir noch einmal dieses Wort vor«, bat Tasmin den Singscharführer. »Duh-wah-luh-im.« Er fügte per Tastatur ein weiteres Akzentzeichen hinzu. »Hast du den anderen Synthesizern alles überspielt, Jamieson?«

»Alles bis auf die letzte Änderung ... So, fertig.«

Die vier gingen voneinander auf gleichen Abstand,

stellten die Synthesizer auf ihre Teleskopbeine, atmeten tief durch. Tasmin betätigte Tasten, spielte die ersten Klänge, die er in Partitur gesetzt hatte, sie ertönten in tiefem, dunklem Dröhnbaß, unterlegten die Worte, die er sang, die Worte, die er dachte. Es hätte keinen Zweck, einen Unsinn aus willkürlich aneinandergereihten Silben vorzulallen. Generationenlang hatten sie Unfug vorgetragen.

Der Baß schwoll zu einem gewaltigen Akkord reinen Klangs noninstrumentaler Grundstimmung empor, sank zu fast völliger Stille herab, während Tasmin zu singen anfing.

»Hier in diesem schönen Land«, sang er, »haben wir von Lügen gelebt.« Das war eine der Formulierungen, bei denen Bondri ihm geholfen hatte: Lüge wurde darin verstanden als unwirklicher Zustand, als inhaltlich entstelltes Wort.

»Lügen«, sangen Clarin und Jamieson, verzerrten das Wort zu einer Dissonanz, die einen Moment lang hallte und dann in einen erwartungsvollen Oberton überging.

»Mächtige haben uns nur erlaubt, durch dies Land zu ziehen, wenn wir logen.« Ursprünglich hatte Tasmin beabsichtigt, den Terminus *Freiheit* zu gebrauchen. Doch hatte weder Bondri eine Vokabel dafür anzubieten gewußt, noch der Translator. Hatten die Großen überhaupt irgendeinen Begriff von Freiheit? Wie könnten sie sich davon einen machen?

»Sprächen wir die Wahrheit, würden sie uns aus diesem wundervollen Land fortzwingen.« (Das entsprechende Wort bedeutete eigentlich ›zerschmettern‹ oder ›zersprengen.‹) »Unsere Stimmen müßten schweigen, unsere Loblieder verstummen. Folgende Lügen haben sie uns in den Mund gelegt ...«

Über ihre Tastatur gebeugt, erzeugte Donatella hastig ein turbulentes Glockengeläut. Unter Jamiesons Fingern steigerten Posaunenstöße sich zu unglaublichen

Schallkaskaden. Clarins Hände entlockten dem Synthesizer einen erregten Donner von Trommelschlägen.

Drei Stimmen erschollen wie eine Stimme, zergliederten sich — mit deutlicher Tendenz zur Anhebung — zu Textsträngen eines Lieds. »Sie zwangen uns zu sagen, es gäbe keine Wesenheiten (große Wesen, mächtige, unbewegliche Kreaturen). Sie geboten uns zu sagen, die Großen seien nicht mehr als leere Steine.«

Stille. Ein zaghaftes Flöten. »Warum? Warum haben sie das getan?« Jamiesons Stimme sang eine geträllerte Lautfolge des Fragens, Forschens, die Töne kreisten wie Gyrovögel auf Beutesuche, gaukelten durch die Luft, verliehen der Fragestellung so flinken Ausdruck, daß nichts sie aufhalten oder abweisen konnte. »Warum?«

Bondri Gesels Singschar stimmte, so spontan, daß es an einen plötzlichen Platzregen erinnerte, ein ungeprobtes Antiphon an. »Warum? Welches Geschöpf konnte so etwas tun?«

Die Musik kehrte zur unheilvollen Grundmelodie zurück, ein Paukenschlag kündigte das weitere an.

»Die Gesetze der Menschen (der kleinen, beweglichen Kreaturen, die anders als die Großen und auch anders als die Boten der Götter beschaffen sind) sind unmißverständlich«, sang Tasmin. »Wo bereits intelligente Wesen leben (denkende Wesen wie die Großen, die Überlegungen anstellen können), dürfen Menschen sich nicht niederlassen, außer wenn diese anderen Wesen es gestatten.«

Gemeinsam sangen sie eine gedämpfte Passage, die Bondri Gesels Singschar wiederholte. »Wir Sänger achten (ehren und erfüllen) das Gesetz.«

»Aber die Mächtigen achten das Gesetz nicht«, deklamierte Clarin jäh.

Schweigen. Ein Becken klirrte. Wiederholtes Wumsen wie von einem Holzklotz folgte, regelmäßig wie das unaufhörliche Tropfen von Wasser.

»Wir, wir Kreaturen, die singen, wir Kreaturen, die

sprechen, wir achten das Gesetz und haben doch gelogen ...«

Drei Stimmen schwollen zu einem einzigen, großen, harmonischen Akkord an. »Denn unsere Vorstellungen zerstöben, müßten wir die Großen verlassen. Wir haben es aus Furcht, Hoffnung und Liebe getan.«

Ihre Stimmen verklangen. Schmelzende Flötentöne schwanden hin. Ein letzter, verhaltener, trauriger Posaunenstoß scholl, als käme er von einer fernen Zinne, die man aufgab. Den Schluß machte ein gedämpftes, mattes Rumpeln des Schlagzeugs, verhallte. Dann Stille.

Was für ein Muster an Heuchelei, dachte Clarin; ihr war beinahe hysterisch zumute. Was für eine Sinfonie der menschlichen Verlogenheit.

Dem Schwarzen Turm ließ sich nicht das geringste Zittern anmerken.

Die vier blickten zu seiner gewaltigen Höhe empor, die Konzentration, die ihnen das Lied abverlangt hatte, spiegelte sich in ihren Mienen wider, die sich nur nach und nach entspannten, lockerten. Jamieson taumelte, brach zusammen, lächelte Donatella noch zu, als wollte er um Entschuldigung bitten, ehe er die Besinnung verlor. Wieder sammelten sich die Ammen um ihn, zirpten zornig.

Matt fragte sich Tasmin, ob sie wohl die richtigen Worte gewählt hatten. Beispielsweise das Wort für Liebe. Bondri hatte es genannt, beim Aussprechen jedoch einen merkwürdigen Ausdruck in seinem breitflächigen Gesicht gehabt. Tasmin wandte sich Bondri zu, um ihn zu fragen, ob die Präsenzen das Wort überhaupt je schon verwendet hatten.

Da warf ihn das Antwortlied des Schwarzen Turms auf die Knie.

Er verstand kein einziges Wort. Der Translator ziepte und gluckste, Vokabeln huschten durchs Display, andere ersetzten sie, Text sammelte sich an, der Translator überprüfte verschiedenerlei Bedeutungen und verwarf Unpassendes. Fehlende Satzteile fügte er auf Wahrscheinlichkeitsbasis ein, er formulierte Umschreibungen, tauschte sie gegen zutreffendere Termini aus.

»Interessant (anregend für die Intelligenz). Interessanter (sogar als) die Beschäftigungen (Vergnügungen, Tätigkeiten), (mit denen) wir (uns schon) befaßt haben. Es ist nie (bedacht worden), daß kleine, bewegliche Geschöpfe derartige Vorstellungen (haben könnten). Unsere Boten haben uns (über) diese Vorstellungen nicht (informiert, mitgeteilt). Nördliche Entitäten (Bestandteile) sind davon (fasziniert). Südliche Bestandteile (Entitäten?) haben diese Vorstellungen bereits (zu diskutieren angefangen). Auch tiefere Bereiche (Bestandteile? Entitäten?), die (liegen), wo das (große Wasser) ist, beteiligen sich (daran). Wundervoll! Höchst wundervoll! *Unbedingt erforderlich: Erklärt Liebe. Erklärt Hoffnung. Erklärt Furcht.*«

Für den Fall, daß ihnen etwas entging, sang der Schwarze Turm die Antwort in verschiedenen Variationen zwei weitere Male. Der Translator verglich die zweite und dritte mit der ersten Version und erarbeitete eine Endfassung.

Bondri und Clarin hatten sich zusammengehockt und besprachen eine Erläuterung, die Liebe einer Kristallintelligenz begreiflich machen konnte. Zuerst hielt Tasmin, wenn er sich diese Aufgabe vergegenwärtigte, das Duo für ein eher weniger taugliches Paar. Dann aber, als er sich gewisser Dinge entsann, die jeder von beiden in der Vergangenheit getan hatte, gelangte er zu der Einsicht, daß sie vielleicht die geeignetsten Personen waren, um sich damit zu befassen. Bondri erzählte von der Liebe zu Beutelscharen Junger, Liebe zu einer tüchtigen Amme, Liebe zur Singschar.

Clarins Verständigung mit dem Viggy dauerte nicht lange. Unter Einsatz des Translators fing sie von Hoffnung und Furcht zu singen an, und Bondri Gesels Singschar unterstützte sie mit Begleitgesang. »Die Wesen mit kurzem Leben«, trug sie im Sprechgesang vor, in einer gedehnten Melodie, »bedauern sehr im Ende, das Aufgehen im Nichts. Dies Bedauern nennen wir Furcht. Die Wesen mit schwachen Leibern, die zerbrechen können, bedauern sehr dies Zerbrechen. Auch dies Bedauern nennen wir Furcht. Wir fürchten das Ende und das Zerbrechen. Wir fürchten das Ende anderer, die wir als Teil von uns ansehen. Andere sind jene, die nicht mit uns enden oder zerbrechen. Einen anderen als Teil von uns anzusehen, nennen wir Liebe. In unserem Geist erzeugen wir Verhältnisse, unter denen es keine Furcht gibt. Dies Verhalten nennen wir Hoffnung ...«

Donatella hatte sich auf dem Boden ausgestreckt, hörte einfach nur zu, ihr Gesicht zeugte von Entrücktheit und Versonnenheit. »Sie schafft es, alles ganz simpel darzustellen, Tasmin«, bemerkte sie, als sie sah, daß Tasmin sie musterte. »Wahrscheinlich werden die Präsenzen sie verstehen. Ich habe dir ja gesagt, daß sie zu mir gesprochen haben, Tasmin. Ich hab's dir gesagt. Gott, ich wünschte, Link könnte dabei sein ...«

Später versuchten sie, weil sie vor Müdigkeit schier zusammensanken, zu schlafen, doch Bondri Gesel weckte sie immer wieder.

»Der Große möchte, daß ihr noch einmal den Begriff ›Schmerz‹ erklärt, Lautsinger.« — »Der Große bittet, ihm nochmals den Unterschied zwischen Gut und Böse zu verdeutlichen.« — »Bei der Beantwortung einer der vorherigen Fragen habt ihr gewisse Lautsingerworte verwendet, die der Große nicht versteht. Der Große will mehr über ›übliche Geschäftspraktiken‹ wissen.« — »Der Große wüßte gerne, ob ihr so etwas wie *husil* kennt. Ich habe dem Großen mitgeteilt, daß es das gleiche wie euer Zorn ist, aber er wünscht es von *dir* zu hören, Tasmin Ferrence. Er hat deine gesonderte Benennung gesungen. Das bedeutet, der Große weiß jetzt, daß wir, du und ich, jeder ein eigenständiges Lebewesen sind. Diese Vorstellung war ihm bisher fremd. Allen Wesenheiten war sie bislang fremd.«

Durch die Schleier der Benommenheit, in die seine Erschöpfung ihn hüllte, nahm Tasmin die Äußerungen zur Kenntnis. »Mir ist aufgefallen, daß der Translator Probleme beim Unterscheiden von ›Bestandteilen‹ und ›Entitäten‹ hatte. Als wäre die Präsenz sich der Grenze zwischen Gegenständen nicht so recht sicher.«

»Das ist auch uns Viggys aufgefallen, Tasmin Ferrence.«

»Das klingt ja, als wärst du darüber erstaunt, Bondri Gesel.«

»Ich bin ... Ich bin verblüfft. Wie hieß der Ausdruck, den mir Jamieson genannt hat? Es ›verschlägt mir die Sprache.‹« In offensichtlicher Hochstimmung sprang Bondri davon, kehrte jedoch nach einiger Zeit zurück, um noch eine Antwort einzuholen, und bei dieser Gelegenheit mußte er selbst ein, zwei Fragen beantworten.

»Was hatte die Bemerkung über die nördlichen und südlichen Teile zu bedeuten, Bondri?« erkundigte Jamieson sich. »Die Sache ist mir unklar geblieben.«

»Die Wesenheit, die bei euch Schwarzer Turm heißt, berührt tief unter der Erde jene, die ihr Wächter nennt. Fern im Westen stößt sie an jene, der ihr den Namen Kollerkluft gegeben habt. Sie grenzt auch an die Falschen Freunde, Wolkendräu und sämtliche Wesenheiten des Rote-Hauer-Rückens. In der Tiefe unterm Land berühren alle von euch so genannten Präsenzen einander. Oder vielleicht nicht alle. Möglicherweise sind alle Teile eines Ganzen. Einer Gesamtheit, die überall gegenwärtig ist, unter der Erde und noch tiefer unten, sogar unter dem Meer. Wir glauben, daß es so ist. Vielleicht verhält es sich aber so, daß sie nur miteinander reden. Das ist der Grund, glauben wir Viggys, weshalb der Große über die Grenzen zwischen Dingen im unklaren bleibt. Schwarzer Turm ist sich nicht sicher, wo er endet und anderes anfängt. Bei ihm liegt es, anders als bei Rätselstein, nicht an Wahnwitz, sondern an seiner Andersartigkeit ...«

Der Morgen kam.

»Ich hab's ja gesagt«, meinte Donatella — immer noch voller Triumph — zu Jamieson, »daß sie sprechen.«

»Sie haben nicht erwähnt, daß sie ununterbrochen quatschen.« Jamieson war zu schwach zum Aufstehen, und niemand drängte ihn dazu. Aber er war hellwach und verstand unzweifelhaft in vollem Umfang, was vorging. »Was machen wir nun?« fragte er Tasmin. »Haben wir jetzt genug Beweise für den Ausschuß?«

»Wir haben uns noch nicht darüber unterhalten, was Justin beabsichtigt ...«

»Schon getan hat«, meinte Donatella barsch. »Jedenfalls hat er schon angefangen.«

Sich mit der Präsenz über diese Pläne zu verständigen, nahm den ganzen Morgen in Anspruch. Einiges begriff er unverzüglich. Was Verwüstung war, verstand der Schwarze Turm. Was ›Profitmaximierung‹ bedeutete, durchschaute er allerdings nicht gleich, obwohl Tasmin für die Übersetzung beträchtliche Zeit aufgewendet und auch das urthische Wort benutzt hatte. Als der Schwarze Turm endlich aus dem Terminus ›Kostenersparnis‹ klug wurde, hatte er einen Ausbruch von *husil*, der seine Gesprächspartner für über eine Stunde zum Verlassen der Umgebung zwang. Nach Ablauf der Stunde hatte diese Konzeption sich bereits durch die weitläufigen Verbindungen der Präsenzen ausgebreitet; Menschen und Viggys erfuhren, daß die Präsenzen alle gleichermaßen verärgert waren, weil ein solches Konstrukt auf sie angewendet werden sollte. Mehr zu nehmen als zu geben bewerteten sie als unmoralisch, unmathematisch und unlogisch. Wenn man mehr nahm als gab — oder umgekehrt —, entstand keine ausgeglichene Balance der Dinge.

»Natürlich, sie haben vollkommen recht«, sagte Donatella. »Wollen wir mal über geschlossene und offene Systeme diskutieren? Ach, das kann vielleicht warten.«

»Es muß warten«, bekräftigte Tasmin. »Wir stehen jetzt alle kurz davor, daß unsere Stimmen versagen.«

»Was nun?« intonierte Bondri Gesel, der müde, gleichzeitig jedoch unbeugsam wirkte. Die Singschar hatte sich den gesamten Morgen hindurch untereinander erzählt, was geschah, damit man sich beizeiten alles merken konnte, war jedoch noch nicht dazu imstande gewesen, ein endgültiges Lied auszufeilen. Ein paar Textstellen erweckten noch keinen Eindruck völliger Stimmigkeit oder Wahrheit. Die Oberamme hatte sich deswegen in einen Erregungszustand hineingesteigert. Ammen bevorzugten ohnehin stets das Althergebrachte, und zudem trug die Oberamme den Hirnvogel Prim-Priester Favels im Beutel, eine Tatsache, die ihr Bewußtsein fürs Richtigmachen um so mehr schärfte.

»Es ist mir peinlich, Bondri, aber meinst du, wir könnten dem Schwarzen Turm beibringen, ein bißchen urthisch zu sprechen? Die menschliche Sprache? Wir haben einige Begriffe, die sich nur sehr umständlich übersetzen lassen.«

»Den Wesenheiten dürfte es leichtfallen, die Sprache ganz zu lernen«, sang Bondri. »Der Große hat uns schon zur Unterweisung aufgefordert.« Bondris Ton verriet, daß er sich dadurch gekränkt fühlte.

»Eure Sprache ist unserer weit überlegen«, beteuerte Tasmin, um ihn abzuwiegeln. »Wirklich.«

»O ja, das wissen wir. Sie ist genauer. Und bestimmter.«

»Eben.«

»Andererseits umfaßt eure Sprache viele Wörter, die wir nicht kennen. Sie bietet mehr Raum fürs Gespräch.«

»Das ist wahr.«

»Es ist die Einschätzung des Großen. Der Große sagt, es ist eine gute Sprache für Rätsel, weil ihre Worte vielerlei Bedeutung haben können.«

»Die Großen mögen Rätsel, ja?«

»Sie lösen seit vielen Millionen von Jahren Rätsel,

Tasmin Ferrence. Dafür haben sie sich in Gruppen aufgeteilt, in etwas, das ihr Teams nennt. Sie benutzen uns, um Nachrichten über die verschiedenen Züge ihrer Rätselspiele vom einen dem anderen Team auszurichten, sich gegenseitig darüber auszutauschen, was sie tun. Für diesen Zweck sind wir von ihnen geschaffen worden ... Jedenfalls heißt es so in unserer Prim-Ballade. Jetzt verkörpert ihr ein neues Rätsel für sie, Tasmin Ferrence. Du und all die anderen Lautsinger. Wir Viggys glauben, es wird interessant sein, zu beobachten, wie sie euer Rätsel lösen.«

»Ich möchte nur aus einem Grund, daß sie urthisch reden, Bondri Gesel.«

»Wir wissen ihn«, sagte der Singscharführer. »Wenn sie zu euren Mächtigen sprechen, dürfen keine Mißverständnisse entstehen.«

Jetzt war Tasmin verblüfft. »Sie haben vor, sich an unsere ›Mächtigen‹ zu wenden?«

»Ja, Tasmin Ferrence. Sobald du ihnen alle Wörter eurer Sprache mitgeteilt und ihnen gesagt hast, wo die Mächtigen zu finden sind.«

»Alle Wörter?«

»Stecken sie nicht irgendwo in dem Gerät? Das Weibchen Clarin hat erwähnt, sie wären im Gerät.«

»Ach, das Wörterverzeichnis! Im Translator, ja.«

»Kann man es den Großen vorspielen?«

»Ich glaube schon.« Diese Idee hatten die Präsenzen gehabt? Nun, auf jeden Fall würde es die Stimmen der Menschen schonen. »Allerdings war ich bisher der Ansicht, Aufzeichnungen wären für sie unannehmbar.«

»Sie reizen die Häute, ja, Tasmin Ferrence. Aber wenn sie wach sind, können sie sie ertragen.«

Tasmin wechselte mit Clarin einen Blick des Staunens. »Frage den Schwarzen Turm, Bondri«, bat Clarin, »ob die Präsenzen bereit sind, bevor sie sich an die Mächtigen wenden, zu den Menschen, die aus den Fahrtensänger-Zitadellen kommen, zu sprechen?«

»Sie werden es tun, Clarin, obwohl sie sagen, daß eure Sprache häßlich ist. Sie enthält einige sehr scheußliche Töne.«

»Würden sie eine Entschuldigung verstehen?«

»Sie wissen bereits Bescheid. Sie sagen, ihr seid eine junge Rasse, die noch keine Zeit gehabt hat, um sich zu verfeinern. Ihr seid noch reichlich ungehobelt.« Bondri schnitt, ehe er weitersprach, eine Miene, die wohl ein Lächeln sein sollte, die jedoch — wie Tasmin es empfand —, weil er dabei an den Mundwinkeln Reißzähne entblößte, leicht bösartig wirkte. »Eure Sprache ist ungehobelt, und offensichtlich gibt es unter euch eine Reihe ungehobelter Personen, die es unschädlich zu machen gilt. Vielleicht muß man sie verspeisen.« Bondri leckte sich die Lippen, hatte daran Vergnügen, daß es Clarin nur fast gelang, ein Schaudern zu unterdrücken. »Ohne Zweifel habt ihr noch andere Ungehobeltheiten. Aber die Wesenheiten finden auch das interessant. Das Interesse, das sich in den Großen gestaut hat, kennt keine Grenzen.«

Jamieson war reiseunfähig. Die Ammen erlaubten ihm das Reiten nicht. Tasmin kniete neben ihm, eine Hand auf der Schulter des Jungen, sah das Heben und Senken seines Brustkorbs, das Flattern seiner Lider, die ein Traum zum Zucken brachte.

Der Druck von Tasmins Hand holte ihn aus dem Schlaf. »Meister Ferrence«, sagte er, war mit einem Schlag wach.

»Reb.«

»Tut mir leid, daß ich Sie so im Stich lasse.«

»Ich hätte dir nicht gestatten sollen, zum Schwarzen Turm zu singen.«

»Wer hätte mich denn dran hindern können?«

»Vor einer Weile ist ein Fahrtensänger aus Tiefkrume Fünf hier vorbeigekommen, Reb. Man hat den Schwarzen Turm lärmen hören und jemanden nachzuschauen beauftragt, was los ist. Ich habe ihn gebeten, ein paar Leute zu schicken, die bei dir und dem Turm bleiben. Bis dahin geben die Ammen auf dich acht ...«

»Gute Reise, Meister Ferrence. Reiten Sie schnell.«

»Werden wir. Schade, daß du zum Schluß, wie es am Ende auch ausgehen wird, nicht dabei sein kannst.«

»Auf die eine oder andere Weise wird das Ende auch hier stattfinden.« Jamieson grinste Tasmin zu, dann atmete er, obwohl es ihm Beschwerden verursachte, tief durch. »Meister Ferrence ...«

»Ja, Reb?«

»Erinnern Sie sich daran, daß ich mal zu Ihnen gesagt habe, Clarin hätte einiges für sich, Sir? Ich habe Ihnen gesagt, daß sie für Sie arbeiten möchte.«

»Na, und sie hat ja ihre Chance erhalten.«

»Mehr als das, Sir. Tasmin ...« Wieder atmete Jamieson gequält durch. »Sie liebt Sie. Ich hab's aus ihr rausgeholt. Ich hätte gern, daß Sie daran denken. Gewissermaßen als Gefälligkeit für mich ...«

Tasmin fiel nichts ein, was er dazu hätte sagen können. Er drückte noch einmal mit der Hand Jamiesons Schulter und ging.

Eine Karawane, die Brou transportierte, strebte von Tiefkrume Fünf nach Westen. Sie erreichte die Wächter. Der Fahrtensänger schob die Kapuze in den Nacken und krempelte die Ärmel hoch. Im Fahrtenwagen beugte der Instrumentalist sich vor und senkte die Finger auf die Synthesizertasten.

Posaunenschall. Ein Trommelwirbel.

»Arndaff du-romawa«, intonierte der Fahrtensänger.

»Bruder, Bruder, Bruder«, antwortete der Südwächter. »Kehre zur Zitadelle um und richte dem Generalmeister aus, daß diese Präsenz sein Bruder ist und mit ihm zu sprechen wünscht.«

Die Fahrzeuge hielten.

Der Fahrtensänger verstummte verdutzt und fassungslos, konnte es nicht glauben.

Kein einziger Steinling zitterte. Der Untergrund blieb reglos.

»Bist du taub?« grollte der Nordwächter. »Tu, was dein Bruder sagt!«

An der Tiefkrumeküste entlang rollte eine Fahrzeugkolonne ostwärts zur Landzunge. Sie gelangte zu den Zermalmern. Die Fahrtensänger bereiteten sich vor; sie waren ein wenig nervös, so wie die Zermalmer seit dem Landzungenmassaker alle Fahrtensänger nervös machten. Der Boden war ruhig, geradezu auffällig ruhig. Anfangs wußten sie nicht, was sie davon halten sollten, sahen sich voller Unbehagen gegenseitig an. Vom Fahrtenwagen erschollen die ersten Klänge der Instrumentalbegleitung, doch sofort übertönte sie eine ganz andere Musik.

»Bruder, Bruder, Bruder«, sangen die Zermalmer in engem musikalischen Satz. »Kehrt zur Zitadelle zurück und sagt dem Generalmeister, er soll seine Waffenkammer überprüfen und sich auf Schwierigkeiten einstellen! Und sagt ihm, er soll darüber Schweigen bewahren, bis er wieder von uns hört!«

Im Rote-Hauer-Rücken saß ein einzelner Fahrtensänger hoch oben zwischen den Säulenreihen, die im verwaschenen orangeroten Abendlicht glommen wie Feuerschein. Die Nacht brach an, und er hatte keine der Personen, an deren Verbleib der Großmeister interessiert war, zu sehen bekommen. Gerüchteweise sollte die eigene Tochter des Großmeisters sich hier irgendwo herumtreiben, doch falls das stimmte, ließ sie sich jedenfalls nicht blicken. Er seufzte, steckte das Fernglas in den Rucksack und trat den Pfad hinab den Rückweg nach unten an.

Sobald er in eine Gefahrenzone geriet, sang er, während seine Finger über die Synthesizertastatur huschten, mit erträglicher Stimme, wenn auch etwas matt, die Losung. Den ganzen Tag über hatte er droben auf dem Paß gehockt, und es war ein sonderbarer Tag gewesen. Gespenstisch. Vollkommen still. Die Präsenzen hatten sich nicht im geringsten gerührt. Er mußte gähnen, verdarb dadurch die erste Zeile, sperrte den Mund weit auf. Sein Mund blieb so. Jemand anderer sang …

»Bruder, Bruder, Bruder«, artikulierte neben ihm die Präsenz leise und wie mit Flötentönen. »Fahrtensänger, geh zum Generalmeister deiner Zitadelle und laß ihn dem Großmeister des Anbetungsordens mitteilen, daß ich, Großer Roter Hauer, mit ihm sprechen möchte.«

Dann fügte er nachträglich hinzu: »Nimmst du das auf, junger Freund? Es könnte sein, daß dein Generalmeister einen Beweis haben will.«

In Punkt Eins war das KOPFI-Gremium zusammengetreten und veranstaltete seine planmäßigen Sitzungen mit beachtlichem Pomp. Unter der Zuhörerschaft befand sich eine Anzahl von VIPs, einige von Jubal, doch stammte die Mehrheit — darunter Vertreter sowohl der Nachrichtenmedien wie auch der einschlägigen Fachpresse sowie sogenannte neutrale Beobachter der PEK — von außerhalb des Planeten. Zu den Repräsentanten Jubals zählten auch der ehrenwerte Gouverneur Wuyllum Thonks, der sich noch nicht abgesetzt hatte, weil ein Absetzen nicht möglich gewesen war, und seine weniger ehrbare, aus demselben Grund anwesende Gattin, die allerdings nicht begriff, weshalb er sich mit Sorgen plagte. Das einzige seit langem, was Schnuckitrud wirklich in Rage gebracht hatte, war Maybelles Verschwinden gewesen. Justin wollte sie für sich, und allmählich wurde er unleidlich. Schnuckitrud leckte sich die Mundwinkel und malte sich aus, was sie mit dem Mädchen, wenn sie es gefunden hatte, anstellen wollte. Irgendwann mußte Maybelle ihren Schlupfwinkel verlassen.

Gleichfalls war Großmeister Thyle Vowe anwesend, wogegen mehrere seiner Freunde und Kollegen fehlten. Gereny und Jem zum Beispiel. Und Rhemes Schatz, die Gouverneurstochter, die Vowe persönlich vom Tender geholt hatte, bevor Schnuckitrud Thonks sie in die Klauen bekommen konnte. Zum Glück hatte Rheme für den Fall, daß es Maybelle nicht gelang, mit dem Raumschiff abzufliegen, eine zusätzliche Fluchtmöglichkeit vorausgeplant. Diese drei und ein paar andere Mitverschworene hatten in dem halbleeren Lagerhaus im Fischerdorf Tallawag eine regelrechte Bastion eingerichtet. Daß es als Versteck einen unwahrscheinlichen Ort abgab, hätten etliche Handlanger Schnuckitruds bezeugen können, die Maybelle suchten, seit Vowe sie ihr unter der Nase weggeschnappt hatte, und bisher vollkommen dazu außerstande geblieben waren, sie aufzuspüren.

Schnuckitrud schmoren zu sehen, hatte Vowe bis jetzt genug Befriedigung bereitet, um die fürchterliche Langweiligkeit der Anhörungen durchstehen zu können. Er war der Ansicht, daß man das Hearing absichtlich so furchtbar langweilig gestaltet, sie uninteressant bis zum Extrem gestaltet hatte. Zeuge um Zeuge, Sachverständiger nach Sachverständiger traten auf, machten Aussagen und nahmen Stellung zu Versuchen, in den Tönen, die die Präsenzen von sich gaben, einen Sinn zu entdecken; einige von ihnen waren Philologen, die ausschließlich ihren Fachjargon verwendeten, der keinen erkennbaren Gehalt zu haben schien. Niemand erwähnte die Viggys. An die Viggys dachte nicht einmal jemand. Darüber wunderte sich Vowe. Er hegte seit jeher, was die Viggys betraf, den einen oder anderen Verdacht.

Harward Justin saß breitärschig wie eine Kröte an der Seite des Veranstaltungssaals, sein verschwommener Blick wanderte von einer zur anderen Wand des Raums, und wenn irgendein Zeuge einen für sein Empfinden besonders aufschlußreichen Punkt klarstellte, verzog er den Mund zu einem Ausdruck der Genugtuung. Trotz der Langeweile war der Saal vollbesetzt, und alle Anwesenden hörten mit gespannter Aufmerksamkeit zu.

Folglich reagierte der Großmeister nicht sofort, als jemand ihn anstieß. Noch zweimal bekam er deshalb einen Ellbogen in die Rippen gerammt, ehe er den Blick auf den Zettel in der Hand eines Unbekannten senkte, der überall hinschaute, aber nicht den Großmeister ansah.

»Notfall. Schnellstens zur Zitadelle des Nordwestens.« Unterschrieben hatte den Text Jasum Polees, der Generalmeister der genannten Zitadelle. Er und Thyle Vowe hatten als Jungen zusammen die Chorschule besucht.

Der Großmeister ließ ein Weilchen verstreichen, dann zwängte er sich durch die Zuhörermenge zum Ausgang. Draußen stand auf der Freitreppe derselbe Unbekannte, schaute über die Stadt aus. »An der Garage steht ein Fahrzeug für Sie bereit, Großmeister«, sagte er, fast ohne den Mund zu bewegen. »Ihr Freund sagt, es ist eilig.«

Erst als Thyle Vowe schon auf halbem Weg zur Garage war, sah er, daß es sich bei dem Mann, der ihn aus dem Saal geholt hatte, um keinen anderen als Rheme Gentry in Verkleidung handelte.

»Deine Tochter ist wohlauf«, sagte der Generalmeister der Zitadelle des Südwestens, als Thyle Vowe bei ihm eintraf. Er schenkte dem Großmeister eine Tasse Tee ein und wartete auf die unvermeidlichen Fragen.

»Wo ist sie, Jasum?«

»Irgendwo im Umkreis des Schwarzen Turms. Das heißt, inzwischen müßte sie den Großteil der Strecke nach hier zurückgelegt haben. Voraussichtlich wird sie bald da sein, weil sie und ihre Begleiter sich nirgends erst den Weg freisingen müssen.«

»Was müssen sie nicht? Zum Teufel, wovon redest du?«

»Du wirst nicht glauben, von wem ich's erfahren habe, Thyle. Die beste Möglichkeit, dir's zu erklären, besteht darin, es dir zu zeigen. Fühlst du dich zu einem kurzen Maultierritt in den Rote-Hauer-Rücken imstande?«

Zehn Tage und einen Teil eines elften Tags lang hatte der Hauptausschuß sich Zeugen und Sachverständige angehört. Anschließlich legte er eine Pause von ein, zwei Tagen ein, ehe er wieder zusammenzutreten beabsichtigte, um über die Ermittlungen zu beraten. Mehrere Ausschußmitglieder nutzen die Gelegenheit, um auf Jubal einiges zu besichtigen, solange es — wie ein Mitglied des Gremiums es ausdrückte — noch etwas zu sehen gab. Gewisse Angehörige der Kommission hatten eine ziemlich genaue Vorstellung vom Werk der Zerstörung, das der Bekanntgabe der Untersuchungsresultate folgen sollte, nicht dagegen ihr Vorsitzender Ymries Fedder, Schnuckitruds Sohn und Stiefsohn. Er lümmelte seit der Ankunft broubeduselt in der Wohnung, und die Ausschußsitzungen leitete sein Stellvertreter, ein Bürokrat von Herons Welt, der gern als Dienstreisen getarnte Vergnügungsreisen auf öffentliche Kosten unternahm.

Harward Justin verschwand ins BDF-Gebäude, um einige Kleinigkeiten zu erledigen. Dort erwartete ihn bereits Wuyllum Thonks.

»Zum Satan, was tun Sie hier, Thonks?«

»Das wüßte ich selbst gern. Was mache ich noch hier? Schnuckitrud und ich sollten schon seit einer Woche oder länger fort sein.«

»Sobald der Hauptausschuß seine Feststellungen bekanntgegeben hat, Gouverneur, dürfen Sie mit dem erstbesten Raumschiff abfliegen. Zusammen mit den Ausschußmitgliedern. Ich mußte Jubal abriegeln, um

Problemen vorzubeugen, die in letzter Minute hätten auftreten können.«

»Und wann fliegt das nächste Schiff?«

»In drei oder vier Tagen. Vielleicht fünf, wenn die Kommission einen guten Eindruck hinterlassen will. Einige der Leute sind momentan auf Besichtigungstour. Kann sein, sie hängen noch ein, zwei Tage dran.«

»Sie rechnen mit keinen Schwierigkeiten?«

»Ich rechne immer mit Schwierigkeiten. Deshalb bereiten sie mir nie Kummer.« Justin lächelte; seine Lippen verschoben sich so über den unregelmäßigen Zähnen, daß es aussah, als ob Schlangen sich über Steine wänden. »Auch Schwierigkeiten sind bloß etwas, für das man vorherplanen muß, Gouverneur.«

Aus keinem ersichtlichen Grund schauderte es dem Gouverneur. »Ich sag's Schnuckitrud.«

»Da wir gerade von Ihrer charmanten Gattin sprechen ...« Justin lächelte nochmals, diesmal ein besonders reptilhaftes Lächeln. »Schnuckitrud hat mir versprochen, mich Ihrer reizenden Tochter vorzustellen, aber anscheinend ist sie verschwunden. Haben Sie sie schon gefunden?«

»Noch nicht.« Wuyllum winkte ab, als könnte er die Frage damit abtun, weigerte sich, über die Bedeutung dessen nachzudenken, was Justin eben geäußert hatte. »Maybelle hatte vor, nach Serendipiti zurückzukehren. Das ist ihre Heimat, müssen Sie wissen. Als ihr Abflug nicht geklappt hat, war sie wohl sehr enttäuscht, wahrscheinlich ist sie zu Freunden gegangen. Zweifellos tanzt sie bald wieder an. Also. Wir erwarten Kabinen, Justin. Auf dem nächsten Raumschiff. Geben Sie uns Bescheid.«

»Erinnern Sie Ihre charmante Gattin an die Bekanntmachung mit Ihrer Tochter, Thonks. Ich möchte sie auf jeden Fall noch kennenlernen, bevor Sie abfliegen. Die Gouverneursresidenz liegt ja gleich nebenan. Rufen Sie mal durch, wenn Sie sie gefunden haben.«

Der Gouverneur ging mit aschfahlem Gesicht. Es scherte ihn nicht sonderlich, was aus Maybelle werden mochte. Aber plötzlich sorgte er sich stark, es könnte sich als unmöglich herausstellen, sie zu finden. Aus irgendeinem unerforschlichen Grund hatte Justin eben Wuyllums Abflug von einer Bedingung abhängig gemacht.

Sobald Justin allein war, rief er Oberst Lang an, den Befehlshaber der auf Jubal stationierten Truppen. Die Männer und ihre Ausrüstung befanden sich in Bereitschaft. Wenn der Ausschuß seine Beschlüsse bekanntgegeben hatte, sollten sie den Weg bis selbst ins letzte Lehmkaff östlich der Küste freisprengen.

»Oberst Lang?«

»Manager Justin.«

»Mir ist eingefallen, Oberst, daß vielleicht Demonstrationen stattfinden, wenn der Hauptausschuß seine Resultate verkündet.«

»Tatsächlich, Sir? Mir kommt alles völlig friedlich vor.«

Justin feixte. Offenbar war der Mann leicht begriffsstutzig. »Na, sie sind ja auch noch nicht öffentlich gemacht worden, oder?«

»Eben deshalb frage ich mich ja, wieso es Unruhen geben sollte, Sir. Wenn wir nicht wissen, wie die Ergebnisse ausfallen, können wir auch nicht ahnen, wie die Reaktionen sein werden, nicht wahr?«

Der Offizier hatte in trockenem Ton gesprochen, auf fast insolente Weise, und Justin ärgerte sich über sich selbst. Hatte der verdammte Kerl Nerven! Aber er hatte schlichtweg recht. Jede verfrühte Maßnahme mochte, besonders wenn sie erfolgte, solange die Kommissionsmitglieder und die Beobachter sich noch auf dem Planeten aufhielten, als das verstanden werden, was sie wäre.

»Die Hauptsache ist, Sie sind auf alles vorbereitet, Oberst.«

»Oh, aber natürlich, Sir. Ich bin jederzeit auf alle Eventualitäten eingestellt.«

Mit einem Tastendruck schaltete Oberst Lang das Sprechgerät aus. Jede Kompanie Soldaten, die nach Osten marschierte, hatte hinter sich zu Verbindungszwecken eine Kette kleiner Stützpunkte angelegt. Durch diese Postenkette ließen Befehle sich binnen weniger Stunden weiterleiten. Wenn man die Entscheidungen der Kommission kannte, würden die Truppen ohne Verzögerung den Zerstörungsbefehl erhalten, und Oberst Lang hatte vor, bei dem Spaß dabei zu sein. Aber um irgendwelchen späteren Komplikationen vorzubeugen, wollte der Oberst den Befehl nicht erteilen, bevor der Ausschuß seine Ergebnisse formell der Öffentlichkeit zur Kenntnis gegeben hatte.

In einem anderen Militärbüro in Punkt Eins legte Hauptmann Jines Verbold den Lauschhörer weg, mit dem er das Telefonat des Obersten mitgehört hatte.

»Das war Hardward Justin«, erklärte er, überflüssigerweise, seinem Besucher.

»Dachte ich mir«, sagte Rheme Gentry. »Er wird nervös, weil sich jetzt alles zuspitzt.«

»Und wann wird endlich die Zuspitzung da sein?«

»Nachdem die Kommission sich wieder zusammengesetzt hat, um ihre Beratungen aufzunehmen, aber bevor deren Resultate bekanntgemacht werden. Während die Beobachter noch da sind, ist ja klar. Wahrscheinlich morgen.«

»Es wäre besser gewesen, das 'n bißchen früher zu erfahren«, meinte der Hauptmann freundlich. »Verstehen Sie mich richtig, ich will mich nicht beschweren. Ist nur 'ne Feststellung.«

»Tut mir leid, Hauptmann. Wir wissen's selbst erst seit ein, zwei Tagen. Wir haben unvermutete Verbündete gefunden. Es ist auch für uns ... nun, sagen wir mal, es war, gelinde ausgedrückt, eine Überraschung.«

»Sie möchten mir nicht verraten, was ...«

»Ich darf's nicht. Ich habe Geheimhaltung geschworen. Sie werden's sehen, wenn's soweit ist.«

»Sie wissen, wo die Ausschußmitglieder untergebracht sind, Hauptmann?«

»Justin hat am Ostrand der Stadt 'n Häuserblock mit alten BDF-Dienstwohnungen für sie aufmotzen lassen.«

»Genau. An Ihrer Stelle würde ich den im Auge behalten.«

»Wie kann ich denn behilflich sein?«

»Es wäre nützlich, Hauptmann, gäb's auf Jubal einige Truppen, die für eine Zeitlang Justins Verfügungsgewalt entzogen wären. Für den Fall, daß einige hochwichtige Befehle eintreffen, verstehen Sie? Höhere Anweisungen, die die gegenwärtigen Befehle außer Kraft setzen. Da Sie den Auftrag haben, hier in der Stadt Ruhe und Ordnung zu sichern, hat man Sie zum Empfänger dieser Befehle ausgesucht. Natürlich sind Ihre Meinungen fortlaufend zur Kenntnis genommen worden.«

»Durch mein großes Maul«, sagte der Hauptmann gedämpft.

»Drücken wir's so aus: Sie haben klargemacht, wem ihre Sympathie gehört. Na ja, wie erwähnt, es wäre gut, befände eine größere Truppenabteilung sich irgendwo anders. Anderswo, aber nicht zu weit entfernt. Sagen wir mal ... äh ... eine Stunde Marschzeit, wenn möglich. Ich brauche wohl nicht darauf hinzuweisen, daß sie zum Erhalt der Befehle einsatzbereit sein sollen.«

»Wer ... Ähm ... Von wem könnten solche Befehle kommen?«

»Von jemandem sehr weit oben, Hauptmann. Einer Person, die weit über dem Oberst steht.«

»Einmal angenommen, meine Männer ziehen mit, stünde ich dann außer Verdacht irgendeiner Komplizenschaft?«

»O ja, Hauptmann. Sie würden von jedem Verdacht befreit sein. Sie wären sogar noch besser dran. Man wird Ihre Treue zu den legitimen Dienststellen positiv vermerken.«

»Falls ich bis dahin Oberst Lang aus dem Weg gehen kann.«

»Ja. Das ist die entscheidende Voraussetzung.«

»Ich bin nicht davon überzeugt, daß meine Männer bereit wären, mich bei offener Meuterei zu unterstützen.«

»Ich verstehe das Problem.«

Verbold furchte die Stirn, trommelte mit den Fingern auf dem Schreibtisch, während er die Situation durchdachte. »Sie wissen, daß Justin seine eigenen Sicherheitskräfte hat. BDF-Personal. Diese Leute sind überall, beobachten alles und jeden, melden sich in der BDF-Verwaltung, um zu petzen. Ich nehme an, Ihnen ist klar, daß Justin nicht unbedingt jedem vertraut. Das sind gefährliche, gemeine Jungs, und mir wär's lieber, ich bräuchte mich mit ihnen nicht anzulegen.«

»Hm. Verdammt, das hatte ich vergessen. Gibt's eine Möglichkeit, wie Sie sicherstellen könnten, daß sie sich irgendwo aufhalten, wo sie Ihnen nicht in der Quere sind? Sagen wir, in der BDF-Direktion?«

»Aha ...« Stumm überlegte Hauptmann Jines Verbold für eine Weile, strich sich dabei übers Kinn. »Wäre seine Sicherheitstruppe dort im Haus, hätte man alle Fieslinge in einem Loch, was? Tja, ich könnte Justin anrufen und ihm empfehlen, das BDF-Gebäude durch seine Männer bewachen zu lassen, weil ...«

»Weil Gerüchte besagen, daß ... äh ... Gerüchte warnen vor einem Mordanschlag von ... äh ... von Kryptokristalliten«, schlug Rheme vor. »Kristalliten, die nicht zusammen mit den anderen interniert worden sind. Solchen eben, die er nicht kannte, weil er sie nicht direkt gekauft hat. Richtigen Konvertierten. Echten religiösen Fanatikern.«

»Ach ja, Kryptokristalliten. Klar, ich werde schon seit längerem ständig gerüchteweise über einen Mordplan von Kryptokristalliten informiert. Ja. Das muß ich natürlich an Justin weitergeben. Er wird seine Männer in die Direktion zurückziehen, und ich marschiere mit meiner Truppe, glaube ich, heute abend ins Manöver. Ins Umland, aber nicht zu weit hinaus.«

»Tun Sie das«, stimmte Rheme sachlich zu. »Sorgen Sie bloß dafür, daß ich Sie erreichen kann.«

Im Laufe der Nacht bildete sich Nebel. Als der Morgen anbrach, trübten watteweiße Dunstschleier das Stadtgebiet von Punkt Eins. In dem Häuserblock am Stadtrand, den man für die Gäste renoviert hatte, stiegen die Mitglieder des KOPFI-Gremiums und diversen PEK-Beobachter aus den Betten, schauten durchs Fenster und stöhnten auf. Viele von ihnen hatten nicht allzu gut geschlafen. Während der Nacht waren sonderbare Beben aufgetreten, ein Zittern und Rumpeln. Zu schwach, um irgend jemand in Panik zu versetzen, aber spürbar genug, um einige zu wecken und anderen Alpträume zu verursachen.

An einem normalen Morgen wäre das Frühstück auf der Terrasse serviert worden. An einem derartig nebeligen Morgen mußte man sich statt dessen wahrscheinlich mit einem Frühstück im düsteren Speisesaal abfinden, der niemandem behagte. Zur Vorbereitung aufs Frühstück und die weiteren Aktivitäten, die sich ihm anschließen sollten, wuschen sich die Beteiligten, putzten sich die Zähne, kratzten sich oder vollzogen andere, individuellere morgendliche Rituale. Einige Kommissionsmitglieder machten sich darüber Gedanken, wie sie letzten Endes abstimmen wollten. Andere sparten sich diese Mühe. In ihrem Fall waren die Entscheidungen schon im voraus bezahlt worden und bedurften keiner Erwägung.

Unter den zusätzlichen Teilnehmern befand sich ein hochgewachsener, schnauzbärtiger Mann — er war als einer der letzten auf Jubal angelangt — mit dem Habitus eines Gentlemans und unverkennbar militärischer Markigkeit, der offen die Identifikationsplakette eines PEK-Beobachters trug. Ein Geheimfach seines Koffers enthielt einige Papiere besonderer Art. An diesem Morgen zählte es zu seinen Vorbereitungen auf den Tag, diese Papiere dem Geheimfach zu entnehmen und sie in eine Brusttasche zu stecken, in der er sie griffbereit hatte. Auf der unteren linken Ecke wiesen sie aneinandergereihte Halbkreise auf: Das Zeichen von KETTE.

Vor der Stadt saß Tasmin auf einer flachen Erhebung von seinem Maultier ab und half Clarin beim Absteigen. Donatella war noch nicht da, aber sie erwarteten ihre Ankunft in Kürze.

»Es ist neblig«, sagte Clarin.

»Wie er's vorhergesagt hat.«

»Warum nennen Sie ihn ›er‹?« fragte Clarin. »Ich meine, wieso unterstellen Sie, daß er männlich ist?«

»Ich weiß nicht. Er hatte eine tiefe Stimme. Ich glaube, das ist der Hauptgrund.«

»Ich vermute, deshalb ging's mir von Anfang an genauso. Nachher habe ich mich darüber geärgert.«

»Denkst du, der Neue ist auf alles gefaßt?«

»Er ... der Schwarze Turm hat gesagt, er würd's sein.«

»Wie heißt er denn?«

»Davon war keine Rede. Wir müssen ihn wohl fragen.«

»Wo ist Bondri?« fragte Tasmin.

»Er kann praktisch überall sein. Er kommt, wenn wir ihn rufen. Hat er jedenfalls versprochen.«

»Ich habe immer noch den Eindruck, die Viggys hätten sich am liebsten wieder an ihr Tabu gehalten.«

»Nicht nachdem die Großen ihnen gesagt haben, sie sollen's nicht tun. Bondri zufolge verkörpert jetzt unser gesamter Stamm eine Ehrenschuld, Tasmin.«

»Stamm?«

»Fahrtensänger. Forschungssänger. Wir eben. Wir sind die Guten.«

»Aber die Bösen haben die Waffen.« Er spähte hinüber zur Stadt, die vor ihnen lag, auf dem Gesicht einen Ausdruck von Versonnenheit.

»An was denken Sie?«

»An Donatellas Geliebten. Link. Sie hat den Ammen von ihm erzählt. Vielleicht können sie ihn heilen.«

»Ich frage mich, ob die Ehrenschuld sich auch darauf erstreckt.«

»Nein. Sie haben die Sache eine Weile lang durchgesungen und entschieden, daß es sich um eine Privatangelegenheit handelt. Sie kennen ein Wort für private Reproduktions- oder Zuneigungsverhältnisse, aber ich habe vergessen, wie es lautet. Jedenfalls muß sie dafür bezahlen.«

»Mit was?«

»Fleisch. Bantigonfleisch, nehme ich an. Sie sagen, sie mögen Bantigon. Herrje, ich mag's auch.«

»Schauen Sie«, sagte Clarin. »Der Nebel löst sich auf.«

Sie sahen zu, wie sich der Nebel verzog. Donatella kam die Anhöhe heraufgeritten und gesellte sich zu ihnen, beobachtete mit ihnen für ein Weilchen schweigsam die Stadt.

»Dort ist er«, sagte Clarin schließlich.

»Wo?«

»Dort drüben. Was wie ein grünlicher Schatten zwischen uns und dem Wohnblock aussieht, in dem die KOPFI-Leute untergebracht sind.«

»Gott! Er ist so groß, daß ich ihn gar nicht beachtet habe.«

»Ja, solange die Spitze noch im Nebel verborgen ist, kann man ihn leicht mit irgendeinem neugebauten Hochhaus verwechseln.«

Als der Nebel wich, wurde die neue Präsenz deutlich sichtbar. Im Zwielicht sah sie grasgrün aus, aber während der Nebel sich verflüchtigte, nahm sie einen eher smaragdgrünen Glanz an. Sie mochte ungefähr achtzig Meter hoch sein: Ein schmaler Obelisk lebendigen Kristalls, in dem die Helligkeit spielte, tanzte.

»So schnell kann er doch unmöglich gewachsen sein.«

»Nein, er war schon dort, aber tief unten. Laut Bondri hat man ihn einfach hochgeschoben.« Donatella gähnte, schüttelte den Kopf.

»Ohne Erdbeben?«

»Bondri sagte, die Erde hätte nur ein wenig gezittert.«

»Wo hast du Bondri getroffen?«

»Er ist dort hinten.« Donatella winkte in die Richtung, die sie meinte. »Er sagt, er kommt später. Gegenwärtig wollen er und die Singschar gemeinsam über alles singen, damit sie sich nachher richtig daran erinnern.«

Als offensichtlich war, daß sich der Nebel auflöste, gab der Manager des KOPFI-Quartiers dem Küchenchef die Weisung, das Frühstück doch, wie üblich, auf der Terrasse zu servieren. Der Küchenchef ließ die Tische und das Buffet draußen aufstellen und hob dabei den Blick nie von der Höhe der Utensilien und Teller. Die Ausschußmitglieder und Beobachter hatten, als sie die Terrasse betraten, nur Interesse an warmen Getränken und Gesellschaft. Zerfranste Dunstschwaden durchzogen noch die Luft, eine niedrige Nebeldecke durchwallte die Umgebung, verwehrte jeden Fernblick. Mehrere Minuten verstrichen, bis der Gentleman mit dem militärischen Schliff, der etwas älter war und weniger gesellig als der Rest, im Tonfall des Erstaunens eine Frage stellte. »War das gestern schon da?«

Die anderen blickten sich um und dann hoch, sahen in der Nähe ein massiges Gebilde aufragen, dessen Spitze im Nebel unsichtbar blieb. Sie starrten es an, während der Nebel verwehte, sahen den Kristallriesen zum erstenmal. Er war kein Gebäude, wie es einige, als sie es unbewußt bemerkten, angenommen hatten. Weder war er ein Bauwerk, noch hatte er bereits am Vortag dort gestanden.

Ein paar Kommissionsmitgliedern, die dafür bezahlt worden waren, daß sie für gewisse vorherbestimmte Standpunkte eintraten und abstimmten, kam auf einmal ein entsetzlicher Verdacht.

Dieser Verdacht bestätigte sich einen Moment später.

»Guten Morgen, Mitglieder des KOPFI-Gremiums und Beobachter der Planetenerschließungskommission«, jubilierte der riesige grüne Koloß fröhlich in makellos artikulierten Quinten. »Sie können mich der Einfachheit halber mit ›Grüne Eminenz‹ anreden. Ich bin hier, um über die Intelligenz der Präsenzen Jubals Zeugnis abzulegen.«

Alle Anwesenden, eingeschlossen die PEK-Beobachter, waren sich später darin einig, daß sie die offensichtliche Intelligentheit der Viggys, als sie auf der Terrasse erschienen und in vollem Chor auf urthisch ein Libretto sangen, nur noch, was den Überraschungseffekt anbelangte, als Flop empfanden.

Innerhalb weniger Augenblicke, nachdem man die neue Präsenz das erste Mal gesehen hatte, wußte auch Justin darüber Bescheid. Das dem KOPFI-Gremium zur Verfügung gestellte Quartier war gut mit Augen und Ohren ausgestattet worden. Justin gehörte nicht zu den Leuten, die irgend etwas dem Zufall überließen.

Jetzt stierte er wutentbrannt und ungläubig die kleine Holoprojektion auf seinem Schreibtisch an. Die Wiedergabe der ›Grünen Eminenz‹ sah klein und unscheinbar aus, und er nahm ihre Äußerungen voller Zorn und Entgeisterung zur Kenntnis. Auf so etwas hatte nichts ihn vorbereitet. Niemand hatte die Möglichkeit, daß etwas derartiges geschehen könnte, auch nur angedeutet.

Es war ein Trick! Es mußte einer sein. Auf alle Fälle mußte es den Ausschußmitgliedern als Trick erklärt werden. Irgendwie mußte man die Sache wegerklären ...

Aber so lange durfte er nicht warten. Er riß den Hörer vom Sprechgerät und tippte die Nummer Oberst Langs.

»Geben Sie den Vernichtungsbefehl!« knurrte er in die Sprechmuschel.

»Der Ausschußbericht liegt noch nicht vor«, entgegnete der Oberst patzig. Der Oberst hatte eigene Augen und Ohren.

»Sie können Ihren Soldaten den Befehl geben und sich später damit herausreden, Sie hätten gedacht, der Report der Kommission läge vor, oder Sie könne ablehnen, in welchem Fall ich einige Unterlagen, die ich hier habe, noch in dieser Stunde Ihren höheren Vorgesetzten zuleite. Ich glaube, diese Papiere würden das kriminalistische Rätsel des Landzungenmassakers zur allgemeinen Zufriedenheit lösen. Niemand hat je herausgefunden, wie die Täter von der Landzunge verschwinden konnten ... Bis jetzt.«

Oberst Langs Stimme knarrte vor Wut. »Sie würden sich selbst kompromittieren, Justin.«

»Glauben Sie, das kümmert mich noch? Ich werde diesen Planeten nicht mehr hergeben, Lang. Ich habe vor, ihn völlig unter meine Kontrolle zu bringen. Ich werde alle Hindernisse beseitigen und ihn mir ganz für mich nehmen. Wenn ich soweit bin, wird's hier keine Intelligenz mehr geben, der man Fragen stellen kann, und ich habe Freunde in allerhöchsten Kreisen. Also, wie wollen Sie's haben?«

Einen Moment lang zögerte der Oberst. »Ich benachrichtige die Truppen.«

»Schön. Tun Sie das.«

Irgendwo im Gebäude entstand Unruhe. Justin stapfte zur Tür seines Büros und lauschte dem Krawall, der aus dem Foyer der Direktionsgebäudes heraufscholl. Laute Stimmen lärmten, eine kreischte, eine andere brüllte. Schnuckitrud und Wuyllum Thonks. Also hatten sie die Präsenz zum Hauptausschuß sprechen gesehen und waren gekommen, um bei der BDF Zuflucht zu suchen. Justin bleckte die Zähne. Sollten sie ruhig. Es mochte eine Situation eintreten, in der jedes Paar Hände, das ein Gewehr nachladen konnte, seinen Wert hatte.

Justin rief seinen Sicherheitschef zu sich und schnauzte hastig ein halbes Dutzend Anweisungen. Dank Verbolds rechtzeitiger Warnung vor einem etwaigen Mordanschlag waren sämtliche Sicherheitsmitarbeiter im Haus anwesend. Innerhalb der Mauern des Direktionsgebäudes gab es genug Männer und Waffen, um es gegen alles erfolgreich zu verteidigen, was man auf diesem Planeten gegen die BDF aufbieten könnte. Und darüber hinaus hatte das Haus ein paar Überraschungen eingebaut, böse Überraschungen, deren Installation Justin veranlaßt hatte, obwohl er nie gedacht hätte, sie einmal einsetzen zu müssen.

Wenn er mit allem fertig war — erst mit den Präsenzen, dann mit Jubal —, würde es auf dem Planeten keine Macht mehr geben, die ihm widerstehen konnte.

Ein Stück oberhalb der Sohle des senkrechten Schachts, der durch sechs Stockwerke des BDF-Verwaltungsgebäudes hinabreichte, lehnte Gretl Mechas den Kopf ans Gemäuer und lauschte. Nur noch wenige Zentimeter trennten die Schachtsohle vom Ziel. Die letzten paar Eimer voller zerbröckelter Lehmziegel waren nach oben gezogen und ausgekippt worden. Jetzt hörte sie beträchtliches Tohuwabohu im Innern des Gebäudes, Rufe, ständiges Hin- und Herlaufen. Sie atmete tief durch und begann die improvisierte Steigleiter zu den fast dreißig Meter höheren Personalunterkünften hinaufzuklettern, wo Dr. Michael wartete. Es war soweit.

18

Seit Jamieson und Clarin erstmals im Westen auf Soldaten gestoßen waren, wo sie ihnen den Weg versperrt hatten, drangen die Truppen immer weiter in die Kristallgebirge vor. Anfangs hatten sie Forschungssänger als Führer gehabt, doch inzwischen marschierten die meisten Abteilungen ohne Führer. Sobald die Absicht des Militärs klar wurde, waren die Forschungssänger verschwunden. Die Offiziere, die Oberst Lang gründlich informiert hatte, fühlten sich davon nicht beunruhigt; dagegen rief es bei den normalen Soldaten eine gewisse Schreckhaftigkeit hervor, eine Neigung, beim geringfügigsten Geräusch zu erschrecken und schleunigst vor allem Reißaus zu nehmen, das einer Präsenz ähnelte.

»Ihr versteht das nicht«, schimpfte ein junger Leutnant mit seinen Untergebenen. »Wenn der Befehl dazu eintrifft, sprengen wir sie einfach weg. Nachdem wir sie gesprengt haben, können sie uns nicht mehr schaden.«

Ab und zu näherte sich vielleicht eine schemenhafte, in der Dämmerung unkenntliche Gestalt einer Gruppe nervöser Soldaten und stellte Fragen. »Was glaubt ihr eigentlich«, zum Beispiel, »wieviel man von ihnen sieht? Ein Großteil der Präsenzen liegt unter der Erde. Was meint ihr, was der untere Teil machen wird, wenn ihr oben was wegsprengt?«

Damit huschte so eine Schattengestalt auch schon wieder davon, überließ es den Rekruten, diese Fragen mit ihren Kameraden weiterzudiskutieren. Sie wußten nie, wer die Fragen eigentlich zum erstenmal aufgeworfen hatte — immer war es ›jemand‹ gewesen. Der Offizier, sich darüber im klaren, daß die Hysterie etwas weiter um sich griff, als es sich mit der Disziplin vereinbaren ließ, versuchte diesen ›Jemand‹ ausfindig zu machen, aber ohne Erfolg, und der Fahrtensänger, der das Gerede in Gang gebracht hatte, entfernte sich zwischen die Hügel, um bei einem anderen Truppenteil etwas anderes, ähnlich Beängstigendes in Umlauf zu setzen.

Diese Art von weitverbreiteter Verunsicherungstaktik gab den Fahrtensängern, die sie betrieben, das Gefühl, etwas zu tun, so daß ihnen ein wenig wohler war, aber bewirkten so gut wie nichts, um die Gefahr von den Präsenzen abzuwenden. Die Truppen zogen unaufhaltsam ostwärts, und als Oberst Langs Befehle sie nach und nach erreichten, standen Abteilungen gutausgerüsteter Soldaten nur noch wenige Stunden Marsch von beinahe zwanzig der bedeutendsten Präsenzen entfernt.

Feldwebel (seit einiger Zeit) Halky Bend hatte den Auftrag erhalten, eine kleinere Abteilung Männer im Eilmarsch, geführt von einem unwilligen Angehörigen des Forschungssängerordens, auf einer umständlichen Route zu den Wächtern zu bringen. Für Maultiere oder Fahrzeuge war der Weg ungeeignet, aber zu Fuß konnte man ihn bewältigen. Bend war aus dem Militärstraflager entlassen und mit dem Auftrag betraut worden, weil man von ihm wußte, daß er Schnelligkeit schätzte, stur mit dem Kopf durch die Wand ging und lediglich zu Straflager verurteilt worden war, weil er einer Frau fast alle Knochen gebrochen hatte, und nicht etwa wegen eines ernsthaften Bruchs der dienstlichen Disziplin.

Als die Befehle eintrafen, befanden sich Halky, seine Soldaten und ihr Forschungssänger — der seit einigen Tagen am Ende eines kurzen, unbequemen Seils mitmarschierte — noch einige Kilometer vor den Wächtern.

»Nun leg mal 'n bißchen 'n Tempo vor!« herrschte Halky den Forschungssänger an und verlieh der Aufforderung mit einer Kopfnuß Nachdruck. »Nach der Karte ham wir noch acht Kilometer zurückzulegen.«

Die Rückkehr eines Mannes der Vorhut, der im Sprint über einen östlichen Höhenzug gerannt kam und »Feldwehl! Feldwehl!« grölte, als hätte er eine Goldader entdeckt, unterbrach sein Gemaule. Als der Trupp oben auf dem Grat stand, war der Grund ersichtlich. Unterhalb des Höhenkamms erstreckten sich die Falschen Freunde, eine Aufreihung wie Edelstein schimmernder Zacken. Halky verzog die Lippen zu einem lasziven Lächeln. Mit plötzlich trockener Zunge leckte er sich die Lippen, dann entfaltete er die Karte, um nachzusehen, ob man diese Gelegenheit für ihn vorgemerkt hatte.

Die glitzrigen Monolithen der Falschen Freunde galten als eines der visuellen Wunder des bekannten Universums. Auf der Karte zählten sie nicht zur Liste der Ziele. Sie bedeuteten keine Gefahr für eine Karawanenroute; niemand hatte daran gedacht, sie zu bewachen. Aber für Halky Bend verkörperten sie eine unwiderstehliche Verlockung.

Halky Bend hatte Herons Welt verlassen, knapp bevor die planetare Polizei ihn verhaften konnte. Gestohlen hatte er wenig, umgebracht nie jemand Wichtiges, und er hatte keine großen Betrügereien oder Erpressungen begangen. Oft bestand das Motiv für Halkys Verbrechen überhaupt nicht aus Habgier. Er fand einfach Spaß daran, Gegenstände kaputtzumachen. Die Lust am Zerstören hatte ihm schon die Kinderjahre verschönt. Sein erster Orgasmus war vom unvergleichlichen Klirren durch Steinwürfe zertrümmerter, hoher Fenster begleitet worden. Ihm und mehreren halbwüchsigen Kumpanen war es mehrmals gelungen, in einer unter Denkmalschutz stehenden Kirche jahrtausendealte Buntglasfenster einzuschmeißen und damit davonzukommen, doch spätere, ehrgeizigere Unternehmungen, bei denen Sprengkörper und eine Anzahl großer öffentlicher Bauten eine Rolle spielten, hatten zur Folge, daß die Polizei sich an seine Fersen heftete. Weil er davon Wind bekam, hatte er sich zum Militär gemeldet und sich auf diese Weise von Herons Welt abgesetzt.

Nun hörte er schon im voraus, während er das prachtvolle Schillern der Falschen Freunde betrachtete, das Krachen und Klirren zerbrochenen Kristalls, den Anprall von Hartem gegen etwas, das nicht nachgab und sich ebensowenig wehren konnte, der ihn so befriedigte. Mit einem Gefühl, das sich von sexueller Lust gar nicht so stark unterschied, ordnete er Schießübungen an. Der Trupp brachte seine herkömmlichen Granatwerfer in Stellung und feuerte erst einmal versuchsweise ein paar Geschosse ab, um die richtige Entfernungseinstellung herauszufinden. Tausend Jahre alte Kristalle barsten und stürzten in sich zusammen. Diamanttürme zerspellten und fielen zu gleißend-hellen Scherben auseinander. Als ein Aufheulen der Gequältheit und des Vorwurfs aus dem Untergrund drang, johlten und juchzten die Soldaten, brachen in Jubel aus, richteten anschließend die Granatwerfer auf die Handvoll noch unversehrter Tineea-Sänger. Nach einer Stunde existierten die Falschen Freunde nicht mehr.

Während alle anderen sich amüsierten, schlich der Forschungssänger fort.

Innerhalb der nächsten Stunde erfuhr jede Präsenz Jubals, daß es die Falschen Freunde nicht mehr gab. Sie erzählten es sämtlichen Viggys und allen Fahrtensängern in Reichweite ihrer Stimmen. Und sobald der Halkys Trupp entflohene Forschungssänger Freunden begegnete, erfuhren jede Präsenz, jeder Fahrtensänger und jeder Viggy auch den Namen Halky Bends.

Ein Küstenflugboot beförderte eine komplette Kompanie unter dem Kommando von Oberst Roffles Lang persönlich zur Südküste und dort so weit landeinwärts, wie ungefährdet geflogen werden konnte. Die Kompanie brauchte lediglich eine kurze Strecke weiter nach Norden zu marschieren, um zum Rätselstein zu gelangen und ihn attackieren zu können. Fahrtensänger aus Tiefkrume Fünf sowie ein Dutzend Angehörige des

Forschungssängerordens verteidigten die Präsenz, die in ihrer Bedrängnis ein lautes Kreischen von sich gab, kamen jedoch nirgends so nahe an die gut bewaffnete Truppe heran, daß es möglich gewesen wäre, ihnen ernsten Schaden zuzufügen. Der Rätselstein erbebte, schrie mit zwei Stimmen und fiel schließlich zu einem Berg scharlachroter Glassplitter zusammen, glich einer blutigen Wunde in Jubals Haut. Die Fahrtensänger zogen sich nordwärts und in die Zitadelle in Tiefkrume Fünf zurück, in der Erwartung, sie in Kürze gleichfalls verteidigen zu müssen. Oberst Lang besichtigte das Ergebnis der Aktion und war zufrieden; danach setzte er sich hin und warf einen Blick auf die Karte. An der Marschroute lagen weitere Ziele: Himmelshammer, Bernsteinaxt, Tödliches Dutzend, Wolkendräu und — zum Schluß und am wichtigsten — der Schwarze Turm. Die Präsenzen lagen so nahe beieinander, daß Lang der Meinung war, sie alle im Laufe eines Tages zerstören zu können. Er war der Ansicht, daß er die nähergelegeneren, weniger bedeutsamen Ziele einem untergeordneten Offizier überlassen durfte, während er selbst mit einer ausgesuchten Gruppe im Eilmarsch zum Schwarzen Turm weiterziehen wollte, um ihn zu vernichten.

Während einer Rast auf dem Marsch durch den Rote-Hauer-Rücken zu den Zermalmern nahm ein Trupp Soldaten den Großen Roten Hauer aufs Korn und belegte ihn mit Granatwerferfeuer. Als er es beendete, war nur ein Trümmerfeld übrig — Kristallschutt, hinter dem fern trauriger Gesang von Viggys erscholl.

Am Stadtrand von Punkt Eins bestanden die Mitglieder des KOPFI-Gremiums, die sowohl die Grüne Eminenz wie auch die Viggys gesehen und gehört hatten, trotzdem darauf, für den Rest des Tages hartnäckig über den Gegenstand ihrer Beratungen zu diskutieren.

»Ein Trick«, behauptete ein Mann mit Doppelkinn

und verhuschten, argwöhnischen Augen, der für seine Mitwirkung in der Kommission gut bezahlt worden war und das Geld bereits ausgegeben hatte. Er war der Überzeugung, die Summe zurückerstatten zu müssen, wenn er nicht tat, wofür sie gezahlt worden war, und da er es nicht mehr hatte, konnte er es nicht zurückzahlen. »Es war ein Trick«, betonte er mit Nachdruck, indem sein Blick nach links, rechts und wieder nach links ruckte.

»Und was ist mit den Viggys?« fragte zum zehntenmal jemand.

Die Viggys ließen sich nicht wegdiskutieren. Sie saßen in bequemen Sesseln, hüpften gelegentlich darauf herum, warfen Blicke der Neugier rundum und stellten Fragen. Dennoch klammerten sich so viele Ausschußmitglieder an ihre vorher festgelegten Standpunkte, daß man sich erst sehr spät am Abend endgültig auf den genauen Text der gemeinsamen Schlußerklärung einigte. Weil es schon so spät war, beschloß der Ausschuß die Beendigung der Beratungssitzung, ohne seine Entscheidung bekanntzugeben.

Im Innern des BDF-Direktionsgebäudes pustete Hardward Justin Staub von einem rissig gewordenen Notizbuch, das er einer lange verschlossen gewesenen Schublade entnommen hatte, blätterte in dem Büchlein, schlug die vor Jahren hineingeschriebene Tastaturbelegung auf, las sie Punkt für Punkt, während er den Raum durchquerte, zuletzt vor einem abgeschlossenen Kontrollpult stehenblieb. Einen Moment lang zog er vergeblich am Griff der Abdeckung, ehe er in seiner Tasche nach den Schlüsseln kramte. Seit fast zehn Jahren war er nicht mehr in diesem Zimmer gewesen. Er hatte nie geglaubt, es käme einmal eine Zeit, da er danach Bedarf haben könnte.

Ungleichmäßige Schritte auf der Treppe scheuchten ihn vom Kontrollpult fort, vor Wut über die Störung bleckte er die Zähne. Wuyllum Thonks kam die Stufen herabgewatschelt, als befände er sich daheim im Garten der Gouverneursresidenz; ihm folgte Schnuckitrud, beide hatten Mienen hochmütiger Mißbilligung aufgesetzt.

»Justin«, beschwerte sich Schnuckitrud, »eben haben wir gesehen, daß von irgendwoher Soldaten in die Stadt einmarschiert sind. Sie haben uns umzingelt. Ich glaube, es sind keine Männer Oberst Langs. Ich hab ihn nirgends gesehen. Aber sie haben Gewehre und so was dabei. Und ich kann Ymries überhaupt nicht erreichen, ich hab's versucht und versucht ...«

Auch Wuyllum hatte etwas zu sagen. »Es wäre gescheiter von uns, wir gehen hinaus und stellen uns, Justin. Machen gute Miene zum bösen Spiel und dadurch 'n unschuldigen Eindruck. Man wird uns sowieso nie was nachweisen können. Ihnen nicht und uns nicht, doch nicht bei den Freunden, die wir kennen, und dem Geld, das wir für unsere Verteidigung haben. Wenn wir hier drin bleiben, greifen sie vielleicht das Gebäude an. Das könnte uns das Leben kosten.«

»Schnauze halten!« brauste Justin auf. »Raus hier mit Ihnen und Ihrem Hurenweib, Wuyllum! Ich habe Ihnen Gästezimmer zugeteilt. Hauen Sie ab und bleiben Sie dort!«

»Sagen Sie Ihren Sicherheitsleuten wenigstens, sie sollen uns nach draußen lassen«, antwortete Wuyllum, ohne auf die Beleidigung seiner Gattin einzugehen. »Wenn Sie nicht aufgeben wollen, na schön, von mir aus ...«

»Justin!« kreischte Schnuckitrud. »Also wirklich, wie können Sie so was Häßliches sagen ...!«

Gestreckten Arms drehte sich Justin um und drosch ihr mit der vollen Wucht seines Schwungs ins Gesicht, so daß sie an der Wand zusammensackte. »Ich habe gesagt«, fuhr er Thonks an, »schaffen Sie diese Schlampe hier raus! Wenn ich möglichst schnell genug von diesen verdammten Kristallen zerschmeißen kann, habe ich noch eine Chance, und ich denke gar nicht daran, Zeit mit Ihnen oder Ihrer Fotze zu vergeuden. Gehen Sie mir aus dem Weg, wenn Ihnen das Leben lieb ist.« Er wandte den beiden den Rücken zu, achtete nicht darauf, ob Wuyllum die blutüberströmte Schnuckitrud fortzerrte, oder nicht.

Die Anlage, die er vor sich hatte, war ein Kontrollpult für eine Batterie Raketen mit chemischen Treibsätzen, Raketen ohne elektronische Komponenten, Raketen ohne irgend etwas, das durch eine mysteriöse Intervention Jubals beeinflußt oder beschädigt werden könnte. Wächter, Kollerkluft, Rätselstein, Schwarzer Turm und ein halbes Hundert anderer Präsenzen waren diesen Geschossen als Zielangaben vorprogrammiert worden. Obwohl Verbolds Truppen inzwischen sicherlich einige oder etliche dieser Präsenzen demoliert hatten, sprach die Tatsache, daß jetzt Soldaten die BDF-Verwaltung umstellt hatten, stark für einen mittlerweile erfolgten Widerruf des Zerstörungsbefehls. Justin konnte sich nicht mehr darauf verlassen, daß das Militär Jubals Transportwege freisprengte.

Aber wenn die Truppen es nicht taten, waren dafür nach wie vor die Raketen da. Er brauchte sie nur zu starten, und binnen kurzem hatte er die Routen zu den Lehmkäffern freigemacht. Dann gab es in diesem Teil Jubals keine Präsenzen mehr. Selbst wenn er sich eine Zeitlang im Hintergrund halten mußte, irgendwann konnte er sich wieder blicken lassen und die Früchte ernten. Dank all des Geldes, das er auf Serendipiti hatte — seines und der Summe, die von seinen Pseudokristalliten zusammengerafft worden war —, besaß er ausreichende Mittel für einen Neuanfang. Sogar wenn er Jubal für einige Zeit verlassen müßte …

Aufgrund der zusätzlichen Befehlsebenen, die er einprogrammiert hatte, um unerwünschten Zwischenfällen vorzubeugen, würde es eine Stunde Arbeit erfordern, die Feuerbefehle zu geben. Danach jedoch brauchte Justin nichts mehr zu tun. Er hatte einen Fluchtweg, einen unterirdischen Tunnel, der beim Bau des BDF-Direktionsgebäudes als scheinbarer Abflußkanal angelegt worden war; am anderen Ende lag eine geräumige Garage, und in dieser Garage stand ein Silentio-Auto bereit. Östlich der Stadt, eine etwa zweistündige Fahrt entfernt, hatte er einen vor Jahren eingerichteten Unterschlupf. Dort konnte er sich verstecken, bis sich ihm die Gelegenheit bot, Jubal zu verlassen und sich in den Besitz der Finanzen zu bringen, das ihm Rückkehr und Neubeginn ermöglichen sollte. Er hatte für alle Komplikationen im voraus geplant. Justin plante immer alle eventuellen Schwierigkeiten mit ein. So wie er seine Pläne mit Jubal hatte.

Seine Pläne bezüglich Jubals sollten von ein paar sprechenden Kristallen und einem aufsässigen Ausschuß nicht vereitelt werden. Die Lippen zu einem raubtierhaften Zähnefletschen verzogen, machte er sich an die Arbeit.

»Patt«, sagte Rheme Gentry zu Tasmin. »Justin hat sich im BDF-Gebäude verschanzt. Ich bin besorgt wegen der Dinge, die ihm möglicherweise dort zur Verfügung stehen. Es wäre logisch, jetzt die Direktion zu besetzen, aber uns fehlen die richtigen Waffen zum Knacken der Mauern. Alle schweren Waffen auf diesem Planeten haben Lang und seine Männer mitgenommen. Wir haben nicht einmal genug Soldaten für einen Sturmangriff, bis Langs Truppen zurückkehren — sofern sie überhaupt zurückkehren. Wir können nicht mehr leisten, als Justin und seine Bande in dem Gebäude festzuhalten, bis der General Unterstützung von außerhalb des Planeten beordert hat.«

»Der General?«

»Mein Onkel. Zorton Pardo. Er ist der Kommandeur von KETTE. Falls Sie nicht wissen, was das heißt, grämen Sie sich nicht, niemand weiß es. Jedenfalls ist KETTE die sehr zurückhaltende, fast unsichtbar tätige Vollzugsabteilung der PEK. Ich arbeite gewissermaßen für ihn. Er hat das Kommando über die auf Jubal stationierten Truppen übernommen. Leider hat meine Nachricht an ihn Jubal nie verlassen, und in typischem Mangel an Weitsicht hat er kein Kriegsschiff mitgebracht.«

»Hat er die Zerstörungen verboten?«

»Die entsprechenden Befehle sind ergangen. Es kann eine Weile dauern, bis sie eintreffen, das ist Ihnen sicher klar, Fahrtensänger.« Rhemes Gesicht war grau und fleckig vor Erschöpfung. »Und falls Justin tun wird, was er, wie ich glaube, beabsichtigt, macht's sowieso keinen Unterschied aus.«

Tasmin verbarg das Gesicht in den Händen. Der Rätselstein war zerstört. Der Große Rote Hauer lag in Trümmern. Die Falschen Freunde waren vernichtet. Alle Präsenzen hatten die Vernichtung der Freunde gemeldet. Tasmin hatte die Freunde genau im Gedächtnis. Er erinnerte sich daran, daß er sie mit Clarin, als er Clarin zum erstenmal bewußt zur Kenntnis nahm, passiert hatte. Er entsann sich, von ihnen aus, als Celcy noch lebte, zu Celcy heimgekehrt zu sein. Die Erinnerungen verschwammen, verflochten sich in seinem Geist zu eins, bis sie so wie eine gestreifte Zuckerstange umeinandergedreht zu sein schienen, gleichzeitig unendlich süß und abgrundtief traurig, ihm einen Schmerz bereiteten, der in seinem Innern wühlte wie ein Krebsgeschwür, ihn zu verzehren drohte — Frauen und Jubal, Liebe und Liebe. Eine tot, eine verwüstet. Seine Frau, Frauen, das Präsenzenland. Alles was er liebte. Dieser Mann, sagte er sich voller Haß und Zorn, zerstört alles, hat alles zerstört: Harward Justin.

»Was glauben Sie denn«, erkundigte er sich kurzatmig, »was er da drin hat?«

»Wir wissen, was es ist. Ich habe einige der Bauarbeiter ausfindig gemacht, die damals bei der Errichtung der BDF-Direktion dabei gewesen sind, sie erzählen uns bereitwillig alles, was sie je wußten. Er hat über hundert zielgerichtet vorprogrammierte Raketengeschosse mit chemischem Antrieb und ohne alle empfindliche Elektronik stationiert. Ohne Sensorkomponenten. Man richtet sie ähnlich wie ein Gewehr aufs Ziel, nämlich mit dem Startrohr.«

»Er wird sie verschießen«, sagte Tasmin im Tonfall der Endgültigkeit.

»Kann sein, ja.«

»Nicht ›kann sein‹. Genau das wird er tun. Er ist wie ein Raubtier, das man in die Enge gedrängt hat. Statt aufzugeben, geht er lieber, indem er mit allem kämpft, was er hat, in den Untergang.« Tasmins Gedanken kreisten in rasender Eile, überschlugen sich; er wußte, daß er sich von Justin das richtige Bild machte. »Justins Annahme ist, daß er auch später noch alles haben kann, was er will. Wenn er Jubal total verwüstet, wird niemand mehr an dem Planeten Interesse haben, und dann kann er sich nachträglich alles aneignen, was übrig ist. Oder er glaubt, er kann, wenn er genug Zerstörungen anrichtet, im Durcheinander entwischen. So oder so, Rheme, er wird die Raketen starten.«

»Wie sollen wir ihn daran hindern?« fragte Rheme ratlos.

Tasmin konzentrierte sich, runzelte dabei fast wie ein Tier die Nase. »Evakuieren Sie das Gebiet rund um die BDF-Verwaltung«, verlangte er. »Schnell. Sofort! Ziehen Sie die Soldaten ab.«

»Was wollen Sie ...?« Rheme verstummte, als er merkte, daß Tasmin ihm bereits den Rücken zugewandt hatte und sich entfernte. Im Laufschritt hielt er auf die Grüne Eminenz zu. Rheme schimpfte kurz vor sich hin, dann ging er Tasmins Wunsch erfüllen.

Bei der Grünen Eminenz sah Tasmin sowohl Dona, Clarin wie auch Bondri Gesel stehen; atemlos rief er nach ihnen.

Ihm antworteten zwei verbale Fragen, ein gesungener Triller sowie ein tiefer, melodischer Ton, der irgendwie nach einer Fragestellung klang.

Überstürzt stieß Tasmin hervor, was ihm Rheme erzählt, welchen Verdacht er selbst hatte, er wiederholte sich und stotterte herum, versuchte Bondri und der Eminenz Projektile zu erläutern, was und wo sie waren, was sie anrichten konnten.

»Mehr Zerstörung?« vergewisserte sich die Eminenz, ihre gewaltige Stimme bebte, zitterte. Vor Furcht? Aus Anspannung? Zorn? Es war die Eminenz gewesen, durch die sie von der Vernichtung der Freunde erfahren hatten, des Rätselsteins, des Rote-Hauer-Rückens, der Bernsteinaxt ... Die Liste schien endlos zu sein.

»Die Raketen können aufgehalten werden, wenn du dazu imstande bist, sie von der Stelle zu rücken. Oder die Anlagen zu beschädigen, in denen sie sich befinden. Oder wenigstens die Kontrollen, die zum Starten dienen ...«

Schweigen. Dann sprach eine fast sanfte Stimme Worte, die Tasmin nicht verstand.

»Der Große möchte wissen«, übersetzte Bondri, »ob sich im Umkreis des Standorts dieser Geschosse irgendwelche Menschen oder Personen aufhalten.«

Von dort aus, wo sie vor der Eminenz standen, hatten sie Ausblick hinab in die Stadt. Rheme hatte Tasmin ernstgenommen. Nach dem Einmarsch in die Stadt hatten die Soldaten aus dem Viertel um die BDF-Direktion und den Gouverneurspalast sämtliche Zivilisten evakuiert. Jetzt zog auch das Militär ab, scheuchte ein paar letzte, starrköpfige Zivilisten vor sich her.

»Richte dem Großen aus«, antwortete Tasmin, »daß dort niemand außer den Bösen ist, die die Zerstörungen verursacht haben.«

»Der Große hat unsere Sprache benutzt«, erklärte Bondri wie zur Rechtfertigung, »weil er die Wahrheit wissen mußte.«

»Sage dem Großen, daß ich das vollauf verstehe.«

Ein weiterer Wortwechsel in der Viggysprache schloß sich an, dann deutete Bondri auf das langgestreckte Hanggelände im Osten der Stadt. »Die Präsenzen werden versuchen, noch mehr Zerstörungen zu verhindern«, sagte er. »Ihr könntest von dort oben zuschauen«, schlug er vor. »In dem Gebiet soll keine Gefahr bestehen.«

Tasmin schlenderte in die Richtung, die der Viggy gezeigt hatte. Er fühlte sich hohl, innerlich ausgebrannt, als hätten seine Sinne eine dünne Schale um Leere gebildet. Hinter ihm kamen Dona und Clarin, führten ihre Maultiere und sein Muli. Die Tiere hatten am Fuß der Eminenz gegrast, durch ihre Größe oder die Töne, die sie ausstieß, ebensowenig beeindruckt wie von irgendeiner anderen Präsenz Jubals. Bondri und ein Teil seiner Singschar strebten beiseite. Die Morgendämmerung stand bevor. Einen vollen Tag war es her, seit die Tiefkrume sich geteilt, die Eminenz sich ins Freie emporgeschoben hatte. Ein Tag war seit der Vernichtung der Freunde verstrichen. Tasmin fluchte. Hinter seinem Rücken streckte Clarin die Hand nach ihm aus, ließ sie jedoch wieder sinken. Es gab nichts, das sie gegenwärtig zu ihm hätte sagen können. Seit er von der Zerstörung der Freunde gehört hatte, blieb er völlig auf sich zurückgezogen, fast so wie nach Celcys Tod. Es schien, als hätte alles, was ihm in letzter Zeit zugestoßen war, sich an einem einzigen Punkt irgendwo in seinem Innenleben geballt, und hätte nur dieser Punkt für ihn noch Bedeutung.

Sie erreichten eine steinige, etwa einen Dreiviertelkilometer vom Stadtrand entfernte Abstufung des Geländes. Westlich davon lag ein schmaler Gürtel von Farmen, von wo aus eine kurze, ausschließlich von niedrigen Lagerhäusern gesäumte Straße in die Stadt führte, in eine andere Straße mit Läden mündete; dahinter verlief die Umfassungsmauer, die die Ostseite dreier der größten Gebäude der Stadt umgrenzte: Des Gouverneurspalasts, der leeren Zitadelle und der BDF-Direktion. Um diese Mauer hatten Hauptmann Verbolds Soldaten im Schutz rasch errichteter Barrikaden einen geschlossenen Ring gebildet; jetzt waren die Barrikaden verlassen. Die Truppe hatte sich auf hinlänglichen Abstand zurückgezogen, wartete auf Hausdächern und an Straßenecken. Auf der Tasmin zugewandten Seite der Mauer war überhaupt kein Soldat zu sehen.

Tasmin starrte die Mauer an, als wäre sie sein Feind. Hinter dieser Mauer hatte sich Hardward Justin verschanzt. Wenn die Mauer nicht mehr stand, wenn sie einstürzte, mußte Hardward Justin die Flucht ergreifen. Er würde fliehen. Tasmin leckte sich die Lippen, staunte über das Behagen, das diese Vorstellung — wie Justin weglief, davonflitzte wie eine Kristallmaus, Haken schlug, auswich, bis man ihn zum Schluß doch fing — bei ihm auslöste. Ach, ihn *fing*. Unwillkürlich spannte Tasmin die Muskeln wie zu einem Sprung an. Adrenalin schoß in seine Adern, er schwelgte in dem Gedanken, nun endlich selbst einmal etwas zu tun, anstatt untätig mitanzuschauen, wie ringsum jeder und alles handelte, kostete ihn genüßlich aus.

O ja, Justin würde das Weite suchen. Und wenn das geschah, mußte er in diese Richtung flüchten.

Tasmin beobachtete die Umgebung, behielt das Gefälle zwischen der felsigen Terrasse, auf der er mit den anderen stand, und der Stadt im Blick, spähte da- und dorthin, sein Kopf ruckte durch seinen Gesichtskreis, seine Augen glitzerten.

»Wieso sind Sie so sicher, daß er hier entlangkommt?« fragte Clarin.

Verdutzt drehte Tasmin sich um. Dona war fort, hinüber zu den Viggys gegangen, aber Clarin saß gelassen auf ihrem Muli, das dunkle Haar fiel ihr ums sauber gewaschene, allerdings momentan ausdruckslose Gesicht. »Sie lauern doch auf Justin, stimmt's?« fragte sie.

»Woher weißt du das?«

»Weil der Verstand aller Menschen gleich funktioniert«, sagte sie. »Weil er derjenige ist, dem sie alle Schuld zuschieben können.«

»Hast du was dagegen?« knurrte Tasmin in irrationaler Verärgerung.

Sie schüttelte den Kopf, ihre Miene blieb ruhig; sie bot seinem Zorn kein Ziel. »Weshalb glauben Sie, daß er hier herkommt?«

»Überall in der Stadt sind wegen Bauarbeiten die Straßen aufgerissen«, brummte Tasmin, ohne sich darüber im klaren zu sein, daß er sich alles nur zurechtspekuliert hatte. »Wenn es einen Fluchttunnel gibt, dann nicht in Richtung Stadtmitte. Es werden ständig Fundamente, Unterführungen und Abwasserkanäle angelegt. Er könnte keinen Tunnel unterm Stadtzentrum haben, ohne daß jemand auf ihn stieße. Also muß der Tunnel hier heraufführen.«

Clarin lächelte; es wurde ein kaum merkliches Lächeln, das die Umrisse ihrer Lippen nur geringfügig verzog. »Bemerkenswert, Tasmin. Mein Vater hatte mir gesagt, Sie seien 'n schlauer Mensch.«

»Dein Vater?«

»Mein Vater ist Thyle Vowe. Aber egal. Sie sind also der Überzeugung, daß Justin wirklich irgendwo hier zum Vorschein kommt.«

»Wenn er sich noch rühren kann, wird er hier aufkreuzen, ja.«

»Sie könnten verletzt werden. Getötet.« Clarin sprach so sachlich, als spielte es keine Rolle.

Tasmin hörte gar nicht zu.

Oberst Langs Kompanie gelangte, zwar müde, aber einsatzfähig, am frühen Morgen zum Schwarzen Turm. Eine Anzahl Männer war gefallen, entweder durch Fahrtensänger-Scharfschützen, oder weil sie sich zu dicht an gefährliche Steinlinge getraut und diese sie in blutige Fetzen gerissen hatten, doch waren die Verluste keineswegs höher, als Lang sie hinzunehmen bereit war; seine Sorge, die schweren Waffen zu verlieren, war größer gewesen, aber man hatte sie buchstäblich intakt durchgebracht. Einen halben Kilometer vor dem Schwarzen Turm erteilte er seinen Soldaten den Befehl, mit ihren Granatwerfern in Stellung zu gehen.

Auf einem Felssims seitlich des Schwarzen Turms lag Jamieson, der sich von den am Rätselstein erlittenen Verletzungen ziemlich gut erholt hatte. Während der vergangenen Tag hatte Jamieson etwas ähnliches wie seine Wiederauferstehung erlebt, als wäre er leibhaftig im Himmel gewesen und hätte das Privileg genossen, mit Gott sprechen zu dürfen. Er und die Präsenz hatten lange Stunden des Gedankenaustauschs gehabt, die ihn derartig entrückten, wie es schon je erlebt zu haben Jamieson sich nicht entsinnen konnte. Jetzt lag er hier auf einem Gesteinssims, um das sich Fahrtensänger aus Tiefkrume Fünf verteilt hatten, und sie waren ausnahmslos entschlossen, die Präsenz gegen alles zu verteidigen, was da kommen mochte. Die Leute waren mit Gewehren ausgerüstet, von denen der Waffenwart der Zitadelle — nach tagelanger, äußerst eiliger Arbeit daran — ihnen versichert hatte, sie hätten mehr als die doppelte Schußweite wie die üblichen Stunnergewehre. Unterhalb des Schwarzen Turms machten die zwei Ammen, die bis zuletzt bei Jamieson geblieben waren, sich zum Aufbruch fertig. Bisher waren sie bei ihren Vorbereitungen nicht sonderlich fleißig gewesen, und Jamieson rief ihnen zu, daß ein Angriff unmittelbar bevorstünde.

»Beeilt euch fort«, riet er ihnen eindringlich. »Holterdipolter steht bevor.«

»Wir sind so lange bei dir gewesen, um sicher sein zu können, daß du gesund wirst«, sangen die Ammen leise. Mittlerweile hatten sie Jamieson sehr gern. Er hatte eine bessere Stimme als die meisten Viggys, mit ihm zusammen ließ sich sehr schön singen. Jamieson und dem Schwarzen Turm beim Gesang zu lauschen, war geradezu erhebend gewesen. Wenn die Ammen sich wieder mit ihrer Singschar vereint hatten, gab es ihr viel vorzusingen.

»Ich weiß«, trällerte er froh. »Ich bin euch dankbar. Aber ihr müßt nun fort. Die Soldaten dort unten bringen Granatwerfer in Stellung.«

Weder hatten die Ammen jemals Granatwerfer gesehen, noch davon gesungen. Sie konnten sich das, wovor Jamieson sie warnte, nicht vorstellen, und sie fühlten sich von den vielen neuen urthischen Wörtern und Redewendungen ohnehin überfordert. Aus Höflichkeit, jedoch ohne jede Eile, schickten sie sich an, den schmalen Pfad zu der Stelle zu ersteigen, wo Jamieson wartete.

Drunten in der Steppe schätzte Oberst Lang die Entfernung zum Schwarzen Turm und befahl, probeweise eine Granate abzufeuern. Sie explodierte ein Stück weit hinter den Ammen, schleuderte sie von den Füßen und begrub sie halb unter Kristallscherben.

Mit einem Aufschrei sprang Jamieson empor und rannte den Pfad hinunter, buddelte die zwei unverletzten Ammen schleunigst aus und schwang sie auf ein Felssims über seinem Kopf, das sie entlanglaufen konnten, um in die Hügel zu verschwinden. »Schnell!« schrie er sie an. »Haut ab!«

»Gefahr«, sang der Schwarze Turm mit enormer Stimme. »Vernichtung droht.«

Jamieson füllte seine Lungen mit Luft. »Keine Sorge«, sang er. »Wir werden dich schützen ...«

Seitlich des Schwarzen Turms erprobte ein Fahrtensänger sein neues Gewehr am Werferschützen, schoß ihm ein säuberliches Loch in den Leib.

Oberst Lang stieß einen Fluch aus, korrigierte die Zieleinstellung und ließ eine neue Granate in den Werfer rutschen.

Jamieson versuchte, indem er alle seine Liebe und Entschlossenheit hinaussang, den Schwarzen Turm zu beruhigen, seine Stimme klang bei dieser Manifestation herrlicher als je zuvor. Im Augenwinkel sah er die Werfergranate herabtrudeln. Er sang noch, als sie detonierte.

Im Umland der BDF-Direktion spürte Tasmin unter seinen Füßen ein Beben. Flink schwang Clarin sich vom Muli und hockte sich auf den Erdboden, zog die Tiere neben sich herab. Gehorsam ließen sie sich zusammensinken, streckten die langen Hälse auf der Erde aus. »Runter, Tasmin!«

»Was ist denn los?«

»Was die Eminenz sich vorgenommen hat.«

Das Beben schwoll zu einem Schwanken, Grollen, Aufbäumen des Untergrunds an. Vor ihnen brachen die langen Reihen aus Lehmziegeln gebauter Lagerhäuser zu Halden staubigen Schutts zusammen.

»Nicht ganz«, kommentierte Clarin halblaut. »Das war's noch nicht ganz.«

Es fing noch einmal von vorn an, erst als Zittern, dann folgte ein Erdstoß, danach ein weiterer, der eine verstärkte den anderen, Resonanzwellen entstanden, die sich mit jedem Mal steigerten. Die Mauer um den Gouverneurspalast verschob sich, kippte um. Aber noch reichten die Bewegungen des Erdreichs nicht aus.

Endlich traten sie gewaltsamer auf. Ausgedehntes Schlingern schaukelte Tasmin und Clarin erst zur einen, dann zur anderen Seite. Ringsum tanzten Bäume in der Steppe eine wilde Pavane, wurden hin- und hergeschüttelt, ihre Spitzen schwenkten auf und nieder. In der Stadt wankten und wackelten Häuser. Ein dermaßen immenses Donnern dröhnte durch die Welt, daß es das Gehör betäubte, jede einzelne Zerstörung, zu der es kam, sich in unheimlicher Lautlosigkeit zu vollziehen schien. Die goldene Kuppel des Kristallitentempels barst, stürzte in unregelmäßigen, gezackten Bruchstükken, deren jedes zum Abbrechen eine Ewigkeit zu brauchen schien, ins Tempelgebäude.

Tasmin fragte sich, ob der Tempel vielleicht voller Pilger war, Anbetern der Großen. Der Großen, die ihnen jetzt die Stadt überm Kopf zusammenfallen ließen.

Und noch eine gewaltige Erschütterung erfolgte, die Vibrationen enormer Stoßwellen verstärkten einander.

Der Turm an der Ecke der BDF-Verwaltung sank in sich zusammen, als wäre er lediglich aus nassem Papier. Eine andere Ecke des Hauptgebäudes sackte ein und sprang ab. Ruck um Ruck durchfuhr den Boden der ummauerten Grundstücke, er hüpfte hin und her, auf und ab, Steine sprangen darauf umher wie Wassertropfen in einer heißen Pfanne.

Tasmon hob das Fernglas, stützte die Ellbogen auf den Erdboden, während die Linsen vor seinen Augen heftig wackelten. Jemand bewegte sich durch den Innenhof der BDF-Direktion zu dem Tor, das sie vom Gouverneurspalast trennte. Der ehrenwerte Wuyllum Thonk. Ganz allein. Nein. Eine zweite Person taumelte ihm nach, grapschte nach ihm. Schnuckitrud?

Clarin murmelte ein Schimpfwort. Durch ihr Fernglas sah auch sie Schnuckitrud Thonks, die eine Kopfverletzung über und über mit Blut besudelt hatte. Der ehrenwerte Wuyllum drehte sich um und gab ihr einen Tritt, dann floh er, von Schnuckitrud gefolgt, durchs Tor und über die weitläufigen Terrassen in die Gouverneursresidenz.

Sie brach über ihnen zusammen. Urplötzlich. Als hätte irgend jemand dem gesamten Gebäude die Unterseite herausgezogen. Innerhalb der Außenmauern blieb nichts stehen, keine Wand, kein Rest eines Winkels, kein senkrechter Schornstein, und zum Schluß fielen auch die Außenmauern um.

Und dann zerbröckelte die BDF-Direktion, krachte

unter den schubweisen Erdstößen des Bebens nieder, als wäre sie auf Sand gebaut worden.

»Die Zitadelle …«, flüsterte Tasmin.

»Leer«, sagte Clarin. »Ich weiß von meinem Vater, daß man sie geräumt hat.«

Sie sahen beide gleichzeitig die dunkle Öffnung in der Erde entstehen. Der Erdboden zitterte noch, als Clarin den Arm ausstreckte und mit dem Finger darauf zeigte, und schon raffte Tasmin sich hoch und bestieg sein Maultier. Die Öffnung erweiterte sich: Es handelte sich um ein getarntes Tor, das ein gutes Stück östlich der eingestürzten Bauten lag. Heraus kam in einem kleinen Silentio-Auto ein großer Mann, fuhr zügig nach Osten, auf Tasmin und Clarin, auf die Stelle zu, wo sie warteten.

»Clarin …«

»Ja?«

»Verschwinde. Er dürfte bewaffnet sein.«

»Aber ich möchte …«

»Stieße dir was zu, könnte ich's nicht verkraften. Das wäre mein Tod. Ich habe schon genug mitgemacht. Bitte, Clarin.«

Sie widersprach nicht mehr. Wie sie sich entfernte, spürte er ihre Bewegung eher, als daß er sie sah; er vermochte seinen Blick nicht von dem Mann im Silentio-Auto zu wenden.

Der Tag graute. Das Morgenlicht leuchtete Hardward Justin direkt in die Augen, blendete ihn. Er war Tasmin bis auf wenige Meter nahegekommen, bevor er die Silhouette von Maultier und Mann sah, den groben Umriß eines Gewehrs an der Seite der Person. Das Erdbeben hatte ihn aus seiner gewohnten Konzentration geschreckt. Ohne zu überlegen, riß er den Lenkhebel herum, machte kehrt, raste zurück in die Richtung der unterirdischen Garage, denn weil er sich nicht einmal genug Zeit nahm, um genauer hinzusehen, bemerkte er nicht, daß die Waffe in ihrer Gewehrtasche stak, fiel ihm nicht ein, daß er dem Muli leicht hätte davonfahren können.

Tasmin beugte sich vor und trieb das Maultier zum Trab an. Er konnte nicht hoffen, den Mann einzuholen — konnte es nicht, aber trotzdem hoffte er es. Er wollte ihm seine Hände um den feisten Hals drücken. Den dicken, öligen Schädel knacken wie ein Nuß und zermalmen.

Justin betastete den Beifahrersitz, während das Auto in Gegenrichtung sauste, aber die Handfeuerwaffe, die er sich darauf bereitgelegt hatte, war auf den Fahrzeugboden gerutscht, als der Wagen die plötzliche Wendung vollführte. Das Auto holperte, überschlug sich fast, und Justin beendete seine Bemühungen, die Waffe vom Fahrzeugboden aufzuklauben, entschied sich dafür, in den Geheimtunnel zurückzukehren, durch den er sich aus dem Direktionsgebäude abgesetzt hatte. Geradeaus vor ihm, am Ende der kaum sichtbaren Reifenspuren, klaffte die Einfahrt der verborgenen Garage, das Tor stand noch offen. Hinter dem Tor gab es genügend freien Platz, dort konnte er, war er erst einmal wieder drinnen, das Fahrzeug wenden. Und die Waffe an sich bringen. Der Wagen sauste ins Dunkle. In nicht allzu großem Abstand ritt Tasmin ihm nach ...

Etwas traf ihn von der Seite. Jemand. Jemand sprang ihn von der Seite an, warf ihn vom Maultier. Schrie auf ihn ein.

»Tasmin, Tasmin, um Gottes willen, nicht dort hinein, es wird einstürzen, folgen Sie ihm nicht, es wird zusammenbrechen ...«

Die Erde barst, ähnlich wie Tasmin sie damals vorm Rätselstein hatte bersten sehen, aber hier stand nicht der Rätselstein, hier war Tiefkrume, fester Lehmboden, ewig wie Stein, doch jetzt Risse und spalten, Feuer schoß hinauf an den Himmel, als einhundert große Raketen starten wollten und unter zahllosen Tonnen zertrümmerter Ziegelsteine explodierten. Brocken flogen durch die Luft, prasselten herab wie Hagel. Ein Schmerzensschrei ertönte. Von der Enklave der bisherigen Herrschenden Jubals blieb nur eine Masse mikroskopisch feinen Staubs übrig, die glutheißer Wind hochwehte. Die Staubwolke brodelte, quoll hoch empor, breitete sich unterm Himmel aus, verfinsterte die Sonne. Ihr Schatten tauchte das Land in Zwielicht.

Tasmin lag auf dem Rücken und starrte sie an.

Neben ihm stöhnte jemand.

Clarin. Sie hielt sich den Arm, weinte vor Schrecken und Schmerz.

»Ich glaube, er ist gebrochen«, schluchzte sie. »Ein Stein hat ihn getroffen ...«

Langsam rappelte Tasmin sich auf, befühlte seinen Körper, um sich davon zu überzeugen, daß er noch alle Gliedmaßen hatte. Vom Hügel hinter ihm pfiff ein Triller, dann erscholl eine getragene Hymne. Von Bondri Gesel und seiner Singschar, die geahnt hatten, was bevorstand, war eine Warnung gesungen worden, und nun beabsichtigten sie zwecks Überlieferung alles in einem Lied festzuhalten.

Als Tasmin sich Clarin zuwandte, war schon die Oberamme da, befaßte sich mit ihrem Arm.

»Du machst eine Angewohnheit daraus, dir Verletzungen zuzuziehen«, sang sie zu Clarin, während ihr ärgerlich-nachdenklicher Blick Tasmin galt.

Tasmin schüttelte den Kopf. Irgendwo unter all dem Schutt lag der Mann, den er hatte töten wollen. Den er noch immer am liebsten getötet hätte. Nichts hatte die Leere in seinem Innern ausgefüllt. Niemand konnte die Detonationen überlebt haben. Justin mußte tot sein, und trotzdem empfand er, Tasmin, nicht die geringste Befriedigung.

Die Truppe, die Großer Blauer Zahn/Gesichtskreisprotz/Riesenfaust erreichte, die Präsenz, die die Menschen als Östlichen Zermalmer bezeichneten, hatten zum Zerstörungsbefehl noch keine Gegenanweisung erhalten. Sie ging in Stellung und verschoß gutgezielt ein paar Werfergranaten, die dem Zermalmer einige beträchtlich dicke Brocken absprengten. Erregt schraubte ein Schwarm Gyrovögel sich von den Kristallfelsen in die Höhe. Der Untergrund bebte. Die Soldaten jubelten. Der Zermalmer beantwortete ihren Jubel, seine ungeheure Stimme gewann an Lautstärke, steigerte sich in hohe Töne hinein. Schließlich krochen die Soldaten nur noch auf der Erde umher, die Hände auf die Ohren gepreßt, schrien gegen das Schrillen an, das jedoch nicht endete, ehe sich keiner von ihnen mehr regte.

Wut hatte dem Zermalmer diese unvorhergesehene Vergeltung eingegeben. In stiller Bösartigkeit teilte er den Erfolg seiner Abwehrtaktik sämtlichen übrigen Präsenzen mit.

Am Fuß des Schwarzen Turms rannte eine der Ammen, die durch Jamieson gerettet worden waren, in äußerster Eile zwischen den Fahrten- und Forschungssängern umher, deren Gewehrfeuer die Soldaten bis jetzt wirksam auf Distanz gehalten hatte.

»Allerhöchster Dunkler wünscht, daß ihr euch entfernt«, quiekte sie ihnen in die Ohren, derartig aufgeregt infolge des Geschehens, daß sie nicht mehr die Ruhe zum Singen aufbrachte. »Schwarzer Turm will, daß ihr geht! Schnell fort, fort!«

»Sie werden ihn zerstören«, knirschte ein Fahrtensänger, wischte sich Blut von der Stirn, an der ein umhergeschleuderter Kristallsplitter ihn verletzt hatte. Es war gelungen, das Militär zu stoppen. Sie hatten es geschafft, zahlreiche Soldaten zu töten. Der Oberst, der die Werfergranate abfeuerte, die Jamieson das Leben kostete, hatte sich vor einiger Zeit abgesetzt, war mit einer Handvoll Männer im Eilmarsch in Richtung Süden verschwunden; aber auf seinen Befehl waren genügend Soldaten zurückgeblieben, um den Schwarzen Turm, gelangten sie erst einmal nahe genug heran, in Trümmer schießen zu können.

»Nein. Schwarzer Turm wird es nicht zulassen. Er weiß jetzt, wie er sich wehren kann, aber ihr müßt fort. Schnell, flieht nach Osten, in die Hügel! Geht und bedeckt eure Ohren!«

Die Verteidiger räumten ihre Stellung, bedeckten beim Abziehen, wie es ihnen empfohlen worden war, ihre Ohren. Fast unverzüglich fing ein Ton zu jaulen an, ein schmerzlich durchdringendes Gellen, und sie beschleunigten ihr Marschtempo, um so bald wie möglich außer Hörweite zu gelangen. Je weiter sie sich entfernten, um so lauter wurde der Ton, er nahm andauernd an Lautstärke zu, blieb für sie stets gerade noch erträglich, und sie gönnten sich beim Marschieren keine Pause.

Die Soldaten, die keine Erlaubnis zum Rückzug hatten, waren binnen kurzem zu keinem Angriff mehr fähig. Einige ihrer Granaten explodierten von selbst, ein Vorgang, den der Schwarze Turm als weitgehend harmlos einstufte, wogegen die niedergesunkenen, bewußtlosen Männer völlig anderer Meinung gewesen wären.

Danach kam es zu keinen Zerstörungen mehr.

Das KOPFI-Gremium, dessen Tätigkeit durch die Explosionen in der Stadt, die auch das Gebäude erschütterten, in dem sie sich aufhielt, ihre Mitglieder mit weißem Staub berieselte, trat um die Mittagszeit verspätet zu dem ausschließlichen Zweck zusammen, das Resultat ihrer Beratungen bekanntzugeben.

> *Auf Jubal seßhafte Intelligenz: Zwei Typen. Menschliche Personen sowie ihre Vieh- und Pflanzenbestände dürfen nur mit Einverständnis der einheimischen Intelligenzen auf Jubal verbleiben.*

Endlich entspannten sich die Kommissionsmitglieder. Es war geschafft. Einer Ecke zugewandt, kaute der Mann mit dem Doppelkinn auf der Lippe, fühlte sich erleichtert, weil er nicht mehr fast völlig allein dastehen mußte. Falls gewisse Leute ihr Geld zurückforderten, sollten sie zusehen, woher sie es bekamen. Er hatte es nicht mehr. Ein Ausschußmitglied schlurfte zum Ausgang, ein zweites schloß sich an. Nun interessierte es sie bloß noch, möglichst bald von diesem Planeten abfliegen zu können.

Östlich und tief unterhalb der angehäuften Überreste der BDF-Direktion erwachte Harward Justin in fast völliger Finsternis, inmitten einer weiträumigen Leere voller Echos, durch die sich Schatten bewegten, vertieften. Nach einer unbestimmten Frist halber Bewußtlosigkeit begann er sich aufs Licht zu konzentrieren. Von der Stelle aus, an der er lag, konnte er mehrfaches Glosen unterscheiden, flackriges Glimmen, das an den Wänden und auf dem Boden glühte. Kleine Schwelbrände. Davon ging keine Gefahr aus. Sie waren keine Bedrohung. Er wollte aufstehen, stellte jedoch fest, daß er einen Arm nicht rühren konnte. Das Silentio-Auto war umgekippt, er war herausgeschleudert worden, doch steckte sein Arm darunter fest. Er versuchte ihn herauszuziehen, wurde aber von dem Schmerz, der ihm bis in Schulter und Brust stach, beinahe ohnmächtig. Etwas in dem Arm war verletzt, gebrochen …

Er befand sich in der Garage, sagte er sich. Er war in die Garage zurückgekehrt, und da waren die Raketen explodiert. Die Garage war noch intakt. Natürlich: Er hatte sie und den Tunnel so konstruieren lassen, daß sie allem standhielten, außer etwas ganz Schwerem, etwa einem Nukleargeschoß. Er starrte in das Glosen der Brandherde. Vielleicht waren es Kabelbrände. Indem er sich ein wenig herumwand, konnte er in einer Richtung einen dünnen, unterbrochenen Streifen Helligkeit erkennen: Den Umriß des fast ganz zugefallenen, teils verschütteten Garagentors. In der anderen Richtung gewahrte er nur ein finsteres Loch, eine schwarze, kreisrunde Öffnung. Das war der Tunnel, der zu den Trümmern der Direktion führte. Er stierte hinein, für eine Weile kam ihm gar nicht zu Bewußtsein, daß es Stimmen waren, was er aus dem Schlund sich nähern hörte. Stimmen. Außer ihm selbst hatten sich nur Mitarbeiter des Sicherheitsdienstes im Direktionsgebäude befunden. Die Leute in den unteren Etagen mußten überlebt haben.

»Heda«, rief er. »Ich bin hier unten.«

Stille folgte, dann ein Flüstern. Danach herrschte wieder Schweigen.

»Ich stecke unterm Auto fest«, schnauzte Justin. »Bewegt eure Ärsche rüber und helft mir!«

Nun hörte er die Stimmen wieder, dazu das Scharren von Füßen. Das Auto versperrte ihm das Blickfeld. Er konnte die Personen nicht sehen; nur die Füße, die näherkamen. Nackte Füße. Wieso sollte ein Sicherheitsmitarbeiter mit bloßen Füßen herumlaufen? Dahinter ein Paar andere Füße, diesmal in Schuhen. Justin beruhigte sich. Es blieb nicht bei diesen zwei Paar Füßen. Weitere folgten ...

»Mr. Justin?« fragte eine Stimme neben dem Wagen. »Harward Justin?« Eine Frauenstimme.

Justin wälzte sich herum, ohne auf den Schmerz zu achten, verdrehte den Blick nach oben, um sehen zu können, wer die Frau war; er sah eine ausgezehrte Person mit brennenden Augen.

»Nummer sechs«, sagte er ungläubig. »Nummer sechs.«

»Gretl«, berichtigte die Frau ihn leise. In ihrem Blick stand nahezu Irrsinn. »Gretl Mechas. Und noch einige Ihrer Freunde ...«

Es wurde später Abend, bevor Rheme Gentry das Zimmer des Generals aufsuchte, um seinen Onkel zu begrüßen.

»Sind die Zerstörungen beendet worden?« erkundigte sich der General.

Müde nickte Rheme Gentry. »Soviel wir wissen, ja. Im wesentlichen ist es aber nicht uns zu verdanken. Die Präsenzen haben ein Mittel gefunden, um sich zu wehren.«

»Machen sie uns deswegen Vorwürfe?«

»Nein. Tasmin Ferrence und seinen Kollegen zufolge nicht. Er und seine Freunde sind unsere wichtigsten Sprecher. Sie und die Viggys.« Rheme schüttelte den Kopf, bemerkte überrascht, daß ihm Tränen über die Wangen rannen. »Das verdammte Militär hat die Freunde vernichtet«, rief er. »Und den Roten Hauer ...«

»Du weinst ja«, sagte sein Onkel betroffen.

»Ach, General ... Du bist einfach noch nicht lange genug hier.«

»Ja, offensichtlich nicht.«

»Ich weiß wirklich nicht einmal, wieso du überhaupt gekommen bist.«

»Zweierlei hat mich dazu veranlaßt, nach Jubal zu fliegen, Rheme. Das eine war, daß ich von dir keine Nachricht mehr erhielt. In Anbetracht deiner unverbesserlichen und häufig ins Belanglose abgleitenden Redseligkeit habe ich diese Tatsache als besorgniserregend empfunden. Der zweite Grund war, daß ich von jemand anderem eine Mitteilung bekommen habe. Vor einigen Wochen ging ein Brief bei mir ein, der offenbar abgeschickt worden war, unmittelbar bevor Justin den Planeten völlig von den Außenverbindungen abschnitt. Der Brief stammte von einer früheren Untergebenen, einer bemerkenswerten Frau, die früher unsere Kryptoanalytische Abteilung geleitet hat. Cyndal Prinz. Nach der Pensionierung hate sie sich auf Jubal zur Ruhe gesetzt, weil hier ihre einzigen lebenden Verwandten wohnen. Eine Schwester, glaube ich, eine Nichte und ein Neffe. Jeden Brief, den mir Cyndal schreibt, gebe ich gewohnheitsmäßig zur Kryptoanalyse. Auch diesmal hatte sie, wie üblich, einige interessante Dinge zu berichten, selbstverständlich bestens chiffriert, lauter Informationen, die sie in normaler Form nie durch Justins Überwachung hätte schleusen können. Diese beiden Fakten zusammengenommen haben mir das Gefühl eingeflößt, daß meine Anwesenheit auf Jubal von Nutzen sein könnte.« Voller Sympathie musterte er den Mann, der mit tränenfeuchtem Gesicht vor ihm stand. »So, und falls du dazu imstande bist, deine Emotionen einmal für einen Moment zurückzustellen, würde ich nun gerne deine Meinung zu der Frage hören, was wir als nächstes unternehmen sollten.«

Rheme tupfte sich die Miene ab. »Du hast den Ausschuß als Untersuchungskommission neu zusammentreten lassen?«

»Ja. Sie hat bereits angemessene Entscheidungen gefällt. Es liegen Anklagebeschlüsse gegen Justin, den Gouverneur, seine Frau und einen ganzen Rattenschwanz kleinerer Halunken vor. Die Mehrzahl davon hat sich allerdings leider der Gerechtigkeit schon entzogen, in dem sie schneller den Tod fanden, als es irgend jemand beabsichtigt hatte.«

»Lang lebt noch. Einige Militärabteilungen, darunter Lang und die Einheit, die die Freunde vernichtet hat, verweigern den Befehl zur Rückkehr.«

»Woher weißt du das?«

»Von Viggys. Und Fahrtensängern. Sie kriegen etwas mit, sagen's einer Präsenz, und mir nichts, dir nichts ist die Grüne Eminenz informiert.«

»Und nun?«

»Also müssen wir loyale Truppen sammeln und sie uns holen. Wir können sie nicht durch die Gegend streifen lassen wie Räuberbanden.«

»Du meinst nicht, wir könnten es den Viggys und den Präsenzen überlassen, sie zu neutralisieren?«

»Ich bin sicher, sie würden's irgendwann erledigen. Aber bei der PEK dürfte es einen günstigeren Eindruck und uns mehr Ehre machen, wenn wir uns selbst darum kümmern.«

»Wo steckt dieser Oberst Roffles Lang gegenwärtig?«

»Mit etwa zweihundert Soldaten irgendwo westlich des Gebiets, wo der Rätselstein stand. Er hat sich zum Oberbefehlshaber aller Menschen auf Jubal ausgerufen.«

»Ach, das hat er«, sagte der General sinnig und mit hörbarem Naserümpfen. »Sieh mal an! Ich bin auch der Ansicht, daß es besser aussieht, wenn wir die Disziplin unserer Leute selbst wiederherstellen. Und weil wir vielleicht Jubal bald verlassen müssen, sollte die Angelegenheit sofort erledigt werden. Ich habe Hauptmann Verbold mit sofortiger Wirkung zum Obersten und Kommandanten der Garnison befördert. Du stellst aus den Truppen, die hier sind, und denen, die noch eintreffen, einen geeigneten Verband auf. Arbeite mit Verbold zusammen und sorge dafür, daß die Aktion anläuft.«

Am folgenden Morgen war es soweit, und Oberst Verbold war praktisch überall, während vor der Stadt Truppen zusammengezogen wurden. Donatella Ginster, die von Clarin und Rheme verständigt worden war, stapfte zwischen den Soldaten umher, die sich sammelten, ihre langen Beine trugen sie zügig durch die Reihen, während sie eine bestimmte Person suchte. Schließlich fand sie den Mann, er hatte gerötete Augen, war offenbar leicht brouduselig, wie er da im Schatten seines Maultiers hockte und das Gewehr reinigte.

»Tasmin«, sagte sie beherrscht, »ich habe dich gesucht.«

Er stieß nur ein Brummen aus.

»Was treibst du eigentlich?«

»Ich reite mit den Soldaten«, nuschelte er. »Wir müssen das Präsenzenland säubern.«

»Hat dir Justins Tod nicht genügt?«

Erbittert sah er sie an. »Ich weiß nicht, wovon du sprichst.«

Donatella kauerte sich zu ihm. »Ich rede von Rachegelüsten, Tasmin. Clarin sagte, du hättest Justin wirklich von Herzen gern umgebracht. Dafür habe ich Verständnis. Statt dessen ist er dir durch die Lappen gegangen ...«

»Dieser Drecksack«, brummelte Tasmin.

»Aber dadurch wird dein Verhalten nicht vernünftiger.« Sie wies auf die ringsherum in Reih und Glied angetretenen Soldaten.

»Oberst Verbold hat gesagt, ich darf mit.« Er sprach wie ein trotziger Fünfjähriger.

»Nein, gesagt hat er, er könnte dich nicht daran hindern, mit der Truppe zu reiten. Aber er hat sein Mißfallen gegenüber Rheme zum Ausdruck gebracht, der es zu Clarin erwähnt hat, und beide haben mir von der Sache erzählt.«

»Ich muß ...« Tasmin suchte nach Worten, aber fand keine.

»Du mußt dir das aus dem Kopf schlagen«, sagte Donatella.

»Es muß für Celcy sein«, brach es aus Tasmin hervor. »Sie ist ums Leben gekommen.«

»Ja, sie ist umgekommen. Und Lim ist auch tot. Und die Freunde sind dahin, der Rätselstein, der Rote Hauer und noch ein Dutzend Präsenzen. Ich kann nicht sagen, ich nähm's dir übel, daß du Justin abmurksen wolltest und es redlich versucht hast, auch wenn du dich dabei fast selbst umgebracht hättest. Trotz allem, Justin hatte mit Celcys Tod viel weniger als beispielsweise Gretls Tod zu schaffen, aber ich sitze hier nicht mit einem auf Maximalleistung geschalteten Stunnergewehr und will an einer militärischen Aktion teilnehmen, für die die Soldaten ausgebildet sind, wir dagegen nicht.«

»Gretl war nicht deine Frau. Celcy war aber meine.«

In einer Mischung aus Bedauern und Irritation betrachtete Dona den Dickkopf, der da vor ihr hockte. Zum Teil trug sie Schuld an seinem Gebaren. Hätte sie ihm keine Belehrungen vorgeleiert, ihn dadurch in seiner Haltung zur toten Celcy bestärkt, ihn nicht auf die Anziehung hingewiesen, die er auf Clarin ausübte, ihm deswegen keine Gewissensbisse verursacht, wären die Dinge vielleicht ihrem normalen Verlauf gefolgt, wäre er heute Celcy zu vergessen bereit. Verflucht noch mal!

»Tasmin, schätzt du unsere Freundschaft genug, um mich in die Taverne dort hinten zu begleiten und ein Glas mit mir zu trinken? Vielleicht Broundy? Oder einen heißen Tee?«

»Du kannst mich nicht umstimmen.«

»Nachdem wir uns ausgesprochen haben, kannst du tun, was dir paßt, Tasmin. Ich werde nicht versuchen, dich zurückzuhalten, ich versprech's dir.«

Widerwillig schulterte er seine Waffe und folgte ihr durch die ringsherum verteilten Mannschaften. Als sie im hintersten Winkel des nahezu menschenleeren Restaurants saßen, vor sich dampfend-heiße Getränke stehen hatten, musterte Donatella ihn nachdenklich, versuchte zu der verriegelten, verrammelten Panzerpforte, in die er sein Gesicht verwandelt hatte, einen Schlüssel zu finden.

Er war berauscht, ausgelaugt, überdreht und blaß. Jamieson und Clarin hatten beide erwähnt, daß er seit Clecys Tod an Gewicht verloren hätte, und Dona hatte den Eindruck, als wäre er, seit sie ihn kannte, noch dünner geworden. Er sah mitgenommen aus. Vielleicht litt er an einer Form von Besessenheit. Möglicherweise war er nur starrsinnig. Oder es konnte lediglich der Fall sein, daß seine Schuldgefühle ihn antrieben.

»Warum hattest du dir sie ausgeguckt, Tasmin? Unter sämtlichen Frauen in Tiefkrume Fünf. Weshalb ausgerechnet Celcy?«

Angesichts der vielen Fragen, die sie ihm hätte stellen können, hatte er diese Frage wohl ganz und gar nicht erwartet. Dagegen half die sture Ablehnung nicht, auf die er sich versteift hatte. »Tja ... ‹Ausgeguckt‹ hatte ich sie eigentlich nicht. Ich war ihr eben übern Weg gelaufen. Sie arbeitete damals in der Magazinverwaltung. Als ich ihr begegnete, bewunderte sie gerade irgendeinen kleinen Firlefanz, den habe ich ihr gekauft. Ich habe irgend so eine Bemerkung gemacht ... über hübsche Sachen für hübsche Mädchen ...« Er gab sich Mühe, sich auf Dona zu konzentrieren, hatte dabei jedoch einige Schwierigkeiten; aber seine Stimme klang klar und deutlich.

»Und dann?«

»Na ja, eins führte zum anderen. Du weißt schon.«

»Erzähl's mir!«

»Als ich das nächste Mal dort gewesen bin, habe ich sie zum Essen eingeladen. Sie hat über ihre Familie geredet, wie sie lebte. Es klang alles ... ziemlich öde.«

»Du hast für sie Mitgefühl verspürt?«

»Gewissermaßen. Das Leben glich für sie einer Sackgasse. Es war ein außerordentlich beschränktes Dasein.«

»Und natürlich war sie sexuell sehr attraktiv.«

Er lief rot an. »Das ist doch meine Sache, oder nicht?«

»Ich glaube, wir kennen uns gut genug, um darüber sprechen zu können, Tasmin. Gehen wir mal davon aus, daß sie auf dich sexuell verführerisch gewirkt hat. Sie hat dir das Gefühl gegeben ... Macht zu haben. Ein Beschützer zu sein.«

»Schon möglich.«

»Tasmin, hast du sie dir je genau angesehen? Hast du eine Bilanz gezogen, wieviel an ihr dir tatsächlich gefiel? Hast du auf der Grundlage dessen, wie gut ihr miteinander zurechtgekommen seid, eine bewußte Entscheidung getroffen? Sie je mit anderen Frauen verglichen?«

Er vollführte eine unwirsche Geste, die Dona sofort richtig interpretierte.

»Es gab keine anderen Frauen. Du bist vollständig mit dir und deiner Arbeit beschäftigt gewesen, und deshalb hast du dich überhaupt nicht nach jemandem umgeschaut, der glücklich mit dir zusammenleben hätte können. Sie war schön, in sexueller Hinsicht eine Verlockung, und sie ging einem bedeutungslosen Beruf nach, auf den du mit aristokratischer Verachtung herabgeblickt hast. Sie war da, sie brauchte jemanden, und du bist darauf angesprungen.«

»Kann sein«, sagte er und wurde wieder rot. »Du schilderst es, als wäre es eine völlig oberflächliche Sache gewesen, aber das mit der ›bewußten Entscheidung‹ hört sich andererseits reichlich kaltschnäuzig an, oder nicht?«

»Wirklich? Ich weiß nicht, Tasmin. Ich bin nie verheiratet gewesen. Aber ich weiß, weil ich dein Naturell kenne, daß du wahrscheinlich äußerste Sorgfalt in die Pflege deiner Fahrtensängertracht investierst. Wahrscheinlich bist du auch sehr wählerisch, wenn du dir im Stall ein Maultier aussuchst. Ich weiß, daß du unendliche Genauigkeit beim Durchchecken der Synthesizer an den Tag legst, weil ich dir dabei schon zugesehen habe. Immerhin sind diese Angelegenheiten auch sehr wichtig und wesentlich für dich. Aber nach dem, wie du selbst 's darstellst, hast du bei der Suche nach einer Frau auf die gleiche Sorgfalt verzichtet. Du hast sie einfach ›gefunden‹, so wie ein Stückchen Kristall auf der Landstraße. Du hast sie sich an dich gewöhnen, sich in Abhängigkeit von dir hineinfinden lassen, ohne jemals dazu die bewußte Entscheidung zu fällen. Und nachdem du das getan hattest, konntest du sie natürlich nicht guten Gewissens abseilen.«

Erbitterten Blicks maß Tasmin sie. Nichts von allem, was sie sagte, war völlig unzutreffend; trotzdem machte sie ihn damit wütend.

»Du bist in vielerlei Beziehung bewundernswert, Tasmin. Und ein ehrlicher Mensch. Aber manchmal bist du dermaßen verdammt blöde, daß es mir den Atem verschlägt.«

»Du hast kein Recht, so was zu sagen«, beschwerte er sich. »Ich bin aus Tiefkrume Fünf fortgegangen, um herauszufinden, wieso sie umgekommen ist. Um das zu erfahren, bin ich wer weiß wie viele Kilometer weit kreuz und quer durchs Land gereist. Eines brachte mich aufs andere, und alles führte zuletzt zu Harward Justin — ihm und seinen Handlangern. Du behauptest, Justin sei für ihren Tod nicht verantwortlich? Dann verrate mir, weshalb sie sterben mußte.«

»Es könnte sein, daß sie gestorben ist, weil sie wußte, daß du von ihr enttäuscht warst und darum etwas tun wollte, von dem sie annahm, daß du sie dafür vollauf anerkennst.«

»Du willst sagen, ich hätte sie umgebracht ...«

»Ich sage, es geschieht manchmal, wenn wir Beziehungen eingehen, in denen eine Person vollständig von der anderen abhängig ist, daß wir etwas töten. Vielleicht uns selbst. Oder den anderen.«

»Wir haben uns gut verstanden!«

»Ja natürlich! Guter Gott, Tasmin, den Unterhaltungen zwischen dir und Jamieson habe ich dein ganzes Leben entnehmen können. Du liebst Jubal, und sie hatte mörderische Furcht vor diesem Planeten. Dich faszinieren die Präsenzen, ihr jagten sie bloß Grausen ein. Du hast es ihr immer verziehen. Dauernd hast du dir für sie Ausreden zurechtgelegt. Ständig hast du für sie Entschuldigungen gewußt. Stets hast du gönnerhafte Nachsicht mit ihr gehabt. Deshalb ist es nicht ausgeschlossen, daß sie den Tod gefunden hat, weil sie endlich einmal deinen Erwartungen entsprechen wollte, Tasmin. Oh, es kann sein, sie war derzeit broudusselig ... Ich hoffe es, dann hat sie nämlich nicht gewußt, was ihr bevorstand ... Vielleicht hat sie auch im Rausch geglaubt, sie könnte irgend etwas Großartiges anstellen, für das du sie dann endlich mal bewundern müßtest.«

Tasmin starrte sie offenen Mundes an, fand keine Worte.

»Es ist wahr. Du bist wenigstens so sehr wie jeder andere für ihren Tod verantwortlich. Aber alles, was du willst, ist irgendwer, den du deswegen kaltmachen kannst, damit du dich wohler fühlst. Erst war's Lim, aber er ist tot. Dann war ich es, bloß hast du einsehen müssen, daß es nicht meine Schuld gewesen ist. Anschließend war's Harward Justin, aber er ist im großen und ganzen ohne deine Mitwirkung zur Hölle gefahren. Und wer ist nun dran? Irgendein beliebiger meuternder Soldat, der eine Präsenz nicht von 'm Feuermelder unterscheiden kann?«

Donatella weinte; teilweise ihretwegen. »Hör auf, nach 'm Sündenbock zu suchen, Tasmin, und nimm endlich dein Leben selbst in die Hand ...« Sie verstand seine Gefühle nur allzu gut. Im Zusammenhang mit Link hatte sie ähnliches durchgemacht. Sie stand auf und ließ ihn am Tisch sitzen, in den Dampf stieren, der vor ihm aus dem Becher aufstieg.

Als der Truppenverband abmarschierte, war Tasmin nicht dabei. Er befand sich vor der Stadt, am Fuß der Grünen Eminenz, sang dort zusammen mit Bondri Gesel.

»Donatella hat es so dargestellt«, sang er, »aber es ist nicht wahr ...«

Sie saßen in stillem Sonnenschein vor der Eminenz, während in der Stadt Maschinen rumorten, Trümmer wegräumten, man Tote barg und gelegentlich verschüttete Überlebende ausgrub. Tasmin verstand nicht recht, was in ihm vorging; eine Art von Frische durchzog ihn, als hätte jemand ein Fenster zu seinem Innenleben aufgestoßen, fegte ein kühler, klarer Wind herein. Die Veränderung schmerzte. Sie tat weh, und in seinem Innern war es sehr kalt.

»Was Donatella gesagt hat, war nicht die ganze Wahrheit.« Wieder entfuhr ihm ein Keuchen. »Du weißt, wie wir Menschen sind, Bondri. Jeder sieht die Wahrheit auf seine Weise, jeder ausschließlich von seiner eigenen, gänzlich egozentrischen Warte aus, und auf diesem Standpunkt bestehen wir. Wir sind wie Kinder, die sich zanken: Du hast das und das getan. Hab ich nicht. Du ja auch. Ihr Viggys kennt diese Art von Gezänk nicht. Wenn ihr über derartiges singt, dann so: ›Es kränkte ihn, daß sie so etwas zu tun schien, und sie war wegen seines Mangels an Rücksicht beleidigt, aber keiner von beiden hatte diese Folgen gewollt.‹«

»Ja, du verstehst uns richtig«, sang Bondri Gesel. »Mehr oder weniger so sängen wir es.«

»Ich vermute, daß wir uns, erinnern wir uns an ein Ereignis auf eine bestimmte Weise, und der Begrifflichkeiten entsinnen, die sich uns eingeprägt haben, nicht an das Geschehnis selbst, wie es vorgefallen ist, sondern der Begriffe, die wir uns davon gemacht haben. Ich habe einmal zu meiner Mutter gesagt, ich wollte keine Blinde zur Mutter, und daran erinnerte sie sich noch jahrelang. Jedesmal weinte sie, sobald es ihr wieder einfiel. Sie hielt mir vor, sie sei eben blind, und wenn ich ernst meinte, was ich gesagt hatte, bedeutete es, ich würde sie nicht mehr mögen. Das war es keineswegs, was ich gemeint hatte, aber was sie sagte, war wahr. Sie hatte recht. Es war unmöglich, sie und ihre Blindheit zu trennen. Wenn ich sie akzeptieren wollte, mußte ich mich auch mit ihrem Blindsein abfinden. Es ist nicht gangbar, Menschen in Einzelteile zu zerlegen und nur die Teile zu akzeptieren, die wir möchten. Hätten die Viggys zu ihr gesungen, hätte das, was gesungen worden wäre, ihr nicht wehgetan, denn es wäre alles gesungen worden, nicht nur ein Teilaspekt ... Inzwischen habe ich einen Hang, mich bloß noch als

Schlafliedchensänger für Präsenzenhaut einzustufen, Bondri. Was ich rede, stimmt nicht zwangsläufig mit dem überein, was ich meine. Es ist nicht einmal die Wahrheit. Es geht mir einfach so durch den Kopf …«

»Ach-ach«, seufzte Bondri Gesel, »ist es dir so wichtig? Du möchtest wahrhaftig ein Lied deiner Celcy singen, Tasmin Ferrence? Über deine Celcy singen, als wäre sie eine der unseren?«

Tasmin stürzte den Kopf in die Hände, Tränen befeuchteten die Handteller. »Ja. Ich würde gerne die Wahrheit über sie singen, Bondri. Denn wie soll ich verstehen, was ihr zugestoßen ist, solang ich nicht weiß, wer sie war? Ich kann nicht glauben, daß sie meinetwegen zum Rätselstein gefahren ist …«

In erstaunlich menschenähnlicher Gebärde schüttelte Bondri den Kopf. »Dona Ginster hätte nicht allein zu dir von ihr singen sollen, Tasmin Ferrence, denn sie hat sie nicht gekannt. Nicht einmal du solltest allein von ihr singen. Wen gab es noch in ihrem Leben, Tasmin Ferrence? Sie hatte keine Kinder. Dem zufolge, was du erzählt hast, kannten eure Männchen von ihr nur ihre Fähigkeiten im Tineea. ›Flirt‹ heißt dafür euer Wort. Es ist das gleiche. Bei uns ist es ein kleiner Tanz, den die Weibchen darbieten, wenn sie noch zu jung zur Paarung sind, der Tineea. Er sagt: Bewundere mich. Schmeichle mir. Sing mir etwas Schönes vor. Aber erwarte nichts von mir, denn noch kann ich dir nichts geben. Was ich deinem Lied von ihr entnehme, sind Eigentümlichkeiten des Tineea.«

»Sie hatte mehr drauf als das.«

»Ja. Es gibt immer mehr.«

»Sie sollte mein Kind gebären.«

»Ist das bei Menschen schwierig oder gefährlich?«

»Nein, nicht besonders. Aber eigentlich wollte sie es nicht. Sie hat es ausschließlich mir zuliebe getan.«

»Ach so. Dann wollen wir das Lied eines Kindes singen, das aus Liebe zu seinem Lebensgefährten widerwillig erwachsen zu werden anfing. Das ist besser als ein reines Tineea-Lied.«

»Sie ist zum Rätselstein gefahren, obwohl es ihr vor den Präsenzen nichts als graute.«

»Du sprichst oft von Grauen, wenn du sie erwähnst. Hatte sie oft Furcht?«

»Sie hatte andauernd Furcht. Als sie noch klein war, sind ihre Eltern ums Leben gekommen. Sie war Waise. Ihr Onkel hat sie aufgezogen, aber er hatte eigene Kinder. Ich bin die erste Person gewesen, zu der sie wirklich gehörte, die zu ihr gehörte. Sie hatte Sorge, mich zu verlieren, davor hatte sie Furcht, und vor ... vor allem.«

»Ach-ach. Ach so, dann liegt die Sache anders. Dann werden wir von ihrer Tapferkeit singen, ihrem Mut, weil sie solche Furcht hatte und sie doch zu besiegen versuchte.«

»Sie hat Lim gegeben, was er brauchte, nachdem ich es ihm verweigert hatte.«

»Wir werden von Großzügigkeit singen.«

»Sie hat mich geliebt. Falls Dona im Recht ist, ist sie umgekommen, weil sie mich liebte.«

»Wir werden auch von Hingabe singen.«

Mut. Großzügigkeit. Hingabe. Das waren keine Worte, die er je gewählt hätte, um Celcy Attribute zu verleihen, und doch fühlte er sich dazu außerstande, zu sagen, sie seien unwahr. »Ich habe mir fortwährend eingeredet, ich würde einmal genug Zeit finden, um mehr mit ihr zusammen zu sein, ausreichend Zeit, um ihr zu verdeutlichen, daß keine Gefahr bestand, mich zu verlieren, genügend Zeit, um ihr Gelegenheit zum Erwachsenwerden zu geben. Sie hätte eine ganz andere als die Person werden können, die die Leute immer gesehen haben.«

»Wir wollen über diese Möglichkeiten singen, Tasmin Ferrence. Wir werden von dem singen, was sie hätte werden können, wäre ihr genug Zeit geblieben.«

Tasmin seufzte, indem er so tief einatmete, daß der Atem ihn völlig auszufüllen schien, und so ausatmete, daß er ihn vollständig verließ, war sich plötzlich der Wahrheit bewußt. »Singt von dem, was dann aus ihr geworden wäre. Ja, das ist es. Das ist der Teil, der so schmerzt. Daß ich ihr nicht soviel Zeit gewidmet habe, um ihr die Möglichkeit zum Erwachsenwerden zu geben, bevor sie den Tod gefunden hat.«

»Davon werden wir singen.«

Tasmin weinte, dann lachte er schwächlich auf, wischte sich die Tränen ab. »Ist wahr, was ihr singt, Bondri? Sind eure Lieder wahr?«

»Was wir singen, enthält die Wahrheit, Tasmin Ferrence.« Auf Tasmins Arm lag die Hand des Viggys, vier Glieder hatte sie, drei Finger und einen Daumen; sie streichelte ihn. »Du hast sie zuwenig gekannt, Tasmin Ferrence. Und dann ist sie gestorben. Alles stirbt. Du hast sie weniger gut gekannt, als du sie hättest kennen müssen, als du sie kennen wolltest. Nun kannst du von ihr nicht singen. Du plagst dich mit Selbstvorwürfen. Sie bestimmen den Inhalt deines Lieds. Du kannst singen, daß du dir Vorwürfe machst, weil du dir zuwenig Zeit für sie genommen hast. Unsere Singschar wird dir zuhören und mit dir singen, dir beim Singen der Wahrheit helfen. ›Er macht sich Vorwürfe‹, werden wir singen, ›aber er hat keine Schuld. Er tat, was er konnte.‹ Es geht dabei nicht um Schuld. Es ist lediglich eine Schuldigkeit, die du ihr gegenüber hast. Du kannst sie ihr nicht erweisen, weil sie tot ist, aber ihr Kind lebt. Dieses Kind zu singen, kannst du lernen. Und wenn du diesem Kind lange genug von Hingabe, Mut und Großzügigkeit singst, wird daraus Wahrheit. Wenn du singst, was aus Celcy hätte werden können, wird das Kind, während es aufwächst, von diesen Eigenheiten seiner Mutter erfahren. Und was jetzt als Lied über etwas anfängt, das es nie gegeben hat, wird beizeiten Wahrheit sein.«

Tasmin dachte darüber nach, nickte langsam vor sich hin. So. So war das. So also. Was als Rätselstein-Partitur anfing, wird Wahrheit.

»Überlege es dir, Tasmin Ferrence.«

»Ich überleg's mir, Bondri. Wenn Jamieson zurück ist, werde ich mit ihm darüber sprechen. Er hat Celcy gekannt. Und mich kennt er auch gut...«

Dem Viggy entfuhr ein Aufkeuchen, als durchstäche ihn plötzlich Schmerz. Der Laut klang sehr menschlich, bezeugte tiefes, anhaltendes Weh.

»Tasmin, mein Freund... Heute morgen ist mir etwas sehr Trauriges und Beklagenswertes mitgeteilt worden, das ich dir nun vorsingen muß...«

Thyle Vowe bat Tasmin, künftig bei Verhandlungen mit den Präsenzen als Sprecher der Fahrtensänger zu fungieren. Die Forschungssänger trugen Donatella an, sich als ihre Vertreterin zu betätigen. Nach kurzem Durchdenken des Ansinnens lehnte Dona ab.

»Laßt Tasmin uns alle vertreten«, empfahl sie ihren Kollegen. »Ich könnte für euch nichts leisten, wozu nicht auch er fähig wäre. Und außerdem muß ich mich um etwas anderes kümmern.«

Sobald das Dienstleistungssystem wieder funktionierte, hob sie bei der BDF-Bank einen Großteil ihrer Ersparnisse ab und gab ihn vollständig für Bantigons aus, die sie den fünf Ammen in Bondris Singschar zukommen ließ. Sie wollte, daß sie ihren heilerischen Fähigkeiten zweien ihrer Freunde halfen. Natürlich Link. Und Gretl Mechas, die wie ein Gespenst aus der Staubwolke, während sie sich allmählich gelegt hatte, zum Vorschein gekommen war, halbnackt und völlig verrückt.

Nach dem ersten Schrecken, der anfänglichen Überraschung, die es ihr bereitete, Gretl wiederzusehen, hatte Dona wenig Fragen gestellt. Vor Monaten hatte sie einen zerfleischten Leichnam als Gretl Mechas Leiche identifiziert gehabt, jedoch nur, weil bei der Toten Gretls Kleidung gefunden worden war, nicht weil sie tatsächlich ihre Person erkannt hätte; und nun, da ihr einsichtig wurde, daß es sich um den Leichnam irgendeiner anderen, bedauernswerten Frau gehandelt haben mußte, begriff sie gleichfalls, daß Gretl es unter Umständen vorgezogen hätte, damals an der Stelle der unbekannten Toten gelegen zu haben, daß sie die ganze Zeit hindurch praktisch tot gewesen war, jenseits von allem, fort aus der Welt. Vordergründig fand Dona sich damit ab, schmiedete unterdessen aber schon Pläne mit den Ammen. »Sicher möchtest du doch, daß ich deine Familie benachrichtige, nicht wahr?« fragte sie Gretl, vermied es sorgsam, von ihrem Liebsten zu reden. »Deine Verwandten auf Herons Welt.«

Anscheinend wollte Gretl zunächst verneinen, aber dann nickte sie. »Ja. Sag Mutter, ich lebe. Daß ich noch nicht nach Hause kommen kann. Vielleicht lange nicht. Vielleicht nie. Irgendwann vielleicht. Ja. aber daß ich lebe.« Ich lebe, sagte ihr der Verstand, und ihre Seele wünschte, sie dürfte davon überzeugt sein. Sie willigte ein, die Viggys aufzusuchen, weil Dona es vorschlug und es ihr an der Fähigkeit mangelte, irgendeine andere Entscheidung zu treffen. Nach dem, was sie und die anderen mit Harward Justin gemacht hatten, bezweifelte sie, ob sie je wieder dazu imstande sein konnte, normal und menschlich zu handeln. Und doch war es letztendlich Gretl gewesen, die die anderen dazu bewogen hatte, ihn sterben zu lassen.

Link hatte lange gezögert, ehe er Donas Angebot annahm. Aber zum Schluß hatte er sich bereiterklärt, mit Dona und Gretl ins Präsenzenland zu gehen und sich dort eine Zeitlang einer Behandlung durch die Ammen zu unterziehen.

Zehn lange Tage später hatten die Ammen an Gretl noch nicht vollbracht, was sie schließlich leisten zu können hofften. Gretl blieb bei ihnen. Links Fall war —

trotz seiner Zweifel — einfacher gewesen. Er kehrte, zwar schwach und unsicher auf den Füßen, aber auf eigenen Beinen mit Dona nach Punkt Eins zurück. Von Tag zu Tag wuchsen seine Kräfte. Dona sah seine ursprüngliche Kraftfülle wiederhergestellt werden und fragte sich, warum sie nicht die euphorische Freude verspürte, die sie erwartet hatte; dann verstand sie die Ursache, aber schwieg darüber zu Link. Er konnte nun seine Forschungssängertätigkeit fortsetzen, doch wahrscheinlich gab es nichts mehr zu erforschen. Ein Traum war Wirklichkeit geworden; der Beweggrund für den Traum jedoch war dahin. Die Ironie des Geschehens entging keinem von beiden. Sie brachten sehr viel Zeit gemeinsam zu, liebten sich zärtlich und redeten absichtlich sehr wenig, als wären ihre Gefühle ein Wald aus Steinlingen, durch den sie sich mit höchster Achtsamkeit einen Weg suchen müßten.

Einige Tage danach nahm Donatella sich die Zeit zu einem Mittagessen mit ihrer entfernten Verwandten Cyndal.

»Es hat mir furchtbar leid getan, als ich hörte, wie's Lims Frau und Kind ergangen war«, sagte Cyndal Prinz mit einem Anflug früherer Kompetenz und ohne die Speisekarte anzuschauen. »Als Lim und ich die ganze Vorgehensweise festgelegt haben, hat er nie ein Wort über die finanzielle Seite der Sache von sich gegeben. Jetzt fühle ich mich dafür verantwortlich.«

»Du trägst dafür keine Verantwortung, Cyndi. Überleg dir alles mal genau, und du wirst feststellen, daß die ursächliche Verantwortlichkeit, wenn man's so nennen will, teils auf Zufall, teils auf persönliche Macken der Beteiligten zurückgeht. Außer Hardward Justin hat niemand sich wirklich schuldig gemacht. Ich hätte genausogut jede andere Präsenz auswählen können, um Ericksons Anregung zu erproben, aber ich habe mir den Rätselstein vorgenommen, weil er groß war und eine Herausforderung bedeutete, weil alle Experten an ihm gescheitert waren, weil ich mehr Selbstbewußtsein hatte, als mir guttat. Ich hätte irgendeine Präsenz nehmen können, den Schwarzen Turm, die Wächter, sogar die Zermalmer, und dann wäre wohl nichts passiert. Also könnte ich mir auch Vorwürfe machen.«

»Das wäre fruchtlos.«

»Ich weiß. Sich mit Selbstvorwürfen zu quälen, ist kaum besser, als die Schuld anderen zuzuschieben.«

»Wie geht's Link?«

»Er gewöhnt sich allmählich daran, wieder der Alte zu sein.«

»Wollt ihr zusammenbleiben?«

»Das haben wir noch nicht entschieden. Da keiner von uns weiß, welches Leben er in Zukunft führen wird, noch nicht einmal, wo wir's führen werden, ist es noch zu früh, um so eine Entscheidung zu treffen.«

»Hui, du gehst da aber logisch dran.«

»Ich habe über dieses Thema schon Vorträge gehalten.« Donatella entsann sich einer Standpauke, die sie Tasmin gehalten hatte, und wechselte den Gesprächsstoff. »Hat dich nie irgendwer in Verdacht gehabt, Cyndi?«

»Deine ältere Verwandte Cyndal? Diese umständliche Alte? Natürlich nicht. Niemand auf Jubal weiß, welcher Tätigkeit ich nachgegangen bin, bevor ich mich hier niedergelassen habe. Daß ich alt bin, heißt längst nicht, ich bin doof, aber das weiß eben niemand.«

Donatella errötete.

»So«, sagte Cyndal, »nun wollen wir mal sehen, ob auf dieser Speisekarte etwas steht, das ich essen kann.«

»Steinlinge sind also Bestandteile der Präsenzenhaut, so?« grummelte Thyle Vow verdrossen seiner Tochter zu.

»Steinlinge, Steinlein und die Außenflächen der großen Kristalle bilden gewissermaßen ihre Haut«, erläuterte Clarin.

»Und in all den vielen Jahren haben wir nie was anderes als Gutenachtlieder gesungen, hm?« Mürrisch brummte er in seinen Bart.

»So leid's mir tut, Vater, aber ungefähr so ist's gewesen. Natürlich waren's reichlich komplizierte Schlaflieder. Der Grund, weshalb wir die Laute, die die Präsenzen ausgestoßen haben, nie übersetzen konnten, war ganz einfach, daß sie wirklich nur unartikulierte Laute waren, Schnarchtöne, Quietscher, Kratzgeräusche, nicht anders, als wenn du oder ich während des Schlafs husten, niesen oder uns kratzen, wo's juckt. Im Laufe der hundert Jahre, seit Menschen auf Jubals leben, ist es uns nie gelungen, die Präsenzen so weit aufzuwekken, daß sie ein Wort gesprochen hätten.«

»Scheiße!« entfuhr es dem Großmeister. »Da fragt man sich wahrhaftig nach dem Sinn des Lebens.«

»Ja«, stimmte Clarin zu, dachte an Jamieson und daran, wie gern er sich mit allen Präsenzen unterhalten hätte, wie er sich schon darauf gefreut hatte. »Ja, da fragt man sich wirklich.«

Es kam ein Zeitpunkt, an dem man alles oft genug diskutiert hatte, sämtliche Verhandlungen abgeschlossen, Raumschiffe abgeflogen waren, andere gelandet, der schlimmste Kummer als bewältigt gelten durfte, die Toten begraben lagen — jedenfalls jene, deren Leichen man gefunden hatte, zu denen allerdings nicht Harward Justin zählte —, an dem man die Ereignisse, die mit der Rätselstein-Partitur begonnen hatten, als so gut wie ausgestanden betrachten konnte. Als diese Zeit endlich da war, machte sich Tasmin auf die Suche nach Clarin.

Er traf sie in der Bibliothek der Zitadelle in Punkt Eins an. Sie las Berichte vergangener Reisen durch, vieler erstmaliger Erkundungen von Gebieten, deren Beschreibungen noch vom Geheimnisvollen und Wunderbaren strotzten, als dessen Inbegriff man Jubal damals angesehen hatte. Ihr Haar war inzwischen lang genug gewachsen, um ihr auf die Stirn zu fallen, so daß sie ihre Augen überschatteten, er ihren Ausdruck nicht erkennen konnte.

»Ich habe versucht, mich daran zu erinnern, wie es gewesen ist, bevor wir erfuhren, wie's sich tatsächlich verhält«, sagte sie. »Sie, Jamieson und ich haben ja darüber gesprochen, was wir empfanden. Über unsere ehrfürchtige Bewunderung. Die Erwartung.«

»Es gibt sie noch«, antwortete Tasmin.

»Nicht für uns«, erwiderte sie, legte das Buch hin und maß ihn mit dem langen, gleichmäßigen Blick, den er als so charakteristisch für sie erachtete.

»Warum sagst du das?«

»Ach, Tasmin, Sie kennen die Feststellungen des KOPFI-Gremiums so gut wie ich.«

»Dann hast du noch nicht mit deinem Vater gesprochen. Ich habe ihn heute früh benachrichtigt.«

»Nein, ich habe nicht mit ihm geredet.«

»Dann hätte er dir nämlich mitgeteilt, daß wir nicht fort müssen. Jedenfalls gehen er und ich nicht fort. So wenig wie die meisten Fahrtensänger.«

»Sie meinen, sie wollen wirklich ...? Die Präsenzen wünschen, daß wir bleiben?«

»Sie finden uns interessant, Clarin. Vor allem die Art und Weise, wie wir sie wahrnehmen, interessiert sie stark. Sie sehen uns weitgehend so, wie ich die Viggys zu sehen anfange. Die Viggys können in unsere Körper schauen — auf alle Fälle können's die Ammen — und uns alles über sie sagen. Die Dinge, die wir nicht wissen. Das gleiche sind wir für die Präsenzen zu tun imstande. Sie hatten nicht die geringste Ahnung, was sie sind, bevor wir aufkreuzten und es ihnen verraten haben.«

»Ach ja, stimmt, Sie haben mit ihnen Verhandlungen geführt.«

»Die Präsenzen wissen keinen Grund, warum wir

gehen müßten, solange wir uns auf Jubal mit der gebotenen Rücksicht benehmen. Sie haben nicht vor, ihre Mittelhirne ständig im Wachzustand zu belassen — offenbar spielt sich dort, tief unten, ihr philosophisches Dasein ab, das den überwiegenden Teil ihres Interesses beansprucht —, und deshalb, sagen sie, wird es auch weiterhin nötig sein, Maßnahmen dagegen anzuwenden, daß sie sich sozusagen im Schlaf auf uns wälzen. Die zerstörten Präsenzen wachsen sehr rasch nach. Ihre Grundstrukturen sind noch vorhanden. In ein paar Jahrzehnten, ist mir gesagt worden, wird es einen neuen Großen Roten Hauer geben. Eine neue Gruppe Falscher Freunde.«

»Aber was sollen wir tun? Um uns den Lebensunterhalt zu verdienen?«

»Nach wie vor existiert der Broumarkt. Die BDF steht für die Vermarktung außerhalb des Planeten nicht mehr zur Verfügung, aber ein anderes Agglomerat wird diese Aufgabe übernehmen. Aus den provisorischen Einrichtungen, die wir jetzt haben, wird sich nach und nach eine eigenständige planetare Regierung bilden. Die Viggys wollen, daß wir bleiben, weil wir ihnen gute Nahrungsmittel liefern können. Wir werden Forschungssänger brauchen. Nicht einmal ein Viertel Jubals ist bis jetzt kartografiert.« Er holte tief Luft, seine Augen glänzten. »Clarin, denk nur an all das unerforschte Land, das ringsum liegt! Wo noch Entdeckungen bevorstehen. Voller Präsenzen, die wir nicht kennen! Alle diese wunderbaren …« Er sah ihrem Gesicht an, daß sie seine Begeisterung nicht teilte, und seufzte. »Die Präsenzen haben uns sogar hinsichtlich der Viggys um Rat gefragt.«

»Der Viggys?«

»Im Zusammenhang mit dem Problem, daß sie auch Menschen verzehren. Anscheinend hat irgendwo im entlegenen Hinterland eine Viggy-Singschar einen Soldaten namens Halky Bend gefangen und gefressen. Ich weiß nicht wieso, allerdings behaupten die Präsenzen, es sei gerechtfertigt gewesen. Aber solche Vorkommnisse machen den Präsenzen ein wenig Sorge. Sie wissen, daß wir keine Menschen fressen, auch keine Viggys. Von Tabus verstehen sie etwas. Sie beachten selbst welche ...« Seine Stimme verklang; er schwieg. Clarin auch. »Du siehst also«, fügte er lasch hinzu, »es gibt hier für uns jede Menge zu tun.«

»Ich bin mir nicht sicher«, sagte Clarin ohne jeden ersichtlichen Bezug, »ob ich ein Studienobjekt sein möchte.«

»Studienobjekt?«

»Natürlich! Auf ganz Jubal werden Wissenschaftler ausschwärmen. Stellen Sie sich bloß mal vor: Die ersten nichtorganischen Intelligenzen sind entdeckt worden.«

»Es kann sein, daß welche kommen, aber sie werden sich nirgends auch nur einigermaßen gut durchs Präsenzenland singen können«, meinte Tasmin. »Sie werden uns brauchen, Clarin.«

»Ach, das ist mir klar. Ich mag aber einfach nicht ihr Studienobjekt sein.«

»Wieso du?«

»Wir. O ja! Sie werden nicht bloß die Präsenzen erforschen wollen, sondern auch uns und die Viggys. Um gelehrte Abhandlungen über Themen wie ›Die Interaktion zwischen Menschen und nichtorganischen Intelligenzen‹ zu verfassen.«

»So?«

»Es ist eben ...« Ihre Einwände hatte sogar für Clarin selbst einen trügerischen Klang. Sie wurde rot, betrachtete angespannt ihre Hände.

Tasmin legte ihr ein Päckchen auf den Schoß. »Ich habe da etwas wiedergefunden.«

Verdutzt sah Clarin ihn an, öffnete das Päckchen. Ein weiches, grau-grünes Plüschtier blickte ihr entgegen. »Ein Viggyjunges«, sagte Clarin gedämpft. »Für Ihr Kind, Tasmin?«

Es dauerte einen Moment, ehe er zu antworten vermochte. »Ja, für das Kind. Ich habe darüber nachgedacht, welchen Namen ich dem Kleinen geben soll.«

»Ich glaube, da gibt's nur eins: Nennen Sie ihn Lim Jamieson.«

»Lim.« Mit Tränen in den Augen wandte Tasmin sich dem Fenster zu. »Jamieson ...«

»Sie sind ihnen etwas schuldig. Sie haben nur eine Möglichkeit, um's ihnen zukommen zu lassen. Ehren Sie ihre Namen. Sorgen Sie für ihre Schar. Das würde Bondri Ihnen raten.«

»Und wie steht's mit Celcy?« fragte Tasmin, sah Clarin bedächtig ins Gesicht. »Was schulde ich ihr?«

»Was Celcy betrifft, haben Sie Ihre Pflicht und Schuldigkeit längst getan«, lautete ihre Antwort. »Sie haben ihr nie wehgetan, jedenfalls nicht vorsätzlich. Jeder mit dem ich gesprochen habe, hat mir gesagt, sie wäre so glücklich und zufrieden damit gewesen, mit Ihnen verheiratet zu sein, wie sie es sein konnte. Und jetzt ist sie nicht mehr.«

»Dona sagt, sie sei in den Tod gegangen, weil sie einmal etwas wirklich Bewundernswürdiges hätte tun wollen.«

»Das ist möglich«, entgegnete Clarin ruhig. »Ebenso kommen andere Möglichkeiten in Frage. Unendlich viele. Bei manchen Angelegenheiten ist es belanglos, was wahr ist.«

»Ich dachte, für mich wäre es wichtig.«

»Nur weil Sie ihretwegen ein schlechtes Gewissen hatten. Sie haben etwas gesucht, das Sie davon befreit. Oder vielleicht etwas, das es erlaubt hätte, sie heiligzusprechen. Und dann, nachdem Sie die Wahrheit über Lim erfahren hatten, war Ihnen noch mieser als vorher zumute. Aber Sie sind an nichts von allem, was passierte. Schuld gewesen, Tasmin.«

Ganz leise lachte er auf.

»Habe ich was Komisches gesagt?«

»Nein. Du singst ein Lied, Dona singt ein anderes, Bondri ein drittes, und ich singe wieder ein völlig anderes. Ich glaube, wir könnten ohne weiteres auch noch meine Mutter einbeziehen. Und Jeannie Gentrack und andere Bekannte, die wir in Tiefkrume Fünf hatten. Damals kam mir Celcys Tod so unsinnig, bedeutungslos und vergeblich vor. Davon bin ich so wütend geworden. Ich war zorniger, als ich traurig war, wenn ich's im Rückblick besehe. Ich wollte unbedingt herausfinden, um jeden Preis, weshalb sie sterben mußte, und heute weiß ich nicht mehr als am Tag, an dem wir aufgebrochen sind.«

»Und wissen Sie, was noch merkwürdiger ist, Tasmin? Könnten wir Celcy von den Toten zurückholen und sie fragen, sie wüßte es Ihnen auch nicht zu sagen.«

»Das stimmt«, sagte Tasmin in plötzlicher Einsichtigkeit. »Wahrscheinlich könnte sie's nicht.«

»Und es ist auch gar nicht wesentlich. Würden Sie verstehen, was damals geschehen ist, ergäbe sich daraus keine Grundlage für irgendeine Veränderung. Was zählt, ist, daß Sie bald ein Kind haben werden, ihr Kind. Und daß Sie weiter hier auf Jubal leben dürfen. Und Ihre Mutter. Und Vivian und Lims Kind.«

»Und du«, ergänzte Tasmin.

»Ich habe mich noch nicht festgelegt.«

»Clarin, hast du einmal zu Jamieson gesagt, daß du mich liebst?«

Tränen füllten ihr die Augen. »Ja. Hab ich. Er hätt's Ihnen nicht erzählen sollen.«

»Es war das letzte, was er mit mir gesprochen hat, Clarin. Er hat mich gebeten, es nicht zu vergessen. Ihm zuliebe.«

Sie weinte.

»All die vielen Unterhaltungen, die ich schon mit Menschen geführt habe, Clarin ... sie haben mich nichts gelehrt, das ich nicht schon gewußt hätte. Aber auf dieser Reise gab es zwei Menschen, die mich etwas lehren konnten, das ich noch nicht wußte. Dich und Jamieson. Ich wußte nicht, daß irgend jemand so wie ich fühlen könnte, was Jubal angeht, der genauso wie ich an Jubal hängt. Ich hatte mich immer richtiggehend von den Menschen abgesondert, bin nur für mich geblieben, ich war eine Klasse für mich ganz allein.« Er lachte reumütig. »Dona hat mich gefragt, weshalb ich mir Celcy ›ausgeguckt‹, warum ich mir niemanden gesucht hätte, der besser zu mir paßte. Dafür gab's einen ganz simplen Grund. Mir ist überhaupt nie eingefallen, daß es jemanden geben könnte, der dem entspricht, was ich brauche. Ich war ein Elitemensch, Clarin. Ich habe einsam in mystischer Überhöhung gelebt. Ich dachte, ich stünde völlig allein da. Jamieson mußte sich mir erst regelrecht aufdrängen, um mir zu verdeutlichen, daß ich auf die Wunder Jubals kein Monopol habe. Jamieson ... und du.«

Die Tränen rannen Clarins Wangen hinab. »Ich vermisse ihn«, flüsterte sie.

»Ich auch. Du hast recht. Wenn ich Lim etwas schulde, dann auch Jamieson. Er hat mir gezeigt, wohin mein Herz gehört.«

»Wollen Sie sagen, Sie lieben mich?«

»Ich will damit etwas sagen, das für euch beide gilt. Ich habe ihn lieb gehabt. Ich liebe dich. Nicht auf die Weise, wie ich Celcy geliebt habe. Es ist vollkommen anders ...«

»Ich möchte nicht dein Kind sein.«

»Nein. Das habe ich auch nicht angenommen. So will ich es auch nicht.«

»Wirst du mich nicht mit ihr verwechseln, Tasmin?«

Er überlegte. Es war so leicht, Menschen miteinander zu verwechseln. In jeder Person steckten so viele Personen. Er konnte es nur versuchen. Er zog Clarin aus dem Sessel, drückte sie fest an sich. Sie zitterte, fühlte sie so wie damals am Fuß des Wächters an. Sie roch genauso wie damals. Er erinnerte sich daran, wie harmonisch ihre Stimmen gemeinsam erklungen waren, als sie die Menschenfresserstiege erklommen hatten. Zwei Stimmen, die wie eine Stimme klangen. Wie er selbst. Wenn er sich kannte, kannte er sie. Wenn er sich kannte ...

»Falls ich durcheinandergerate«, versprach er, »bitte ich Bondri, mir zu helfen, dich zu singen, Clarin.«

NACHWORT

MARK E. EBERHART, PH. D.
(Abteilung Materialforschung, Wissenschaft und Technik am Massachusetts Institute of Technology)

Technische Anmerkungen zu den Präsenzen Jubals

Die Präsenzen auf Jubal verkörpern eine faszinierende Interpretation kristalliner Intelligenz und liefern, ähnlich wie ein wissenschaftliches Rätsel, hinlängliche Informationen, um eine Hypothese darüber, wie diese Präsenzen funktionieren könnten, zu erarbeiten. Die Möglichkeit denkender, fühlender Kristalle ist schwerlich ein neuer Einfall. Immerhin sind moderne Computer ja in wichtigen Teilen eine Gruppe kristallinen Siliziums, und eines der Ziele der Personenkreise, die sich mit der Schaffung künstlicher Intelligenz beschäftigen, besteht darin, einer derartigen Siliziumansammlung Intelligenz zu verleihen. Allerdings ist es aus evolutionären Gründen zweifelhaft, daß die Präsenzen des vorliegenden Romans funktionieren wie ein superkomplizierter Siliziumchip.

Die eine unentbehrliche, allerwichtigste Voraussetzung für ein Lebenssystem, um auf natürliche Weise eine Existenz anfangen zu können, ist die Befähigung zur Selbstreplikation. Das biologische Leben auf unserem Planeten hatte nahezu mit Gewißheit seinen Ursprung in kurzen DNS- oder RNS-Segmenten, die in einer Lösung, die DNS- und RNS-Bausteine enthält, einen komplementären Materiestrang hervorbringen. Infolge des natürlichen Ausleseprozesses setzen sich die Segmente mit der effektivsten Selbstreplikation gegenüber den weniger effizienten Segmenten durch. Das Leben, wie wir es kennen, ist eine Manifestation hocheffektiver Systeme der DNS-Replikation.

Die grundsätzlichen, aus kristallinem Silizium hergestellten Bausteine der Computer sind Positiv-Negativ-Übergänge. Ein P-N-Übergang ist eine ebene Fläche, die chemisch so modifiziert worden ist, daß elektrischer Strom ungehindert in nur eine Richtung beziehungsweise als ›Gleichstrom‹ durch die Fläche fließt. Die Anfertigung von P-N-Übergängen erfordert enormen Arbeitsaufwand, also Energie und menschliche Einwirkung. In der Natur kommen sie nirgends vor. Es ist nicht leicht, sich einen ›natürlichen‹ Prozeß vorzustellen, der die Selbstreplikation solcher Übergänge in Kreaturen wie den Präsenzen gestattete. Darum ist es unwahrscheinlich, daß denkende Kristalle auch nur im entferntesten wie unsere modernen Computer aussehen könnten. Es ist das Wachstumsvermögen der Präsenzen, das uns den Schlüssel zum Verständnis ihrer inneren Abläufe bietet.

Ehe wir uns eingehender damit befassen, wollen wir einmal die grundlegende Struktur eines Kristalls betrachten.

Ein Kristall ist eine beliebige periodische Gitterstruktur von Atomen. Hier lautet der entscheidende Begriff *periodisch:* Ein Kristall läßt sich mit einem Schachbrett ohne Seitenränder vergleichen. Setzt man sich von irgendeinem der weißen Felder eines solchen Schachbretts aus in Bewegung und bewegt sich parallel zur Kante jeweils um zwei Felder weiter, ob nach links oder rechts, oben oder unten, gelangt man immer an einen Standort, der vom Ausgangspunkt ununterscheidbar bleibt. Das Ergebnis wäre gleich, nähme man als Ausgangspunkt ein schwarzes Feld. Tatsächlich kann man auf dem Schachbrett von jedem Ausgangspunkt an einen gleichen Punkt gelangen, wenn man in beliebiger Richtung eine geradezahlige Menge von Feldern überquert. Das Schachbrett ist also nichts anderes als eine periodische Anordnung von Quadraten mit einer Periode von zwei Feldern. Eine derartige Anordnung hat — aus offensichtlichen Ursachen — die Eigenschaft der Translationsinvarianz. Es ist völlig egal, welche Züge man auf dem Schachbrett vollführt, solange man sich — in irgendeine Richtung — über eine geradzahlige Anzahl von Feldern hinwegbewegt, wird man immer in eine gleiche Umgebung geraten. Das Schachbrett repräsentiert ein zweidimensionales System mit Translationsinvarianz.

Obwohl Kristallen die Beschaffenheit einer Translationsinvarianz zugeschrieben wird, existieren nirgendwo im Universum Exemplare vollkommenen Kristalls. Alle Kristalle haben Defekte. Ihr uns augenfälligster Defekt ist ihre Oberfläche. Wenn ein Kristall eine Begrenzung aufweist — oder das Schachbrett Seitenränder —, geht dem System die Eigenschaft der Translationsinvarianz ab. Deshalb wissen wir, daß es nirgendwo im dreidimensionalen Universum einen Idealkristall gibt. Wäre einer vorhanden, hätte er keine Begrenzung, füllte das gesamte Universum aus und ließe folglich für uns keinen Platz mehr. Ein echtes Schachbrett — nicht das imaginäre Schachbrett, das wir uns vorhin zu Erklärungszwecken ausgemalt haben — hat die Qualität der Translationsinvarianz nicht; bewegt man sich darauf nämlich um zwei Felder nach rechts, befindet man sich nicht in einer vom Ausgangspunkt ununterscheidbaren Position. Man ist um zwei Felder näher am Seitenrand, näher am Defekt.

Oberflächen sind lediglich ein Beispiel für Kristalldefekte. Ein anderer Typ von Defekt sind Leerstellen; sie entstehen dadurch, daß im Kristall Atome an Stellen fehlen, wo welche sein müßten, und durch nichts ersetzt worden sind. Bei manchen kostbaren Steinen können Leerstellen für die Färbung verantwortlich sein, beispielsweise beim Diamanten, in dem eine große Zahl fehlender Atome eine Gelbfärbung hervorruft. Nimmt man billige, stark unvollkommene Diamanten und unterwirft sie hochenergetischer Strahlung, werden Kohlenstoffatome aus ihrer Position geworfen und hinterlassen Leerstellen, erzeugen so einen gelben ›Fancy-Diamanten‹, wie er als attraktiv gilt und als Schmuckstein verkauft wird.

Eine weitere Art von Defekt ist die Substitution, bei der ein normales Atom der Gitterstruktur gegen etwas der Gitterstruktur Fremdes ausgetauscht wird. Wir könnten, um ein Beispiel anzuführen, auf dem Schachbrett ein weißes Feld rot bemalen. Das Rot wäre eine Substitution. Farbe und Wert von Smaragden und Rubinen resultieren aus Substitutionen: Smaragd entsteht durch den Austausch von Chrom gegen Aluminium in einem Silikat aus Aluminium und Beryllium, Rubin durch den Austausch von Chrom gegen Aluminium in Saphir. Saphir ist schlichtweg Aluminiumoxid (das heißt, das gleiche wie verrostete Cola-Dosen), genauso wie glänzender Amethyst und Topas, denen wiederum andere Substitutionen abweichende Färbungen verleihen.

Die Chemiker, die auf Jubal die Präsenzen erforschten, dürften festgestellt haben, daß sie keinerlei Ähnlichkeit mit den in Computern verwendeten Siliziumkristallen aufweisen, die eine möglichst geringe Zahl von Defekten haben, sondern vielmehr zahlreiche Leerstellen und Substitutionen — und Versetzungen.

Es ist dieser Defekt, die Versetzung, der es ermöglicht, Metalle — und alle Metalle sind, wo sie natürlich vorkommen, kristallisch in ihrer Beschaffenheit — zu biegen und zu verformen. Weil die Versetzung der einzige Defekt ist, der sich ›bewegt‹, ist bei der Analyse der Präsenzen als wichtig zu berücksichtigen.

Die Abbildungen 1 und 2 zeigen die beiden Typen von Versetzungen, die in gewissem Umfang bei allen Kristallen auftreten. Den ersten Typ (Abb. 1) nennt man Stufenversetzung. Man kann sich seine Entstehung verdeutlichen, indem man sich vorstellt, daß man einen Kristall ›entzweischneidet‹ und dann die obere Schnittfläche parallel zur unteren Schnittfläche — nur um ein atomistisch minimales Stück — zur Seite rückt. Den zweiten Typ (Abb. 2) bezeichnet man als Schraubenversetzung; er ist auf ein Zusammenfallen von Stufenversetzung und einer Rotationsbewegung an der Versetzungslinie zurückzuführen. Echte Versetzungen treten nie in der idealisierten Form von Stufenversetzungen oder Schraubenversetzungen auf. Manchmal bilden sie gemischte ›geschlossene Versetzungen‹, in denen die Versetzungen zu sich selbst zurückkehren, und an jeder Stelle haben sie in unterschiedlichen Proportionen Stufenversetzungs- oder Schraubenversetzungsnatur. Das Feld innerhalb einer geschlossenen Versetzung nennt man ›verdreht‹. Bei diesen Deformationen wechselt das Ausmaß des verdrehten Feldes. Manchmal nimmt es ab, bisweilen zu. Das Ausmaß an verdrehten Feldern steht in proportionalem Verhältnis zur Menge der im Kristall gespeicherten Energie.

Bei Versetzungen handelt es sich um kleine Stellen von Deformationen, die sich als Reaktion auf mechanische Aufladung bewegen, so daß die Deformation von einer zur anderen Region des Kristalls wandern oder sich von einer auf eine andere Region ausdehnen kann. Versetzungen üben gegenseitigen Druck aus, formen gelegentlich stabile Strukturen, die sie miteinander verbinden, oder sie drücken sich auseinander, so daß die Versetzungen getrennt werden. In stabilen Versetzungsfeldern ist Energie gespeichert, die sich plötzlich entladen kann, so daß sich Risse bilden.

Alle Voraussetzungen für ›Leben‹ sind durch Versetzungen erfüllbar. Die Speicherung und Nutzanwendung von Energie, die beim biologischen Leben mittels chemischer Prozesse geschieht, wäre beim Kristall durch die Interaktion von Versetzungen möglich, die als Moleküle einer kristallinen Lebensform dienen. Bedeu-

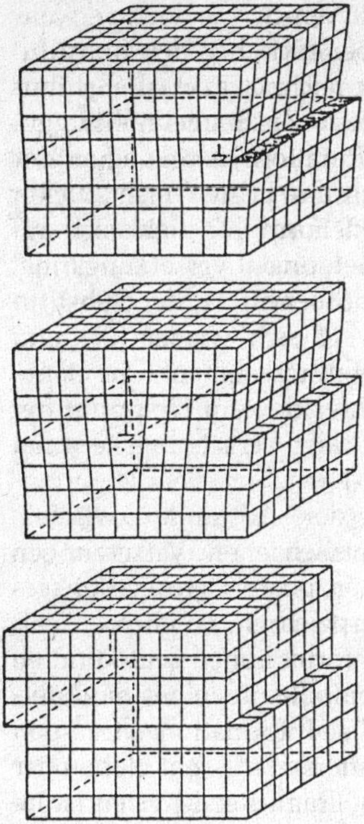

Abb. 1

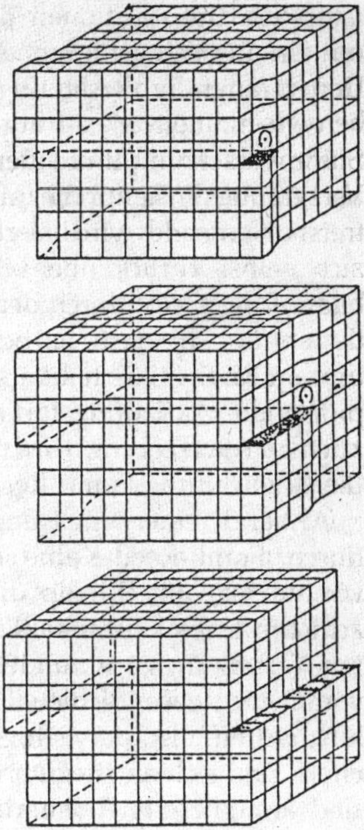

Abb. 2

tet das, ein Kristall könnte zum Denken fähig sein? Gibt es einen Vorgang, durch den er Informationen speichern und erinnern könnte?

Wir wollen uns einmal eine Versetzung vorstellen, die sich in Reaktion auf eine Deformation durch einen Kristall bewegt. Nehmen wir an, die Versetzung trifft, während sie sich auf gerader Front fortbewegt, auf zwei oder mehr Substitutionen. Wie beobachtet worden ist, ›stoppen‹ Substitutionen die Versetzung und verwehren ihr das Weiterrücken. Aber zwischen den Substitutionen fängt die Versetzung an sich ›auszubeulen‹, ähnlich wie ein vom Mast festgehaltenes Segel im Wind gebläht wird. Erreicht die Deformationsenergie einen kritischen Wert, kann die Versetzung sich nicht weiter ›ausbeulen‹ und wird ›abgeklemmt‹, sie zieht sich auf sich selbst zurück und bildet einen Versetzungsring. Diese Ring bleibt durch den ›Stoppeffekt‹ der Substitutionen unbehindert, er bewegt sich wieder fort und hinterläßt ein fixiertes Versetzungssegment, das dann, indem die Aufladung fortschreitet, zum Ursprung der nächsten Versetzung wird. Dieser Versetzungskern hat die Bezeichnung Frank-Reed-Kern.

Anhand einer Messung der Abstände zwischen durch Frank-Reed-Kerne entstandenen Versetzungen könnte man im Prinzip die gesamte Deformationsgeschichte eines Kristalls rekonstruieren. Folglich enthalten Versetzungsstrukturen Informationen und könnten somit die wesentlichste Komponente eines ›Geistes‹ ausmachen, also der Fähigkeit, Informationen zu speichern und sich an sie zu erinnern. Eine sehr elaborierte und komplizierte Reihe von Frank-Reed-Kernen wäre als anabolischer Weg zur Informationsspeicherung denkbar — keiner visuellen Informationen, die die Informationen abgeben, wie wir sie gewohnt sind, sondern mechanischer Informationen, der schon erwähnten, vollständigen Deformationsgeschichte des Kristalls. Diese Versetzungsstrukturen könnten Temperaturanstieg und -senkung verzeichnen, tektonische Bewegungen, Änderungen des eigenen Gewichts des Kristalls und — auf Jubal sehr wichtig — auch Geräusche. Sonnenschein würde sie ausschließlich als Wärme und im Infrarotbereich erkennbar. Menschen, Tiere und klimatische Schwankungen wären für sie an den davon verursachten Geräuschen unterscheidbar. Wind empfände sie als Druck, Blitzschlag als von Hitze begleiteten Elektroschock. So ein Kristall wäre tatsächlich ein gewaltiges, empfindsames Wesen, das spüren könnte, wenn ein Fahrzeug über seine Oberfläche rollt, es wahrnehmen, wenn ein Fahrtensänger Musik macht.

Wie verhält es sich mit dem Wachstum? Auch Kristallwachstum ist häufig von Versetzungen abhängig. Gelangt ein Kristallisationskeim in Kontakt mit einer Lösung oder sonstigen Flüssigkeit, die die einen Kristall konstituierenden Atome enthält, und sind die richtigen Bedingungen gegeben, wächst ein Kristall heran. Wer Zimmerpflanzen hat, kennt die Kristalle, die am Rand des Blumentopfs oder oben auf der Pflanzenerde wuchern. Sie gedeihen aus einem Kristallisationskeim in der Pflanzenerde und beziehen ihre Substanz von den im Gießwasser aufgelösten Mineralien. Bei manchen Kristallen mit großen Perioden (bis zu tausend Atomen) ist festgestellt worden, daß der Kristallisationskeim, um ein Wachstum zu ermöglichen, eine Versetzung haben muß, gewöhnlich eine Schraubenversetzung. Das Kristallwachstum entwickelt sich spiralenförmig, das heißt, es reproduziert die Versetzung. Damit sieht man sich vor einem Paradoxon: Ist es die Versetzung, die wächst, oder der Kristall? Die Antwort ist vom Bezugspunkt abhängig. Für uns sind es die Atome des Kristalls, die Wirklichkeitscharakter haben, darum entsteht für uns der Eindruck, daß der Kristall wächst. Im Innern des Kristalls dagegen ist die Versetzung die Realität. Immerhin wirken die Versetzungen kräftemäßig aufeinander ein, speichern die Versetzungsstrukturen Energie, und im Vergleich dazu könnte die uniforme Struktur des Kristalls den Eindruck eines bloßen ›Äthers‹ erwecken, durch den die Versetzungen sich bewegen. Kristallisches Leben würde wahrscheinlich in der Versetzung Wachstum und Weiterreproduktion in die nächste Generation sehen. Egal wie man die Antwort auf das Paradoxon einstuft, dieser Mechanismus des Kristallwachstums kann ohne weiteres als Analogie zur DNS-Replikation herhalten. Im Laufe vieler Äonen werden die in der Selbstreproduktion effektivsten Versetzungen sich als die dominierenden erweisen. Alles in allem betrachtet, wäre es möglich, daß es kristallische Lebensformen gibt, die mechanische Energie aufnehmen, diese Energie in Form von reihenweisen Versetzungen speichern und dieselbe Energie freisetzen, entweder langsam, als sonische Energie, oder schnell, durch gewaltsame, vielleicht explosive Fraktur.

Ohne Zweifel speichern die Präsenzen, weil der größte Teil ihrer Masse tief unter der Erde liegt, Energie aus tektonischen Bewegungen. Es fehlt im Buch an jeder Erwähnung jubalischer Erdbeben. Könnten die Präsenzen also an der planetaren Oberfläche befindliche Auswüchse großer oder kleiner kontinentaler Platten sein, die enorme Mengen potentiell zerstörerischer Energie speichern, anstatt sie mit Erdbeben und Vulkanismus zu vergeuden?

Rätselstein, der ›Wahnwitzige‹, wird als Doppelberg beschrieben, zwei Spitzen einer riesenhaften Gabel ähnlich. Manche Kristalle wachsen als ›Zwillinge‹, das heißt, als wechselseitige Spiegelbilder, und die Ebene zwischen ihnen wird die ›Zwillingsgrenze‹ genannt. Über Oberflächen können Versetzungen sich nicht hinwegbewegen, sich in so einem Fall, wenn die Kristalle miteinander keinen Kontakt haben, folglich nicht vom einen zum anderen Kristall übertragen. Selbst bei vorhandenem Kontakt würde die Übertragung von Versetzungen, außer wenn gewisse geometrische Verhältnisse herrschen, außerordentlich mangelhaft bleiben. Schwarzer Turm wäre also zwar dazu imstande, sich mit den Zermalmern zu verständigen, stünde aber mit ihnen in keiner geistigen Verbindung. Trotzdem kommen Übertragungen oder Bewegungen von Versetzungen über Zwillingsgrenzen hinweg durchaus vor, und wir können uns Rätselstein als ein Geschöpf mit in der Tat doppeltem Geist vorstellen, von dessen Hälften jeder auf den anderen einwirkt, die beide miteinander hadern.

Und was die Fahrtensänger betrifft: Was ist es, das sie tun? Jeder Frank-Reed-Kern hat eine Schwingungsfrequenz, seine eigene, möglicherweise multiple, harmonische Frequenz. Beschösse man einen Frank-Reed-Kern mit irgendeiner anderen Frequenz, generierte sie neue Versetzungen, anders ausgedrückt, der Frank-Reed-Kern begänne aktiv zu werden. Für ihre natürliche Frequenz wäre der Frank-Reed-Kern allerdings vollkommen durchlässig.

Sangen die Fahrtensänger einfach nur in Übereinstimmung mit den natürlichen Frequenzen, die den — bewußten oder unbewußten — ›Geist‹ der Präsenzen abgeben, hinterließen sie bei ihnen keine Informationen, mit anderen Worten, sie weckten sie nicht. Beim Auftreten gewisser Geräusche mit ›Alarmcharakter‹, etwa dem Geräusch von Fahrzeugrädern, hatten die Fahrtensänger die Aufgabe, komplementäre Töne zu erzeugen, die in Vermischung mit den Rädergeräuschen genau den für die Präsenzen durchlässigen Frequenzen entsprachen. Das war offenbar reichlich schwierig.

Ein interessantes Thema wäre dann die Frage, ob es schwieriger war, sich mit ihnen zu unterhalten, wenn sie sich im Wachzustand befanden, oder eine leichtere Aufgabe.

HEYNE BÜCHER

Die großen Werke des Science Fiction-Bestsellerautors

Arthur C. Clarke

»Aufregend und lebendig, beobachtet mit dem scharfen Auge eines Experten, geschrieben mit der Hand eines Meisters.« (Kingsley Amis)

01/6680

01/6813

01/7709

01/7887

01/8187

06/3259

Wilhelm Heyne Verlag München